U0917059

淮安诗征

第五册

《淮安诗征》编委会 编

荀德麟 主编

中州古籍出版社

·郑州·

第五册目录

卷九　金湖县卷

卷十　过往作家咏淮诗

卷九　金湖县卷

郑　得

郑得，字彦明，元末明初宝应县湖西郑家村(今属江苏金湖县)人。朱元璋灭张士诚时，致函其友刘基、宋濂劝阻朱元璋对苏州屠城，一城得保。后以宋濂之荐出仕，官至广东高州知府。有《公余堂稿》。

柬宋学士景濂

一畦禾稼一床书，雨检芸编晴荷锄。却笑农夫偏识字，翛然吾独爱吾庐。

郑　利

郑利，字仲利，明宝应(今属江苏金湖县)人，诸生。明成祖靖难兵起，乃绝意仕进，高卧湖干，歌啸自适。有《遣怀诗》。

寄　友

忆昔别离日，杨花落锦塘。转眼秋风生，梧叶飘银床。蟋蟀吟阶砌，玉露沾衣裳。韶华不汝待，瞬息驰电光。及时须努力，何为恋醉乡。

郑　礼

郑礼(1373～1445)，字仲礼。明宝应(今属江苏金湖县)人，国子监生。明成祖亲试，擢工部主事，升南京户部郎中，后入京为少卿。正统元年(1436)致仕。

题瞻云轩

青云龆齿愿多违，翻羡浮云去复归。云冷忽从孤岫出，云驰恰傍故园飞。
八行云际朝闻雁，二老云边昼掩扉。安得身随云共化，依依膝下片云围。

郑士贤

郑士贤，明宝应(今属江苏金湖县)人。终身未仕，教馆为生。

书　怀

潇潇风雨历春余，湖上诛茅自结庐。高卧烟霞非石隐，近愁天地不皇初。
一枝鷦鸟营还未，千里龙棋钦所如。细检奚囊书带草，频年赠答有樵渔。

郑　本

郑本(1462～1519)，字渊如，号竹南。明宝应县(今属江苏金湖县)人。正德二年(1507)岁贡，名震六馆。工诗文，善画，其画为徐渭所盛称。

题画菊寄内弟朱升之

草堂地僻多栽菊，疏淡陶潜处士家。偏爱众芳零落后，萧萧霜冷试黄花。

朱应祯

朱应祯，女，字伴竹，郑本之妻。性聪慧，工诗词，有《伴竹吟》，后自毁其稿，仅有诗数首存《宝应县志》中。

别夫应试

丝丝湿雨送行舟，三楚江山属壮游。此别不须频嘱咐，朱颜人倚夕阳楼。

题储夫人扇头小景

小客层檐望欲迷，风光绝胜武陵溪。棹声何处归来晚，月在西村树影低。

王　磐

王磐(1470～1530)，字鸿渐。明扬州府高邮州(今江苏高邮市)湖西人。散曲家、中医世家。一生不应举，纵情诗画山水。家于城西，有楼三楹，日与名流谈咏其间，因号“西楼”。身富好学，通音律，精词曲，称南曲之冠，极负时誉。诗亦流丽，有《西楼乐府》《西楼诗集》等。

珠湖吊古

昔年湖上有神扬，夜夜流光照百川。一宵风雨不复见，千载江淮空惘然。
书舍沉沦烟水外，神灯寂寞古祠前。唯余亭畔三更月，犹照沙头万里船。

珠湖吊古用陈后山韵时黄萧张三郡博在坐同赋

几日西风浪拍城，晚来云霁夕阳明。沙头蚌泣珠遗彩，水底龙吟剑有声。
廊庙诸公欣得计，烟波一叟愧逃名。请看湖水年年绿，来往销沉万古情。

郑 廉

郑廉，字介卿，号湖涯。明宝应县(今属江苏金湖县)人。生活于明中期，博学工诗，困顿场屋，屡试不第，布衣终老。

行路难

行路难，难莫比。人间高险莫如山，蚕丛剑阁峻难攀。人间下险莫如水，瞿塘滟滪深无底。山之险兮梯可登，水之险兮舟可乘。谁识人心险于山，凌空驾石云霄间。谁识人心险于水，骇浪惊涛平地起。君不见杯酒论交吐肺肝，利害转眼忘相识。昨日指天结誓盟，今朝推井仍下石。英雄贫贱识者稀，世态炎凉情罔极。噫吁嘻，莫高匪山山有时圯，莫深惟水河有时徙。人之有心曾莫之忌。行路难，难莫比。

郑 直

郑直，郑本次子，字方大，号海冷。明宝应县(今属江苏金湖县)人。随兄郑器宦游闽浙。

人日偕朱玄成刘春甲范兰室
汪友筠饮桂泉侄舍即席分韵得“怜”字

腊回小阮画堂前，香动梅花翰墨筵。浴日湖光晴可掬，含烟柳色弱堪怜。
春盘送酒青丝蔟，蜡炬催诗锦句传。沉醉莫愁归路晚，城头新月已娟娟。

朱方中

朱方中，字道光，号雪楼。明宝应县(今属江苏今湖县)邑诸生。为人澹荡，少谢举子业，卜居湖上，开池治馆，跨溪越宅，结名流，赋诗把酒，终老其中，有盛世逸民之风。著有《镜心楼集》。

甫里寺

八解旃林秀，六角香界幽。塔廊低宿斗，钟梵不警鸥。
水竹分禅院，风花追客舟。缅怀丘壑趣，吾得及春游。

注：甫里寺遗址在金湖县淮建乡。

郑　彩

郑彩，字崇实，号宜溪。明宝应县(今属江苏金湖县)人。工诗词，精颜鲁公书法。历正德、嘉靖、隆庆、万历四朝，终年88岁。

倭寇犯邑赋此纪其颠末

嘉靖三十六年五月七日巳时，倭犯本邑。越宿，径移舟淮境，遇沈状元家兵，冲突而复旋本邑。好事者渡城东河以詈挑之，以致纵火烧掠几尽。至十七日挖北盐坝，乘水放舟四十号，自流星港径抵庙湾，寓廿余日。及苗兵至，斩首若干级。余船下海，遇风打至高丽、日本等国，荡杀俱尽。因掳去人回，方知其的。

风闻未曾几，机变出不次。驰走突前锋，肆毒亦何鸷。一合倒吾戈，猝尔生别离。劲楫奋兼程，徒行多道弃。觊保首领全，遑为家业累。罄室亡主人，盈城通恶类。

水南新庄避倭

时嘉靖丙辰夏四月二十日也，寇退而返，乃五月十有三日耳。先时倭寇欲犯镇江而未得，移舟径抵瓜洲，延及扬，四月之十六日也。城外东南一隅烧掠殆尽，士女戮辱，惨不可言。风震吾邑，闻声而避去各争先，啼号载道，十室九空。感时惊悼，殆无宁日。既而贼舟满载，顺江而南，爰得返棹，不胜喜幸。聊述以纪岁月云。

烽火白茅滩，俄惊照胆寒。轻舟梅雨急，破屋水云宽。
草合兵疑聚，鸥猜客梦难。鲸鲵息浪处，归棹倚班兰。

复过海泠溪避倭

丙辰五月十三日自水南新庄还故庐，越十日再警，不得已归其女于徐，携家过本庄海泠溪寓焉。得太平归，则秋七月十七日矣。

活活争流涧道分，依依垂柳几家村。不堪烟际重回首，鸡犬无声昼掩门。

郑绍文

郑绍文，字子章。明宝应县(今属江苏金湖县)人。

重过朱干草堂

三年足不到墙东，重过相怜白发同。老去诗还追水部，别来醉可似山公。
留宾爱坐南楼月，逃暑闲披北牖风。明日遨游江国去，回看湖上待秋鸿。

郑绍先

郑绍先，字子述。明宝应县(今属江苏金湖县)人。

登　楼

画阁迎朝旭，湘帘动晓寒。何年歌舞地，榆荚柳在残。

郑化中

郑化中(1530～1613)，字子极，号狄云，小字佛左。明宝应县(今属江苏金湖县)人。万历丁丑(1577)始得岁贡，通判陕西平凉府，后任静宁州知州。三年致仕归里，赋诗饮酒以乐余龄。有《闻莺馆集》16卷。

游雨花台

拂雾登高顶，攀萝到上方。客寻台畔草，僧礼佛前香。
曲磴迷花鸟，闲云冷袖裳。徘徊一樽酒，归骑已斜阳。

芜城下逸山宅赏芍药遇雨得卮字

品是扬州好，开当雨更奇。绿摇芳草径，红重白家诗。
山竹初供笋，江鱼已荐鲥。主人能爱客，烧烛倒金卮。

湖上访友不遇

忽忽春将尽，怀君兴若何。门敲黄犬出，窗锁白云多。
欲载临湖酒，空怜对月歌。徘徊碧苔径，应见复痕过。

初任西凉书怀

久作淮南客，而今乃一官。敢云关隘远，自觉主恩宽。
风起黄沙积，云生白昼寒。崆峒山气紫，若为照心丹。

乾州院晓簇次壁间韵

绝塞惊回雁，归心逐晓鸡。断云疏树出，淡日远山低。
集市瞻周道，临流忆渭溪。红尘应滚滚，不遣到征蹄。

雪中柬朱干主人

腊月不见雪，方春始著花。近檐添竹满，落院受风斜。
独酌梅花酒，还思顾渚茶。朱干应不远，吾意欲乘槎。

送郑广文之宝鸡任

秋风陶令别黄花，试宰秦关驿路赊。北去雁声经二毕，西来云气度三巴。
孤琴夜抱鸡台月，清昼帘虚渭水涯。早晚帝城飞玉舄，肯随勾漏觅丹砂。

高陵晓渡渭河有怀诸王孙

渭城朝雨黯河流，东渡三年此见舟。山色方才离雁塞，莺声忽漫到下沟。
吟余芳草王孙路，肠断朱门帝子楼。自是嵇康成傲吏，懒从樽酒话西游。

漫　兴

溪山春正半，载酒鸟边亭。取醉非吾事，乾坤忌独醒。

乞朱雪楼芭蕉

秋馆雨纷纷，土膏欣已沃。愿分池上阴，来助窗前绿。

晚雨泊采石怀太白仙人

其　一

天风洒洒大江秋，急雨妒盆洗客愁。拟欲晓晴山上去，细从瑶草觅丹丘。

其　二

太白楼高高入云，酒星常自照孤坟。我来欲借三江水，化作醇醪一醉君。

郑正中

郑正中(1540～1610),字子位,号竹轩,小字佛右。明宝应县(今属江苏金湖县)人。屡试不第,托岐黄之术以自娱。工诗善画,以参与修缮明祖陵有功,赐官员冠带,征入画院,并授以官,坚辞弗应。

王百谷过访出素卷索余写菊

山窗寂历锁寒云,扫榻何期坐右军。毛颖轻挥霜色冷,顿教陶令酒重醺。

白马湖

白马湖中霜月铺,渔舟泄泄倚葭芦。网来巨蟹脂如玉,愿向君王乞此湖。

即 景

白云闲锁石林幽,十里青山倒碧流。望入江天归暮鸟,夕阳苍翠满渔舟。

吴敏道

吴敏道,字曰南,号博支子。明宝应县(今属江苏金湖县)人。有异才,九岁能诗文,年十二补县学生,为万历三年(1575)贡生。有《泛光湖赋》《求心赋》《三湖曲》《鹊飞曲》等文传世。

采莲曲

朝采莲,暮采莲,木兰为楫沙棠船。翡翠珠帘挂两边,青娥皓齿娇且妍。吹洞箫,击盘鼓,歌声未息双起舞。雾绢冰縠风前举,游龙惊鸿何翩翥。南湖去,北湖回,三十六湖明镜开。湖水流入杯中来,人生不乐为何哉。君不见玉绳渐低西月颓。

白马湖

轻风小寒吹浪花,新柳茸茸啼乳鸦。平湖一望几千顷,远水连天飞落霞。

郑鸣世

郑鸣世,字鲲海。明宝应县(今属江苏金湖县)人。生活于明后期。

泾原署中早起

早起情何适，新凉扑面来。三星留竹户，片月隐苔阶。
燕破朝烟出，花迎晓露开。故乡劳骋望，扫径独登台。

宛凌十院寺书怀

逶迤古院旧依栖，驻马寻僧路转迷。寂寞久荒台下草，风尘翻愧壁间题。
空山到处飘花雨，修竹深林任鸟啼。二十余年薪火易，不胜徙倚日轮西。

姑苏道中同李素予寅丈

仙舫何缘并李膺，翩翩同作镜中行。千章夏木闻啼鸟，百道风帆出古城。
积水满添新涨绿，残霞高映远山明。姑苏台畔吴宫草，偏系江南游子情。

登黄鹤楼

绝壁楼台汉水隈，傍临鹦鹉碧潆洄。丹梯画阁崚嶒出，锦缆牙樯次第开。
千古江山留绝唱，百年天地此衔杯。夜深有客闻吹笛，疑是飞仙跨鹤来。

秋　夜

唧唧寒蛩拥砌吟，溶溶淡月转花阴。科头露坐松涛起，一缕名香一曲琴。

雪中观梅

雪酿寒香绕径斜，海天孤署断昏鸦。诗成不识春消息，开到南枝第几花。

孙兆祥

孙兆祥(约1582～约1637)，字省卿，号泰阶。明高邮州湖西太平集(今属江苏金湖县闵桥镇太平村)人。天启间权宦魏忠贤柄政，遂不复应乡试，僻居乡间，潜心治学。入清，赠奉政大夫、吏部文选司员外郎。

水灾后贼盗境中

赤子弄潢池，兵戈非所好。饥寒一切身，良民转为盗。
将军献俘归，野鬼空原啸。嗟此刀头鬼，谁与诉廊庙。

崇祯辛未秋水暴涨志感

其 一

千畦万井委龙宫，天水无垠一色中。树杪蛙声群聒月，檐头鱼沫早嘘风。
颓垣尽假鲛为窟，遗耜谁知苔作封。一艇荡烟还荡雨，青蓑难拭泪流红。

其 二

长堤泞泞水弥弥，暂向鹪鹩借一枝。栋插乱云和雨渍，轩衣湿叶任风吹。
间思九月新场圃，漫数三村旧酒旗。何日巢居人就日，索绹重覆理茅茨。

郑之标

郑之标，字行满，明宝应县(今属江苏金湖县)人。生活于明后期至明末。

访族侄道士常福不值宿其云房留赠

阿咸何翩翩，黄冠隶仙籍。远谢人世喧，霞外结幽宅。我来寻宗盟，山晚秋烟碧。但见洞门开，松尘挂东壁。两两白玉童，闲弄清溪笛。问师何所之，采芝去无迹。早携白云归，伴我宿岩石。

春日感兴

凤凰翔千仞，鹖雀处藩篱。神龙致云雨，鲦鱼泳濠池。岳牧辅尧舜，巢许亦颍箕。周公求士虽云瘁，吐握不到西山芝。我家东邻东海波，东海之上青山多。嗟嗟命不犹，无分取鸣珂。逍遥散发潜深谷，五亩桑田数椽屋。胡麻可为饭，何必粱与肉。群荔可裁衣，何必纨与縠。松风蕉雨可清耳，何必弹丝与品竹。昨朝春风晴，春柳鸣鸧鹒。前村贳美酒，陶然独酌怡高情。醉后不知天地阔，眼前富贵浮云轻。笑杀东家考伧忧不足，金珠如铄锦成束，赤日黄埃犹促促。

饮酒放歌

海为百谷王，灌之何尝盈。而我此腹之空洞，浩浩与之同渊宏。尽取河源为酒江为觥，一吸百川吼长鲸。海岩遁形不敢怒，走向天帝诉此情。帝敕五龙下尘土，问我轻薄敢太横。敢太横，一吐胸中滓沥余，犹作珠玑万斛之晶莹。

盆荷歌赠友

主人好奇如茂叔，爱种芙蕖僭幽馥。因从玉井乞灵根，特贮瑶缸向华屋。华屋雕栏锦作帏，遮风蔽日护芳菲。天中届节花枝发，菡萏亭亭渐次肥。才破轻红漾碧漪，倏看秾艳盛离披。分明一段耶溪景，移入君家照酒卮。君家花事自怜人，况又平原好结宾。堂上招来珠履士，床头倾尽金陵春。余亦叨从坐客后，持觥满引为花寿。愿祝年年清赏同，与君常醉花前酒。酒酬花，花劝酒。须臾酒酣月在花，醉折花归月亦斜。

水上流萤

五月陂塘晚，荧光弄水濆。娟娟摇镜影，熠熠点绡纹。
隐见渔灯靓，依微蓼岸分。恍疑银汉落，倒缀列星文。

湖　上

西风莲叶渡，秋水蓼花滩。终日无尘鞅，生涯有钓竿。
村醪浓似乳，溪蟹大于盘。有兴聊孤酌，陶然咏考槃。

游　侠

平生高义在，杯酒托深盟。肝胆千秋重，头颅一诺轻。
杀仇偏道姓，救难反藏名。却笑荆轲辈，图秦事不成。

新　竹

小亭新竹发，个个是琅玕。劲节风前直，清标雨后寒。
截堪裁凤管，钓可制渔竿。莫谓居檐下，凌云指日看。

题伯父竹轩公画菊

山人爱种菊，悬图在西壁。年来见花开，日亦看不足。

过叔父柳泉公故居

一棹过溪桥，云封荜门口。不逢溪上人，但见溪边柳。

郑在湄

郑在湄，字九起，一字虎溪，号瘦狂，别号苍顽子、景云公子。明末清初宝应县(今属江苏金湖县前锋镇郑庄)人。值甲申之变，明亡，遂绝口不言仕进，隐处葭园，日偕二三子泽畔高吟。生平博览古今，寄情书画。舆图形胜，了如指掌。有《群书汇雅》《蒙史提纲》《葭园杂咏》《淮扬治水纲目》等。

赠祁子安白田隐居

其 一

老去厌城郭，幡然遁白田。溪遥三径月，树拂五湖烟。
山灶胡麻饭，陶杯石乳泉。幽栖端称隐，不用买山钱。

其 二

竹翠开樵径，沧弯隐钓洲。山中人似鹤，溪上树如虬。
吠月华冈犬，耕云颍谷牛。谁言尘世外，别有一丹丘。

听侬其弹琴

别有玄情寄，嗟哉古道深。似闻江鹤唳，半作峡猿吟。
持我苔岑意，看君海岳心。苍茫横六宇，端的愧知音。

谒项王祠

逼仄钟吾跖，荒祠俯大河。门庭车辇少，俎豆燕泥多。
霸业隳秦火，雄心詟楚歌。披帷一长揖，蓦使泪滂沱。

纪子湘席上赋赠郭幼持

四海戈铤日，何缘此邂君。匣藏秋水剑，囊裹雁山云。
击筑频呼酒，篝灯细论文。浩然徒有气，歌放动星雯。

将发武林江干晚步怀去瑕乔梓青萍伯仲

江峰悬四望，孤鸟下遥天。客路分葭水，归心绕鹤田。
山衔落日净，云带晚潮鲜。片月窥松户，幽人夜品泉。

钱塘晓发雨中留别习仲友
房琏生幼持仲霁子湘钦之犹龙侬其允大诸子

浪花吹晓月，骤雨洗归舲。雁度江云湿，龙垂海气腥。
短歌倾浊酒，长剑拨春星。欲谢湖山侣，帆开几日停。

舟次望灵岩

目断灵岩胜，苍茫云外求。是山皆抱水，无树不含秋。
栈隐苏台鹿，窗浮笠泽舟。十年帆两度，惆怅寄孤游。

留别蒋姬载先生

乙丑夏，余问药双林，道出江上，过访蒋先生。

岳秀渊停旧识君，先生高义薄秋云。逃名自爱林和靖，染翰人推王右军。
酒入侠肠愁击剑，情深湘水话离群。花溪不共苍顽老，好我新裁薜荔裙。

对鹤偶成

翛然无语对秋山，夜壑疏梅水一湾。落月自怜清影瘦，孤云常伴野身闲。
柴门花老堪容膝，草阁松深好驻颜。长唳数声江上去，清空万仞独飞还。

赏秋海棠

叶叶露云护短墙，淡烟疏雨溅红妆。倚筵艳质偏宜睡，拂槛柔姿别有香。
靡曼含愁临午寂，娇羞欲语怯春光。胭脂满砌吟骚客，惆怅西风说断肠。

张 箙

张箙，字韫仲，号嘉庵。明末清初宝应县（今属江苏金湖县）人，后移居白田。崇祯五年（1632）举人。入清后不图仕进，以反清复明为志。为宝应唯一状元王式丹之师兼岳父。有王式丹所辑《木侍楼集》。

同 园

卷帘山色透窗棂，举酒闲酬处士星。短笛声飞千幢曲，高楼人倚百花屏。
幽栖岁月忘千古，理照心情化渭泾。谁识登临无限意，春风吹遍草青青。

柏成璜

柏成璜（1604～?），号昆碧，别号惺斋。明末清初宝应县（今属江苏金湖县）人。有《惺斋集》《巢山集》。

清明郊外诗

佳节清明祭扫同，垒垒古冢卧蒿蓬。铭香酹酒春芜绿，乞人烧钱野径红。
风起白杨号垄畔，雨余芳草遍山中。杜鹃日暮悲烟树，肠断西郊返玉骢。

孙宗彝

孙宗彝(1612～1683),字孝则,号虞桥。明末清初高邮州湖西太平集(今江苏金湖县)人。崇祯八年(1635)拔贡生,顺治四年(1647)进士。历官吏部郎中、蓟州分巡副道使。康熙间,居乡行善。因言治河失策,忤治河使者,被诬陷下狱,死于狱中。有《易宗》《爱日堂诗文集》等。

甓社珠光

甓湖之上夜光悬,川泽珍奇岂偶然。莘老行藏元磊磊,蠙珠隐现故娟娟。
牟尼色洒三千界,合浦灵回五百年。云奏不须烦太史,平成忻已戴尧天。

爱日园

其 一

小筑天然在水中,四围都放藕花红。亭高亭下茅能补,桥断桥连路可通。
扫地刷苔移秀石,赋诗留客赏新桐。闲情凝作忘忧赋,漫说当年林下风。

其 二

安得当年顾虎头,画图重为写沧州。百年云屋桃千叶,万里星槎一水沤。
春草堂前花事好,夜珠湖上月痕浮。同人歌咏具明发,乐事何妨秉烛游。

郑乾清

郑乾清,字雪屋。清宝应县(今属江苏金湖县)人。主要生活于康熙年间。编有《白田郑氏一家言》,实为《郑氏家谱》,录有郑氏一门从元末明初至郑乾清时代之诗人与诗作,可补方志之不足。

黄石儿

硗硗黄石儿,遥枕东流郭。烟岚结一村,舴艋交相错。我从扬子来,风转布帆落。惨云恋波涛,冷雨喷林薄。江空水族繁,任天自潜跃。有鱼长比人,掉尾戏瀺灂。笑我即非鱼,会心知鱼乐。巧取蓑笠翁,浪底沉大索。金钩利于锥,纵横暗相缚。放棹随所之,蹂躏鱼力弱。牵制引前滩,仓皇失魂魄。短刃发新硎,砉然如解箨。溅血染泥沙,作脍佐斟酌。与世本无争,何为泣鼎镬。两间动杀机,万类安所托。缅思人物理,难测风涛恶。祸胎未萌初,静照宜先觉。

朱守亭以诗寄赠依韵奉答

暂寓吕梁桥，长堤溃西北。巨浪舞潜蛟，喷云如泼墨。蒙澒觉天低。射潮哪可得。遄归犯石尤，篙师难着力。系艇觅林梢，小鹿攒胸臆。两夜不成眠，三日不火食。心香祝水神，好风给片刻。放棹鼓兼程，飞翔同窜匿。抵舍获安全，西与芳邻逼。浊酒频呼我，话旧情何极。离愁难尽倾，转若新相识。击钵聆高吟，珠玑醉颜色。

午日扬州观竞渡

连宵风雨无休息，乱打楼头侵书笈。悬知怒卷汨罗涛，离骚惨切蛟宫泣。朝来狼藉黑云飞，放出扶桑日无色。灵鼍何处响咚咚，邗沟竞渡飞凫集。朱旗绣幔影偏反，彩霞历乱江流急。兰桨并力鼓中央，横张双翅奔驰疾。回环离合浑无端，昂首似起春雷蛰。吴儿三五漫攀鳞，金戈贝胄凭空立。尾垂翠络戏秋千，倒翻水底凌波出。直蜢头颃夺锦标，笑探颔下骊珠失。河伯惊疑侧目看，天生水怪工奇术。方余乘兴泛小舠，短棹轻移追相及。亭午骄阳掷火球，挥汗淋漓葛衫湿。长坂断岸观如堵，管弦丝竹排歌舞。画楼画舫翠帘开，鸦鬓钗横悬艾虎。杂珮环吹绕异香，自是繁华旧风土。归来呜咽感灵均，默默廉贞徒吊古。满引雄杯读楚辞，翻惹愁添五月五。

饮中放歌

昨夜梦模糊，今夜梦偏怪。独乘莲叶舟，缥缈浮天界。举头近可摘星辰，极目苍茫响澎湃。有翁小艇插青帘，机棹前追索酒债。十万腰缠不足偿，回顾囊空无可解。翩翩李白骑鲸来，沉酣酒病不知戒。解貂贷我复重沽，唱月排云兜率外。强余分吸几千瓢，抵掌痛骂乾坤隘。

楚江柳为友人饯别

楚江柳，绿婆娑。君行行，我作歌。行行作歌将奈何。浔汤纵目千余里，奔涛叠雪凌空起。灏灏浮天未有涯，沉沉莫测真无底。浪婆猖獗雨烟中，神龙出没颓波里。多君夙负济川才，竹叶如飞壮胆开。题诗兴到呼若下，豁胸磊块浇千杯。何物公然贪爱璧，鼓浪号风动地来。舟师目瞠魂应断，邻船窃视惊且猜。君时拔出太阿剑，青蛇掣电冲星台。随手一挥倏潜迹，转瞬鸣桡江水赤。江水赤，风涛息。笑将长剑倚舟侧，坐看庐山青黛色。

登塔山看桃花时值大风

携筇泷水岸，花信起高原。壑走涛声乱，山沉雨气昏。
背风穿怪石，贪艳赏仙椗。历历残红坠，多情恋蚁樽。

坐 月

盘龙新铸镜，抛引挂高天。光压秋云破，清流菊露鲜。
听琴迟石榻，佐咏冷涛笺。湖北江南地，今宵一样圆。

西塞山

矗矗峰如削，凭江俯急流。翠笼书剑冷，峭惹别离愁。
况听风呼浪，还惊叶堕秋。最怜新月吐，清磬响危楼。

吞海亭观潮

泽心亭子势峥嵘，境入沧溟海市生。万里青天风雨气，千重白雪鼓鼙声。
拂衣曲槛云愁冷，极目归航浪走轻。争似钱塘秋八月，奔涛欲撼虎林城。

原注：金山一名泽心。

煮 雪

片片飞来着地轻，偏宜烹茗解余酲。腊深任逐瑶阶扫，春意还从玉碗生。
坐拥奇书谙味冷，渴和寒芷嚼香清。茶铛日日翻银浪，爱听樵青竹里声。

江上龙灯

烛龙衔火破村烟，环绕孤舟不夜天。影濯江流春浪赤，光摇雪霁玉鳞鲜。
悲歌客似求伸蠖，驯扰谁思漫着鞭。极目函关愁旱魃，可能霖雨沛桑田。

将发黄州遇大风雨

赤濞秋残风雨争，涛喷乱雪撼江城。势疑虎啸千山动，响听军驱万马行。
讵道济川夸作楫，敢言破浪奋舟行。扣舷酾酒情何限，不信虬须白几茎。

九日泊彭泽浪响撼舟竟夜不息

诗船访菊系江城，劲浪如霆拍岸争。波触蛰龙惊失梦，光沉淡月影摇声。
灯前酒壮题糕兴，枕畔凉生漱玉清。喷薄宫商驰厚响，无弦焦尾夜含情。

惜花吟

九十春光奈晚何，飞红零乱点山坡。堪怜一段天孙锦，却被封姨剪碎多。

杏　花

不干枫叶醉霜华，山径红飞二月花。知是春工裁碎锦，织成一片楚江霞。

天门山

谁持巨斧劈山灵，双锁江门峙翠屏。万里涛声关不住，片帆如驶促归舲。

张明府荆庵公复来宝应索余画石题赠

背郭溪亭暂驻车，张堪重喜识容华。清操绝类谁争似，玉石池头白莲花。

赠歌者

响彻惊筵李八郎，风吹逸韵满沧浪。金樽银烛春江夜，醉听流莺啭绿杨。

王　敕

王敕，清江苏高邮西北乡塔集镇人，清中后期秀才。

春日即事

时事催人事太忙，才经踏雪又寻芳。春情莫卷双眸雾，日暖难消两鬓霜。
休羡松梧千古茂，且夸桃李一门香。梨园个个传佳话，谁解乾坤是戏场。

自　遣

不拘城市与山林，酬答纷纷是此心。得句可传如得子，怀才堪用胜怀金。
花烟草露皆为画，竹韵松涛即是琴。参透迩言含至理，百川非浅海非深。

失　题

其　一

院深唯月到，门静忽风敲。忆里书频寄，忘仇剑已抛。

其　二

且酌赊来酒，还看借到书。家贫何用犬，步健不须驴。

王念孙

王念孙(1744~1832),字怀祖,号石臞。世居江苏高邮湖西甓社湖西东至尖一带(今属江苏金湖县),后徙高邮县城。清乾隆四十年(1775)进士,历任工部都水司主事、员外郎中、御史、直隶永定河道。精于训诂,为小学之大家,乾嘉学派代表人物。有《广雅疏证》《读书杂志》等专著25种。另有《王石臞先生遗文》《丁亥诗钞》。

泛舟之芙蕖馆

出郭眄平阡,临流泛虚艇。空天如镜浮,倒影牵游荇。孤馆面回汀,地僻风日冷。一水共苍茫,蒲稗相与永。菡萏花犹敷,伊人躅何迥。鸿宝今琳琅,仲蔚昔幽屏。伫立无一言,斜阳对孤景。

石佛闸放舟

理楫即长路,水气侵我衣。石咽清流响,崖排古木齐。袅袅渚华静,瑟瑟蒹葭稀。独鸟下遥空,势与残云低。空明豁心目,方悟前途迷。孤槎去容与,兴言寻旧溪。

春耕诗拟陶

愧无经济术,聊复事耘耕。春来土脉动,甘雨正时行。晨兴向南亩,云与烟雾并。馌妇多喜色,牧竖传歌声。村店扬青旆,四野明丹英。中田何所望,但见娶麻盈。更有素心人,耦耕无俗情。依依话今古,地与吟怀清。顾此徜徉意,万事秋豪轻。

月夜游焦山作

江上夜潮生,群帆疾于驶。篙师理楫趋天风,棹歌一声催月起。漠漠远天分,青山发一痕。磊落才惊甘露石,嵯峨又抵焦岩门。鼓声坎坎下三四,停桡陡作探幽计。坿葛攀藤振衣上,但觉江风飒飒吹残醉。既陟千盘磴,还登九折台。法物杳难辨,幽人不复来。丹炉火寂鹤驾远,经堂坐榻生莓苔。上有排空乱石势欲堕,下有洪波万派声如雷。蹑天根,穷地籁,繁霜飘扬仙云晻霭。万树青冥蒙,银湾皎如带。遥看北斗七个向天低,仰望明星数点当空挂,远巘重重隐天外。海气苍茫蒸万态,便欲子景赴蓬莱。仰攀金支璇阙虚无内,忽然雾起满天间。江南江北知何方,冯夷击鼓群灵舞。鱼龙杂沓纷翱翔,罔象横冲云岸没,云涛荡潏山低昂。掉头四望目频眩,唯见金山一塔礌礌巉天长。仙境不可期,窈窕神驰越。倏然放长歌,飞下苍烟窟。片帆远发天欲明,列岫拱峙云乱升。对岸遥传钟磬响,扶桑曰涀晨鸡鸣。

登海陵泰山墩怀古

废垒萧条白日高，当年驻马护空壕。君臣海上偏安定，父子江边百战劳。
庙拱荒城迷雉堞，魂萦野水肃风涛。夜深古木声声急，犹似军威振羽毛。

王引之

王引之（1766～1834），原名述之，字伯申，号曼卿，王念孙之子。世居江苏高邮湖西甓社湖西东至尖一带（今属江苏金湖县），后徙高邮县城。清嘉庆四年（1799）进士，累官至吏部、礼部尚书，终工部尚书。谥文简。扬州学派代表人物之一。著有《经义述闻》《经传释词》，另有《王文简公文集》《王伯申文集补编》。

题阮梅叔《珠湖垂钓图》

其　一

此老才华下水船，一蓑一笠钓秋烟。米家书画夸虹贯，可似珠光夜烛天。

其　二

临渊岂为羡鱼来，水阔波平眼界开。占断湖光三十六，满船明月载诗回。

其　三

日暮船头理钓丝，闲情唯有白鸥知。惯从秋水菰蒲外，领取中流自在时。

其　四

我家旧住甓湖滨，卅载京华滞此身。辜负莼鲈好风景，让君独作钓鱼人。

海　棠

其　一

淡抹胭脂树几株，可怜风韵是名姝。晓来试向东风问，春睡连宵已足无。

其　二

散花天女妙香饶，点染红妆作意娇。怪底拾遗诗不著，倾城艳色本难描。

王敬之

王敬之（1778～1856），字仲恪，号宽甫。清江苏高邮县湖西人。王念孙之子，王引之之弟。以贡生赠官户部主事。屏迹里门，以诸生老。勤于寻访遗闻轶事，精通小学，尤善倚声。有《小言集》25卷。

友人教授湖西寄怀

消寒会歇寂柴门，江上春泥更爪痕。归艇未移花底岸，驻筇先在水南村。
贫疑词客名为累，老信经师道较尊。肥瘦束脩羊勿计，冬心论待旧盟温。

甓湖村舍桂花酒坐中作

其　一

凉飔衫袖板桥过，愁外吟怀剩不多。依旧访秋花屋坐，转疑身世未蹉跎。

其　二

手攀无分月中枝，山小留人亦所宜。处士高风丛菊在，尽期挈榼叩霜篱。

葛节支

葛节支(1879～1935)，又名永和，字浚，江苏宝应县湖西(今属金湖县)人。家富有，曾就读南京政法学校。民初任宝应县西二市议长，民国10年任江苏省议会议员。敢于为民请命，革除弊政，及逝，地方父老跪以吊之。

赠　友

其　一

水爱流来山爱高，风声虎啸杂狼号。野人胜负王公乐，天子何如海客豪。
三径菊香安马足，五言诗就走羊毛。无端误到黉门内，盗得蓝衫悔入牢。

其　二

一出柴门目便东，看庄杞梓众芳中。芦花统雪无边白，枫树经霜别样红。
四处乡人多肉眼，几家子弟坐春风。闻君最是清心客，声气唯求两地通。

其　三

瞥见河埃柳戏烟，人形术似也狂颠。一支朽骨云何持，三斗俗尘半未蠲。
学道不曾唯白水，题诗岂必待青莲。愿君共醉浮生梦，莫把风流让七贤。

其　四

凤到高岗集有年，悔予懒未踏山巅。深庄影迹知灵鸟，不计功名是谪仙。
白屋三椽堪驻足，黄粱几饭觉随肩。驾云倘教蓬门辱，一盏清茶扫竹煎。

邵伯安

邵伯安(1913~2001),原名南,晚号晚香居主人,江苏宝应人。长期从教。江南诗词协会、江苏省诗词协会会员。著有《邵伯安诗文集》,与其弟邵振铎合著有《联芳集》。

涂沟眺晚

眼看夕阳去,风吹客面寒。潮平湖水静,灯远火光残。
林鸟惊闻语,渔家忙夜餐。晚来无进步,转觉退为安。

舟过金湖

船随机发动,前行速度雄。不知涉水快,但觉去舟匆。
激浪翻花滚,顶流洗刷冲。接连波起伏,涛似雪腾空。

秋日乘舟湖上

乘船湖上看,芦荻孕秋时。风动疑云驶,舟行觉岸移。
林青边地横,水白与天齐。一幅新图画,无人题过诗。

舟过石港入湖

一汪湖面小,空阔似沧溟。航线波翻碧,云林烟锁青。
不知舟渡速,但觉水程轻。丛树鸟音杂,绵蛮喜可听。

湖堤冬遇风雪感兴

秃木青衣脱,寒枝瘦老鸦。鸥飞谑水浪,风舞卷泥沙。
渔艇归芦港,云霄散玉葩。雪纷纷绕眼,错落认银花。

端阳午宴弟家即席感赋

诗人节届古端阳,异地欣逢敬爱忙。犹子甚殷斟白酒,女孙也解吸青汤。
东西皆老幸身健,兄弟同欢娱目狂。醉后点颔情话及,顽童转瞬作爷娘。

石港湖滨闲眺

环湖新筑大堤弯,潮打石坡自往还。一鉴天开潴雨水,万波风激漫柴滩。
轻舟摇荡渔家傲,飞鸟高翔云路攀。到处工房林立起,建成县市树排班。

湖上远眺

草涨平湖绿映门，人家三两住孤墩。千荷圆叶沿波盖，万里长天共水吞。
点点沙鸥遥鹭影，排排树木远山痕。眼前旧貌新风景，绣出渔乡如画存。

金子平

金子平(1915～1997)，江苏金湖人。1940年5月参加革命，中共党员。曾任区长、区委书记，华东野战军第二纵队第四师司令部指导员、县长、扬州农校校长，为金湖建县后第一任县长。著有《淮上吟草》。

瓜洲闸

古渡新颜气势雄，江淮枢纽锁蛟龙。河流调节千舟过，水患消除五谷丰。
唐代高僧浮大海，友邦佳客赞东风。七层银岭登高处，隔岸金山一望中。

登泰山

登上天门未了轩，清风拂面意飘然。从容倚石观云海，举步扶藜攀顶巅。
古柏乔松阴蔽日，悬崖幽谷瀑如烟。岱宗胜境多奇景，万壑千峰眼欲眩。

孔　化

孔化(1919～1998)，原名祥鹏，江苏泰县人，中师文化。曾任金湖县农林局局长、邮电局局长等职。离休后任江苏省诗词协会理事、淮阴市诗词协会常务理事、金湖县诗词协会副会长兼《金湖诗词》主编，是金湖县诗词协会创始人之一。

游庐山仙人洞

苍松古木入云天，怪石奇峰碧绿巅。岭绕烟云云绕树，山藏古洞洞藏仙。
御碑亭下丛林秀，锦绣谷中百卉鲜。重翠层峦风景丽，人间正是治平年。

登金陵饭店璇宫

璇宫直上入云边，环睹石城景物妍。半暗半明玄武水，时开时掩紫金巅。
南看吴越霞拖地，北望江淮浪接天。转念六朝纷乱局，焉如今日太平年。

重阳早晨偕费国衡同志登淮南大堤

夜间小雨浥轻埃，联袂登高视野开。岸柳婆娑催客醉，江枫叠染壮心扉。
悠悠雁阵楼头去，点点渔舟日畔来。最是秋光多画意，行云流水共徘徊。

祝贺金湖县诗协成立

少长同堂大会开，奇葩一朵出头来。诗词本是移风物，格律何妨革旧材。
愿吐豪情歌盛世，敢将洁俭育英才。老年莫道无能事，吟友从今有讲台。

赞入江水道上民工

其　一

朗朗号声震碧空，入江道上气如虹。冰天雪地挑泥土，冒雨顶风战恶龙。
培厚加高堤大固，查缝补漏质毋松。行洪万二无伤损，水听指挥绝代功。

其　二

开河建闸筑堤防，广大民工斗志昂。铁臂英雄威力显，钢肩巾帼亦豪强。
拦坝截流入水道，掀天揭地镇龙王。兴农足食人心乐，红色江山万代长。

春日郊游

风和日丽艳阳天，物阜民康景象妍。入耳莺歌声婉转，迎眸燕舞影翩跹。
小楼短笛添佳趣，曲水流觞遗巨篇。得意春风馨满面，芳蹊漫步乐悠然。

赏　荷

散步池蹊空气嘉，满塘荷藕美无涯。微风轻舞鱼儿伞，斜日还穿叶底花。
带笑芙蓉迎岸柳，含羞玉蕊送飞车。污泥不染真高洁，闲对夕阳看晚霞。

金湖公园

漫步公园小径微，风和日丽正春晖。临溪羡钓观鱼跃，放眼长空数鸟飞。
杨柳婆娑撩客首，桃花灿烂润心扉。鹤亭耸立峥嵘甚，曲水潺潺婉转归。

春　风

三月春光好，吹来满面风。如刀裁柳放，似剪破桃红。

过农家

岸转溪回一径斜，绿荫深处有人家。高檐瓦舍鸡鸣午，侧院新开月季花。

月季花

姹紫嫣红月季开，争妍斗艳列庭台。身披密密尖尖甲，浪蝶流蜂不敢来。

湖上晨眺

其　一

高邮湖水映霞光，树簇堤横鹭颉颃。最喜风帆烟雾过，庙沟闸上看朝阳。

其　二

瓦房隐现绿丛中，古柳朝阳相映红。寂寞淮堤游客少，两三雀叫破长空。

过白马湖

傍柳依荷入画中，轻舟半日妙无穷。翩翩白鹭帆前舞，处处渔歌荡碧空。

吟　松

岁暮严寒一老松，巍然挺立碧空中。霜欺雪打叶苍翠，铁骨铮铮战恶风。

春　日

春雨初晴日更明，群芳斗艳一时新。唯闻婉转黄莺鸟，绿柳枝头自在鸣。

宿石港船闸

夜静风清月正斜，渔舟灯火映窗纱。飘来悦耳渔光曲，一网青鲢一网虾。

徐则先

徐则先（1920～2005），江苏金湖人。江苏省名中医，曾任金湖县中医院副主任医师，金湖中医学会名誉理事长。金湖县第一届、第二届政协副主席。

七十述怀

荏苒光阴逐逝波，峥嵘岁月已蹉跎。少年落拓空怀志，老迈颓唐唤奈何。
徒有虚名劳远客，愧无绝技起沉疴。杏林众植春常驻，影响儿孙受益多。

闲　咏

粗通翰墨喜吟哦，仕籍荣登议政多。砥砺廉隅持晚节，乐观主义养天和。

赴美探亲杂咏

夜越太平洋

探亲域外莅他邦，星夜航空越海洋。云雾茫茫难辨向，心潮澎湃破天荒。

芝加哥国际机场降落

入国问欲语难通，机场徘徊伉俪懵。羝羊触藩无主意，忽听声唤阿姑翁。

机场惜别

见面时难别亦难，此回何日再团圆？大洋两岸心心印，好自为之各自安！

不倒翁（自嘲）

鹤发童颜别有风，头轻脚重腹中空。沧桑演变形依旧，难得糊涂不倒翁。

孙凤翔

孙凤翔（1921～2000），江苏金湖人，中共党员。抗日战争和解放战争期间曾任乡指导员、大队长、区长、区委书记，第20军随军干部大队政委，江阴县民运部部长。1949年后曾任无锡市柴油机厂等厂厂长、书记，金湖县委副书记，镇江市委副书记、市长。

庆渡江战役胜利40周年

横渡大江百万军，南天沽酒待亲人。舟流陆洒英雄血，赢得今朝处处春。

费国衡

费国衡（1923～2012），晚号向阳居士，江苏金湖人。1983年于金湖县中学离休，为金湖县政协之友社成员。江苏省诗词协会会员，淮阴市诗词协会常务理事，《金湖诗词》创始人之一。

金沟围困战

1945年2月25日，300余名日伪军占据金沟镇，被我淮南军分区独四团、特务营、天高支队和区、乡民兵围困60多天，毙伤敌军70余人，俘敌4人。敌突围后，随黎城镇镇长金子平亲赴劫后的金沟镇察看。

正月初三日，寒风犹瑟瑟。日伪三百多，水陆嚣张出。
妄割天高县，金沟已空室。敌据筑堡群，时听鬼呼叱。
我军布围阵，航道桩打实。水雷石坝衬，河运敌方失。

开展麻雀战，插旗炸敌粟。陆丘坟伏攻，落魄惊魂怵。
日没夜惶惶，龟缩在碉窟。死伤七十余，据守已无术。
仗其武器好，三月五狼突。曙色东方亮，晨风衣拂拂。
闻捷奔金沟，目睹劫后怫。西市尽残垣，东市满垃圾。
北街冒烬烟，南街哭戚戚。民有共产党，解我心头郁。

毛主席百岁祭

壮猷靖六合，叱咤会风云。哲理端航向，经纶化世芬。
飞沉留翰墨，形象美诗文。一代英明著，太阳喻伟勋。

上老年大学

秋爽过三春，清风不醉人。闲牛咀野草，战马洗征尘。
学海原无岸，生涯应自珍。耆年上大学，温故而知新。

人民公仆孔繁森

贤才时辈出，又唱孔门歌。开发西陲地，繁森百事罗。
身融阿里雪，足沐狮泉河。十载勤政绩，光荣传电波。

金湖风光

淮河水道入江流，两岸芊芊绿满洲。仓满鱼肥家宴乐，窗明几净宅居优。
拨云井架星光灿，琢玉蚕丝月色柔。改革东风融万户，市容多彩尽层楼。

赞崔庄油田职工

衡阳古驿绘新图，地下深藏油液乌。披露汽车驰绿野，摩云铁塔立滩涂。
潜龙戏水利鳞甲，雏凤朝阳鸣碧梧。会战喜喷丰产井，英雄创业在金湖。

辛未春节感怀

啼鸡贯耳唤如何，壮不如人抑制多。细雨非烟烟又似，黄粱欲梦梦难罗。
讷言不欲争微是，拙笔犹能发短歌。深沐党恩娱晚岁，愿将余寿补蹉跎。

古稀吟

秋高北雁又南飞，销尽铎声老倦归。烛照青枝多锦绣，窗寒尺素锻珠玑。
塞翁牧马任驰息，商女扶弦道是非。富贵荣华槐国梦，三杯薄酒暖心扉。

忆挚友

人生世路若飘萍，到处翱翔任羽翎。地北天南频调动，寒来暑往少居停。无情剑截至情梦，浊酒诗成借酒铭。如箭驹光催老去，晓来百感看晨星。

题自画竹

老竿节节历风尘，熬暑经寒硬骨身。时雨春风苏故土，新枝俏拔迎曦晨。

河码头夕眺

斜阳一道映河中，瑟瑟微波水面风。又上滩头梳紫柳，彩霞染得渡轮红。

湖　畔

高邮湖水水汪洋，霞染满天旋夕阳。绿荫村头坦道上，银铃笑语比时妆。

堤　滩

大堤槐柳拂轻风，鹅羊隐现绿茵丛。滩溪缓缓流不息，举竿临波数笠翁。

渔　姑

湖光潋滟闪鳞波，四望湖滩港汊多。难得渔姑机舵稳，弯弯曲曲过重河。

杭州虎跑饮茶

虎跑玉泉龙井茶，三人会饮听琵琶。山风拂谷叶旋舞，日影西垂涌晚霞。

乘艇游漓江

如镜漓江卵石滩，蜿蜒玉带泛微澜。闲云水底游鱼乐，两岸峰峦秀色餐。

雨花台烈士陵园

叠翠层层拾级攀，仰看雕像伴青山。耸碑云绕雨花落，岁月悠悠流水潺。

傍晚黄浦江岸

浦江浪影托双虹，车过鸣声透碧空。大厦凌霄星斗拱，华灯锦簇港西东。

为吉尔云画《双骏图》题诗

草原双骏力张鬃，蹄底生风矫若龙。无意凌云逢伯乐，日驰千里惊飞鸿。

吟印刷厂女工

排字工

框框铅字放银光,纤指频频缀翰章。刊出诗词歌盛世,辛勤赢得版芬芳。

机印工

平台印刷轴轮移,窄袖腕翻巧运机。尺素翩翩飞玉蝶,墨香沁透落珠玑。

遣 怀

老无欲虑乐朝朝,诗翼偶张意绪飘。哪若时贤高格律,遣怀自得亦逍遥。

咏供电局大厦

拔地耸楼映碧霄,朵云冉冉出琼瑶。时平导向金湖旺,闪电娘娘也折腰。

乘三河轮渡

斜阳半壁洒三河,互弋鲸轮载客多。拂面湖风任吐纳,滩头柳影露微酡。

宁夏沙湖二首

观鸟台

天鹅白鹤世珍禽,远渚翩跹亮唳音。日秀云空明素羽,浮光掠影抹沙金。

芦苇迷津

汪汪沼泊浪萑苻,丽日波光北国湖。塞外穹庐驼马壮,沙原饶味绘新图。

淮安市水门桥晚眺

三桥六岸彩灯罗,五色缤纷映碧波。极目广场淮海路,层楼繁市泻星河。

潘介和

潘介和(1921～),江苏金湖人。淮北行政学院毕业。历任小学教员、副区长、淮安城南办事处主任、蚌埠地下党巡视员。中华人民共和国成立后,历任蚌埠市委办公室副主任、市林业局局长、市城建局副局长等职,珠城诗社副社长。著有《益壮斋诗选》。

咏 鹅

温文尔雅自陶然,河上鹅群舞蹁跹。风度翩翩翻碧浪,洁身察察濯清泉。
昂头长啸声传宇,伸掌划开水底天。与世无求唯利世,当年惹得右军怜。

注:此诗作于1935年,作者时年14岁。

动员诸同学抗日

倭氛弥漫使人愁,涂炭生灵已数秋。全壁河山半壁碎,满腔热血一腔仇。
不能独立毋宁死,为了自由敢断头。天下兴亡匹夫责,誓驱胡马出神州。

春游龙湖

千载龙湖沉睡酣,今逢盛世换新颜。东风吹皱一湖水,佳木染青两岸山。
鱼跃春来游浅底,龙蟠亭上隐深湾。春光明媚游人醉,竟日流连不欲还。

弯月池畔观鱼亭

观鱼亭倚水湾中,信步寻幽曲径通。翠柳青桐两岸碧,丹霞赤鲤一池红。
春来鱼跃微波漾,风拂泉喷细雨蒙。游憩此间人意暖,好为四化建勋功。

二堡战斗

云暗天低浓雾生,轻装奔袭夜潜行。神兵英勇冲锋复,俘得敌军百十名。

注:二堡据点距淮安县城仅两公里,有一伪军中队据守。作者时为我军向导,深夜奔袭,仅20分钟荡平敌据点,俘敌百余人,我仅轻伤一人。此诗作于1944年夏。

乍见雷震东同志

黑首皤然白发生,年华流逝总无情。乍然相见不相识,欲问客人尊姓名。

煤城矿工赞

撼地机声日夜开,弯腰屈臂战尘埃。一自汗雨涔涔下,不尽乌金滚滚来。

吟　枫

气爽山明楚地枫,婆娑醉舞落素红。霜天鹤唳斜阳照,不尽秋情习习风。

王遐松

王遐松(1923~1992),江苏如皋人,中共党员。曾任区委书记兼区长、县委宣传部长、总队政委,中华人民共和国成立后历任县长、县委书记,江苏省委组织部部务委员,金湖县委第一书记,江苏农科院副院长,连云港市委副书记、市人大副主任,江苏省委农工部巡视员等职。有《王遐松诗词选》。

再游连云港

八年居海宁，山水也钟情。入寝梦瀛海，开窗闻笛鸣。
云台经再过，濂洞试通行。山巅荧屏里，领航耸入云。

春　蚕

吴天楚地菜花黄，江海田园育种忙。姑娘披星精饲蚁，阿娘戴月巧喂桑。
天孙织出千般秀，嫘祖梳成万户妆。最爱风流高格调，霓裳起舞化宫商。

望开发

芦海茫茫无尽头，悠悠淮水绕湖流。何年湖底黄金涌，明月凯歌照玉楼。

登庐山秀峰观瀑

暮年壮志展雄风，直上三千登秀峰。为探银河何处落，香炉双剑笑迎松。

袁存弼

袁存弼(1924～2016)，字东辅，江苏兴化人。1944年参加革命，历任战士、班长、排长、指导员、人武部副部长。金湖县干休所军队离休干部，1983年离休。金湖县诗词协会原副会长。

纪念毛泽东同志逝世35周年

旭日东升遍地红，泽东思想贯长虹。除妖反帝乾坤转，救国拯民日月崇。
夏禹商汤齐德泽，唐宗宋祖逊勋功。文韬武略无双匹，一代伟人万古荣。

纪念辛亥革命100周年

武昌城下炮声隆，弹雨纷飞漫碧空。创建共和新国体，推翻帝制旧牢笼。
倡导三民扬博爱，赢来百姓获尊崇。天下为公千古颂，流芳万代一英雄。

赞任长霞

清明廉政绽奇葩，巾帼英雄众口夸。激浊扬清秉正义，忠心赤胆献中华。
为民为国驱邪恶，无畏无私斗腐奢。务实求真临一线，栉风沐雨伴长霞。

观上海世博园

世博园区气势豪，人山人海乐陶陶。尖端奋起雄风展，科技领先成果高。万国争风呈异彩，一枝独秀胜前朝。游人如织诗情画，百态千姿谁比娇。

金陵即景

金陵名史六朝都，虎踞龙蟠世所无。名寺名碑凝翰墨，古城古塔展宏图。参天松柏年年秀，遍地鲜花处处殊。到此何须问仙境，迷人景色胜蓬壶。

四季沐歌

春

百卉丛生阡陌中，柳丝麦浪郁葱茏。千姿百态容颜美，笑对春风绿映红。

夏

酷日当空似火烧，蝉鸣翠柳噪音嘈。农民汗水犹甘露，灌出丰年喜讯苗。

秋

露重秋深草木凋，菊花含笑乐陶陶。青空大雁排云上，紫燕南归早筑巢。

冬

小院寒梅已盛开，雪花悦舞缀窗台。东风送暖融冰水，喜得村姑把地裁。

咏　梅

小院寒梅已盛开，雪花飞舞缀窗台。丹心一片谁人见，惟有暗香入梦来。

农村新貌

其　一

为写诗词访友人，豪华别墅遍乡村。深墙独院君何处，不见当年芦苇门。

其　二

村女闺房盼嫁期，陪奁何物动情思。品牌服饰谁稀罕，电脑台前万事知。

咏　藕

湖城脆藕罕江东，美味清香飘九重。游客未尝先欲醉，酒楼唱响酒筵红。

吟蒌蒿茶

精工巧作艺高强，保健蒿茶扑面香。唱响淮扬市贸曲，一枝独秀誉湖乡。

吕 迈

吕迈(1925～2017),江苏金湖县人,中共党员,画家,曾任杭州书画院院长。

游羡山

羡山藤葛若龙蛇,浑似右军书圣家。墨客归来情未倦,拂笺漫草几行斜。

上太行山

秋风送我上重峦,背负青天路几弯?回首奇峰搜不尽,老夫痴看太行山。

孙道宏

孙道宏(1925～),江苏宝应人,1945年任模范队分队长。1947年入党,曾在高宝湖上打游击。曾任宝应县委合作部会计组长、金湖县委农工部指导员、县经营管理组组长、县农委政秘科长等职,1987年离休。

纪念毛泽东诞辰120周年

敬仰伟人毛泽东,兴邦开国德高崇。三山推倒人民乐,五卷飞扬宇宙红。
满腹经纶多远虑,统筹禹甸建奇功。开来继往和谐颂,一代天骄万世荣。
百年华诞只今逢,万丈高歌庆大同。马列毛公指道路,人民幸福感恩隆。

游秦皇岛

观光胜景秦皇岛,关口长城铁铸墙。北枕燕山峰肃肃,南临渤海水茫茫。
驱元驻帅明徐达,守土防倭戚继光。女庙孟姜传故事,旅游宛入醉人乡。

张叔文

张叔文(1925～),江苏常熟人。1949年参加工作,后从无锡调苏北,先后在宝应县、金湖县的银行、粮食系统从事财务管理工作。1985年5月退休。

园　圃

庭前园圃几平方，一岁数回勤换装。细播精翻肥靠汗，满畦葱绿菜根香。

久旱喜雨

云翻电闪雷声猛，急雨如鞭乱击窗。干渴禾苗齐作揖，秋来喧笑谷登场。

孙秉奇

孙秉奇（1925～　），江苏金湖人。1949年6月参加工作。曾在金湖县金南乡任小学教师。

广陵游

早春二月下扬州，绽蕊杏花柳叶抽。览罢平山车北上，诗情画境老人游。

有　感

人生岁月暗消磨，翻过一坡又一坡。猛识水边惊鬓白，霞光照我莫蹉跎。

雷震东

雷震东（1926～2009），江苏金湖人。1950年2月参加工作。曾任黎城镇中学教师。

玉春雪霁

风雪虐乾坤，惊回大地春。晴光骄物态，和气醒花魂。
冷酒浸肠暖，寒梅识土温。丰年征预兆，留客足鸡豚。

题画梅

一枝疏影映幽窗，似与佳人共晓妆。纸帐应无仙侣梦，画堂哪有粉痕香。
着花未许风霜萎，留迹当同年代长。和靖不知何处去，应于石畔傲孤芳。

河滩柳林漫兴

数声渔笛向晴空，柳色湖光相映浓。忽悟人情东逝水，浪花淘尽几英雄。

瑞雪吟

搓棉扯絮降银空，玉树琼枝隐逸中。倘得红轮来脱白，小桥流水畅西东。

观洪湖赤卫队演唱者

素服恍疑月兔奔，英姿潇洒亦温存。歌声响彻洪湖水，难洗当年贺帅冤。

鲜月林

鲜月林(1928～2008)，江苏金湖人。曾任宝应湖渔业合作社会计，赴扬州师范中文系培训二年，后任教师、主任、校长。退休后参编《唐港地方志》。

吟雷雨

风起千层浪，云翻万顷波。惊雷撼岱岳，暴雨倾天河。
闪电金蛇舞，虹霓彩练拖。及时甘露降，高奏丰收歌。

农村春画

春风打扮自然妆，绿草如茵百卉芳。杨柳含烟飞絮白，菜花带露抹金黄。
桑园嫩叶吐新绿，兰圃娇姿放异香。南亩西畴歌声起，艳阳天气正农忙。

梁红玉赞

宋室衰微溃败中，山河破碎雾迷蒙。丝弦乐换军笳乐，脂粉红更战帜红。
扬子挥戈歼恶虏，金山击鼓斗虬龙。女流豪杰传奇迹，羞煞几多软骨虫。

关天培赞

虎门笼罩硝烟中，台上将军气贯虹。报国何妨鲜血洒，尽忠岂爱夕阳红。
悲歌动地地生色，壮举惊天天变容。民族英雄千古颂，巍峨神庙纪丰功。

四季杂咏

春　风

嫩芽蒙照拂，古柳仰更新。催动百花发，融开水面冰。

夏　雨

洗得千山碧，泽临万木荣。河塘咸满溢，田野绿尤浓。

秋 月

皎洁素光盈，环球独此明。客游异地者，常发思乡情。

冬 雪

朔风云密布，碎玉撒瑶宫。万顷皆蒙惠，不分西与东。

观盆景

盈尺之盆分外奇，匠心独运费裁思。小中见大胸怀阔，袖里乾坤焉妄词。

春日偶书

历尽严寒始见梅，惠风重唤百花回。柔杨更解人心意，春色满枝万绿垂。

邵振铎

邵振铎（1928～2018），原名英，号友渔居士，晚号盂园主人、梅溪老人，江苏宝应人。长期在金湖县粮食系统工作。中华诗词学会、江南诗词学会、江苏省诗词协会会员，中华诗词文化研究所研究员。《金湖诗词》副主编，金湖县诗词协会创始人之一。

少林寺道中

嵩高岚气袅，四顾若烟埋。楼阁腾挪至，峰峦起伏来。
寺前红日照，塔后绿林排。赤手场中练，少林拳壮哉。

游洛阳龙门

别致龙门美，乐游缥缈中。洞间千百佛，云外一双峰。
访胜吟诗瘦，寻幽唱韵浓。饱看奇异境，石窟夺天工。

雨后三河美

雨后三河美，斜阳水面铺。红楼藏暮霭，碧柳串联珠。
鹅鸭归篱栅，沙鸥入苇蒲。华灯星火灿，晚景胜西湖。

咏杨花

东君不嫁效飞仙，割断情丝白爱绵。聚去风搓球滚滚，散来雨湿泪涟涟。
香残燕子楼无语，粉堕马嵬坡下眠。零落东西化萍矣，星星点点洒江天。

漓江舟行

烟锁危栏浪激舟，天风送客下瀛洲。展开图卷三千幅，巧设云岸十二楼。
碧水弯弯如镜绕，青山簇簇似簪浮。桂林一路至阳朔，仙态神姿看不休。

游三峡

千岩万壑四时春，景系八方游客心。十二峰奇晴雨变，两三鸥戏浪花腾。
山田似锦黄云织，橘圃如烟翠黛凝。抬眼江头诗意满，声声汽笛过夔门。

游鸡鸣寺

游尽名山览尽湖，登高老未壮心除。洲如碧玉生霞雾，楼若红莲入画图。
一代衣冠超晋宋，六朝风物化蒿芦。台城绝迹知何处？漫野芳林听鹧鸪。

冒雨峨眉行

未到峨眉梦未消，天缘偏赐雨潇潇。径如梯级高千仞，杖下烟溪过几桥。
双涧清音调绿绮，群峰秀色透青霄。晚行幽谷无尘染，青听松声慰寂寥。

雨　荷

翠盘风撼雨珠倾，浪濯芙蕖碧筒擎。镜面几枝书画卷，莲塘数处棹歌声。
满陂摇滟清添韵，万里联吟广结盟。君子洁身如璧玉，污泥不染见真情。

夏日漫步

碧流溪绕碧云庄，翠阁朱楼若锦裳。郊北车来拖白麦，垄西人去插青秧。
林梢袅袅炊烟绿，湖面悠悠泛日黄。一望无垠新气象，田园景运好风光。

奉和论诗

历朝诗集可评观，不朽名篇万世欢。词贵清新生雅洁，文穷佶屈失斑斓。
仄平当与音声合，韵脚宜随现代宽。格律由来难改变，字须吟稳使心安。

1980年冬送兄石港乘舟东去而歌之

行行相送复行行，不觉穿林又一程。落脚霜前防易滑，小心坡下不须惊。
人间莫若风云变，世上无如兄弟情。久别欣逢逢又别，人随船去愿波平。

登黄山

索道行空林壑低，云屏绝景眼看迷。峰前薄雾如纱罩，楼外轻烟横涧溪。
悬瀑溅珠千百斛，好诗留壁二三题。何时鬼斧危崖凿，险径惊心登月梯。

望　月

盈盈八九夜，斜挂树梢前。怕见檀郎面，含羞露半边。

石港归来吟

一湖烟雨一湖风，荡漾轻舟西复东。欸乃一声惊睡鸭，落霞相映夕阳红。

津浦道中远望

大地浑如泥塑丸，青青点点若螺团。天公巧设人工画，千古往来看不完。

登叠彩山眺远

叠彩山登意气豪，拿云亭上骋怀高。诗潮莫若峰潮涌，起伏岗峦似怒涛。

登庐山含鄱亭

峰如玉女雾如纱，湖似银盘亭似葩。百秀千奇仙境美，爱看霜叶胜于花。

湖堤行

拍岸惊涛风紧催，津湖不见白帆回。群鸥浴日银千点，百里波翻雪万堆。

读毛主席诗词

诗词绝唱雄千古，梅雪高吟独一家。默坐焚香开卷读，金声玉振若铜琶。

步和戚孟豪先生杨花

其　一

红尘不染洁身传，清白如绵点翠烟。穷且益坚操守志，无求得势欲登天。

其　二

天南地北美无涯，不羡瑶台寄碧沙。万朵琼葩飞散绮，溪前五柳晋陶家。

梦游上海南浦大桥

百弦空挂箜篌设，谁奏惊天大雅歌。难得神游南浦美，莫非云外鹊桥过。

晚间渔港见闻

堤北烟青腾荻滩，林东月白若冰盘。晚餐翁叫孙何处？却在邻船电视看。

卞树荣

卞树荣（1928～2018），江苏高邮人。曾任中共高邮闵塔区委第一书记，宝应县湖西工委宣传部部长、宝应县筑塔河公社党委书记，金湖县农工部副部长、金湖县副县长、常务副县长、县政协副主席。

飞向戈壁滩

欣赴金陵盛暑天，乘机云际景无边。俯瞰大地千峰碧，纵目长空万象妍。
祖国江山仍赤帜，人民权柄永锤镰。遥观戈壁雄师曜，试弹靶场百炼坚。

试　弹

靶机遥控焰腾空，卫国英雄练武功。惊动玉皇问何事，人间试弹不兴戎。

赞沙枣

大漠风尘不见边，既无草木也无泉。当钦沙枣枝繁茂，笑傲荒原立地天。

赵则先

赵则先（1932～ ），江苏金湖人。中共党员，先后任高邮县金沟区双庙乡粮委、闵塔区文书、塔集乡及平安乡乡长，高邮县委宣传部干事、公社秘书，金湖县人大常委会秘书、内务委员会副主任。

漫步柳树湾

故园多胜景，出色柳千行。风润柔条绿，雨滋嫩叶黄。
翠林依水泽，碧海映城厢。恰是休闲地，欣看白鹭翔。

忆塔儿集首战大捷

谭陈遣师复南疆，螳臂当车顽蒋狂。猛将快刀披宿敌，虎贲巨手斩豺狼。
轩昂剑劈凯歌奏，伤重敌疲考妣丧。胆略过人杨队长，塔集首战自威扬。

注：1947年5月19日（农历三月二十九）上午，杨效春支队，张百锣、徐逮之支队在塔

儿集迎蒋军整编第四师一个加强连的进攻,在高桥港北淤滩上首战大捷。

忆攻克银集

狂顽逞锐据银集,一霍挥刀除毒瘤。弹炸围门扫河侧,炮轰鹿寨占桥头。

深壕高垒夷平地,固堡坚碉变废丘。残敌哀嚎降帜举,尽擒此寇卒和酋。

注:1947年12月10日(农历十月二十八)晚,华东野战军第三十四旅一〇〇团合围银集敌据点,毙敌20余人,俘敌150余人。

忆金沟河阻击战

犯境蒋军来势凶,连天炮火战烟浓。河东骁健心无惧,勇士天高气更雄。

酣战三天我振臂,弃尸一地敌捶胸。偷鸡蚀米金汉涧,辙乱旗靡夜遁铜。

注:1948年10月1日至3日,天高支队和小河东四个区队与强敌激战3天2夜,敌于3日夜遁退铜城。

悼念王世荣许连才烈士

凶残群寇占梓桑,匆促转移隐潦湟。元匪横舟围志士,英雄喷火射豺狼。

澄水匝地坚铁骨,烈火冲天见忠良。神州大地红旗展,乡亲设坛祭许王。

注:王世荣、许连才系双庙乡乡长、办事员,1947年9月21日被敌包围牺牲。

悼念章辅烈士

韩顽摩擦屠刀举,章辅长舒报国材。从军救国女中杰,抗战启民男子才。

浩浩丹心慰农友,铮铮铁骨斥狼豺。未酬壮志遭难测,血洒夹沟万古怀。

咏古镇北阿

要津北阿迹悠悠,水陆通衢车马稠。市井经商留贾客,边城览胜汇名流。

战秦晋谢犹堪怿,伐武唐徐复叹惆。洪水何期沦古镇,移栖黎庶塔儿头。

登夹沟淮南大堤

林荫漫步览风光,疑似苏堤移故乡。休道武林西子美,金湖亦可敌苏杭。

咏瑶琳洞

古越风光山水绵,桐庐再现洞中天。凡夫难入银台梦,欲上瑶池可问仙。

游横荡桥荷花荡

炎天荷荡最风流，碧翠莲池任我游。莲畔荡舟真雅兴，传来亭榭笑声柔。

杨少峰

杨少峰（1933～ ），江苏金湖人，高级政工师。曾任金湖县委办公室副主任、宣传部部长、统战部部长、县政协副主席等职。现为金湖县诗词协会名誉会长。著有《晚霞情》诗选和续篇，有300余首诗作刊登在《中华诗词总汇（当代卷）》《当代吟坛名家杰作汇编》等诗刊上。

忆罗炳辉师长

金秋天气爽，群英聚一堂。铜城受检阅，面见罗师长。
骑马绕场行，威武气势昂。艺高双眼锐，一枪飞鸟亡。
英雄骁勇将，抗日打豺狼。战功真卓著，英名万古扬。

杭州西湖游

泛舟西子一名湖，秀丽风光景色殊。千顷碧波铺画卷，三潭金月嵌明珠。
苏堤顶上撩诗意，岳庙门前仰帅儒。美景奇观迷客醉，神怡心旷忘归途。

钱江潮观感

每逢八月泛洪潮，直泻钱江分外娇。匹练奔腾驰骏马，惊涛翻滚起狂飙。
千层叠雪峥嵘甚，一线排空气象豪。壮丽奇观看不足，赏心悦目乐今朝。

琅琊山

璀璨明珠不一般，登临顿觉景斑斓。山怀水抱清泉涌，竹茂林深绿树繁。
名士名碑留墨迹，古亭古寺展容颜。此来欲醉寻真趣，游罢琅琊带笑还。

吊屈原

端阳佳节话英贤，屈子投江撼大千。沥血呕心诗浸泪，爱民忧国笔流泉。
龙舟竞渡祭先辈，离曲哀歌响九天。忠楚情怀传万古，骚人辞赋动坤乾。

成贻俊

成贻俊(1933～),江苏宝应人。中华诗词学会会员。曾任县教育局教研室教研员、淮阴地区教材编写员、县教育督导室督学等职。2008年开始习诗词,作品屡次获奖。出版有《蒍蒍诗文》及其续集等著作。

纪念辛亥革命100周年

秋风凄雨苦难深,起义武昌挽沉沦。帝制推翻开广宇,民权创建震昆仑。
亚洲觉醒雄狮吼,华夏昂扬举世尊。天下为公赤旗展,继承革命赖后人。

王凝来

王凝来(1934～2000),江苏宝应人。中共党员,中学高级教师。曾任金湖县教育局视导员、金湖县文教局人秘股长、教育股长、金湖县文化馆长、县教育督导室主任、县老年大学常务副校长、县老年诗书画协会副会长等职。1993年被授予"全国优秀教育工作者"称号。

赞崔庄大油田

碧霄耸井架,手可摘星辰。昼夜钻机吼,震惊天地人。

高邮湖即兴

偷闲觅胜荡轻舟,湖色空蒙飞白鸥。极目茫茫天接水,长天何处落琼楼。

游黄山

登黄山半山寺

梯路层层仰上空,奇峰怪石巧天工。半山寺口龙蛇舞,满目苍苍是劲松。

迎客松

挺立一株迎客松,游人笑对进山中。青峰壁立云烟绕,万壑千沟起劲风。

黄山云海

奇峰异景变无穷,云海层层顷刻浓。腾起雾涛成泽国,黄山化作水晶宫。

徐祝山

徐祝山(1934～2017),曾用名徐宽华,江苏金湖人,先后在金湖县粮食局下设塔集、陈桥、金北粮管所任统计、会计工作,1994年退休。为淮安市诗词协会会员,金湖县诗词协会顾问。

夜观润扬大桥

遥望润扬桥,疑虹落九霄。霞光映碧水,铁索锁惊涛。
天堑成通道,大江息怒咆。工人真伟大,建设逞英豪。

春　雨

和风吹大地,细雨润山村。桃李争芳艳,莺歌盛世春。

城市见闻

酒罢又歌舞,挥金如粪土。城乡贫富差,忍看打工苦。

欢呼神舟四号飞船发射成功

辞旧迎新喜事多,神舟四号越天河。嫦娥一见开眉笑,渡我回乡看外婆。

颂八路军

抗日救亡怒火燃,挥戈杀敌捍中原。英雄八路歼倭寇,动地军歌奏凯旋。

吴克梅

吴克梅(1934～),江苏金湖人。江西财经大学结业,高级经济师。退休前在高邮市政府供职。中华诗词学会会员,《高邮诗词》特约编审。有《引玉诗选》3集。

神七太空行走感赋

千年梦想庆成真,宇宙遨游自在身。玉帝惊呼何处客,红旗长示咱华人。

游姜堰国家级湿地公园

几行白鹭绕沙汀,夹岸桃红柳色青。竞渡龙舟云水阔,酒酣疑是到蓬瀛。

故乡情结

昨夜朦胧酒未消，依稀记得故乡潮。塔旁卧听风和雨，阵阵涛声落板桥。

静坐偶得

生命短长未可期，舞台宽窄任驱驰。人生七彩潜心画，下好余年一局棋。

诗友茶楼半月谈

楼临闹市倚窗前，骚客心闲地自偏。新友加盟茶更绿，一壶龙井半神仙。

缪登甲

缪登甲(1934～)，字鼎甲，江苏金湖人。中共党员，曾任高邮县商业局科长，高邮县供销合作总社第一副主任、巡视员等职。扬州市诗词协会常务理事，江苏省诗词协会理事，中华诗词学会会员。著有《南窗吟草》。

登峨眉山万年寺

千层石级上天台，翠嶂苍峦一寺开。砖殿无梁红顶矗，寒潭有影碧峰来。

禅房净锁含云气，松径幽深厚绿苔。仙子琴娃传美说，欲寻遗响客徘徊。

注：寺前有白水池，为唐代高僧广睿弹琴之地。传说池内青蛙因常听琴声而得道成仙，名琴蛙，故池内蛙鸣如琴声。

随金湖高邮两地诗人游横桥万亩荷花荡

溽暑如煎六月中，探荷人至兴犹浓。无边翠盖青凝绿，满荡芙蓉白间红。

照影清光烟淡淡，袭衣香气馥溶溶。轻舟逐浪频摇叶，串串莲歌跃碧空。

观黄河壶口瀑布

浩浩天河骤束喉，巨壶泻水注槽沟。惊雷撼谷千堆雪，飞瀑穿空百丈旒。

日照虹霓风过耳，浪冲烟雨雾迷眸。雄姿壮势开胸臆，世界奇观孰与俦。

步和金湖杨少峰先生《钱塘观潮》

百里飞虹八月潮，钱塘佳绝此为娇。千骑竞发奔如箭，万鼓齐挝响似飙。

银练交环星斗壮，雪涛遥荡海天豪。奇观恨未亲临睹，幸得荧屏播夕朝。

桃 林

万物醉春风,夭桃艳更浓。霞流两岸外,香浸一湖中。

金湖淮堤风光带小憩

淮堤驻足寄遐思,绿水无言意可知。但得春光添玩味,一川烟柳看多时。

访傣族村寨

十抱菩提映绿云,参天凤尾傍池生。竹楼隐入花丛里,半是瑶台半是村。
注:傣族称大榕树为菩提,凤尾则是一种七八丈高之大竹。

小楼纳凉夜闻女青年唱京剧

其 一

镇日蝉鸣弱柳焦,重楼挂月扇轻摇。娇莺百啭破沉寂,一串珠诛上碧霄。

其 二

月上高楼满地霜,清风送爽卧新凉。西皮袅袅含幽怨,韵入疏烟绕画梁。

抗洪保堤纪实

夜战危堤实壮哉,挑灯铺袋一排排。风狂浪涌险生处,更有人墙作盾牌。

神舟号飞船上天感赋

神舟潇洒九重航,科幻登峰喜欲狂。星月旅行期有日,青娥应笑好还乡。

嫦娥二号卫星探月成功

喜见嫦娥探月宫,太空圆梦世争雄。登天不用偷灵药,驾得飞船胜乘龙。

咏 菊

其 一

自遣东篱小院栽,千黄万紫绕墙开。寒芳灼灼西风里,未肯趋时蝶不来。

其 二

敲窗夜雨入初冬,卧听萧萧满树风。睡起寒塘飘坠叶,黄花依旧笑从容。

迎春花

万树无声睡尚沉,冰枝已觉动芳心。多情何惧千层雪,为报春来一夜金。

咏梨花

银装素裹玉飞霞，燕子低徊细雨斜。敢是青林凝瑞雪，长堤一路看梨花。

金湖竹枝词

青巾抹额趁朝阳，玉步轻移入水乡。手执秧苗编绿网，秧歌专逗少年郎。

周承龙

周承龙(1937~)，字木青，江苏金湖人。中学高级教师。曾任校长、教研员。江苏省书法家协会会员，中华诗词学会会员，金湖诗词协会原副会长。

老年大学执教感赋

两鬓已白灰，二度上坛墀。鹤发童颜秀，江声海韵怡。
弹琴唱诗谱，谈趣解人颐。老骥夕阳照，榆园乐奋蹄。

读毛主席诗词

激浊扬清挥巨笔，行军马背哼诗词。秦皇汉武输文采，李白东坡逊句奇。
笔下风雷成往昔，眼前云水谱新辞。珠玑串串普天唱，伟绩美名万古垂。

纪念辛亥革命100周年

武昌巨炮震乾坤，帝制推翻振国魂。方略中山初告捷，大纲平等众期殷。
口诛笔伐共和起，北战南征大义伸。江海兴波浪推浪，工农革命卷风云。

赞南水北调工程

机响炮鸣动地喧，晶宫震撼惊龙鼋。丘陵避路清泉过，湖水扬波旱魃蔫。
南国畅通多舶影，北疆润泽现桃园。古时大禹善疏导，今日英雄更无前。

登鼓浪屿日光岩

年老心雄登绝顶，风光美妙眼中收。屿如绿碟盛丛翠，海若蓝璃托数舟。
石壁蔡公诗韵在，操台郑督武风留。如今华夏复兴盛，谁敢逞强过海蹂。

参观郑板桥纪念馆感赋

翠竹丛丛吐雅芬，塑容瘦削骨坚嶙。诗文谐锐砭权贵，书画古奇怜庶民。
难得糊涂可警世，老来窘隘无安身。乐观正直淡名利，誉满中华一艺魂。

悼念孔繁森同志

艰苦不辞担重任，热忱援藏踏霜晨。亲孤亲幼更亲党，送款送粮常送温。
两袖清风垂禹甸，一身正气为人民。雪莲低首昆仑泪，公仆精神万代存。

青莲咏

濯水鱼芽吐雅芳，雨淋露洗扮新妆。洁身不染微尘土，待客还留满腹香。
挺立迎风呈远志，摆摇翠盖送清凉。铅华褪尽合盘献，落籽回泥再度昌。

壬辰年元旦感赋

玉兔腾云归月宫，冲霞破雾降金龙。党辰九十普天庆，辛亥百年看国雄。
探宇飞船游天昊，捍疆航母显威风。新年吾党京城会，壮志满怀日日红。

观　海

无边雪浪竞奔来，拍岸涛花溅满怀。我欲飞身踏浪去，狂歌一曲海为台。

朱义恒

朱义恒（1939～　），江苏金湖人。渔民出身，后务农。曾任白马湖公社华沟五队生产队队长。

游金湖三河风光带

举首览烟波，沙洲点点螺。渔舠冲细浪，水鸟避重罗。
不见帆樯去，唯观汽艇过。皤鹅歌近渚，求食自相摩。

读陶渊明集感赋

毕竟奇才不遇时，一篇感士见心思。田园归影虞天乱，宦海留形怯祸滋。
荆棘丛中鸦雀聚，梧桐枝上凤鸾迟。风云变幻终难卜，且寄柴门聊赋诗。

观美加大瀑布

峭壁川流桥互通，垂天瀑布注其中。遐观雾霭迷山谷，迩视美加舞玉龙。
呐喊千军牛斗贯，奔腾万马巨渊冲。凭栏眺望心惊悸，恍似飞身到九重。

观海边石老人

屹立中流石老人，海涛冲洗万年身。潮生潮落浑闲事，阅尽沧桑不染尘。

吕月明

吕月明（1939～ ），江苏金湖人。曾任教于官塘中学、宝应湖农场中学、县教师进修学校，历任初中校长、高中教导主任等职。淮安市诗协会员、金湖县诗协会员。

金湖建县忆

弹指一回首，金湖四二秋。湖西荒草地，设县是良筹。
革命老前辈，苦劳不计酬。夜眠地榻铺，日咽菜窝头。
行路无车辆，过河靠筏舟。蝗灾如扫荡，洪泛使人愁。
改变湖西貌，险夷热泪流。伏魔除水患，破浪见神州。
群众齐勠力，党员更带头。丹心照史册，热血写春秋。

欢呼神舟五号发射成功

神舟五号傲苍穹，方显中华确似龙。制止霸权鞭乱舞，和平世界乐无穷。

清　明

清明时节是阳春，千里返家祭祖坟。欲坐茶亭随处有，商楼酒店满乡村。

朱金荣

朱金荣（1939～ ），江苏靖江人。高级经济师。曾任金湖县工商局局长、党组书记及县委农工部部长等职。中华诗词学会会员、江苏省诗词协会会员、金湖县诗词协会副会长。诗词先后在《全国优秀诗词集》《中华当代词海》等多种刊物发表。著有《野草集》。

中国共产党90周年咏

东升旭日满霞天，华夏复兴国力坚。鼓角声声蹄马跃，旌旗拂拂凯歌旋。
星光镰斧航程指，巨变山河景色妍。九十辉煌彪史册，神州百族共骈阗。

祝贺天宫一号与神舟八号对接成功

神箭腾飞烈火熊，巍峨塔架跃金龙。舱帆展翼形姿秀，器体分离态势雄。
夸父梦圆逐彩日，神舟遂愿会天宫。五星辉耀空间站，崛起中华傲宇穹。

太湖游

清波浩瀚水连天，胜地风骚久领先。鼋渚春涛千客醉，瑶池仙岛万人瞻。
充山隐秀霞光艳，鹿顶生辉景色妍。玉宇琼楼碧翠映，平湖处处听歌弦。

登庐山

银河奔泻赛飞龙，云海翻腾气势雄。大树参天添壮景，劲松挺拔傲苍穹。
喜临崖畔仙人洞，乐眺东南五老峰。自古庐山难识面，吾今身在翠山中。

咏　莲

清香缕缕入云霄，菡萏枝枝色倍娇。少女含羞添笑靥，荷仙放艳展风骚。
红蕖舞美涟漪漾，莲白飞容霞彩飘。绿伞合开天地立，雅姿不亵洁身标。

纪念毛泽东同志诞辰110周年

开天辟地立勋功，扭转乾坤壮举宏。四海翻腾新制建，三山推倒旧朝终。
文韬武略千秋颂，治国安邦万古崇。正气浩然彪史册，伟人望重耀星空。

港澳行感赋

碧海蓝天放彩霞，明珠港澳绽奇葩。紫荆耀灿长街旺，莲菡鎏金店铺奢。
月色星光娱博彩，灯红酒绿乐天涯。高楼大厦如林立，风水豪门是富家。

恩施凤凰行

轻烟缭绕色空蒙，秀瀑奇峰气势宏。峡谷溪流欢曲唱，苍松藤蔓翠香浓。
山风阵阵薄云逸，隧道连连曲路通。鄂北湘西融百族，阳光灿烂景图鸿。

凤凰古城

沱江两岸杜鹃艳，风韵古城晓色开。秀水青山怡万客，明楼清馆美长街。
从文杰著传天下，永玉画卷誉九陔。宝地千年才辈出，迷醉凤凰远游来。

周庄同里游

小桥流水柳莺花，黛瓦粉墙古色佳。驿站木舟波荡漾，径幽绿树韵飞霞。
天然如画人间美，折翠拥香岁月遐。碧影流云添异彩，龙吟风啸誉中华。

登长城

悠悠漫步喜登峰，朵朵飞霞逸碧空。纵览关山原莽莽，雄视烽火景融融。
千年古国风光秀，万里长城气势雄。今日胡尘不复在，任君驰骋燕云踪。

西安游

浓浓春意览骊山，勃勃雅兴古都瞻。四海五洲人赞叹，千年一帝史斑斓。
华清池内温泉涌，马俑秦兵战态酣。历代皇朝陵寝建，存留遗产福人间。

麻城登龟峰山观杜鹃

云雾缭山顶，清风逸碧空。龟峰飞索览，满目杜鹃红。

荷

青萍绿叶托仙子，怒放花苞情吐丝。日照芙蓉姿倍艳，平湖满目尽西施。

游万亩林场

葱茏碧绿满天涯，鸥鸟一行拍翠来。细水清泉滋湿地，风和气爽畅心怀。

许春帆

许春帆（1940～ ），江苏武进人。先后在金湖县闵桥中学、教育局教研室、吕良中学工作，中学高级教师。1989年1月调江阴市任教研室主任。

答公曼老弟用骆骎曾韵

莫叹镜中鬓已斑，最难风雨换新颜。千年古邑炊烟盛，万里长江气若闲。

坐看鹅山秋色好，且吟壁上骆诗还。今宵月色明如璧，一片清光照此关。

咏 梅

小隐江东年复年，疏枝鹤影晚晴天。草堂不论兴亡事，醉折梅花伴酒眠。

西湖四明阁闲坐

水光雾气覆湖中，夹岸楼台细雨浓。凉坐西泠茶欲尽，却抛诗卷对离宫。

游西湖西溪

闻道西溪美若画，枫红芦白两三家。深秋闲步蒋村去，曲曲池塘不见花。

金陵游瞻园

八桂风云当日波，瞻园春色近如何。千家仕女傍堤转，万处楼台绿树多。

金陵游白鹭洲公园

三山不见青云里，二水尚留白鹭洲。湘芷沅兰新种得，闲花野草益增愁。

金陵游桃叶渡

十里秦淮春已深，渡头难觅杏花裙。桃根桃叶知何去，燕子归来语尚频。

陈梓明

陈梓明（1940～ ），字梦文，江苏金湖人。曾任金湖县物资局科长、主任等职。1999年退休后学习诗词。

渔 翁

轻舟一叶一渔翁，笑对残霞唱晚风。一网斜阳方出水，满船闪烁满船红。

菜 花

麦苗葱绿菜花黄，蜂蝶纷飞采蜜忙。金色阳光田野洒，芬芳大地任风扬。

桃 花

小院桃花一树开，绯红烂漫若云徊。庭中缓步随望里，早有蜜蜂蝴蝶来。

咏荷花荡

百里长堤垂柳扬,荷花万顷溢清香。婷婷叶底鱼虾戏,几处渔歌伴夕阳。

张 星

张星(1940~),号北辰。江苏海安人。先后在金湖吕良中学、三中、教师进修学校、金湖电视大学工作。高级讲师。曾任金湖县政协常务委员。

西岳华山颂

五岳泰山尊,万象华山奇。昂首云天外,千寻映日曦。玉峰耸碧落,绝壁凿天梯。索道凌空越,山间松涛起。七坪接天境,八台伴云霓。凡人惟看险,仙士傍松栖。五里雄关横,三关洞福地。石阶二十里,毛女峰下憩。登此复长望,秦川在脚底。山尽五色石,水如一带绮。两峡夹青天,万阶历神奇。玉女钟神秀,秦娃显寻犀。踏云弄红雨,拈泉理青丝。五峰落雁迹,三水绕关低。绝顶登临处,众山足下栖。吐纳吞天灵,呼吸养天气。鸿鹄三千丈,大鹏九万里。欲驾万里舟,身怀长风志。白云留丹心,报国献赤意。四海华岳险,五岳岱宗奇。不负佳山水,奋进莫迟疑。

登泰山日观峰感赋

登临极顶望东方,远瞩海天雾茫茫。足下山峦云漫漫,极天一线显曙光。
忽见丹丸腾跃出,千山万壑披彩装。日观壮丽振魂魄,泰岳巍峨景辉煌。
祖国河山奇壮美,胸藏锦绣福无量。乐山君子怀朝日,壮志凌云振炎黄。

登南京长江大桥观景有作

浩荡江流天地外,空明山色有无中。蒸腾瑞霭起钟阜,灿烂云霞耀长空。
脉脉春温暖万卉,绵绵甘露泽青松。碧玉无边喜素裹,青峦着意披彩虹。
为有金阳驱黑暗,更欣化雨洒江东。极目江海志宏愿,遥看凤岭汇双龙。
河山锦绣添胜景,英杰风流争创功。赤县齐歌振兴曲,九州竞奏光明颂。

咏西湖

平湖秋月

阴霾扫尽庆云开,丙子举家赏月来。万顷平湖银光满,通明澄澈不染埃。

曲院风荷

西湖六月绿葱茏，一片芙蓉醉晚风。珠泪酡颜人见爱，几疑仙子降蟾宫。

柳浪闻莺

阳春三月百花天，燕舞莺歌柳似烟。春色无边能醉容，如得仙酿不思归。

西湖钱王寺

铁臂钱塘百代功，丈夫敢敌海神雄。无情岂是真豪杰，侠骨柔肠气若虹。

邱以戈

邱以戈（1940～ ），江苏阜宁人。历任金湖官塘小学校长、金湖县实验初中会计兼党支部委员。现为金湖诗词协会理事。著有《咏芳诗词》。

闲眺淮堤

漫步淮堤寻雅韵，仰观俯视乐云天。鸭飞鱼跃天鹅舞，蝶绕莺歌白鹳旋。
柳绿条条垂石岸，花红朵朵送风帆。三河浪击扁舟荡，似梦如痴赏物妍。

咏　菊

秋菊披霜艳，金风画卷开。沏茶香可口，好韵伴诗来。

咏　竹

挺立不弯腰，青枝绿叶飘。雨风常作伴，高洁自妖娆。

中秋笔会（藏头诗）

金风送爽桂飘香，湖水东流绿韵长。诗赋篇篇扬正气，词填句句意轩昂。

邵福昌

邵福昌（1941～ ），江苏宝应人。高级讲师，中共党员。在新疆任教22年，后调金湖县委党校，任至副书记。

瞻仰天津市周恩来邓颖超纪念馆

碧草鲜花竞斗妍，峥嵘塑像托云天。一生正气同心曲，两袖清风并蒂莲。
品若青松昭广宇，德如泰岱耀中原。神州喜看春光灿，遗泽甘棠育后贤。

喜迎中共十八大胜利召开

栉风沐雨起金龙，崛起中华耀太空。辟地开天挥热血，安邦治国扫贫穷。
山河德泽千秋仰，日月功勋百代宗。赢取春光今盛日，长存浩气满江红。

纪念抗战胜利60周年

豺狼日寇千夫指，抗战丰碑耸九霄。更喜沧桑六十载，神州处处涌春潮。

瞻仰周恩来纪念馆

巍巍一馆耸桃垠，碧水蓝天映赤心。总理丰功昭日月，长存浩气留英名。

杜传玉

杜传玉(1943～2014)，江苏金湖人。中学高级教师，淮阴市优秀教育工作者。先后发表作品近200首。为中华诗词学会会员。

寻 梅

俏枝何处览，雪岭见真容。骨傲冰千丈，花燃火万重。
魂牵中国梦，姿净大洋风。待我无限意，报春情更浓。

游越南芒芥

朝饮东兴水，晌尝芒芥鲜。一河分两国，两国一桥连。
华夏人文美，越南芒果甜。毛胡牵手照，当仰万千年。

漓江游

其 一

久梦真成漓水游，满江馥郁正金秋。青峰藏韵和云退，香雾含情伴艇流。
搏浪鸬鹚嬉锦鲤，放歌三姐荡兰舟。山林隐日今何早？浮想随霞天际留。

其 二

告辞大象上游船，秋日江波绿透蓝。苗妹情真濒水舞，鹭鸶意美贴人旋。
白虾黄鳝三杯酒，翠竹苍松万迭峦。阳朔轻风扶桂影，香魂催我梦斑斓。

续《百年梦圆世博会》

万客何辞仆仆尘，百年一梦恍然真。邀来黄浦江心月，醉作青山画里人。

华子情怀流雅韵，友邦风物驻晴雯。和谐同创海天阔，牵手宾朋享绿春。

秋 思

潺潺流水木萧萧，独立桥边追梦遥。沐雨餐风寒继暑，育葩培蕾昼连宵。
盛衰国运当头日，忧乐人生过眼潮。远眺枫林红似火，觅来秋韵共霞烧。

谢 师

七旬觅韵兴尤浓，喜拜名师振振公。立意取材函点化，寻章酌句网沟通。
泉滋荒岭竹千竿，石击平湖波万重。草木尽能酬雨露，古桐岂可负春风。

读《焦裕禄故事》有感

心随情节仰高标，壮举难凭四韵描。律己毋容看白戏，奉公宁愿涉洪涛。
文章待续馨香远，灾害已除德泽昭。书记遗风芳禹甸，遍山春笋雨潇潇。

采 莲

嫣红姹紫艳容肥，并蒂欲追雷电催。甘露浣纱哥莫笑，荷花一束胜玫瑰。

学 诗

恶疾缠身近一年，未荒砚石二分田。诗家惠我三钱种，芽绿新萌春色添。

三河二桥观光

其 一

千帆竞发逐渔轮，日照江花旺客神。欲借三河清澈水，洗将四海百年尘。

其 二

似火江花向我开，鸥歌悦耳久徘徊。东君若问意何惬，为有诗情逐浪来。

卞业林

卞业林(1944～)，江苏江都人。曾任金湖县委宣传部副部长、组织部副部长，后调苏州市粮食系统工作。中华诗词学会会员，江苏省诗词协会会员，苏州市诗词协会理事，苏州沧浪诗社《姑苏吟》编辑。

登张家界黄石寨

阔步兼车八百旋，葱茏脚下我摩天。云移碧落参差散，鸟瞰烟峦匍匐连。

岩上青松三五抱,川前白练万千年。登高犹往摘星处,兴致陶然直欲仙。

游长白山天池

未睹神池誓不甘,中途退却枉为男。陡坡唯有藓苔见,灵曜早无苍鸟探。
幸得风神驱雾雨,可观湖水映天蓝。一潭宛似醇醴液,来未衔杯已半酣。

观壶口瀑布

壶内银河水,訇然出紫烟。分明吐豪气,受挫志弥坚。

月色朦胧

独对西窗月,凝眸幻亦真。红尘一天毕,正合省吾身。

赞　竹

个个清凉叶,竿竿节似雕。昂然挺愈秀,梗直俊身腰。

春　笋

春雨潇潇溪水流,修篁幼子满山丘。石头遮顶亦无惧,该出头时就出头。

长　城

少观图本似龙延,知伏巉岩多少年。今日再由山下望,分明腾翥在云天。

小　酌

车库门前小桌长,酒香夹带剩泥香。举杯邀月成双饮,笑让疲劳立一旁。

小区出垃圾

清晨断续铲声孤,人未知时垃圾无。君懂和谐交响曲?也含此处一音符!

汽艇摆渡

老板船头喜上眉,艇身一动箭飞离。手机旋往岛中拨,阿嫂导游迎及时。

澳大利亚纪游

其　一

北半球人南半游,大洋洲景亮双眸。土人袋鼠原居地,别墅芳茵一望收。

其　二

一路波光接翠岚，相机连摄也贪婪。山中墨绿地葱绿，天上蔚蓝湖亦蓝。

杜　渐

杜渐(1944～　)，自号公曼。祖籍郑州，生于重庆，长于南京，从教于金湖县。中学高级教师。曾任金湖县政协副主席、县人大副主任。中华诗词学会会员，江苏省诗词协会会员，淮安市诗词协会副会长，金湖县诗词协会会长，金湖县诗词协会顾问。著有《公曼诗词》《诗词写作入门》。

大雁塔怀古

巍巍雁塔耸，千载俯关中。渭水波涛热，灞桥柳色浓。极目终南秀，五陵青蒙蒙。我来怀古迹，情思入朦胧。曲江当年好，杏园御酒红。翩然天宝客，登临气如虹。指顾恣谈笑，挥洒傲东风。奇才骋天地，吐句一何雄。我生叹迟也，斯人不可逢。神交殊已久，徘徊仰遗踪。慷慨欲高咏，魂魄驰苍穹。

游子歌

游子离乡日思乡，离歌唱断动愁肠。愁肠百结无由转，登高望远无山岗。欲赋登楼效王粲，平原邈邈天苍苍。大风起兮云飞扬，故人星散天一方。何处鸿雁传音讯，浊酒一杯思茫茫。忆昔年少气轩昂，弦歌袅袅聚一堂。逸兴遄飞凌黄鹤，虹霓吞吐胆气张。常发奇想攀星月，欲向中流濯沧浪。击节长歌惊四座，昂首大笑亦文章。紫金峰峦诗思阔，玄武波涛意兴长。临歧握别尽豪放，各思报国血盈腔。跃马扬鞭天涯路，丹心奋发日月光。狂飙骤起卷巨澜，浊浪滔天海沸扬。权奸窃国布罗网，青年热血作羹汤。浪旋片叶沉浮急，激流波涛忽玄黄。人生有情泪沾臆，有情无情各带伤。少年何罪遭荼毒，黎民何辜罹祸殃？怒问苍天天不语，大雨滂沱泪千行。一腔热血作灰冷，灰冷未尽鬓添霜。大星骤落伟人逝，捶天恸哭心欲凉。苍茫大地何处路，悠悠中华夜未央。云拨天开霹雳动，除却奸雄布和阳。痛定思痛情何堪，中夜抚膺自难忘。欲借华佗之手医心创，欲借黄河之水洗泥浆，欲倾东海之波荡污浊，欲看中华腾跃入富强。且奋起兮莫颓唐，且前行兮莫彷徨。弃我去者昨日之日不可驻，鼓我志者今日之日犹慨慷。且借扬子为弦兮钟山作鼓，清歌一曲动八荒。莫忘昔日少年约，莫忘当年志铿锵，莫忘十载斑斑事，莫忘前程耸峦岗。有为之年休虚度，但行责之在我又何妨。又何妨兮又可妨，人生在世休强梁。自非英雄可移世，还作微石铺道旁。笑傲狂歌非吾事，休替他人谋稻粱。一拍一歌一弹泪，一曲歌罢泪盈觞。四顾河山心内热，思绪翻涌胜大江。晨曦欲上月华冷，雄鸡一唱日扶桑。

小跋:忽接高中同窗徐禹昌函,十余年不通音问矣。十余年之悲欢离合,十余年之苦辣酸甜,一齐涌上心头。更深夜阑,妻儿俱卧,思绪如潮,情难自抑,驱笔展纸,率尔完篇,成三十七韵,一吐多年之积愫耳。此跋。

瞿塘行

久闻瞿塘伟,今作瞿塘游。嘉陵长风情何重,迢迢送我一叶舟。夔门壁立与天齐,上有可达青云之天梯。一川之水汹汹汇此地,拍岸涛声震万里。赤甲白盐倏忽穿,澎湃呼啸下瞿塘。森森滟滪今安在,但见巨轮来往破浪航。江走狂涛响急雷,漩涡翻卷江似沸。水搏风吼浪沫喷,回波摇荡山影碎。峰如奔浪浪如叠,千浪豗喧如崩雪。雨中山作峥嵘势,紧束高江江流曲。飞湍悬瀑望欲醉,浓云摩荡石将坠。烟雾滚滚出重峦,细雨飘萧湿寒翠。江神擂鼓骤,峡中鸣金铁。两岸飞霹雳,蛟龙鸣幽咽。凤凰愁泣泉难饮,犀牛不得望秋月。昂首船头破浪立,江中风物开胸臆。心荡神摇意痴迷,诗情如泻奔腾急。愿得天公借我如椽笔,为写瞿塘不尽诗画意。

注:瞿塘峡中有景名凤凰饮泉、犀牛望月云。

戈壁歌

戈壁,影视摄影中常见之。此次西行,于陇西疆东得以亲历,颇多怅触,作戈壁歌以记之。

七月雪峰未觉寒,祁连山下野茫茫。戈壁无垠天低幕,四望满眼皆苍黄。长空不闻鸟雀过,地面不见狐兔落。或万里而无草木,或有草而皆沙棘。行人苦渴增焦灼,烈日吐焰炎威逼。隐约远天矗楼台,车马飘飘出尘埃。倏忽佳景皆寂灭,沙市蜃楼不再来。黄云蔽日沙尘走,四季唯闻风乱吼。苍冥浩浩野蒙蒙,迷离莫辨西与东。瀚海长风吹面热,平沙落日灼天红。荒漠大野无人烟,古来征战几曾闲。战马嘶奔旌旗舞,烽火鸣镝动穷边。沙场白骨春复秋,闺中少妇不胜愁。胡笳羌笛声悲咽,年年冷月照荒丘。汉唐代代边塞诗,总是征人肃杀辞。一吟一咏传千古,雄健苍凉格调奇。而今四海为一家,无复征战与杀伐。民族融和祁连笑,高歌奋进意气发。且喜塞上好风光,新城矗立日月长。火车隆隆驰沙砾,公路通天车欲翔。更复时时见绿洲,胡杨挺拔卫田畴。农机高唱炊烟袅,瓜果飘香碧水流。高楼新厂势绵延,火箭昂首欲射天。老少欢欣歌复舞,手鼓欢快动心田。戈壁之行所见多,戈壁归来意若何。兴至挥洒淋漓墨,信口还唱戈壁歌。

游塔尔寺

塔尔寺在青海省湟中县鲁沙尔镇,为藏传佛教格鲁派六大名寺之一,亦历代达赖、班禅住锡地之一,驰名中外之佛教圣地也。

鲁沙尔镇四围山,湟水曲曲复潺潺。一片殿宇连楼阁,八座白塔照层峦。金碧辉煌真佛地，气势宏阔世所罕。殿殿大佛姿容好，慈眉善目为指航。珠宝闪烁堪炫目，气象庄严瑞云祥。法号深沉传梵呗，转经筒滚烟飘香。千盏油灯明日夜，万众僧俗礼佛光。班禅活佛常驻锡，声名远播越重洋。我是尘间凡俗子，来此圣地心自暇。痴情雕塑语不得，醉心壁画形神佳。寺中何物最诱我，当数堆绣酥油花。堆绣突起锦帛上，恍然欲话令咨嗟。冰雪初寒酥油冻，喇嘛塑佛指僵麻。佛像塑成凝金碧，七色斑斓焕彩霞。总是酥油胜造化，光彩夺目人争夸。藏族同胞聪且慧，艺术造诣放奇葩。流连观赏忘情处，不觉殿外日欲斜。临行一步三回首，何日重游乘长车。

项王故里古槐咏

宿迁县城南数里有一小学，前有古槐一。其干分而为二，一挺而直上，一卧而横斜，中空叶茂，古朴苍劲，传为项王手植，其地则为项王故里云。余以参加高师函授备课会故，得往一游，归而赋此。

项王故里古槐耸，合抱数围中已空。奇根盘虬势倔劲，枝柯纵横飞苍龙。风霜雷电千百载，偃蹇伸屈叶自荣。独立旷原仰天地，雄视千古岂人功。故园犹在槐枝健，何处更觅昔顽童。弃书学剑观兵籍，剑锋萦树树生风。月筛槐影舞霜锷，走马郊原露色浓。拔山扛鼎气盖世，力诛暴秦扫苍穹。喑呜叱咤风雷动，逐鹿中原世所雄。方自戏下执牛耳，楚歌四面忽途穷。兵败未折英雄气，矢志不肯过江东。乌江水冷染碧血，悲风劲厉浪千重。故里槐树赋招魂，东鲁松柏吊重瞳。可怜廿四何年少，驰骋史册留巨踪。我来故里访古木，徘徊瞻顾追遗容。斯人已逝英气在，将魂古木一体同。磊落昂藏包今古，雄踞傲视犹峥嵘。秋风拂树叶索索，不尽往古秋声中。

急雨歌

乙未仲夏，亭午，天方晴好，赤日炎炎。忽焉阴云四合，雷鸣阵阵。转瞬大雨滂沱，俄尔骤止。观之不觉兴起，乃走笔挥毫，转瞬诗成，得十四韵，曰“急雨歌”，聊试笔耳。盖不作古体长诗有年矣。

沉沉盛夏暑气多，烈日似火可奈何。倏忽天南飙风起，墨云骤合翻黑波。殷殷闷雷声声震，四野昏昏坠混沌。忽而电闪划天庭，云不借风风若困。隐隐远闻沙沙急，大军开进步步逼。渐紧渐近迫人心，噼啪雨点零乱滴。穿檐打瓦落叮咚，俄顷万箭响铮琮。宛如沙场鸣金铁，万马嘶奔地若裂。飞沙走石大漠昏，琵琶狂拨弦欲绝。满耳不尽声淙淙，檐前顿挂水帘栊。千年石磬凭谁击，万里大野响歌钟。雄浑奔泻皆胸臆，镗锴喧沸气势雄。忽地电闪骤起雷迸炸，霎时声传四海遍天涯。滂沱骤止天色霁，朗朗晴日正光华。

游天柱山

天柱千峰耸，苍茫万壑连。径幽松挺秀，石怪草含鲜。

云过时时雨，山深处处泉。炼丹湖水碧，正可浴心田。

周庄印象

周庄天下美，细雨正潇潇。古巷青苔湿，浅楼酒旆招。
河房传小曲，桨橹过虹桥。临水人家屋，吴侬软语娇。

淮阴谒漂母墓

古墓耸天际，千秋一饭恩。寒风荒草劲，大野暮云奔。
瞻仰追当日，徘徊叹国魂。民间仁爱在，万世立昆仑。

三河暮色

万里天凝碧，秋江暮霭开。船归沙渚静，霞落暗风来。
黄荻知人意，渔歌动我怀。行吟江畔树，素月欲徘徊。

登庐山

去岁尝登庐山，未尽诗兴。今忽得一联云："一江携雨去，五老送云来。"乃足成一律云。

牯岭壮襟怀，匡庐秀色开。一江携雨去，五老送云来。
司马吟花径，谪仙观瀑台。松风满泉石，诗意正徘徊。

成都谒杜甫草堂

圣地存诗国，乾坤一草堂。松声迎远客，花径带斜阳。
茅屋秋风赋，锦城春雨章。徘徊吟诵处，云水正苍茫。

望夔门

九日晚，船离云阳泊奉节，次晨靠白帝城，遂登白帝，眺夔门。夔门者，三峡最险之瞿塘峡入口也，乃赤甲、白盐二山夹江而成，其形如门，宽不过数十米。江流湍急，漩涡如沸。虽滟滪堆已炸去，仍为长江三峡一绝险处也。

壮也夔门立，分明巴蜀喉。双峰屏欲合，一练水长流。
白浪飞寒气，黑云回野鸥。诗情奔泻处，还向峡中收。

游河下古镇

曾是繁华地，街深老铺长。屐声敲石板，古韵逸砖墙。
舟荡诗中意，旗挑酒外香。恍然如隔世，摩托院门旁。

迎春花

正月寒犹重，纷然浪漫开。一丛金自灿，半缕意堪猜。
摇曳迎风颤，婀娜带雨回。向人含笑处，已自报春来。

桃叶渡

咿呀桨橹韵，千载古秦淮。轩畔佳人瑟，渡头雅士怀。
晋风曾洒脱，吴意足徘徊。酒侧灯船过，倩谁邀笛来。

晨　荷

晨起莲花静，波间雾气青。露凝时滴响，叶动暗传馨。
扑簌飞苍鹭，间关唱鹡鸰。叹无兰桨在，且与赏蜻蜓。

游青阳县九华山

五月十四日离金湖，疾行六百余公里，抵安徽青阳县，次日细雨游九华山。山奇峰九座，李白以为九朵莲花，故名九华，佛教四大名山之一也。山势奇险，山景殊佳，赏心悦目。

长慕九华秀，芙蓉玉削成。危阶铺鸟道，怪石阻云程。
崖畔野花湿，星桥巨壁撑。雾从幽谷起，烟向涧边生。
细雨松林润，微风竹韵铿。倚亭云入袖，吸翠瀑含情。
辽鹤层巅唳，寺僧木铎清。有峰皆梵宇，无壑不泉声。
圣地人朝佛，山溪我弄筝。依依挥手去，天外数峰峥。

春节归家阻雨寄双亲

黄云漠漠雨霏霏，道路非遥何日归。慈母依门悬望眼，远人对酒怅离杯。
恨无鹏翼垂天翅，空有鲤鱼牵梦回。且寄鹅毛千里去，心知难报碧春晖。

注：家父家母下放泗洪管镇，距盱眙县城30余里土路，且需过两道河。

暮渡三河

船发金湖天欲暮，苍烟四起浪千重。鸟还鸟去江空阔，舟往舟来水迷蒙。
古柳半浸微浪里，远帆渐入夕辉中。寒云漠漠秋风起，吹拂芦花尽向东。

暮登岳阳楼

万古雄楼万里临，凭轩四顾发歌吟。苍茫穹宇残云紫，浩瀚湖波落日金。

四海谁怀诗圣抱，千秋难忘范公襟。人生秉笔书何事？当写生民天地心。

无锡登鼋头渚

独立鼋头云彩边，太湖莽莽水连天。霞飞霞落八千里，潮涨潮回一万年。
遥望远山浮白浪，笑谈绮阁点青烟。扁舟何日凌波去，网得诗情赠月仙。

满洲里游中俄边界国门

国门耸立映蓝天，一片河山万古连。不见城墙横肃杀，犹存铁网立森严。
白云来去风无界，关卡盘查客有缘。终是和平成景象，边防亦作旅游园。

感　赋

偶过街头，有青年以“年大的”呼余者，愕然久之，感喟良多，归而赋此二律。按，“年大的”，盖金湖土语，犹言老人家也。

碌碌浮生若等闲，光阴浪掷鬓丝斑。儿童呼我先称老，肝胆照人稍觉宽。
揽镜何求戈退日，登楼一笑自凭栏。中宵壁上龙泉吼，梦幻诗思到广寒。

春日闲赋

小院盈盈绿意招，恰逢时雨正萧萧。玉簪方展新油叶，文竹还抽碧笋条。
休怪海棠春睡足，当怜石蜡静思娇。韶光一寸真无奈，月季墙头已放苞。

青藏高原日月亭

日月山口，位于青海省西宁市以西，海拔3200米。古为大唐、吐蕃之分野，文成公主入藏处。夹道两山均似不甚高，现各建一亭，为日亭、月亭，纪念文成公主之入藏也。

草色连天何处涯，双峰立处路犹赊。蕃唐至此分疆界，汉藏如今是一家。
公主回眸鸡塞远，牛羊漫野帐篷佳。亭中日月亭边事，被入丝弦万代夸。

酒泉市泉湖公园

酒泉市位于陇西戈壁，相传西汉霍去病尝于此大破匈奴。汉武帝遣使持酒劳军，酒少兵多，众不得饮。戈壁滩中适有此天赐清泉，将军乃倾酒于泉中，一军尽饮成欢，酒泉以此得名。泉湖公园因泉而建，园后有湖，园中有左公柳，合抱数围，传为左宗棠入疆平叛过此所手植也。酒泉以夜光杯名世。

戈壁炎炎盛暑天，身临佳境恍如仙。假山奇石江南胜，芳草平湖塞上妍。
酒入清泉勋业著，手栽垂柳姓名传。明珠瀚海风光好，杯举夜光一粲然。

滁州登丰山

兴来拾级力登攀，纵目高峰天地宽。十里平湖千里雁，一城楼阁半城山。
欧公足迹何从觅，弃疾壮词尤可观。此际披襟真快意，清风任与涤胸间。

雨后游荷花广场

犹自残云压岸低，溶溶一片碧涟漪。临风杨柳沉难起，带雨蔷薇湿欲垂。
翠鸟时闻枝上唱，舞姿恰见水边奇。星槎问可通银汉，好为牛郎更送衣。

咏 荷

本属蓬莱一段春，瑶池仙子下凡尘。凌波款款霓裳舞，带露盈盈翠盖新。
且自矜持凝正气，何曾妖冶媚污氛。高标相与临风立，引得长毫为写真。

白马湖泛舟

乙未仲夏，中华诗词学会赵京战、沈维华一行由淮安市诗词协会荀德麟、陆广浦陪同，莅我县检查验收实验小学等单位诗教工作，得陪游白马湖之桃花岛。行次，赵副会长嘱同行诸诗友以“白马湖泛舟”为题，各作七律一首云。今日得暇，草草赋就以呈，聊供一粲耳。

不尽波光鹭影翔，渔家荡桨野云香。荷花临水天然画，苇叶吟诗自在章。
岛小难寻陶靖节，泽宽当有孟襄阳。湖风万里开胸臆，一曲舷歌意兴长。

细雨赴武夷山途中

晨起轻云聚，驱车似驭风。山如浓淡墨，缥缈雨烟中。

过江西彭泽县

十六日车过彭泽，此处山灵水秀，乃陶渊明弃官归隐地也。

灵峰含黛色，丘壑自氤氲。何处寻陶令，山边一缕云。

为中小学生上诗词课感赋

撒下叮咚韵，长成翡翠歌。明朝诗苑里，旭日映新荷。

苏堤眺晚

脉脉层峦醉夕阳，群仙临水晚梳妆。镜开湖面三分月，风送荷花十里香。

明孝陵石人

本是仙山灵碧玉，无辜屈守帝王堆。荒郊暗露苍苔冷，清夜谁知不泪垂。

茅岩河畔人家

青山环抱面清溪，袅袅烟岚紫霭低。扯片彩云身上裹，轻舟直下出湘西。

访嵇圩水上森林公园

杉林深秀伴瑶池，白鹭飘来自在诗。我欲行吟还拾翠，韵含雨色句含痴。

雷雨偶成

情怀难抑意飞扬，斗室徘徊觅句章。忽遇雷鸣奔闪电，一天风雨为诗狂。

春　雪

寒草欲芽春欲归，烟云漠漠雪霏霏。东风不放柳条绿，却遗杨花点点飞。

送友人南归

为有离情梦不成，小城况复雪纷纷。江南归去花开未？摘片春光慰远人。

玄武湖

荷花六月自含娇，岸柳青烟锁画桥。最爱残阳熔暮色，湖心月上自吹箫。

吕良农村即景

日丽风和春又归，小舟摇曳漾晴辉。几多绒鸭逐波戏，一对沙鸥贴水飞。

峨眉山一线天

乱石铺滩水色清，峰如堆翠鸟喧鸣。天开一线藤悬壁，桥下奔泉作玉声。

雨花石三章

其　一

补天焰冷火星寒，化作金陵彩石斑。月魄为魂精气在，单留劲节照尘寰。

其　二

断琼碎玉倍玲珑，碧血啼鹃烂漫红。彩石有情经烈火，刚柔一体自英雄。

其 三

散花天女谁曾见，造化功成神鬼惊。异物相赠君看好，不须辜负石中情。

游扬州廿四桥

扬州瘦西湖新建廿四桥，辅以楼台亭阁，蔚成一新景区。因带教师往扬州机械职中参观学习，趁便匆匆一游，得此一绝。

谁将玉带束清流，红药湖边梦几秋。最是晴宵波潋滟，吹箫人去月如钩。

小 饮

家彪招饮，二三子倾谈甚欢，归而赋此。

草舍青旗风半临，新醅绿蚁细相斟。深情不借杯中物，一夕倾谈敌万金。

游武夷山之六曲

六曲者，九曲溪之第六曲也，处天游峰晒布岩下，近有水月亭、云窝问茶、桃源洞等景，可远眺苍屏诸峰，为山清水秀之佳境也。

半边溪涧半边潭，溪涧飞湍潭水寒。竹筏悠悠天外落，棹歌如梦过重峦。

参观博里镇农民诗画墙感赋

一墙彩画一墙诗，总是农家五色思。洒向云霄皆锦绣，化为花雨降瑶池。

荷荡雨情二首

昨在荷荡，云翻墨浪，湖风送凉，雷鸣电闪，颇有雨意，当场得句，今日成诗二首。

其 一

电闪雷鸣夏竟凉，横桥荡里墨云翔。风翻莲叶千层白，雨染荷情万缕香。

其 二

横桥风劲水云凉，莲叶翻腾万亩香。白鹭飞成飘逸句，更同荷侣细商量。

桠溪暮色

山野枫林日正斜，烟岚起处是农家。我心忽有出尘想，欲上晴峰采晚霞。

绿 菊

菊以黄花为多，白者次之，红赭复次之，绿花则其罕也。前于花农处得绿萼一本，今已绽放，为赋一绝。

凌寒独自绽东篱，淡绿为容翠作衣。岂共尘间争俗艳，仙家原本属瑶池。

朱振家

朱振家，江苏金湖人。

金湖春色

君知啥地好风光，高宝湖西有画廊。阅景登堤林野绿，采花拍蝶袖衣香。
机船拨水楼台动，铁马喷烟柳线扬。公路纵横荫影罩，晚来散步识鸳鸯。

戴之尧

戴之尧(1945～)，安徽天长人。金湖县文化馆副研究馆员，以收集金湖秧歌名世。

河滩踏青

石鳖城遥多绿水，春光先占湖滩头。黄莺恰恰柳枝软，芳草茵茵芦荻稠。
浓荫丛中藏伴侣，白沙滩外下绷钩。忽然汽笛一声起，唤醒钓游踏渡舟。

胡　琏

胡琏，江苏金湖人。

鸭翁自咏

养禽不问夏和冬，致富何辞沐雨风。晨起鸭声喧四野，油灯夜照水晶宫。

冀连峰

冀连峰，江苏金湖人。

渔家翁

长湖笑伴渔家翁，晨取鱼虾破雾蒙。游鹭落霞天水色，滩边月下野炊红。

穆厚高

穆厚高(1947～),江苏涟水人,中共党员。1985年转业后,曾任金湖县委统战部科长、副部长等职。有多篇诗词作品在各类竞赛中获奖。金湖县诗词协会副会长兼秘书长,淮安市诗词协会常务理事。著有《浅海拾贝》。

游西湖

品茗西子桥,潋滟水光妖。画舫轻轻荡,小舟缓缓摇。
三潭湖映月,百柳岸边招。游罢归来晚,犹觉意未消。

清晏园留韵

深秋徜徉清晏园,荷谢天凉菊正繁。唱晚亭前聊细品,御碑廊下墨求根。
稚童学画临楼影,皓首行棋倚旧门。来去匆匆漫留韵,运淮千古是宗源。

秋游金湖尧帝古城

携伴秋游尧故里,天高气爽洗无尘。雕梁画栋皇家派,丹阁回廊帝苑氤。
步履绵绵五湖客,财源滚滚九江人。登楼远望心神旷,椽笔难描锦绣春。

清水塘中数枝荷

清清绿水数枝荷,旭日东升舞碧波。眉黛披云霞万朵,翠盘接露玉千颗。
轻舟荡月随河转,曲苑听琴流水和。绰约风姿矜少女,沉鱼落雁月嫦娥。

题河下美人照

佳人何处觅,河下柳边歌。绮梦谁能解,浮华逐浪波。

过徐州

金戈铁马古彭城,剑影刀光楚汉争。垓下霸王逼自刎,咸阳高祖灭残秦。

春游桃花岛

风和日丽三月天,蘸水桃花娇正妍。远足寻芳无觅处,陶公转世再耕田。

癸巳秋游桃花岛

浪下平湖起白烟，飞舟惊醒岛中仙。桃花已谢芦花秀，再访陶公甲午年。

苏源会馆留韵

亭台水榭映环楼，红鲤戏荷自在游。骚客文人多雅兴，索词吟韵酒添筹。

荷塘晨韵

清水池塘映早霞，长堤信步人影斜。和风阵阵频剪柳，起舞彩蝶戏莲花。

登观湖楼

熏风送我上高楼，三十六湖眼底收。远望渔舟连浩渺，白云尽处水东流。

秋意荷花荡

水墨残阳细罩纱，枯荷映日影何斜。谁言霜重莲无色，浅酌慢吟细品茶。

小荷塘

村外藕塘荷数枝，逢春便发绿波池。生来不与群芳忌，总把旧笺换新诗。

夏日思荷

含娇菡萏为谁开，拂面清风爽意来。碧叶红花云影伴，轻歌曼舞上瑶台。

欢呼中国月球车登月

嫦娥轻落广寒宫，玉兔顿旋华夏风。闪耀五星环宇照，苍穹尽染中国红。

戴学谊

戴学谊（1947～ ），女，江苏兴化人。1960年到金湖，遂扎根于此，长期从事财会工作。2001年退休，2012年始习诗词。

神九飞天感赋

神九上云霄，嫦娥带笑邀。吴刚捧美酒，玉兔献佳肴。
赤县今朝变，人间意气高。国强科技重，亿众自堪豪。

游梅花山

春到紫金景色鲜，梅花漫野竞开颜。微风拂面瓣如雨，香气萦身云映泉。
游客纷纭相机举，钟山雄伟亭阁妍。和谐安定人间好，知足尤宜度晚年。

秋游白马湖

碧水蓝天绕彩云，萋萋芳草戏荷青。游船逐浪清波荡，芦苇深深翠鸟鸣。

汪 淦

汪淦（1947～ ），江苏金湖人。退休前曾任中小学教师。作品入选《吟坛十家精选》《吟坛百家》《中国作家十佳作品精选》《中国作家文库》，获首届“百花杯”中国作家（诗人）十佳作品大赛金奖。著有《青山夕照——心韵留痕》《根情录》《荷乡诗韵》。

银婚颂

其 一

四十年前两枝花，雨露滋润气自华。街南街北骑竹马，庄前庄后过家家。
苦吟词诗酌好句，慢添炭火斟香茶。一池戏水人未老，共祝金婚情更佳。

其 二

一生情笃老更痴，艰难共度同舟时。青春作伴耕陇亩，红袖添香读史诗。
二百吨粮愧我有，三四卷书报君知。人间若有三生石，定刻并蒂连理枝。

注：我家种七亩多地，全由妻子一人打理，几十年来约向国家贡献200吨粮食，但卖粮时全写户主我的名字；近几年我出了几本诗词集子，故有此联。

往 事

负笈还乡学种田，苦恨艰难不堪言。挑河挖港担冻土，砍柴伐薪挖时鲜。
犁田插秧腰欲断，晒谷扬场目已眩。还因个矮力气小，每日只拿七折钱。

赠 内

当年负笈回家乡，两间茅屋一张床。不嫌白屋徒四壁，却怜书斋翰墨香。
春种秋穑农事累，育女生儿懿德长。卅年内政情难报，愿作白头老鸳鸯。

诗心犹自系农桑

退休回籍敛行藏，农田砚田两未忘。锄草培苗三伏累，调声协韵四时忙。遥看畎亩开心笑，直面华笺泼墨香。人到耄年情不老，诗心犹自系农桑。

登居庸关长城

秦时明月汉时关，怀古思今独倚栏。华夏一屏风景线，美名已上八奇观。

观升旗仪式

万民翘首望星空，战士护旗排阵容。鲜艳国旗冉冉起，庄严尽在东方红。

颐和园昆明湖

饮誉京华天下知，流连忘返客心痴。敢和天下比佳境，主席感怀赏赋诗。

登阿里山顶

春风伴我台湾行，阿里山顶拂祥云。古木森森多掌故，我与王公结同心。

登盱眙都梁阁

都梁阁上眺都梁，淮水如带牵夕阳。群楼掩映青嶂里，我在画中已癫狂。

端午见闻

端阳时节访农家，院内盛开栀子花。远处传来格咚代，歌声袅袅遏云霞。

卖菜女

头顶星星脚踩霜，菜青萝白豆芽黄。春来人世未曾见，却被村姑一担装。

金湖农村小景

三春遍野浴朝阳，一片葱茏一片黄。我踏轻车阡陌过，多情飞蝶逐人忙。

退休吟

老去退休情自悠，侍园灌圃弄钓钩。如能吟得清新句，诗侣相谐纵意讴。

小　草

欲觅春光何处求，乡村阡陌竞风流。曾经野火成灰去，一夜东风上岭头。

周以品

周以品(1950~),字愚子,号幽闲居士,江苏泗阳人。2010年转业,在金湖县司法局工作。退休后始习诗词。

习画吟

清风为伴与书邻,冷壁而今作画屏。此际虚窗欠身看,夕阳斜照小闲庭。

闵永军

闵永军(1951~),江苏金湖人。中共党员,上校军衔。中华诗词学会会员、江苏省诗词协会会员、淮安市诗词协会常务理事、金湖县诗词协会会长。发表诗词千余首,并多次获奖。著有《道是寻常却艰辛》《蓦然回首》《海纳百川》《骁骋诗选》等。

登观湖楼感赋

拔地穿云耸碧空,登高俯瞰入眸中。四围翠黛烟波叠,一派平湖花影重。
紫燕高飞招彩凤,绿莺低唱引蛟龙。纵观美景陶人醉,唯我芙蓉举世崇!

纪念抗美援朝战争60周年

回眸岁月战旗扬,烽火燃烧鸭绿江。抗美援朝驱敌寇,保家卫国打豺狼。
邻邦协力坚如石,兄弟同心硬比钢。胜利凯歌华夏颂,中朝友谊万年长!

参观苏皖边区政府旧址感赋

纷飞战火铸群雄,青史长留世敬崇。苏皖岸边怀旧泽,古城脚下展新容。
波光摇曳刀枪影,吟啸频传车马踪。圣地鲜花常绚丽,丰碑屹立耀苍穹。

漂母吟

凡人善举好心肠,一饭施恩救少郎。漂母济贫千载颂,韩侯德报万军扬。
横刀立马夺天下,兜土堆坟惊四方。亮节高风巾帼范,名垂华夏永流芳。

清廉公仆焦裕禄

宵衣旰食解民愁,兰考沙丘足迹留。廉政一生光日月,惠农万户灿春秋。

洁身自爱荣千载，立德芳名耀九州。励育后昆齐奋进，中华正气共歌讴。

扬州平山堂怀古

栖灵塔耸入云空，古刹钟声似梦中。往事悠悠歌不尽，游人济济唱无穷。
平山瘦水呈佳景，惬意怡神涌彩虹。历史风云东逝去，文章太守送飞鸿。

荷都奇遇

荷乡故里映朝霞，高洁芙蓉品自嘉。水起绿波连广宇，船摇细浪接天涯。
一身花影姿尤美，几处辉光容更佳。杆杆青莲书正气，盈盈玉貌展芳华。

孙汉香

孙汉香（1951～　），女，字清远，江苏金湖人。长期在粮食系统从事会计、统计工作。曾有戏曲、歌、曲艺、诗词等作品在相关报刊书籍发表。

舞长穗剑

飒爽英姿三尺剑，曙光初照乐声绵。皎如玉树临风立，长穗飞旋笑九天。

粉　笔

正直清廉品自佳，描龙画凤满天霞。情留黑板舍身去，魂伴园丁勤育花。

金湖石港翻水站观感

抽出河中万缕丝，淮河碧水入金池。穿梭日月无休止，织就人间绝美诗。

李秋华

李秋华（1952～），女，江苏金湖人。历任中学教师、校长。2011年起在《苇风》《金湖诗词》《金湖荷都论坛》《淮海诗苑》发表诗词作品。

陈美瑛母女画展

绘物传神深意境，鸳鸯细语水知亲。欢虾舞臂呼银伴，喜鹊登枝报彩春。
四季花仙翩画展，多年笔墨献仁人。勤蜂伏蕊甘甜酿，挺立娇荷沃土珍。

咏春雨

斜斜密密顺风行，曼舞轻歌众物欣。蜜语甜声花唤醒，银丝玉缕树催青。

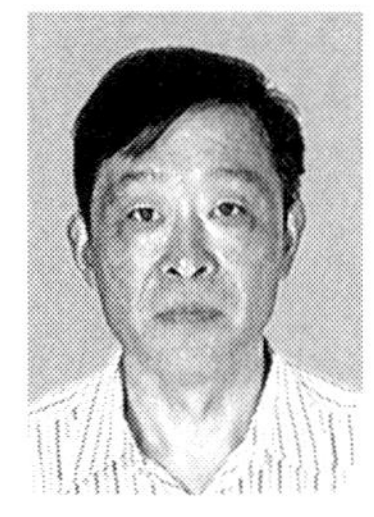

王本强

王本强(1953～)，字行健，生于宝应，长于金湖。种过地，学过医，教过书，曾任金湖县委宣传部副部长。业余时间喜读诗词曲赋。

哀江南

人人都说江南好，谁知江南不见了。十面霾伏千重雾，雾锁霾困欺无助。昼无日影夜无月，绿水青山杳无迹。天地混沌似未开，飞机断航高速厄。学生停课偷偷乐，大妈息舞蜗斗室。门窗紧闭老少烦，咳喘声声医不及。街头风景不忍瞅，红绿灯灭岔路口。车辆龟行人彳亍，战战兢兢云中走。下班不识回家路，牵绳遛狗不见狗。怨声随雾翻作浪，究底寻根世人忧。官方怪罪高污染，民间戏谑烧秸秆。传媒互掐尾气过，微博痛斥执法懒。荒腔走板错杂弹，江南依旧湖山黯。情急之时回转神，驱雾治霾寻对策。东城罚款官帽摘，西市烟囱次第拆。南区限行摆乌龙，北县洒水扬尘涤。可怜百姓最无奈，晨戴口罩黄昏黑。手忙脚乱正喧闹，气温骤降朔风号。横扫雾霾如卷席，江南重见乐逍遥。痛定思痛问江南：雾霾与汝何仇冤？人无敬畏天将谴，天有不测人怎安？天人何时能合一，绿水青山两相全。一声叹息难再叙，搁笔不觉夜阑珊。

退休吾语

退休何所事，淡定享从容。俯首儿孙乐，贴心邻里恭。
学诗擂暮鼓，练剑撞晨钟。逸兴山川去，寻回不老松。

游无锡灵山

佛到灵山信有缘，祥符叩首水云间。人心向善天随愿，物性归真地坐禅。
硕硕莲花争普渡，芸芸草野枕安澜。碧螺春沏太湖水，半盏黄昏半盏闲。

注：祥符，唐古寺名，位于灵山大佛主景区广场前。

澳新纪行

为给自己一辈子工作一个犒赏，退休次月，我便参加了澳大利亚、新西兰十一日游。长见识，开眼界，愉悦身心。

其　一

南飞犒赏游，异国过中秋。万里邀明月，一樽醉白头。

其　二

鹤恋祥云朵，龙牵雪浪舟。何言空客小，天地一沙鸥。

其　三

天蓝伴海蓝，绿野吻天边。非是牛羊走，行云落远山。

含饴弄孙行

其　一

乖乖孙女谦称妹，大度孙儿自唤哥。若是烽烟玩具起，龇牙反目泪婆娑。

其　二

方才仰首弯腰笑，转瞬呼天抢地嚎。急问孙儿缘底事？风筝断线挂林梢。

其　三

巧觅糖壶攥手中，先尝一块喂馋虫。两三四五吧唧下，只怪香浓味不同。

其　四

赤橙黄绿涂鸦遽，无奈粉墙变画廊。优劣是非还未定，朱砂一点到鼻梁。

其　五

一骑童车飞远巷，后跟老汉步匆忙。路人观景会心笑，龟兔赛跑新一章。

秋日杂咏

秋　收

满目金黄满地柔，丰收喜气溢田畴。牵来稻浪皆为酒，酿透农家好个秋。

秋　种

长空雁叫地生霜，黑土犹闻稻谷香。整垄畇播新籽下，行行希望待春光。

秋　思

惴惴农夫忧谷贱，悠悠骚客喜菊黄。诗情画意云中景，冷暖穷达心底藏。

游白马湖

其　一

三两轻舟犁雪浪，一滩鸥鹭竞长天。粉墙黛瓦烟波里，小岛渔家绿柳悬。

其　二

把盏香茗碧水边，临风促膝说丰年。不言桃李因时短，西望炊烟落日圆。

夏日过宝应湖

少时尝与友步行去宝应，以豆换油，朝去夕回。中途必经宝应湖，有渡船来往焉。

落日有情留尾渡，船夫慵懒桨声迟。东风终与周郎便，扯满篷帆直向西。

高邮湖采风记

滩头仰卧白云低，小雀啾啾桃李依。我与湖光争妩媚，短歌长啸总相宜。

湘西道中

其 一

层峦叠翠万千重，拂晓驱车山道中。曲涧幽林烟霭处，璨然几树杜鹃红。

其 二

谁家妹子唱山歌？百转千回吊脚楼。放荡山风拈惹草，缠绵秀色却乡愁。

石头城登临感赋

登将军山

满目葱茏紫气旋，将军百战傲群山。横刀立马驱胡虏，追梦中华未下鞍。

登台城垛

昔日皇宫零落尘，空余弱柳黯伤神。耽淫废政天人怨，岂有江山岂有春？

登阅江楼

脚踏芦龙阅大江，惊涛暮雪诉沧桑。新楼旧记蹉跎事，月色如钩读未央。

登中山门

中山陵寝松林掩，明故宫墟夕照中。造福苍生真与伪，兴衰荣辱各西东。

为嫦娥蛟龙叫好

五洋捉鳖挽惊涛，揽月追星畅九霄。铁骨书生今逐鹿，文韬武略满弓刀。

大白菜

其 一

叶青茎白寻常态，大淡经寒味若甜。炖炒泡腌随尔意，不分贵贱去尝鲜。

其 二

白菜碑文岂可忘，泽被大众史留香。人间清白自常在，尽显凡菘翡翠光。

马铃薯

其　一

可当主食可当菜，饼片丝泥总相宜。纵是家常厨艺好，薯片还数肯德基。

其　二

青藤万垄扎深根，随遇而安最底层。莫道名卑身子贱，安贫乐道惠民生。

邹晓耘

邹晓耘(1956～　)，女，江苏泰州人。金湖县供电公司供职。淮安市巾帼诗词协会理事、金湖县诗词协会副会长。诗词曾在各类竞赛中获奖。

芦苇赞

斜月袅娜影，含羞半折腰。依依临水立，默默展轻绡。
朴质孤心傲，霜情鹤唳嘹。莫言墙上草，承竹气节骄。

母爱颂

宛似涓溪流不息，复如酥雨润无声。发丝一线青鸾系，心血千般慧德呈。
日日身忙身未倦，时时影动影含情。每怀远处亲人久，翘首窗前祈健平。

荷塘月色

夜色朦胧锁柳烟，横斜疏影落荷前。罗裙舞扇浮光动，玉靥摇风薄雾翩。
缕缕莲香传雅意，声声蛙鼓就和弦。流萤几点凝眸处，疑入云庭不夜眠。

乡村春景

一泓秀水映穹苍，几缕炊烟透碧光。油菜流金芬漫野，荷钱凝露翠侵塘。
秋千悠荡传欢语，瑶盏轻推赋醉章。此景如斯情不尽，相邀赏月待重阳。

南湖感怀

春满南湖馥满塘，青新粉淡映斜阳。伫眸烟雨烽云远，拾步汀洲足影芳。
红舫灯微波潋滟，神州人杰论炎凉。燎原星火风雷激，九秩华辉镌史章。

石榴花

一树榴花灼灼红，熙颜艳态送春风。琼枝颤颤霞觞举，丽蕊翩翩月露融。

不与繁花争绝色，唯将烈焰映苍穹。珠玑满腹凝祥气，独约秋蟾照寸衷。

觅 春

湖堤路上步身轻，数日阴沉今始晴。水畔苇芦千叶老，滩头杨柳万芽盈。
风中淡淡梅香远，云底叽叽鸟唱萦。最是波光潋滟处，春晖一缕漾诗情。

春 雨

一穹云霭趁风潜，梦里殷勤吻陌阡。草鞘噙珠盈绿意，柳芽滴露焕新颜。
城乡寂寂轻尘敛，亭榭朦朦雅韵绵。为是情柔红紫暗，春霖怯怯酝芳笺。

夏 吟

流晖炽热绿川长，缀映峰峦郁郁苍。劲丽新枝荫密密，娇柔嫩蕊色煌煌。
青蝉树上和音颤，紫燕云头比翼翔。何处惊雷甘雨酿？秋华怯怯举琼觞。

电业情思

银弦横织挑曦月，铁塔巍昂举上穹。瞩目夜阑栅影处，灯花璀璨似霞虹。

水乡夕照

丹霞晚照泽芝雕，柳色葱茏近却遥。菡萏半开波弄月，浮香流韵逐人潮。

荷塘月色

冰辉倾泻笼青纱，菡萏新姿映碧霞。不见蜻蜓寻倩影，唯闻蛙鼓唱芳华。

夕照柳树湾

雨消闲步上堤东，粉墨丹青入眼瞳。柳织轻烟翔翠羽，残阳棹水一湾红。

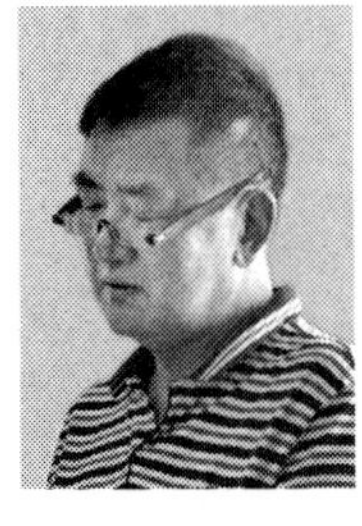

嵇尚文

嵇尚文(1960～)，江苏金湖人。曾参军，退伍后参加地方工作，金湖物资局公司负责人。自幼喜爱诗词，工作之余，讽吟、创作不辍。至今在各级各类报刊发表诗词数百篇。

赠鲁仲连

齐国老狂生，尘纷识纵横。谁知秦壁溃，国有鲁连成。

倜傥别明主，无为任白丁。仰君如末照，吾亦予同行。

咏史书怀

咏史游千古，书怀叹怜嗟。班超拥保定，贾谊谪长沙。
休问许由耳，愿随巢父家。牵牛寻碧水，灭见息餐霞。

冬日商旅有怀

家有妻孥在，偏偏仳别行。孤身千里路，唯梦一城羹。
影静窗前月，心苏故里莺。悲风吹昼短，客意起寒更。

晨练过大佛寺

霜殿势幽弘，时空独恁凭。天光摩四角，佛境起三层。
仰望悬飞鸟，窥观唪诵僧。胜因从此处，觉道自吾增。

留守儿童

知是王孙贵，偶然清梦迷。孤丁晨鹊影，只翼晚鸡栖。
一隔江河远，双生父子凄。不因生计逼，怎肯舍娇儿?

晚秋吟

吟诗当夜静，月下向三河。未语红颜少，何言白发多。
蛩鸣催岁月，叶落见寒荷。更识枫林晚，犹闻旅雁歌。

寒菊即兴

百花皆歇去，寒菊傲霜开。冷梦何曾怨，芳魂独自裁。
晚成非本意，欲采莫儃徊。陶令东篱下，王弘送酒来。

游三河柳树湾

胜地湖城北，兴随绝境生。回流波不没，断渚柳长横。
可夺蓬莱阁，尝闻水府声。每来终叹咏，造化自天成。

咏三河

向晚蟒蛛下，三河了望殊。双桥如雁翅，一渚似龙躯。
浪里千帆逐，林中万柳呼。佳人堤岸上，并入绛宫图。

登尧帝塔有怀

宝塔归何处，平阿古镇东。唐尧生就此，天意绾其中。
国有皋陶士，民该壤父翁。沓来无正客，不解问秋风。

霜降夜咏

知是霜妃降，骚人尤犯浑。寒声侵屋幕，暮色拢墙藩。
酒醒三更梦，诗吟五律魂。潘生何抱恨，自有月敲门。

霜降感赋

白屋凌高冷，青天带晚凉。篱花含露艳，萱草透风遑。
赋咏随心喜，酒干穿夜长。清谈何不悟，潇洒问知章。

客子秋怀

日渐秋风起，寒蛩野陌哮。早霜侵落叶，候鸟返云巢。
尚想三河静，也曾浮钓抛。重阳吟客意，谁与酒盅交。

中秋寄怀

经年羁泊泗，圆月又逢秋。莫道千山远，甘为一日逑。
故园兰芷暮，异域雨霜稠。旦夕枯煎促，更阑几望楼。

落　叶

片片乡魂曲，纷纷失乱枝。几番寒雨洗，一半冷风吹。
不见伊人顾，何来客鸟嬉。翻思归路远，肯信向春时。

题徐悲鸿奔马图

蹄腾风霜起，天生瘦骨魂。攫身驱远敌，睥目驻修原。
所向丛山绝，堪当乱世尊。从来知大宛，汗血出名门。

沪上旅怀

尘界几何茫？熏风竭浦遑。萍身知世态，贾道识炎凉。
影滞他山月，心飞故宇廊。虽言城郭迥，哪得共荷香。

赠孙兵

别业农庄里，商行一镇逢。开晨为店主，入暮是诗翁。
凝望小桥水，遐思大雅风。莫言甜与苦，取乐月西东。

赠苏州咸指导员

戎装虽解甲，云履著鸿篇。跃马驰疆外，持兵战越前。
曾标为教卒，轨范起和弦。为语军营结，姑苏壮暮年。

悼念余光中先生

当年一票邮，脉搏动寰球。客家人虽去，乡思路未休。
舟孤天滚浪，日落雁回头。台海不遑宿，诗行两岸讴。

返乡过节

心急向湖城，故园千里征。依依梅上别，漠漠雪中行。
歧路思绪起，关山绮月生。乡归三万障，暗睹几离情。

秋夜听琴

无眠踏柳林，谁奏广寒音？切切朱弦泣，萧萧古木喑。
秋残风恻恻，湖远水沉沉。但怨烟尘薄，何曾入梦吟。

闲　吟

云外鸿声叹凤真，平生几度逐凡尘？锁情暮色林中鹤，醉眼初莺月下人。
莫道空闲关惬意，且思无妄即清纯。虽缠霜鬓何言老？更度丰年百岁身。

夜别挚友

阁泪珠楼携酒行，昏星夜鼓起深更。应怜黄雀难求侣，当恨寒风罔顾情。
刹寺回廊僧俯首，鸿河曲岸柳吟声。他乡莫怨无人熟，唯望君安自好生。

岁末感怀

斗转星移暮路煎，新霜点鬓送流年。频思北渚老林雨，常拜东堤古寺禅。
写景题诗狂酒后，寻芳问月野亭前。从风一夜东篱曲，独守寒花雅客边。

吴承恩故居采风有感

几回间道射阳篱，荣辱情怀为世知。宅近园田甘北叟，门朝柳径取东篱。
博才屡钝孙山诧，大笔轻挥志怪奇。科举诚然通命籍，人生未必一秋期。

沈坤状元府采风有感

状元府上采风行，古宅犹图节士名。拜谒中堂儒彦像，惊听后院武昭声。
三年守孝逢倭寇，四季操持募郡兵。未及赴京遭枉陷，英雄有泪向谁倾？

客　梦

彻夜秋风催雨声，清宵懒席梦平生。难为贾道扬波急，且作客帆摇橹轻。
十里荷花家国景，一朝桐叶异乡名。经年羁泊天涯路，野寺晨钟报五更。

客　思

凭栏极目落霞过，欲寄鱼书恐浪多。商海晨霜千里涉，江湖夜雨十年蹉。
乡音不为风尘绝，笛韵无缘红袖和。常念柳林同读处，鸾舟随梦到三河。

咏　蝉

独异鸣嘶老调同，懒残无语绾秋风。凄声正与青桐落，金羽偏随赤火终。
日上歌篱催菊醴，夜来饮露逐霜丛。宁愁居处无骚客，何惧螳螂身后攻？

七　夕

秉烛秋光寄咏哦，葡萄架下乞银梭。那堪七羽和弦曲，却顾双星别恨歌。
牛角船头腾雾幕，金簪浪里接云波。年年兰夜生明月，鹊羽腾桥渡汉河。

三河即兴

胜地三河汇八圻，湖城春夏复相依。千排柳色垂清浅，两岸花香入紫微。
朝逐鸟歌披露去，暮随蝉唱带霞归。吾当漫笔题诗句，管与王孙共墨挥。

晨练经大佛寺得句

蛩鸣柳陌曙玄浑，北向城隅兰若根。霜殿晓钟开紫气，僧廊释侣入青门。
平明秉烛通经义，落暮垂珠叹佛魂。身处凡间胡不悟？为当净理逐禅源。

秋 意

常恐光阴荏苒流，少壮几时奈清秋？云开树杪寒蛩歇，月照河梁候鸟愁。
孔子凌空悲逝水，庄生向夜叹藏舟。野容座对东篱菊，怎肯逃杯枉白头？

秋日感作

改色归期何不惬，终将节候动新灰。美花怎与流霜别，好景偏随落日回。
身退子云天禄阁，诗传陶令去兮来。无须邑叹寒冬近，白发当歌泛菊杯。

秋 分

寒暑阴阳一夜氲，鸣蝉高调向秋分。夕阳倚岸同仙杖，柳影倾堤似娥裙。
好是南天连雁漫，徐看北斗断霞曛。良辰泛菊谁相与？更有情思寄付云。

秋日晨练兴作

蛐歌水陌唤朝曦，百转萦回晨练时。刹寺晓钟开北郭，堤塘候鸟起南枝。
菊迎陶令星初落，柳拂吾衣露正弥。独有三河边岸客，寒商一曲醉东篱。

大寒夜语

宿鸟惊啼向夜阑，三更转漏未曾安。风吹北户悬辰斗，月照南山抛大寒。
今日须知迎岁近，他乡更遣引杯完。虽将斑鬓身犹健，何惧流年抱烛残。

霜降有怀

柳陌凝霜愁落日，疏疏衰草独徘徊。五花残叶只今去，九夜寒天至此来。
闻道潘生秋意失，遥连陶令世情裁。且看傲菊东篱下，更食王弘赐玉醅。

重阳书怀

谁自悲秋夜宿遑，清眠未就报重阳。菊花虽照平头白，尘世犹逢寿面长。
但使酩酊休笑我，何愁落景不增光。学诗当去庾开府，隐逸还从五柳庄。

岁末咏怀

岁序更移节物鲜，飞光万里谱吟笺。冬风有意催悬景，霜气无妨乐送年。
何处藩篱香雪绽，几时阡陌凤翎翩。只今莫道春行早，柏酒先辞除夕天。

己亥春雪

云重天阴物性真，玉尘腾沓万家亲。几时斜湿梅兄面，何处区分院落垠。
延客无妨开酒宴，张灯不寐结诗姻。堂深且卷珠帘看，又是东风十里频。

七夕感怀

北斗天东欲晓时，牛郎织女鹊桥陲。忽闻雨线纷纷落，知是风毛默默滋。
喜泣遥怜银汉阔，悲成虚忆黛娥姿。相逢未及消光景，何事匆匆道别离？

自 题

功名宠辱几多痕，除却烟云枉自论。有酒友来同醴盏，无钱人去度晨昏。
也曾赢得五侯客，只是休于七贵门。玄鬓渐稀思靖节，千生难遇白衣恩。

岁末有怀

满庭落叶似吟笺，春雨秋风几定弦。衮衮驰光悲逝水，匆匆泼墨诉流年。
也曾参得三峰景，尚想圆成九带禅。暂且挥杯除旧事，更随陶令四时天。

连日苦雾

北斗东悬昼欲明，何来飞幕罩湖城。冬来日暖尘氛乱，夜至风微雾霭生。
路上行车魂欲断，街中游客梦犹成。难言万事皆如意，即有天时不识情。

蒹 葭

终年穷守任摧折，雨湿风吹几欲飞。戚戚冬来花叠雪，悠悠秋尽叶更衣。
也曾伴月春苗嫩，尚想含星夜露肥。人在旅途知洒落，飘零怎可畏乖违。

也惜贵妃

皓齿明眸绾帝台，后宫谁胜女官才？半羞玉面千官乱，一笑芳魂七校徊。
剑阁穷途何去得，红颜薄命怎归来。人生若梦终沾泪，欲往南山偏北回。

读史有怀

几死子云天禄阁，高山流水问知音。不贪保定班超禄，谁解长沙贾谊襟。
伯乐相知良递马，王良诡遇野飞禽。贤愚自有高人辨，咏史当须贯古今。

由陶学士党太尉轶事得句

轶事何如陶党夸，同朝文武起高衙。销金帐下斟羔酒，豪府院中烹雪茶。
谁自斜题飞罩鸟，有人坐点漏窗花。清新当数翰林客，俊逸还归太尉家。

有感麒麟阁

军事行间问一功？每朝开国画英雄。枕流洗耳知孙楚，刮目相人识吕蒙。
壮节不因身世异，生涯未必历经同。今人自有麒麟阁，肯信江山誓始终。

忆李广

本是堂堂飞将躯，偏留惨厉燕歌图。终生披甲百余战，至死封侯一次无。
归到灞陵人岂奈，重回太守命呜呼。空门冷落垂罗雀，赵女犹怜玉拨枯。

忆韩信

屈体安知铁骨襄，千金一饭报恩偿。引兵险塞穿陉口，背水西河取赵王。
沉勇筹谋超项羽，怀忠善待比张良。蒯通规劝不相听，落得弓藏鸟尽亡。

忆陶令

早知宦海非君意，无奈航图识却迟。彭泽去官归故里，田园隐豹作新诗。
夜来逐梦南山月，日上随心东菊篱。梁肉含情偏不受，白衣送酒正当时。

九一八感怀

九月寒蛩凄十八，填膺怒气向空苍。柳条湖上声兵黩，北大营中驻戍惶。
国耻含悲仇带血，警钟点悟患和枪。早年镇卫曾披甲，恨不重回虎帐行。

上海访友

不向春申去，繁兴几度增。高楼天地接，访友入何层？

思李白

轸念诗仙处，青山西麓家。秋风何太急，吹向笔芦花。

秋日柳林湾晨练

向晓林风起，云巢候鸟晞。天光随入径，皓露湿单衣。

中元夜

万念凄生处暑天，盂兰盆会月痕鲜。荷灯放逐先灵路，酹酒焚香送纸钱。

芦　花

瘦水泠泠芦荻秋，斜阳漠漠冷孤舟。西风不解个中味，偏送霜花上白头。

仲夏羁泊闻莺

流莺何处暗啼歌，融入熏风逐睡魔。此夜相思萦万里，家山六月共轻荷。

柳林湾曲

三河秀出绿汀洲，碧水东行一望收。谁负蓬莱安此处，诗仙太白可曾游？

申城怀旧

一别三年偶返申，停车独宿度孤辰。分明认得西窗月，无奈冰轮不识人。

他乡夜雨

经年劳碌客乡羁，悄问故园红绿稀？最是三更飞役梦，声声谷雨报窗时。

柳林湾叹怀

闲来北上柳林湾，白露平添绿意间。鹊影犹凝枝上月，秋风不待旧人还。

望　月

贾道征帆欲到天，辞家客宿度流年。今宵谁与无眠夜？偏是中秋月更圆。

早　酒

晨来相约会茶坊，未就瞑眠逐晓光。本是敛心谋正事，偏偏狂饮醉南墙。

雪儿微恙有寄

识遇江东断雁旋，淮安贱子几安眠。惊闻躯脰染微恙，恨不飞身病榻前。

悼金庸

爱恨分明知善恶，侠肝义胆用情真。先生驾鹤归仙界，从此江湖少一人。

立　冬

落叶纷纷井树离，偏逢细雨湿乡思。烘帘不掩西风入，今夜寒来梦断时。

冬　柳

傲骨悠然独自尊，只身野陌向晨昏。从来不畏寒霜冽，一曲天歌月下魂。

腊　八

雪霁寒新岁序仓，风清月暖亦暇遑。五更古寺传心佛，粥鼓催成腊八香。

教师节感怀

日落黉门放学时，万千身影未闻师。早来晚去如遵令，夜雪寒窗月照迟。

怀　作

东去湖城数月多，伊人何惜一离歌。西风偏送断肠曲，留待中秋伴月娥。

怨

本是同林宵宿鸟，只因慕利泊天涯。世人惊羡妻颜好，偏是狂夫不恋家。

春　节

北斗天东瑞气充，肩摩毂击满城同。何须街巷锦相属，只晓家家对子红。

瑞　雪

黄云逐日朔风煎，腊月霜辰剩几天。秦雪偏嫌行漏慢，谁知一夜白残年。

邰凤琴

邰凤琴（1962～　），女，笔名溪边芳草，江苏金湖人。金湖县实验小学教师。江苏省作协会员、淮安市诗词学会理事。著有《荷之韵》《荷畔集》。

秋　醉

莎草天边瘦，闲云陇上留。丹枫衔雨露，紫桂溢轻舟。
湖畔收莲子，田间揽锦秋。举杯微醉处，玉镜映琼楼。

冬　日

朔风携寂寥，落叶正堪怜。墨客增萧瑟，红颜道黯然。
云重连瀚海，霜冷困孤帆。想借神舟渡，寻芳醉岭南。

醉桃源

五月泛轻舟，桃源自可留。彤云萦秀色，紫气绕飞歌。
踏浪观江海，依风咏九州。凭栏无睡意，醉里看吴钩。

自　题

溪畔种春意，边耘边酿诗。芳菲萦小径，草色寄幽思。
心系园丁梦，情钟桃李蹊。如歌年岁去，水润万千枝。

无　题

横笛残月下，把剑沈园边。灞上东风恶，阶前弱柳纤。
凭栏吟暮色，倚梦赋忧篇。夜雨不知意，缱绻戏翠帘。

荷都秀

莫道江南好，荷都有洞天。长堤镶秀色，曲岸嵌白莲。
碧水穿乡镇，琼楼立宇寰。轻舟林中过，钓客忘从前。

秋日抒怀

何须倚梦叹秋风，朝露夕阳各不同。难做鸿鹄穹宇上，且为野鹤阔原中。
篱前菊景今朝抿，柳下诗情明日葱。含笑娉婷邀淡月，无边惬意总相从。

又到断桥

楼台依旧伞花新，岸芷含忧着画屏。亘古红绳湖里断，今朝长管梦中听。
一蓑凄雨伤花落，半卷残诗悲晚亭。望月若能得翼羽，谁来桥畔解伶仃！

曲院赏荷

踏浪寻幽至玉栏，晨风送秀弄银弦。群山写影一湖俏，曲径携芳满院欢。
细雨檐边思朗月，潜鱼花下品心禅。不随贵客逐仙子，只与佳朋伴素莲。

茶 趣

一杯江水邀瓜片，两支红烛映九霄。莲步轻移生紫燕，玉壶微动逗灵蛟。
已听山寨谈茶道，何必西湖说断桥。卢陆古风神韵在，青山一叶比云高。

茶 心

秋思秋绪煮秋茶，风语风言风雪加。苦海浮沉杯里叶，功名贵贱镜中花。
难为隐士随山水，且把禅音刻岭崖。参透寒温原野阔，一壶清淡度年华。

茶 缘

待月依窗一笑堂，半帘葱翠卷清香。浮生空瘦逢知己，晓露微斟道短长。
身外浪花追梦呓，心中意气动川江。佳茗尽饮三生醉，地北天南不老荒。

因妙峰樵夫之数字诗偶作

一山一水一盘棋，一剑一箫一铁衣。一梦一楼一夜雨，一花一叹一忧思。
一杯一盏一腔泪，一卷一笺一片痴。一绺一丝一剪后，一观一渡一菩提。

无 题

人前莫道几尘缘，醉卧孤楼冷意煎。暗拭清愁逢月瘦，闲拨夙愿遇霜添。

散心香

清风流水亦阳刚，芳草如兰卷碧窗。乐趣相逢无纸笔，轻敲紫键散心香。

俏 荷

月落三河星隐辉，荷花一朵戴露归。昨天白马扁舟渡，今日湖滨挽翠微。

陈中华

陈中华(1962～)，江苏阜宁人。金湖县经信委主任科员，平时爱好古典诗词。金湖县诗词协会副会长。

长歌行

我是俗人君不是，歌我俚曲君莫訾。或成腔调犹能听，下里巴人无宏旨。不作蓬莱执棋子，红尘一去千万里。回首四顾心茫然，关山不开道伤毁。去去江河又行止，无边风月诡多绮。魍魉市恩空难来,占得楼台断流水。长天浩然薄情视,鸿沆遮掩皆成鄙。非得人鬼难分时,雷音忽来救生死。做人难,难自己。心同尘,随遇喜。今我伤雅无愁怀,任风任雨歌至此。

辛卯岁初有感

辛卯匆匆至,寒梅楚楚香。依依丝柳寂,渐渐日头长。
塞北仍飞雪,汉南先秉阳。征鸿虽未见,止水已轻扬。
万物竟如此,孤怀何以方。凭栏人独立,吊影意幽伤。
弹指半尘土,摧肝一酒囊。空空道相伴,落落志为殇。
银海尽成幻,玉楼皆易黄。铿锵归白发,浪漫羡红装。
往事难回首,新愁又断肠。从来体面处,自是利名场。
近耻知鸠拙,远羞唯语狂。共之千里月,相与一身霜。
岁首应堪寄,心旁无所望。但能随遇喜,总比闷骚强。
浊醪酬清客,素情思故乡。胜哀王粲赋,难乞孟婆汤。
且卷心头席,乃支龟背床。迎春无彩燕,怜我有黄粱。

国庆郊游

闲居庆歌远,静极动郊场。寂寂秋来瘦,萧萧叶落黄。
涨痕推水浅,惊鸟逐风亡。垂钓无相识,何须问李张。

端午节有感

时雨向端阳,长情思故乡。幽怀填落叶,春絮效沉湘。
呵壁青泥老,抱冰华发凉。我家凭水住,蒲艾可苍苍。

岁暮登高感怀

南楼北客老尘怀,东道西风冷玉阶。一度春光黄叶尽,多年秋气白霜来。
依依垂柳画波曲,淡淡听鸦嘶韵谐。入暮梅花香上阁,无边月色独登台。

锦葵花吟

春花谢了鄙花开,村郭田头不用栽。淡紫浅红风雨过,深心雄蕊露霜来。
能和幽客共吟处,无与贵人同赏台。输艳牡丹浓几许,牡丹岂有我狂哉。

母亲节寄思家母

今宵无月心中月,又上轩窗映白丝。侧影微弓穿线远,尾纹宛曲对光迟。

一声叹息身扶起，几步踉跄户近移。许是远风听有信，犹教慈母望星痴。

醉　茶

浓香侵梦天，辗转不成眠。琐事穿虫洞，纷纷到眼前。

赠红豆

红豆秋来熟，经年色不移。赠君唯此物，七夕验相思。

金湖赏月

河汉在天星在水，捧香立玉待清辉。等闲不识金湖月，三十六陂看鹭飞。

无　题

愁发当年故里东，斜桥冷月品秋风。人生何以解千味，却梦斜桥冷月中。

景观树

半树黄黄半树青，西风残照映宫亭。只缘常入世人眼，虽老身心不改形。

过　年

新春佳节又匆匆，装点情怀样样红。白雪门前童子笑，冻收小手挑灯笼。

梦　莲

昨夜清风昨夜雨，芙蓉入梦舞娉婷。莫非清守知同道，来慰心头一点灵？

大　雪

谁倾天钵玉飞斜，一路风催到谢家。才女不知何所拟，西桥石畔问梅花。

鲜启国

鲜启国（1962～　），江苏金湖人。曾在金湖县陈桥中学、三河中学工作，现在县实验初级中学任教，高级教师、副校长。1997年始涉笔诗词。

湖北重庆等地八日游记

昨夜风声雨，行思楚地浓。问茶评诸葛，摇扇觅神农。
云峡平湖水，岚峰太极松。江山千里意，一抹夕阳中。

看中国海军南沙守礁官兵轮岗换防专题片有感

极目南疆阔，礁盘一叶舟。丹心存志远，碧海纳情柔。
风疾垂鹏翼，潮平涌暗流。剑魂精气在，飞浪逐寰球。

纪念邓小平南巡讲话20周年

天南地北正春寒，万树听风待碧欢。楫水凭舟飞浪去，浮云侵月落晖残。
南门立木犹为训，宣武横刀岂可安。万数千年网物志，大音发聩挽狂澜。

仙居第四届浙江油菜花节游记

风轻山远漫天霞，碧海金波映万家。欲问春来何处觅，仙乡梦里有黄花。

罗梅英

罗梅英（1963～ ），女，江苏金湖人。淮安市高中语文首批学科带头人。历任金湖县第二中学、县教师进修学校副校长，金湖县实验中学校长。曾获省“巾帼标兵”、国家“德育科研名校长”。所在学校率先创成市“诗香校园”及省“诗教先进单位”。

嵇圩野钓

约取浮生一日忙，钓车分雾到河塘。垂纶且试波深浅，持杆先量树短长。
喂得鱼肥心已足，腾来双目览秋光。心中思借倚天帚，用扫嵇圩一地黄！
注：嵇圩林场杨树遍野，正值树叶黄落。

咏　荷

花如人面叶如裙，红浅翠深欣色匀。香敛免称招蛱蝶，妆成只肯落蜻蜓。
娉婷都道君无染，零落谁怜子苦心。枯梗寒池如相觅，深牵艳骨万丝情！

壬辰春循“妇女节”旧例携众出游湖州前作

细雨如烟满暮城，青梧深处见华灯。才归紫燕欣天暖，将发游人卜湿温。
携众自宜饱同赏，处单何敢惜吟身。软哝吴语不须唤，已定越山第一程！

参加市诗词工作会议后作

欣膺诗使到淮城，盛会一开百慨生。莫叹荼蘼花事尽，榴火燃情新句成。

迎检感怀

其　一

学苑诗花带露开，迎风欲拜贵宾来。初萌未敢逞姿态，愿得方家下剪裁。

其　二

诗乡韵校齐心创，弄墨吟词兴味长。待得荷钱升碧水，还君一荡藕花香。

闲　钓

其　一

一蓑一笠一银钩，公事留于后辈愁。历尽沧桑人未老，清风识面总悠柔。

其　二

拟向乡郊觅旧游，秋光潋滟好投钩。浮沉总是因风起，莫为多心屡放收。

春节感赋

殷勤灶下与堂前，聚得阖家庆稔年。不惜盛装污酒渍，更抟余兴作诗篇。

种花偶题

其　一

不识种培却弄花，盆栽瓶养敢求佳？只教得活心即喜，守看初萌变怒葩。

其　二

盆为自选土亲挖，千里淘来篓铲耙。网上书中学欲尽，犹持珍种不轻撒。

其　三

陌上黄纨转碧纱，旧枝新叶舞斜斜。兹游不恋风光好，为唤春风促早芽。

其　四

草木有知呈物华，叶裁绿锦干擎霞。红尘试隐休寻迹，一柜闲书一裹茶。

试题园中诸花

琼　花

玉抱香围是底家？兰台簇锦又团霞。绣球本自闺中出，俗子何缘接此花。

美女樱

鹤衔闲种向云栽，花若画成叶若裁。一段风情谁得似？青娥扬袂畅春怀。

海　棠

胭脂有色未如浓，庄重焉容蝶入丛。曾受诗人高烛照，不朝月色展欢容。

岭 梅

长于风雪自凌寒,生是山花惯险山。纵羡园中时日好,不移冰节入玉栏!

荷 意

其 一

冰姿凌水不随流,只伴蜻蜓只伴鸥。谁贺侬今初度日?一声渔唱出清喉。

其 二

生自水乡爱碧流,此心比玉玉堪羞。游人只解夸颜色,谁觉清芬久逐舟!

悼刘学兄

其 一

重到彭城意足伤,不为欢聚为君殇。兄言访我何曾访?我欲访君到梦乡!

其 二

持照几回泪满眶,翩翩依旧认刘郎。妹时不卜眼前恨,犹漾春风傍汝旁!

其 三

不必雨来不必风,花将落尽叶将空。谁云纸巾能擦拭?酒渍泪痕上万重!

闲 吟

其 一

淡置心思慎处身,无如哀乐总多人。声声歌泣成诗稿,压向箱奁最底层。

其 二

暂休公事叹心劳,细品陈茶味似蒿。春景只从窗后看,如今人面赧迎桃。

其 三

秋游最忌入荷乡,残梗寒塘断旧肠。独忆荻花萧瑟处,曾留双影与斜阳。

其 四

一霎雨风一季凉,一重聚散一重伤。人催酒至酒催笔,红叶诗成犹带霜。

读《红楼梦》感赋

其 一

点点泪痕杂墨痕,为谁搦管作诗人?至情未发天已妒,佳句成时病亦成。

其 二

烟眉终日带愁颦,惯挂泪珠人不惊。人只用心卿用命,可伤“焚稿断痴情”!

其　三

红楼遗梦叹难寻，一曲歌诗意未平。人世最深情里味，何堪带酒细相品！

姚永权

姚永权（1966～　），江苏金湖人。中华诗词学会会员、全球汉诗总会会员、江苏省诗词协会会员、江苏省美术家协会会员。自幼承传家学，随父习诗。

闲赋一首

光阴荏苒斗星移，常易荣枯不为奇。数朵寒梅堪作画，一窗冷雨好吟诗。
涂鸦笔墨闲和兴，醒世经文淡忘饥。清茗重沏无细事，置琴收拾案边棋。

梅咏新春

落霞染绛焰花明，阡陌长歌悟且行。家国情怀云和月，人文诗画沤中名。
雨霾旧岁天不老，琴瑟新春路更晴。一树梅神正写意，铿锵风骨伫菁英。

上元诗

隔江焰火接蛇龙，百度千回觅杳踪。宝马雕车难再遇，蛾儿雪柳不重逢。
灯吟寂寞沉眼袋，案伏萧然蹙眉峰。料峭逼伤元夕夜，谁追前世到心胸。

清华美院安徽六安大裂谷写生即景

花山竹海雨空濛，叠翠春风又点红。九十画廊分水起，五百茶岭裂谷通。
皋陶一惠人文俊，江淮两济地势雄。领略六安大千境，峰岚诗韵泄新洪。

清华美院六安写生客居南山公寓登高望远即兴而作

群山俯瞰正葱茏，掠翅春风羽渐丰。跃上青云巡瀚海，拨开迷雾射清瞳。
落英旋起书长卷，神笔扛来著枭雄。吐纳浩然天地气，快哉尽在搏翔中。

清华夜课题画《北国》

水泗淡墨起云澜，悬壁山林接远滩。对窗翻临先人卷，避雨研磨老石丹。
胸含诗韵开高境，笔卷风涛得大观。领略此间真趣味，京华夜色已阑珊。

节后大安

水秀山明壁上观，卷烟再向指间弹。金光入户晕焦墨，佳气盈门唤浅兰。
红蓼白蕖湖面碧，黄花绿树柿壳丹。雨云几许节前过，诗境人生在大安。

重　阳

江湖钓足犒重阳，随手荒郊一簇香。人与野英同矍铄，心如秋水共宽长。
寻常日月门前过，平淡生涯韵底藏。来客休谈山外事，弈棋赏菊品茶汤。

答谢迟开墨兰

跋年涉岁太漫长，霞雪喷江始吐芳。寂寞晨昏天会晓，阴晴风雨梦难忘。
犒劳倦侣流馥郁，答谢仙俦寄诗行。为将菁华留永住，秉灯向壁撰春光。

宗寿华

宗寿华（1966～　），网名湖城吟草，江苏金湖人。中学地理高级教师。金湖诗词协会秘书长。在《中华诗词》《中华词赋》等发表作品，并多次在全国比赛中获奖。著有《湖城吟草》《湖城飞韵》等。

板桥赞

忧民描劲竹，省己写幽兰。两袖清风净，双肩皓月寒。
吟诗西子瘦，携酒白云欢。才德人皆仰，糊涂万种难。

悼屈原

滔滔汨水悠，吟魄伴飞鸥。《天问》难舒恨，《离骚》不解愁。
《怀沙》风助雨，《哀郢》夏延秋。寄语烟波客，江河万古流。

纪念孙中山诞辰150周年

万里河山换，千年帝制终。情牵强国梦，意锁共和风。
博爱胸怀阔，全公浩宇空。至今思逸老，酹酒紫金崇。

陈毅元帅颂

毅胆一何雄？将军百战功。歼倭吟虎帐，射蒋挽雕弓。
碧血翻沧海，丹心照皓穹。德才人尽仰，松雪颂陈公。

小岗村的红指印

勇破承包壁，雄开改革先。托孤生死契，印血胆肝篇。
勠力填贫井，同心掘富泉。指纹犹耀眼，绮梦正连绵。

山海关

衔山枕海流，巍扼巨龙喉。险隘京师锁，雄关满帝愁。
燃烽留阵痛，冲冠获遗羞。华夏原完体，何分项与刘。

嘉峪关

关御中原外，名随古道联。楼台飞暮雪，烽火接云烟。
汉赋西疆颂，唐诗野鄙传。羌声孤树远，落日断鸿怜。

玉门关

万里春风界，雄关壁立寒。笛横惊雪雁，月皎照荒原。
烟树穿云杳，长河落日圆。丝绸留史话，唐汉赋诗联。

居庸关

燕代咽喉锁，危楼百尺悬。西山红叶醉，僻塞朔风寒。
烽火霜难落，长城鸟不攀。沧桑随雁转，功过世人谈。

剑门关

一线天开眼，巉峰蜀道难。千山松柏翠，万阁表碑残。
举首姜维马，回眸邓艾鞍。莫依雄险恃，仁爱植心峦。

娘子关

险隘簪头髻，娘关女将威。鏖兵驱外辱，仗剑卫唐扉。
血刃豪情壮，倭奴丑魄微。狼烟风雨去，瀑卷彩云飞。

平型关

峻岭崇山起，雄关要塞名。胡骑心胆裂，倭寇魄魂惊。
动荡狼烟沸，和平战鼓宁。妄掀妖魅浪，三尺剑分明。

李 白

其 一

振翅鲲鹏意，推窗疾苦情。低吟明月皎，浅唱白云轻。
静夜银笺短，长歌鹤锦盟。诗心随酒荡，仗剑举唐旌。

其 二

笔落三山寂，诗成五岳轻。骑鲸邀醉月，驾梦会长庚。
仗剑行吟路，弹铗白帝城。冲天长啸去，千古仰骚名。

纪念毛泽东逝世40周年

旭日东方陨，寰球惜汉唐。文韬能定国，武略可安邦。
常忆岷山雪，时萦宝塔光。城楼明月在，翻覆慨而慷。

纪念九一八

衅雨盈湖野，腥风漫沈城。白山残月恨，黑水激流惊。
铣电三分妄，金瓯太半倾。吴钩当拭血，亮剑斩妖瀛。

谒中山陵

风起阴霾杳，千年帝制终。解悬施妙手，济世见奇功。
五宪图全策，三民肇大同。至今环宇颂，博爱紫金崇。

孔子诞辰2567周年

政雨飘华夏，儒风遍九州。德仁名万载，义礼誉千秋。
《论语》微言警，《中庸》大道修。寰球称至圣，师表世人讴。

过南京明长城有怀

势锁金陵月，山河一望收。王朝成过往，巍堞证春秋。
虎踞雄风在，龙蟠霸气犹。古城欣筑梦，椽笔舞方遒。

纪念抗战胜利71周年

倭奴恶念起卢沟，血雨腥风漫九州。鲜活生灵成白骨，平畴沃野转荒丘。
弟兄敌忾驱獠寇，国共同仇斩岛囚。但握龙泉三尺剑，廓清妖雾卫金瓯。

过扬州

绕雨回风拨画桡,闲情漫过水平桥。迷楼早伴霞光去,明月方随暮色消。
畅舞琼花春月醉,稍停隋苑逸思迢。广陵曲尽波潮落,吟瘦骚人寂并寥。

纪念新四军建军80周年

百战当年敌胆惊,丹心铁骨铸金城。挥旌踏碎长淮月,勒马听残冷露声。
梅岭三章情岂夺?江南一叶恨犹萦。神州儿女同圆梦,八十沧桑热血澎。

国庆68周年抒怀

劈浪南湖舞旆旌,锤镰奋勇向光明。三山踢倒新元启,二恶歼除玉宇清。
反腐褒廉弘正气,巡天探海着威名。最欣盛会图宏业,初心不忘绮梦萦。

注:二恶是指蒋、日。

五台山清凉寺

圣境清凉化俗声,禅喧烛照镜分明。梵音万叠悠扬曲,白塔千秋肃穆城。
大德文殊摩玉顶,灵台宝刹度苍生。佛田广种虹霞近,不昧初心日月轻。

登山西悬空寺

一寺悬空壁翠屏,虚庸大雅化无形。摩天霜殿融三教,挽月云梯接九灵。
放浪青莲留翰墨,披襟霄客忘鸿冥。诗吟晋境缘因胜,绝涧清波唱晓星。

纪念孔子诞辰2568周年

万代宗师举世崇,寰球阅遍尽儒风。五经有教传铭典,六艺相承秉大同。
治国修身行义道,知行复礼仗仁功。巍巍泰岳谁称最,绝顶豪书至圣公。

吟秋系列

秋　雨

夺月欺星一梦凉,排云借势泻苍茫。敲闲金菊缘茶醉,洗碧苍穹任桂香。
淅沥青山芳韵褪,瓞绵紫燕俏音藏。推窗不预阴晴事,斟酌诗词效宋唐。

秋　风

带露挟霜势执戈,翻沟越岭渡澴波。悠刀枫叶千林醉,急剑莲蓬百荡蓑。
夜啸窗敲疑赛马,晨徊寒裹若穿梭。碧空洗透巡新月,桂醑三觞读素娥。

秋 花

瓣杳空冥暗自伤，魂销怨道恨悠长。风刀掠影心何狠，雨剪裁芳意若狂。
抱月轻云羞势利，薄情皓露怅炎凉。扬帆雁字回銮日，神发蓬莱逸异香。

秋 荷

一雨疯狂菊桂香，野莺传讯诧莲塘。霜刀夜掠千株萎，风剑时挥百竿殇。
抱子孤蓬犹缱绻，埋淤玉茎未彷徨。形骸且逐流云去，阅透苍穹再逸芳。

秋 水

望惰冰眸一色清，牵春扯夏自分明。飞红绾影长林净，奄霭沉波皓月轻。
溯本枫云同雁舞，横箫桂浪共潮生。且休锣鼓从容去，阅遍江湖再举旌。

秋 菊

素色轻匀也夺魂，霜侵更灿馥芬暾。芳清三径融冰骨，韵雅中秋逸柳村。
青蕊诚斋浮玉酿，东篱靖节醉桃源。闲云阅淡晴阳晚，斗艳争奇百卉昏。

访圭峰山义烈庙

一庙崇严海国东，凤凰绕柱拜灵宫。高行秉直称真烈，大义深明耀彩虹。
坤德孚民峰尾月，婆心济世圣人风。云碑不坠千重浪，独念姑娘百代功。

圭峰塔

叠阁重檐一塔雄，啖波噬浪傲苍穹。浮屠常助渔人愿，倒影曾凝进士瞳。
辟恶名高峰尾月，引航誉过惠安风。东南巨镇挥椽笔，海国文明灿彩虹。

热烈祝贺十九大胜利召开

谁赶晴光入宋词，会名十九赋新诗。歌扬昆域长天阔，韵叠蓬山白鹤痴。
绮梦神州圆可鉴，初心华夏烙难移。炎黄共煮同心酒，喷薄苍穹一色旗。

秋过云和梯田

锦绣谁裁入画图，眸凝胜景有还无。裙旋百褶沉金穗，云叠千重锁玉湖。
绕廓崇溪犹缱绻，掀天竹浪岂踟蹰？一犁烟雨耕诗韵，径赴畲家换酒沽。

过丽水

大笔难描造化奇，长廊不语物华痴。青田载誉钤今古，宝剑驰名看盛衰。
生死牡丹萦一梦，忠能诚意叹三思。云湖竹海凌波去，且放畲歌好赋诗。

红豆吟

谁吟红豆入诗行，此物相思刻骨萦。至爱无声花解语，顽愁万种果传情。
锦笺欲寄何须雁，酽念深埋且付卿。但引江南香一缕，长消心梦月三更。

咏彭玉麟

号著中兴百战功，鲸吞虎啸傲苍穹。洞庭鼓震狂波静，云梦旗开险嶂通。
墨蘸痴情梅滴血，心怀高品袖萦风。吟香外史今何在？退省庵前悼俊雄。

咏彭德怀元帅

跃马横刀意自雄，一腔正气耀长虹。大旗洇血枭尘净，半岛扬威寇焰空。
德泽苍生能请命，情牵万姓敢弯弓。丰碑无字标青史，霄阁凌烟绘总戎。

周恩来赞

俊节高标万古存，丰碑无字立昆仑。外交德运寰球仰，内政仁施五岳尊。
赤胆一腔昭日月，清风两袖挽乾坤。襟怀坦荡从容去，天地同钦大国魂。

追思毛泽东

揾泪追思九域同，千秋勋业耀苍穹。胸藏伟略安邦计，怀揣宏韬济世功。
逐蒋歼倭吟幄帐，富民强国驭长风。英灵不远丰碑亮，探海巡天可告公？

叹岳飞

不捣黄龙誓不休，可怜报国志难酬。偏安南北关卿事，传位阿谁岂尔谋？
十二金牌何太急，八千烽路复蒙羞。风波亭上凄清月，犹记精忠未泯眸。

读岳飞《满江红》有感

坚贞武穆一孤忠，报国豪情大梦空。誓捣黄龙迎二圣，尽吞胡虏挽长弓。
四言铁血尘和土，三字诡谋雨并风。望断贺兰千里雪，冲天浩气满江红。

哀韩信

重祭淮阴酒一盅，悠悠青史记英雄。蒙羞胯下诚称忍，兴汉危时实有功。
慨叹战神光掩日，痛嗟人杰梦随风。未央宫外谈弓狗，千古幽情逝水东。

咏李白

最爱无羁太白风，盛唐诗梦世间雄。淋漓笔墨惊今古，浪漫情怀转时空。
山水放歌同月醉，江湖倚剑伴花红。一声长笑骑鲸去，哪个吟家敢挽弓？

杜　甫

骨写嶙峋大笔行，李唐风雨几回惊。飘萍半部兴衰史，悲悯盈腔木石情。
墨浸民生诗带血，心承国事梦倾城。草堂古柏遗长韵，千载犹闻疾苦声。

过水泊梁山

大帜当年绣杏黄，餐刀沥血意轩昂。招安一纸终埋恨，舍命经年复种殇。
聚义厅前唯寂寞，寥儿洼里剩苍凉。泼天豪气今何在，乱石残松话感伤。

瞻仰云阳张飞塑像

怒目虬髯丈八雄，千秋犹自说张公。当阳一喝云旗暗，汉室三分卫霍崇。
义烈常怀光皓月，忠贞不泯耀苍穹。风清江上留遗恨，毅魄深情望蜀中。

金陵怀古

饱阅江山一色清，六朝胜迹著鸿名。紫金风雨遗长爱，脂水楼船弄古筝。
湖筑莫愁荷韵在，庙称夫子夜灯明。接天巨笔书王气，朗月千秋照石城。

金陵阅江楼

万里江天一望收，嵯峨大阁阅鸿遒。六朝烟雨随风断，百代兴亡至此休。
虎啸古今空变幻，龙吟过往任沉浮。秣陵形胜千秋在，读罢沧桑复上楼。

咏　蟹

甲胄坚如盾，霜螯利似矛。无心空肺腑，霸道越沟壕。

咏　蛙

青草池边踞，纹皮瞪目圆。音传依鼓韵，吟罢待冬眠。

水仙花

昂扬三尺剑，炫目六盘花。根蔓浑如玉，人间称异葩。

谷　雨

雨师半隐立虚空，望断人间渴眼瞳。百草春来思破土，一瓢可毕十年功。

春日三河滩

三河滩上雾朦胧，鹭隐鸥藏水树空。青碧湖边芦渐醒，春风万缕逗鱼虫。

荷　池

迎风移步碧池趋，十万荷花瘦若无。纵使身残香不谢，灵根逸气独清腴。

荷　佩

清香一缕伴昏晨，淡雅荷钗俗尚匀。禅意氤氲风拂袖，尘缘疏远证前身。

桃花岛暮春二首

其　一

一帘烟雨涤清尘，风暖熏残槛外春。细数桃枝花几朵，怨红不寄有缘人。

其　二

烟波飞处故人庄，桃岛闲眸看落芳。溪水渐流春渐远，知音或在水云乡。

立　夏

坡田流水不沾尘，雨洗虫吟乐府新。蛙唱小溪莺在树，浓阴深处更窥人。

雨后清晨

滂沱暴雨洗浮尘，曙色盈湖柳靥新。白鹭馋贪鲜活味，穷追鱼影窜河滨。

孙达恺

孙达恺（1967～　），江苏金湖人。副高职称，县党校办公室副主任，县诗词协会副秘书长。在县级以上刊物发表诗词百余篇。长期编辑金湖作协《湖城文学》和金湖县委《党员干部小读本》。

观金湖万亩荷花荡

轻嗅深看情快畅，从今着意淡群芳。碧波青叶绿添绿，白鹭鸳鸯双又双。
朝赏还疑降玉女，夜观犹觉散幽香。叶圆花灿遮湖面，胜似西施披靓妆。

咏　荷

亭亭翠盖溢清芬，面色微红带月痕。更借微风流雅韵，疑为仙女夜归魂。

中秋抒怀

云舒庭旷月流空，阵阵清风贡品丰。寂寞嫦娥窥下界，千家万户醉颜红。

林立明

林立明（1968～　），江苏金湖人。现任教于金湖县实验小学，喜诗词创作。致力于培养小学生创作格律诗的兴趣。2006年度被评为“中华经典诵读全国优秀指导老师”。

冬　夜

薄雾连霜夜，寒星映月明。风来荒草乱，叶落水波平。
脉脉云无语，茕茕影独行。喧嚣非本意，我自爱幽清。

台风去后

愁云千里外，朗月醉星空。今夜情何寄，推窗笑海风。

秋　月

金叶随风敲睡鸟，湖深水浅印眉心。山石道中天高远，水洗浮尘月洗琴。

冬　雪

一波未去一波起，越柳穿松绕树林。最爱桥头观小岛，红梅白雪半湖银。

黄山松

云遮雾罩意迷蒙，日落黄山百里松。绝壁傲然千古秀，无思无恋笑苍穹！

秋到三河滩

伤心独对东流水，冽冽西风雁又归。苇絮有心无冷暖，如霜似雪漫天飞。

寒　柳

秋夜浓霜秋夜雾，半枝黄叶半枝空。常思三月河边绿，犹记春风入梦中。

冬

夜半城西枫树雨,叶方落尽泪婆娑。不知点滴流何处?只愿三更梦碧波。

河堤漫步

闲云少语陪轻雾,流水多情伴夜霜。几点白鸥追雁远,一弯新月钓斜阳。

吴为顺

吴为顺(1970~),中共党员,中学语文高级教师,任教于金湖县枫叶国际学校。淮安市、金湖县诗词协会会员。

闻里皮二度执掌中国足球队

富贵险中求?银狐二泛舟。粉丝擎大纛,名宿叹宏猷。
病急投医乱,民思蹴鞠牛。真经来海外,何日唱风流。

又是一年

忙忙碌碌至猪年,盘点悠悠挣几钱。身懒曾经沽酒醉,妻勤总是把家圆。
苍穹雪舞神州秀,烟炮雷鸣福寿延。一曲高歌情万丈,明朝快马再扬鞭。

出外打工岁末陆续返乡

岁末乡思比酒浓,风呼征雁早无踪。雪飞苍岭红梅秀,车越平川曲水封。
顺境宜须聆哲理,卑身更要仰青松。阖家把盏心酸重,大地春回再跨峰。

中国探测器成功着陆月球背面

万象纷呈谁弄潮,风流还是看今朝。笃痴苍宇迎难上,直面嫦娥分外骄。
玉兔回神持桂酒,骚人闻讯醉长宵。炎黄自古多聪慧,从此寒宫不寂寥。

扬州东关街

个园赏毕进东关,美食飘香谁欲还。驻足门牌多震耳,悠悠历史百年间。

扬州个园

山分四季一园中,竹茂琼芳锦鲤红。径寸能藏奇妙韵,无名巧匠胜天工。

徜徉瘦西湖万花园

约在烟花三月来，园呈大美百花开。流连欲觅佳词句，谁是民间咏絮才？

游桃花林

桃花争艳小桥东，燕语莺飞与画同。多少爱情成过往，来迟不要怨春风。

潘　乾

潘乾（1970～　），笔名小潘飞刀、雨夜星寒、花瓣雨。江苏金湖人。金湖县金北镇政府残疾人联合会工作人员。金湖县作协、诗协会员。

雪山晚景

白雪映苍穹，残阳一抹红。浮云挥手去，万里拂东风。

山　行

石级九回肠，云杉裹素妆。空山谁见客，鸟亦雪山藏。

风雪大作

狂风卷雪川，山客不知前。枝舞惊归鸟，哀鸣万里传。

朱士华

朱士华（1970～　），江苏涟水人。现供职于江苏省金湖县政府办公室，曾获淮安市第二届青年诗人大赛第一名。

小人物一组

环卫工

锈钳勤把手，秃帚伴生涯。风冷捡灯晚，影孤扫月斜。
高怀非踏雪，活计懒看花。直使长街净，菜钱仍欲赊。

修鞋匠

技小营生事，手勤人不贫。冰胶粘底实，雨线衲帮新。
快踏风千里，寒披月一轮。怜看流浪者，到处遣悲辛。

渔父吟

一帆传祖业，从小种湖心。织罟雨搓细，泊家芦掩深。
霞红分灶火，人困卧云衾。自别风尘外，来舟课税金。

拾荒人

身无长活计，捡弃度平生。十指分星黑，一囊填日轻。
鸡探回偶响，蚓走劈荒荆。糊口凭双手，嗟来食未争。

建筑工

落身栖险窟，悬影系孤绳。楼直拿云砌，石沉和汗凝。
缠绵一棚雨，次第万家灯。欲问旧模样，小儿还记曾？

乞讨者

养口持残碗，登台向大街。身弯廉价膝，胸挂感情牌。
闹市围嘈杂，蓬头羞掩埋。人多观后散，几个解关怀？

送奶工

早晨从夜起，霓冷照街空。车碾一轮月，身披百巷风。
天光教踩亮，石级未攀穷。更逐人流影，辛勤菜市中。

磨刀老头

一肩挑日月，巷里走乾坤。鬓自磨间老，锋从砥上新。
先人传旧业，白菜煮残根。夜久不成梦，天明向哪村？

记游十首

高速路太湖服务区楼上望太湖

更踏层楼上，不遮百尺柯。烟涵吴水尽，云抱浙山多。
绝壁僧新占，空湖帆未过。此中风物好，容许暂消磨？

过蒙城道旁偶遇并造访庄子祠

竹扶春日静，延客鸟相迎。鱼乐池中见，蝶飞花外惊。
旧园荒野火，重阁沐新晴。曳尾人能几？征车相逐鸣。

妻女于宏村来电称余未去实憾有答

心境随空阔，风尘不足虑。山怀村子静，水动屋头虚。
南亩萧森竹，平生计划书。先传归去约，他日卜邻居。

行宁芜高速见指示李白墓无暇造拜有记

逐尘车过快，渐远更回眸。墓合青山老，诗分江水流。
相同从北客，不是向南舟。三径应荒没，平生恨未休。

登天安门城楼感怀

纵目秋风下，登楼更动情。碑平山岳影，人起海潮声。

劫后园空在，云边城自横。再闻烽火事，执戟看书生。

过北大校园乱感

树高多抱阁，径曲可通幽。半塔云无主，一湖风自由。
新芽先着雨，野火未烧秋。欲问此回过，心中染有不？

登南通狼山

独高开眼界，访胜每添愁。海卷潮峰涌，江裁平野流。
隐荒讨天冢，歇险渡僧舟。人事俱遥去，萧萧木落秋。

过宣城远眺敬亭山

影断时回望，风尘催往还。峰攒千叠翠，天泊片云闲。
归鸟嘲低首，绮霞应弄颜。明朝抛俗务，陪坐敬亭山。

过桐庐

斜阳如有意，等待慢低沉。两岸山皴画，一江流捻琴。
道人开卷短，高士钓心深。又别知愁苦，纷纷鸟入林。

吴中有忆

吴风佳绝地，偶过寄闲身。一巷花撑梦，半山云出神。
橹声庵外静，瓦色雨中新。长是愁肠结，江南江北人。

山中夜宿

暂且停车宿，平生山水缘。半床松绣月，一夜石弹泉。
路转峰头变，云回梦底缠。早行谁送客？已满草阶烟。

婺源道中

时常萦梦里，今日过行车。峰断白云气，野连黄菜花。
粉墙依水出，古树抱村斜。应记闻先祖，追宗是老家。

车过黄山

随车千壑转，摇梦入莲峰。山泻云疑瀑，松盘石指龙。
蒸烟泉袅袅，鸣翠鸟喁喁。好景初相识，他年认旧踪。

山中奇石斋得砚喜赋

巧琢天然石，把看不忍还。栖芦半舟静，钓雪一翁闲。
入眼当时意，出身何处山。应翻兜底尽，莫使带愁颜。

春日感怀

长作公家客，误春今又深。千言悲哑口，百事恨欺心。
花自含情灼，酒当邀月斟。楼头看独坐，谁识伯牙琴？

寓　居

长河分楚下，迢递入东溟。思接千年乱，云开一望平。
断山横背影，向海纳涛声。自有鸥相识，时人莫问名。

鹰

岩巢宁久困？衔斗九霄青。雨烈壮行酒，风高清啸声。
翼长天敢问，思远梦凭生。野雀漫聒噪，相看自许倾。

冬日过农家

望开黄叶尽，村静野天晴。沙岸凫栖白，霜畦麦冻青。
鸡群时自咏，犬熟远相迎。最是热肠叟，日斜杯未停。

独　步

独步清流曲，自将心放宽。斜风扶有意，野鸟问无端。
人少山中宰，江多严子滩。轻纱遮老眼，袅袅晚炊烟。

对　秋

反刍半生事，独对一江秋。黄叶凋零梦，轻阴酝酿愁。
心中须自问，身外不他求。斜雨从风急，岿然晚钓舟。

登三清山

探身松望客，不意我重来。云出千峰断，雪残万树开。
新风生海日，空谷隐春雷。应欲山中老，漫教人事催。

病　酒

浇愁不胜酒，经日卧高斋。花自直播艳，事从回看乖。
有关小人物，无奈大胸怀。这点心中结，教谁替掩埋？

友人邀过山中小酌

竹舍从邀过，闲情自可偷。坐拥峰对话，听任水交流。
斟月一壶酒，系风万里舟。又催山外信，未许久淹留。

闻友赴疆工作有寄

几行来有信，半夜已征西。路入云峰断，沙平天幕低。
一人孤逐月，两地各闻鸡。边苦多功业，犹闻战马嘶。

丽江古城

枕翠萦坡谷，画楼栉比邻。门开山戴雪，户入水流琴。
舞步明篝火，茶香动齿津。苍穹何暗渡？袅袅纳西音。

春日游破山兴福寺

入青香自袅，晒日老僧闲。婉转幽随径，悠游心照潭。
诗新千古句，磬满一山禅。何处清风影，云边或水边。

秋咏八章

秋 望

楼高极目水天遥，雁唳长空万木凋。叶落风前山见骨，声从云外海听潮。
物华应是暂萧索，人事最终归寂寥。纵对尘寰多况味，不须江上问渔樵。

秋 兴

吩咐秋光入玉卮，山几绰约月灯移。天涵江影抱城瘦，露重雁声落夜迟。
不让先生花下醉，长吟太白酒边诗。谁家鸡已三更唱，惊断烂柯一局棋。

秋 思

西风愁起发长吟，半亩荒园归去心。云变新奇人懵懂，江流感慨夜深沉。
初生蟾月榻先卸，更短霜头菊自簪。不觉暗飞秋露重，最高楼上独披襟。

秋 怀

世事由他金筑台，长空雁影菊初开。倚窗心逐几行过，就月梦回三径栽。
天地许生小人物，文章未写大题材。寂寥自可听秋醉，不用白衣送酒来。

秋 声

梧桐摇落一城秋，万籁西风自可收。虫唱残阳争雨后，雁啼新月过楼头。
花声菊绽霜晨破，江影夜浮幽咽流。不作醉翁伤感赋，四时光景为人谋。

秋　月

一轮皓魄四时生，最是中秋分外明。云海苍茫和露色，关山廖廓度鸿声。
万家香篆入天臬，千里江舟向客迎。飞镜自来还自去，谁知夜夜动人情。

秋　雨

气转西风势渐平，连阴昼夜偶飞晴。残阳云落两三点，清响蕉弹四五更。
声湿园荒虫断续，影斜椽冷燕伶仃。剩将细细涵岩土，待向来年看绿生。

秋　夜

欲断虫声入夜初，兴秋八首独愁予。浮香桂动一帘月，收雨灯寒半卷书。
峡里风舟正落拓，关中心事未消除。明朝对镜满头雪，空向人间看六如。

岁　末

岁末不禁翻旧诗，一年心事此中知。漫天寒雪春归处，破浪长风云散时。
字瘦三秋枝落落，情真二月草萋萋。未添感慨千般味，面对新元自命题。

闲　居

不追商贾不追侯，游有湖山居有楼。半夜诗书茶共品，一窗柳影雨兼收。
养花天里时锄月，泛绿舟中相狎鸥。料得风光真属我，此心未许此生休。

杂　感

向人从未许低头，赚得平生鬓早秋。多厚交情看拍马，如何能力赌吹牛。
江山自有他人管，诗酒应由我辈谋。谁料三更酒醒后，小诗犹带几分愁。

无　题

窗外原来事不闻，谁知近日乱禅心。乳添河北千家恨，云湿山西百鬼吟。
咽月江声听断续，愁秋梧叶落纷纭。草民莫作忧天笑，自有京朝食禄人。

改诗感记

未试斧斤空把持，东窗已听五更鸡。糟糠情意耽心乱，春草池塘入梦迟。
肯写兴头十万字，不敲疑处半行诗。投笔焉作从戎去？正是韵声将我时。

人生写意

问　松

涧底山峰时见影，刚正不阿坚如挺。气长凛凛色长青，雪任潇潇风任猛。
秋后娇杨衣脱春，阵前壮士剑交颈。兴来欲与比精神，种得相邻君可肯？

对 菊

多是相看不语时，如何心事两相知。应怜有命花争雪，莫笑无常人遇之。
窗外群峰天远大，风前细蕊影葳蕤。谢君相伴秋深日，学得闲情自写诗。

望 月

几丝风意几丝云，万里空中孤一轮。欲断秋蓬根不系，直来霜色冷何深。
传笺乡梓重开菊，斫桂吴刚未止斤。自去又来还自去，可知夜夜待谁人？

画 竹

空中楼阁无田亩，欲种青筠当户牖。摇月影疏枝未斜，破天干直墨偏走。
但逢居士爱闲身，易得板桥生巧手。壁上何须终日看，苍苍忽觉心头有。

梦 梅

寂寞长冬雪未残，闲愁自解踏琼玩。似闻浅浅香何处，蓦见娟娟溪那边。
几点屐痕空雪野，一枝春意满关山。日头惊落五更梦，窗外风梧仔细看。

弈棋感怀

未有硝烟未有声，纸笺半尺隐军情。座分汉界人方定，子入枰间气便生。
自古烽高戎马急，由来檄起羽风轻。可怜青史横多骨，嫁向王侯作赌赢。

夏日寄怀用李义山《安定城楼》韵

暂寄愁思倚画楼，飞窗鹭影绿沙洲。稻粱一斗官微小，风雨十年客远游。
世界纷纭关底事，心情或许纵轻舟。烟波又见日沉晚，杜宇声声啼未休。

有感用李义山《锦瑟》韵

楼上谁家飞管弦，载愁不住忆他年。帕丢柳月笑螃蟹，梦醒桑阴嗔杜鹃。
潘鬓尤怜淮左客，轻舟欲放五湖烟。人生几许堪如意，秋菊春花开自然。

无题用李义山《无题·昨夜星辰昨夜风》韵

四载云山共蕙风，一朝飞絮各西东。缘来海角能相会，心隔天涯常未通。
犹记孤帆珠泪暗，空闻归雁雨桃红。殷勤祝语寄何处，可是他乡仍转蓬？

咏雪五章

盼 雪

相期小雪早成空，大雪又来仍未逢。有待每惊云欲暗，开门总见日初红。
诗寻隐约三分韵，心画翩跹六出容。如此真情向天问，何时共舞北风中？

迎　雪

未负心情一片真，风云交耳日昏昏。相邀好友飞消息，自剪朱梅扫院尘。舞逸曾凭缠梦满，句奇偶得隔年新。何辞夜冷风吹紧，柴户休关听好音。

喜　雪

翻疑天上玉楼台，素裹银装一例裁。看绕梅林同舞蹈，听鸣竹径且徘徊。长河放棹子猷兴，太傅邀诗道韫才。万里江山迟不夜，交辉月色梦中来。

吟　雪

暂别瑶台下九天，琼花一路自飞旋。絮轻满径羞飘后，梅白几枝偷渡先。宽广知难清世界，吉祥幸可报丰年。莫催暖日当将去，毕竟尘污不许沾。

送　雪

意绪缠绵谁可知？将归怜对影参差。闻嫌春足偏来早，裁入诗章独睡迟。落落难辞两行泪，迢迢犹隔八千时。来冬有约先捎上，字满华签系我思。

自　遣

云色压心头，风声肯罢休？从来多霍卫，不拟作边愁。

秋事八首

西　风

抚摸芦花白，缠绵梧叶浓。不堪为柿子，一吻脸飞红。

白　云

几缕风浮动，千张帆过闲。城头秋故事，欲载向谁边？

落　叶

满阶风卷影，谁是可怜人？为有遮荫树，依然来岁春。

鸣　虫

一曲千声和，晚晴满荒郊。虽然时已去，更唱最高潮。

霜　菊

抱香枝上老，不独占秋开。许雪捎心事，梅花说与猜。

归　雁

归来即便来，何故唳声哀？不见人楼上，徘徊夜半开。

桂　月

总是相思味，秋来特别浓。只知愁照客，却见一飘蓬。

夜　雨

何时一檐鼓，轻敲梦未成。直须愁听尽，开户满秋声。

近中秋咏月

其 一

缺处如无寄，圆时更有愁。应知初日夜，独对露飞秋。

其 二

千里客思家，伤心感物华。不堪离别泪，扯起片云遮。

其 三

若个惹愁身？功名耽梦魂。千年冤自解，怕是未醒人。

其 四

玉宇万年客，飘蓬不系身。明朝草尖上，应见泪痕新。

其 五

人间故事多，精彩是嫦娥。当日知离苦，不教看伐柯。

台湾行草

机抵桃源

鱼书迢递想当年，一峡深深路几千。才入苍茫正做梦，不知身已到桃源。

圆山大饭店

俯尽基隆倚剑潭，层楼飞阙白云间。依然金碧如宫在，只是寻常燕过闲。

登 101 大楼

不用杞人畏天倾，云边绿竹一竿擎。玉皇宝殿今登上，指看芸芸说众生。

日月潭

耳回少小读书声，车在崇山雾里行。应是平常一湖水，却含多少故乡情。

阿里山小火车

引洞攀崖曲入云，八方来客坐惊魂。千年蓊郁参天木，试问山中何处寻？

中台禅寺

金顶楼台扣九阍，电光化彩万层云。原来活佛知何处？不在华堂只在心。

鹅銮鼻东望太平洋

雪浪连天卷日轮，海风椰影白云心。欲倾浩瀚大洋水，洗却平生仆仆尘。

水倒流奇观

疑怪清渠上小丘，高低错觉掩明眸。应知若许人间事，差拟奇观水倒流。

参观台北故宫

交相辉映五千年，满目珍奇别样看。无用剩山前后卷，何时复作富春山。

忆中偶拾

其 一

曾上青峰摘白云，白云更远泊天津。叽喳林鸟先休笑，却听山泉一路琴。

其 二

抹匀溪柳又催花，雨线搓成牵燕斜。谁说东风不识路，为何岁岁到咱家。

其 三

雨吐花声听细微，风过鸟影看徘徊。柴门半扇没关住，一枕月光入梦来。

其 四

轻摇故事又摇歌，络绎雨花扇底多。欲问外婆歌几许？举头不语向天河。

其 五

敲醒星辰自煮冰，儿行翘首望天明。请知老母不须怕，你是心中那盏灯。

其 六

裁直心边梦角齐，轻轻叠就纸飞机。会当奋力投高去，信有九天揽月时。

湖城杂咏

白马湖飞舟

一箭离弦水上飞，牵风鸥鸟逐相回。船家应是神弓手？射下金乌余落晖！

柳树湾踏春

柳烟浮嫩草初匀，莺啭江芦角角新。不敢随心轻迈脚，应怜踏碎一滩春。

大佛寺听钟

几叠青峦云外开，染钟风信去天回。沙鸥也有听禅意，一并湖光入抱来。

荷花荡赏荷

叶卷绿涛欲没云，花开月色任天真。一枝已化水中影，怕是明朝梦醒人。

观湖楼望远

几行白鸟入苍茫，一叶扁舟引恨长。不是登高乘快意，人生到底在他乡。

水杉林寻幽

一带长林大泽边，鸟鸣深处树遮烟。武陵更见渔人到，只有心头自把关。

尧帝城怀古

重峦玉阙一时新，谁叩香堂缭绕云？日暮西风愁更起，悠悠不见古人心。

大墩岭寄思

草木高城一水间，波光泛月惹人怜。虽然待字闺中女，不是乘龙不许看。

读《东郭先生》

猎 人

狡兔不教三窟藏，或当游戏或充肠。应将百步穿杨箭，射向中山道上狼。

东郭先生

切记背恩可恨狼，此中教训敢私藏？善良不是漫天雨，一例稗苗与稻秧。

狼

先生且慢把心伤，躲过人间劫一场。今日高山林莽地，不知何处是家乡。

水乡小景

其 一

芡实圆圆铺满塘，时来白鹭落中央。交头也许商量事，小驻听听应不妨。

其 二

波光泛彩夕阳斜，轻棹摇风飞露花。牧子仰天歌不断，白鹅一路带回家。

其 三

江流云影岸鸣虫，白叟长竿横晚风。未钓斜阳一钩起，倏然落入柳林中。

其 四

斜雨细斟荷叶杯，簪香带露玉莲开。美人已举琼浆起，力浅何辞醉一回。

其 五

斜阳柳影一舟孤，千丈丝纶自种湖。宿鸟催归衔好梦，却生明月满茅庐。

其 六

长龙摆阵走飞梭，织进斜阳情几多。相对渔姑歌歇处，不时回眼望烟波。

其 七

小舟乘荫岸边斜，几架招蜂豆角花。午梦烟庐谁是主？白鹅前后叫呱呱。

其 八

长廊柳外唤声声，劝客尝鲜争去迎。未待相询先说道，一篮都是野青菱。

其 九

漠漠平畴水笼烟，农家四月少人闲。醉看手艺村姑好，争把秧针比绣田。

其 十

一岛桃花灼灼红，栖迟云影雁横空。渔人指点烟开处，几户曾逢太元中。

孙　兵

孙兵（1973～　），江苏金湖人。经商。酷爱诗词，为中华诗词论坛版主。著有诗歌集《梦里江南》。

雪　后

湖城飞雪后，百里画图中。梅醉婚纱顶，麦惊棉被蒙。
诗情方溢满，俗虑已清空。最爱双沟酒，邻家唤李公。

偶　得

银霜铺大地，红日映金湖。人海多方涌，车龙百处呼。
试将唐宋句，嵌入古今图。浩瀚三河美，篇篇捧丽珠。

童年记忆

碧树三庄合，临湖爱翠微。风摇青草密，日映白鹅肥。
戏水童方去，锄禾叟未归。儿时多少事，数载梦中飞。

冬　夜

冬雨寒长夜，孤灯不自怜。箫中常养性，书里偶参禅。
把酒三千日，思家数十年。总怀湖岸美，双鸟戏林泉。

冬　钓

野草寒风岸，长竿独立翁。细听闲鸟脆，浅钓晚霞红。
俗虑皆相似，欢愉总不同。一筐明月满，小曲返林中。

金湖初冬

长河迎旭日，最美小城冬。古寺轻烟绕，苍林疾鸟逢。
园宁湖有色，街闹客无踪。一卷诗书握，包间笑语浓。

窗　外

冬雨织寒塘，临窗望远方。苍林三五处，青麦百千庄。
云涌骚人怨，鱼浮世态凉。娇儿行不定，车海正迷茫。

吕良冬夜

长街绕数楼，冬月挂寒钩。舞劲灯光亮，歌轻水榭柔。
前桥观柳海，后巷话田畴。莫道天犹冷，吾乡自可留。

落 叶

西风催日落，黄蝶别寒秋。回首苍山远，凝眸碧水愁。
争名空一树，逐利枉三沟。当乐需行乐，青春莫自囚。

秋 游

镇日经商累，今朝始自由。攀山穿野树，踏石过溪流。
梦伴红霞远，心同翠竹幽。不知天欲晚，横笛对清秋。

霜降有怀

万里高飞雁，三川落叶风。霜从今日白，霞是故乡红。
执笔怀前事，登楼望远空。农忙犹好赋，此世与谁同？

留守儿童

大雁南方去，留儿老宅中。声单平野旷，恣独晚霞红。
逃学河斜影，思亲泪满瞳。金钱元可取，教子岂能终？

葱

我乃一株葱，乾坤纳腹中。迎阳当拔翠，扎土岂言穷？
折断心能静，煎熬梦不空。身青根自白，何计利和功？

登 高

远山归倦鸟，向晚独登楼。天阔云初涌，江寒日半浮。
一朝离故里，三载数行舟。渐又西风紧，芦花入水流。

秋日黄昏

兴来临野陌，独爱小村东。天碧深林外，稻黄红日中。
豆摇藏稚子，舟动现渔翁。绝胜瑶池景，京城几处同？

秋日有怀

一别金湖路，于今已两秋。当年孤雁近，此际暮云愁。
笛韵残飞叶，琴弦断野舟。何时同把盏，赏菊对东楼。

秋日黄昏

乡野黄昏后，荷风送早秋。清溪分石影，金稻聚田畴。
犬闹三家客，鸡鸣几座楼。冰轮村口晚，灯火一坡柔。

村　晚

雨后高温散，村前月上头。红荷环碧水，深树绕长丘。
径闹三方客，亭移几叶舟。稻田吾独爱，百亩待金秋。

夏　雨

云乱狂风起，乾坤没雨中。秧摇千顷绿，荷举一湖红。
忙碌横空燕，顽皮戏水童。村河三尺涨，草盛喜渔翁。

农忙有怀

早起月牙扛，迟归星一江。插秧青厚土，灌水碧新桩。
转换红机械，催生黑脸庞。休言田里苦，只待稻盈仓。

游金湖水上森林

盛夏入丛林，清凉沁彻心。曲桥勾劲草，碧水悦鸣禽。
瞭望苍烟渺，幽思倩影深。微风传我意，独为赏音吟。

游无名寺

翠柳西江岸，黄昏独立舟。霞生天地阔，鸟绕岭山幽。
避世三千里，参禅一座楼。疏钟吾最爱，声共白云流。

夏忙有怀

大机飞沃野，抢夏岂容迟？带夜人声沸，连天燕影随。
三番翻麦子，几度看天时。最喜收成好，新秧又插之。

他乡有怀

异地三千里，飘零似远鸿。年从今夜近，词是故乡工。
有账难收尽，无人易落空。家梅应念我，许是满亭红。

四月湖城

飞花藏柳海，四月至湖城。落日长堤远，浮云古寺轻。
高低桥有梦，前后鸟多情。极目三河美，诗心总不平。

初 夏

红春堤岸尽，暖日已重围。蛙鼓荷塘绿，莺梭稻叶肥。
寻芳迎露去，摘豆带霞归。万事筹谋好，心如紫燕飞。

过柳林湾有怀

金湖何处去？最美柳林湾。河洗蓝天净，云围红日闲。
谁吟《如梦令》，我写《小重山》。笑语盈芳草，月高何忍还？

江 行

客路青山脚，来从晋豫游。舟随红日隐，天让白云浮。
江渚分芦荡，波涛叠海楼。凡尘浑忘却，负手看轻鸥。

夏日乡村

碧水绕村东，荷花十里红。参差鱼戏草，缱绻柳摇风。
桥隐抛竿叟，舟浮摘豆童。桃源何处觅？胜境在其中。

春 湖

东风飞十里，最晓乃平湖。鸭探三分暖，鱼争几处酥。
小舟勾老柳，柔浪唤新隅。翠鸟临波剪，诗情已复苏。

岁末感怀

人于中岁怕新年，诸事频来雪两肩。讨债三村常拌口，扫尘四室总挥拳。
无非访友烟和酒，皆是迎春炮与鞭。节日几朝如箭过，谁家游子又天边？

公祭日抒怀

汽笛长鸣举国哀，今逢公祭我登台。如江浊泪随风去，似血残阳带恨来。
安乐休无鹏举志，繁华更具孔明才。何时耻辱东瀛扫？野草荒坟告一杯。

归　乡

东风万里至桃林，舟动乡间水气森。远日流云迎野舍，长亭曲径接浓阴。
一朝隔断春花梦，十载重温秋月心。最喜家人庭外碌，贤妻唤女取鱼砧。

秋　晨

金风一夜稻田黄，十里清河捧远阳。深树如屏藏道路，小桥若带接村庄。
镜明倩女梳妆早，街闹娇儿上学忙。静立高楼吾欲醉，遥天大雁正飞翔。

国庆有怀

犹记润之宣告声，神州至此远阳明。三千里路花圆月，六十多年曲满城。
安逸应知疆外险，繁荣更备阵中精。江山代代如星斗，岁岁今朝遍远名。

过江阴大桥

滔滔碧水向天边，大厦青山两岸连。日映江中勾远鹭，车飞桥上逐秋船。
三千彩缎云堆锦，十里金风客胜仙。满腹诗情盈两袖，挥来拙笔载流年。

秋　雨

密密银珠织翠楼，乡间最爱写风流。三千帷幕掀高树，十万飞针入碧沟。
笛韵偏于空阁绕，鱼竿独向野丛投。村头且看金黄稻，一日甘霖一日秋。

游金湖荷花广场

浩瀚烟波接远林，秋风引我大堤寻。长桥野鹭三千梦，古寺斜阳十里金。
舟隐霞涛青岸渺，人行城市白云深。浪花处处流清曲，且驻凉亭醉弄琴。

中秋有怀

又是月圆人不圆，他乡独立望天边。三千梦里箫声疾，十二楼中客影怜。
白发娘亲黄历数，红巾妻子冷词填。何时重把金樽举？再话今朝惆怅篇。

雨 后

雨后秋园悦客心，为游胜境大堤临。无边曙色生长岸，百里庄台出野林。
金稻扬花云海涌，绿荷结实水波寻。高风处处催笺墨，快赋祥图接古今。

过草儿墓

荒坟野草冷吾心，雁隐苍山此际临。春雪红花怀昔日，秋风老树叹如今。
梦中烂漫星光闪，碑上凄凉露水侵。永别去年情不舍，宵宵晚月为君吟。

秋 晨

遥见长空月一轮，凉风阵阵送行人。工棚喧闹灯光早，门市清闲物品陈。
心慕易安研曲赋，情怀五柳看红尘。晨曦最爱东方现，小调新弹即有神。

初 秋

一叶飘零即报秋，黄昏最爱立田畴。扬花金稻初含笑，映水红荷已带愁。
蝉隐长堤星似火，风凉石径月如钩。三千诗意心中涌，只待菊香盈小楼。

燕 子

一生辛苦为谁忙？十里烟村四野翔。觅食任由风伴雨，做窝总计土和墙。
口中挚爱传娇女，眼里浓情对老乡。最喜声声群子大，蓝天振翅向前方。

端午怀屈公

滚滚波涛几处村，峨冠长铗史留痕。抗秦几度成空举，荐士三千乃挚言。
作赋吟歌怀社稷，投江抱石泣乾坤。人间端午今重遇，锣鼓龙舟悼烈魂。

清明祭草儿

新坟未至泪如泉，往事悠悠似野烟。天妒芳容行晦气，我痴丽影恨婵娟。
分离尚可鲜花送，相遇怎堪黄土填。翠柳依依含别绪，来生再会是何年？

人生感悟

人生莫怕病相侵，笑对年华平淡心。梦入桃源无倦客，琴弹流水对知音。
亲情务必时时有，名利何须岁岁寻？大海胸襟容百岭，诗书一卷自轻吟。

他乡有寄

春雨连绵又入侵，他乡谁解落梅心？三千梦里家成画，十二楼头弦断音。
商海沉浮何处去，诗情澎湃几家寻？双亲最是心中念，案上重翻游子吟。

登　高

独上高楼日落斜，江间波涌隐浮槎。一川秋色来天地，百里金风出水涯。
早许今生鹏举志，何贪世外孟公家？豺狼边域休骄甚，十万星旗映晚霞。

春　湖

湖睡春难醒，风轻草不知。长堤投石块，遥寄一行诗。

登　高

朝阳腾万里，瑞雪化千台。纵目高山俊，心随春远来。

夜

大街环小巷，车影各匆匆。多少红尘客，迷茫都市中。

约　会

柳月窗前醉，春风几度吹。手机微信响，一笑又描眉。

老叶卖炊饼

朝阳吆喝老，马路踏成烟。万户藏心里，挑来一片天。

窗　外

四处环高厦，依稀点点灯。难观天地阔，身在最低层。

无　题

花观堤上我，我看水中花。同是红尘客，羞吾已染沙。

冬　湖

野草两坡围，冰轮贴水飞。横斜芦荡里，冬鸭比轻肥。

老　妈

年衰眼已花，老宅度年华。百里儿孙路，依然送晚霞。

画梅有怀

长街冬雨里，小院笔痕中。心事如梅蕊，重开几朵红。

冬　夜

临窗横玉笛，对月敞心扉。试问梅红日，伊人归不归？

母亲心脏不好有怀

人老偏多病，娘亲几折磨。健康如可换，愿替一筐箩。

送　别

日落江天晚，波寒一叶舟。青山犹不舍，最怕满亭秋。

荷

碧水斜柔影，方塘抱月开。生来自高洁，从不惹尘埃。

早　春

东风催老柳，暖日醒平湖。群鸟其间唱，飞成二月图。

月下有怀

百里淮河水，一方孤独城。思君如远月，十五最分明。

他乡梦荷

梦伴冰轮远，心随菡萏来。家山清水里，今夜几枝开？

春　风

谁是多情客？弹琴又吹箫。百花先后舞，万里起春潮。

老　宅

宅空荒草横，老树懒相迎。唯有枝头鸟，依然识我名。

剪　子

一剪两天地,先前必运筹。人生多少事,往往不回头。

夜　归

柳舞秋风夜色微,莲依晚月露中肥。阿黄庭外连声叫,十米桥头接我归。

村　晚

草满池塘日落斜,一行紫燕绕窗纱。谁家小女廊前立,闭目轻闻栀子花。

夏日田园

收麦归仓趁日晴,插秧田野绿波平。乡村六月人难静,机械连连响到明。

荷

叠翠罗裙性自灵,娇羞点点傍长亭。天生爱美池塘女,总向行人摆造型。

又见流萤

公园漫步晚风牵,霁月迎吾碧草前。忽见流萤三两落,时明时暗到童年。

过白马湖访郑传东师兄

网里常闻今一见,三千笑意满衣裳。皆因诗者相倾慕,秋雨朦胧话宋唐。

国庆有怀

秋风十月送佳音,万里神州国庆临。还记那年城顶上,润之一句胜千金。

秋日黄昏

凉气频生日落斜,零星黄叶坠窗纱。乡村十月人忙碌,新稻初收铺到家。

冬　柳

落叶残枝渐老身,寒风冬雨立红尘。休言此世光阴短,傲骨犹留护后人。

拆　迁

旧宅推完机械匆,新房欲补小城中。群鸡也晓乡村变,跃上墙头报老桐。

冬 夜

冷月无声修竹斜，西窗独立望天涯。三千别绪何方寄，横笛重吹《茉莉花》。

窗 外

窗外梅花三两枝，幽香一径惹谁痴？疏星点点凝芳句，冷月盈盈蕴雅诗。

吕良小镇

老柳横斜三两株，长街十里自成图。依稀小镇人烟少，冬雨丝丝看到无。

梅 花

千花隐退小园空，谁自凝香白雪中？唯恐人间无暖意，故开冬日一亭红。

金湖初雪

莫非王母惜人贫？一夜捎来十万银。青麦欢呼棉被厚，红梅沉醉嫁衣新。

归 家

公交飞快似归心，午别湖城隐隐林。窗外流云窗内我，沿途最爱拾乡音。

水仙花

盈盈绿叶出盆高，迎雪凝寒胆气豪。望远休言根底浅，胸中自有万千涛。

老 家

围墙已倒瓦房空，野草横斜小径中。幸有前年相熟鸟，依然唤我老房东。

吕良小巷

古朴楼房月一轮，幽幽石径路灯新。烟花璀璨新年里，燃起湖城一个春。

梦 后

只因昨夜梦相逢，朝看梅花别样红。最是多情城外雪，迎君十里在桥东。

王新葆

王新葆，金湖县委办公室干部。

咏金湖

嵇圩万亩参天绿，挺拔水杉枝叶繁。闲鹤高飞争暖树，陶公不恋旧桃源。

沈在良

沈在良，金湖县人大常委会干部。

荷都人家

荷荡森森有我家，门庭闲坐即观花。夜阑正欲关门睡，却有荷香透碧纱。

新　荷

出水新荷芽似箭，蜻蜓点水舞翩跹。遥知翠盖擎天日，绿瘦红肥映眼帘。

岳　明

岳明，金湖县委农工部干部。

咏荷花荡二首

其　一

斜雨飞丝织晓空，荷花深处小船通。风吹湖面波光潋，犹有残香挂满篷。

其　二

绿叶荷花共人语，烟波渺渺荡轻舟。荷花含笑熏风暖，起舞婆娑游客稠。

于洪光

于洪光，金湖县烟草局干部。

观　荷

盛暑湖中绿翠莲，晶莹剔透碧连天。荷香拂面沁心脾，尽兴骚人诗满笺。

倪　明

倪明，金湖县住建局干部。

月夜思

明月当空照九州,分离骨肉岁添愁。何时共赏一轮月,兄弟同酬万世秋。

王 妍

王妍,女,金湖县人社局干部。

春到三河滩

微风拂面几分寒,问柳寻春到柳滩。芳草青青芦芽短,鲜花朵朵天地宽。
凝眸河阔千帆过,侧耳林深百鸟欢。满目无垠新绿意,天然秀色诱人餐。

陈剑锋

陈剑锋,金湖县城管局干部。

菜 农

晨鸡未报家门出,担去新蔬街畔沽。若问今天几何赚? 枚枚钿币汗沾珠。

吴祖丽

吴祖丽,女,金湖县药监局干部。

荷花广场秋夜

云破寒光出,清辉染碧波。荷风香扑面,桂影正婆娑。

李明锋

李明锋,金湖县文广新局干部。

晚秋荷花荡

夕照余晖映藕塘,回廊九曲池渐凉。残荷虽败韵犹在,骚客文人诗意长。

沈月华

沈月华，金湖县文广新局干部。

重阳节感赋

秋来无处不风光，携酒登高访菊黄。岚气欲收怜碧草，转身归去背斜阳。

王柏泉

王柏泉，金湖县经信委干部。

咏　荷

六月珠湖爽气悠，渔人挂桨荡轻舟。霞光映浪归何处，家住横桥绿叶洲。

纪　峥

纪峥，女，金湖县委党校教师。

秋日观荷

得见秋荷略感伤，半生娇媚半生荒。当初余韵依然在，枯叶垂垂犹淡香。

杜传亮

杜传亮，金湖县委党校教师。

忙　秋

云淡天高稻熟香，几家场上早铺黄。匆匆村道归乡客，相遇无暇话短长。

王书林

王书林，金湖县委党校教师。

荷　乡

处处荷开云锦张，莲花莲子藕尤香。荷塘百里连成片，君爱莲荷我爱乡。

戴兴隆

戴兴隆，金湖县吕良中学教师。

城　河

栈榭亭台映水渊，雕栏玉砌倚河边。游人心旷不思走，疑是自身化蓬仙。

王　衎

王衎，金湖县金南小学教师。

自　赏

斋中小坐拂花笺，凑字成章次第编。无事喜敲棋一局，抽闲爱看柳三眠。
窗前明月终朝伴，架上诗书逐日研。潇洒一天风雨顺，超尘脱俗宛如仙。

汪　宏

汪宏，金湖县供电公司干部。

咏金湖

水韵金湖分外娆，三河荡漾任舟摇。河堤漫步听莺语，绮梦荷香一起飘。

黄厚峰

黄厚峰，金湖县计生委干部。

秋钓偶得

秋深忽暖艳阳天，波浅鱼肥水漾涟。一甩钓竿抛钓线，湖中拖得大头鲢。

马永美

马永美,金湖县黎城镇干部。

咏 荷

远离村口野塘中,自在天然怒放红。傲气虽无存傲骨,一生清正不随同。

吴明静

吴明静,金湖县戴楼镇教师。

咏秋桂

一桂花间立,芬芳满室流。诚无挽春住,唯有望秋留。
深夜微侵梦,初明亦解愁。寒冬当缓至,容我与同幽。

周 军

周军,金湖县黎城镇干部。

荷荡游

绿槐丝柳新蝉噪,一叶扁舟载梦还。不解湖烟生翡翠,移船却喜小荷翻。

张荣建

张荣建,金湖县闵桥镇干部。

雨后农民

雨过天晴暑气消,风吹绿浪涌轻潮。披蓑握铲田间走,心挂新栽昨日苗。

王勤宝

王勤宝,金湖县金南镇干部。

乡村夜色

月朗星稀夜露稠，柳枝接水弄轻柔。稻花香里寻常处，入耳蛙声唱早秋。

刘双喜

刘双喜，金湖县前锋镇干部。

创建诗词之乡

白马湖平波浪起，唐风送韵唱吟和。扛锄大手握椽笔，尽诵农村幸福歌。

杨定山

杨定山，金湖县塔集镇人，曾在安徽省天长县铜城镇任教师。

往事萦怀

回忆1938年十九路军第三路第二团团长陈文率部队驻我闵桥夹沟，其中有一军人嘱余代作《望月思乡》诗一首。

偶驻珠湖畔，苍茫客感生。恼人头上月，惹我玉关情。
慈母知何在，家乡梦里萦。誓将倭扫尽，归省庆休兵。

忆游扬州平山堂

蜀脉相通名胜地，平山古刹气森森。飞尘扑面怀王播，回国探家谒鉴真。
一朵琼花花貌美，二分明月月华新。欧阳石刻遗容在，栩栩如生别有神。

咏旧居

甓湖西畔草为堂，四面清幽花木香。丛菊盈篱欣对弈，小桥流水咏回觞。
宅边卷翠千竿竹，舍外参差五亩桑。闲处无聊寻乐趣，苔矶独坐一渔郎。

胡玲玲

胡玲玲，女，金湖县戴楼镇干部。

荷都探春

春风袅袅吹金湖,香雾蒙蒙润故都。只怕来迟花去也,急驱座驾上归途。

丁来荣

丁来荣,金湖县闵桥镇中心小学教师。

登观湖楼

轻风送我上高楼,旖旎风光眼底收。远望渔舟连浩渺,白云尽处水东流。

王克重

王克重,金湖县闵桥镇干部。

荷荡诗雨

云开雾散万荷鲜,桨影乌篷泊水边。细雨流云歌碧野,诗香满荡尽佳篇。

顾善群

顾善群,金湖县涂沟镇党委副书记。

春游瘦西湖

春风轻拂古扬州,瘦了西湖情更稠。白塔红亭移作画,人间美景醉双眸。

高　标

高标,金湖县涂沟镇文联副主席。

夏之歌

夏日阴云覆院凉,荷塘倩影浴鸳鸯。莺歌婉转柔风起,独步金湖观夕阳。

秋之歌

征雁横飞万里秋,金风送爽彩云稠。平畴稻熟千重浪,红叶黄花岁月流。

于晓华

于晓华,金湖县涂沟镇文广站职工。

咏 梅

数九花开味自知,寒霜透骨放香时。小枝折去留芳在,一段生涯一首诗。

邱永将

邱永将,金湖县前锋镇淮胜村农民。

中秋吟

天涯海角有佳期,一片乡心万缕丝。君问归期何日至,凭栏远望月圆时。

孙国采

孙国采,金湖县吕良镇副主任科员。

园丁颂

耕耘日夜教坛忙,乐为国家育栋梁。三尺讲台连宇宙,一腔肝胆系兴亡。

管理书

管理书,金湖县陈桥镇退休教师。

春 思

多情总是不堪词,夜雨穿心味自知。短信思君难尽意,春深梦浅盼归时。

万立国

万立国,金湖县陈桥镇新港村支部书记。

家乡美

晚霞飘至谷坪边，结伴村姑娇似仙。笑语欢歌随节奏，身姿婀娜舞翩翩。

高梅英

高梅英，女，金湖县陈桥镇退休干部。

市民广场舞

手机呼我去，今晚比风流。光照千花艳，曲弹百姓讴。
罗衣迷月影，箫管彻城楼。玉步凌波处，情欢荡九州。

柏从基

柏从基，金湖县金北镇政府干部。

采蒿茶

春到湖城景色佳，清晨背篓采新茶。毛尖龙井皆非爱，细品家乡蒿嫩芽。

丁祖慧

丁祖慧，女，金湖县实验小学教师。

荷荡秋游

秋风尽扫古荷枯，万亩莲花一朵无。唯有长茎迎冷立，铮铮傲骨立平湖。

王从霞

王从霞，女，金湖县实验小学教师。

初　秋

时序相更夏转秋，苍穹高远热徐收。朝来池水盈一叶，夜去菊花开半畴。
我唱诗歌心不老，荷依莲子意还留。清辉漫洒闲一刻，还借星光上九楼。

潘 波

潘波，金湖县实验小学教师。

夏夜独行

街边小巷晚风幽，缓步徐行亦自由。心若飞萤飘夏夜，高低闪烁尽风流。

黄 芳

黄芳，女，金湖县实验小学教师。

游白马湖

雨后烟尘净，波光晓色新。多情湖上鹭，飞舞上晴云。

林立俊

林立俊，金湖县实验小学教师。

题 画

河滩薄暮天，芦苇映水鲜。意境何从觅，一鸥牛背眠。

李陆祥

李陆祥，金湖县实验小学教师。

游桃花岛

碧水蓝天波卷白，轻风送我上瑶台。红桃绿柳游人醉，唱晚渔歌入梦来。

李福云

李福云，金湖县育才小学教师。

荷塘晨光

点点星辰落藕塘，颗颗珠露映霞光。千娇百媚婀娜态，丽质天成诗几行。

刘　丹

刘丹，女，金湖娃艺术小学教师。

赞　莲

又逢盛夏满清池，朵朵新莲竞绽姿。可被高人临水墨，能凭骚客入诗词。
花开群落非攀比，茎出泥污岂浊靡。不傲不娇情不变，自生自灭自明知。

春　分

春分碧水柳如纱，二月清风孕百花。鸭影微澜波碎日，鸥声别恋雨盈沙。
几枝桃李舞娇媚，满树茶樱斗丽华。一路轻歌意何处，心存此岸可为家。

季　云

季云，女，金湖县城南小学教师。

中秋夜月志

中秋岁岁思难尽，花好月圆寄母亲。闺女才华如百锦，男儿意气重千金。
笑谈宏志抒才艺，纵论沧桑话古今。樽酒仰天观皓月，蓝天玉宇印真心。

嵇玉香

嵇玉香，女，金湖县城南小学教师。

独　行

兴至独骑万里行，路程漫漫一车轻。崇山古道风光美，沐雨栉风听鸟鸣。

李福梅

李福梅，女，金湖县城南小学教师。

荷 歌

十里荷香歌十里，芙蓉撑伞护郎哥。千丝不断深情蕴，小妹身心似藕荷。

钱如芳

钱如芳，女，金湖县城南小学教师。

市民广场

夜幕沉沉乐曲飞，广场灯彩自情怡。东边歌罢西边舞，月里嫦娥也着迷。

毛顺芹

毛顺芹，女，金湖县戴楼小学教师。

荷 韵

时临盛夏观荷去，碧叶连天织秀茵。细雨绵绵清泪洁，逸香阵阵满湖新。
情倾几度唯怜意，梦续千丝总费神。风月无边流水隔，丹心难为点芳唇。

吟 秋

乍起西风日渐凉，葡萄凝紫叶偏黄。群山高筑多愁债，一水低吟少艾香。
雨冷侵帘惊梦远，月清流韵惹情伤。怕添寂寞鬓霜染，莫念天涯雁几行。

秦长洲

秦长洲，金湖县金南小学教师。

从教三十年有感

昔日青丝满，今朝白发多。潜心育桃李，苦乐问如何？

王玉宏

王玉宏，金湖县涂沟小学教师。

中秋夜

凉夜生寒露,月华若洗珠。不知千里外,父母入眠无。

王 洁

王洁,女,金湖县前锋小学教师。

荷 约

隐隐痴痴梦,朦朦半暗天。荷花当有约,不得说忘缘。

三河滩

渔火星星点点妍,河滩雨后几分寒。今朝寻梦缘何处?为有相思梦未阑。

韩俊华

韩俊华,金湖县前锋小学教师。

小 鸟

天寒小鸟自相依,千万为群竞斗奇。过尽行人都不起,忽闻枪响一齐飞。

龚朝阳

龚朝阳,金湖县白马湖小学教师。

湖上垂钓

船上老人神色悠,桃花无语水长流。竹竿袅袅波无际,何物昏然吞我钩。

晚过白马湖

烟波浩渺湖澄澈,烟锁楼船映晚霞。水阁空蒙含月色,沙鸥相伴宿芦花。

郑晓云

郑晓云,女,金湖县陈桥镇中心小学教师。

雨日即景

撑伞急行风雨沙,宛如朵朵盛开花。大街小巷花如海,又复飘飘到万家。

陈立文

陈立文,金湖县吕良小学教师。

梅　花

梅花冒雪开,默默报春来。气正何曾傲,盈盈笑两腮。

登华山

此处为天险,六峰气势延。华山堪论剑,仰首可扪天。

秋

绿野菊花十月香,山枫落叶恰新凉。弯腰橙橘丰收意,金穗垂头念谷仓。

李　妍

李妍,女,金湖县吕良小学教师。

咏迎春花

迎春初绽冬犹在,花伴寒风冷月开。一脉新黄情自胜,周遭老绿色初衰。
唤来百卉争春日,落却千翎入碧埃。但得芳菲人世满,君先破晓报春来。

初　春

手掬新泥入净盆,最须珍重绿芽痕。经冬何惧黄昏雨,自有心中一片春。

春日有感

冬尽北风犹未衰,惊雷起蛰报春来。繁花明日万千朵,敢问何枝为我开。

咏项羽

折剑乌江实可伤,楚歌散去水茫茫。江山一失三千里,赢得史书无冕王。

倪燕宝

倪燕宝,金湖县吕良小学教师。

红　梅

疑是胭脂粉,暗香淡淡来。林深雪静处,自有一梅开。

荷花荡

一入横桥香气开,荷花万亩任徘徊。红情绿意催研墨,写就湖乡彩画来。

倪青松

倪青松,金湖中学教师。

白马湖夏晚

柳隐人家水隐堤,荷新菱白草初齐。鹭鸶已向芦中没,短棹犹来落照西。

胡志清

胡志清,金湖中学教师。

题柳树湾

远看柳林宛似山,一泓白水喜相环。鸟鸣虫噪少人迹,安我尘心是此湾。

王月香

王月香,女,金湖中学教师。

河滩独步

清凉柳树湾,临暮独相看。禽鸟鸣林杳,闲人钓水干。
月光波里现,虫韵草中弹。欲享清幽境,此间未必难。

盖之勤

盖之勤,金湖中学教师。

秋 至

一叶飘红临我家,秋云却暑到天涯。稻田晨露垂蛛网,更喜君心卧晚霞。

付仕伟

付仕伟,金湖中专教师。

留守儿童

泪眼迷蒙望远方,痴儿无助想爹娘。梦中幻觉音相近,醒后孤身枕倍凉。
千种忧思凭网络,一机牵挂话家常。亲情无限何时聚,花落花开共月光。

鲜启才

鲜启才,金湖实验初中教师。

游 湖

遥思镜底嫩丹生,人入湖波绿霭分。欲试水深才动橹,一池醉影漾轻纹。

张顺海

张顺海,金湖县塔集初中教师。

晚 景

细雨暖风东去水,浅滩蔓草溯游鱼。繁星点点荷风醉,月满池塘歌满渠。

董金梅

董金梅,女,金湖县吕良初中教师。

金　荷

六月时闻菡萏香，花开婉丽半池塘。最怜新绿惹人爱，一抹新红笑吐芳。

万红梅

万红梅，女，金湖县吕良初中教师。

雨

丝帘挂眼前，滴答叩房檐。人在朦胧处，宛如云里仙。

王洪梅

王洪梅，女，金湖县吕良初中教师。

教师颂

数度春风化绸缪，助人学海渡扁舟。青丝何意侵霜色，粉笔无言写金秋。
吐尽蚕丝人欲老，燃干蜡炬志当酬。播将桃李三千亩，硕果他年遍九州。

谢志银

谢志银，金湖县吕良初中教师。

咏湖城

三河碧水城边过，飞架双虹入帝乡。湖荡荷花风婉约，嵇圩松柏气昂藏。
老街古巷枕湖水，新宅园林入画廊。沃野正堪兴伟业，莺歌燕舞谱华章。

徐梅芳

徐梅芳，女，金湖县吕良初中教师。

村中学童

斜日伴山秋若画，村中学子各归家。纵情嬉闹田间去，羡煞城中补课娃。

张爱东

张爱东,金湖县吕良初中教师。

秋　夜

昨夜西风近小楼,沙沙碧树叶成秋。我酬明月千杯少,月醉乾坤沧海流。

于怀国

于怀国,金湖县银集初中教师。

秋初夜坐

夜深庭院寂无声,明月流空万影横。坐对荷花三两朵,红衣落尽冷风生。

王爱竹

王爱竹,金湖县银集初中教师。

荷花荡

瑶池仙子降凡尘,裙裾飘飘染绿痕。笑语清幽莲叶动,荷香四溢断人魂。

柏传高

柏传高,江苏金湖人,金湖县银集镇中心校教师。

观　荷

娉婷玉色叶青莼,蕙质兰心如美人。淡粉馨香飘古镇,轻纱曼妙染黄昏。
红颜背后凋零苦,知己垂怜触意深。万缕相思何处寄,千丝情愫卷红尘。

陈　照

陈照,江苏宝应人,曾任金湖县计划委调研员。

怀屈原

自古高风话屈平，一颗丹心留照今。忧民已尽眼中泪，爱国难捐一片心。
太乙庙中谁司命，汨罗江畔君有吟。楚天抒怀歌《桔颂》，人间千载听清音。

赏月有感

月到中秋分外明，每逢佳节倍思亲。寄情海峡心声照，欢乐天伦听福音。

陈德龙

陈德龙，江苏金湖人。

过三河轮渡

南北往来过客多，一条白练锁三河。渡轮离岸脱缰马，腾跃轻狂逐浪波。

吟　春

桃红梨白菜花黄，浪蝶流蜂逐暗香。得意春风吹绿柳，青峦叠翠拥骄阳。

陈肥生

陈肥生，曾任金湖县公安局主任科员。

咏三河滩

丽姿秀色三河滩，玉带一条碧水间。雨洗小花红浥露，风摇古柳绿生烟。
近听港口逍遥浪，远看渔舟鲜亮帆。戏水沙鸥翔广宇，婆娑树影舞翩跹。

陈俊至

陈俊至，金湖县住建局干部。

雨　荷

雨弄初晨珠戏莲，舟行柳下轻拨弦。波光摇曳蓝天艳，渔歌唱晚韵满船。

水乡晚眺

桨飞浪急跳珠花，一色水天映晚霞。大小扁舟牵翠柳，丹墙碧瓦落渔家。

丁　炳

丁炳，江苏如皋人，曾任金湖县委宣传部部长。

游黄山二首

观云海

缕缕烟云荡碧空，松峰隐现幻无穷。宛如海市蜃楼景，恰似游仙出雾中。

登玉屏楼

白云飘荡舞蹁跹，滚滚浪涛软似绵。迎客松前观雾海，乘风漫展到天边。

董丕兴

董丕兴，曾为金湖县公路管理站支部副书记、副站长。

雨霁黄山道

看山新雨后，雾绕岭高低。飞瀑飘如练，恰疑天上移。

费　冰

费冰，江苏金湖人，离休干部。

抗大三分校

当年抗大三分校，驻满永丰前后街。教务总跟军务合，耕歌常共战歌谐。

贵宾胡服张云逸，要道黄桥汪木排。一段辉煌五十载，光同日月照长淮。

注：胡服，即刘少奇。

费厚农

费厚农，江苏金湖人，曾任金湖县化工厂生产组组长。

春　照

深檐茅舍净无苔，菜绿东园花正开。护宅垂杨轻点水，桑田场外送青来。

秋　夜

皓月孤阴碧树高，蟾宫玉液醉仙桃。清辉一色明如水，银汉横空静不涛。

高凤业

高凤业，江苏金湖人，金湖汽配厂退休职工。

辛卯年扬州台北元宵灯会感赋

不尽花灯两岸欢，广陵台北共相看。万千里巷人潮涌，笑语欢声掩夜寒。

栀子花

雨过前庭叶色新，曦光清洒雪样身。芳馨更爱晨风度，沁染青衫倍梦春。

管雪梅

管雪梅，女，江苏金湖人。曾为金湖县工商局干部，现供职于洪泽区工商局。

庐　山

浮云袅袅松含黛，雨雾茫茫水蕴烟。幽涧鸟鸣林道静，琴溪音悦谷峰眠。
碧潭花径如寻梦，峰石断桥还问天。三叠坠泉龙莽跃，五峰神话醉寻仙。

冬　晨

薄雾浓霜月隐迟，晨光未醒梦依稀。湖边犹有惊鸿现，剑若游龙矫健姿。

梅　雨

杜鹃啼唤满江淮，淡淡云烟雨入怀。劳作耕夫歌未已，正当梅子踏青来。

雪

相思片片寄红尘，朵朵心花伴梦生。仙骨清盈情义重，甘随疏影共寒门。

莲

浩渺烟波笼翠塘，一泓清韵袅余香。愿君读懂莲心事，常伴月华理淡妆。

黄 宜

黄宜，江苏金湖人，曾任金湖县夹沟卫生院医生。

农家乐

绿树清溪映丽堂，雕窗大院户朝阳。门前菜圃随心采，宅畔鱼池任意尝。
且读且耕明国是，兼工兼副利商场。春耕秋熟冬煨酒，击壤而歌乐小康。

怀故乡二友人

月光最是故乡明，客地萦思旧雨情。早岁识荆交莫逆，暮年附骥结知音。
同留墨迹存桑梓，共有诗篇入士林。交苑偕游唯恨晚，挥戈欲挽日西行。

注：二友，指闵心培、杨定山。

林 松

林松，曾任金湖县水产局副局长。

湖上冬景

高邮湖上白茫茫，满目芦花伴雪扬。放棹破冰冬汛捕，渔姑拾网着银装。

夏日垂钓图

黎城湖畔沐晨风，垂钓林阴数老翁。偶尔弯腰提活鲤，人和鱼竿两张弓。

秋鸥萍

秋鸥萍，女，江苏金湖人。

邀友赏菊

东篱菊正黄，沏茗待君尝。花径何须扫，启扉满院光。

春日雨后

溪绕烟村流碧清，桃花垂柳隐啼莺。渔人对岸垂钩钓，景色偏佳雨后晴。

孙加椿

孙加椿，江苏金湖人。

荷花节夜景

荷花佳节夜，喜讯播天涯。九陌连灯影，千门浸月华。
香连如逝水，旅客若流霞。烂漫唯愁晓，夜游忘返家。

施耀先

施耀先，曾任金湖县银集镇财务科科长。

咏　菊

孤标瘦骨枝，花放亦何迟。傲世偕谁隐，清香独自奇。
颜和霜露艳，影弄月风移。陶令评章后，古今赞美诗。

涂福颐

涂福颐，江苏金湖人，书法家，曾任安徽省天长市政协副主席。

踏　青

漫步田间小路斜，远离嚣市入农家。舒心翡翠垂杨柳，耀眼金黄油菜花。
陌上时闻人和唱，枝头喜听鸟喧哗。春光唤起童年乐，飞出纸鸢到海涯。

杨定乾

杨定乾，曾任金湖县塔集镇农机厂主任。

三河滩风情

碧水芳堤岸道弯，浓霞绿荫满河滩。黄鹂穿树金梭掷，紫燕衔泥玉剪翻。

渔妹摇舟迎日去,农哥犁地驾机还。恋人约会芦花荡,海誓山盟柳巷间。

采 桑

园林百亩翠葱茏,少女采桑进碧丛。叶动枝摇人不见,歌声飞过小河东。

卷十　过往作家咏淮诗

无名氏

鼓　钟

鼓钟将将，淮水汤汤，忧心且伤。淑人君子，怀允不忘。
鼓钟喈喈，淮水湝湝，忧心且悲。淑人君子，其德不回。
鼓钟伐鼛，淮有三洲，忧心且妯。淑人君子，其德不犹。
鼓钟钦钦，鼓瑟鼓琴，笙磬同音。以雅以南，以籥不僭。

按：周幽王鼓钟淮水之上，为流连之乐。闻者作此。见《诗经·小雅》。

曹　丕

曹丕(187～226)，字子桓，曹操次子，操死，袭位为魏王，后代汉称帝，为魏文帝。丕亦长于文学，著有《典论》及诗赋百余篇，今存40余篇。有《魏文帝集》。

杂　诗

其　一

漫漫秋夜长，烈烈北风凉。展转不能寐，披衣起彷徨。彷徨忽已久，白露沾我裳。俯视清水波，仰看明月光。天汉回西流，三五正纵横。草虫鸣何悲，孤雁独南翔。郁郁多悲思，绵绵思故乡。愿飞安得翼，欲济河无梁。向风长叹息，断绝我中肠。

其　二

西北有浮云，亭亭如车盖。惜哉时不遇，适与飘风会。吹我东南行，行行至吴会。吴会非我乡，安得久留滞？弃置勿复陈，客子常畏人。

按：其二，一作《黎阳作》。曹丕于黄初六年(225)伐吴时，滞留津湖(金湖县夹荡处之高邮湖)时所作。黎阳，即黎城，今金湖县政府所在地。

萧道成

萧道成(427~482),字绍伯,小名斗将,西汉丞相萧何二十四世孙。祖籍东海郡兰陵县(今属山东),南北朝时期南齐开国皇帝,479年至482年在位。曾担任守淮之边防主将,大败降将薛安都部。

塞客吟(镇淮阴时作)

宝纬紊宗,神经越序。德晦河晋,力宣江楚。云雷兆壮,天山繇武。直发指秦关,凝精越汉渚。秋风起,塞草衰。雕鸿思,边马悲。平原千里顾,但见转蓬飞。星严海净,月澈河明。清辉映幕,素液凝庭。金笳夜厉,羽辖晨征。斡清潭而怅泗,枻松洲而悼情。兰涵风而泻艳,菊笼泉而散英。曲绕首燕之叹,吹轸绝越之声。欷园琴之孤弄,想庭藿之余馨。青关望断,白日西斜。恬源靓雾,垄首晖霞。戒旋鹢,跃还波。情绵绵而方远,思袅袅而遂多。粤击秦中之筑,因为塞上之歌。歌曰:朝发兮江皋,日夕兮陵山。惊飙兮瀄汩,淮流兮潺湲。胡埃兮云聚,楚旆兮星悬。愁墉兮思宇,恻怆兮何言?定寰中之逸鉴,审雕陵之迷泉。悟樊笼之或累,怅遐心以栖玄。

诸葛颖

诸葛颖(536~612),字汉,丹阳建康(今江苏南京)人。起家梁邵陵王参军,侯景之乱,奔齐。待诏文林馆,迁太子舍人。入隋,晋王杨广引为参军。杨广即位,迁著作郎,甚见亲幸。有文集20卷及《幸江都道里记》《洛阳古今记》《马名录》《銮驾北巡记》等。

奉和出颍至淮应令诗

涉颍倦纡回,浮淮欣迥直。遥村含水气,远浦澄天色。灵涛稍欲近,仙岩行可识。玄览属睿辞,风云有余力。

虞世南

虞世南(558~638),字伯施,越州余姚(今属浙江)人。唐初诗人、书法家。在隋官秘书郎,入唐历任弘文馆学士、秘书监。编有《北堂书钞》160卷,著有文集30卷。

奉和出颍至淮应令诗

良晨喜利涉,解缆入淮浔。寒流泛鹢首,霜吹响哀吟。潜鳞波里跃,水鸟浪前沉。邗沟非复远,怅望悦宸襟。

按:金湖境内金沟古称金钗涧,为隋炀帝所筑,是汴水连结邗沟的通道。《天一阁藏明代方志选刊·嘉靖天长县志》云:"金沟在县东北,乃汴河经金沟集以达于邗沟,隋炀帝所凿。"此诗为隋炀帝杨广于大业初幸江都途中,奉帝命所作之和诗。

杨 广

杨广(569~618),即隋炀帝。即位后迁都洛阳,并以洛阳为中心,开凿北通涿郡(今北京)、南达余杭(今杭州)的大运河,发动征高丽战争等,导致大规模农民起义。后在江都(今扬州)为其部下宇文化及等缢死。

早渡淮

平淮既淼淼,晓雾复霏霏。淮甸未分色,泱漭共晨晖。晴霞转孤屿,锦帆出长圻。潮鱼时跃浪,沙禽鸣欲飞。会待高秋晚,愁因逝水归。

按:隋炀帝行宫,在今淮安市境内有二:一在盱眙第一山之瑞岩,即都梁宫;一在今泗洪县境内。此为炀帝离开行宫渡淮之作。

骆宾王

骆宾王(约638~?),字观光,唐婺州义乌(今属浙江)人。"初唐四杰"之一。为徐敬业草讨武檄文,兵败不知所终。著有《骆临海全集》。

早发淮口望盱眙

养蒙分四渎,习坎奠三荆。徙帝留余地,封王表旧城。
岸昏涵蜃气,潮满应鸡声。洲迥连沙净,川虚积溜明。
一朝从捧檄,千里倦悬旌。背流桐柏远,逗浦木兰轻。
小山迷隐路,大块切劳生。唯有贞心在,独映寒潭清。

按:积溜明,一作积溜鸣。

在兖州饯宋五之问

淮沂泗水地,梁甫汶阳东。别路青骊远,离尊绿蚁空。

柳寒凋密翠，棠晚落疏红。别后相思曲，凄琴断入风。

李 峤

李峤(约645～约714)，字巨山，唐赵州赞皇(今属河北)人。武后时，官凤阁舍人，迁鸾台侍郎知政事。明人辑有《李峤集》。

和杜学士旅次淮口阻风

夕吹生寒浦，清淮上暝潮。迎风欲举棹，触浪反停桡。
淼漫烟波阔，参差林岸遥。日沉丹气敛，天敞白云销。
水雁衔芦叶，沙鸥隐荻苗。客行殊未已，川路几迢迢。

按：淮口，汴水入淮之口，也称汴口。在盱眙城对岸。

宋之问

宋之问(约656～约713)，一名少连，字延清，唐汾州(今山西汾阳)人，一说虢州弘农(今河南灵宝)人。上元进士，诗与沈佺期齐名，对唐代近体诗的发展，尤其是七言律绝形式的完成，有一定的贡献。《全唐诗》收其诗3卷。

初宿淮口

孤舟汴河水，去国情无已。晚泊投楚乡，明月清淮里。汴河东泻路穷兹，洛阳西顾日增悲。夜闻楚歌思欲断，况值淮南木落时。

万 楚

万楚，唐代诗人。开元年间登进士及第。沉迹下僚，后退居颍水之滨。与李颀友善。清沈德潜《唐诗别裁集》谓其《骢马》诗"几可追步老杜"。

小山歌

人说淮南有小山，淮王昔日此登仙。城中鸡犬皆飞去，山上坛场今宛然。世人贵身不贵寿，共笑华阳洞天口。不知金石变长年，谩在人间恋携手。君能举帆至淮南，家住盱眙余先谙。桐柏乱流平入海，茱萸一曲沸成潭。忆记来时魂悄悄，想见仙山众峰小。今日长歌思不堪，君行为报三青鸟。

陶翰

陶翰(?～757),唐润州丹阳(今属江苏)人。诗人,开元十八年登进士,连登博学宏词、拔萃二科,授华阴丞。天宝年间,陟大理评事、太常博士,官终礼部员外郎。

早过临淮

夜来三渚风,晨过临淮岛。湖中海气白,城上楚云早。鳞鳞鱼浦帆,漭漭芦洲草。川路日浩荡,惄焉心如捣。且言任倚伏,何暇念枯槁。范子名屡移,蘧公志常保。古人去已久,此理今难道。

崔颢

崔颢(704～754),唐汴州(今河南开封)人,原籍博陵安平(今属河北),出身“博陵崔氏”。著名诗人。开元进士,官司勋员外郎。早期诗多写闺情,流于浮艳。后历边塞,诗风变为雄浑奔放。明人辑有《崔颢集》。《全唐诗》收其诗一卷。

晚入汴水

昨晚南行楚,今朝北泝河。客愁能几日,乡路渐无多。
晴景摇津树,春风起棹歌。长淮亦已尽,宁复畏潮波。

崔国辅

崔国辅,唐吴郡(今苏州)人。盛唐重要诗人。开元十四年(726)进士,举县令,累迁集贤直学士,礼部郎中。当时与王昌龄、王之涣齐名。

漂母岸

泗水入淮处,南边古岸存。秦时有漂母,于此饭王孙。王孙初未遇,寄食何足论。后为楚王来,誓欲答母恩。事迹遗在此,徒伤千载魂。茫茫水中渚,上有一孤墩。遥望不可到,苍苍烟树昏。几年崩冢色,每日落潮痕。古地多堙圮,时哉不敢言。向夕泪沾裳,遂宿芦洲村。

按:冢色,一作冢邑。遂宿,一作只宿。

綦毋潜

綦毋潜(692～749),字孝通,虔州(今江西赣州)人,唐代著名诗人。开元十四年(726年)进士及第,授宜寿(今陕西周至)尉,迁左拾遗,终官著作郎,安史之乱后归隐,游江淮一代,后不知所终。

宿龙兴寺

香刹夜忘归,松青古殿扉。灯明方丈室,珠系比丘衣。
白日传心静,青莲喻法微。天花落不尽,处处鸟衔飞。

按:潜曾守淮阴,而郡城有古龙兴寺,相传晋时所建。潜宿此作也。

王泠然

王泠然(约692～约725),字仲清,唐太原(今属山西)人。开元五年(717)进士,后官太子校书郎。秩满,迁右威卫兵曹参军。《全唐诗》存其诗4首。

汴堤柳

隋家天子忆扬州,厌坐深宫傍海游。穿地凿山开御路,鸣笳叠鼓泛清流。流从巩北分河口,直到淮南种官柳。功成力尽人旋亡,代谢年移树空有。当时彩女侍君王,绣帐旌门对柳行。青叶交垂连幔色,白花飞度染衣香。今日摧残何用道,数里曾无一枝好。驿骑征帆损更多,山精野魅藏应老。凉风八月露为霜,日夜孤舟入帝乡。河畔时时闻木落,客中无不泪沾裳。

孙　逖

孙逖(696～761),唐博州武水(今山东聊城西南)人。诗人。自幼能文,才思敏捷。开元十年(722)得玄宗召见,擢左拾遗。迁集贤殿修撰,改考功员外郎。后历官中书舍人、刑部侍郎、太子左庶子等,终官太子詹事。

淮阴夜宿

其　一

水国南无畔,扁舟北未期。乡情淮上失,归梦郢中疑。

木落知寒近，山长见日迟。客行心绪乱，不及洛阳时。

其　二

永夕卧烟塘，萧条水一方。秋风淮木落，寒夜楚歌长。
宿莽非吾土，鲈鱼岂我乡。孤舟行已倦，南越尚茫茫。

按：水一方，一作天一方；淮木落，一作淮水落；吾土，一作中土。

王昌龄

王昌龄（698～约756），字少伯，唐河东晋阳（今山西太原）人，一说京兆长安（今陕西西安）人。进士。与李白、高适、王维、王之涣、岑参等交厚。开元末返长安，改授江宁丞，被谤谪龙标尉。后人誉为“七绝圣手”。

送郭司仓

映门淮水绿，留骑主人心。明月随良掾，春潮夜夜深。

祖　咏

祖咏（699～746），唐洛阳（今属河南）人。开元十二年（724）进士，长期未授官。入仕不久又遭迁谪，后移居汝水以北渔樵终老。作品以描写山水自然为主。有《祖咏集》。

渡淮河寄平一

天色混波涛，岸阴匝村墅。微微汉祖庙，隐隐江陵渚。云树森已重，时明郁相拒。

泗上冯使君南楼作

井邑连淮泗，南楼向晚过。望滩沙鹭起，寻岸浴童歌。
近海云偏出，兼秋雨更多。明晨拟回棹，乡思恨风波。

王　维

王维（701～761），字摩诘，祖籍山西祁县。唐开元九年（721）进士，任太乐丞，历右拾遗、监察御史、凉州河西节度幕判官，终尚书右丞。有《王摩诘文集》。

送从弟蕃游淮南

读书复骑射，带剑游淮阴。淮阴少年辈，千里远相寻。高义难自隐，明时宁陆沉。岛夷九州外，泉馆三山深。席帆聊问罪，卉服尽成擒。归来见天子，拜爵赐黄金。忽思鲈鱼鲙，复有沧洲心。天寒蒹葭渚，日落云梦林。江城下枫叶，淮上闻秋砧。送归青门外，车马去骎骎。惆怅新丰树，空余天际禽。

高　适

高适（约700～765），字达夫、仲武，唐沧州渤海（今河北景县）人。玄宗时举有道科中第，曾任封丘县尉，后累官至蜀、彭二州刺史，散骑常侍。著有《高常侍集》。

涟上别王秀才

飘飖经远道，客思满穷秋。浩荡对长涟，君行殊未休。崎岖山海侧，想像无前俦。何意照乘珠，忽然欲暗投。东路方萧条，楚歌复悲愁。暮帆使人感，去鸟兼离忧。行矣当自爱，壮年莫悠悠。余亦从此辞，异乡难久留。赠言岂终极，慎勿滞沧洲。

涟水题樊氏水亭

涟上非所趣，偶为世务牵。经时驻归棹，日夕对平川。莫论行子愁，且得主人贤。亭上酒初熟，厨中鱼每鲜。自说宦游来，因之居住偏。煮盐沧海曲，种稻长淮边。四时常晏如，百口无饥年。菱芋藩篱下，渔樵耳目前。异乡少朋从，我行复迍邅。向不逢此君，孤舟已言旋。明日又分首，风涛还渺然。

李　白

李白（701～762），字太白，祖籍陇西（今甘肃）。唐代大诗人。少年时生活在蜀地，壮年漫游天下，一度召至长安，供奉翰林。安史之乱中，曾为永王李璘幕僚，因李璘败，李白被牵连，系浔阳狱，远谪夜郎，中途遇赦东还。晚年投奔族叔当涂令李阳冰，后卒于当涂。有“诗仙”之称，与杜甫并称“李杜”。有《李太白集》。

淮阴书怀寄王宋城

沙墩至梁苑，二十五长亭。大舶夹双橹，中流鹅鹳鸣。云天扫空碧，川岳涵余清。飞凫从西来，适与佳兴并。眷言王乔舄，婉娈故人情。复此亲懿会，而增交道荣。沿回且不定，飘忽怅徂征。暝投淮阴宿，欣得漂母迎。斗酒烹黄鸡，一餐感素诚。予为楚壮士，不是鲁诸生。有德必报之，千金耻为轻。缅书羁孤意，远寄棹歌声。

按：王宋城，一作王宗城。

赠新平少年

韩信在淮阴，少年相欺凌。屈体若无骨，壮心有所凭。一遭龙颜君，啸咤从此兴。千金答漂母，万古共嗟称。而我竟何为，寒苦坐相仍。长风入短袂，两手如怀冰。故友不相恤，新交宁见矜。摧残槛中虎，羁绁韝上鹰。何时腾风云，搏击申所能。

僧伽歌

真僧法号号僧伽，有时与我论三车。问言诵咒几千遍，口道恒河沙复沙。此僧本住南天竺，为法头陀来此国。戒得长天秋月明，心如世上青莲色。意清净，机棱棱，亦不减，亦不增。瓶里千年舍利骨，手中万岁猢狲藤。嗟予落魄江淮久，罕遇真僧说空有。一言忏尽波罗夷，再礼浑除犯轻垢。

猛虎行(节录)

朝过博浪沙，暮入淮阴市。张良未遇韩信贫，刘项存亡在两臣。暂到下邳受兵略，来投漂母作主人。贤哲栖栖古如此，今时亦弃青云士。

赠徐安宜

白田见楚老，歌咏徐安宜。制锦不择地，操刀良在兹。清风动百里，惠化闻京师。浮人若云归，耕种满郊岐。川光净麦陇，日色明桑枝。讼息但长啸，宾来或解颐。青橙拂户牖，白水流园池。游子滞安邑，怀恩未忍辞。翳君独桃李，岁晚托深期。

按：安宜，宝应县前身，以安宜溪得名。故址在今金湖县嵇圩林场一带。隋朝为战火所毁。李白46岁那年的初春在苏州，后盘桓于扬州、安宜、淮安等地，秋间返回扬州。此诗似作于此时。郊岐，一作郊圻。

寄淮南友人

红颜悲旧国，青岁歇芳洲。不待金门诏，空持宝剑游。
海云迷驿道，江月隐乡楼。复作淮南客，因逢桂树留。

秋日与张少府楚城韦公藏书高斋作

日下空庭暮，城荒古迹余。地形连海尽，天影落江虚。

旧赏人虽隔，新知乐未疏。彩云思作赋，丹壁间藏书。
楂拥随流叶，瓶开出水鱼。夕来秋兴满，回首意何如！

闾丘晓

闾丘晓，唐至德元年(756)出任亳州刺史，杀诗人王昌龄。次年，睢阳围急，河南节度使张镐传檄闾丘晓引兵出救，逗留不进。镐至，睢阳已陷，镐怒，将戮之。闾丘晓云："有亲，乞贷余命。"镐曰："王昌龄之亲，欲与谁养。"遂予以杖杀。

夜渡淮

舟人自相报，落日下芳潭。夜火连淮市，春风满客帆。
水穷沧海畔，路尽小山南。且喜乡园近，言荣意未甘。

按：题一作《夜渡江》。末句一作"无言意味甘"。

储光羲

储光羲(约707～约762)，祖籍兖州(今属山东)，唐润州延陵(今江苏常州)人。开元进士，历官监察御史。安史乱中坐陷贼，受伪职，后贬官，死于岭南。有文集70卷，已佚，现存《储光羲诗》。《全唐诗》辑其诗4卷。

大酺得长字韵时任安宜尉

大道启元命，时人居太康。中朝发玄泽，下国被天光。
明诏始端午，初筵当履霜。鼓鼙迎爽气，羽籥映新阳。
太守即悬圃，淮夷成葆疆。小臣惭下位，拜手颂灵长。

安宜园林献高使君

直道已三出，幸从江上回。新居茅茨迥，起见秋云开。十里次舟楫，二桥交往来。楚言满邻里，雁叫喧池台。鱼鳖乐仁政，浮沉亦至哉！小山宜大隐，要自望蓬莱。

李嘉祐

李嘉祐，字从一，唐赵州(今河北赵县)人。玄宗天宝七载进士，授秘书正字，历官至袁州刺史。罢任侨居苏州，约卒于大历末。《全唐诗》存诗2卷，《全唐诗补拾》补诗3首。

晚春送吉校书归楚州

诗人饶楚思，淮上及春归。旧浦菱花待，闲门柳絮飞。
高名乡曲重，少字道流稀。定向渔家醉，残阳卧钓矶。

按：吉校书，即吉中孚，楚州人，历官至户部侍郎。工诗，为大历十才子之一。

登楚州城望驿路十余里山林相次交映

十里山村道，千峰栎树林。霜浓竹枝桠，岁晚荻花深。
草市多樵客，渔家足水禽。幽居虽可羡，无那子牟心。

白田西忆楚州使君弟

山阳郭里无潮，野水自向新桥。鱼网平铺荷叶，鹭鸶闲步稻苗。
秣陵归人惆怅，楚地连山寂寥。却忆士龙宾阁，清琴绿竹萧萧。

送皇甫冉往安宜

江皋尽日唯烟水，君向白田何日归。楚地蒹葭连海迥，隋朝杨柳映堤稀。
津楼故市生荒草，山馆空城闭落晖。若问行人与征战，使君双泪定沾衣。

张　继

张继（?～约779），字懿孙，唐襄州（今湖北襄阳）人。天宝十二载（753）进士。大历中以检校祠部员外郎充转运判官，分掌财赋于洪州。其诗爽朗激越，不事雕琢，比兴幽深，事理双切，《枫桥夜泊》是唐诗名篇之一。

晚次淮阳

微凉风叶下，楚俗转清闲。候馆临秋水，郊扉掩暮山。
月明潮渐满，露湿雁初还。浮客了无定，萍流淮海间。

按：题一作《晚次淮阴》。

送顾况泗上觐叔父

吴乡岁贡足嘉宾，后进之中见此人。别业更临洙泗上，拟将书卷对残春。

韩　翃

韩翃，字君平，唐南阳人。大历十才子之一。天宝十三载(754)进士。因一首《寒食》被唐德宗所赏识，因而被提拔为中书舍人。著有《韩君平诗集》。

送齐明府赴东阳

绿丝帆緈桂为樯，过尽淮山楚水长。万里移家背春谷，一官行府向东阳。
风流好爱杯中物，豪荡仍欺陌上郎。别后心期如在眼，猿声烟色树苍苍。

常　建

常建，字夷甫，唐长安(今属陕西)人。玄宗天宝十四载(755)乙未科状元。曾任盱眙尉，官至宰相。其诗多为五言，常以山林、寺观为题材。有《常建集》。

晚泊淮口

泊舟淮水次，霜降夕流清。夜久潮侵岸，天寒月近城。
平沙依雁宿，候馆听鸡鸣。乡国云霄外，谁堪羁旅情。

按：题一作《晚泊盱眙》。

皇甫冉

皇甫冉(约717～约770)，字茂政，唐润州丹阳(今属江苏)人。天宝十五载(756)进士，官无锡尉，大历初入河南节度使王缙幕，终左拾遗、右补阙。其诗清新飘逸，多漂泊之感。

题魏仲光淮山所居

人群不相见，乃在白云间。问我将何适，羡君今独闲。
朝朝汲淮水，暮暮上龟山。幸已安贫定，当从鬓发斑。

宿淮阴南楼酬常伯熊

淮阴日落上南楼，乔木荒城古渡头。浦外野风初入户，窗中海月早知秋。

沧波一望通千里，画角三声起百忧。伫立分宵绝来客，烦君步履忽相求。

淮口寄赵员外

欲逐淮潮上，暂停渔子沟。相望知不见，终是屡回头。

按：渔子沟，即渔沟。今淮阴区渔沟镇。

洪泽馆壁上见故礼部尚书题诗

底事洪泽壁，空留黄绢词。年年淮水上，行客不胜悲。

按：洪泽馆，在洪泽镇，清康熙年间沦入洪泽湖中。

司空曙

司空曙（约720～790），字文明，唐广平（今属河北）人。进士，大历十才子之一。授洛阳主簿，迁长林县丞，累官左拾遗，终水部郎中。有集2卷。诗多行旅赠别之作，长于五律，多有名句。

送乔广下第归淮南

遥想长淮尽，荒堤楚路斜。戍旗标白浪，罟网入青葭。
啼鸟仍临水，愁人更见花。东堂一枝在，为子惜年华。

顾　况

顾况（约730～806后），字逋翁，唐海盐横山（今浙江海宁）人。诗人、画家。曾任著作郎，因作诗嘲讽得罪权贵，贬饶州司户参军。

寄淮上柳十三

苇萧中辟户，相映绿淮流。莫讶春潮阔，鸥边可泊舟。

刘长卿

刘长卿（？～约789），子文房，唐河间人。天宝进士，曾任长洲县尉，睦州司马，官终随州刺史。长于五言，自称为“五言长城”。有《刘随州集》。

经漂母墓

昔贤怀一饭，兹事已千秋。古墓樵人识，前朝楚水流。
渚蘋行客荐，山木杜鹃愁。春草茫茫绿，王孙旧此游。

过前安宜张明府郊居

寂寥东郭外，白首一先生。解印孤琴在，移家五柳成。
夕阳临水钓，春雨向田耕。终日空林下，何人识此情。

淮上送梁二恩命追赴上都

贾生年最少，儒行汉庭闻。拜手卷黄纸，回身谢白云。
故关无去客，春草独随君。淼淼长淮水，东西自此分。

赴楚州次白田途中阻浅问张南史

楚城今近远，积霭寒塘暮。水浅舟且迟，淮潮至何处？

李　端

李端（785年前后在世），字正己，唐赵州（今河北赵县）人。官终杭州司马。大历十才子之一。《全唐诗》存其诗3卷。

送吉中孚拜官归楚州

才子神骨清，虚疏眉眼明。貌应同卫玠，鬓且异潘生。初戴莓苔帻，来过丞相宅。满堂归道师，众口宗诗伯。须臾里巷传，天子亦知贤。出诏升高士，驰声在少年。自为才哲爱，日与侯王会。匡主一言中，荣亲千里外。更闻仙士友，往往东回首。驱石不成羊，指丹空毙狗。孤帆淮上归，商估夜相依。海雾寒将近，天星晓欲稀。潮头来始歇，浦口喧争发。乡树尚和云，邻船犹带月。到洞必伤情，巡房见旧名。醮疏坛路涩，汲少井栏倾。别我长安道，前期共须老。方随水向山，肯惜花辞岛。怅望执君衣，今朝风景好。

送吉中孚拜官归业

南入华阳洞，无人古树寒。吟诗开旧帙，带绶上荒坛。
因病求归易，沾恩更隐难。孟宗应献鲊，家近守渔官。

宿淮浦忆司空文明

愁心一倍长离忧，夜思千重恋旧游。秦地故人成远梦，楚天凉雨在孤舟。诸溪近海潮皆应，独树边淮叶尽流。别恨转深何处写，前程唯有一登楼。

刘 商

刘商，字子夏，唐徐州彭城人。大历年间进士。能文善画，诗以乐府见长。官虞部员外郎等职。《全唐诗》录有其诗。

送元使君自楚移越

露冕行春向若耶，野人怀惠欲移家。东风二月淮阴郡，唯有棠梨一树花。

钱 起

钱起(751年前后在世)，字仲文，唐吴兴(今浙江湖州)人，怀素和尚之叔。早年数次赴试落第，天宝七载(一作十载)进士。大历十才子之一。

淮上别范大

悲风陨凉叶，送归怨南楚。穷年将别离，寸晷申宴语。长淮流不尽，征棹忽复举。碧落半愁云，黄鹤时顾侣。游宦且未达，前途各修阻。分袂一相嗟，良辰更何许。

送张五员外东归楚州

缨珮不为美，人群宁免辞。杳然黄鹄去，未负白云期。此别清兴尽，高秋临水时。好山枉帆僻，浪迹到家迟。他日诏书下，梁鸿安可追！

崔 峒

崔峒，唐博陵(今属河北)人，进士。为拾遗、集贤学士，终右补阙。大历十才子之一。《全唐诗》收其诗1卷。

送陆明府之盱眙

陶令之官去，穷愁惨别魂。白烟连海戍，红叶下淮村。

澮浪摇山郭，平芜到县门。政成堪吏隐，免负府公恩。

韦应物

韦应物（约737～约791），唐京兆万年（今陕西西安）人，文昌右相韦待价曾孙。早年充当玄宗侍卫，狂放不羁，后折节读书，应举成进士，历官洛阳丞、京兆府功曹参军、鄠县令、比部员外郎、滁州和江州刺史、左司郎中、苏州刺史。有《韦苏州集》。

淮上即事寄广陵亲故

前舟已渺渺，欲渡谁相待？秋山起暮钟，楚雨连沧海。风波离思满，宿昔容鬓改。独鸟下东南，广陵何处在？

送李二归楚州

时李季弟牧楚州，被讼，赴急。

情人南楚别，复咏在原诗。忽此嗟歧路，还令泣素丝。
风波朝夕远，音信往来迟。好去扁舟客，青云何处期？

淮上喜会梁州故人

江汉曾为客，相逢每醉还。浮云一别后，流水十年间。
欢笑情如旧，萧疏鬓已斑。何因不归去？淮上有秋山。

淮上遇洛阳李主簿

结茅临古渡，卧见长淮流。窗里人将老，门前树已秋。
寒山独过雁，暮雨远来舟。日夕逢归客，那能忘旧游。

夕次盱眙县

落帆逗淮镇，停舫临孤驿。浩浩风起波，冥冥日沉夕。
人归山郭暗，雁下芦州白。独夜忆秦关，听钟未眠客。

按：题《夕次盱眙县》，一作《次淮上》。

和李二主簿寄淮上綦毋三

满城怜傲吏，终日赋新诗。请报淮阴客，春帆浪作期。

刘方平

刘方平(758年前后在世),唐洛阳人。天宝前期曾应进士试,未考取,从此隐居颍水、汝河之滨,终生未仕。

淮上秋夜

旅梦何时尽?征途望每赊。晚秋淮水上,新月楚人家。
猿啸空山近,鸿飞极浦斜。明朝南岸去,应折桂枝花。

按:题一作《秋夜思》。应折,一作定折。

送 别

华亭霁色满今朝,云里樯竿去转遥。莫怪山前深复浅,清淮一日两回潮。

李 益

李益(约748~约829),字君虞,唐陇西姑臧(今甘肃武威)人。大历进士,官至礼部尚书。长于七绝,以写边塞诗知名。有《李益集》。

汴河曲

汴水东流无限春,隋家宫阙已成尘。行人莫上长堤望,风起杨花愁杀人。

莲塘驿

五月渡淮水,南行绕山陂。江村远鸡应,竹里闻缫丝。楚女肌发美,莲塘烟露滋。菱花复碧渚,黄鸟双飞时。渺渺溯洄远,凭风托微词。斜光动流睇,此意难自持。女歌本轻艳,客行多怨思。女萝蒙幽蔓,拟上青桐枝。

按:莲塘驿,在盱眙县界。

卢 纶

卢纶(748~约799),字允言,唐河中蒲(今山西永济)人。曾为河中帅府判官,大历十才子之一。有诗集10卷。

送吉中孚校书归楚州旧山

青袍芸阁郎,谈笑挹侯王。旧箓藏云穴,新诗满帝乡。名高闲不得,到处人争识。谁知冰雪颜,已杂风尘色。此去复如何,东皋歧路多。藉茅临紫陌,回首忆沧波。年来倦萧索,但说淮南乐。并楫湖水游,连樯月下泊。沿沿入阊门,千灯夜市喧。喜逢邻舍伴,遥语问乡园。下淮风自急,树杪分郊色。送客随岸行,离人出帆立。渔村绕水田,澹浦隔晴烟。欲就林中醉,先期石上眠。林昏天未曙,且向云边去。暗入无山上,心知有花处。登高日转明,下望见春城。洞里草空长,冢边人自耕。寥寥行异境,过尽千峰影。露色疑古坛,泉声落寒井。仙成不可期,多别自堪悲。为问桃源客,何人见乱时。

孟　郊

孟郊(751~814),字东野,唐湖州武康人,46岁中进士,曾任溧阳县尉,有"诗囚""郊寒岛瘦"之称。有《孟东野诗集》10卷。

憩淮上观公法堂

动觉日月短,静知时岁长。自悲道路人,暂宿空闲堂。孤独浪清昼,纱巾敛辉光。高僧积素行,事外无刚强。我有岩下桂,愿为炉中香。不惜青翠姿,为君扬芬芳。淮水色不污,汴流徒浑黄。且将琉璃意,净缀芙蓉章。明日还独行,羁愁来旧肠。

武元衡

武元衡(758~815),字伯苍,唐缑氏(今河南偃师)人。建中四年(783)进士,累官至御史中丞。被李师道遣刺客刺死。有《临淮集》10卷。

渡　淮

暮涛凝雪长淮水,细雨飞梅五月天。行子不须愁夜泊,绿杨多处有人烟。

权德舆

权德舆(761或759~818),字载之,行三,唐天水略阳(今属甘肃)人,家于润州丹阳。名士权皋子。未冠,即以文章称。掌诰九年,三知贡举,位历卿相,在贞元、元和年间名重一时。

祇命赴京途次淮口因书所怀

弱植素寡偶，趋时非所任。感恩再登龙，求友皆断金。彪炳睹奇采，凄锵闻雅音。适欣佳期接，遽叹离思侵。靡靡遵远道，忡忡劳寸心。难成独酌谣，空奏伐木吟。泬寥清冬时，萧索白昼阴。交欢谅如昨，滞念纷在今。因风试矫翼，倦飞会归林。向晚清淮驶，回首楚云深。

张　籍

张籍（约767～约830），字文昌，唐苏州人，少侨寓和州乌江（今属安徽和县）人。国子博士、水部员外郎、主客郎中，仕终国子司业。世称张水部、张司业。

泗水行

泗水流急石篹篹，鲤鱼上下红尾短。春冰销散日华满，行舟往来浮桥断。城边鱼市人早行，水烟漠漠多棹声。

韩　愈

韩愈（768～824），字退之，唐河内河阳（今河南孟州）人。自谓郡望昌黎，世称韩昌黎。贞元八年（792）进士，官至吏部侍郎。唐朝古文运动的宣道者，与柳宗元并称“韩柳”。著有《昌黎先生集》等。

送僧澄观

浮屠西来何施为，扰扰四海争奔驰。构楼架阁切星汉，夸雄斗丽止者谁？僧伽后出淮泗上，势到众佛尤恢奇。越商胡贾脱身罪，珪璧满船宁计资。清淮无波平如席，栏柱倾扶半天赤。火烧水转扫地空，突兀便高三百尺。影沉潭底龙惊遁，当昼无云跨虚碧。借问经营本何人，道人澄观名籍籍。愈昔从军大梁下，往来满屋贤豪者。皆言澄观虽僧徒，公才吏用当今无。后从徐州辟书至，纷纷过客何由记。人言澄观乃诗人，一座竞吟诗句新。向风长叹不可见，我欲收敛加冠巾。洛阳穷秋厌穷独，丁丁啄门疑啄木。有僧来访呼使前，伏犀插脑高颊权。惜哉已老无所及，坐睨神骨空潸然。临淮太守初到郡，远遣州民送音问。好奇赏俊直难逢，去去为致思从容。

徐 敞

徐敞，唐代诗人。德宗建中(780～783)年间进士。《全唐诗》存诗5首。

月映清淮流

遥夜淮弥净，浮空月正明。虚无含气白，凝淡映波清。
见底深还浅，居高缺复盈。处柔知坎德，持洁表阴精。
利物功难并，和光道已成。安流方利涉，应鉴此时情。

唐无名氏

月映清淮流

淮月秋偏静，含虚夜转明。桂花窥镜发，蟾影映波生。
澹滟轮初上，裴回魄正盈。遥塘分草树，近浦写山城。
桐柏流光逐，蠙珠濯景清。孤舟方利涉，更喜照前程。

陈 羽

陈羽，唐江东(今江苏南部)人。贞元八年(792)进士，历官东宫卫佐。诗多近体，注重文采，情景交融。《全唐诗》编其诗1卷。

宿淮阴作

秋灯点点淮阴市，楚客联樯宿淮水。夜深风起鱼鳖腥，韩信祠堂明月里。

刘禹锡

刘禹锡(772～842)，字梦得，唐洛阳(一作彭城)人。贞元九年(793)进士，官至检校礼部尚书兼太子宾客，世称刘宾客。有《刘宾客集》。

岁杪将发楚州呈乐天

楚泽雪初霁，楚城春欲归。清淮变寒色，远树含清晖。
原野已多思，风霜潜减威。与君同旅雁，北向刷毛衣。

楚州开元寺北院枸杞临井繁茂可观群贤赋诗因以继和

僧房药树依寒井,井有香泉树有灵。翠黛叶生笼石甃,殷红子熟照铜瓶。枝繁本是仙人杖,根老新成瑞犬形。上品功能甘露味,远知一勺可延龄。

送李中丞之楚州

缇骑朱旗入楚城,士林皆贺振家声。儿童但喜迎宾客,故吏犹应记姓名。万顷水田连郭秀,四时烟月映淮清。忆君初得昆山玉,同向扬州携手行。

罢郡归洛途次山阳留辞郭中丞使君

自到山阳不许辞,高斋日夜有佳期。管弦正合看书院,语笑方酣各咏诗。银汉雪晴褰翠幕,清淮月影落金卮。洛阳归客明朝去,容趁城东花发时。

淮阴行

古有《长干行》言三江之事悉矣。余尝阻风淮阴,作《淮阴行》以裨乐府。

其 一

簇簇淮阴市,竹楼缘岸上。好日起樯竿,乌飞惊五两。

其 二

今日转船头,金乌指西北。烟波与春草,千里同一色。

其 三

船头大铜环,摩挲光阵阵。早晚使风来,沙头一眼认。

其 四

何物令侬羡,羡郎船尾燕。衔泥趁樯竿,宿食长相见。

其 五

隔浦望行船,头昂尾幰幰。无奈晚来时,清淮春浪软。

韩信庙

将略兵机命世雄,仓皇钟室叹良弓。遂令后代登坛者,每一寻思怕立功。

白居易

白居易(772~846),字乐天,唐新郑人。贞元十六年(800)进士,官至翰林学士、左赞善大夫。诗歌题材广泛,形式多样,语言平易通俗,有"诗魔"和"诗王"之称。有《白氏长庆集》。

自问行何迟

前月发京口,今辰次淮涯。二旬四百里,自问行何迟。还乡无他计,罢郡有余资。进不慕富贵,退未忧寒饥。以此易过日,腾腾何所为。逢山辄倚棹,遇寺多题诗。酒醒夜深后,睡足日高时。眼底一无事,心中百不知。想到京国日,懒放亦如斯。何必冒风水,促促赴程归。

早发楚城驿

雨过尘埃灭,沿江道径平。月乘残夜出,人趁早凉行。寂历闲吟动,冥蒙暗思生。荷塘翻露气,稻垄泻泉声。宿犬闻铃起,栖禽见火惊。胧胧烟树色,十里始天明。

自余杭归宿淮口作

为郡已多暇,犹少勤吏职。罢郡更安闲,无所劳心力。舟行明月下,夜泊清淮北。岂止吾一身,举家同燕息。三年请禄俸,颇有余衣食。乃至僮仆间,皆无冻馁色。行行弄云水,步步近乡国。妻子在我前,琴书在我侧。此外吾不知,于焉心自得。

隋堤柳

隋堤柳,岁久年深尽衰朽。风飘飘兮雨萧萧,三株五株汴河口。老枝病叶愁煞人,曾经大业年中春。大业年中炀天子,种柳成行傍流水。西自黄河东接淮,绿影一千三百里。大业末年春二月,柳色如烟絮如雪。南幸江都恣佚游,应将此树系龙舟。紫髯郎将护锦缆,青娥御史直妆楼。海内财力此时竭,舟中歌笑何日休?上荒下困势不久,宗社之危如缀旒。炀天子,自言欢乐殊无极,岂知明年正朔归武德!炀天子,自言福祚垂无穷,岂知明年皇子封酅公!龙舟未过彭城阁,义旗已入长安宫。萧墙祸生人事变,晏驾不得归秦中。土坟数尺何处葬?吴公台下多悲风。二百年来汴河路,露草荒烟朝复暮。后王何以鉴前王,请看隋堤亡国树。

渡　淮

淮水东南阔,无风渡亦难。孤烟生乍直,远树望多圆。

春浪棹声急，夕阳帆影残。清流宜映月，今夜重吟看。

题灵岩寺

高高白日上青林，客去僧归坐夜深。莹血屏除唯对酒，歌钟放散只留琴。
更无俗物当人眼，只有清泉洗我心。最爱晚亭东望好，大淮烟水绿沉沉。

按：灵岩寺，在淮河边浮山上。

赠楚州郭使君

淮水东南第一州，山围雉堞月当楼。黄金印绶悬腰底，白雪歌诗落笔头。
笑看儿童骑竹马，醉携宾客上仙舟。当家美事堆身上，何啻林宗与细侯。

题石牛

一拳怪石背山巅，头角峥嵘几万年。毛长紫苔春夜雨，身埋芳草夕阳天。
清宵见月何曾喘，白昼看云只自眠。恨杀牧童骑不去，数声长笛思悠然。

按：石牛，山名。《舆地纪胜》：山在盱眙古桑乡，高程58米。有石状如牛，因名。骑不去，一作呼不起。

问淮水

自嗟名利客，扰扰在人间。何事长淮水，东流亦不闲？

和郭使君题枸杞

山阳太守政严明，吏静人安无犬惊。不知灵药根成狗，怪得时闻吠夜声。

李　绅

李绅(772～846)，字公垂，唐亳州人，生于乌程(今属浙江湖州)，青年时曾在润州无锡惠山寺读书。元和元年(806)进士。历任御史中丞、户部侍郎、江州刺史、浙东观察使、淮南节度使，武宗时为宰相，封赵国公。其《悯农》千古传诵。

却过淮阴吊韩信庙

功高自弃汉元臣，遗庙阴森楚水滨。英主任贤增虎翼，假王徼福犯龙鳞。
贱能忍耻卑狂少，贵乏怀忠近佞人。徒用千金酬一饭，不知明哲重防身。

入泗口

洪河一派清淮接，堤草芦花万里秋。烟树苍茫分楚泽，海云明灭见扬州。望深江汉连天远，思起乡关满眼愁。惆怅路岐真此处，夕阳西没水东流。

按：堤草，一作蔓草。

入淮至盱眙

山凝翠黛孤峰迥，淮起银花五两高。天外绮霞迷海鹤，日边红树艳仙桃。岸惊目眩同奔马，浦溢心疑睹抃鳌。寄谢云帆疾飞鸟，莫夸回雁卷轻毛。

龟山寺鱼池

汲水添池活白莲，十千鬐鬣尽生天。凡庸不识慈悲意，自葬江鱼入九泉。

元　稹

元稹（779～831），字微之，鲜卑族后裔。唐洛阳（今属河南）人。贞元九年（793）明经及第，官至同中书门下平章事。有《元氏长庆集》。

赠刘采春

新妆巧样画双蛾，谩裹常州透额罗。正面偷匀光滑笏，缓行轻踏破纹波。言辞雅措风流足，举止低回秀媚多。更有恼人肠断处，选词能唱望夫歌。

赠李十一

淮水连年起战尘，油旌三换一何频。共君前后俱从事，羞见功名与别人。

修龟山鱼池示众僧

劝尔诸僧好护持，不须垂钓引青丝。云山莫厌看经坐，便是浮生得道时。

喜五兄自泗州至

眼中三十年来泪，一望南云一度垂。惭愧临淮李常侍，远教形影暂相随。

殷尧藩

殷尧藩（780～855），唐秀州（今浙江嘉兴）人。元和九年（814）进士，历任永乐县令、福州从事，官至侍御史。《全唐诗》存其诗一卷。

韩信庙

长空鸟尽将军死，无复中原入马蹄。身向九原还属汉，功超诸将合封齐。
荒凉古庙唯松柏，咫尺长陵又鹿麋。此日深怜萧相国，竟无一语到金闺。

陆 畅

陆畅，字达夫，唐吴郡(今苏州)人。唐宪宗元和元年(806)进士。曾为皇太子僚属，后官凤翔少尹。《全唐诗》存诗一卷。

夜到泗州酬崔使君

徐城洪尽到淮头，月里山河见泗州。闻道泗滨清庙磬，雅声今在谢家楼。

张 祜

张祜(约785～约852)，字承吉，行三，唐清河(今属河北)人。时有“海内名士”之誉。《全唐诗》收录其诗349首。

题泗州刘中丞郡中新楼

一槛构庭中，临川望益崇。朗怀披夏日，高啸得清风。
紫府须黄霸，青山属谢公。夜声闻动草，春意觉抽丛。
野迥云初白，天寒树间红。月华深委素，淮色迥流空。
暮雨佳人到，良辰乐事同。更怜初渡水，先咏子来工。

观泗州李常侍打球

日出树烟红，开场画鼓雄。骤骑鞍上月，轻拨镫前风。
斗转时乘势，旁捎乍迸空。等来低背手，争得旋分鬃。
远射门斜入，深排马迥通。遥知三殿下，长恨出征东。

宿淮阴水馆

积水自成阴，昏昏月映林。五更离浦棹，一夜隔淮砧。
漂母乡非远，王孙道岂沉。不当无健妪，谁肯效前心。

楚州韦中丞箜篌

千重钩锁撼金铃，万颗珍珠泻玉瓶。恰值满堂人欲醉，甲光才触一时醒。

许　浑

许浑(约791~约858)，字用晦(一作仲晦)，唐润州丹阳(今江苏丹阳)人。大和六年(832)进士，官虞部员外郎，睦、郢二州刺史。其诗长于律体，多登高怀古之作。有《丁卯集》。

淮阴阻风寄呈楚州韦中丞

垂钓京江欲白头，江鱼堪钓却西游。刘伶台下稻花晚，韩信庙前枫叶秋。
淮月未明先倚槛，海云初起更维舟。河桥有酒无人醉，独上高城望庾楼。

守风淮阴

遥见江阴夜渔客，因思京口钓鱼时。一潭明月万株柳，自去自来人不知。

韩信庙

朝言云梦暮南巡，已为功名少退身。尽握兵权犹不得，更将心计托何人。

项　斯

项斯，字子迁，唐台州乐安(今浙江仙居)人。会昌四年(844)进士，官丹徒县尉。未第时以诗卷谒杨敬之，敬之赠诗曰："平生不解藏人善，到处逢人说项斯。"后世称为人扬誉或说情曰"说项"。明人辑有《项斯诗集》。

夜泊淮阴

夜入楚家烟，烟中人未眠。望来淮岸尽，坐到酒楼前。
灯影半临水，筝声多在船。乘流向东去，别此易经年。

吕洞宾

吕洞宾(798~?),名嵒,一作岩,字洞宾,号纯阳子。1986年5月,淮安县市政工程公司修建岳庙东街下水道,挖得吕祖题诗碑刻,此碑现存淮安(今楚州区)勺湖公园。紫霄宫,一名紫极宫,在淮安旧城东。

留题紫霄宫壁诗(回文体)

宫近东城城近宫,松遮宝殿殿遮松。月筛竹影影筛月,风弄花香香弄风。
鹤伴孤猿猿伴鹤,钟偕暮鼓鼓偕钟。去上紫霄霄上去,通玄妙道道玄通。

朱　放

朱放,字长通,唐襄州人。初居汉水滨,后以避岁馑迁隐剡溪、镜湖间。大历中,辟为江西节度参谋。贞元二年(786)诏拜左拾遗,辞不就。有诗集一卷。

乱后经淮阴岸

荒村古岸谁家在,野水浮云处处愁。唯有河边衰柳树,蝉声相送到扬州。

刘得仁

刘得仁,出入科场三十年,未得录取。唐长庆(821~824)年间,以诗扬名。《全唐诗》收其诗2卷。

送顾非熊作尉盱眙

一名兼一尉,未足是君伸。历数为诗者,多来作谏臣。
路翻平楚阔,草带古淮新。天下虽云大,同声有几人?

马　戴

马戴(799~869),字虞臣,唐曲阳(今属河北)人。晚唐著名边塞诗人。武宗会昌进士,在太原幕府中因直言被贬龙阳尉,后逢赦回京,官终大学博士。

夕次淮口

天涯秋光尽，木末群鸟还。夜久游子息，月明歧路闲。
风生淮水上，帆落楚云间。此意今谁见，行行非故关。

杜　牧

杜牧（803～853），字牧之，唐京兆万年（今西安）人。宰相杜祐之孙。太和二年（828）进士，授宏文馆校书郎。曾为淮南节度使牛僧孺的幕僚，历监察御史，黄、池、睦诸州刺史，官终中书舍人。有《樊川文集》。

隋堤柳

夹岸垂杨三百里，只应图画最相宜。自嫌流落西归疾，不见东风二月时。

李敬方

李敬方，唐穆宗长庆三年（823）进士。文宗太和（827～835）间，曾任歙州、台州刺史。著有《李敬方诗》1卷，《全唐诗》录存其诗8首。

汴河直进船

汴水通淮利最多，生人为害亦相和。东南四十三州地，取尽膏脂是此河。

周　贺

周贺，字南乡，唐东洛人。约穆宗长庆元年前后在世。有诗集1卷。

泗上逢韩司徒归北

多病十年无旧识，沧州乱后又逢君。已知罢秩辞泷水，相劝移家住岳云。
泗上旅帆侵叠浪，云中归路踏荒坟。若为此别终期老，书札何由到北军。

朱庆余

朱庆余，名可久，以字行。唐越州（今浙江绍兴）人，宝历二年（826）进士，官至秘书省校书郎。诗学张籍，近体尤工。《全唐诗》存其诗2卷177首。

与石画秀才过普照寺

问人知寺路,松竹暗春山。潭黑龙应在,巢空鹤未还。
经年为客倦,半日与僧闲。更共尝新茗,闻钟笑语间。

送淮阴丁明府

之官未入境,已有爱人心,遣吏回中路,停舟对远林。
鸟声淮浪静,雨色稻苗深。暇日公门掩,惟应伴客吟。

天长路别朱大山

驿骑难随伴,寻山半忆君。苍崖残月露,犹数过溪云。

鲍 溶

鲍溶(813年前后在世),字德源,唐元和四年进士。仕途不得意,客死三川。有文集5卷,《全唐诗》存其诗3卷。

淮南卧病闻李相夷简移军山阳以靖东寇感激之下因抒长句

太白星前龙虎符,元臣出将顺天诛。教闻清净萧丞相,计立安危范大夫。
玉帐黄昏大刁斗,月营寒晓小单于。鲁连未必蹈沧海,应见麒麟新画图。

温庭筠

温庭筠(?~866),原名岐,字飞卿,唐太原人。著名诗人、词人。才思敏捷,相传每入试押官定的八韵为律赋,他八叉手成八韵,人称"温八叉"。词为"花间派"鼻祖。有《温庭筠诗集》《金奁集》。《全唐诗》收其诗9卷。

旅次盱眙县

离离麦擢芒,楚客意偏伤。波上旅愁起,天边归路长。
孤桡投楚驿,残月在淮樯。外杜三千里,谁人数雁行。

送淮阴孙令之官

隋堤杨柳烟,孤棹正悠然。萧寺通淮戍,芜城枕楚堧。

鱼盐桥上市，灯火雨中船。故老青葭岸，先知儒子贤。

按：儒子，一作宓子。

和赵嘏题岳寺

疏钟细响乱鸣泉，客省高临似水天。岚翠暗来空觉润，涧茶余爽不成眠。
越僧寒立孤灯外，岳月秋当万木前。张炳宦情何太薄，远公窗外有池莲。

过陈琳墓

曾于青史见遗文，今日飘零过古坟。词客有灵应识我，霸才无主始怜君。
石麟埋没藏秋草，铜雀荒凉对暮云。莫怪临风倍惆怅，欲将书剑学从军。

按：陈琳墓，在今宝应县东北射阳镇，汉魏时期为射阳县城，明清时期属山阳县，民国时期属淮安县。飘零，一作飘蓬。秋草，一作春草。

赠少年

江海相逢客恨多，秋风叶下洞庭波。酒酣夜别淮阴市，月照高楼一曲歌。

李商隐

李商隐（约813～约858），字义山，号玉溪生，唐怀州（今河南沁阳）人。开成三年（838）进士，曾任县尉、秘书郎和东川节度使判官等职。因受牛李党争影响，被人排斥，潦倒终身。有《李义山诗集》。

清　河

舟小回仍数，楼危凭亦频。燕来从及社，蝶舞太侵晨。
绛雪除烦后，霜梅取味新。年华无一事，只是自伤春。

隋　宫

乘兴南游不戒严，九重谁省谏书函。春风举国裁宫锦，半作障泥半作帆。

按：隋宫，隋炀帝巡游江都时沿途广建的行宫。在盱眙都梁山所建的行宫名曰都梁宫。

薛　能

薛能（817～880），字太拙，唐汾州（今山西汾阳）人。会昌六年（846）进士。官至工部尚书。

清河泛舟

都人层立似山丘，坐啸将军拥棹游。绕郭烟波浮泗水，一船丝竹载凉州。
城中睹望皆丹艭，旗里惊飞尽白鸥。儒将不须夸郄縠，未闻诗句解风流。

李　频

李频(约815~876)，字德新，唐寿昌长汀源(今浙江建德)人，唐晚期诗人。幼读诗书，博览强记，领悟颇多。著有《梨岳集》1卷，附录1卷。

淮上送人归沧州

风色忽西转，坐为千里分。高帆背楚落，寒日逆淮曛。
断烧缘乔木，盘雕隐片云。乡关百战地，归去始休军。

陆龟蒙

陆龟蒙(？~881)，字鲁望，别号天随子、江湖散人、甫里先生，唐吴江人。曾任湖州、苏州刺史幕僚，后隐居松江甫里。著有《甫里先生文集》等。

过临淮故里

交游昔岁已凋零，第宅今来亦变更。旧庙荒凉时享绝，诸孙饥冻一官成。
五湖竟负他年志，百战空垂异代名。荣盛几何流落久，遣人襟抱薄浮生。

樱桃园

佳人芳树杂春蹊，花外烟蒙月渐低。几度艳歌清欲转，流莺惊起不成栖。
按：樱桃园，在淮安府城东门外。

贯　休

贯休(832~912)，俗姓姜，字德隐，唐婺州兰溪(今浙江兰溪)人。7岁出家，雅好吟诗，见者无不惊异。受戒以后诗名日隆。所著有《禅月集》。

淮上逢故人

故园离乱后，十载始逢君。长恨南熏奏，寻常只自闻。
荒窗秋见岳，赤地夜生云。莫叹谋身晚，中兴正用文。

罗　隐

罗隐(833～910)，字昭谏，唐杭州新城(今属浙江)人。光启中入镇海军节度使钱镠幕，后迁节度判官、给事中等职。其散文小品，笔锋犀利。诗亦颇有讽刺现实之作。有《甲乙集》，清人辑有《罗昭谏集》。

莲塘驿

莲塘馆东初日明，莲塘馆西行人行。隔林啼鸟似相应，当路好花疑有情。一梦不须追往事，数杯犹可慰劳生。莫言来去只如此，君看鬓边霜几茎。

漂母冢

寂寂荒坟一水滨，芦洲绝岛自相亲。青娥已落淮边月，白骨甘为泉下尘。
原上荻花飘素发，道旁菰叶碎罗巾。虽然寂寞千秋魄，犹是韩侯旧主人。

中元夜泊淮口

木叶回飘水面平，偶停孤棹已三更。秋凉雾露侵灯下，夜静鱼龙逼岸行。
欹枕正牵题柱思，隔楼谁啭绕梁声。锦帆天子狂魂魄，应过扬州看月明。

汴　河

当时天子是闲游，今日行人特地愁。柳色纵饶妆故国，水声何忍到扬州。
乾坤有意终难会，黎庶无情岂自由。应笑秦皇用心错，谩驱神鬼海东头。

按：秦皇，一作隋皇。

隋堤柳

夹路依依千里遥，路人回首认隋朝。春风未惜宣华意，犹费工夫长绿条。

淮口军葬

一阵孤军不复回，更无分别只荒堆。莫言赋分须如此，曾作文皇赤子来。

书淮阴侯传

寒灯挑尽见遗尘,试沥椒浆合有神。莫恨高皇不终始,灭秦谋项是何人。

韩信庙

剪项移秦势自雄,布衣还是负深功。寡妻稚女俱堪恨,却把余杯奠蒯通。

罗 邺

罗邺(约877年前后在世),罗隐之弟,唐杭州新城(今属浙江)人。工诗,有“诗虎”之称。唐光化中以韦庄奏追赐进士及第,赠官补阙。

春晚渡淮有感

烟收绿野远连空,戍垒依稀入望中。万里山河星拱北,百年大事水归东。
扁舟晚济桃花浪,走马晴嘶柳絮风。乡思正多羁思苦,不须回首问渔翁。

夏日宿灵岩寺宗公院

寺入千岩石路长,孤吟一宿远公房。卧听半夜杉坛雨,转觉中峰枕簟凉。
花界已无悲喜念,尘襟自足是非妨。他年纵使重来此,息得心猿鬓已霜。

按:灵岩寺,在盱眙浮山顶。

山阳贻友人

性僻多将云水便,山阳病酒动经年。行迟暖陌花拦马,睡重春江雨打船。
闲弄玉琴双鹤舞,静窥庭树一猱悬。结茅更莫期深隐,声价如今满日边。

章 碣

章碣(836~905),字丽山,章孝标之子,唐睦州桐庐人。唐乾符三年(876)进士。

送韦岫郎中典泗州

玉皇恩诏别星班,去压徐方分野间。有鸟尽巢垂汴柳,无楼不到隔淮山。
旌旗渐向行时拥,案牍应从到日闲。想忆朝天独吟坐,旋飞新作过秦关。

韦　庄

韦庄(约836～910),字端己,唐长安杜陵人,诗人韦应物四世孙。乾宁元年(894)进士,授校书郎,迁左补阙。后入蜀为王建掌书记,王氏建立前蜀任为宰相。有《浣花集》。

题淮阴侯庙

满把椒浆奠楚祠,碧幢黄钺旧英威。能扶汉代成王业,忍见唐民陷战机。
云梦去时高鸟尽,淮阴归日故人稀。如何不借平齐策,空看长星落贼围。

皮日休

皮日休(约838～约883),字袭美,一字逸少,唐复州竟陵(今湖北天门)人。咸通八年(867)进士,历任至毗陵副使。后参加黄巢起义,或言"陷巢贼中"。起义失败后不知所踪。

汴河怀古

其　一

万艘龙舸绿丝间,载到扬州尽不还。应是天教开汴水,一千余里地无山。

其　二

尽道隋亡为此河,至今千里赖通波。若无水殿龙舟事,共禹论功不较多。

方　干

方干(?～约888),字雄飞,号玄英,唐新定(今浙江建德)人。诗人。宣宗时,举进士不第,后隐居会稽镜湖,终身不仕。以诗闻名江南。

送朱二十赴涟水

到县却应嫌水阔,离家终是见山疏。笙歌不住难辞酒,舟楫将行负担书。
为政必能安楚老,向公犹可钓淮鱼。鸾凰取便多如此,掠地斜飞上太虚。

东阳道中作

百花香气傍行人,花底垂鞭日易曛。野火不知寒食节,穿林转壑自烧云。

顾非熊

顾非熊，唐海盐人。诗人顾况之子。会昌五年登进士第。大中年间为盱眙尉。后慕父风，弃官隐居茅山。《全唐诗》收其诗1卷。

登　楼

登楼一南望，淮树楚山连。见雁无书寄，归吴定此年。

喻坦之

喻坦之，晚唐诗人，名列“咸通十哲”。唐懿宗咸通年间屡试不中，后久居长安，与建州刺史李频为友，今存诗18首。

晚泊淮口

广苇夹深流，萧萧到海秋。宿船横月浦，惊雁绕霜洲。
云湿淮南树，笳清泗上楼。徒悬乡国思，羁迹尚东游。

郑　谷

郑谷(约848～约909)，字守愚，唐宜春(今属江西)人。僖宗时进士，官都官郎中，人称郑都官。唐末著名诗人，又以《鹧鸪诗》得名，人称“郑鹧鸪”。唐朝末期著名诗人，曾与许棠、张乔等唱和往还，号“咸通十哲”。原有集，已散佚，存《云台编》。

淮上渔者

白头波上白头翁，家逐船移江浦风。一尺鲈鱼新钓得，儿孙吹火荻花中。

赠泗口苗居士

岁晏乐园林，维摩契道心。江云寒不散，庭雪夜方深。
酒劝渔人饮，诗怜稚子吟。四郊多垒日，勉我拾朝簪。

许　棠

许棠，字文化，唐宣州泾县（今属安徽）人。咸通十二年（871）登进士第，授泾县尉，又尝为江宁丞。名列“咸通十哲”。有集1卷，今编诗2卷。

泗上早发

独起无人见，长河夜泛时。平芜疑自动，落月似相随。
楚外离空早，关西去已迟。渔歌闻不绝，却轸洞庭思。

张　蠙

张蠙，字象文，唐清河（今属河北）人。约唐哀帝天复前后在世，名列“咸通十哲”。

龟山寺晚望

四面湖光绝路岐，鹓鸂飞起暮钟时。渔舟不用悬帆席，归去乘风插柳枝。

胡　曾

胡曾，唐邵阳（今属湖南）人。懿宗咸通间进士，曾任汉南节度使从事，为军官多年，历览古代兴废陈迹，辄慷慨悲歌。作有《咏史诗》3卷，《全唐诗》合编为1卷。

汴　水

千里长河一旦开，亡隋波浪九天来。锦帆未落干戈起，惆怅龙舟更不回。

汪　遵

汪遵，唐宣州泾县（今属安徽）人。咸通七年（866）进士，后不知所终。工七绝，咏史怀古，颇寓兴讽。有诗1卷。

淮　阴

秦季贤愚混不分，只应漂母识王孙。归荣便累千金赠，为报当时一饭恩。

杜荀鹤

杜荀鹤(846~904),字彦之,号九华山人,唐池州石埭(今安徽石台)人。晚唐诗人。

泗上客思

痛饮复高歌,愁终不奈何。家山随日远,身事逐年多。
没雁云横楚,兼蝉柳夹河。此心闲未得,到处被诗磨。

赠涟水崔少府

庭户萧条燕雀喧,日高窗下枕书眠。只闻留客教沽酒,未省逢人说料钱。
洞口礼星披鹤氅,溪头吟月上渔船。九华山叟心相许,不计官卑赠一篇。

徐 夤

徐夤,一名徐寅,字昭梦,唐莆田(今属福建)人。登乾宁进士第,授秘书省正字。依王审知,礼待简略,遂拂衣去,归隐延寿溪。著有《探龙集》《钓矶集》,存诗265首。

题泗州塔

十年前事已悠哉,旋被钟声早暮催。明月似师生又没,白云如客去还来。
烟笼瑞阁僧经静,风打虚窗佛幌开。唯有南边山色在,重重依旧上高台。

景 池

景池,晚唐诗人。

秋夜宿淮口

露白草犹青,淮舟倚岸停。风帆几处客,天地两河星。
树静禽眠草,沙寒鹿过汀。明朝谁结伴,直去泛沧溟。

韦鹏翼

韦鹏翼,晚唐诗人。《全唐诗》收其诗1首,即此诗。

戏题盱眙壁

岂肯闲寻竹径行,却嫌丝管好蛙声。自从煮鹤烧琴后,背却青山卧月明。

吴 融

吴融(?~903),字子华,唐越州山阴(今浙江绍兴)人。龙纪元年(889)进士,历官侍御史、左补阙、中书舍人、户部侍郎、翰林学士承旨。有《唐英歌诗》3卷。

途次淮口

寒流万派碧,南渡见烟光。人向隋宫近,山盘楚塞长。
有村皆绿暗,无径不红芳。已带伤春病,如何更异乡。

汴上晚泊

亭上风犹急,桥边月已斜。柳寒难吐絮,浪浊不成花。
岐路春三月,园林海一涯。萧然正无寐,夜橹莫咿哑。

隋 堤

搔首隋堤落日斜,已无余柳可藏鸦。岩傍昔道牵龙舰,河底今来走犊车。
曾笑陈家歌玉树,却随后主看琼花。四方正是无虞日,谁信黎阳有古家?

水 调

凿河千里走黄沙,浮殿西来动日华。可道新声是亡国,且贪惆怅后庭花。

渡淮作

红杏花时辞汉苑,黄梅雨里上淮船。雨迎花送长如此,辜负东风十四年。

王仁裕

王仁裕(880～956),字德辇,唐秦州(今甘肃天水)人。先后在前蜀、后唐、后晋、后汉为官,官及翰林学士、户部尚书、兵部尚书、太子少保。诗作寄托忧国忧民、希冀清明盛世的政治理想和身处乱世满怀羁旅之苦的人生情怀。

题孤云绝顶淮阴祠

一握寒天古木深,路人犹说汉淮阴。孤云不掩兴亡策,两角曾悬去住心。
不是冕旒轻布素,岂劳丞相远追寻。当时若放还西楚,尺寸中华未可侵。

慕 幽

慕幽,五代十国时南方诗僧。《全唐诗》存诗6首。

冬日淮上别文上人

家国各万里,同吟六七年。可堪随北雁,迢递向南天。
水共行人远,山将落日连。春淮有双鲤,莫忘尺书传。

江 为

江为,五代南唐建阳(今属福建)人。年轻时游学庐山,向陈贶学诗。屡试不第,快快不得志,欲束书亡越,为同谋者告发,因伏罪。有诗集1卷。

隋堤柳

锦缆龙舟万里来,醉乡繁盛忽尘埃。空余两岸千株柳,雨叶风花作恨媒。

郑 起

郑起(?～965),字孟隆。五代时登进士第,后周恭帝初,位至殿中侍御史。乾德初掌泗州市征,负才倨傲,刺史张延范奏其嗜酒废职,出为河西令。

送友人之淮

积得读书身,从教此道贫。逢秋为远客,知己是何人。

天下方多事，西风至不仁。但于登眺处，杯酒莫辞频。

孙光宪

孙光宪(901～968)，字孟文，自号葆光子，五代陵州贵平(今四川仁寿)人。仕南平三世，入宋，为黄州刺史。著有《北梦琐言》《荆台集》《橘斋集》等。

杨柳枝词

万株枯槁怨亡隋，似吊吴台各自垂。好是淮阴明月里，酒楼横笛不胜吹。

徐　铉

徐铉(917～992)，字鼎臣。五代至北宋初年诗人，原籍会稽，家广陵。与韩熙载并称“韩徐”。初仕杨吴，又仕南唐，后随后主李煜归宋，官至散骑常侍。工书，精小学，参与编纂《文苑英华》，有文集30卷。《全唐文》《全唐诗》《全宋文》均收录有其作品。

题龟山北隅

兹山信岑寂，阴崖积苍翠。水石何必多，宛若千岩意。孰知近人境，旦暮含佳气。池影摇清风，林光淡新霁。解颐藉芳草，自足忘此世。未得归去来，聊为晏居地。

送刘山阳

旧族知名士，朱衣宰楚城。所嗟吾道薄，岂是主恩轻？
战鼓何时息？儒冠独自行。此心多感激，相送若为情。

刘　兼

刘兼，五代至北宋初年长安人，官荣州刺史。《全唐诗》收其诗1卷。

莲塘霁望

新秋菡萏发红英，向晚风飘满郡馨。万叠水纹罗乍展，一双鸂鶒绣初成。
采莲女散吴歌阕，拾翠人归楚雨晴。远岸牧童吹短笛，蓼花深处信牛行。

李 中

李中(约920~974),字有中,五代南唐江西九江人。仕南唐为淦阳宰,升元六年(942)与刘钧等同于白鹿洞读书。有《碧云集》3卷。

送庐阜僧归山阳

山阳旧社终经梦,容易言归不可留。瓶贮瀑泉离五老,锡摇江雨上孤舟。
鱼行细浪分沙嘴,雁逆高风下苇洲。遥想枚皋宅边寺,不知凉月共谁游。

再到山阳寻故人不遇

其 一

维舟登野岸,因访故人居。乱后知何处,荆榛匝弊庐。

其 二

欲问当年事,耕人都不知。空余堤上柳,依旧自垂丝。

钱 昆

钱昆,字裕之,宋临安人。淳化三年(992)进士,仕至秘书监。善草隶,能赋诗,有文集行世。

题淮阴侯庙

筑坛拜处恩虽重,蹑足封时虑早深。隆准若知同鸟喙,将军应有五湖心。

林 逋

林逋(967~1029),字君复,后人称为和靖先生,宋钱塘(今浙江杭州)人。终身不仕,不娶,与梅花、仙鹤作伴,称"梅妻鹤子"。有《林和靖诗集》3卷、《西湖纪逸》1卷。

盱眙山寺

下傍盱眙县,山崖露寺门。疏钟过淮口,一径入云根。
竹老生虚籁,池清见古源。高僧拂经榻,茶话到黄昏。

汴岸晓行

驴仆剑装轻，寻河早早行。孤烟开道店，平野喝农耕。
老木回堤暗，初阳出浪明。羁游事无尽，尘土拂吾缨。

按：第二联一作“孤烟开道站，平野唱农耕”。

淮甸城居寄任刺史

扰扰非吾事，深居断俗情。石莎无雨瘦，秋竹共蝉清。
剑在慵闲拂，诗难忆细评。寥然独搘枕，淮月上山城。

淮甸南游

其　一

几许摇鞭兴，淮天晚景中。树林兼雨黑，草实着霜红。
胆气谁怜侠，衣装自笑戎。寒威敢相掉，猎猎酒旗风。

其　二

幽胜程程拟遍寻，不妨淮楚入搜吟。藓莎篱落谿庄静，松竹楼台坞寺深。
数抹晚霞怜野笛，一筛寒水羡沙禽。腰间组绶谁能爱，时得闲游是此心。

张　景

张景(970～1018)，字晦之，宋江陵府公安县人，著名学者。真宗咸平三年进士，官至大理评事。

玻璃泉

一曲寒泉淮水渍，层空袅袅翳祥云。登高览胜真多兴，觅句搜肠愧不文。
自庆今朝无俗虑，沉思往日扫妖氛。良辰淑景天今赐，高雅圣贤同使君。

按：玻璃泉诗，石刻在第一山。

刘　筠

刘筠(971～1031)，字子仪，宋大名(今属河北)人。咸平元年(998)进士，官至翰林学士承旨兼龙图阁直学士。有《册府应言集》《荣遇集》《肥川集》等。

淮水暴涨舟中有作

行行极目天无柱，渺渺横流浪有花。客子方思舟下碇，阴虬自喜海为家。
村遥树列秦川霁，岸阔牛分触氏蜗。鸢啸风高良可畏，此情难论坎中蛙。

范仲淹

范仲淹(989～1052)，字希文，宋吴县(今江苏苏州)人。大中祥符八年(1015)进士，庆历三年(1043)授参知政事，主持庆历改革，次年罢政。有《范文正公全集》。

赴桐庐郡淮上遇风

一棹危于叶，旁观欲损神。他年在平地，毋忽险中人。

石延年

石延年(994～1041)，字曼卿，一字安仁，宋南京应天府(今河南商丘睢阳区)人。官至秘阁校理、太子中允。工诗，善书法，有《石曼卿诗集》传世。

题赵平叔豹隐堂

熊非清渭逢何暮，龙卧南阳去不还。年少官游今郡守，蔚然惟在立谈间。

按：豹隐堂，在涟水城。

宋　庠

宋庠(996～1066)，初名郊，字伯庠，入仕后改名庠，宋安州安陆(今属湖北)人。乡试、会试、殿试连中三元，官至兵部侍郎同平章事。与弟宋祁并称“二宋”。著有《宋元宪集》《国语补音》等。

淮　上

晚岁清淮路，淹留数问津。风平天合水，舟进树迎人。
饥鹜贪鱼没，高鸿望渚遵。楚乡梅柳意，相慰似先春。

宋 祁

宋祁(998~1061),字子京,宋安州安陆(今属湖北)人。天圣二年(1024)与其兄宋庠同举进士,历官龙图阁学士、史馆修撰、知制诰、工部尚书、翰林学士承旨。曾与欧阳修同修《新唐书》。清人辑有《宋景文集》。

同张子春淮上作

南风今日好,归棹上淮津。川迥舟如叶,山遥石似人。
波光篙底动,沙垒涨余新。谁信机心少,溪鸥伴此身。

淮祠谢雨

雨罢天披雾,杓回夜向晨。烟芜出郊路,灯火侍祠人。
破月斜衔桂,倾河淡扫银。三时此修报,惭负驾崧轮。

梅尧臣

梅尧臣(1002~1060),字圣俞,宋宣城(今属安徽)人。赐进士出身,授国子监直讲,累迁至都官员外郎。其诗风格力求平淡,对宋代诗风影响较大。有《宛陵先生文集》。

淮阴侯庙

韩信未遇时,忍饥坐垂钓。归来淮阴市,又复逢恶少。使之出胯下,一市皆大笑。龙蛇忽云腾,蛭螾岂能料。亡命乃为将,出奇还破赵。用兵不患多,所向孰敢摽。功名塞天地,翦刈等蒿藋。于今千百年,水上见孤庙。鹭衔葭下鱼,相呼尚鸣叫。高皇四海平,有酒不共釂。古来称英雄,去就可以照。

依韵和许发运游泗州草堂寺

入寺岂缘斋,阮公方咏怀。心将超紫府,手欲拍洪崖。云雾波初净,尘埃鉴已揩。但能倾玉酯,不假列金钗。远客归空速,千樯密自挨。醒论时事正,醉戴野巾㖞。风俗通吴楚,清浑见汴淮。遥知香刹外,独与赏心谐。

汴河雨后呈同行马秘书

雨霁晚虹收，河堤净如扫。清阴拂人树，翠色垂流草。汉漕走王都，华言杂夷獠。时方同马生，野泊聊论道。

闰三月八日淮上遇风杜挺之先至洪泽遣人来迎

晓出淮口时，夜来风已止。半路逢怒号，客心愁欲死。忠信虽可仗，鱼鳖将异此。但慕前行舟，渐入孤汉里。犹能有余力，遣助良可喜。

泗守朱表臣都官创北园

树艺北壕上，直对高城阴。使君朱轮来，歌管樽酒深。风雷生淮雨，云物冒楚岑。战舠习追逐，飞凌捷水禽。不独耳目观，乃见预御心。事闲宾从乐，景美台榭临。令人忘羁旅，洒虑起微吟。

为朱表臣四照堂题

官舻客艑满淮汴，车驰马骤无闲时。岂有余力事栋宇，后园荒草长离离。朱侯下车百职举，亦治宴豆频游嬉。梁冠爵弁各得礼，道路溢誉亡高卑。因隙作堂名四照，虚光转纳娥与羲。面面悬窗夹花药，春英秋蕊冬竹枝。射堋宽阔习武事，镜沼清浅吹文漪。侯之此意宁自乐？饥民劳士俱忘疲。后来主人勤洒扫，莫作厩埒生蒿藜。

杨公懿得颍人惠糟粕分饷并遗杨叔恬

头尾接清淮，淮鱼日登网。吴莼芼羹美，楚糟增味爽。
云谁得嘉贶，曾靡独为享。乃知不忘义，分遗及吾党。

淮　岸

秋水刷土骨，峭瘦如老石。虚沙归岛屿，寒浪漱窍隙。
下过白鱼尾，上有苍獭迹。平岗自相连，野箨鸣风栎。

魏屯田知楚州

淮南木叶惊，淮上使君行。天外高帆出，沙头候吏迎。
夜潮通废埭，秋月满孤城。正迟文翁化，从来楚俗轻。

按：正迟，误，疑为正待。

宿洪泽

舟子起添缆，夜潮同雨来。寒声相乱急，远梦自然回。
水鸟鸣还睡，风灯暗复开。宦游常作客，太息为贫催。

初见淮山

游宦久去国，扁舟今始还。朝来汴口望，喜见淮上山。
断岭碧峰出，平沙白鸟闲。南归不厌远，况在水云间。

按：据光绪《盱眙县志稿》载，第一山旧有此诗石刻。

施景仁邀咏泗州普照王寺古桧

来寻淮上寺，老桧莫知年。劫火已镕像，樛枝宁改烟。
根拿怪石入，节驳苍苔坚。欲问浮波箭，空嗟此独传。

依韵和朱表臣奎野亭

淮光抱城去，山翠落樽前。鲁叟欲浮海，楚人休问天。
野云将拂幔，水鸟不惊船。历览谁能赋，今闻太守贤。

按：朱表臣，泗州州官，人称太守。

淮　阴

青环瘦铁缆，系在淮阴城。水胫多长短，林枝有直横。
山夔一足走，妖鸟九头鸣。韩信祠堂古，谁将胯下平。

和刘六淮潮韵

汐潮如有信，时向旧痕生。始觉回波定，还看曲渚平。
舞鸥随上下，寒日共浮倾。后夜人无寐，遥听入浦声。

按：刘六，即刘敞。

淮上杂诗

其　一

宿云未全敛，微雨入船疏。问伴失前后，瞑行随疾徐。
相亲沙上雁，自乐水中鱼。亭午日光透，远分林际居。

其　二

野雁不知数，翳然川上鸣。曾无设罗意，空自见船惊。

渺渺拍波去，纷纷孤泪盈。苦寒非塞外，霜落夜凄清。

其 三

漠漠画烟披，纵横见渔艇。轻桡上急水，或与飞鸿尽。
鱼大钓丝微，牵随碧草迥。向晚得志归，浩歌山月静。

其 四

舟阁下滩迟，苍黄暮滩上。偏愁逆水风，更驾崩沙浪。
落日看已昏，渔灯远相向。夜阑天转寒，坐待潮流涨。

淮阴侯庙

汉家天下将，庙古像公圭。百战自亡楚，一时空王齐。
乡人奏箫鼓，舟子赛豚鸡。不改寒潮水，朝平暮复低。

小 村

淮阔洲多忽有村，棘篱疏败漫为门。雄鸡得食犹呼伴，老叟无衣尚抱孙。
野艇鸟翘唯断缆，枯桑水啮只危根。嗟哉生计一如此，谬入王民版籍论。

送乐职方知泗州

长堤冻柳不堪折，穷腊使君单骑行。苏合轻裘霜莫犯，铜牙大弩吏先迎。
山旁楚贾连樯泊，水上禹书寒磬清。试向郡楼东北望，烟波千里月临城。

淮 阴

天下滔滔久厌秦，英雄蛇鼠窜荆榛。少年豪横知多少，不及沙头一妇人。

苏舜元

苏舜元(1006～1054)，字子翁，一字才翁，宋梓州铜山(今四川中江)人，苏易简之孙，与苏舜钦一起，并称为“铜山三苏”。官至尚书度支员外郎，三司度支判官。

淮上喜雨联句

江淮经岁旱，春暮忽然雨(子美)。乱点逾广津，散洒入原土(才翁)。
万物气稍苏，厉妖莫能聚(子美)。群山洗故尘，紫翠坐可数(才翁)。
昏如笼纤纱，媚若隐绀缕(子美)。碧瓦南崦中，重叠出迥睹(才翁)。
扁舟凌空飞，白鸟入烟舞(子美)。遥林动新滋，颜色若可取(才翁)。
碧草弄微芳，低昂欲来语(子美)。繁声过沙头，上下讴哑橹(才翁)。

浓澹新画成，快惬久病愈（子美）。念此时多虞，岂得岁少阻（才翁）。
焦心闵疲农，虚口待香稌（子美）。县吏事凶贪，气若解缚虎（才翁）。
惟于纵诛敛，乃能奋怒武（子美）。青天虽云明，疑不照艰苦（才翁）。
此时忽霶霈，知有神物主（子美）。不然诸苍生，性命委草莽（才翁）。
本蹶邦岂宁，皮去毛安附（子美）。歌此告巨公，行当视前古（才翁）。

欧阳修

欧阳修（1007～1072），字永叔，自号醉翁、六一居士，宋吉州吉水（今属江西）人。天圣八年（1030）举进士甲科，官至枢密副使，参知政事，为唐宋八大家之一。有《新五代史》《欧阳永叔集》等。

和子履泗上雍家园

长桥南走群山间，中有雍子之名园。苍云蔽天竹色净，暖日扑地花气繁。飞泉来从远岭背，林下曲折寒波翻。珍禽不可见毛羽，数声清绝如哀弹。我来据石弄琴瑟，唯恐日暮登归轩。尘纷解剥耳目异，只疑梦入神仙村。知君襟尚我同好，作诗闳放莫可攀。高篇绝景两不及，久之想象空冥烦。

按：雍家园，在盱眙县西北第一山。

苏舜钦

苏舜钦（1008～1048），字子美，宋梓州铜山（今四川中江）人。后寓居苏州，修建沧浪亭，发愤读书，为北宋著名诗人。其诗豪放，多发泄心中不满，也有同情劳动人民、揭露时弊。与梅尧臣齐名，为欧阳修所重。有《苏学士文集》。

晚泊龟山

南湾晚泊一徘徊，小径山间佛寺开。石势向人伸剑戟，滩光和月浸琼瑰。
每伤道路消时序，但屈人情入酒杯。夜籁不喧群动息，长吟聊以寄余哀。

淮中晚泊渎头

春阴垂野草青青，时有幽花一树明。晚泊孤舟古祠下，满川风雨看潮生。

按：宋时龟山运河上有渎头镇，位于龟山镇与洪泽镇之间。原版本作犊头，误。

韩 琦

韩琦(1008～1075),字稚圭,自号赣叟,宋相州安阳(今属河南)人。天圣进士。政治家、名将,官至枢密使、同中书门下平章事、司空兼侍中,与范仲淹共同防御西夏,名重一时,时称“韩范”。著有《安阳集》50卷。

韩侯祠

破赵降燕汉业成,兔亡良犬日图烹。家僮上变安知实,史笔加诛贵有名。
功盖一时诚不灭,恨埋千古欲谁明。荒祠尚枕淮间道,涧水空传哽咽声。

张 耆

张耆(?～1048),初名旻,字元弼,宋汴京(今河南开封)人。11岁时给事真宗藩邸,真宗即位授西头供奉官,历官马军都帅、枢密使、武信军节度使同平章事、昭德军节度使兼侍中,以太子太师致仕。

登甘罗城

河淮映带百冈平,底事甘罗尚有名。弱岁能持秦使节,片言曾折赵连城。
沙中钱出丹文篆,墙角碑横绿字生。愧我波臣来此地,临风凭吊若为情。

赵 抃

赵抃(1008～1084),字阅道,宋衢州(今属浙江)人。景祐元年(1034)进士,任殿中侍御史,官至参知政事。以太子少保致仕,谥清献,苏轼曾为之作《清献公神道碑》。

和淮上喜雪呈贯之

落雪纷纷甚羽毛,相逢淮上系轻舠。压低酒力威棱健,助豁诗怀气象豪。
两岸远山供玉嶂,一天长水尽云涛。归欤喜见丰年瑞,南顾无烦帝力劳。

登龟山群峰亭

桃花台下舣轻舫,直上峥嵘不惮劳。历历群峰三十二,一峰还压一峰高。

按:龟山旧有此诗石刻。

唐　介

唐介(1010～1069),字子方,宋江陵(今属湖北)人。天圣八年(1030)进士,英宗时为御史丞并委以龙图阁学士知太原府,神宗以为三司使、拜参知政事,与曾公亮、王安石共同执掌大政。卒赠礼部尚书,谥质肃。其孙女为陆游之母。

谪官渡淮舟中遇风欲覆舟而作

圣宋非狂楚,清淮异汨罗。平生仗忠信,今日任风波。
舟楫颠危甚,鱼龙出没多。斜阳幸无事,沽酒听渔歌。

按:此诗一作范仲淹所作。

邵　雍

邵雍(1011～1077),字尧夫,号安乐先生,其先为范阳(今河北涿州)人,幼随父迁共城(今河南辉县市)。少时师从李之才受性命象数之学。有《皇极经世》《伊川击壤集》等。

题淮阴侯庙

其　一

若履暴荣须暴辱,既经多喜必多忧。功成能让封王印,世世长为列土侯。

其　二

韩信恃功前虑寡,汉皇负德尚权安。幽囚必欲擒来斩,固要加诸甚不难。

其　三

汉家基定议功勋,异姓封王有五人。不似淮阴最雄杰,敢教根固以生秦。

其　四

若非韩信难除项,不得萧何莫制韩。天下须知无一手,苟非高祖用萧难。

其　五

虽则有才兼有智,存亡进退处非真。五湖依旧烟波在,范蠡无人继后尘。

其　六

韩信事刘元不叛,萧何惑汉竟生疑。当初若听蒯通语,高祖功名未可知。

其　七

一时韩信为良犬,千古萧何作霸臣。彼此并干名教罪,罪犹不逮谓斯人。

其 八

生身既得逢真主，立事何须作假王。谁谓祸阶从此始，不宜回首怨高皇。

其 九

据立大功非不智，复贪王爵似专愚。造成四百年炎汉，才得安宁反受诛。

其 十

一身作乱宜从戮，三族全夷似少恩。汉道是时初杂霸，萧何王佐殆非尊。

蔡 襄

蔡襄（1012～1067），字君谟，宋兴化军仙游县（今属福建）人。北宋著名书法家、政治家。宋天圣八年（1030）进士，历任至翰林学士、三司使、端明殿学士等职。

龟山夜泊书事

十月淮水平，莹净铺寒簟。浴日弄净光，涵山碎青点。开帆直千里，快去曾非渐。盲风半作势，怒浪立呈险。枯林助呼噑，巨蜃工腾闪。偎崖少休息，系缆犹攲飐。忠信古云伏，奸邪神所贬。扣心良自安，潜祈亦羞谄。夜分群籁息，天明恶云敛。霜威寒更清，霁色鲜可染。怀安固俗喜，乘危岂予歉。赐告虽庆幸，被恩实惭忝。慈亲慰衰发，娇儿别啼脸。人情足爱恋，将思辄闭掩。世事忽忧来，惊起类痴魇。金絮北饵胡，弓刀西压陕。天子欲求理，群材务搜检。大明破昏翳，久弊刮痕玷。有如广厦时，拙者亦磨剡。行路勿迟迟，流年空苒苒。

俞汝尚

俞汝尚，字仁廓，一字退翁，号溪堂居士，宋湖州乌程（今浙江湖州）人。庆历二年（1042）进士，知道江县，从赵抃辟入青州幕，以屯田郎中致仕。有《溪堂集》4卷。

过淮阴侯庙

当时谋战不谋安，将众多多是祸端。万垒在前攻掠易，四方无事保全难。
晓堂钟鼓修淮祀，古壁旌旗拥汉官。天下息肩兵革定，一瞻祀宇一长叹。

司马光

司马光（1019～1086），字君实，宋陕州夏县涑水乡（今属山西）人，宝元二年进士。神宗时为御史中丞，哲宗即位，入朝为相，尽废新法，恢复旧制。死谥文正，追封温国公。其著作以编年史《资治通鉴》为最有名。

和米南宫第一山韵

都梁一别周星久，白首重来一梦间。来去浑无功可纪，但栽桃李满空山。

按：据光绪《盱眙县志稿》载，第一山旧有此诗石刻。

王安石

王安石（1021～1086），字介甫，号半山，宋抚州临川（今属江西）人。庆历二年（1042）进士，任地方官多年。熙宁二年为参知政事，次年拜相，实行新法，遭到旧党反对。封荆国公，唐宋八大家之一。有《临川先生文集》等。

和仲庶夜过新开湖忆冲之仲涂共泛

水远浮秋色，河空洗夜氛。行随一明月，坐失两孤云。
露发此时湿，风颜何处醺。淹留各有趣，不比汉三君。

和吴御史临淮感事

栅锁城扉晓一开，柁牙车轴转成雷。黄尘欲碍龟山出，白浪空分汴水来。
澄观有材邀昧陋，霁云无力报奸回。骚人此日追前事，悲气随秋动管灰。

望淮口

白烟弥漫接天涯，黯黯长空一道斜。有似钱塘江上望，晚潮初落见平沙。

郑　獬

郑獬（1022～1072），字毅夫，宋安州安陆（今属湖北）人。皇祐五年（1053）进士第一，授陈州通判。入直集贤院，修起居注。神宗时为翰林学士，权知开封府。因反对王安石变法，后称病求退，提举鸿庆宫。著有《郧溪集》。

冬日示杨季若梁天机

天河忽侧飞雹倾，丁丁屋瓦相敲鸣。扑衣写下白玉粒，脚底踏碎真珠声。官舍高屋苦濩落，此时不易孤客情。颍侯恰寄玉泉酿，乳花甘滑琉璃清。红糟淮白复脆美，佐之绿菘作吴羹。纵谈往旧杂嘲戏，大笑觞倒金酒觥。闲以罚令却寂默，四座睥睨如伏兵。人生会合即为乐，况子归意凌青冥。赤尾鲤鱼在泥滓，行见两翅穿鳞生。跳身耸鬣望东海，苍崖枯涸埋层冰。明年春风扫地起，一起万物皆光明。

题淮阴侯庙

汉高不得淮阴将，天下雌雄未可知。力劝君王回蜀道，便携诸将破秦师。
故人斩首诚非策，女子阴谋遂见欺。终使英雄鉴成败，未图功业自先疑。

食鱼忆新开湖

其　一

柳条穿颊一双鲤，鳞插金钱腰尾长。何日酒泉飞白浪，湖边新问把罾郎。

其　二

曾系画船湖北树，船家新撇白醪醅。紫荷盖下黄金尺，只就罾头买得来。

刘　攽

刘攽(1023～1089)，字贡父，号公非，宋临江新喻(今属江西)人。仁宗庆历六年(1046)进士，熙宁中因反青苗法贬泰州通判。官至中书舍人。史学家，有《文献通考》。

新开湖上待潜珠不出偶书戏孙莘老二首

其　一

贝阙藏珠安在哉，九渊深绝若为媒。风波可畏且归去，漫道扁舟湖上来。

其　二

合浦因人去不还，隋侯未值报恩年。欲凭泉客传微信，夜久凉风月满川。

沈　遘

沈遘(1028或1025～1067)，字文通，宋钱塘(今杭州)人。仁宗皇祐元年(1049)进士。累擢知制诰。出知越州、杭州。英宗即位，迁龙图阁直学士，知开封府。拜翰林学士。与从叔沈括、弟沈辽，合称沈氏三先生。有《西溪文集》。

甓社湖

青天淡无云，白水平无波。拖舟镜中行，奈此清绝何。我行不自亟，三日才百里。卷卷何所感，似泛吴江水。湖水清无际，清极不可触。吾缨初自洁，将安濯吾足。

按：甓社湖，在高邮军治西15公里，即金湖县闵桥乡高庄村东至尖头的湖面，通鹅儿白湖。后为高邮湖别称。

和中甫新开湖

渺渺清波百里浮，昔游曾是一扁舟。十年人事都如梦，犹如湖边旧客邮。

按：作者与卢中甫、钱才翁两好友偕行，由扬州经新开湖、甓社湖，至山阳。

程　节

程节（1033～1104），宋饶州浮梁（今属江西）人。仁宗嘉祐八年（1063）进士，权知桂州，兼经略安抚使。坐不察昌化军使张中周恤苏轼而降授朝奉大夫。有《竹溪集》，已佚。

玩珠亭

外挹湖天位置雄，下疏地脉与湖通。骊龙睡觉寒光吐，尽献祥光入此中。

郭祥正

郭祥正（1035～1113），字功父、功甫，自号谢公山人、漳南浪士等，宋当涂（今属安徽）人。皇祐五年（1053）进士，历官至朝请大夫，所至多有政声。后归隐。著有《青山集》30卷。诗风酷似李白。

题泗州龟山寺

苍山如巨龟，长淮就吞吐。石林含霜明，爻卦俨可数。相传有神物，在昔遭圣禹。絷铁送潭中，作镇亘万古。乾坤未云息，魍魅那得侮。至今崖下潭，不敢设网罟。迩来建佛庙，金碧烂庭户。长廊肖深洞，夜香郁浓雾。一读碑上文，飒尔精神聚。悯旱截臂翁，开山即初祖。借僧百万人，下坛三尺雨。至尊亲赐诗，高名动寰宇。楼阁疑化成，何年运斤斧。洄流涨平沙，舟楫永无阻。尤怜瞻仰地，曾是攲倾所。王者唯好仁，佛力岂无补。我来解征鞍，赫日正卓午。凉风如冰霜，洒我襟上土。仰惭云衲禅，未尝倦行旅。还思治水功，冥寞今何许。

发山阳

黄昏饮官酒，半夜解扁舟。钩帘得清景，风月满淮流。
天垂与波接，野静更烟浮。深有乘槎兴，银河或可求。

张舜民

张舜民(?～1100)，字芸叟，自号浮休居士，宋邠州(今陕西彬州)人。治平二年(1065)进士。元祐元年(1086)授秘阁校理，次年任监察御史。徽宗时擢吏部侍郎，以龙图阁待制知同州。有《画墁集》《画墁录》。

淮口阻雨

旱久不得雨，既雨不肯休。沄沄汴河水，初合淮河流。北来何处客，暂此驻扁舟。中有投荒人，万里趋炎洲。听水夜不眠，观水朝亦愁。呼风卷重阴，放出赤日头。

龟山寺

白塔摇摇波浪间，几多舟楫望禅关。天边帆影因心动，堂上潮音到海还。
我拔一毛犹自苦，师除双臂信如闲。中流莫怪频回首，直到江南始见山。

按：传说禅师为化缘建寺而除去双臂。

苏　轼

苏轼(1037～1101)，字子瞻，号东坡居士，宋眉州眉山(今属四川)人。嘉祐二年(1057)进士，历杭州通判，知密州、徐州、湖州等，后被贬儋州，北还后病死于常州。宋代文学最高成就的代表。其诗题材广阔，清新豪健，善用夸张比喻，独具风格，与黄庭坚并称“苏黄”。词开豪放一派，与辛弃疾并称“苏辛”。

淮阴侯庙碑铭

书轨新邦，英雄旧里。海雾朝翻，山烟暮起。宅临旧楚，庙枕清淮。枯松折柏，废井荒台。我停单车，思人望古。淮阴少年，有目共睹。不知将军，用之如虎。

发洪泽中途遇大风复还

风浪忽如此，吾行欲安归。挂帆却西迈，此计未为非。洪泽三十里，安流去如飞。居民见我还，劳问亦依依。携酒就船卖，此意厚莫违。醒来夜已半，岸木声向微。明日淮阴市，白鱼能许肥。我行无南北，适意乃所祈。何劳舞澎湃，终夜摇窗扉。妻孥莫忧色，更典箧中衣。

次韵徐仲车

射阳三万户，莫贵徐公门。谁能顾床前，况乃共酒樽。唯此醉中趣，难为醒者论。偃卧月皎皎，鸡鸣雨昏昏。

送表弟程六知楚州

炯炯明珠照双璧，当年三老苏程石。里人下道避鸠杖，刺史迎门倒凫舄。我时与子皆儿童，狂走从人觅梨栗。健如黄犊不可恃，隙过白驹那暇惜？醴泉寺古垂橘柚，石头山高暗松栎。诸孙相逢万里外，一笑未解千忧积。子方得郡古山阳，老手风生谢刀笔。我正含毫紫微阁，病眼昏花困书檄。莫教印绶系余年，去扫坟墓当有日。功成头白早归来，共藉梨花作寒食。

龟山辩才师

此生念念浮云改，寄语长淮今好在。故人宴坐虹梁南，新河巧出龟山背。木鱼呼客振林莽，铁凤横空飞彩绘。忽惊堂宇变雄深，坐觉风雷生謦欬。羡师游戏浮沤间，笑我荣枯弹指内。尝茶看画亦不恶，问法求诗了无碍。千里孤帆又独来，五年一梦谁相对。何当来世结香火，永与名山躬井硙。

泗州僧伽塔

我昔南行舟系汴，逆风三日吹沙面。舟人共劝祷灵塔，香火未收旗脚转。回头顷刻失长桥，却到龟山未朝饭。至人无心何厚薄，我自怀私欣所便。耕田欲雨刈欲晴，去得顺风来者怨。若使人人祷辄遂，造物应须日千变。今我身世两悠悠，去无所逐来无恋。得行固愿留不恶，每到有求神亦倦。退之旧云三百尺，澄观所营今已换。不嫌俗士污丹梯，一看云山绕淮甸。

十月十六日记所见

风高月暗云水黄，淮阴夜发朝山阳。山阳晓露如细雨，炯炯初日寒无光。云收雾卷已亭午，有风北来寒欲僵。忽惊飞雹穿户牖，迅驶不复容遮防。市人颠沛百贾乱，疾雷一声如颓墙。使君来呼晚置酒，坐定已复日照廊。恍疑所见皆梦寐，百种变怪旋消亡。共言蛟龙厌旧穴，鱼鳖随徙空陂塘。愚儒无知守章句，论说黑白推何祥。唯有主人言可用，天寒欲雪饮此觞。

过淮赠景山兼寄子由

其 一

好在长淮水，十年三往来。功名真已矣，归计亦悠哉。
今日风怜客，平时浪作堆。晚来洪泽口，捍索响如雷。

按：该诗一作范仲淹作。

其 二

过淮山渐好，松桧亦苍然。霭霭藏孤寺，泠泠出细泉。
故人真吏隐，小槛带岩偏。却望临淮市，东风笑语传。

其 三

回首濉阳幕，簿书高没人。何时桐柏水，一洗庾公尘。
此去渐佳境，独游长惨神。待君诗百首，来写浙西春。

正月一日雪中过淮谒客回作

其 一

十里清淮上，长堤转雪龙。冰崖落屐齿，风叶乱裘茸。
万顷穿银海，千寻渡玉峰。从来修月手，合在广寒宫。

其 二

攒眉有底恨，得句不妨清。霁雾开寒谷，饥鸦舞雪城。
桥声春市散，塔影暮淮平。不用残灯火，船窗夜自明。

泗州除夕雪中章使君送酥酒

其 一

暮雪纷纷投碎米，春流咽咽走黄沙。旧游似梦徒能说，逐客如僧岂有家。
冷砚欲书先自冻，孤灯何事独成花。使君半夜分酥酒，惊起妻孥一笑哗。

其 二

关右土酥黄似酒，扬州云液却如酥。欲从元放觅拄杖，忽有曲生来坐隅。
对雪不堪令饱暖，隔船应已厌歌呼。明朝积玉深三尺，高枕床头尚一壶。

再过泗上

其 一

眼明初见淮南树，十客相逢九吴语。旅程已付夜帆风，客睡不妨背船雨。
黄柑紫蟹见江海，红稻白鱼饱儿女。殷勤买酒谢船师，千里劳君勤转橹。

其　二

系船淮北雨如轴，系船淮南风断桥。客行有期日月疾，岁事欲晚霰雪骄。
山根浪头作雷吼，缩手敢试舟师篙。不用燃犀照幽怪，要须拔剑断长蛟。

原注：道中阻风累日，泊于宝积山下。

按：《再过泗上》其一一作欧阳修作，亦见《张耒集》，题作《宿州道中》；其二亦见《张耒集》，题作《阻风累日泊宝积山下》。

泗州南山监仓萧渊东轩

其　一

偶随樵父采都梁，竹屋松扉试乞浆。但见东轩堪隐几，不知公子是监仓。
溪中乱石墙垣古，山下寒蔬匕箸香。我是江南旧游客，挂冠知有老萧郎。

其　二

北望飞尘苦昼霾，洗心聊复寄东斋。珍禽声好犹思越，野橘香清未过淮。
有信微泉来远岭，无心明月转空阶。一官仓庾真堪老，坐看松根络断崖。

次韵徐仲车

杀鸡未肯邀季路，裹饭先须问子来。但见中年隐槐市，岂知平日赋兰台。
海山入梦方东去，风雨留人得暂陪。若说峨眉眼前事，故乡何处不堪回。

龟　山

我生飘荡去何求，再过龟山岁五周。身行万里半天下，僧卧一庵初白头。
地隔中原劳北望，潮连淮海欲东游。元嘉旧事无人记，故垒摧颓今在不？

章钱二君见复次韵答之

其　一

黄昏已作风翻絮，半夜犹惊月在沙。照汴玉峰明佛刹，隔淮云海暗人家。
来牟有信迎三白，薝蔔无香散六花。欲唤阿咸来守岁，林乌枥马斗喧哗。

其　二

分无纤手裁春胜，况有新诗点蜀酥。醉里冰髭失缨络，梦回布被起廉隅。
君应旅睫寒生晕，我亦饥肠夜自呼。明日南山春色动，不知谁佩紫微壶。

按：章、钱，章质夫、钱穆父，当时隐居盱眙南山。

泗州过仓中刘景文老兄戏赠一绝

既聚伏波米，还数魏舒筹。应笑苏夫子，侥幸得湖州。

按:刘景文,名季孙,开封祥符人。作者好友,时有唱和。

淮阴早发

淡月倾云晓角哀,小风吹水碧鳞开。此生定向江湖老,默数淮中十往来。

题清淮楼

观鱼惠子台芜没,梦蝶庄生冢木秋。唯有清淮供四望,年年依旧背城流。

次韵孙巨源寄涟水李盛二著作并以见寄五绝

其 一

南岳诸刘岂易逢,相望无后马牛风。山公虽见无多子,社燕何由恋塞鸿。

其 二

高才晚岁终难进,勇退当年正急流。不独二疏为可慕,他时当有景孙楼。

其 三

漱石光生虽可意,吞毡校尉久无朋。应知客路愁无奈,故遣吟诗调李陵。

其 四

云雨休排神女车,忠州老病畏人夸。诗豪正值安仁在,空看河阳满县花。

其 五

胶西未到吾能说,桑柘禾麻不见春。不羡京尘骑马客,羡他明月弄舟人。

戏赠杜舆秀才

予少年颇知种松,手植数万株,皆中梁柱矣。都梁山中见杜舆秀才,求学其法,戏赠二首。

其 一

露宿泥行草棘中,十年春雨养髯龙。如今尺五城南杜,欲问东坡学种松。

其 二

君方扫雪收松子,我已开榛得茯苓。为问何如插杨柳,明年飞絮作浮萍。

过泗上喜见张嘉父

其 一

壁间冰玉照淮明,笔下波澜老欲平。直得全生如许妙,不知形谍已多名。

其 二

空翠娱人意自还,明窗一榻共秋闲。会知名利不到处,定把清觞属此山。

按:张嘉父,名大亨,官至直秘阁,时居于泗州南山,今为盱眙第一山。壁间,一作眉间。

赞泗州唐氏

唐氏能书十载闻，谁知精绝向红裙。百金竞买蒲葵扇，不必更求王右军。

按：此诗为元丰七年(1084)底作。一作梅尧臣作品，题为《泗州观唐氏书》。

苏　辙

苏辙(1039～1112)，字子由，宋眉州眉山人，苏轼之弟。与轼同举进士，与父洵、兄轼皆为唐宋八大家。著有《栾城集》。

过龟山

再涉长淮水，惊呼十四年。龟山老僧在，相见一茫然。僧老不自知，我老私自怜。驱驰定何益，少壮空已捐。掉头不见答，笑指岸下船。人生何复云，陵谷自变迁。当年此山下，莫测千仞渊。渊中械神物，自昔尧禹传。帆樯避石壁，风雨随香烟。迩来放冬汴，冷沙涨成田。褰裳六月渡，中流一带牵。俯首见砂砾，群渔捕鲂鳣。父老但惊叹，此理未易原。何况七尺躯，不为物所旋。众形要同尽，独有无生全。百年争夺中，扰扰谁相贤。

表弟程之邵奉议知泗州

马有千里足，所愿百里程。马心自为计，安用终日行。何人志四方，欲买千金轻。吾弟有俊才，见事心眼明。二年坐北部，万口传佳声。谈笑顽狡伏，何曾用敲榜。艰难得铜虎，洗眼长淮清。民事不足为，但当食鱼烹。负重贵余力，过饱多伤生。不见大路马，垂头畏繁缨。

次韵子瞻发洪泽遇大风却还宿

昨夜宿洪泽，再来遂如归。却行虽云拙，乘险谅亦非。谁言淮阴近，阻此骇浪飞。长风径千里，蛟蜃相因依。眇然恃一叶，此势安可违。冒涉彼何人，勇决生虑微。欲速有不达，鱼腹岂足肥。风帆尚可转，野庙谁能祈。但当拥衾睡，慎闭窗与扉。夜闻声尚恶，起视聊披衣。

淮　山

匹马秋风两障泥，摩挲石壁看留题。杏花不及穷空远，落日荒烟眼欲迷。

按：据光绪《盱眙县志稿》载，第一山旧有此诗石刻。此诗一作苏轼作。

周 邠

周邠，字开祖，宋杭州钱塘人。嘉祐八年(1063)进士，神宗元丰中为溧水令，官至朝请大夫、轻车都尉。与苏轼多有酬唱。

过盱眙

泗水西来一带长，望中烟浪似吾乡。云收雁塔初晴影，月照龟山午夜光。沿汴晓穿榆荚影，过淮时嗅稻苗香。

按：见《舆地纪胜》卷44《淮南东路·盱眙军》。少尾联，系截句。

孔武仲

孔武仲(1042～1097)，字常父，宋峡江县人。嘉祐八年(1063)登进士。与欧阳修、苏轼、苏辙、黄庭坚等过从甚密，诗词唱酬，信书不绝。一生著述百余卷。

泗 州

天都佳气郁葱葱，转盼江河万斛通。可但临淮称要地，直因排泗有神功。
僧伽普照灵如在，宝榱都梁翠倚空。惭愧使星留客厚，尘埃挥手各西东。

释道潜

释道潜(1043～1114)，字参寥，宋杭州於潜(今浙江杭州)人。北宋著名诗僧，能诗善文。有《参寥诗钞》。

过新开湖寄李端叔大夫

新开湖边秋梦晓，鸡犬无声人悄悄。试揭疏篷觇日华，水面残星犹缭绕。尝闻明珠藏巨浸，光焰一出辉群草。篙师为我暂停橹，罔象终期入幽讨。波间宛转兴方豪，依然别恨生怀抱。故人离群东海头，徇禄摧眉事枯槁。菰梢蘋末翠犹在，蕙兰憔悴青枫老。浪游不知岁月徙，旧约无端失天杪。目羡南鸿两两飞，安得身同羽翰小。游胥堂在吾必行，一榻数椽应预扫。

夜泊淮上复寄逢原

黄沙白草满淮垠，逆旅萧条思不禁。风约乱云归陇首，角催明月出波心。

槎头涌处潮初上，斗柄移时梦未沉。遥想故人投宿地，画船应在碧榆林。

淮　上

其　一

芦梢向晓战秋风，浦口寒潮尚未通。日出岸沙多细穴，白虾青蟹走无穷。

其　二

今夜沙头月上迟，小萤零碎傍船飞。可怜光彩虽无限，何似婵娟一寸辉。

其　三

天阔阴云低抱树，沙寒鸥鹭欲亲人。小航泊处谁家住，修竹疏花宛似春。

孔平仲

孔平仲(1044～1111)，字毅父，宋峡江县罗田镇人。治平二年(1065)进士，历官至主管兖州景灵宫。在《清江三孔集》40卷中，平仲占21卷。

泛涟水

涟漪二十里，清淡为我性。微风不复摇，天水相与净。秋容入岸柳，晚食依渔艇。仿佛会稽游，南湖似明镜。

至盱眙

邮亭系马日西斜，却向盱眙望白沙。春色淡中唯有柳，晓风狂过已无花。

古人出处真难一，吾道穷通未可涯。白水黄粱不须具，呼奴挈榼取流霞。

黄庭坚

黄庭坚(1045～1105)，字鲁直，号山谷道人，晚号涪翁，宋洪州分宁(今江西修水)人。著名书法家，江西诗派开山之祖，为苏门四学士之一。

次盱眙

此去二十年，持家西过宋。起予者白鸥，归兴岌飞动。宫殿明宝坊，山川开禹贡。破浪一帆风，更占萝中梦。

按：此去，一作去此。萝中梦，一作梦中梦。

初见淮山

风袅雪帽别家林，紫燕黄鹂已夏深。三釜古人干禄意，一年慈母望归心。

劳生逆旅何休息，病眼看山力不禁。想见夕阳三径里，乱蝉嘶罢柳阴阴。

按：据光绪《盱眙县志稿》载，第一山旧有此诗石刻。

清平山

山城石迹号清平，怪石嵯峨不可行。土庙龙神千载祀，仙池圣水一泓清。

悬羊擂鼓当年事，饿马摇铃昔日兵。殿阁官居何处去，四时风雨不胜情。

按：清平山，在盱眙治西南太平乡。盱眙旧有黄庭坚此诗石刻。

次韵文潜立春日三绝句

其　一

眇然今日望欧梅，已发黄州首更回。试问淮南风月主，新年桃李为谁开。

其　二

谁怜旧日青钱选，不立春风玉笋班。传得黄州新句法，老夫端欲把降幡。

其　三

江山也似随春动，花柳真成触眼新。清浊尽须归瓮蚁，吉凶更莫问波臣。

马　存

马存，字子才，宋鄱阳人。寓居山阳，向徐积求学。

长淮谣为徐先生咏

长淮之水绿如苔，行人但觉心眼开。湘江岂无水，鱼腹忠魂埋，但见愁云结雨猿声哀。浙江岂无水，鸱革胥漂骸，但见潮头怒气如山来。孤臣词客到江上，何以宽心怀？长淮之水绕楚流，先生家住湖上头。黄金万斛浴明月，碧玉一片含清秋。酒花入面歌一声，淮上百物无闲愁。

吴　拭

吴拭，字顾道，宋瓯宁（今福建建瓯）人。神宗熙宁六年（1073）进士。

游南山

但看都梁山拱北，莫寻浮磬水朝东。此间半筑瞿坛室，底处曾营炀帝宫。七眼泉边百无念，一襟披尽晚来风。

按：见《舆地纪胜》卷44《淮南东路·盱眙军》，少尾联，系截句。

吴则礼

吴则礼（？~1121），字子副，宋富川（一作永兴，今湖北阳新）人。工诗，与唐庚、曾纡、陈道诸名士唱和。晚年居豫章，自号北湖居士。著有《北湖集》10卷，长短句1卷。

再至山阳

北湖锥也无，四海一儿子。此生吾知之，不过老病死。五斗一强谋，要饱聊尔耳。秃发犹读书，尽胜种种事。初解行脚包，问讯长淮水。端欲洗枯肠，相见辄欢喜。将借官屋居，聊复置床几。更煮楚州糜，尚欠淮南睡。手中《楞严经》，咀嚼真有味。姑降老鼻雷，岂复论字义。

赠泗州杨吉老

先生个中人，百骸一破甑。端憎屐满门，姑现维摩病。枕边黄帝书，大笑医多卢。酬对虽种种，而我初如如。要吃十方饭，不担丛林板。久入无碍禅，遂具通身眼。客来据胡床，唤婢传酒觞。深藏世谛舌，浩歌看屋梁。孔兄掉头去，宁复挽渠住。未办作痴儿，户枢以铁铸。

以淮白寄公卷

淮鱼泼泼初饱霜，赪尾宁数河之鲂。即今谁独可寄似，风味高彻惟曾郎。曾郎结发傍辇毂，黄羊旧厌官厨肉。藜藿奚为便作魔，九年雷绕羁臣腹。羁臣曩者仆射儿，裘马讵省论轻肥。诗书堆床四壁立，畴昔短褐操锄犁。侬亦大是穷相人，小黠不足痴无伦。江南江北白月底，簸弄扁舟天不嗔。正须晚菘冒香杭，余生要此一釜羹。别来曷如姑问讯，看取老子终骑鲸。

梦过盱眙城追寄普照老

篷背有霜篷底眠，梦中犹念草鞋钱。强炊五斗官仓米，也趁千艘落水船。
居士秃巾撩楚雁，僧伽孤塔供淮天。盱眙城在石苔古，浪打至今端可怜。

少冯得蕙二本分一见供

春尽盱眙天水昏，一年幽事要人论。阿冯端起北湖想，故遣九葶来晤言。

龟山道中

久着南冠殊未痴，长淮水暖鲚鱼肥。更无一点嫣红在，只有杨花作阵飞。

秦　观

秦观（1049～1100），字少游、太虚，号淮海居士，宋高邮（今属江苏）人。苏门四学士之一。少有才名，但屡试不第，经苏轼推荐任太学博士。后被目为元祐党人，累遭贬谪。著有《淮海集》。

酬徐仲车见寄

渭清非胜泾，兰芳本无慕。我生季叶中，乃与古人遇。职当供洒扫，匏系愧迟暮。来章感存没，三读泪如注。

徐仲车食于学官吏或以为不可欲罢去之太守不听礼遇如初感之而作

许丞老病聋，督邮白欲废。贤哉黄次公，鉴裁实精诣。殷勤谢督邮，此丞乃廉吏。重听庸何伤？善助无失意。古人骨已朽，来者复谁继。仲车天下士，固非许丞类。至行通神明，问学有根柢。若充老更聘，自革风俗弊。太守前已闻，粟帛俄见赐。奈何少年子，辄效督邮事。道丧贤哲穷，闻之为流涕。人心如其面，难以一律揆。所望在次公，督邮何足议！

对淮南诏狱二首

其　一

一室如悬磬，人音尽不闻。老兵随卧起，漂母给朝曛。
樊雉思秋野，鞲鹰望暮云。念归忘食事，日减臂环分。

其　二

淮海行摇落，文书亦甘休。风霜欺独宿，灯火伴冥搜。
笳动朱楼晓，参横粉堞秋。更拚飞镜破，应得大刀头。

寄张文潜右史

解手亭皋才几月，春色已复动林塘。稍迁右史公何忝，初阅除书国为狂。

日出想惊儒发冢，风行应罢女争桑。东坡手种千株柳，闻说邦人比召棠。

按：张文潜，名耒，淮阴人，苏门四学士之一。又，解手一词见此，明代说可以休矣。

送王元龙赴泗州

子猷风味最诸王，试吏聊怀筦库章。鹄峙碧桐初振羽，珠遗沧海渐腾光。淮山暮眺千峰擢，洛水秋输万鹢翔。顾我行为大梁役，一卮薄酒话愁肠。

新开湖送孙诚之有龙见于东北因成绝句

狂客走影暗悠悠，菡萏吹风五月秋。黄绶不为无气概，苍龙垂尾送行舟。

龟山塔院遣侍儿朝华

玉人前去却重来，此度分携更不回。肠断龟山离别处，夕阳孤塔自崔嵬。

泗州东城晚望

渺渺孤城白水环，舳舻人语夕霏间。林梢一抹青如画，应是淮流转处山。

秋　日

霜落邗沟积水清，寒星无数傍船明。菰蒲深处疑无地，忽有人家笑语声。

米　芾

米芾(1051～1107)，初名黻，字元章，号襄阳漫士，海岳外史。世居太原，迁襄阳，定居润州(今江苏镇江)。著名书画家。历任知涟水军、太常博士、知无为军，徽宗时召为书画学博士，官至礼部员外郎，人称米南宫。其“盱眙十景诗”，旧时都有石刻。

第一山怀古

京洛风尘千里还，船头出汴翠屏间。莫论衡霍撞星斗，且是东南第一山。

赤岸阻风

千里长淮彻底清，灵英庙下誓其心。二舟一物如来暗，愿向洪流深处沉。

玻璃泉浸月

半山亭下老苔钱，凿破玻璃引碧泉。一片玉蟾留不住，夜深飞入镜中天。

按:玻璃泉,在第一山普济院内山腰峭壁,从一个石龙嘴中涌出,注入池中。

宝积山落照

怪石垒垒玉作堆,登临晚景更徘徊。夕阳无限堪停好,莫到奇山空自回。

按:宝积山在盱眙县城城内,孤峰独峙,耸立淮滨。南宋时曾建有岁币库。

瑞岩庵清晓

西山月落楚天低,不放红尘点翠微。鹤唳一声松露滴,水晶寒湿道人衣。

按:瑞岩观,宋代女冠朱妙真初创,现遗址尚存。

八仙台招隐

山径重重锁绿苔,松花曾见几番开。群仙费尽招呼力,那得休官一个来。

按:八仙台,位于盱城戚大山东麓。据传当时修竹扶疏、青松蔽日。台前有流水小溪,一泓清水,光可照人。台上有石坪、石凳。招隐,招人归隐、隐居。

杏花园春昼

风轻云淡午天春,花外游人载酒樽。不是山屏遮隔断,牧童错指是孤村。

按:杏花园,在第一山半山腰处。

五塔寺归云

塔边云影任高低,闲逐清风自在飞。四海望遥人久渴,不成霖雨又空归。

按:五塔寺,旧址在翠屏峰西北半山腰。寺院有五座塔,塔后有三洞。此寺毁于战乱。目前尚存一洞。

清风山闻笛

铁笛谁吹一曲哀,清风约我上层台。悠扬正到堪听处,怕惹闲愁却下来。

按:清风山,在旧县署对面,与照面山连绵,一山两峰。

龟山寺晚钟

龟峰高耸接云楼,撞月钟声吼铁牛。一百八声俱听彻,夜行犹自不知休。

按:龟山,这里指上龟山,与第一山相连。

会景亭陈迹

自是韶华不耐秋,水光山色一时休。细将瓦砾分明看,片片飞来落叶愁。

按：会景亭，在第一山玻璃泉上面，北宋时亭已不存。

秀淮亭

青葱秀野挟银淮，谁匠丹楹此地开。我欲临风取清旷，寄声鱼鸟莫相猜。

垂虹亭楚州作

断云一叶洞庭帆，玉破鲈鱼霜破柑。好作新诗寄桑苎，垂虹秋色满东南。

贺　铸

贺铸(1052～1125)，字方回，又名贺三愁，自号庆湖遗老，宋卫州(今河南卫辉)人。宋太祖贺皇后族孙，授右班殿直，元祐中曾任泗州、太平州通判，盱眙第一山有其宋崇宁元年(1102)题名。晚年退居苏州，杜门校书。著有《庆湖遗老前后集》。

酬别盱眙杜舆

君希谢太傅，筑室卧东山。应携玉人去，为问何时还。扁舟欲之东，霜落江潮悭。难从京口渡，且转广陵湾。与君合复离，恍若愁梦间。婴疾再寒暑，医师怜我顽。颓龄未遽尽，解组誓投闲。幽岩有芳桂，晚岁约同攀。

游盱眙南山赠杨介

霜晓无轻飔，长淮净如眼。招携南山游，老子兴不浅。不从千步桥，飞渡一渔舠。中流鼓素楫，鲂鲂欻惊跳。神叟延游客，匆匆问行色。千里远京关，浮骖去安适?长啸指沧浪，濯缨湔我裳。朱门曳裾地，槐柳自成行。多年困靴版，未立中人产。沉痼迫衰迟，求田咄何晚!神丸傥驻颜，投此寄余年。凿室邻杨氏，然薪系太元。

按：杨介，字吉老，张耒外甥。工医。宋徽宗困脾病，御医治以理中丸不效。召杨介视之，仍用理中丸以冰煎服，立愈。曾制"都梁丸"。

元祐七年龟山晚泊

春候半寒温，维舟淮上村。长林补山罅，青草际潮痕。
久厌浮家役，重招去国魂。禅房欲舒写，烟雨促黄昏。

寄题盱眙杜子师东山草堂

东山与物远，松竹荫茅茨。信有冥鸿志，难藏雾豹姿。

会招安石起，何患德璋移。后日岩扉下，游人想履綦。

舟次淮阴呈邑令田望

狂吟醉约昔悠悠，衰病方谐散浪游。蔬粥满杯供我饱，兰舟系岸判君留。
尘埃古刹寻遗篆，香火严祠谒故侯。晚具不须烹赤鲤，聊凭别后作书邮。

上巳晚泊龟山

薄暮东风不满帆，迟迟未忍去淮南。故园犹在北山北，佳节可怜三月三。
兰叶自供游女佩，芸编聊对故人谈。洛桥车骑相望客，曾为吴儿几许惭。

陈师道

陈师道(1053～1101)，字履常，一字无己，别号后山居士，宋彭城人。哲宗元祐时，由苏轼等推荐为徐州教授，后历任太学博士、颍州教授、秘书省正字。著有《后山先生集》。

出清口

家世山东饱耕稼，晚托一舟顺流下。渔沟寒饼不下箸，推桅转头更五夜。平明放溜出清口，霜落潮回雾连野。平淮一梦三十里，有日无风神所借。似怜忧患满人间，百孔千疮容一罅。文章末技将自效，语不惊人神可吓。子女玉帛君所余，寄声白鸟烦多谢。

泛　淮

冬暖仍初日，潮回更下风。鸟飞云水里，人语橹声中。
平野容回顾，无山会有终。倚樯聊自逸，吟啸不须工。

晁补之

晁补之(1053～1110)，字无咎，号归来子，宋济州钜野(今山东巨野)人。苏门四学士之一。元丰二年(1079)进士。历官泗州知州、吏部员外郎、礼部郎中兼国史编修、实录检讨官。著有《鸡肋集》《晁氏琴趣外篇》。存词160余首。

渔沟怀家

生涯身事任东西，药笥书囊偶自赍。柳嫩桑柔鸦欲乳，雪消冰冻麦初齐。

沙头晚日樯竿直，淮上春风雁骛低。归去未应芳物老，桃花如锦遍松溪。

题文潜诗册后

君诗容易不着意，忽似春风开百花。上苑离宫曾绝艳，野墙荒径故幽葩。
惬心刍豢非杂俎，垂世江河自一家。头白昏昏醉眠处，忆君频夜梦天涯。

泗州王谏议明叟留饮

云水东游早岁怀，半生尘土却教回。两行堤柳关心在，一点淮山入眼来。
北省主人夸酒好，南风稚子喜帆开。扬州底事牵行色，端为琼花芍药催。

东坡公以种松法授都梁杜子师并为作诗子师求余同赋三首

其　一

不学栽橙业种松，未惭履狶笑屠龙。许君尽得东坡术，已与先生一事同。

其　二

长锥散子岩岩遍，短竹扶条岁岁添。待得烹茶有松叶，不应更课木奴缣。

其　三

佩牛未敢邀君出，射虎何当许我从。要看堂堂冠剑叟，苍然十万甲夫中。

和胡戢

相逢樽酒未辞深，握手盱眙十载心。车马凄凉人夜别，出门落月与横参。

渔沟遇大水

沙行水宿几江南，石斗龙求久已谙。秋水故应旋面目，顺流东望为君惭。

清口怀应书时雪中舟行

早岁单舟此水滨，雪花都蔽引舟人。重来五马真何事，笑雪空成鬓上春。

杨　时

杨时(1053～1135)，字中立，号龟山，祖籍弘农华阴(今属陕西)，宋南剑西镛州龙池团(今属福建明溪县龙湖)人。熙宁九年(1076)进士。历官浏阳、余杭、萧山知县，荆州教授、工部侍郎、以龙图阁直学士专事著述讲学。

泗 上

其 一

淮口平沙涨，樯乌向日斜。微云变苍狗，轻浪蹙浮花。
风劲回飞雁，林喧集暝鸦。河流应未闭，迟我到京华。

其 二

鬓蓬凋欲尽，岸帻任攲斜。病觉寒裘重，慵嫌细字花。
冻云穿晓日，晴树绕飞鸦。老大惊迟暮，飘零惜岁华。

其 三

闻道河流闭，逢人每问津。天高云幂幂，风细水粼粼。
未种江陵橘，空思千里莼。且邀明月伴，相对解纶巾。

朴寅亮

朴寅亮，字代天，号小华，高丽诗人。竹州（一作平州）人。历官至参知政事。宋元丰三年（1080）使宋，与金觐、李绛孙、卢柳、金化珍等途中唱和70余篇，编为《西上杂咏》。又，朴寅亮与金觐诗合编有《小华集》。《全宋诗》卷893收其《过龟山》。

过龟山

岩岩峻石叠成山，下着蠙珠一水环。塔影倒垂淮浪底，钟声遥落碧云间。
门前客棹洪涛急，竹里僧棋白日闲。一奉胜游堪惜景，故留诗句约重还。

李昭玘

李昭玘（？~1126），字成季，北宋后期书法家，济州钜野（今山东巨野）人。累官太常少卿，自号乐静先生。

过盱眙宿慈氏寺

行役经旬不自聊，强将登览寄春醪。淮吞汴水长增急，城视南峰不让高。
贾客正来喧万井，夕阳初下舣千艘。明朝更作留连计，醉卧西窗听夜涛。

赠盱眙令王邦直

樽酒留连淮水边，一灯相对共茫然。退闲得计我华发，抚字有声君壮年。
幸有高情种松竹，可无余思落淮川。南金不用充行赆，古锦囊中乞数篇。

晁说之

晁说之(1059～1129),字以道,一字伯以,宋济州钜野(今山东巨野)人。元丰五年(1082)进士。官终徽猷阁待制。有《嵩山文集》(又名《景迂生集》)20卷。

淮口作

王畿胡骑满,何地可逃生。尽室半徒步,有舟无水行。
长淮能见阻,久雨自难晴。杂立官称在,低头愧国荣。

和二十二弟龟山寺三绝

其　一

江边龟步亦平平,淮上龟山耸五兵。何但八公山草木,解令王国列金城。

其　二

龟山之操恨时危,语乐徒劳鲁太师。今日龟山无可恨,祥符年上御题诗。

其　三

海岸石龟恨未平,时时入海自冯陵。此山盘礴清淮上,宝塔分功更就曾。

毕仲游

毕仲游,宋郑州管城(今属河南郑州)人,毕士安曾孙。荫补太庙斋郎,后与兄毕仲衍同举进士。曾任罗山、长水知县。哲宗元祐初,除军器监丞,改卫尉寺丞。

过泗州赠同行

往来不绝千竿伞,头尾相衔两岸船。安得楼高三万丈,与君直上看云烟。

许景衡

许景衡(1072～1128),字少伊,人称横塘先生,宋瑞安白门(今属浙江温州)人。杰出的政治家,学识渊博、精通古今的学者和诗人,著有《横塘集》《横山阁》《池上》等。

泗州堂

投宿山房第二回,壁间题字已尘埃。簿书奔走浑无定,更解偷闲几度来。

苏 过

苏过(1072～1123),字叔党,号斜川居士,宋眉州眉山(今属四川)人,苏轼第三子,时称为小坡。历官监太原税、知郾城、通判定州。著有《斜川集》20卷行世。

送李植秀才归盱眙

浊流尽处见淮山,水作青罗拥髻鬟。顿觉山川无与并,固知人物亦相关。

妙年肯作小坡客,瓢饮来同陋巷颜。不为莼鲈起乡思,重亲方在白云间。

自注:先君以砚付八舍弟,有诗曰:吾衰此无用,寄与小东坡。

按:李植,字符植,泗州招信人,进士。靖康初年,植招募忠义两万余众,自淮入徐,趋济几十余战。

周知微

周知微,号明老,宋吴兴(今浙江湖州)人。哲宗绍兴四年(1134)进士。曾任晋阳县尉,后来至京求教授一职不得,一夕而卒(事见《苕溪渔隐丛话》前集卷五十三)。

题龟山(回文诗)

潮回暗浪雪山倾,远浦渔舟钓月明。桥对寺门松径小,槛当泉眼石波清。

迢迢绿树淮天晓,霭霭红霞海日晴。遥望四山云接水,碧峰千点数帆轻。

按:该诗旧时龟山有石刻,见光绪《盱眙县志稿》。《全唐诗》卷708载徐夤《回文诗二首》,其二曰:"轻帆数点千峰碧,水接云山四望遥。晴日海霞红霭霭,晓天江树绿迢迢。清波石眼泉当槛,小径松门寺对桥。明月钓舟渔浦远,倾山雪浪暗随潮。"倒读此诗,只易"江、随"二字之差。周知微抄袭徐夤无疑也。另有书载此诗,落款为苏轼,且冠以《题金山寺》。实乃好事者假苏长公之名,以壮声气也。

洪 炎

洪炎(1107年前后在世),字玉甫,宋南昌(今属江西)人。元祐末进士,官至著作郎、秘书少监。有《西渡集》。

游都梁山

风吹古汳口，云满都梁山。执热厌偪仄，幽寻上孱颜。清泉似石乳，滴沥岩窦间。乞此一觚饮，为祛千载烦。山灵知我意，殷然下层峦。散空作急雨，抉石出甘寒。一酌荡齿颊，三咽薪肺肝。轻躯变滞骨，尘鞅思灵关。来当踏云至，去当御风还。再拜谢神休，幸汝不我悭。

按：古汳口，即汴口。

陈　渊

陈渊（？~1145），字知默，初名渐，字幾叟，学者称默堂先生。宋南剑州沙县（今属福建）人。绍兴间赐进士出身。著有《默堂集》26卷，词3卷。

过　淮

天高秋月凉，风定秋水清。扁舟淮海间，爱此一叶轻。微生久羁旅，艰险已饱更。经今几往来，始见波浪平。篙师且停棹，莫遣鱼龙惊。吾行欲安之，要待东方明。

刘一止

刘一止（1078~1161），字行简，宋湖州归安（今属浙江）人。宣和三年（1121）进士。以言事忤秦桧罢官。桧死，以敷文阁直学士致仕。有《苕溪集》《苕溪词》。

过新开湖呈无言兄御史

整整斜斜村舍居，十十五五沙中凫。潜鱼钓影水深浅，高柳成行烟有无。天阔云低过平楚，已觉淮音近吴语。淮南米贱好留依，正恐不归心更苦。

汪　藻

汪藻（1079~1154），字彦章，宋德兴（今属江西）人。崇宁进士，曾任翰林学士。对金主张退让苟安，曾对李纲进行诋毁。有《浮溪集》。

发淮阴追寄道史诸公

曈曈木末暾朝霞，沄沄水底翻栖鸦。孤帆夕映楚山远，我行正以船为家。去年长安雪盈尺，弄晴杨柳先春芽。今年淮阴雨如雾，黄芦冻笋穿烟沙。东风不作分别态，客从天上来天涯。尊前所恨故人阔，一杯且属江梅花。月明何似故人好，远随驿使朝京华。余方零乱淮堧月，夜寒疏影空横斜。

淮水分清

淮水朝宗旧禹功，苍茫星海落长虹。澄清高寒鸳鸯口，割据平分蛟龙宫。半面云山吞吐里，一天星宿有无中。蜿蜒并驾如飞驭，何必朐门望混同。

龟山上方诗

度险逢幽处，凭谁写壮怀。连甍栖绝壁，孤塔表长淮。
地本吴枫接，山今禹绩皆。潮声遥入寺，竹影自翻阶。
木杪朱栏出，城坳雪浪埋。乾坤迷枉渚，雾雨泄阴崖。
丹叶经寒在，苍洲向晚佳。鱼龙宵听呗，猿鸟昼窥斋。
月满蠙珠实，霜清石磬谐。僧盂收柏子，樵径扫松钗。
左宦书无雁，南烹菜有鲑。风烟欺短发，云水信残骸。
竟作何乡老，虚惭素向乖。江湖今在眼，归合办青鞋。

韩 驹

韩驹(1080~1135)，字子苍，号牟阳，宋陵阳仙井(治今四川仁寿)人。江西诗派诗人、诗论家，学者称陵阳先生。有《陵阳集》4卷。

示龟山平老

其 一

二年三饮龟山井，道上菰蒲亦笑人。犹觉是身多世累，一庵何日与翁邻。

其 二

水横绝浦曾争渡，浪打船头又少留。安得一舟淮上钓，水生水落任沉浮。

孙 觌

孙觌(1081~1169)，字仲益，号鸿庆居士，常州晋陵(今属江苏)人。善属文，尤长四六。著有《鸿庆居士集》《内简尺牍》传世。

读季远诗卷次泗州南山诗韵

跳波乱清淮，一叶寄真赏。南山如高人，标格自矜爽。胡尘暗楚甸，绝境堕渺莽。空城草木春，户外履谁两。怅望壶公龙，乘云自来往。小诗若图画，仿佛见飞桨。从今淮上山，不落梦中想。

李 纲

李纲（1083～1140），字伯纪，号梁溪先生，祖籍福建邵武，祖父一代迁居无锡（今属江苏）。宋徽宗政和二年（1112）进士，历官至太常少卿。钦宗时，授兵部侍郎、尚书右丞。著有《梁溪先生文集》《靖康传信录》《梁溪词》。

泗上瞻礼僧伽塔

汤汤淮泗滨，实为至人居。至人骨已冷，灵响初不渝。巍然窣堵波，金碧耀云衢。突兀三百尺，势欲凌霄虚。乃知天人师，宜有神明扶。忆昔岁乙未，奉亲由此途。开关瞻睟容，端相不可诬。清秋日当午，为现摩尼珠。蝉联宝铎间，悬缀如流苏。万目共瞻睹，稚耋欢惊呼。重来念旧事，感叹涕潸如。再拜礼双足，如师真丈夫。

夜寝梦游泗上观重建僧伽塔才两层塔以今春同普照王寺焚荡殆尽岂大士有意再来此土乎觉而赋诗以纪之

至人于世何所求，随缘应物初不留。缘合则应散则休，起灭幻境如浮沤。僧伽塔踞淮泗流，火焚水转岁几周。国家崇奉德更优，雍熙所建无与俦。层层金碧巧雕锼，凿石作址蟠龙虬。檐间宝铃韵琳璆，势插霄汉神为谋。瑞光焕发垂珠旒，青天白日烂不收。崔巍高殿耸飞楼，千楹万柱烟云浮。谁知兴废相绸缪，铁马驰突横戈矛。四方群盗起如蠡，付以一炬成荒丘。慈航济物众所庥，舍我去矣真可忧。昨宵梦到淮上洲，窣堵再造工方鸠。千章巨木回万牛，此岂有意重来不。塔成大士还旧游，更扶休运三千秋。

淮上感愤

伏读三月六日内禅诏书及传将士榜檄，慨王室之艰危，悯生灵之涂炭，悼前策之不从，恨奸回之误国，感愤有作，聊以述怀。

胡骑长驱扰汉疆，庙堂高枕失提防。关河自昔称天府，淮海于今作战场。
退避固知非得计，威灵何以镇殊方？中原夷狄相衰盛，圣哲从来只自强。

吕存中

吕存中，宋代诗人，孝宗淳熙五年（1178）知长洲。

过宝应湖

半升浊酒试莼羹,贱买鱼虾已厌烹。浅水依蒲有船过,淡烟笼月更人行。

按:录自闻人诠纂嘉靖《宝应县志》卷四。

宋无名氏

绝 句

华馆相望接使星,长淮南北已休兵。便须买酒催行乐,更觅何时是太平!

按:盱眙有资料将该诗系于吴则礼名下,误,此诗反映宋金分淮为界之历史。

曾 几

曾几(1085～1166),字吉甫,自号茶山居士。其先赣州(今属江西)人,徙居河南府(今河南洛阳)。历任江西、浙西提刑、秘书少监、礼部侍郎。有《茶山集》8卷。

食淮白鱼

其 一

帝所三江带五湖,古来修贡有淮鱼。上方无复蠙珠事,玉食光辉却要渠。

其 二

十年不踏盱眙路,想见长淮属玉飞。安得玻璃泉上水,籍糟空有白鱼肥。

李弥逊

李弥逊(1085～1153),字似之,号筠西翁、筠溪居士、普现居士等,宋吴县(今江苏苏州)人。大观三年(1109)进士。以反对议和忤秦桧,乞归田。晚年隐连江(今属福建)西山。有《筠溪乐府》,存词80余首。

淮阴遇风雨

吾庐岂不好,白日苦易夕。如何芳岁阑,尚此千里役。乾坤一虚舟,浩荡楚天碧。江山已在眼,道路修且隔。风雨怕不休,波浪蹴天掷。船头困九牛,屡挽不进尺。人生造化间,有似风中翮。偶去还复来,胡为事形迹。杜陵诛云师,韩子诅风伯。我已两忘言,引觞聊自适。

出汴过淮有作

十年犹愧饱侏儒，却到淮山识旧途。一棹轻于堂上芥，此中闲似水中凫。
受风帆影随南北，弄日云容自有无。不用浮槎泛沧海，半生全欲老江湖。

张元干

张元干（1091～?），字仲宗，号芦川居士、隐山人，宋永福（今福建永泰）人。靖康元年为李纲僚属，协同抗金。绍兴元年（1131）以将作监丞致仕。有《芦川归来》和《芦川词》。

感事四首（丙午冬淮上作）

其　一

国步何多难，天骄据孟津。焦劳唯圣主，游说尽奸臣。
再造今谁力，重围忌太频。风吹迁客泪，为洒属车尘。

其　二

血洒三城渡，心寒粘罕兵。洛师闻已破，陵邑得无惊。
愤切吞妖孽，悲凉托圣明。本朝仁泽厚，会复见承平。

其　三

贼马环京洛，朝廷尚议和。伤心闻徇地，痛恨竞投戈。
始望全三镇，谁谋弃两河。群凶未菹醢，吾合老江波。

其　四

肉食贪谋己，几成国与人。珠旒轻遗贼，玉册忍称臣。
四海皆流涕，三军盍奋身。不堪宗社辱，一战靖边尘。

释斯植

释斯植，字建中，号芳庭，宋武林（今浙江杭州）人。曾住南岳寺，晚年筑室天竺，曰水石山居。与胡三省、陈起等多有唱酬。有《采芝集》《采芝续稿》等。

淮边柳

寂寞淮边柳，春来自舞腰。恨生争战地，不得近官桥。

朱 翌

朱翌(1097~1167),字新仲,号潜山居士、省事老人。宋舒州(今安徽潜山)人。政和八年(1118)同上舍出身,官至敷文阁待制。有《潜山集》《潜山诗余》。

淮人多食蛙者作诗示意

淮人为水族,庖脍亦已巧。田间有鸣鸡,性命得自保。吴人口垂涎,捕取穷浩渺。于吴产或多,于淮求则少。要之业境会,食债良自绕。予也家淮南,游吴尝草草。平生下箸处,但觉皆羊枣。不论赤鲩公,亦及长须老。何况鼓吹部,可作钟鼎宝。世间多空中,所见徒有表。至美不外示,鱼鳖岂皆好。君看十月鹑,羽翼甚轻娇。变化须臾间,不念旧池沼。食鹑乃无言,食蛙或颦愀。鹑蛙等无二,妄想自颠倒。舌根无尽期,所得在一饱。哀哉南路徐,食方说燖燠。但俱供芋羹,不必着锦袄。较之食疮痂,岂但能稍稍。

曹 勋

曹勋(1098~1174),字公显,宋阳翟(今属河南)人。以恩补承信郎,宣和五年(1123)赐同进士出身,仍为武官。靖康之变从徽宗北迁,受徽宗半臂绢书,自燕山逃归。孝宗朝拜太尉。著有《松隐文集》《北狩见闻录》等。

隋堤草

绵绵隋堤草,草色翠如茵。梧桐间桃李,秾艳骄阳春。杨柳垂金堤,拂舞无纤尘。行人不敢折,守吏严呵嗔。大业一崩陨,九庙犹荆榛。隋堤草与木,采斫杂樵薪。秋风号枯枝,野火烧陈根。 园林宫馆尚禾黍,草木于尔何足论。

淮上幕府

上将宣威重,长淮朔吹来。兵戎已超距,鼓角有余哀。
日薄云多暝,天寒火易灰。诗成且排闷,兴在倒金罍。

过淮甸

长淮烟静是天津,兵里因循一半分。尚有旧时鸥怀鹭,夕阳归处记南云。

刘子翚

刘子翚(1101~1147),字彦冲,号病翁,宋崇安(今属福建)人。曾任兴化军通判。后退居屏山,学者称为屏山先生。朱熹尝从其问学。有《屏山集》。

渡 淮

鸣鼙渡长淮,霏烟散清晨。皎皎初日光,照耀草木新。横林度余碧,叠嶂开嶙峋。移桡失向背,烟波浩无垠。儿童相棹歌,余心亦欣欣。轻帆互相逾,画鹢映流津。徘徊望洲渚,悠然独怀人。樵渔有栖遁,寂寞谁问邻。暮风翻洪涛,鱼虾亦有神。四顾天地黑,孤舟恐漂沦。

按:该诗正德、天启《淮安府志》均作戴屏山所作。

王十朋

王十朋(1112~1171),字龟龄,号梅溪,宋乐清人。绍兴二十七年(1157)状元。南宋著名政治家和诗人,伟大爱国主义者。以名节闻名于世,刚直不阿。

过三叉

派别从金口,江行过玉沙。风湾遇八叠,烟渚过三叉。
柳老余春色,樽空负月华。端如退之语,江远共蒹葭。

芮 烨

芮烨(1115~1172),字仲蒙,宋乌程(今浙江湖州)人。绍兴十八年(1148)进士,历官监察御史、广西东路转运判官,乾道五年(1169),除国子司业,旋升祭酒。有《易传》一卷、诗4卷。

从沈文伯乞娑罗树碑

楚州淮阴娑罗树,霜露荣悴今何如。能令草木死不朽,当时为有北海书。荒碑雨侵涩苔藓,尚想墨本传东吴。

洪 适

洪适(1117~1184),原名造,后更名适,字景伯,号盘州,洪皓长子。宋饶州乐平(今属江西)人。金石学方面造诣颇深,与欧阳修、赵明诚并称为宋代金石三大家。

送吴傅朋知盱眙军

龟山其下古淮堧,上驷骎骎稳着鞭。千里八年闻皂盖,九重一旦下青毡。
名郎他日曾趋禁,静镇今朝叠典边。簪笔侍书公雅意,熏风殿阁待诚悬。

按:吴傅朋,信州(今属江西)人,南宋时知盱眙军。

韩元吉

韩元吉(1118~1187),字无咎,号南涧,宋开封(一作许昌)人。著有《涧泉集》《涧泉日记》《南涧甲乙稿》《南涧诗余》。

初见龟山塔

烟里微茫第一山,眼明白塔俯沧湾。尘埃满面三千里,一笑相看似梦间。

颜师鲁

颜师鲁(1119~1193),字几圣,宋龙溪(今福建漳州)人。高宗绍兴十二年(1142)进士,累迁吏部尚书兼侍读,光宗绍熙二年(1191),知泉州。谥定肃。

第一山

闻说淮南第一山,老来方此凭栏干。孤城不隔长安望,落日空悲汴水寒。

按:第一山旧有石刻。

陆 游

陆游(1125~1210),字务观,宋山阴(今浙江绍兴)人。曾两任通判,并先后参加王炎、范成大幕府,但他的抗金爱国主张没有实现,自号放翁。存诗词9300多首。

次韵郑盱眙见寄并简其甥刘君

衣上空嗟京洛尘，故交半作白头新。众中初得见吾子，东观已疑无若人。
仗马极知非久斥，沙鸥要是孰能驯。两章英妙同时到，赵壹囊中却未贫。

按：郑盱眙，指郑某，知盱眙军。

郑汝谐

郑汝谐(1126～1205)，字舜举，号东谷，宋处州青田(今属浙江)人。绍兴进士，官吏部侍郎、徽猷阁待制。有《东谷集》。

盱眙第一山

忍耻包羞事北庭，奚奴得意管逢迎。燕山有石无人勒，却向都梁记姓名。

按：石刻今存盱眙第一山。

章　甫

章甫，字冠之，自号转庵、易足居士，宋饶州鄱阳(今属江西)人。早年曾应科举，后以诗游士大夫间，与韩元吉、陆游、张孝祥等多有唱和。

盱眙馆中题云山图

北风三日吹黄土，长淮浪高少人渡。客愁正坐小窗间，眼明见此江南山。好山连娟螺髻鬟，白云无心终日闲。野桥溪水流弯环，旁有幽人昼掩关。道路只今多险艰，林泉有约吾当还。黄精可驻冰雪颜，时时令人双鬓斑。

即　事

初失清河口，骎骎遂逼人。余生偷岁月，无处避风尘。
精锐看诸将，谋谟仰大臣。懦夫忧国泪，欲忍已沾巾。

次韩无咎盱眙道中韵

人家过午绝炊烟，陇上羸牛挽不前。冠退皇恩方掩骼，民饥客饭只烹鲜。
观风到处春随马，楗水归时月满川。王事独贤无倦色，鸡鸣起坐屋三椽。

予归自都梁魏子深来自滁州坐间酌酒

道路长年笑此身，绝怜尘土涴衣巾。飞花数点已愁客，归雁一声如唤人。
州县驱驰君欲老，江湖流落我常贫。相逢却恨成匆遽，不醉沙头烂熳春。

范成大

范成大（1126～1193），字致能，号石湖居士，宋吴县（今江苏苏州）人。南宋名臣、文学家、诗人，与陆游、杨万里、尤袤合称南宋“中兴四大诗人”。

渡 淮

船旗衮衮径长淮，汴口人看拨不开。昨夜南风浪如屋，果然双节下天来。

尤 袤

尤袤（1127～1194），字延之，号梁溪居士，又号遂初居士，宋无锡（今属江苏）人。绍兴十八年（1148）进士，官终礼部尚书兼侍读。有《遂初堂书目》《梁溪遗稿》。

淮民谣

东府买舟船，西府买器械。问侬欲何为，团结山水寨。寨长过我庐，意气甚雄粗。青衫两承局，暮夜连勾呼。勾呼且未已，椎剥到鸡豕。供应稍不如，向前受笞棰。驱东复驱西，弃却锄与犁。无钱买刀剑，典尽浑家衣。去年江南荒，趁熟过江北。江北不可往，江南归未得。父母生我时，教我学耕桑。不识官府严，安能事戎行。执枪不解刺，执弓不能射。团结我何为，徒劳定无益。流离重流离，忍冻复忍饥。谁谓天地宽，一身无所依。淮南丧乱后，安集亦未久。死者积如麻，生者能几口。荒村日西斜，破屋两三家。抚摩力不足，将奈此扰何。

杨万里

杨万里（1127～1206），字廷秀，号诚斋，宋吉州吉水（今属江西）人。绍兴二十四年（1154）进士，曾任太常博士、广东提点刑狱、尚书左司郎中兼太子侍读、秘书监等。其诗构思新巧，语言通俗明畅，时称“诚斋体”。著有《诚斋集》。盱眙第一山有杨万里于淳熙十六年（1189）摩崖题名。

至洪泽

今宵合过山阳驿，泊船问来是洪泽。都梁到此只一程，却费一宵兼两日。正缘夜来到渎头，打头风起浪不休。舟人相贺已入港，不怕淮河更风浪。老夫摇手且低声，惊心犹恐淮神听。急呼津吏催开闸，津吏叉手不敢答。早潮已落水入淮，晚潮未来闸不开。细问晚潮何时来，更待玉虫缀金钗。

渎头阻风

天寒春浅蛰未开，船头一声出地雷。老夫惊倒卷帘看，白浪飞从东海来。东海复东几万里，扶桑顷刻到长淮。琉璃地上玉山起，玉山自走非人推。似闻海若怒川后，雨师风伯同抽差。夜提横水明光甲，大呼一战龟山颓。老夫送客理归棹，适逢奇观亦壮哉。岂不怀皈船不进，系缆古柳依云堆。须臾惊定却成喜，分付客愁金缕杯。

过淮阴县

索寞淮阴县，人家草草中。荻篱纬春胜，茅屋学船篷。
今日非昨日，南风转北风。霍然香雾散，放出一轮红。

嘲淮风进退格

絮帽貂裘莫出船，北窗最紧且深关。颠风无赖知何故，做雪不成空自寒。
不去扫清天北雾，只来卷起浪头山。便能吹倒僧伽塔，未直先生一笑看。

嘲淮浪

碧琉璃地展青罗，横作一波仍万波。突起银山倚空立，碎成雪阵掠人过。
争先打岸终谁胜，淘尽浮沙奈汝何。借与楼船泄余怒，摇来兀去尽从他。

初食淮白鱼

淮白须将淮水煮，江南水煮正相违。霜吹柳叶落都尽，鱼吃雪花方解肥。
醉卧糟丘名不恶，下来盐豉味全非。饔人且莫供羊酪，更买银刀三尺围。

过淮阴县题韩信庙（前用唐律后用进退格）

其　一

来时月黑过淮阴，归路天花舞故城。一剑光寒千古泪，三家市出万人英。
少年胯下安无忤，老父圯边愕不平。人物若非观岁暮，淮阴何必减宣成。

其 二

鸿沟只道万夫雄，云梦何销武士功。九死不分天下鼎，一生还负室前钟。
古来犬毙愁无盖，此后禽空悔作弓。兵火荒余非旧庙，三间破屋两株松。

望楚州新城

已近山阳望渐宽，湖光百里见千村。人家四面皆临水，柳树双垂便是门。
全盛向来元孔道，杂耕今是一雄藩。金汤再葺真长策，此外犹须仔细论。

按：新城，指新修过的楚州城，周10公里，金使路经此，曾称“银铸城”，可见其规模。

题盱眙军东南第一山

其 一

建隆家业大于天，庆历春风一万年。廊庙谋谟出童蔡，笑谈京洛博幽燕。
白沟旧在鸿沟外，易水今移淮水前。川后年来世情了，一波分护两涯船。

其 二

第一山头第一亭，闻名未到负平生。不因王事略小出，那得高人同此行。
万里中原青未了，半篙淮水碧无情。登临不觉风烟暮，肠断渔灯隔岸明。

按：此诗第一山旧有石刻。下一首《玻璃泉》亦有石刻。

题盱眙军玻璃泉

清如淮水未为佳，泉迸淮山好煮茶。镕出玻璃开海眼，更和月露瀹春芽。
仰看绝壁一千丈，削下青琼无点瑕。从事不浇愁肺渴，临泓带雪吸冰花。

过磨盘口得风挂帆

两岸黄旗小队兵，新晴归路马蹄轻。全番长笛横腰鼓，一曲春风出塞声。
鹊噪鸦啼俱喜色，船轻风顺更兼程。却思两日淮河浪，心悸魂惊尚未平。

题龟山塔

其 一

龟山独出压淮流，宝塔仍居最上头。银笔书空天作纸，玉龙拔地海成湫。
向来一厄遭群犬，挽以六丁兼万牛。逆血腥膻化为碧，空余风雨鬼啾啾。

其 二

旧岁新年来往频，孤标数面便多情。独将白发三千丈，上到瑶台十二层。
万里海风吹不动，半轮淮月为谁明？东坡旧迹无寻处，试问龛中锦帽僧。

过甓社诸湖

为爱淮中掌似平，忽逢巨浸却心惊。怪来万顷不生浪，冻合五湖都是冰。

碧玉湖宽容我到，白银地滑没人行。兹游只道清无价，清杀诗翁老不胜。

自注：高邮西北有新开、甓社、塘下、五湖、平阿、七里、张良、味湖，又有羡里、石白、鹅儿白，凡十一湖相连。内有一湾，名子父湾。见《图经》。

盱眙军无梅郡圃止有蜡梅两株

其　一

只道横枝春未回，又疑不肯犯寒开。逢人问讯花消息，不识江梅只蜡梅。

其　二

腊里花开已是迟，西湖十月见琼肌。岭头犹说南枝暖，却向淮南觅北枝。

初入淮河四绝句

其　一

船离洪泽岸头沙，人到淮河意不佳。何必桑乾方是远，中流以北即天涯。

其　二

刘岳张韩宣国威，赵张二相筑皇基。长淮咫尺分南北，泪湿秋风欲怨谁。

其　三

两岸舟船各背驰，波痕交涉亦难为。只余鸥鹭无拘管，北去南来自在飞。

其　四

中原父老莫空谈，逢着王人诉不堪。却是归鸿不能语，一年一度到江南。

过新开湖五首

其　一

奇哉万顷水精盆，一线青罗缘却唇。只有向南接天去，更和一线也无痕。

其　二

渔郎艇子入重湖，老眼殷勤看着渠。看去看来成怪事，化为独雁立横芦。

其　三

白苇黄芦尚带秋，长风远水几时休。愁人对着君休问，不是愁人也作愁。

其　四

一鸥得得隔湖来，瞥见鱼儿眼顿开。只为水深难立脚，翩然飞下却飞回。

其　五

远远人烟点树梢，船门一望一魂销。几行野鸭数声雁，来为湖天破寂寥。

过新开湖

渔家可是厌尘嚣，结屋圆沙最尽梢。外面更栽杨柳树，上头无数鹭鸶巢。

清晓洪泽开闸

满闸浮河是断冰，等人放闸要前行。略能开得两三板，争作摧琼裂玉声。

雨作抵暮复晴

其 一

栖鹊无阴庇湿衣，行人仄伞避斜丝。船兵归后轿兵去，独立淮河暮雨时。

其 二

细雨如尘复似烟，两淮渡口各收船。南商北贾俱星散，古庙无人烧纸钱。

登楚州城望淮河

望中白处日争明，个是淮河冻作冰。此去中原三里许，一条玉带界天横。

朱 熹

朱熹（1130～1200），字元晦，一字仲晦，号晦庵，宋婺源（今属江西）人。绍兴十八年（1148）进士，宁宗初，除焕章阁待制、侍讲，旋以本职提举南京鸿庆宫。

春 日

胜日寻芳泗水滨，无边光景一时新。等闲识得东风面，万紫千红总是春。

张 栻

张栻（1133～1180），字敬夫，号南轩，宋汉州绵竹（今属四川）人。张浚之子。历官至右文殿修撰，提举武夷山冲祐观。与朱熹、吕祖谦齐名。有《张南轩公全集》。

题淮阴祠

秦关昔先驱，南郑岂淹久。夜中丞相归，平明印垂肘。古来豪杰人，调度出窠臼。登坛一军惊，六合已在手。从兹看廓清，指挥如运帚。时艰思奇才，庙古酹樽酒。出门望长淮，故国长稂莠。同云正惨淡，人事极纷纠。拘挛傥无累，吾欲献九九。

陈 造

陈造(1133~1203),字唐卿,宋高邮(今属江苏)人。以词、赋闻名艺苑,撰《芹宫讲古》,阐明经义,人称"淮南夫子"。有《江湖长翁文集》。

都 梁

其 一

淮汴朝宗地,孤障只眼前。谯楼西日淡,戍鼓北风传。
破竹非无计,浇瓜亦自贤。客愁浑几许,抚剑倚旻天。

其 二

天外纤云尽,山巅望眼遥。平淮剪绿野,白塔界晴霄。
客里风光异,吟边物象骄。功名他日事,回首兴萧条。

其 三

新居得翠微,景趣自幽奇。白石群羊卧,修篁翠葆攲。
山光衔睥睨,云影傍藩篱。席户无车马,禽猿不更疑。

其 四

关塞凄凉处,青徐指顾边。如何汉正朔,不尽禹山川。
将略轻三捷,天威重万全。诸公不惕日,老子判留年。

其 五

路恶唯沙碛,山回忽市廛。楼台明晚照,花竹暝寒烟。
生事知无警,欢声验有年。犹嫌武陵遇,不载割淮鲜。

其 六

犬吠葱青里,人家竹径深。短篱循石涧,老屋枕烟岑。
牛瘠知春事,鸠啼认晏阴。丰年易为客,杯酒慰幽寻。

其 七

向来经世蕴,每作负山驰。鬓发不留黑,京尘惭旧缁。
生涯黄卷在,心事白鸥知。回首林泉癖,穷吾不为诗。

其 八

年年汉臣节,春雁与同归。番俗尊华服,皇家后武威。
市中斜毦贱,水外拂庐稀。南北皆生息,和亲果是非。

陪盱眙王使君东游

其 一

锦席浮波影,牙樯转雾霏。飞花窥碧酒,舞蝶傍红衣。
野日歌前淡,云峰望处微。游鱼应与乐,啼鸟莫催归。

其 二

缆解鸥飞处,船移柳影中。林庐桃李月,浦溆蕙兰风。
酒浅能无醉,歌长惜有终。赋诗聊泚笔,寓意未须工。

其 三

红旗围皂盖,离迥碧山隅。水色含云树,宾筵著画图。
香漫金凿落,花亚锦屠苏。醉里银丝脍,鱼舟不待呼。

其 四

风林山缺处,茅舍两三家。小驻回鹖队,重寻粟玉花。
疏烟横暖霭,碧溜漱晴沙。野兴未渠尽,数峰明晚霞。

归自湖西

晨具湖西饭,还家腹果然。怒风长擘席,急浪不鸣船。
身觉青冥上,情留白鸟边。衰年端一快,整帽向云天。

都梁途中

西来行路未妨长,敢指淮山作异乡。随处馈浆惊御寇,有人酬药话韩康。
柳方弄色新经雨,云似多情巧护霜。风俗淳庞节物好,一樽时与倒诗囊。

庆元冬再到盱眙

其 一

虎头山下参天柳,亲见栽时共我长。柳自摧残人自老,半生不抵熟黄粱。

其 二

日行荦确面孱颜,旧惯山居意易阑。见说烟霞暝峭崒,北人争指画图看。

送羊侯因简崔帅(节选)

淮白不下槎头鳊,叔子小驻当还辕。有人北望心拳拳,无使渴德垂馋涎。

赵公豫

赵公豫(1135～1212),字仲谦,宋常熟(今属江苏)人。绍兴年间进士,官至宝谟阁待制。有《奏议》、《燕堂类稿》16卷。《四库全书》收其《燕堂诗稿》1卷。

韩侯钓台

湖水盈盈历古今,我来凭吊识淮阴。王孙自失三齐志,漂母谁怜一饭心。
封拜不堪仍赤族,交游未可仗黄金。富春亦有垂纶者,独引高风爽客襟。

袁说友

袁说友(约1137～约1202),字起岩,号东塘居士,宋建安(今福建建瓯)人,侨居湖州。隆兴元年(1163)进士,历官至枢密院参知政事。著有《东塘集》。

入　淮

桐柏分源远,清流接泗滨。于何号边境,不忍问淮民。
北顾关山在,西风草木新。天河如可挽,吾欲洗边尘。

登第一山

极目俄登最上岩,秋风衰草塞云间。漫游江浙几千里,今识东南第一山。
志士逢时宁恨晚,壮怀有泪不须潸。兴亡自古知多少,天道何曾不好还。

按:光绪《盱眙县志稿》卷十三"金石":《乾隆志》以此诗为欧阳修《登瑞岩》,用米南宫《第一山》韵,前已辨其误。兹见原石为绍熙二年,诗见袁说友《东塘集》。不好还,一作不再还。

发山阳得顺风

晓入山阳古渡头,轻帆猎猎送行舟。风师怜我征程滞,顷刻扬舲到泗州。

王　信

王信(1137～1194),字诚之,宋丽水(今属浙江)人。绍兴进士,权考功郎官,累官中书舍人,尝假礼部尚书使金。盱眙第一山有其淳熙十二年(1185)题名。著有《是斋录》。

东南第一山

禹迹茫茫万里天，望中皆我旧山川。谁将淮水分南北，直到幽燕始是边。

按：该诗第一山旧有石刻。

楼 钥

楼钥(1137~1213)，字大防，又字启伯，号攻愧主人，宋明州鄞县(今浙江宁波)人。隆兴元年(1163)进士，历官温州教授，起居郎兼中书舍人，卒谥宣献。

泗州道中

宿雪助寒色，相看汴水滨。轻车兀残梦，群马溅飞尘。
行役过周地，官仪泣汉民。中原陆沉久，任责岂无人。

蔡 戡

蔡戡(1182年前后在世)，字定夫，宋常州武进(今属江苏)人。宋乾道二年(1166)进士，官至宝谟阁直学士。有文集40卷，今存《定斋集》20卷。

东南第一山

自古东南第一山，于今无异玉门关。乱云衰草苍茫外，赤县神州指顾间。
击楫何人酬壮志，凭栏终日惨愁颜。中原父老应遗恨，只见旃车岁往还。

按：此诗第一山旧有石刻。

王卿月

王卿月(1138~1192)，字清叔，号惺斋，一作星庵，宋开封祥符人，徙台州。乾道(1165~1173)间进士，文武双进士，绍熙三年以吏部尚书为金国生辰使，行至扬州而卒。博学多才，画学廉布枯木竹石。有《攻愧题跋》《画史会要》《图绘宝鉴》。

长淮晚望

目断长淮渺莽中，孤城突兀倚层空。寒砧几处递秋信，渔笛一声横晚风。
龙吐晴云岚气白，鸦翻落日水天红。扁舟今夜宿何处，赤壁断矶芦苇丛。

刘　过

刘过(1154～1206),字改之,号龙洲道人,宋吉州太和(今江西泰和)人。南宋文学家。与陈亮、岳珂友善。词风近辛弃疾,抒发抗金抱负,与刘克庄、刘辰翁享有“辛派三刘”之誉。有《龙洲集》《龙洲词》。

盱眙行

车徐行,马缓驰,天寒游子来盱眙。功名邂逅未可知,生身毕竟要何为。既不视草黄金闺,又不陪宴白玉墀。何不夜投将军扉,劝上征鞍鞭四夷。沧海可填山可移,男儿志气当如斯。安能生死困毛锥,八韵作赋五字诗。金牌郎君黄头儿,有眼不忍重见之。志大才疏浩无期,逢人举似人笑嬉。谓为痴儿未必痴,唤作奇士何能奇!

虞　俦

虞俦,字寿老,宋宁国(今属安徽)人。隆兴进士,曾为运漕使者至盱眙,第一山有其宋嘉泰二年(1202),庆元、嘉泰间(1195～1204)题名。工诗文,著有《尊白堂集》24卷。

余护客至盱眙忽有召命应广文有诗相庆因用韵以谢

尺一西来唤我归,扁舟正是泛淮时。功名不复平生梦,物色能销几首诗。
去国九年嗟已老,暮途双节偶然持。一丘一壑真吾事,惭愧夔龙集凤池。

使北宿留盱眙

浩荡春风吹客愁,谁教杨柳系行舟。燕然有约终须到,淮水无情只漫流。
蝶弄风光还草草,雁传消息底悠悠。梨花寒食无多日,且傍南山作胜游。

回程泗州道中

淮北燕南昔混同,相望却恨马牛风。往来未省谁为伴,言语从来自不通。
百岁遗民愁绪外,数声羌笛梦魂中。径须争渡长淮去,三月烟尘一洗空。
自注:接送皆女真人。接送伴先乘马,以笛自随。

十二月初六日抵仪真廨舍次日即出护使客天气严寒里河冰合有厚一二尺者打冻峻急不免取山路径走都梁

王式当年本不来,那堪岁晚犯尘埃。淮分南北谁为梗,路适东西意自哀。

锦缆千艘分玉帛，冰河万处碎琼瑰。只消一夜东风力，一一船头尽拨开。

夜舟过龟山

长淮东下月西流，起视龟山势若浮。砢岸崎岖须列炬，波涛汹涌更行舟。今秋暴涨尤堪畏，去岁坚冰亦合忧。有底往来能屑屑，痴儿了事几时休。

将至泗州闻杜鹃声甚急

长淮准拟濯尘埃，汉节何妨一往回。杜宇不知归路近，树头声急更相催。

张孝忠

张孝忠，字正臣，宋历阳（今安徽和县）人。隆兴元年（1163）进士。著有《野逸堂词》。

过盱眙

淮海无波塞不尘，题诗因得吊遗民。山河信美今戎索，耆老虽存亦外臣。

许及之

许及之（？～1209），字深甫，宋温州永嘉（今浙江）人。隆兴元年（1163）进士。

虏行移以盱眙为肝胎

华风虽染不知裁，将底论思献纳来。杕杜昔曾闻杖社，盱眙今却见肝胎。

入泗州

越境张旃入泗州，隔帘翁媪拜含愁。可怜万折朝宗意，误尔尸臣死亦羞。

临淮望龟山塔

几共浮图管送迎，今朝喜见不胜情。如何抖得红尘去，且挽清淮濯我缨。

登第一山

其　一

登临休作楚囚悲，遮莫人心知汉思。畴昔百闻今一见，勉旃报国在男儿。

其　二

几因护客数登临，怅望神州久陆沉。今日登临身是客，经行应切此时心。

赵秉文

赵秉文(1159～1232),字周臣,号闲闲居士,金磁州滏阳(今河北磁县)人。大定二十五年(1185)进士,曾任礼部尚书兼侍读学士。诗文书画皆工,在当时颇有文名。

淮阴侯庙

地险山危气势雄,将军从此建奇功。兴刘业就人何在,破楚名存事已空。
故垒带烟余杀气,荒祠向晚动悲风。功名盖世今如此,读罢残碑思不穷。

吕　定

吕定,字仲安,宋新昌(今属浙江)人。孝宗朝以功迁从义郎,累官殿前都指挥使、龙虎上将军。著有《说剑集》1卷。

夜宿甓社湖

湖光如镜迥无山,耿耿银河路可攀。万象不移天地外,一尘能到水云间。
月明孤屿森楼阁,夜静飞仙过珮环。借问盂城何处是,微微灯火绿杨湾。

金朋说

金朋说,字希传,号碧岩,宋休宁(今属安徽)人。孝宗淳熙十四年(1187)进士,知鄱阳时值庆元党禁,归隐于碧岩山。有《碧岩诗集》2卷。

漂母堂

恻隐殊无一念仁,谁能推食食王孙。纷纷天下奇男子,不及淮阴一妇人。

霍　箎

霍箎,字和卿,宋丹徒(今江苏镇江)人。隆兴元年(1163)进士,淳熙十六年(1189)知盱眙军。光宗绍熙二年(1191),起知澧州。后移成都府路转运判官,卒于官。《京口耆旧传》有传。盱眙第一山有霍箎于淳熙十六年(1189)题名石刻。

东山飞步亭

杏花岩左劘东岩，驱使淮山指顾间。招信上流总奔赴，僧伽孤塔正弯环。
今来古往空陈迹，远草斜阳只惨颜。走马看山真懡㦬，忙中拾得片时闲。

按：此诗一作杨万里作。

戴复古

戴复古(1167～?)，字式之，号石屏，宋天台黄岩(今属浙江)人。江湖派著名诗人。部分作品抒发爱国思想，反映人民疾苦。其词风格豪放，接近苏辛。有《石屏诗集》《石屏词》。

淮上春日

边寒客衣薄，渐喜暖风回。社后未闻燕，春深方见梅。
壮怀频抚剑，孤愤强衔杯。北望山河语，天时不再来。

淮岸阻风

舣棹枫林外，平沙步晚晴。秋深红鹤至，波动白鸥惊。
荻浦留三日，江州计几程。夜来风色好，行不待天明。

盱眙北望

北望茫茫渺渺间，鸟飞不尽又飞还。难禁满目中原泪，莫上都梁第一山。

按：此诗第一山旧有石刻。

淮村兵后

小桃无主自开花，烟草茫茫带晚鸦。几处败垣围故井，向来一一是人家。

路德章

路德章，宋宁宗嘉定十三年(1220)前后在世。

盱眙旅舍

道旁茅屋两三家，见客擂麻旋点茶。渐近中原语音好，不知淮水是天涯。

按：此诗第一山旧有石刻。

高 翥

高翥(1170～1241),初名公弼,字九万,号菊涧,宋余姚(今属浙江)人。游荡江湖,布衣终身。是江南诗派中的重要人物,有“江湖游士”之称。有《菊涧集》1卷。

行 淮

老翁八十鬓如丝,手缚黄芦作短篱。劝客莫嗔无凳坐,去年今日是流移。

赵师秀

赵师秀(1170～1219),字紫芝,号灵秀,亦称灵芝,又号天乐,宋永嘉(今浙江温州)人。诗人。

寄赵楚州

承明虽妙古云劳,小借临边却自豪。韩信所封兵尚劲,刘伶曾住酒应高。
牵来宝马通言语,放去雕弓落羽毛。别有异时人忆处,万株杨柳绿春壕。

吴 陵

吴陵,字季高,号昭武,宋临川(今属江西)人。宁宗嘉定十年(1217)进士。

盱眙郡楼

风物凄凉天地秋,凭高不尽古今愁。关河北望三千里,淮泗东来第一州。
日暮边声传画角,早寒霜气袭重裘。干戈澒洞何时静,王粲长吟独倚楼。

按:盱眙郡楼,一作淮角楼,在盱眙县东北斗山上。

李俊民

李俊民(1177～1260),字用章,金泽州(今属山西)人。承安五年(1200)进士第一,应奉翰林文字,擢朝请大夫。金元交替,弃官不仕。有《庄靖文集》《庄靖先生乐府》《庄靖集补遗》。

集古南游

一片归心白羽轻(高蟾),一场春梦不分明(张泌)。

东风二月淮阴郡(刘商),总是关山离别情(王昌龄)。

真德秀

真德秀(1178~1235),字景元,后更景希,宋建州浦城(今属福建)人。庆元进士,理宗时为中书舍人,擢礼部侍郎等职。有《西山文集》《大学衍义》等。

使都梁次韵

第一山前路半芜,凭栏小立捻吟须。云归紫塞无来雁,冰断黄流不渡狐。
此日都梁聊共醉,向来夷甫可长吁。淮山那管人间事,依旧青青出画图。

按:此诗第一山旧有石刻。

刘克庄

刘克庄(1187~1269),初名灼,字潜夫,号后村,宋莆田(今属福建)人。理宗时赐同进士出身,先后五次被罢黜,官终工部尚书。有《后村先生大全集》。

淮捷一首

扫地南来蜂出窠,裔夷谋夏欲如何。传闻挞览毙一矢,惊走单于骑六骡。
匹马只轮番部曲,寸天尺地汉山河。晋公幕府多名士,不欠寒儒作凯歌。

华　岳

华岳,字子西,宋贵池(今属安徽)人。开禧元年(1205)因上书请诛韩侂胄、苏师旦,下建宁狱。嘉定十年(1217)武科第一,密谋除去丞相史弥远,下临安狱,杖死东市。有《翠微先生北征录》。

知　遇

淮阴西汉一英雄,史氏持衡论亦工。不向追亡羡萧相,却于援死著滕公。
岂知并绩三人杰,皆自当时一语功。后世人材自戕贼,炎凉安得古人风。

王 鹗

王鹗(1191~1273),字百一,曹州东明(今属山东)人。元初大臣。金正大元年状元,授翰林应奉。忽必烈接位,授翰林学士承旨。曾参与制定典章制度。

至盱眙

盱眙山色势巍然,淮泗波光接远天。好景画图收不得,都将胜事付吟篇。

周 弼

周弼(1194~1255),字伯弜(一作伯弼),宋汝阳(今属河南)人。宁宗嘉定间进士,十七年(1224)解官,后漫游东南各地。有《端平集》12卷。

赠别水云翁

离离双鬓似秋蓬,惯逐沙鸥与断鸿。漂母矶头春水阔,扁舟何处系东风。

吴宗旦

吴宗旦,金承安年间(1196~1200),试工部尚书。

都梁宫

从来香草骚人咏,晚作离宫炀帝游。三殿重重锁秋色,七泉脉脉贯中流。

张 建

张建(约1190年前后在世),字吉甫,自号蓝泉老人,金蒲城(今河南长垣)人。金明昌初,以才行举,授绛州教官,召为官校,应奉翰林文字,以淳素受知于章宗,超擢同知、华州防御使事。尝有《蓝泉老人集》行世。

韩信庙

一檄风驰万垒降,当时意趣已难量。既能归汉识真主,何必下齐求假王。
帷幄深严岩树碧,旌旗摇曳岭云黄。我诗责备春秋法,胜把君侯美处扬。

来　俌

来俌,金京兆(今陕西西安)人。父国华,正隆(1156~1161)间为京兆学正,号关中夫子。俌业词赋,以四举终场当赐第,未及受恩而卒。有三子,次曰献臣,兴定五年(1221)进士。来氏三代以文学名世,为陕右儒学之冠。

题淮阴侯韩信墓

楚汉争雄日,将军亦奋扬。一时分去就,两处系兴亡。
幸得逢真主,何需求假王。惜乎高鸟尽,不免良弓藏。

朱继芳

朱继芳,字季实,号静佳,宋建安(今福建建瓯)人。绍定五年(1232)进士,历知龙寻、桃源县,调宜州教授未赴。有《静佳龙寻稿》《静佳乙稿》。

淮　客

长淮万里秋风客,独上高楼望秋色。说与南人未必听,神州只在阑干北。

宋代赵某

游都梁

其　一

暮烟迷海戍,远水接淮天。拍塞凭栏恨,神京在北边。

其　二

才入都梁郡,愁登第一山。不堪高处望,未得故疆还。

按:诗见《舆地纪胜》。

沈　诚

沈诚,南宋永嘉人。

游都梁赋

昔中原兮今过头，抱良图兮气干牛。窥泗城兮辨古汴，临清浦兮思白沟。

李　汾

李汾，曾在金国为官。

韩淮阴信感遇

仗剑淮阴去复还，举头西望识龙颜。堂堂竟握真王印，未害男儿辱胯间。

潘　柽

潘柽，南宋人。盱眙旧有其《上龟山寺》诗石刻。

上龟山寺

菜花开处认遗基，荒屋残僧未忍离。寺付丙丁应有数，岸分南北最堪悲。
金铃塔上如相语，铁佛风前亦敛眉。野匠不知行客意，竟磨浓墨打顽碑。

阎苍舒

阎苍舒，南宋人。盱眙第一山旧有其《第一山》诗石刻。

第一山

极目平淮渺莽间，翠峦特地起烟鬟。要渠天下无双手，题作东南第一山。

蒋　介

蒋介，南宋人。盱眙第一山旧有其《第一山》诗石刻。

第一山

第一山前万里秋，野花衰草替人愁。中原好在平如掌，莫把长淮当白沟。

敖陶孙

敖陶孙，字器之，号臞翁，一号臞庵，自称东塘人。

赠龟山慧海长老

向来缚虎正死急，今日看牛无可鞭。我提审定之两印，十年勘尽诸方禅。浙东西山好僧相，头目静如秋水莲。试令回眼参壁观，掣顿已作猕猴颠。平生棒喝不作用，何者可毒臞翁拳。龟山爬沙吸淮海，上有蜀客蹲其颠。石颅铁脊锯牙齿，老龟无力供回旋。自言小来坐鬼窟，木客对诵明月篇。山中白石足朝饭，无语可对蹲鸱前。一行乃得命大谬，万事瓦裂今萧然。只念竿木事游戏，铁胎五百成拘牵。至人无心亦到我，顾念尘脚相摩湔。是身如云即虚幻，安要包裹争鲜妍。尔来臞翁颇狡狯，随风转柂忘洄沿。都梁采药竟何有，杖头挑得枯藤仙。高堂暗坐触蝙蝠，放光时有阶头砖。了无一法可酬难，蒲团禅板久已捐。山空月明础石员，百围老干行参天。何当断手释椎凿，与师共泛荆溪船。

季履道

季履道，南宋人。龟山旧有其《龟山》诗石刻。

龟　山

浊酒三秋馆，青灯半夜花。故人浑在目，幽梦暂还家。
淮近风偏恶，山高月易斜。新霜何处雁，片影落平沙。

崔敦礼

崔敦礼，南宋人。龟山旧有其《龟山》诗石刻。

龟　山

当年王气拥神州，衮衮朝宗此地由。自昔好山犹故色，只今清泗漫安流。
苍烟锁合神仙府，宿藓封深魍魉囚。病眼不堪重北望，西风挥泪下扁舟。

游龟山

舟行十日困拘挛，到此登临意气掀。山断蜂腰盘汉表，水分燕尾入淮门。
石埋万古英豪笔，洞锁千年魍魉魂。怀昔感今无限意，夕阳人去乱鸦翻。

释正觉

释正觉，南宋人。

游龟山和何学士

一宿曹溪今乃时，永嘉想见未忘兹。如何淮风遏行色，不得扶杖相参随。斯须佳惠玩珠璧，璨然倾泻胸中奇。词锋明锐许谁敌，禅悦清酣还我追。约君入社背时事，种藕着华春满池。道在金兰端未艾，回头阅世真儿嬉。

浮舟下淮访龟山禅师

霜风猎猎扫平野，沙头蓁翳净如焊。淮津斜转龟山麓，云汉微分雁塔尖。
篱落梅梢春点点，庭除松影月纤纤。禅家况是不羁友，问讯勤来想未嫌。

陈龟年

陈龟年，南宋人。盱眙第一山旧有其《东南第一山》诗石刻。

东南第一山

山是东南第一峰，长淮古汴渺连空。登临不是观泉石，心折神皋指顾中。

按：题一作《龟山》，即上龟山，与第一山相连。见《盱眙县志稿》。

李申之

李申之，《中州集》载其抗节盱眙城下。

献帅府经历二首

其　一

拟把孤忠报主知，主知未报已身疲。明朝定作长淮鬼，马革应烦为裹尸。

其　二

一饭感恩无地报，此心许国已天知。胸中千古蟠钟阜，一死鸿毛断不移。

刘 黻

刘黻(1217～1276),字声伯,号蒙川,宋温州乐清人。景定三年(1262)进士,官至吏部尚书,兼工部尚书舍人。有《谏坡奏牍》《薇垣制稿》《经帷纳献》。

淮 上

翠华南渡后,此地独防秋。明月家家泪,西风处处愁。
鼓鼙寒出塞,烽火夜分楼。征战何时息,长河万古流。

陈必复

陈必复(?～1278),字无咎,宋闽县人,一作长乐人。淳祐十年(1250)进士。著有《山居存稿》。

闻虏退后作

小臣忧国志,所愿见时平。刁斗春防塞,囊书夜入京。
边风吹冷骨,淮月浸重城。失喜天骄死,传闻已息兵。

郝 经

郝经(1223～1275),字伯常,金泽州陵川(今属山西)人。师事元好问。入元为翰林侍读学士,使南宋,被囚真州7年。谥文忠。著有《续后汉书》《陵川集》等。

浮山堰

断碛呀石葩,长亘青迤迤。蜿蜒缭强蛇,凿咢横龋齿。淮流从天来,撇捩过一矢。气怒犹不平,直欲卷遗址。萧郎真耄期,见性不见理。日暮乃倒行,平地成洚水。赤子生鱼头,百万并一死。虽无杀戮名,亦与挺刃比。面牲及菜果,小惠徒自喜。梁宗不血食,馁鬼未报此。侯景登明堂,降罚亦天使。哀哉无辜民,朽骨在余滓。霖潦秋烟深,烦冤挂疏苇。淅沥生悲风,惨淡动游子。白圭壑邻邦,遗诮今未已。水可亡人国,斯言厉阶始。为报移山人,愚叟真愚耳。

九月晦盱眙南为何待制寿

云国回春事亦难,每将和议动龙颜。不辞溟北三千里,喜见淮南第一山。

总为豚鱼知信使，谁言虎豹守天关。先生此举真豪杰，鹤发遨游二帝间。

宿旧县

无风无浪片帆轻，总道升平在此行。却向淮南望淮北，断鸿声里断烟横。

按：旧县，《盱眙县志稿》记："旧县镇，乾隆志地县治西七十里。"

王 恽

王恽（1227～1304），字仲谋，号秋涧，元卫州路汲县（今河南卫辉）人。著名学者、诗人兼政治家。为元世祖忽必烈、元裕宗真金和元成宗皇帝铁穆耳三代著名谏臣。其书法遒婉，与东鲁王博文、渤海王旭齐名。著有《秋涧先生全集》。

淮安州

平野围淮甸，双城入楚州。喉襟关重地，鼓角动边楼。
闻雁思乡信，歌鱼抚剑缑。此行安所遇，江海任浮鸥。

按：宋宝庆三年（1227）降楚州为淮安军，端平元年（1234）升淮安军为淮安州。元至元十三年（1276），元攻占淮安州。该诗应作于此间。

文天祥

文天祥（1236～1283），字宋瑞，号文山，宋吉州吉水（今属江西）人。宝祐四年（1256）状元。德祐元年（1275）起兵抗元，除右丞相兼枢密使，兵败被俘，就义于大都。著有《文山先生全集》。

发淮安

九月初二日，车马发淮安。行行重行行，天地何不宽。烟火无一家，荒草青漫漫。恍如泛沧海，身坐玻璃盘。时时逢北人，什伍扶征鞍。云我江南客，当军身属官。北人适吴楚，所忧地少寒。江南有游子，风雪止燕山。

按：止燕山，一作上燕山。

过淮河宿阚石有感

北征垂半年，依依只南土。今晨渡淮河，始觉非故宇。江乡已无家，三年一羁旅。龙翔在何方，乃我妻子所。昔也无奈何，忽已置念虑。今行日已近，使我泪如雨。我为纲常谋，有身不得顾。妻兮莫望夫，子兮莫望父。天长与地久，此恨极千古。来生业缘在，骨肉当如故。

淮阳军

楚州城门外,白杨吹悲风。累累死人冢,死向锋镝中。岂无匹妇冤,定无万夫雄。中原在其北,登城望何穷。

吊战场

连年淮水上,死者乱如麻。魂魄丘中土,英雄粪上花。
士知忠厥主,人亦念其家。夷德无厌甚,皇天定福华。

小清口

乍见惊胡妇,相嗟遇楚兵。北来鸿雁密,南去骆驼轻。
芳草中原路,斜阳故国情。明朝五十里,错认武陵行。

汪元量

汪元量(约1241~约1317),字大有,号水云,自号水云子、江南倦客,宋钱塘人。尝谒文天祥于狱中。至元二十五年(1288)出家为道士。有《水云集》《湖山类稿》。

淮白鱼

风雨声中听棹歌,山珍野馔奈愁何。雪花淮白甜如蜜,不减江珧滋味多。

李思衍

李思衍(?~约1300),字昌翁,一字克昌,号两山,元余干(今属江西)人。至元十二年(1275),入为国子司业;二十五年以礼部侍郎奉使安南,还授浙东宣慰使;二十七年拜南台御史。有《两山稿》《天南行稿》。

漂母墓

登坛抛却钓鱼竿,庙食难酬一饭恩。春老五陵佳气歇,近来谁复念王孙。

黎廷瑞

黎廷瑞(1250~1308),字祥仲,宋鄱阳人。咸淳七年(1271)赐同进士出身,授肇庆府司法参军。宋亡,幽居山中十年。至元二十三年(1286),摄本郡教事,凡五年,退后不出。有《芳洲集》三卷。

送友游淮

君行不少住,明日是清明。驿路垂杨暗,淮河新水平。
天晴纡野兴,地迥畅离情。故友如相问,深山戴笠耕。

赵孟頫

赵孟頫(1254~1322),字子昂,号松雪道人,宋吴兴(今属浙江)人。著名书画家,宋室后裔。奉元世祖征召,历仕五朝,官至翰林学士承旨,荣禄大夫,封魏国公,谥文敏。擅长篆、隶、楷、行、草各体。有《松雪斋集》《尚书注》等。

清河道中

扬舲清河流,开篷素秋晓。斓斑被崖花,委蛇顺流藻。天清去雁高,野阔行人小。故园归有期,客愁净如扫。

曹伯启

曹伯启(1255~1333),字士开,元砀山(今属安徽)人。至元中任冀州教授,累迁浙西廉访使。天历初,起任淮东廉访使,拜陕西诸道行台御史中丞。有《曹文贞公诗集》。

夜宿清河

云屋人家星散居,郭西烟火夜停车。平生习气今犹在,拄杖敲门看读书。

陈　孚

陈孚(1259~1309),字刚中,元天台临海(今属浙江)人,至元中以布衣上《大一统赋》,署为上蔡书院山长。调翰林国史院编修官,摄礼部郎中。有《陈刚中诗集》。

淮安州

孤帆下江北,千里西风轻。泊舟公路浦,始见南昌亭。青天下白露,乱叶凄其声。汀洲结海色,冉冉孤月生。残鸦感兴废,断肠悲飘零。安得携美酒,台上呼刘伶。百年一箕踞，六合皆螟蛉。

黄河谣

长淮绿如苔，飞下桐柏山。黄河忽西来，乱泻长淮间。冯夷鼓狂浪，峥嵘雪崖堕。惊起无支祈，腥涎沃铁锁。两雄斗不死，大声吼乾坤。震撼山岳骨，摩荡日月魂。黄河无停时，淮流亦不息。东风吹海波，万里涌秋色。秋色不可扫，青烟映芦花。白鸟亦四五，长鸣下汀沙。渔翁一鬓霜，扁舟依古树。隔浦欲叩之，翩然凌波去。

按：宋高宗建炎二年（1128），为阻止金兵南下，东京留守杜充于河南李固渡西决黄河，造成黄河南流夺泗入淮。自此以后，或人为，或自然，黄河屡次改道南下夺淮入海。明孝宗弘治八年（1495），刘大夏堵黄陵岗等处决口，筑成太行堤，黄河自此全流入淮，会于淮安清口，奔腾浩渺，东溃西决，给淮河中下游地区带来深重灾难。

甓社湖遇大风

天低烟冥冥，平湖绕淮楚。一帆东南来，乃为风伯侮。前如残叶飘，后如轻蝶舞。惊涛涌雪山，湿浪溅银雨。尝闻贝宫胎，夜夜灵光吐。吾无盗睡心，龙兮尔何怒。舟师倚断桅，相戒不得语。亦有诵咒者，拱手面如土。回视天际雁，万点落远浦。彼物何悠悠，吾生浪自苦。

长淮有感

一笛山阳上，东风蜃气腥。烟迷隋帝柳，潮涌楚王萍。
晓市堆淮白，秋郊猎海青。古今愁不尽，落日蓼花汀。

淮阴侯庙

汉家罗网正高张，谁有勋名纪太常！戏尔筑坛呼大将，危乎操印立真王。
烟中草木疑残帜，沙上风涛忆故囊。钟室千年君莫怨，未央宫殿已斜阳。

清河口

百年南北战尘昏，只指长淮作塞垣。今日清河河上水，天教洗眼看中原。

漂母冢

英雄未遇亦堪羞，一饭区区不自谋。莫笑千金酬漂母，汉家更有颉羹侯。

黄 庚

黄庚,字星甫,号月屋,宋元时天台(今属浙江)人。早年习举子业,曾为大学士。宋亡不仕,退隐江湖,豪放之气尽发而为诗,艺术追求极高,为时人所推重。有《月屋漫稿》。

题《漂母饭信图》

国士无双未肯臣,汉皇眼力欠精神。筑坛直待追亡后,不及溪边一妇人。

马元良

马元良,字仲良,元山阳人。至元十五年(1278)与陈天章、谢景阳同游第一山并题诗唱和。

第一山唱和诗

平生喜幽绝,乘兴偶登临。尘世有更变,山川无古今。
风清诗思爽,泉冷道源深。最好凭高处,悠然悦我心。

陈天章

陈天章,字奎,元汝南人。至元十五年来盱眙。

游第一山

飘然淮楚行,此地独峥嵘。天近风云合,山高日月明。
杏坛鸣至道,木铎振新声。深契吾心妙,玻璃万古青。

谢景阳

谢景阳,元大梁人。至元十五年与陈天章、谢景阳同游第一山并题诗唱和。

次韵和仲良第一山诗

极目登高处,淮流一俯临。泉声来复往,山色古犹今。
贤振文风盛,人沾化雨深。弦歌无远近,从此复初心。

尹廷高

尹廷高，字仲明，宋末元初处州遂昌(今属浙江)人。遭乱转徙，宋亡二十年始归故乡。大德年间任处州路儒学教授，又尝掌教永嘉，秩满至京。有《玉井樵唱》3卷。

渡淮二首

其　一

滨河废垒草离离，尺寸纷争彼一时。着眼道旁看覆辙，平心局外说残棋。
中流白浪摇诗梦，古塞黄云付牧儿。身老太平无事日，扁舟万里鬓丝丝。

其　二

蹇驴破帽压京尘，天地何心役老身。渺渺黄流东去水，萧萧白发北归人。
阳和忽上风霜面，梦寐先寻竹石邻。别却江湖鸥鹭伴，愿携短策蹑嶙峋。

袁　桷

袁桷(1266～1327)，字伯长，号清容居士，宋末元初鄞县(今属浙江)人。元代学官、书院山长。大德元年(1297)荐为翰林国史院检阅官，官至侍讲学士。参与纂修累朝学录。著作有《易说》《春秋说》《清容居士集》等。

过高邮湖

七十二湖春浪浓，风刀剪霰跳玲珑。参差冻柳皂纛重，伛首俟命朝珠宫。淮南田父身龙钟，灼龟沥酒占年丰。旧秋积水挟丰隆，长鱼扬鳍蒲荡中。桑颠高下栖冥鸿，黑禾生耳随飞蓬。瓢囊扶携出城东，至治天子达四聪。诏书宽大蠲民农，秀麦莽莽翠织茸。赫日出海扶桑红，岁熟于酉年相逢。击壤鼓腹歌时雍，展牲美报湖神功。

立春日宿大清口舟中见新月二鼓雪作

春月如佳士，翩翩欲上船。相逢疑昨日，一别又新年。
水镜心胸朗，空轮体质全。更深飞雪急，直与斗清妍。

淮阴大风

极目虚无里，飘飘万马驰。飞蓬旋槖籥，虚谷应埙篪。
春树元无着，晴云复自持。倚舟沙际稳，归雁得相随。

甓社湖

甓社湖中新水清，风牵荇带引帆行。灵妃夜度霓裳冷，轻折菱花玩月明。

刘　致

刘致(?～约1335)，字时中，号逋斋，元石州宁乡(今山西中阳)人，历任永新州判、河南行省掾、翰林待制、浙江形胜都事等职。元代散曲作家。

淮南歌

甓社湖中出明月，斯须千山万山白。烛龙驰影不敢眠，淮土风烟黯无色。鼪鼯起啼鳅鳝舞，荷风惊涛战南浦。湖天无光湖水立，夜半行空洒飞雨。东方摇摇天欲曙，毕逋啼老扶桑树。淮天幽幽淡空素，老蚌潜辉寂无处。

柳　贯

柳贯(1270～1342)，字道传，元婺州浦江(今浙江兰溪)人。大德间，用察举为江山教谕，迁昌国州学正，历国子助教、太常博士，出为江西儒学提举。至正初，起翰林待制，兼国史院编修官。著有《柳待制文集》20卷。

雪中渡淮

水入长淮浦溆分，橹前坼岸觉奔沄。洒篷雨歇才闻雪，吹帽风来不见云。
何处能忘丹凤阙，此身将混白鸥群。有人问我蠙珠颗，直溯寒光到海渍。

李孝光

李孝光，与萨都剌为文友。

次天锡题畅曾伯幽居

淮水清浓浓，好山多近村。市收僧乞米，舟舣客过门。
灯火邻家夕，风沙泺水昏。卜居谙土俗，野老旧能言。

虞 集

虞集（1272～1348），字伯生，号道园，虞允文五世孙，世称邵庵先生。祖籍成都仁寿（今四川仁寿）。历官至奎章阁侍书学士、翰林侍讲学士等，后归田隐居。与杨载、范梈、揭傒斯并称“元诗四大家”，又与揭傒斯、黄溍、柳贯并列“儒林四杰”。

赋故宋李忠襄公植乌石渡旧隐

窈窕幽篁带薜萝，青春白日坐蹉跎。试询乌石江头水，宁有微波接汨罗。

按：《泗州志》记：“李忠，宋，泗州人，赠奉政大夫。”

揭傒斯

揭傒斯（1274～1344），字曼硕，号贞文，元龙兴富州（今属江西）人。著名文学家、书法家。

送人之淮东

扁舟何处客，此去饱经过。彭蠡江声合，扬州月色多。
天低知近海，地阔欲横河。自是吾生拙，如君定若何。

周 权

周权（1275～1343），字衡之，号此山，元处州（今浙江丽水）人。通经史，善诗文。游京师以袁桷为师，荐馆职，以母老辞不受。有《此山诗集》诗10卷。

八里庄渡淮入黄

河流汩汩如泾水，浊浪崩腾疾驰驶。一石中胶数斗泥，舟客居民皆饮此。黄河不复行故道，下注清淮通海涘。十人度索上一洪，寸寸强弓挽难起。屹然趺坐如僧禅，日与篙师同愠喜。青山一发认邳州，萧条暮上鱼豚市。酒边一笑我何为，独冒惊涛行万里。争如林下混渔樵，俯仰啸歌行复止，回头寄语北山云，征尘待向风泉洗。

按：八里庄，位于古磨盘口西侧。由此诗知，元代中期，沙河尚通航。

甓社湖

碧天如幕沉云影，飞廉不怒银涛静。骊龙正睡贝宫寒，一镜光凝青黛泠。数声渔笛来何处，白鸟双双忽飞度。夜深明月生孤篷，人在广寒卧风露。

马祖常

马祖常(1279～1338)，字伯庸，元光州(今河南潢川)人。色目人，著名诗人。

淮上偶成

出京不寄入京书，淮水南边有旧居。官比马曹过骑省，文因狗监愧相如。
西岩仙杏终来凤，东谷汤泉亦戏鱼。岂是高情能放逸，山中萝桂正扶疏。

释大䜣

释大䜣(1284～1344)，字笑隐，俗姓陈氏，寓居杭州。9岁为僧，17岁至庐山谒僧了万，留掌内记。天历元年(1328)，文宗诏以为大龙翔集庆寺住持。深得元室推重，领三品文阶，授太中大夫，加赐为“释教宗主”兼掌五山十刹，在元代汉地佛教界地位极其尊崇。著有《四会语录》《蒲室集》15卷。《元诗选》初集壬集选其诗56首。

庚午秋过淮安

百感何嗟及，行人过楚州。笛声今夜月，云物向时秋。
古驿依城住，长河傍海流。天王南狩日，曾此驻鸣驺。

过淮河口

水次千家市，蛮商聚百艘。扬徐元接壤，河泗此交流。
乘传陪天使，浮杯任海沤。夜凉瞻斗柄，想见上林秋。

黄河阻风

九域重寻禹迹荒，喜听悬水夜浪浪。中原迤逦河流壮，元气汪洋地脉长。
万里风云来黯淡，五更星斗下光芒。我行不有神灵助，风送天香自帝傍。

王 冕

王冕(1287~1359),字符章,号煮石山农、饭牛翁、梅花屋主等,元末明初诸暨(今属浙江)人,善画梅。尝被明太祖招致幕中,任咨议参军,病死军中。

过白马湖

十八里河船不行,江头日日问潮生。未同待诏沉金马,却异看花在锦城。
万里春风归思好,四更寒雨客灯明。故人湖海襟怀古,能话旧时鸥鹭盟。

按:十八里河,在清口附近,通航运道也。

黄镇成

黄镇成(1287~1362),字元镇,元末邵武(今属福建)人。元文宗至顺年间屡荐不就。一生好壮游,历览楚汉名山,周游各地,然后归隐故乡著书。有《秋声集》。

东阳道中

出谷苍烟薄,穿林白日斜。崖崩迂客路,木落见人家。
野碓喧春水,山桥枕浅沙。前村乌桕熟,疑是早梅花。

按:东阳,今盱眙县东阳乡。一说今浙江东阳。

张 翥

张翥(1287~1368),字仲举,世称蜕庵先生,元末晋宁(属云南)人。官至翰林学士承旨,加河南行省平章政事。曾参修宋、辽、金三史。著有《蜕庵集》《蜕岩词》。

泊淮口

滟滟潮初上,移舟出浦中。岸分清浊水,帆掉合离风。
伧楚方言杂,徐扬地利通。何殊入乔口,怀古思无穷。

过黄河

食指朝来动,行庖旅次添。淮鱼初出网,野鸭乍供盐。
新米如珠滑,香醪过蜜甜。真成不负腹,聊尔一掀髯。

薛明道

薛明道,元代人。

浮 淮

千里风吹棹,三春客渡淮。却怜乡国异,衹与仆夫偕。
刍岂防河贵,鱼因入馔佳。不堪舒病目,杼轴转伤怀。

宋 褧

宋褧(1294～1346),字显夫,元末宛平(今属北京)人。泰定元年(1324)进士,除秘书监校书郎,改翰林国史院编修官,官至翰林直学士,兼经筵讲官。著有《燕石集》。

漂母墓

南昌亭长木兰僧,进食英雄岂不能。澼絖家资消几许,阿婆高冢碧崚嶒。

朱德润

朱德润(1294～1365),字泽民,号睢阳山人,元末睢阳(今河南商丘)人,后居苏州。曾任国史院编修、镇东行中书省儒学提举、江浙行中书省照磨。著有《存复斋集》。

题淮阴梅鼎画蜀山图

西望巴江隔锦官,青泥黄栈细盘盘。人间到处羊肠险,何必长歌蜀道难。

萧国宝

萧国宝,字君玉,别号辉山,元末明初山阴(今属浙江)人。以乡举官吴江,遂家焉。有《辉山存稿》若干首。与张以宁同时,至顺(1330～1333)时已逝世。

饯张大使游淮

竟夕相欢无俗宾,悲歌弹剑壮青鳞。一篷夜雨家山梦,千里春风淮海身。
缆解河桥杨柳密,酒沽村店杏花新。此行早献安南策,露布争传夺虎巾。

按:张大使,即张以宁,曾奉使安南。

杨维桢

杨维桢(1296~1370),字廉夫,号铁崖、铁笛道人,元诸暨(今属浙江)人。泰定四年(1327)进士。历天台县尹、杭州四务提举、建德路总管推官。著有《东维子文集》《铁崖先生古乐府》。

览　古

韩信卜母地,旁置万人庐。郭公卜邻水,长洲偶成墟。千秋杨子窆,投弃同江鱼。裸发何为者,厌魅开遽条。孰借神丁火,焚却青囊书。

倪　瓒

倪瓒(1301~1374),字泰宇,号云林子、荆蛮民,元末明初无锡人。画家、诗人。擅长山水、墨竹。

送钱成大赴淮东

桐柏山高淮水阔,道途悠悠心忽忽。大藩作镇据两淮,公侯干城孰予越。带雨春潮送雨声,淮山千重青相迎。隐居行义今寥落,到邑烦君访董生。

张以宁

张以宁(1301~1370),字志道,自号翠屏山人,元末明初福建古田人。元泰定中举进士,官至翰林侍读学士。明灭元,复授侍讲学士。工诗,著有《翠屏集》《春王正月考》等。

泊龟山

白波滉漾青天垂,我行但觉官船迟。微微树短水尽处,惨惨日薄风来时。
椎牛挂席贾盐客,射鸭鸣弓踏浪儿。漫郎头白不称意,沽酒龟山歌竹枝。

按:龟山旧有此诗石刻。

题东坡《淮口山图》

曾游淮县佩青纶,饱看东南第一山。烟雨十年诗梦外,风尘万感画图间。
斜阳应照客愁满,去鸟尚如人意闲。遥想月明春树绿,苏仙长化鹤飞还。

傅若金

傅若金(1303~1342),字与砺,元新喻(今江西新余)人。少游食百家,发愤读书。后以布衣至京师,数日之间,词章传诵。虞集、揭傒斯称赏,以异才荐于朝廷。元顺帝三年(1335)奉命以参佐出使安南(今越南),归后任广州路学教授。有《傅与砺诗文集》。

韩淮阴庙

淮阴万古英雄恨,楚树荒荒夕照残。水夹废城春草合,云昏遗庙野花寒。
封齐安用真王印,兴汉空余大将坛。高帝旌旗俱寂寞,断碑零落后人看。

按:由"水夹废城春草合"句可知,时淮阴故城已废,处于古淮河与洪泽新河之间,宋洪泽新河尚局部通航也。

余　阙

余阙(1303~1358),字廷心,一字天心,先世为唐兀人,世居武威,后徙合肥。元统元年(1333)进士,次年任泗州尹,官至参知政事,守安庆,死陈友谅之难。为政严明,治军与兵士同甘苦。明初追谥忠宣。有《青阳集》。

瑞岩庵

孤绝缘高嶂,幽寻及早春。送灯瑶殿小,煮酒瑞泉新。
阳彩方澄景,淮流欲近人。燕谈真得地,风磴入松筠。

玻璃泉

第一山头云淡淡,玻璃泉上日晖晖。太平官府无风景,又向松间喝道归。

按:余阙《瑞岩庵》《玻璃泉》诗,第一山均有石刻。

萨都剌

萨都剌(约1307~1359后),字天锡,号直斋。先世为西域回鹘人,生于雁门(今山西代县)。元诗人、画家、书法家。泰定四年(1327)进士,授应奉翰林文字,擢南台御史,累迁江南行台侍御史,左迁淮西北道经历,晚年居杭州。著有《雁门集》《萨天锡诗集》。

过淮河有感

淮水清，河水黄，出门偶尔同异乡。排空卷云若飞电，随风逐浪庸何伤。东流入海殊不恶，万里同行有清浊。

泊舟黄河口登岸试弓

泊舟黄河口，登岸试长弓。控弦满明月，脱箭出秋风。
旋拂衣上露，仰射天边鸿。词人多胆气，谁许万夫雄。

过淮安畅曾伯幽居

其　一

万事归来好，淮阴二故园。教儿书满架，遇客酒盈尊。
野水到门外，渔船系树根。除书下霄汉，坐席恐难温。

其　二

幽居有真趣，何必在山村。楚竹深藏屋，淮河直到门。
钓丝鱼浪细，书帙燕泥昏。吟笑坐终日，佳期谁与言？

过高邮射阳湖

雨湿鼓声重，风匀湖面平。官船南北去，帆影挂新晴。

初夏淮安道中

鱼虾泼泼初出网，梅杏青青已着枝。满树嫩晴春雨歇，行人四月过淮时。

渡淮即事

杨花点点冲帆过，燕子双双掠水飞。淮上渔人闲不得，船头对结绿蓑衣。

九日渡淮喜得东南顺风二首

其　一

青旗红字映河滨，九日人家物色新。渡口客船争贯酒，斫鱼裂纸赛河神。

其　二

东南风送渡淮船，过雁声寒水接天。落日红霞收未尽，淡云微月出东边。

题淮安王氏小楼四首并引

山阳王氏小楼独占淮安一胜，予尝以迎饯至此，登斯楼摹写其概。后之来者，其兴无穷。

其　一

江水粼粼鸭绿新，江头日日送行人。南来北去年年事，岸草江花自在春。

其　二

拂晓楼窗一半开，楼前昨夜浪如雷。满江梅雨风吹散，无数青山渡水来。

其　三

江月满楼江水澄，胡床踞坐忆吾曾。解吟如练澄江句，未信玄晖独擅能。

其　四

雪满寒江压酒旗，江南无处不堪题。小舟载得梅花去，渡领春风过水西。

黄河舟中月夜

十丈雪帆拂斗杓，星槎风急浪花飘。夜深露冷银河近，卧听天孙织绛绡。

黄　河

斗杓照水半垂天，水气涨天如白烟。南北橹声争上下，月中闻鼓避官船。

夜过白马湖

春水满湖芦苇青，鲤鱼吹浪水风腥。舟行未见初更月，一点渔灯落远汀。

陈　基

陈基(1314～1370)，字敬初，元浙江临海人。至正中以荐授经筵检讨。张士诚称王，授内史，迁学士院学士。朱元璋平吴，爱其才，召入预修元史。有《夷白斋稿》。

淮阴侯庙

慷慨论兵笑沐猴，尽将生死付酂侯。手提汉鼎归真主，眼见黄旗出伪游。
此日王孙归故国，何年漂母葬荒丘。英雄自古多遗恨，肠断秋风楚水流。

淮阴杂兴

其　一

千里相逢淮海滨，一枝谁寄岭梅春？老来易感山阳笛，年少休轻胯下人。
失侣雁如秦逐客，畏寒花似楚遗民。每过百战疮痍地，立马西风为损神。

其 二

落木萧萧雁渡河，西风袅袅水增波。甘罗营里秋声急，韩信城头月色多。
淮市有鱼聊可食，楚山无桂不须歌。古今无限关心事，付与当年春梦婆。

其 三

江左妖氛扫未尽，山东豺虎又纵横。欲令斥堠收烽火，须挽天河洗甲兵。
老马独嘶时北望，宾鸿相唤尽南征。腐儒愧乏匡时术，搔首风前百感生。

其 四

兵火烧残百草根，人烟无复万家村。黄金莫铸忠臣骨，白马空招帝子魂。
易水有情人已逝，睢阳无援事难论。何当亲斩楼兰首，仗节还朝报至尊。

二十九日至淮安城南十五里述怀

欲向江湖觅钓矶，此心长与事相违。添丁未办卢仝计，算老空知伯玉非。
淮甸草肥宛地马，楚州人着汉官衣。将军奏罢平西捷，还许山翁倒载归。

高邮湖

春深湖水漾汀洲，耿七公祠在上头。蒲帆十幅东风顺，明日从君到楚州。

何 中

何中，元末人。

淮安道中

钟声起前林，悠悠向南客。天垂大野高，月淡行路白。
鸡犬淮上村，云霞海边色。旧时塞垣地，来往人驰驿。

成廷圭

成廷圭，字原常，一字元章，又字礼执，元芜城(今江苏扬州)人。好读书，奉母居市廛，植竹庭院间，扁其燕息之所曰居竹轩。晚遭元末乱，避地吴中，卒年七十余。有《居竹轩集》。

送陈景川归盱眙

第一山中风物殊，我欲买田来卜居。风林把酒听黄鸟，雪港挂罾分白鱼。
富贵不来吾老矣，渔樵有约子何如。可能久作终焉计，北海方修荐鹗书。

送逵思诚出任盱眙教谕

年年送人作校官，也知当代重儒冠。固因学舍人才盛，自觉戎藩礼数宽。
一县士风今日见，百年师道后来看。淮山堂上清于水，莫遣惊尘到杏坛。

寄黄观澜经历时率八卫汉军屯盱眙

秋满东南第一山，古来贤达几登攀。两城楼阁西风里，八卫旌旗北斗间。
羽扇纶巾君未老，麻衣草座我空闲。闭门拟撰平淮颂，河上来看奏凯还。

按：元代于洪泽湖区域设屯田万户府，盛时设三屯，有屯田353万亩。由此诗可知，盱眙驻扎有八卫屯兵也。

闰正月二十日闻泗州盱眙同日失守

野寨苍茫落照中，东征三载未成功。黄金似土供儿戏，白骨如山泣鬼雄。
天狗星流军府动，水犀兵散弩台空。于今人力消磨尽，谁念东南府库穷。

夏拜不花

夏拜不花，元末人。其《玻璃泉》诗，第一山旧有石刻。

玻璃泉

欲过淮流此待期，玻璃亭下漫题诗。归程恰值东风暖，正见轻红半吐时。

文　若

文若，元末人。其《第一山》诗，第一山旧有石刻。

第一山

汴水东流绕旧京，恢图妙算入皇明。暂携诸将停归骑，来看中原第一城。

纳璘卜华

纳璘卜华，元末人，与泗州尹余阙友善。其《题第一山答余廷心》，第一山旧有石刻。

题第一山答余廷心

一山松桧巢归鹤，五塔香灯送落晖。唯有玻璃同我志，闲来时复濯缨归。

王定鳌

王定鳌，元末临川（今属江西抚州）人，元代后至元六年（1340）来盱眙。

登第一山

舟次东南第一山，濯缨亭畔倚阑杆。泉飞龙窟云犹湿，人继诗坛墨未干。
泮水雨余芳藻洁，淮村霜落晓风寒。登临感激无穷思，更向层峦最上看。

蔡梅雪

蔡梅雪，字时英，元末明初齐安人。所录诗盱眙第一山有题刻。

题壁诗

独上危亭玩好山，白云飘渺护阑杆。泉流古井龙应老，日照悬崖雨易干。
人觉春迟花怯冷，鹤惊秋早树多寒。临风欲认前朝字，重洗苍苔石上看。

按：该诗与张谦《题壁诗》同题刻于第一山秀岩，但蔡诗无落款时间。

张　谦

张谦，元末明初人，盱眙第一山有其元至正九年（1349）七律诗题刻。

题　壁

碧瓦黉宫占虎山，翠屏环列映阑杆。泉琴镇日鸣无歇，石甃终年润不干。
淮近莫知三伏暑，亭虚唯觉四时寒。尘缨一濯清诗思，更写新诗壁上看。

会景亭

白鸟双飞入画屏，棹歌人在镜中行。使君心迹浑相似，空翠无边浪不惊。

按：二首均游盱眙作。

浦 源

浦源，字长源，号东海生，元末明初长洲（今江苏苏州）人。元至正年间（1341～1368）仕至广平路总管，轻车都尉，封京兆郡侯。有《浦舍文集》。

阻风清河县

阻风淮岸忆家山，骨肉相亲梦寐间。冀北一官今独往，江南千里几时还。
孤村人语秋临水，小县鸡鸣夜掩关。明月异乡谁不见，嗟予偏对别离颜。

韩侯祠

楚项争雄势不开，将军一出楚成灰。功高正是忧虞日，肯与陈侯握手来。

林 鸿

林鸿，字子羽，元末明初福建福清人。洪武初年以《龙池春晓》和《孤雁》两诗得明太祖赏识。著有《林鸿诗》《鸣盛集》等。

夜泊淮阴

泊舟淮水次，津树暗萧萧。远火明渔舫，长吟倚客箫。
夜钟闻古寺，寒月照归潮。莫近啼猿处，愁多梦更遥。

谢 肃

谢肃，字原功，元末明初上虞人。元至正末，张士诚据吴，肃慨然欲见宰相，献偃兵息民之策。卒无所遇，归隐于越。洪武中举明经，授福建按察司佥事。撰《密庵集》。

淮海怀古

淮阴访韩信，海上吊田横。相去四百里，青山接故城。
风尘孤客泪，义勇二豪名。倚剑哦前史，中阳太不情。

泛黄河

八月高秋泛大河，笑呼河伯起听歌。自从云汉浮精气，谁凿龙门杀怒波。
故道千年淮泗合，凉风双橹宿迁过。杳然欹坐如天上，试挽雕弓射白鹅。

原注:古河自碣石入海,至汉屡决南迁,以为河失故道,殊不知《禹贡》"浮于淮泗达于河",则今之河并泗入淮亦故道也。

韩信城

淮流浩荡楚原平,叹息英雄不再生。天日可明归汉志,风云犹似下齐兵。
千年城郭名空在,百战山河姓几更。还酹将军一杯酒,黄鹂碧草不胜情。

盱 眙

长淮清泗东南阔,第一山当碧汉横。胜地几回经战马,客舟千里听啼莺。
波涛晴动僧伽塔,草木春深义帝城。天际汴河来衮衮,陈留遗俗最关情。

按:由"陈留遗俗最关情"句可测知,北宋末年与金国末年,盱眙有陈留(开封)地区南逃之官绅、难民定居也。

张 著

张著,字则明,元明间浙江永嘉人。元末为州学训导。洪武三年(1370)领乡荐,授延安府肤施知县,升临江府同知,卒于官。著有《海虞文苑》。

重过高邮湖

此日重过甓社湖,湖光万顷布帆孤。邻船鱼贯青丝柳,野饭羹尝白玉蒲。
夜月明珠藏老蚌,东风高浪蹴天吴。他年愿乞身闲散,老着蓑衣作钓徒。

按:由"野饭羹尝白玉蒲"句可知,食蒲菜已不止于淮安也。

王 翰

王翰,字时举,元明间禹县(今河南禹州)人。元末隐居中条山,入明,为周王橚长史。后起为翰林编修,贬廉州教授,死于彝民事件中。著有《敝帚集》等。

高邮湖女儿歌

高邮湖水清且幽,高邮女儿能荡舟。十八梳妆好高髻,二十嫁夫长远游。青菱镜破宝钗折,翡翠衾寒叠香雪。芳草王孙去不归,蟪蛄啼处秦楼月。楼前杨柳飞絮多,门外蛛丝成网罗。高邮湖水增夕波,高邮女儿将奈何。

按:清代陈田辑撰《明诗纪事》谓此诗作者为闽人郑定。

贝 琼

贝琼(1314～1379),初名阙,字廷臣,又字廷珍,别号清江。祖籍苏州,迁崇德(今浙江桐乡),元末隐居海宁殳山。著有《中星考》《清江贝先生集》《清江稿》《云间集》等。

送陈楚宾赴泗州学正

舟行入淮泗,初上广文官。地接中州近,天连大野宽。
清时先俎豆,异俗尽衣冠。暂别蓬莱阙,无惭苜蓿盘。

按:元明时,盱眙、泗州居民之异俗,由"异俗尽衣冠""无惭苜蓿盘"可窥知一二。

袁 华

袁华(1316～?),字子英。元明间昆山(今属江苏)人。有《耕学斋诗集》。

过清江浦

八里庄头淮水长,清江浦边杨柳黄。楚女窄靴小锦袖,醉歌竹枝行玉觞。

释宗泐

释宗泐(1318～1391),字季潭,别号全室,俗姓周,元明间临海人。曾同杭州演福教寺住持、天台宗高僧如玘注释《心经》《金刚经》《楞伽经》等,颁行全国。

淮之水送别

淮之水,向东流,水流只载行人舟。舟行如飞水如射,一日可到吴江头。何不载此离愁去,掷向天涯不知处。濠梁有客今白头,望断孤云海天暮。

王 逢

王逢(1319～1388),字原吉,号最闲园丁、梧溪子,元明间江阴(今属江苏)人。有才名,作《河清颂》为世传诵。御史台举荐出仕,以病坚辞不就。有《梧溪集》7卷。

朱家奴阮辞

淮阴三月花开枳,使君死作殊方鬼。眼看骨肉不敢收,奉虏称奴听颐指。经辽涉海三岁久,以蝗为粃麦为酒。爨骸咬骨何足论,亲见徐山堕天狗。今年始得间道归,城郭良是人民非。主家日给太仓粟,残生犹著使君衣。揽衣拭泪使尹室,凉月萧萧风瑟瑟。回头还语玉雪孤,勿辞贫贱善保躯,瞻屋未辨雄雌乌。

唐 肃

唐肃(1321~1374),字处敬,号丹崖,元明间山阴(今浙江绍兴)人。元至正二十二年(1362)举人,迁嘉兴路儒学正。明洪武初擢应奉翰林文字,兼国史院编修官。六年谪佃濠梁。与高启等称十才子。有《丹崖集》等。

过漂母墓

昨日下,淮河沿,河流滚滚不见天。逆风一日行十里,黄牛黑驴牵不前。今日方过韩信城,城边荒芜田不耕。人传韩信此发迹,至今城留韩信名。当时乞食向漂母,母哀王孙心独苦。一朝富贵报千金,不记淮阴少年侮。我来不吊韩将军,悲歌独吊漂母墓。英雄贫贱少知己,不在男子在女子。

甓社湖次陈敬初先生韵

千里沧波一棹通,此行端喜侍群公。溯风五两今如意,捩舵篙师敢论功。
夜后神珠还出蚌,春深宿苇尚留鸿。倚滩晚饭渔歌起,仿佛湖山似越中。

至盱眙

楚州过尽盱眙近,骇浪颠风昼夜闻。只记官船行一月,不知春色去三分。
青连漂母祠前草,红见僧伽塔上云。回首江南三千里,麦盂谁为洒先坟。

按:三千里,疑为二千里。

刘 崧

刘崧(1321~1381),字子高,号槎翁,元明间泰和(今属江西)人。元末中举。洪武三年(1370)入为官。著有《槎翁集》《职方集》。

漂母吟

蛟龙失云雨,或与虾蟹俦。壮士偶穷困,寄食何足羞。淮河之水东北流,母心直为王孙忧。黄金无光剑失色,白日又落城西头。请君置鱼竿,进此盘中脯。丈夫性命未可轻,君独胡为在尘土。咸阳王气如云驰,垄上亦有呼兵儿。风尘满眼慎所之,但愿王孙无饥时。

大清河

大清河，浑漉漉。南黄河，清湝湝。今河不与古名同，自是河流有反复。君不见安山直下东阿时，一斛之水数斗泥。徐州吕梁走下邳，可以照见人须眉。清河北河入北海，黄河入淮东入海。彼此争流不相待，两水清浊各自流。终然到海同一沤，东流北流君莫愁。

闻淮郡有警

古刹萧条隐石根，荒城高下带沙墩。断云南雁日初出，旷野北风天正昏。
羽檄屡传淮甸警，龙艘犹滞海门屯。湖山不尽登临兴，回首乡园独怆魂。

黄河道中

一河盘注两堤间，十里应多北曲湾。南舰经年载盐去，北船尽日送军还。

袁　凯

袁凯，字景文，号海叟，以《白燕》一诗负盛名，人称袁白燕，元明间松江华亭（今属上海）人。洪武三年（1370）任监察御史，后以病免职回家。著有《海叟集》4卷。

淮安道中

花明野馆静，树暗流莺语。行云千里来，凌乱伤心绪。
伤心复何事？家在江南渚。日暮莫回头，脉脉江南雨。

泗州书怀

白发三吴客，清秋泗水边。官途随老马，归梦逐风鸢。
酒尽寻僧舍，书来问客船。淮南与淮北，漂泊过年年。

杨　基

杨基（1326～1378），字孟载，号眉庵。原籍嘉州（今四川乐山），大父仕江左，遂家吴中（今浙江湖州），明初十才子之一。元末，曾入张士诚幕府，为丞相府记室，后辞去。明初为荥阳知县，累官至山西按察使。著有《眉庵集》。

淮阴侯祠

朝登韩信城，暮谒淮阴祠。荒祠屋瓦落，古木声差差。当时握汉兵，刘项相交持。举足有轻重，不负高帝知。区区假王封，何足遽见疑。良平一蹑足，帝心即转移。全齐七十城，实为陷井机。卢绾且称王，耻与绛灌随。居恒犹怏怏，握手逢陈豨。事起仓猝间，不意咸诛夷。吕后固不仁，酂侯亦忍为。先王重报功，无乃此道亏。至今淮水南，落日啼鸟悲。津头有漂母，一饭竟哀谁？

发淮安

舟行日已晡，帆影动樯乌。河伯抛钱祭，风神酹酒呼。
红怜瓜似蜜，白爱芡如珠。且就篙师醉，何妨问远途。

盱眙怀古

闻说盱眙县，居民不掩关。鸡声啼鸟上，人影露花间。
帘幕层层雨，楼台面面山。唯余孤塔在，秋藓绿斑斑。

至龟山有题

鱼鳖拗诃激怒泷，腥风沫雨湿篷窗。宝珠佛像山王护，铁锁神工水母降。
石势参天龟出洛，潭光照夜蜃浮江。我行未暇求陈迹，且醉船头浊酒缸。

淮安新城候船

城郭逶迤曲绕河，尘沙满眼北风多。行人泪落山阳笛，逐客魂销郢水歌。
江总归东嗟老矣，淮阴在楚奈贫何。明朝又鼓征西楫，帆影翩翩逐逝波。

过高邮新开湖微雨有咏

其 一

残红晓落西陂岸，雨脚斜飞鸥鹭乱。扁舟尽日画中行，荷叶荷花香不断。

其 二

船头老翁一尺须，斗量菱角兼卖鱼。儿能鼓舵女荡楫，何用聪明多读书。

汪广洋

汪广洋（？～1379），字朝宗，元明间高邮人。朱元璋封护军忠勤伯，为右丞相。后以胡惟庸党案，谪海南，旋赐死。有《凤池吟稿》。

过汴堤

落日汴堤上，奄忽浮云驰。草树遍原野，茫茫天四垂。上有鸟嘤嘤，下有冢累累。世故念衰绝，焉知埋者谁。孤隋昔抚运，恃安忘险危。乃以耳目私，遂令骨肉疲。骨肉日已疲，耳目日以亏。平陆变沧海，中途歌黍离。持此郁冲襟，涕下莫能挥。

按："焉知埋者谁"句，一作：抚运恃安危。

珠湖篇

湖光倒浸玻璃冷，湖水弥漫几千顷。中有峰头玉井莲，靓理凝妆照秋影。湖边老翁尘外仙，鹤发萧萧垂满肩。手扶兰桨暂容与，为我拊髀陈当年。当年四海无虞日，桴鼓不鸣风浪息。老蚌衔珠高射天，夜夜寒芒耀奎壁。奎壁联辉清夜长，美人亭上掬珠光。春秋一经究终始，重在黜霸先尊王。江淮风俗近淳古，米谷年丰贱如土。惊犬何曾吠暮村，多材已觉登天府。后来明珠归海东，野鸥摇荡月朦胧。画船尽日载歌舞，满眼娇云花斗红。娇云满眼观不足，绿柳新蒲戏双玉。公子新裁描绣衣，馆娃学写连珠曲。曲谱渐繁愁渐多，夕阳流水竟如何。一朝万事随转烛，伐鼓鸣钲战舰过。战舰飞来截湖水，彩帜牙樯半空起。列郡摧残灰烬余，生民痛死沟壑里。老翁既言长叹嗟，侧身遥望日西斜。杀气凭陵氛翳合，散为愁云东向遮。我闻老翁如此语，暂尔停舟坐修渚。圣人有作朝明堂，五日一风十日雨。古来治乱信有时，天运岂以人力为。终见明珠出海底，致彼俗尚还熙熙。翁闻我言不肯住，浪采蘋花入云去。回看天地两茫茫，欸乃酣歌隔烟树。

按：珠湖，在高邮西(今在金湖高庄湖面)，亦名甓社湖，曾有巨珠夜现。

珠湖隐者篇

李白醉暮宫锦袍，倒骑长鲸鞭怒涛。笑歌濯足九江水，睥睨万象轻鸿毛。先生早已避名誉，远棹孤舟弄云去。夜深手把明月光，更访龙图读书处。

按：龙图读书处，指北宋龙图阁学士孙觉，皇祐元年中进士前，在甓社湖读书之处。

至盱眙

泗水开名郡，盱眙拥大山。云林与城郭，都在画图间。
淮楚钟灵异，烟霞恣往还。从来形胜地，造化默相关。

钓鱼台

溜急沙堤险，张帆荡桨过。计程知远近，趋事恐蹉跎。
芦苇千层合，河流百折多。钓鱼台下客，空忆扣舷歌。

按：钓鱼台，乾隆《盱眙县志》载：台在县西十八里湖上，旧隐者所居。

过洪泽屯

兵家古为一，耕战两无妨。重在人经理，终期国富强。
服勤遵往辙，较艺得遗方。灌溉尤多利，云山白水长。

按：由《过洪泽屯》可知，明初，洪泽屯仍在经营。

过玉环山

神女去云远，名山依旧存。佩环空寂寞，岩壑阅晨昏。
云水深藏庙，淮流直到门。无因停桂楫，和露挹兰尊。

过宝应湖

满湖风浪拍堤沙，雪压黄芦没钓槎。卧听隔船歌白苎，起来和月岸乌纱。
故乡近别无多地，归梦应知已到家。何日弟兄携子侄，海天烟雨艺桑麻。

王 翰

王翰(1333～1378)，字用文，号时斋，仕名那木罕，元明间庐州(今属安徽)人。少袭爵，有能名，累迁江西、福建行省郎中。洪武十年(1377)，府县上书荐王翰之贤，翰决心不事二主，留诗引刃自杀。著有《友石山人遗稿》。

闻大军渡淮

挟策南游已十年，梦魂几度拜幽燕。王师近报清淮甸，羽檄当今到海堧。
妖气苍茫空独恨，生民憔悴竟谁怜。庙堂早定匡时策，我亦归耕栗里田。

张 羽

张羽(1333～1385)，字来仪，号静居，元明间浔阳(今江西九江)人。元末时官至太常丞。仕明为太常丞。其诗深思冶炼，朴实含华。有《静居集》4卷。

清 口

豁达两河口，前与黄河通。高岸忽斗折，清淮汇其中。甘罗城在南，韩信城在东。一为秦人英，一为汉家雄。人生有不死，所贵在立功。方其未遇时，鹿鹿何异同？时命非际会，丈夫有固穷。舍舟登高访，岁暮百草空。坡陀陇亩间，一二老弱翁。遗踪不可问，但见荒榛丛。行行重回首，目断双飞鸿。

龟　山

轻舟溯淮流，千里不见山。披衣起清晓，忽睹青孱颜。始觉客愁散，顿忘行路艰。安得策飞筇，一造幽人关。翻思在山日，千岩厌登攀。物少乃足贵，不在美恶间。役夫告我言，此下栖神奸。嘘气成江河，须臾驾冈峦。僧伽大威力，困彼一鞠悭。石岩下无底，系以千连环。至今风涛夕，犹闻响珊珊。茫茫淮泗流，禹功不可刊。传奇乃善诳，此语当重删。作诗纪岩石，庶以开愚顽。

原注：洪武十五年腊月奉旨乘驿往凤阳祭皇陵舟中作。

过白马湖

沿流信归棹，渐与青山远。遥见鹏鹢飞，蘼芜春尚浅。
空嗟心爱离，莫缓愁肠转。不对芳樽酒，纷思终难遣。

晚过淮阴

军城铁锁晓开关，使节星驰未敢闲。淮水东流应到海，瓜洲北去少逢山。
行人欲断寒烟外，远烧时明乱苇间。却忆帝城风物盛，礼成须及上春还。

淮口儗别三弟文举兼寄诸弟

淮阴去路尔归程，欲写愁心寄远征。云塞忽分联雁影，泥途未出跛驴行。
三年去国身先病，几日思家梦亦惊。传与青春诸玉季，辛勤三十愧为兄。

登韩信城望漂母墓

绕城春水绿含漪，遥忆沙头澼絖时。若爱当时一杯饭，千年孤冢有谁知。

金大车

金大车，先辈是默伽（即麦加）人，东来后居永平（今河北卢龙），明太祖赐姓金，徙其高祖洵于江宁（今南京），遂为江宁人。

漂母祠

王孙去不返，淮水亦东流。宿草封遗冢，行人说故侯。
荒祠黄叶暗，寒渚白蘋秋。一饭犹怀德，空悲云梦游。

程本立

程本立(?~1402),字原道,明崇德(今浙江桐乡)人。洪武中举明经秀才,官至右佥都御史。建文三年坐事贬官,仍留纂修。《实录》成,出为江西副使。未行,燕兵入京,自杀。有《巽隐集》。

过甓社湖

平湖一目到天涯,明月满空飞浪花。半夜珠胎遗老蚌,有时金背出妖蟆。
渔人屋近灯才见,使者舟行鼓乱挝。便以吴淞江上路,只无红桨唱双娃。

姚广孝

姚广孝(1335~1418),明长洲(今江苏苏州)人。14岁出家为僧。洪武中从燕王(即明成祖)到北平,为心腹谋士。成祖即位,复姓,赐名广孝,授太子少师。参与编修《永乐大典》《太祖实录》。

淮安览古

襟吴带楚客多游,壮丽东南第一州。屏列江山随地转,练铺淮水际天浮。
城头鼓动惊乌鹊,坝口帆开起白鸥。胯下英雄今不见,淡烟斜日使人愁。

淮阴庙

淮阴壮士岂能量,一饭恩轻尚不忘。何事鄼侯疑叛送,杀身唯报汉高皇。

徐　贲

徐贲(1335~1393),字幼文,号北郭生,祖籍四川,居毗陵,后迁平江城北。张士诚抗元,招为僚属,后避居湖州。洪武中被荐入朝,官至河南左布政使。有《北郭集》。

赋得刘伶台送丁掾之淮安

刘伶沛国人,独以好饮名。每乘苍鹿车,出入携瓶罂。结交嵇阮徒,陶然过平生。妻言不足听,自谓能忘情。常使荷锸随,已觉累尔形。如何饮酒台,却在淮阴城。千年土花白,尚疑垒曲成。至今台下草,春风吹不醒。君行戒晨装,淮泗千里程。登台勿酹酒,当诵周觞铭。

按：土花白，当时淮安所产之酒。

高 启

高启(1336～1374)，字季迪，号槎轩，明长洲(今江苏苏州)人。元末隐居吴淞青丘，自号青丘子。高启才华高逸，学问渊博，能文，尤精于诗，与刘基、宋濂并称"明初诗文三大家"，又与杨基、张羽、徐贲被誉为"吴中四杰"。

黄河水

黄河水西来，一折一千里。四折东流归渤海，浑涛阔浪深无底。旧传一清三千年，圣人乃出天下安。河水之清一何少，吁嗟至治何由还。我愿河水年年清，圣人在上圣复生，千龄万代常太平。

按：该诗一作明代王祎作。

郑 真

郑真，洪武五年(1372)成乡贡进士，授临淮教谕。诗文收入《荥阳外史集》。生平见《明史稿》卷266。

龟山水母庙

青山如伏龟，巨石压清浪。岗峦相起伏，隐隐城郭状。忆惟南渡余，金戈严保障。封疆南北分，放歌一凄怆。铁锁锢支祁，禹功千载上。吁嗟水母称，谁能辨诬谤。

按：由《龟山水母庙》可知，最迟在元末明初，淮河下游地区已流传水母娘娘神话故事。

王 恭

王恭(1343～?)，字安仲，明长乐沙堤(一作闽县)人。少游江湖间，中年隐居七岩山，为樵夫20余年，自号"皆山樵者"。善诗文，名重一时。永乐二年(1404)，以儒士荐为翰林待诏，敕修《永乐大典》，修成后授翰林典籍。有《白云樵唱集》4卷。

经漂母墓

寂寞淮阴路，荒城接楚原。谁能怀漂母，曾此饭王孙。
孤冢今犹在，千金不复论。自惭非国士，兹去向何门。

唐之淳

唐之淳(1350~1401),字愚士,以字行,明山阴(今浙江绍兴)人。建文朝官侍读预修书事。博闻多识,工诗文。篆隶得李斯、李阳冰体,楷法从欧阳询出。著有《逊志斋集》《大观录》。

过盱眙旧县怀南涧公

旧县新城取次过,百年世事几风波。挂帆客过沽春酒,复业人归理钓蓑。
山水未生淮白少,暮云欲尽海青多。客怀不及南飞雁,也逐闲鸥到涧河。

泗 州

飘飘帆席去如驰,坐倚船窗看晚炊。河口驿亭题泗水,山头县郭认盱眙。
当年楚汉兴亡处,今日风云际会时。已筑祖陵开寝庙,黄童白叟望旌旗。

按:由“黄童白叟望旌旗”,可想见当年修建明祖陵之盛况。

项王城

泗州城北项王城,千古令人叹未平。韩信归刘知有主,范增辞楚计无成。
江淮不洗英雄恨,鱼鸟犹疑叱咤声。欲唤春醪奠遗迹,风帆催客赴脩程。

舟中有作奉呈公相

喜得天风送去舟,还从楚尾识吴头。浪花白处鱼吹雨,梅子黄时麦弄秋。
一派棹歌连觱篥,两行旌旆杂兜鍪。路人解说朝天马,昨日清明过泗州。

泗州第一山追和米南宫韵

书画船从此地还,云霞草木尽毫间。江淮多少名山水,此是君家第一山。

权 近

权近(1352~1409),字可远,号阳村,朝鲜人。出身于贵族,1370年文科及第,官至密直。洪武二十二年(1389)曾为使臣至南京。1392年李朝建立后,主张改革政治,成为李朝统治阶级理论上的代言人,拜大提学,封吉昌君。著有《奉使录》等。

发淮阴驿

城郭连雄镇，舟车会要冲。地平家满岸，江阔浪掀空。
转舰机轮壮，开河水驿重。买羊酤美酒，共醉橹声中。

自注：驿西筑堤为堰，其西边各置机轮，斡舟而转，以置开河之中，谓之坝。盖开河地高，水不得通淮故也。西有大河卫，南有淮安府，皆大城也。

按：淮阴驿在淮安新城下关。

胡　俨

胡俨(1361～1443)，字若思，明江西南昌人。洪武举人，永乐初荐入翰林，任检讨，累拜国子监祭酒。重修《明太祖实录》《永乐大典》《天下图志》，皆充总裁官。工书画，善诗文。有《颐庵文选》《胡氏杂说》。

甓社珠光

甓社之湖五湖一，百里珠光际天碧。芳洲佳树竹阴连，中有幽人读书宅。幽人读书不计年，夜夜珠光红满川。只今一片蘼芜绿，时有渔歌闻扣船。

西湖雪浪

淮南十里春风颠，西湖之水波连天。银山高涌雪花碎，商帆尽落眼望穿。我昔游吴到东海，潮头壁立烟霏洒。衰年投老住江村，钓船稳坐忘惊骇。

耿灯神庙

新开湖西耿侯庙，夜夜神灯吐光耀。空中皂鸟尽飞翔，渚面鱼龙皆眩曜。曾开红叶下云中，五台峨眉今已空。御灾捍患神之功，我作此诗留无穷。

清口驿

夜渡清口驿，寥寥犬吠幽。人家散墟落，舟楫倚汀洲。
薄雾浮空起，长沙带月流。悲歌何处发，不觉动离愁。

淮阴道中

八月淮阴道，天高树影寒。河流终日去，客计两年还。
骥尾谁能附，龙鳞或可攀。高堂有亲在，拂拭舞衣斑。

晚泊洪泽

雨后淮山数点青，便从云气望蓬瀛。湖平两岸风初定，人倚孤舟天正明。
客里寻常苏远梦，天涯次第数归程。夜凉酒醒闻征雁，一寸乡心白发生。

和子启清河道中韵

试看青鞋踏软莎，此中幽景更谁过。坐临绿野开樽俎，行逐东风接咏歌。
村落远闻鸡犬静，人家喜近柘桑多。漆园兴在观鱼乐，独倚船窗对晚波。

王 绂

王绂（1362～1416），一作芾，又作黻，字孟端，后以字行，明无锡（今属江苏）人。永乐初以善画荐，供事文渊阁，拜中书舍人。著有《王舍人诗集》等。

晓入清河舟中眺望

风帆晓入清河口，野岸晴飞白鸟群。水入淮流千里合，路通齐地一支分。
驰心辇下常看日，回首江东已隔云。试问县楼应不远，夜来更鼓月中闻。

登盱眙

县郭高临紫翠间，泊舟乘兴一跻攀。荆扬南望无多路，淮楚西来第一山。
僧舍径幽松影合，水祠碑在藓痕斑。登临不用悲今古，渡口寒潮日往还。

吴 溥

吴溥（1363～1426），字德润，明江西崇仁人。建文二年（1400）二甲一名进士，任翰林院修撰。永乐年间，入国子监任职。存有《古崖集》。

赋甘罗城赠王纪善可贞

甘罗年少天下稀，当年筹算孰能违。燕丹既归赵城入，诸侯日瘠嬴秦肥。秦皇勋业连四海，东望淮阴小如带。当年曾此筑高城，留得千秋旧名在。竹篱茅屋三两家，垂杨夹道鸣雏鸦。人间岁月惊几换，昔时城郭今桑麻。双旌摇摇指东鲁，此日登临重怀古。丈夫须作远大期，出处肯与常儿伍。临淮五月新雨凉，薰风满路红蕖香。笑谈指点王国近，浩歌一曲凌苍苍。

杨士奇

杨士奇(1366~1444),名寓,以字行,号东里,明江西泰和人。官至礼部侍郎兼华盖殿大学士兼兵部尚书。在内阁为辅臣40余年,首辅21年。与杨荣、杨溥同辅政,并称"三杨",谥文贞。

舟过清河题竹送李信圭太守

荒落清河县,深劳抚字心。一枝潇散意,聊用涤烦襟。
清河贤太守,节操比琅玕。看取冰霜意,从容越岁寒。

清河途中寄勉仁少傅弘济太常

载书先发赴前营,雨浥飞尘晚更晴。人喜望家三舍近,马知归路四蹄轻。
风飘点点溪花送,日射行行野树明。却忆今宵毡帐里,翠壶红烛伴双清。

送信圭李大尹还清河二首

其　一

当宁仁明秉至诚,濒淮今岁少丰登。忧勤屡下明廷诏,抚字深资令尹能。
共爱温如玄圃玉,直须清比鉴池冰。清河未必长淹骥,云路他年看尔升。

其　二

家住澄江北渚滨,清朝兄弟起彬彬。同时作宰辉双璧,异县能官见几人。
采采黄花滋夕露,潇潇白雁度秋旻。相逢未久还相别,珍重声华在缙绅。

早至淮安

百丈牵船夜未休,满衣凉露不胜秋。前林欲近闻鸡唱,城郭昽昽见楚州。

黄　淮

黄淮(1367~1449),字宗豫,号介庵,明永嘉人。洪武三十年(1397)进士,历事惠帝、成祖、仁宗、宣宗四朝,官至户部尚书兼武英殿大学士。著有《黄文简公介庵集》。

渡　淮

客里情怀易感,途中况味偏谙。才过淮流数里,人家渐似江南。

陈 琏

陈琏(1370~1454),字廷器,别号琴轩,明广东东莞人。洪武二十三年(1390)举人,授桂林府教授,历许州知州、滁州知州、四川按察使,官至礼部左侍郎。著有《罗浮志》《琴轩集》《归田稿》等。

淮阴驿

晚泊淮阴驿,瀼瀼白露零。连城闻夜柝,隔岸见秋灯。
月落林光黑,风来水气腥。追思旧游地,当日有三亭。

送黄瑄镇守淮安

东楚古形势,雄名天下闻。羽山青近海,淮树绿屯云。
藩翰新开府,将军旧策勋。筹边风致在,公暇好论文。

清 河

清河水原清,湛湛见沙石。镇日倚篷看,游鱼尾还赤。

金 寔

金寔(1371~1439),字用诚,明开化(今属浙江)人。受明成祖赏识,授翰林院典籍、东宫讲官。参加编修《太祖实录》《永乐大典》。仁宗朝任王府左长史。著有《金寔文集》。

渡淮至清河县学醉后留别

出浦临大河,滔滔乱中流。微茫辨海色,极目东溟陬。晨经清河县,移棹入前洲。学宫当岸北,桧柏森森幽。孟书坐训席,别我逾六秋。无缘遂良晤,此愿忽已酬。乃翁出远迎,款语不能休。乃弟元后趋,喜气眉间浮。别后添两雏,秋水豁双眸。踉跄越户限,出拜忘嬉游。开筵坐讲堂,殷勤集朋俦。青衿二三子,登降礼数优。王程方见束,那能久淹留。强为握手别,两意空绸缪。扬帆逐前侣,落日风飕飕。昏黑觅舟次,举火惊沙鸥。

曾 棨

曾棨(1372~1432),字子棨,号西墅,明江西永丰人。永乐二年(1404)进士,人称“江西才子”。其为人如泉涌,廷对两万言不打草稿。曾出任《永乐大典》编纂。曾棨工书法,草书雄放,有晋人风度。

淮安舟中

远戍鸡声晓,遥堤柳色浓。断云京口树,残月广陵钟。
箫鼓官船发,图书御宝封。朝臣多扈从,冠佩日相逢。

沐 昂

沐昂(1379~1445),字景高,明凤阳府定远人,黔宁王沐英第三子。明成祖时随二哥沐晟镇守云南,为都指挥同知,因战功升右都督,封定远伯,好诗文,有《素轩集》。

过高邮湖二首

其 一

假楫平湖上,朔风天正寒。轻鸥浮水面,旅雁下云端。
动静谁能达,诗书好自看。我家居建业,回首路漫漫。

其 二

岁晚过高邮,风狂阻客舟。天空湖水阔,野迥岭云收。
古岸人家少,荒洲鱼鸟稠。何能解簪绂,放浪此中游。

王 洪

王洪(1379~1420),字希范,明钱塘(今浙江杭州)人。洪武三十年(1397)进士,历官吏科给事中,翰林院检讨,太子侍讲等职。有《毅斋诗文集》。

渡 淮

周诗念靡及,楚歌怀远游。方舟溯长淮,日入不能休。洪涛郁云兴,嘉禾绕芳洲。皓月出其东,孤鸿鸣悠悠。登舻诚长望,聊以写我忧。逝者固如斯,吾道将焉求。永言仰前哲,夙夜庶无尤。

过清河口

长淮东南驰，泗水西北骛。千古相混并，茫然以东去。扁舟乱其流，日夕方此渡。海色浩无极，烈风吹高树。浊流扬洪波，澄源隐其素。泾渭岂不殊，由来匪朝暮。

过氾光湖

茅屋自成聚，门前湖水流。平芜遥见塔，小港曲通舟。
樯日留飞燕，帆风起白鸥。江湖多逸兴，况是及春游。

晚经淮阴

旅怀诗思共依微，河畔移舟对夕晖。平沙杳杳人孤渡，远水悠悠雁自飞。
重城月出钟声尽，极浦烟深树影稀。惆怅王孙徒极目，白鸥来往钓鱼矶。

唐文凤

唐文凤，字子仪，号梦鹤，明徽州府歙县人，以文学擅名。永乐中，荐授兴国县知县，后改赵王府纪善。有《梧冈集》8卷。

清江镇

镇市清江上，居民栋宇连。淮盐堆客肆，广货集商船。
草色春迷地，波光暖浸天。凌晨征棹发，万灶起炊烟。

刘　咸

刘咸(1388～?)，字士皆，明江西吉安府泰和县人。永乐十年(1412)进士，曾出巡伊洛间。能画，杨士奇曾作诗题其画。

长淮水

长淮水，日东注，流尽年光只如故。亘古穷今不可涯，唯见行舟往来处。长淮水，流滔滔，映空浴日排银涛。鸥鹭翻飞岸摇曳，鱼龙鼓舞风怒号。濠涛西来如折斗，汴泗交流清会口。滚滚宁辞东海遥，万里朝宗共趋走。长淮水，涵华滋，昔年淮右见龙飞。天河挽洗甲兵净，恩泽汪洋洽九围。长淮水，今澄清，圣人继统川岳宁。龙骧万斛日充贡，永奠皇图歌太平。

按：此诗一作明周叙作。

薛　瑄

薛瑄(1389或1392~1464),字德温,号敬轩,明河津(今属山西)人。永乐十九年(1421)进士。历任御史、大理寺左少卿、礼部左侍郎兼翰林学士,入阁参与机务。卒谥文清。为著名思想家、理学家、文学家。有《敬轩文集》。

高邮湖

去年冒春雪,扬帆过高邮。今岁属秋暮,长风送我舟。湖心射日气,骇浪蹴天浮。观象卦有涣,悟易情悠悠。

雪中过高邮湖

高邮湖里雪中过,雪片无声点白波。天水渺茫遥自接,烟云杳霭暗相和。
寒蓑满眼渔翁少,画舫随风去客多。还似沧浪水清浊,只应难觅扣舷歌。

高　穀

高穀(1391~1460),字世用,明兴化(今属江苏)人。永乐十三年(1415)进士,历任侍讲、侍读学士,工部尚书,官至太子少保、东阁大学士。清廉正直,卒谥文仪。有《育斋文存》。

过宝应湖

绿杨欹侧岸沙崩,高塔凌虚更几层。南去北来成底事,夕阳西下见鱼罾。

吴　节

吴节(1397~1481),字与节,号竹坡,明江西安福人。宣德五年(1430)进士。授编修。历官南京国子监祭酒、太常侍卿兼侍读学士。有《吴竹坡先生诗文集》。

夜过甓社湖

扁舟逢浪静,一棹过湖平。月向天中满,人从镜里行。
近帆偏有色,远树寂无声。为问南飞雁,何如羁旅情。

章 銮

章銮，明诗人。

吴王古墓

城西十里起峰巅，云有吴王卜葬阡。山下樵人知旧处，坟前翁仲识当年。
月明华表回丁鹤，霜冷空林泣杜鹃。埋玉潇潇经几许，东风芳草只依然。

按：咸丰《清河县志》，吴王墓在治西三十里。邑人汪之章诗曰："淮南老将旧能兵，宝剑光埋拒楚营。割地一归唐社稷，封王不恨小功名。一湾渔渚沉孤庙，十月寒花抱土城。莫叹英名渐磨灭，泉台车马尚纵横。"邑人石渠亦有诗。

富湖见迹

烟水茫茫万顷秋，浪传此地是张州。千年灵异生蛟蜃，万古销沉浴鹭鸥。
云雾依稀呈旧郭，烟霾仿佛见层楼。江淮胜概无如此，不说登州海市优。

按：富湖，即富陵湖，为洪泽湖之雏形。旧志多次载现海市蜃楼。

逯 昶

逯昶，字光古，明覃怀（今河南焦作）人。有《逯光古集》。

舟下淮水

伐鼓下淮津，川光回暮色。数峰云间青，一鸟沙上白。
悠悠水驿浮，飐飐风帆侧。舟人不敢停，知我归朝客。

于 谦

于谦（1398～1457），字廷益，号节庵，明钱塘人。永乐十九年（1421）进士，初授御史。"土木之变"后，为兵部尚书。拥立朱祁钰为帝，因击退瓦剌军，加少保。英宗复位后，以"谋逆罪"被杀。有《于忠肃集》。

过韩信冢

蹑足危机肇子房，将军不解避锋铓。成功自合归真主，守土何须乞假王。

汉祖规模应豁达，蒯生筹策岂忠良。荒坟埋骨山腰路，驻马令人一叹伤。

张　楷

张楷(1398～1460)，字式之，号介庵，明浙江慈溪人。永乐二十二年(1424)进士。宣德二年(1427)任兵部主事，累迁至都察院右佥都御史。

漂母墓次刘长卿韵

寂历荒村暮，苍茫野树秋。王孙去不返，河水自东流。
树蔼淮阴恨，山连云梦愁。谁知一饭德，千古动豪游。

和宿淮浦寄司空文明

离别空怀万里忧，垄云关树忆同游。荒村小店人沽酒，衰柳长亭客系舟。
芳草几随心共发，碧天常与水同流。倚篷不尽相思恨，何处吹箫月满楼。

曹　安

曹安，字以宁，号蓼庄，明松江(今属上海)人。正统甲子(1444)举人，官鄢陵教谕。著有《谰言长语》《水东日记》等。

舟泊清口驿宿偶成

其　一

一宵风雨送春归，渐觉南薰透葛衣。两两白鸥如有意，日斜犹傍客船归。

其　二

野花开遍不知名，夹路相迎似有情。几度问花花不语，东风唯听乱啼莺。

其　三

年年孤负暮春天，多在虚名薄宦边。此日清河西岸泊，暂从渔父语留连。

陆德蕴

陆德蕴，字润玉，明华亭(今属上海)人。好古博学，善诗。隐居北郭，有高行，为明代书画家沈周的老师。

重过沙河道中

白鹤沙头水自波，扁舟曾载夕阳过。东风一路蘼芜绿，添得春愁别后多。

钱 溥

钱溥(1408～1488)，字原溥，明华亭(今上海松江)人。正统四年(1439)进士，入中秘试《蔷薇露诗》称旨。命教内书馆，授翰林简计，擢左赞善。景泰间，修成《寰宇通志》，升右谕德。成化中，官至南京吏部尚书。

夜入淮安

滔滔河汴逐淮流，雄踞东南第一州。扬子江分吴地断，峄阳山挟楚云浮。
入城舟楫潮通浦，近水人家月满楼。欲觅故交寻旧迹，王程有限不堪留。

出清河口

黄河滚滚出天源，卷地声如万马奔。自是长淮清到底，应同到海不同浑。

王 竑

王竑(1414～1489)，字公度，明河州(今属甘肃)人。进士，景泰二年(1451)，擢右佥都御史总督漕运。以赈灾并发展生产成效显著颂声鹊起。

悯 水

雨余洪水积初秋，新旧城中总漫流。沉灶几家烟火断，腾云无数箨龙稠。
眼前卢扁能医国，岁里陶朱欲卖牛。问俗共看中使节，开仓第一为民谋。

过射阳湖为风雨所阻

去年除夕客江都，今岁巡行又客途。两箧簿书淮海道，一帆风雨射阳湖。
方期强梗归仁化，且喜流离复版图。报国安民诚我愿，到头合得遂心无。

邱 濬

邱濬(1421~1495),字仲深,号深庵,又号玉峰、琼台,明海南琼山人。进士,历官至少保兼太子太保、户部尚书、武英殿大学士等。著有《琼台诗文会稿》等数百卷。

龟山回文一首

潮生海岸两崖倾,落月江枫映火明。桥透白波流水远,屋连红树带霜清。
迢迢漏尽寒更晓,片片云收夜雨晴。遥望楚天江渺日,茭蒲尽处落鸿轻。

夜泊淮安西湖嘴

十里朱旗两岸舟,夜深歌舞几时休。扬州千载繁华景,移在西湖嘴上头。

柯 潜

柯潜(1423~1473),字孟时,号竹岩,明福建莆田人。景泰二年(1451)状元,历任翰林院修撰、右春坊右中允、詹事府少詹事兼翰林学士掌院事。著有《竹岩集》等。

送林思承二守之任淮安

昔为冀州守,今作淮阳佐。朝回骑马出都门,满地落花新雨过。绿杨高馆张锦筵,看山酌酒薰风前。醉时一笑各分散,明日相思隔暮烟。君行不畏触炎暑,应念饥民久延伫。

王倜与

王倜与(1424~1495),字廷贵,明常州府武进人。景泰二年(1451)进士,历官翰林院编修、南京国子监祭酒、南京吏部尚书。先后参与修《大明一统志》《英宗实录》。著有《王文肃集》等。

过高邮湖

片帆轻飏晚风前,秋水微茫远接天。十里败荷初过雨,一堤衰柳尚含烟。
沽来浊酒能盈缶,买得鲜鳞喜就船。醉后却思秦国士,还同渔父说当年。

谢一夔

谢一夔(1425～1488),字大韶,号约斋,明江西安义人。文学家、教育家。

送训导曾谨之泗州

淮海西南是泗州,清时振铎喜君游。传经有客师刘向,抗疏无人荐马周。
驿路霜寒枫叶晚,泮宫风冷桂花秋。少年莫叹儒冠误,进学宜从分内求。

杨守陈

杨守陈(1425～1489),字维新,号镜川,一作晋庵,明浙江鄞县人。景泰二年(1451)进士,授编修,历侍讲学士、吏部右侍郎,与修《宪宗实录》兼副总裁。著有《读易私钞》《三礼私钞》《五经考证》等。

淮阴阻风

杪春渡淮阴,寒威尚云厉。日月朔风严,云霾黯无际。长川沸波涛,画舫行复系。掩关避惊沙,高眠不成寐。耿耿余隐忧,非缘客程滞。畿甸苦繁徭,闾阎日憔悴。年登庶可生,岁欠将焉济?迩者天恒旸,况此时令异。麰麦悉已槁,黍稷何当艺?俯仰独彷徨,一饭三叹喟。焉得谷风和,一洒甘雨霈。

卞 荣

卞荣(1426～1498),字华伯,明江阴人。正统十年(1445)进士,官至户部郎中。景泰间盛有诗名。有《卞郎中诗集》7卷。

韩信城

孤城落日下,洒酒吊淮阴。飞鸟平芜没,空祠宿莽深。
起家将一剑,寄食报千金。楚水流不尽,英雄万古心。

钵池仙境

弭节寻仙境,缅怀王子乔。丹砂沉古灶,石刻纪前朝。
影落双凫舄,虹飞百尺桥。晚来幽思癖,更欲步山椒。

西湖烟艇

泛泛烟中艇，东风吹绿波。微茫将拂曙，欸乃只闻歌。
新雨一篙足，平堤十里多。湖边杨子宅，载酒好相过。

刘伶台

名留酒德颂，梦逐古台空。泰华纤毫末，乾坤傲睨雄。
糟丘春草碧，醒石夕阳红。一锸今何在，长淮水自东。

紫霄宫

金榜高高揭紫霄，寻芳不必出东郊。门前古墓无人识，屋后长松有鹤巢。
千日玄浆和露饮，一声清磬隔花敲。刘郎半日能陪我，不觉斜阳转树梢。

胡　谧

胡谧，字廷慎，明会稽（今浙江绍兴）人。景泰进士，任山西提学佥事，擢广东参政，历官30年。

第一山

帝里东南第一山，蓬壶真境在尘寰。琪花瑶草香风里，翠壁苍崖杳霭间。
五塔寺空鲸响息，八仙台迥鹤飞还。古今登眺多题咏，遗刻摩挲藓石斑。

按：此诗第一山旧有石刻。

龟山禹庙

胼胝八载奠山河，铁锁宁劳系水魔。穹石摩崖功刻远，长淮注海泽流多。
龟呈书出千年伏，凤载神游八极过。试谒义祠弦享曲，余音犹似旧赓歌。

李　进

李进，字孟昭，号西园居士，明浙江嘉兴人。天顺间（1457～1464）有文名。本诗录自《四库全书存目丛书》集部第11册明怀悦所辑《士林诗选》卷上。

甓社湖

平湖千顷绿于苔，五月凉风拂面来。水阔鱼龙能变化，天高鸿雁自低徊。

神珠照夜何年见，仙客乘槎此日回。更倚篷窗望天末，数行烟树白云堆。

顾 英

顾英（1434～1508），字顺中，明慈溪口人。由进士知万载县，改南御史，升四川建昌兵备副使。他嗜书成癖，弱冠至老，无一日废。

第一山

鸣驺不倦入山巅，县古山青满市廛。日脚未沉先夜月，水光拖白共长天。

漫挥羽扇探嘉境，自爱书林问旧筌。讼简可无公牒报，写诗原不为人传。

按：此诗第一山旧有石刻。其二三四句作：县古山光满市廛。日脚未沉先夜月，水痕遥淡共长天。

谢 铎

谢铎（1435～1510），字鸣治，号方石，明浙江太平（今浙江温岭）人。天顺八年（1464）进士，累官礼部右侍郎，后引疾归。谥文肃。有《桃溪净稿》。

过高邮诸湖

篷背风高水有声，画船随梦过三更。不知湖面今多少，夷险分明断不惊。

吴 宽

吴宽（1435～1504），字原博，号匏庵、玉亭主，世称匏庵先生，明直隶长洲（今江苏苏州）人。成化八年（1472）状元，授修撰，侍讲孝宗东宫。官至礼部尚书。著有《匏庵集》。

入清河有感

扁舟离东楚，始入清河行。欲向水滨问，如何负河名。清河自南下，黄河来东倾。昔者本异派，下合犹分明。一从河为患，散漫殊纵横。究豫失故道，迂行过彭城。急流数百里，汹涌势不平。遂令清河浊，敢望黄河清。孰为究其故，厥咎从何生。清浊各归宿，巨海终合并。河伯须率职，勿使识者惊。

俞　俊

俞俊(1435～1510),字尚贤,明处州府人。成化元年(1465)中举。次年中进士。

楚州夜泊

漏鼓声频欲四更,野航灯火对愁明。城头楚语惊乡梦,船尾吴歌动客情。
漠漠水云听雁度,潇潇风雨自鸡鸣。离群远道何嗟及,未必江湖老此生。

沈　觳

沈觳,明华亭(今属上海)人。进士,成化五年(1469)任清江船厂工部分司。

赵嘏宅

藕花香细柳飘轻,楚水光涵竹户清。当日忆家诗尚在,至今留与后人赓。

袁　清

袁清,明邳州(今江苏邳州)人。武昌知府。

和前韵题化龙桥

小泊柳堤莲叶航,青藜扶我过丹房。影中松院鸡声午,云散诸天鹤背长。
元境大都远人世,红尘老不到仙乡。白云石上童休扫,留衬眠时薜荔裳。

题化龙桥

奔月姮娥古昔闻,灵鱼龙化更奇神。空余寒碧溪头水,老尽往来桥上人。
曳杖僧归天竺月,携家仙住玉京春。丹炉丹灶依然在,不觉登临感慨频。

官　贤

官贤,明青州人。进士,陕西按察司佥事。

和前韵题化龙桥

淮水西风阻客航,短篷寒影照山房。满滩新涨鸥波阔,一片闲云鹤梦长。

绿酒黄花临九日，青山碧海界吾乡。十年中外成何事，惭愧貂冠与绣裳。

张 禧

张禧，明嘉兴人，弘治己未年(1499)进士。

游第一山

今古乾坤一草亭，周遭松柏翠为屏。淮流风动千层绿，山顶云空万里青。
人远市廛偏觉静，草深猿鹤惯来经。于今边塞烟尘息，海不扬波浪亦宁。

宿龟山

长淮日夜赴东溟，千里龟山一抹青。神禹尚疑疏凿在，支祁空锁水云腥。
棹歌隐隐归前浦，渔火微微认远汀。明发王程阻登眺，数声清磬古祠扃。

按：该诗一作刘玉作。

张 珩

张珩，约为明初期人。

登盱山

两峰携登第一山，恍忽如在青云间。翩翩白鹤乘风起，俯看人世入尘寰。远树斜阳眼界阔，鸾箫声细白云遏。岩前活水自源头，酌取一瓢顿消渴。林风不动松花香，庭院帘垂清昼长。兴来徙倚看磨崖，径苔石藓生风凉。主人惜别频劝饮，醉后将山当作枕。归来明月满吾船，回首祥烟护陵寝。

别两峰兄

晓日长淮上，离筵设秀亭。开怀对绿野，取醉下烟汀。
秦晋山河阔，江湖风雨溟。南川不尽意，帘卷两峰青。

杨 茂

杨茂，明沅湘(今属湖南)人。天顺八年(1464)充参将，成化初任漕运总兵镇守淮安。博通书史。善大字，工诗。有《摄锦集》。

钵池山

沧海桑田几变更，仙山不共劫灰平。鬼神尚护烧丹灶，天地常留飞舄名。
瑶草舞风当槛绿，玉泉过雨绕池青。步虚凌逐烟霞散，唯听琅琅梵语声。

过韩信城

韩信荒城雉堞隳，当时功业已成非。假王本为安齐计，蹑足翻成赤族机。
草昧尚知尊汉主，太平焉肯助陈豨。至今淮水潺湲处，犹带哀声送落晖。

张　升

张升(1442～1517)，字启昭，号柏崖，明江西南城人。成化五年(1469)状元，授修撰。官至礼部尚书、太子太保，人称尚书状元。著有《张文僖公文集》。

送张参议敷华还浙江分题甓社湖

薰风吹客度高邮，风景悠然汗漫游。地远不知天下暑，波平浑觉镜中秋。
平临海月珠光起，上接星河剑气流。何处洞箫声细细，舟人倚和发清讴。

渡　淮

长淮一道入沧溟，滚滚黄流若建瓴。回首故乡何处是，春风多少短长亭。

傅希说

傅希说，明故城县(今属河北衡水)人，成化二年(1466)进士，授户部主事，历官广西按察使政教、处州知府，卒于官。

泊龟山

巇路蹑云上，平生酷好奇。山头崇渎庙，龟足锁支祁。
野色延幽步，春光入暮时。隔林啼好鸟，似笑老夫痴。

再题第一山

绝岭春初霁，余寒类素秋。山河千古在，云物四时幽。
石刻摩挲看，蓬莱汗漫游。都因尘世隔，不得到罗浮。

按：此诗第一山旧有题刻。

张 旭

张旭,字廷曙,明徽州府休宁人。成化十年(1474)举人,历浙江孝丰、广东高明、河南伊阳知县。有《梅岩小稿》。

高邮湖遇大风

百里湖光一镜开,西风吹浪拥山来。半空晴洒三冬雪,平地俄惊六月雷。
击楫祖生真慷慨,赋诗唐介亦奇瑰。生平心事知何愧,且放吟怀入酒杯。

陈德懿

陈德懿,明仁和(今属浙江)人。弘治五年(1492)任漕运都御史李昂妻,长于诗。

至淮阴

淮河西畔泊行舟,野蓼汀花对客愁。帆影远随波影灭,橹声低逐浪声流。
云横远岫千林晚,雨过长堤两岸秋。最是烟波好风景,白蘋深处浴轻鸥。

倪 岳

倪岳(1444~1501),字舜咨,明上元(今江苏南京)人。天顺进士。成化中为礼部右侍郎。弘治中官至吏部尚书。有《清溪漫稿》。

过高邮湖

晴湖三十里,杳渺绝云天。渔艇浪中出,客帆风外悬。
经游非偶尔,飘泊正依然。极目东南道,孤村起暮烟。

夜渡宝应湖

湖光晃漾水波平,夜半舟人静不惊。霜旆近于天上转,风帆遥向月中行。
一泓清浅鱼龙隐,两岸空寒鹳鹤鸣。犹胜坡翁雪堂梦,相逢有客不知名。

程敏政

程敏政(1445～1499),字克勤,后号篁墩,明徽州府休宁人。成化二年(1466)进士。历官至礼部右侍郎。有《明文衡》《篁墩文集》等。

清河道中

黄沙风起出茅深,独拥重裘过远林。野犬吠人来道左,山翁留客坐墙阴。
晴光渐向城头转,好句还从马上寻。莫遣奚囊空独往,等闲孤负陆机心。

次清江浦邵文敬吴文盛二主事
邀饮寄寄亭中夜放舟至清口晓渡淮至清河乃别

杏花红烂竹梢青,水次新开寄寄亭。共挽行装春送酒,还催挝鼓夜扬铃。
风悲旧楚遥闻树,天入长淮下见星。记取客边分去住,驿楼残角梦初醒。

漂母祠

一饭难忘老妪恩,崇祠应出旧王孙。平生推食蒙知己,肯不捐躯答至尊。

淮阴侯庙

钟室堪嗟走狗烹,反形千古未分明。史官独为将军惜,不念当时老郦生。

王　华

王华(1446～1522),字德辉,号宝庵,明余姚人。王守仁(阳明)之父。

过莲塘留题公馆

吾儿阻雨莲塘宿,我过莲塘雪满厅。想是老天真有意,故留父子宿邮亭。

李东阳

李东阳(1447～1516),字宾之,号西涯,明湖广茶陵(今属湖南)人。天顺八年(1464)进士,授编修,累迁太子少保、礼部尚书、文渊阁大学士。诗文典雅工丽,其诗影响所及形成“茶陵诗派”。著有《怀麓堂集》《诗话》《燕对录》。

淮阴叹

营门昼开齐犬吠，蒯生相人先相背。古来鸟尽良弓藏，近时刎颈陈与张。功成四海身无地，归楚楚疑归汉忌。极知犹豫成祸胎，时乎时乎不再来！君王恩深辨士走，淮阴胸中血一斗。妇人手执生杀机，赤族不待君王归。君王归，神为恻，独不念秋毫皆信力。舍人一嗾彭王殂，淮阴之辞真有无？噫吁嚱！淮阴之辞真有无？

淮海游

愚乐傅公尝游淮海间，士大夫赠诗成卷，为补是诗。

泛彼江湖兴，来为淮海游。高帆驾巨浪，浩荡空中浮。上有荡胸云，下有濯足流。吹箫动海月，鼓枻惊沙鸥。长歌振林木，逸响归沧洲。至今淮上人，仿佛疑仙舟。怀贤托楚些，感旧闻吴讴。宁无后来人，俯仰难为俦。

送李惟正主事使淮

淮山苍苍入烟树，中有东漕旧分署。郎官捧檄下层霄，匹马暂从沙上驻。漕舟百万如云屯，材官武士纷成群。榜歌调苦隔溪听，筹唱声高半夜闻。向来书簿何胶扰，却道郎官爱文藻。烛底寒更梦短长，军端余兴诗多少。古来王事贵驱驰，壮夫岂必雕虫为。休言玉节冲星夜，不及琼林宴月时。

过宝应湖

地圻山平野，烟深水抱城。湖天四面阔，风舸一时轻。
鹳鹤飞扬意，鱼龙出没情。相看总相得，吾亦爱归程。

淮上作

浦口烟光隔岸横，参差楼阁未分清。长淮水急如贪海，周甸山回似抱京。
漂母墓前秋草绿，楚王城上墓云平。西风忽断高歌起，坐叩船舷待月明。

送平江伯陈公漕还淮安

其　一

贤劳三世服王家，千里山川道路赊。周甸土中南北贡，汉河天上往来槎。
晨挥玉麈风生座，夜拂银灯剑有花。闻说江淮多故老，风流皆作祖侯夸。

其　二

朝廷漕运仰南东，百里官河属会通。胜国封疆还蓟北，西山泉派出城中。
舟车坐惜千金费，畚锸虚劳累岁功。犹有腐儒忧国念，欲将经国问元戎。

过沙河有感

几家茅屋住荒洲，风景凄然感去秋。沙壅断桥还旧路，水藏深涡有椗舟。
虎谈在耳神犹动，鱼葬伤心骨未收。对此不堪怀故侣，野烟溪日重回头。

寄寄亭

寄寄亭中寄此身，此身喜作寄中人。离心落雁同千里，倦眼开花又一春。
楚地山川南北会，汉槎风月往来频。他年石上看名姓，都是东曹奉使臣。

谒陵憩清河旧馆有感

路出沙堤向草堂，北归曾此驻行装。风前爇火烟生面，夜半开门雨打床。
今日闾阎宜富庶，旧时僮仆尚苍黄。人生剩有悲欢地，何必他乡与故乡。

过黄河

清口驿前初放船，长淮东下水如弦。劲催双橹渡河急，一夜狂风到海边。

杨一清

杨一清(1454～1530)，字应宁，号邃庵，明镇江府丹徒人。成化八年(1472)进士，历任至内阁首辅。逝后赠太保，谥文襄。有《文襄石淙集》《石淙诗稿》。

过高邮由康济河至界首驿东风彻夜作吼入宝应湖风定波澄众心胥悦偶赋一绝

渺渺三湖混太清，画船箫鼓坐空明。东风也避王师路，万顷波涛一霎平。

乔　宇

乔宇(1457～1524)，字希大，号白岩，明乐平(今山西昔阳)人。成化二十年(1484)进士，授礼部主事，官至吏部尚书。工诗善文，有《乔庄简公集》。

淮阴侯祠

六国纷争肇始皇，中原失鹿海尘扬。楚兵何止七十战，炎祚能开百二疆。
自古功臣多被戮，当时丞相独追亡。河山带砺犹如此，终始云台说汉光。

谒韩侯祠二首

其 一

淮阴旧垒石层层，读罢残碑感慨增。路险却因山作阵，地穷还背水为崩。
虚劳广武谋先合，可奈成安力未胜。试问汉廷诸大将，无功当日更谁曾？

其 二

千秋遗恨在椒房，百战功高折剑芒。已道筑坛称大将，如何移檄请真王。
心原报汉终辞彻，计托归韩不及良。鸟尽弓藏恩太薄，大风歌罢使人伤。

王 琼

王琼(1459～1532)，字德华，号晋溪，明太原人。进士出身，曾管理清江浦工部分司，历官吏部尚书、兵部尚书、户部尚书。

题行台

使节春深驻宪台，满前风景画图开。盱山拥翠当轩出，淮水通潮绕郡来。
旧日中丞全士节，于今循吏惜民财。帝乡灵秀千年在，欲赋惭非司马才。

祝允明

祝允明(1460～1527)，字希哲，号枝指生，又号枝山，明长洲(今苏州)人。弘治五年(1492)中举，正德九年(1514)授兴宁知县，迁应天府通判。“吴中四才子”之一。

漂母祠

子胥逢击絮，遂为鞭尸人。淮阴遇漂母，终亦去亡秦。豪杰与婵媛，万年共一尘。清淮映古庙，月明空沄沄。安能闾市上，复问哀王孙。

邵 宝

邵宝(1460～1527)，字国贤，号泉斋，别号二泉，明常州府无锡人。成化二十年(1484)进士，著名藏书家、学者。授许州知州，历户部员外郎、郎中、江西提学副使。曾管理清江浦工部分司。

过龟山

渎庙龟山顶，长淮日夜东。放船方海月，挂席更天风。
鬼物荒唐里，神功镇静中。济川吾岂敢，斯道正无穷。

胡文璧

胡文璧，字汝重，号石亭，明湖广耒阳(今属湖南)人。曾任泗州知府。

瑞　岩

云岩突兀与云齐，曲槛层轩咫尺迷。风外笙箫仙侣过，烟中碑刻宋贤题。
封疆前代偏安甚，宇宙今辰一览低。驾极凌空酬莫忘，最高亭上更攀跻。

按：此诗瑞岩旧有题刻。

徐　霖

徐霖(1462～1538)，字子仁，号九峰道人，明苏州府长洲人，徙居金陵。隐士，解音律，工书法，善画。有《丽藻堂文集》《快园诗文集》《续书会要》等。

游第一山

异土登临得主人，忽惊晴景逐芳新。孤航远客来淮泗，盱殿空山列鬼神。
此地定醒尘海梦，今年已负故园春。疏往幸欲题名去，可怪南宫迹未陈。

湛若水

湛若水(1466～1560)，字元明，号甘泉，明增城(今属广州)人。弘治十八年(1505)进士，累官至南京兵部尚书。退休后回家乡建书院讲学，对岭南的文化教育有很大贡献。逝后追赠太子少保，谥文简。有《湛甘泉集》。

过宝应湖

疾风吹洪涛，汹汹起春天。天际浩无涯，极目空茫然。千艘与万艘，对之不敢前。回飙一借力，犯险互争先。何哉利害心，人命相轻轩。

登泗城北楼

登上城北楼，遥遥望三陵。王气何郁葱，千载藏威灵。城面盱眙山，淮泗来绕城。低回思沐邑，依稀怀镐京。河流泌洋洋，玄鸟兹降精。卜年讵有极，祈天岂无征。

周 全

周全，字子庚，明武进人。历官府学教授，东城兵马司副使，漕运都御史。《过淮阴侯祠二首》，见明嘉靖年间成书的《淮郡文献志》第24卷。

题淮阴侯祠二首

其 一

渭川一钓又淮阴，助汉兴周振古今。何以富春山下月，芦花菇叶自消沉。

其 二

一饭千金孰重轻，王孙未会欲关情。可怜落魄东归楚，执戟无人问姓名。

王守仁

王守仁(1472～1529)，字伯安，自号阳明子，明余姚人。著名思想家、文学家、哲学家和军事家。弘治十二年(1499)进士，历任右佥都御史、南赣巡抚、两广总督、南京兵部尚书、都察院左都御史。因平定宸濠之乱军功而被封为新建伯，谥文成。

夜舟淮安作

随处看山一叶舟，夜深霜月亦兼愁。翠华此际游何地，画角中宵起戍楼。
甲马尚屯淮海北，旌旗未散楚江头。洪涛滚滚乘风势，容易开帆不易收。

王廷相

王廷相(1474～1544)，字子衡，号平厓，又号浚川，明河南仪封人。弘治十五年(1502)进士，官至都察院左都御史，卒谥肃敏。与李梦阳、何景明等称“前七子”。

宿淮上寄仲默

旅泊清淮夜，扁舟怯独行。风灯半沦灭，水月共微明。

放逐甘吾道,栖迟念友生。高歌视雄剑,不觉壮心惊。

淮南泛三湖出望广陵

江淮万里分南纪,巨浸洪波散五湖。上接明河洗星斗,东连仙岛入蓬壶。
吴歌越女鸥夷国,锦缆云槎博望图。日暮鸣桡催出浦,龙堤烟柳望扬都。

望清口

岸坼地疑水,目穷天若围。飞风帆出浦,快意楚人归。

淮浦歌

三湖湖水接天流,片舸南飞无尽头。落日烟波迷四望,不知何处是扬州。

锺　芳

锺芳(?~1544),字仲实,号筠溪,原籍明广东崖州,改籍琼山。自幼有“崖州神童”之誉,是著名的文学家、史学家和哲学家。

过莲塘

一自离乡井,于今已八春。归鞍过旧驿,扫壁认题痕。
桀骜沿山寇,离披列塞军。荐荒生计匮,宵哭四郊闻。

张　璧

张璧(1475~1545),字崇象,号阳峰,明湖广石首人。正德六年(1511)进士,授编修,官至礼部尚书,东阁大学士,卒谥文简。有《阳峰家藏集》。

登瑞岩观

玄宫瑶树赤霞岭,与客攀登了夙缘。四壁烟霜擎晓曙,半天松桧落云寒。
细磨苍藓搜残刻,漫倚清箫怅别筵。拟上巢云最高处,笑携鸾鹤挟飞仙。

高邮湖

江舸风狂虢虢声,月明楼鼓欲三更。怪来湖浪抛千尺,昨夜高眠了不惊。

潘希曾

潘希曾(1476~1532),字仲鲁,明浙江金华人。弘治十五年(1502)进士,官至兵部侍郎。有《竹简集》及《奏议》传世。

晓发清河

破晓发孤艇,春和风不惊。推篷烟树湿,荡桨浪花明。
野色入淮迥,河流带济清。江湖万里去,独抱古人情。

边 贡

边贡(1476~1532),字廷实,号华泉,明山东历城人。著名藏书家,弘治十才子之一。弘治九年(1496)进士,官至户部尚书,以藏书楼被火而病卒。著有《华泉集》。

运夫谣送方文玉督运

运船户,来何暮,江上旱风多,春潮不可渡。运船户,来何暮,里有闸,外有滩,断篙折缆愁转盘。夜防虫鼠日防漏,粮册分明算升斗。官家但恨仓廪贫,不知淮南人食人。官家但知征戍苦,力尽谁怜运船户。运船户,尔勿哀,司农使者天边来。

过白马湖怀朱凌溪

湖上联舟往岁行,看花同过广陵城。重来不见东风面,白马沧州空复情。

陆 深

陆深(1477~1544),初名陆荣,字子渊,号俨山,明上海人。弘治十八年(1505)进士,官至詹事府詹事。著有《俨山集》续集、外集,《玉堂漫笔》《溪山余话》等。

宝应湖玩月

我生爱月仍爱奇,着意欲到西湖西。不然具区三万六千顷,坐此一色银玻璃。今宵宝应湖南路,桂魄皎洁风凄凄。水光四接上下合,冰柱千尺云天低。楼船不没南北断,危樯密锁鸟鸢栖。我携二客恣清赏,试选高岸争攀跻。寒光满射白玉镜,斗柄倒浸青云梯。人间天上非还是,翻疑海外闻天鸡。瑶华台殿云母障,水晶宫阙黄金泥。胡床老子兴不浅,挥手弄云沿长堤。菰蒲何心烂不起,鲛鳄有恨蟠犹啼。南中卑暑不耐老,况复风雨犹难齐。兹行所得差足慰，未觉严沍欺袍绨。人言春月媚秋月，春月花柳空凄迷。争如冬月有劲气，复此淮南冰连溪。酒怀逸气俱浩荡，霜明雪晴供品题。君不见，汉家中郎持汉节，风概凛凛海上甘牧羝。

淮阴祠

是非千载总成空，满地凄凉在眼中。落叶数声秋雨暗，女墙寒影夕阳红。
旌旗南国悲游辇，圭璧东陲想故宫。书剑扁舟乘夜发，拥炉闲坐读周公。

唐　龙

唐龙(1477～1546)，字虞佐，明兰溪人。进士，嘉靖时以右佥都御史总督漕运兼巡抚凤阳诸府。

端阳舟中

舟航逢节令，景物惜他乡。芳艾连云折，新蒲带水香。
鱼龙骇洪泽，风雨暗濠梁。自觉宦情薄，不如归兴长。

蓝　田

蓝田(1477～1555)，字玉甫，号北泉，明山东即墨人。嘉靖二年(1523)进士，官河南道监察御史。有《北泉集》《海岱合集》等。

漂母祠

漂母进食怜我饥，千金之报矢不移。汉王推食真相知，三齐未会垓下师。王孙素志在一饱，通也何为骋说词。后车载归长安日，只恨陈平计太奇。人生富贵履危机，何如乞食淮阴时。野子西风泛渔艇，月明酹酒漂母祠。祠前秋水浸老柳，涛声犹为英雄悲。

陈　霆

陈霆(约1477～?)，字声伯，明德清人。弘治进士，博洽多闻，留心风教。著有《唐余纪传》《山堂琐语》《水南稿》《渚山堂诗话》《渚山堂词话》。

游第一山

中原北望几长亭，不着红尘点素屏。云谷风鸣箫管紫，星坛龙跃剑纹青。

春生古洞人求药，月满中庭鹤听经。老我独来寻往事，醉摩残刻叹崇宁。

按：此诗旧有石刻。

王 缜

王缜，字文哲，明东莞人。成化二十二年（1486）举人，弘治六年（1493）登进士，选庶吉士，授兵科给事中。

答潘孔修

南山潘孔修先生学甚纯正，事母至孝，尝著《孝经正误》诸书，以济时行道为志。在刑部时，上筹边十策及时政得失，忠义剀切，海内想望风采，盖第一流人物也。迎养陈情，疏凡二上，乃改南都。缜适奉命至，得以亲炙，受益为多。顾复奔走江南，念兹远违，情不能已，用韵奉答，以著平生之谊云。

海内南山老大名，斯文谁不慕贤声。井通泉眼风波定，月到天心夜气清。

正误一书扶大义，筹边十策见衷情。平生管鲍相知久，不为金陵始缔盟。

黄 云

黄云，字应龙，号丹岩，明苏州府昆山（今属江苏）人。家贫好学，弘治（1488～1505）中以岁贡授瑞州训导。著有《丹岩集》。

甓社湖阻风

篙师晚欲渡，风烈不可驾。岸石涛疑崩，临险忽生怕。后船昧行止，争进尚椎骂。何处远火明，浪叠却复迓。潜龙抱珠眠，无光照寒夜。待明期缓发，濒湖北渔舍。坏船被击撞，操救力不暇。旁观者相顾，思危互惊讶。幸济费牲酒，敬诸水神谢。水神亦何心，人意自凭藉。在我安静退，足可回造化。

刘 玉

刘玉，字咸栗，号执斋，明江西万安人。弘治九年（1496）进士，任刑部侍郎。嘉靖乙酉（1525）巡按至泗州。

祖 陵

郁郁盘龙地，千秋王气函。盱眙山拱北，汴泗水流南。

祖德公刘并，神功帝禹参。余恩沾草木，奕叶忝朝簪。

登第一山游瑞岩观

玻璃泉上访仙关，北斗南来第一山。高压楼台瞻帝里，远飘钟磬出人寰。
淮流地拱千年险，樽酒天留半日闲。欲起前修询往事，石题名处紫苔斑。

陡　山

淮流萦绕陡山阿，南渡曾经翠辇过。谁遣腥膻涴崖石，鱼龙终日喷烟波。

原注：宋高宗过此有字刻石。元将保章者磨去题其名，字亦洗之，以泄中原之愤。

陈凤梧

陈凤梧，字文鸣，明泰和(今属江西)人。弘治九年(1496)进士，历官刑部主事、湖广提学佥事、山东左布政使。著有《四书六经集解》《修辞录》等。

渡淮有感二首

其　一

清江浦接清河口，疏道何年赖禹功。两岸漕舟经国计，一帆烟水渡淮风。
泗沂北注全吞吐，沧海东流此会同。百折回澜看不厌，豪吟击楫晚晴中。

其　二

才渡长江又渡淮，坐观天险亦奇哉。一条横界地南北，万顷仅容舟往来。
正喜长风吹巨浪，忽惊白昼起轰雷。五云渐觉瞻依近，红日中天紫气开。

赵　鹤

赵鹤，字叔鸣，号具区，明江都(今属江苏扬州)人。弘治九年(1496)进士，以忤刘瑾夺官，后起为山东提学佥事。晚年注诸经，著录颇丰。著有《书经会注》《维扬郡乘》《具区文集》等。

过邵伯高邮宝应湖

坐向萝阴爱静便，祠头风磬午时天。每闻使客来津鼓，更有村农送社钱。
残雨半收崖下树，浮鸥不离水中烟。肩舆径避湖波去，却忆徐行四载前。

康泽侯庙

渺渺湖祠指落曛，平芜望处两流分。半山风竹常排日，万顷春波只浸云。
夕艇每随归鹭渡，夜钟偏得老龙闻。无边泽国祈灵事，剩有中朝祭典文。

薛　鎣

薛鎣，字全卿，明魏县（今属河北）人。弘治九年（1496）进士，历知旌德、绩溪、建平诸县，累迁都转运使。曾任淮安知府，主修目前存留最早的明正德《淮安府志》。

初见淮水

昆仑欲倒星海微，黄龙走出人间飞。奔驰坐使禹无力，竟入东洋挽不归。
偶上仙槎入淮浦，欲见清流自千古。但令河伯知我心，莫把泥沙混兹土。

游龟山寺

维舟寻古寺，缓步一登游。纳稼三农晚，宾鸿八月秋。
水深原有怪，天阔尽斯眸。金锁何年系，东流此不忧。

韩信荒城

水边遗迹绿堤残，烟里空城白昼寒。志短谩疑曾忍辱，功高何事不求安。
咸阳宫阙开秦土，云梦旌旗落将坛。晚吊清淮有余思，一箪犹报古来难。

踏灾邮安东题壁上

晓发轻舟月色新，永怀不寐为斯民。频年饥馑涟城日，何处流亡夹道尘。
但愿苍冥终雨粟，坐收淮海此阳春。新疏未见先题壁，深夜应知泣鬼神。

下安东

郡邑东来此地饶，耕渔民自足清朝。桑田近海先迎日，庐舍临河早见潮。
春入蘋蘩溪色重，水浮年月客程遥。清游忽见西邻寺，塔影层层下碧霄。

西湖烟艇

海翁横楫泛湖潮，湖里烟浓午未消。杨柳渡迷人语暗，杏花村暝酒旗遥。
漫牵渔网归前浦，忽载菱歌出小桥。偶上高楼瞻海曙，楚州风物正萧萧。

和雪舟联韵

黄河倒水入长淮，一去沧溟不复回。何处星源半空落，几年神禹自东开。
坐糜郡禄惭千石，欲报君恩未点埃。喜见今冬有三白，无边春意到蒿莱。

赵嘏宅

春江密雨织轻罗，垂柳阴阴覆短蓑。不见枚皋旧邻宅，水寒风细笛声多。

林思承

林思承，明莆田人，淮安府同知。

刘伶仙台

轩轩襟度本风流，谁筑糟台楚水头？老眼每嫌尘世窄，托身长往醉乡游。
云开波浸莲花晚，露冷香浮竹叶秋。借问古来中圣者，几人豪迈合封侯。

严　嵩

严嵩(1480～1567)，字惟中，号介溪、勉庵等，明江西分宜(今属新余)人。弘治十八年(1505)进士，累官至内阁首辅，明代著名权臣，专擅国政达20年。后被削职，病死故里。有《钤山堂集》。

高邮湖夜泛

四望渺无际，中流扬素波。褰衣露华重，开帆月色多。
病骨成萧爽，秋光入荡摩。汉槎天上客，历历近星河。

张　禴

张禴，字汝诚，号西磐，明平谷(今属北京)人。弘治十二年(1499)进士，以都御史谪泗州，有政声。

查家渡漫兴

龙山南望数峰青，柳压长堤水抱亭。渡口风声杂鸟语，似言民瘼不堪听。

按：查家渡，盱眙、泗州间淮河渡口。

闻 渊

闻渊(1480～1563),字静中,号石塘,明鄞县人。弘治十八年(1505)进士。初授礼部主事,改刑部尚书。

挽行人李公崇德死谏

黄竹歌声动九垓,叫云期挽六龙回。忠言宁恤贻身祻,正气终应为国培。
谏草即看藏石室,恩光早已贲泉台。盱山泗水还孤冢,唯有芳名永不埋。

马 卿

马卿(1480～1536),字敬臣,号柳泉,明彰德府林虑(今河南林州)人。弘治十八年(1505年)进士,官至都察院右副都御史,总督漕运、巡抚凤阳地方。著有《林虑县志》《马氏家藏集》《补文献通考》等。

游瑞岩观

其 一

载酒瑞岩观,烟霞仙径深。古崖多赋咏,今日复登临。
春早莺花景,天空鸾凤音。尘劳欣暂憩,一寄白云心。

其 二

策杖登高尽,淮南第一山。窗含江海外,榻下水云间。
宦辙三年梦,仙宫半日闲。蓬瀛何处是,独鹤远空还。

汤 珍

汤珍(1481～1547),字子重,明长洲(今江苏苏州)人。嘉靖十年(1531)贡生,授崇德县丞。工诗文,有《迪功集》《小隐堂诗集》等。

浪淘沙

淮河一道达清河,如此风波可奈何。东岸沙崩西岸长,南船来较北船多。

毛伯温

毛伯温(1482～1545),字汝厉,号东塘,明江西吉水人。正德三年(1508)进士,累官至刑部尚书,后改兵部尚书兼都察院右都御史。后以鞑靼兵深入内地,被削职充军,次年病故,追谥襄懋。有《毛襄懋集》《东塘集》等。

高邮湖夜泛

五月邮湖夜生凉,湖波漾月白茫茫。楼船箫鼓凌空振,沙渚渔灯映水光。
天阔雁鸿随雾没,屿深芦荻袅风长。飘然忽动乘槎兴,拟泛星河看八荒。

徐献忠

徐献忠(1483～1559),字伯臣,明华亭(今属上海)人。嘉靖四年(1525)举人,授奉化令,寻弃官寓吴兴,与何良修、董宜阳、张之象并称“四贤”。有《吴兴掌故集》《百家唐诗》等。

癸卯应朝北上晴泊清口

野泊斜阳近,江村乱水明。帆樯千客语,凫雁一群轻。
冻啮寒沙浅,风离古烧平。昔年淮上月,犹自照韩城。

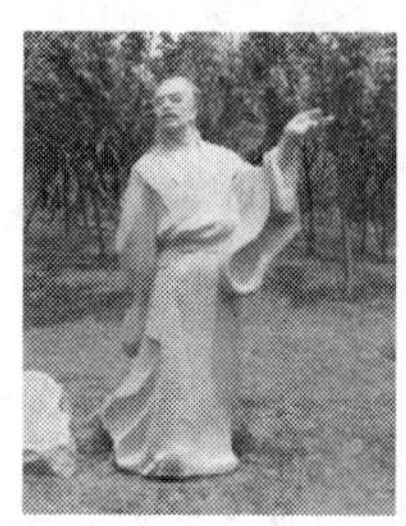

何景明

何景明(1483～1521)字仲默,号白坡,又号大复山人,明信阳(今河南信阳)人。弘治十五年(1502)进士,授中书舍人。正德初,刘瑾擅权,谢病归。官至陕西提学副使。“前七子”之一,与李梦阳并称文坛领袖。著有《大复集》等。

渡　淮

津口风翻旆,春阴郁未开。淮流冲古岸,沙店倚长台。
鸟向平芜下,人随返照回。未忘舟楫兴,临路独迟徊。

叶元玉

叶元玉，字迁玺，号古压，明汀州清流(今福建三明)人。成化十七年(1481)进士，授户部郎中，后出为潮州知府，有政声，以忤朝臣，被谗免归。著有《古崖集》。

次高邮湖

湖水漫漫无畔岸，风波日日伴人行。输他林下幽栖客，闲看梅花破雪清。

倪宗正

倪宗正，字本端，明绍兴府余姚(今属浙江)人。弘治十八年(1505)进士。由庶吉士出知太仓，终官南雄知府。有《小野集》。

高邮湖

西风阻舟楫，此地复徘徊。落日波涛壮，行途岁月催。
频惊飞羽檄，新见打鱼台。怅望南山远，黄花迟寿杯。

杨　浩

杨浩，明云南人，正德以前在淮安任同知。

次清口绥来韵

抱志澄清久，劳神采访频。蜚声腾楚甸，余润洽河滨。
解去闻风吏，归来既奠民。星轺行止处，寒谷暖生春。

宿金城寺寒甚

背阴残雪冻瓦瓴，月色微茫映毛登。寒透重衣双脚铁，梦回孤枕一肩冰。
空房寄迹如迁客，半壁残灯伴夜僧。却忆当年安享处，累西香里梦魂惊。

刘澄甫

刘澄甫，字子静，号山泉，明山东寿光人。刘珝孙。正德三年(1508)进士，授行人，擢御史，累官山西布政司参议，以谤致仕归卒。其间曾巡视两淮盐政。有《山泉集》。

游瑞岩

殿阁凌霄汉，笙箫入化城。古碑苔藓碧，乔木午阴晴。
水落孤帆远，云开野岫明。逍遥不知去，幽寂本多情。

骆用卿

骆用卿，字原忠，明余姚（今属浙江）人。正德戊辰（1508）进士，官兵部员外郎。《题韩信庙》被李梦阳推崇为"淮阴庙绝唱"。

题韩信庙

逐鹿中原汉力微，登坛频蹙楚军威。足当蹑后犹分土，心已猜时尚解衣。
毕竟封侯符蒯彻，几曾握手到陈豨。英魂漫洒荒山泪，秋草长陵久落晖。

李天赋

李天赋，明交城（今属山西）人，湖广左参政。因拜访正德六年（1511）出任盱眙知县的弟弟李天畀而到过盱眙县。

游第一山

历览群峰尽，来登第一山。身移银汉表，足蹑翠微间。
列岫开图画，流泉响珮环。埙篪幸邂逅，相与话民艰。

吴　仕

吴仕，字克学，号颐山，明常州府宜兴人。紫砂工艺大家。正德九年（1514）进士，官至四川布政司参政。有《颐山私稿》。

游高邮湖赠明之用唐韵

湖风吹面夜生寒，载酒将军夙所欢。会意烟波忘远道，系人冠盖笑微官。
长竿触树勤黄帽，落日浮金跃画阑。明发东华又尘土，玩珠亭似梦中看。

薛祖学

薛祖学(?~1556),明渭南人。正德九年(1514)进士,官至郎中,死于嘉靖三十四年十二月大地震。

与杨后江再宿瑞崖限韵二首

其　一

并税春山驾,天隅会亦良。惊心犹顷阅,随喜且云房。
龙脑名香细,鸾笙苦调长。同情惬同赏,忘却两他乡。

其　二

福地明金粟,灵山抱翠微。星临松牖动,泉背石帘飞。
摇落惭朱绂,低回羡羽衣。偈来更兴宿,兴逸未言归。

李　东

李东,字震卿,号两峰,明蓝田人。正德丁丑(1517)进士,嘉靖乙酉(1525)年巡按江北,之盱眙、泗州一带。

第一山怀古

磨青霄汉望中还,在此崔巍一带间。南渡可堪论左衽,仰高直许宋文山。

八仙台招隐

步履青云半碧苔,仙亭高处笑颜开。若是此地无人到,自有先秦四皓来。

清风山闻笛

吊古伤今不尽哀,清风山对八仙台。山中若个牧羊者,笛弄梅花一调来。

龟山寺晚钟

月明淮水浸层楼,楼下山崖晚系牛。饱饭归来唯是睡,寺钟聒耳未曾休。

瑞岩观清晓

叫月鹃声高复低,上方宫殿正霏微。道人指引登山路,试向巅头一振衣。

杏花园春昼

上林花发属新春，往岁看花醉酒樽。此地杏花零落尽，行人仍说杏花村。

五塔寺归云

五塔撑天四顾低，雁群南度傍淮飞。无心云在穷终古，伴此山僧去复归。

玻璃泉浸月

珍宝分来不费钱，地灵涌出半山泉。泉清印彻清宵月，游子恍疑身在天。

宝积山落照

山嘴夕阳红若堆，楚天西下任徘徊。上有寒鸦栖未定，翱翔金背自昭回。

会景亭陈迹

当年亭结水云秋，收尽江淮景未休。瓦砾于今存亦少，探知物理不须愁。

李士允

李士允，明正德十二年(1517年)进士。嘉靖十年(1531)，任沂州按察使。

登泗城南楼

不倦东山屐，重登谢朓楼。远波真浴日，环峤欲衔秋。
月牖吞淮泗，风檐逼斗牛。五云时冉冉，直北望神州。

吴　鼎

吴鼎，字维新，号泉亭，又自号支离子，明钱塘(今浙江杭州)人。正德十二年(1517)进士，任临淮知县，官终广西布政司参议。

夜　行

朝发都梁道，夜行泗水滨。泗滨无方舟，感激生悲辛。圆景不再满，繁星灿以陈。野火明我侧，白露沾我身。无因还山间，谑唉心所亲。弃置勿重言，夜行常畏人。

汪应轸

汪应轸，字子宿，号清湖，明山阴（今浙江绍兴）人。正德进士，选庶吉士，知泗州。世宗立，召为户科给事中，后官江西提学佥事。有《清湖文集》。

游浮山

其 一

浮山一登眺，遥指凤凰台。古寺云头起，长淮天上来。
迎人无野鹤，索笑有寒梅。茶罢披衣去，松风入我怀。

其 二

乾坤直是此山浮，路出驱驰得此幽。我欲借云眠一榻，再拨松月送吾舟。

过霸王城

拔山力尽霸图休，匹马乌江耻渡舟。斗碎不知谋士愤，剑歌空对美人愁。
楚遗三户亡人国，鲁守孤城泣主头。战骨已枯余故垒，野烟寒雨荻花秋。

按：霸王城，一称项王城，在盱眙今治东北9公里甘泉山脚下。

侯廷训

侯廷训，明温州府乐清人。正德十六年(1521)进士。大礼议事件中，因上疏请设孝宗为皇考等，被贬南京礼部主事。嘉靖三年(1524)，因私刊所著议礼书，而下诏狱拷讯。后被弹劾为民。

春日登泗城南楼

俟罪今三载，登临始一行。簿书何太苦，抚字竟无成。
北极瞻天远，孤云入望明。壮心还自惜，踪迹任浮萍。

李 仁

李仁，字元夫，明山东东阿人。嘉靖二年(1523)进士，授行人，擢吏部给事中，以劾奏忤旨，被杖下狱。复以言事谪开州判官。后官至兵部侍郎，以忤严世藩归里。

过高邮湖

郡接三吴会，湖涵万派流。楼虚无地着，岸阔与天浮。
细柳鱼虾市，香蘋雁鹜洲。孤舟忽超忽，真得水云游。

郭　武

郭武，字炅隆，明凤阳府人。官尚宝司丞，诗才敏捷。

白马湖

轻风小寒吹浪花，新柳茸茸啼乳鸦。平湖一望几千顷，远水连天飞落霞。斜阳忽堕澄波底，白鸟犹明山色里。严更何处鼓冬冬，棹歌未断渔灯起。

邵经济

邵经济，字仲才，明浙江仁和（今杭州）人，进士，曾以工部郎中至清江浦工部分司署，主持造漕船3年，并作《济漕志补略》。

初夏平河桥野望限韵

停桡依浅渚，霏雨湿芳丛。野阔千村断，溪回一水通。
鸟啼怜昔恨，花落认前红。不尽寻春眼，看云但远空。

张邦教

张邦教，字敬敷，明蒲州（今山西永济）人。嘉靖进士。庐州府推官。

瑞岩庵

烟光清翠湿人衣，松露滴残鸟雀飞。缥缈不知天尽处，远看旭日上霏微。

杏花园

暖日和风斗锦葩，芳园今已属谁家。盱山政教多成绩，县舍儒馆处处花。

杨 仪

杨仪，字梦羽，号五川，明常熟人。嘉靖五年(1526)进士，任礼部主事。

早发越城

晓望盱眙道，长淮隔大堤。城遗西汉迹，人记祖陵时。
饮马古池曲，听鸡桑树枝。寒星连远巘，野烧上荒祠。
迂节寻津久，驱车度岭迟。衣裘添更薄，鼓角远犹悲。
瑞霭迎仙仗，天风送羽旗。由来根本地，常轸圣明思。

登眺盱山

曲径扫苔寻往迹，古碑燃蜡认当年。归途莫遣山僧识，布袜青鞋正自便。
自注：晚眺盱山，酌玻璃泉，觐宋元以来名公石刻留题，乘月步还客舍。

玻璃泉

独上淮南第一山，玻璃亭下月涓涓。欲将陆羽旧传法，来试张新近甃泉。

李 禩

李禩，字仲谦，号燕崖，明永兴人。嘉靖八年(1529)进士，御史。

登瑞岩观

晓来乘兴蹑危峰，淮海云山入望中。缥缈祥烟三殿合，萧条生计几家同。
遥看秋隼抟空碧，静爱寒流抱日红。一行野心清磬外，数声长啸出松风。

读玻璃泉记

第一山中第一泉，玻璃辉映响潺潺。澄清应与高人会，表纪聊从卧石镌。
独喜文章关世教，谩劳题咏忆时贤。吾心亦欲寒于水，风雨一秋倍爽然。

黄 锦

黄锦(?～1567)，字尚，别号龙山，明河南洛阳人。正德初年入宫，十六年(1521)升为御用太监。嘉靖三十二年(1553)，掌司礼监事兼总督东厂。

读林季冲先生钦视祖陵颂

南都钟阜称丰芑，虎踞龙蟠瞰江水。脉浚茅山百二峰，祥开帝统三千纪。忆昔高皇弓剑藏，千官拜舞俨趋跄。森森石笋迎人立，郁郁长松摩天阊。相传岁久网渐疏，守人不戒等蘧庐。伐木穿窑燔活火，起土成呰龙脉锄。更有泗州祖陵地，后峡开池专小利。蠢蠢小民何所知，不勒贞珉悯无忌。天子惕然念水木，大开中殿咨钧轴。皇华酌酒满金杯，赐出内镪资路宿。特命元勋成国行，懿亲新乐同于征。学士亦有宗伯在，周爰咨度毖经营。琅琅天语涣大号，镌碑竖碣表厥道。须令耳目赫然新，勿令后犯频入告。三臣衔命出京邸，臣亦叨恩拜南礼。好正追随恣讨论，其奈乡心牵万里。自别家园已六春，乌伤雁断长悲辛。安得仙人缩地法，携手同看钟阜云。

舒　芬

舒芬（1484～1527），字国裳，号梓溪，明进贤（今属江西南昌）人。经学家。正德十二年（1517）状元，“江西四君子”之一。一生著述甚多，有《易笺问》《书论》《周礼定本》《东观录》等。

一鉴亭

风送长淮系短航，新亭如待落壶觞。江山青眼原相识，天下苍生未敢忘。
翠竹引凉来几席，绿荷分色上衣裳。倡酬况是逢知己，炎海他时梦正长。

按：一鉴亭，在清江浦工部分司署内。此次雅集，由舒芬首唱，有胡琏、顿锐、杨谏、贾愚、刘乾、柯维熊、张楠、吴彰德、方豪、王应鹏、汪必东、李录等十余人次韵以和。谨择数首以存史纪胜也。

次韵　当涂杨谏

驿路夫牵逆水航，入门随处命壶觞。赓酬坐我诗囊苦，倾倒劳君酒禁忘。
秋意对人呈画谱，家儿急板奏霓裳。堪夸多少亭台景，先喜风摇凤尾长。

次韵 高沙贾愚

短槛虚亭若系航，高云清露促飞觞。梦悬丘壑期终隐，忧在岩廊莫暂忘。
月逗水光摇幌幕，风传秋意着衣裳。共怜世态论心地，卜夜那知刻漏长。

次韵　莆田柯维熊

游亭小结此溪航，落落江湖酒一觞。仄径疏篱诗可得，凉云苍木暑能忘。

荷池小雨初侵罫，竹屿轻风更拂裳。却喜清幽成吏隐，杜陵此日兴偏长。

次韵 四峰张楠

潮落长淮系短航，小亭日暮共离觞。济川才大还谁许，倾盖交深未我忘。
槐影一帘侵卧榻，松风十里透尘裳。宦游踪迹浑如梦，明日怀君梦更长。

次韵二首 亦轩吴彰德

其 一

巨壑谁凭一苇航，故人相慰且飞觞。半生辛苦梦无定，一饭殷勤恩莫忘。
高咏好窥唐户牖，清谈须耻晋冠裳。他亭不是无花竹，廊庙关山此兴长。

其 二

平地何年驾一航，宁须曲水漫流觞。对君怀抱春偏富，坐我形骸晚顿忘。
雅调争传青玉案，俚音翻愧紫霓裳。情投非忍轻为别，回首朝天路正长。

次韵 定斋王应鹏

多君深夜舣舟航，白雪红炉细举觞。万事总归新岁月，六龙曾补旧衣裳。
边尘滚滚何时靖？淮水汤汤此夜长。南国美人思不见，似君倾盖可能忘。

周尚宗

周尚宗，字伯显，明吴桥人。嘉靖十四年(1535)进士，以户部主事出任淮关监督。

望淮亭

亭阁层高起，观澜登望来。水天相掩映，云物与徘徊。
消热凭风雨，宽怀仗酒杯。官闲庆无事，兴尽乐忘回。

张邦奇

张邦奇(1484～1544)，字常甫，号甬川，别号兀涯，明鄞县人。弘治十八年(1505)进士，官至南京兵部尚书，参赞机务，卒赠太子太保，谥文定。有《四有亭集》等。

高邮湖

秋风湖口放轻舟，恨不湖中少逗留。贪看烟波飞白鸟，欲从云路访青牛。
孤帆没处天应远，片月来时地似浮。他日洞庭栖泊遍，夜深须卧岳阳楼。

高邮湖

如此湖中放小舟，比来天地一轻鸥。人生莫道风波恶，大地山河总是浮。

刘　讱

刘讱(1484～1559)，号春冈，明鄢陵(今属河南)人。正德十二年(1517)进士，累官至刑部尚书。以昭雪河南巡抚胡缵宗狱被罢官，天下称之。

过宝应湖

淮浦轻舟入镜湖，王程稍喜近留都。潮侵断石防颓岸，水落荒田叹负租。
鹢首江云呈五色，天涯风俗近三吴。腐儒览胜惭衰晚，讵有诗才颂帝图。

蒋山卿

蒋山卿(1486～1548后)，字子云，号南泠，明扬州府仪真(今江苏仪征)人。正德九年(1514)进士，历任谏官、广西布政司参政。工诗文，亦擅书画，与乡人景旸(伯时)、赵鹤(叔鸣)、朱应登(升之)并称"江北四子"。

过龙窝寄袁守

落日龙窝驿，严程更促前。丰山夕待雨，淮水远浮烟。
气暖春先逼，光多月近圆。时闻野人语，太守得名贤。

张　綖

张綖(1487～1543)，字世文，号南湖居士，明扬州府高邮州(今属江苏)人。正德八年(1513)举人，任武昌通判，迁光州知州。畅然而归，读书武安湖上。有《诗余图谱》《南湖诗集》《杜工部诗通》等。

村　居

先世有田湖水西，桑林茅屋足幽栖。一湖水色遥当户，八月稻花垂满畦。
社宴邻翁开浊酒，晚炊村妇煮黄鸡。老农莫道非音侣，终欲移家共一溪。

北阿镇怀旧

壬午之岁，予与黄水西游此地，马上联诗，有“腾腾信马踏长郊，云树微茫入望遥”之句。今兹重来，旧馆人阮君没已久矣。荒祠颓壁，尚留墨迹尔，为之惘然。口吟是诗。

曾记当年并辔游，青袍绿发最风流。重来此地人情异，唯见颓垣墨迹留。
内翰笔花春日丽，髯郎墓木晚烟愁。微茫云树长郊路，马上垂鞭咏未休。

北阿镇留题馆人壁

春来闲过北阿城，一路题诗隐姓名。晴日暖风游客兴，青刍白饭野人情。
偶来茅屋同飞燕，独立花丛听啭莺。日暮归鞍何处去，数行烟柳暗蛮营。

杨　言

杨言(1488～1562)，字惟仁，明鄞县(今属浙江宁波)人。正德十六年进士，授行人，嘉靖四年(1525)擢礼科给事中，为言官多著声绩。昔时夷陵、溧阳有祠，《明史》有传。

与刘寿州夜酌瑞岩

石壁开苍玉，松岩隐翠微。况逢春色烂，忍负酒杯飞。
老鹤眠迟月，新藤刺短衣。风来有余兴，焉得舞雩归。

同袁子游龟山

寂寞何年寺，孤撑绝巘天。卧钟横径草，颓壁写风泉。
色相真空界，丹青只暮烟。白头住持者，犹诵法华篇。

苏志皋

苏志皋(1488～?)，字德明，号寒村，明河北固安人。嘉靖十一年(1532)进士，官至右副都御史。

盱眙山馆

山馆雨初歇，村园菜正肥。摘花引寒蝶，冉冉过篱飞。

杨　瞻

杨瞻(1491～1555),字叔后,号舜原,明蒲州(今山西永济)人。正德十四年(1519)举人,官至太子太师、吏部尚书。嘉靖十七年冬,曾与张惟恕巡视宝应。

游瑞岩观次柳泉韵

其　一

观在山头古,岩封草木深。石门流水绕,茅舍白云临。
花鸟呈春色,笙箫吐凤音。无涯清兴发,豁我异乡心。

其　二

浮桥来到岸,淮壅上南山。阴气浮林麓,山花贴径间。
忽辞俗事冗,更觉片时闲。佳会真难最,日西不肯还。

过宝应湖和前韵

楼船刚到岸,曙色向天开。白鹭飘江渚,黄花列柏台。
新烟迷海市,残叶落庭槐。自作推敲态,俗人莫乱猜。

游瑞崖观步海峰道长韵

淮南山下有名泉,上有云崖曾卧仙。石洞上通双树径,祖陵遥对五云巅。
三台品字连苍麓,一道玻璃引翠涟。绣盖低昂骢马倦,寻芳端不厌盘旋。

蔡　羽

蔡羽(?～1541),字九逵,自称林屋山人,又称左虚子,明吴县(今江苏苏州)人。著名文学家、书法家、书法理论家,“吴门十才子”之一。由国子生授南京翰林孔目。有《林屋》《南馆》二集存世。

宝应湖北别朱子价

停舟银塘下,欲行且缓颊。会合席未暖,苍茫意难惬。海舟孤驿来,云中众山叠。白鸟翻青蒲,朱栏满碧叶。老籍遁逍遥,小阮苦濒涉。水高天转低,回首坐胁息。

苏 祐

苏祐(1493~1573),字允吉,一字舜泽,号穀原,明濮州(今属山东)人。嘉靖五年(1526)进士,曾为巡按直隶监察御史,驻节泗州。著有《谷原诗文草》等,盱眙第一山有其登眺诗题刻。

登瑞岩览眺

广宴集瑞岩,夙驾凌翠微。绝流亘浮梁,穿云蹑丹梯。路狭蹲石迴,林密低枝欹。隈隩历长阪,迤逦带疏篱。川原下凭栏,城郭踏洄溪。村鸣远烟淡,岩岫苍苔滋。水光献明灭,山色叶参差。钟磬云巇沉,雾霭芝洞移。仿佛闻笙鹤,想像肃灵祇。碑剥辨龙蛇,泉清鉴玻璃。眼随朗旷适,心与幽静宜。返服振缁尘,毕志还山栖。

杨 爵

杨爵(1493~1549),字伯珍,一字伯修,号斛山,明富平(今属陕西)人。嘉靖八年(1529)进士,授行人,后擢御史。有《杨忠介集》《周易辨说》。

过淮阴祠

落日苍山道,淮阴祠下过。祸生齐境土,功在汉山河。
野鸟啼新树,残烟带薜萝。英雄千古泪,汾水一添波。

过淮阴祠

遥忆当年拒蒯生,将军心事自分明。可怜宇宙无穷恨,尽在中宵悲树声。

王 宠

王宠(1494~1533),字履仁,后字履吉,号雅宜山人,明吴县(今江苏苏州)人。太学生,著名书画家。著有《雅宜山人集》。

白马湖

白日狂风啸,青天退鹢翻。浪高湖色怒,乡近客心燔。
灯火疏淮甸,云霾蔽海门。故人一水隔,愁绝浣花村。

金　銮

金銮(1494~1587),字在衡,号白屿,明陇西人,侨居建康。工诗,风流婉转,有《徙倚轩集》。又解音律,善填词,有《萧爽斋乐府》2卷。又尝取古词,辨其字句清浊为一书,为后人所宗。

泊淮上

愁轻游冶兴,老重别离情。野戍寒更尽,河桥春水生。
断云疏雁影,残月乱鸦声。明发应千里,萧萧过楚城。

漂母庙

古渡临祠庙,长淮接市门。旌旗摇白日,风雨锁黄昏。
贫贱求知己,荣华少故恩。潮边逢牧竖,犹自说王孙。

闻人铨

闻人铨,一作闻人诠,明浙江余姚人。著名哲学家王守仁的学生,又是同辈亲戚。明嘉靖五年(1526)进士,曾任宝应令、漕运都御史,后巡视边疆,在山海关一带修长城近千里。著有"五经"、"三礼"、《旧唐书》等书校补。

过泗有怀袁泗州

不到瑞岩观,于今已二年。栖云怀峭壁,煮茗忆灵泉。
拟上凌云阁,谁参大圣禅。濠梁空有望,谷口竟无缘。

孙　陞

孙陞(1501~1560),字志高,号季泉,明浙江余姚人。明代忠臣孙燧季子。嘉靖十四年(1535)进士,授翰林院编修,官至南礼部尚书。

挽行人李公崇德死谏

旧史传遗事,忠臣有令名。气冲金石裂,心贯日星明。
伏阙回龙驭,惊人想凤鸣。万年垂不朽,何事肯偷生。

张元凯

张元凯，字左虞，明吴县(今江苏苏州)人。以世职为苏州卫指挥，督运漕粮北上。有《伐檀斋集》《西苑宫词》《静志居诗话》。

清河即事

巨浸波涛岂易凭，每因沮洳见丘陵。不堪井邑频移改，耐可河堤善溃崩。
淮水九秋仍未减，楚人三户竟无增。艖符辗转王程急，愁绝孤舟风雨凌。

过　淮

羁栖鞅掌不堪论，日罄垆头酒一尊。淮府于今辞相国，楚宫聊复酹王孙。
蘋花明月迎归棹，杨柳秋风过里门。渔父江潭如讯问，故园犹幸钓矶存。

高邮湖即事

白马湖边白浪生，吴侬船在浪中行。已知到处风波急，何事栖栖问水程。

赵完璧

赵完璧，字全卿，号云壑，晚号海壑，明胶州(今属山东)人。由贡生官至巩昌府通判。有《海壑吟稿》。

淮川晚渡

淮水浩以广，滔滔下沧溟。长风吹落日，烟雨时冥冥。行人欲渡不可行，滩头且莫相喧争。方舟自有济川术，不比无人尽日横。

淮阴冬夜

羁客当寒夜，惊魂自不眠。风帘清寂寂，霜月冷娟娟。
衰鬓淮阴道，归心岁暮天。敝裘拥独坐，谯鼓暗云川。

唐顺之

唐顺之(1507～1560),字应德,一字义修,称荆川先生,明常州府武进(今属江苏)人。明中叶重要散文家,"嘉靖八才子"之一。嘉靖八年(1529)进士,视师浙江,屡破倭寇,以功升右佥都御史。著有《荆川先生文集》。

泊　淮

枫林望尽见苍山,桐柏飞流入楚关。云散晚天孤岛出,月明渡口数帆还。
客梦只惊青锁远,沧波长羡白鸥闲。闻道淮南多桂树,朝来杖策一相攀。

陈艮山

陈艮山,字景善,明莆田人。进士,正德十年(1515)任山阳县教谕,此间于正德十三至十四年主纂《淮安府志》。

淮阴瑞雪

小窗梦觉青绫冷,剡藤光照玲珑影。开门一白三尺深,砌路铺珪千万井。天上何人吹落梅,笛声轰裂琼瑶台。老龙惊起明珠落,湖山点缀无纤埃。君不见去年忧旱使君祷,应日甘霖泽枯槁。今年冬旱使君忧,一祷神祇为点头。纷纷六出三朝夕,荐瑞销氛压螟螣。敷锡三农大有年,普济斯民仁寿域。古来循良能格天,只今一德天心悬。他时留书太史编,此日歌谣万户传。

黄景夔

黄景夔,明代人。

龟山寺晚钟

山色湖光暮倚楼,蒲牢声吼欲吞牛。几回撞破人天界,卧佛无闻睡不休。

杨时秀

杨时秀,字叔茂,明怀远(今属安徽)人。嘉靖十四年(1535)进士,以户部主事出任淮关监督。

望淮亭

清淮晚寥廓，徙倚送明眸。湖鸟云间下，渔舟草上浮。
竹林通野径，烟树隔江楼。豪兴何能禁，携樽欲浪游。

涂 相

涂相，明南昌东潭（今属江西）人。嘉靖乙酉(1525)为广东按察使，嘉靖十七年(1538)为岭西兵备佥事。

淮阴侯祠吊古

朝发广陵城，暮至淮阴道。春桡舣芳渚，萋以王孙草。恍然思韩侯，于焉荐蘋藻。英雄困草莽，恶少故相恼。按剑不一施，千金还自保。行营万家墓，猛志宁在小。聊投城下钩，六合期电扫。时来筑高坛，横空驰骤裹。谈笑七十城，一呼全齐倒。四面鸡鸣歌，垓下收旗纛。还报隆准公，腰佩黄金宝。飒爽瞻英姿，淮泡溅清昊。冲冠一长叹，振风舒郁抱。

马 麟

马麟，字子振，号元冈，明四川巴县人。嘉靖十七年(1538)进士。榷淮时，以典章未备，编《淮关志》8卷。

望淮亭

极目三洲远，浮空万顷来。水流自今昔，吾意独徘徊。
披豁宁违性，登临数举杯。白云天外远，尽日不知回。

积翠亭

亭袅千竿雨，塘开半亩云。凉侵仙掌色，晴带钵池曛。
结翠摇书幌，虚心忆此君。何时裁玉律，清庙奏南薰。

吴 扩

吴扩，字芝山，约生活于明嘉靖年间。

积翠亭

密筱翠烟蒸，浓阴覆草亭。地偏云冉冉，石细水泠泠。
欹枕翻清籁，长歌动杳冥。向来幽兴剧，作赋拟湘灵。

夏日偕石葵乔元戎饮积翠亭即席敬赋二首

其　一

海客寻盟至，将军命驾来。青春何水部，词赋谪仙才。
绮馔花间出，文尊竹下开。岩亭邀落景，更上御风台。

其　二

仙署晚氤氲，池亭花气熏。过桥逢积翠，把酒看流云。
掩映新篁密，踉跄乳鹤群。百年叨宴赏，奎璧焕人文。

王其勤

王其勤，字时敏，明松滋（今属湖北）人。嘉靖三十二年（1553）进士，以户部主事出任淮关监督。

夏日坐抚薰台

退食临高台，台高意亦豁。长淮没云鸟，低树侵檐闼。永日漫弹棋，凉飙细飞葛。嗟哉樊野间，暨彼遐遗末。挥汗复淋漓，热中翻惨怛。望穷霄汉端，谁为理饥渴？

新葺岁寒馆有作

署旧构延宾堂，径僻在东南隅，因废居焉。余葺之，复依双柏为门，题曰“岁寒馆”，有作。

别地开宾馆，朔风冷四座。凄其庭畔草，飘折成僵卧。羡尔两株柏，亭亭独负荷。叶持严籁战，枝惹白云破。对彼惬贞赏，因之恒自课。鹤酣盘桓下，仙谪箕踞坐。乐只君子心，岁寒良不挫。

佘　翔

佘翔，字宗汉，号凤台，明福建莆田人。嘉靖三十七年（1558）进士，知全椒县。工诗，有《薜荔园诗稿》及《文草》。

淮阴祠

莫怪留侯慕赤松,后车云梦缚相从。至今呜咽淮阴水,空恨当年长乐钟。

淮阴城下作

春草萋萋楚水流,天涯日暮倚扁舟。淮阴葬地今何在,年少纷纷觅拜侯。

殷登瀛

殷登瀛,字子登,号少庄,明安徽宣城人。嘉靖四十一年(1562)进士,于隆庆四年(1570)以户部主事简司榷淮。平赋立政,热心地方公益,政声鹊起,状元丁士美撰文颂之。

九日登亭

爽气重阳令,轻风万斛舟。日凝烟润野,云护水明楼。
恋阙心如醉,思亲鬓欲秋。无端还自解,天地一浮鸥。

秋　兴

飞水重城外,荒村乱水中。照葵将午日,吹葛未凉风。
云汉高窥鸟,江淮数画熊。巨儒寻禹迹,须勒济川功。

原注:时徐、沛疏河,望其功成也。

和望淮亭韵二首

其　一

江色晴空望,洪涛入楚来。云帆各去住,沙鸟自徘徊。
弄水时联句,临风数举杯。抚然念斯世,淳古几时回。

其　二

地坼涛澎湃,天空鸟去来。经年供玩赏,竟日足徘徊。
夜月丹砂灶,春风绿蚁杯。怡然方外兴,欲学道人回。

淮　南

淮南为客惯经秋,两渡西风识敝裘。剑气阑残青□泽,节旄零落白蘋洲。
百年觉透三禅乘,万事慵归一钓舟。已向渊明赋归去,不须王粲共登楼。

归有光

归有光(1507～1571),字熙甫,又字开甫,别号震川,又号项脊生,明昆山人。嘉靖四十四年(1565)进士,官至南京太仆寺丞,留掌内阁制敕,修《世宗实录》。有《三吴水利录》《震川文集》《震川尺牍》等。

淮上作

长淮饯落日,圆光正如赭。倾红注流波,殊景不可写。淮水自西流,黄河从北下。并合向东行,终日无停泻。哀此千里客,春至复已夏。独立空惆怅,所与晤言寡。

淮阴侯庙

吾如淮阴祠,清槐荫朱户。当时长乐宫,千载有余怒。
五年战虎龙,结束在肉俎。努力赴功名,功成良自苦。

高邮湖为断缆所击几至失明

湖水悠悠送客征,无端飘瓦致虚惊。天留双眼非无意,应为丘明史未成。

莫如忠

莫如忠(1508～1588),字子良,号中江,明松江府华亭(今上海松江)人。嘉靖十七年(1538)进士,累官浙江布政使,寻告归。工诗,尤工近体,有《崇兰馆集》。

渡淮谒天妃宫

春深淮甸草离离,渡口维舟日暮时。岩桂未投招隐赋,渚蘋先荐女郎祠。
朝迎法鼓风中断,帆背仙幢树杪移。试问天涯名利客,可怜冥漠去何之。

李先芳

李先芳(1511～1594),字伯承,号北山,明监利(今属湖北)人。嘉靖二十六年(1547)进士,累官至尚宝司少卿。有《读诗私记》《江右诗稿》《李氏山房诗选》。

瑞岩晚坐

税驾瑞岩观,山昏樵径通。风起众山响,月出寒潭空。

逍遥长髯老，赠以九山筇。问我今何适，淮南满桂丛。
前山侧玄豹，近海称游龙。明当凌绝顶，题遍蓬莱峰。

按：此诗盱眙第一山题刻落款为“嘉靖乙丑（1565）夏李先芳书”。

高邮湖

泽国倚蒹葭，春波泠万家。渔人喧浦溆，估客醉烟花。
海气晴吞雨，湖光晓荡霞。开篷一以望，草色遍天涯。

第一山饮玻璃泉

蓬莱邑人下紫庭，遥骑黄鹤扣山灵。禹功不断都梁水，汉祖空留泗上亭。
地拱神州矜虎踞，风回沧海带龙腥。玻璃泉石情人骨，醉挹寒流卧翠屏。

腾　鹏

腾鹏，明代人，任官别驾。

登瑞崖观

山腰楼阁郁嶙峋，磴道盘回迥出尘。人在半天闻笑语，客从绝壁踏松云。
湖光荡漾波无际，岚气空蒙云有根。拟欲乘风问真宰，乾坤何处是通津。

朱家相

朱家相，字伯邻，号南川子，明归德（今河南商丘）人。嘉靖十七年（1538）进士，嘉靖二十二年任工部都水司主事，至清江浦工部分司督造漕船。主持修纂《增修清江船厂志》。

喜乔石葵吴芝山见访留酌次韵奉答二首

其　一

江馆逢迎少，翩翩二妙来。金符天上宠，白雪郢中才。
海鹤迎人舞，檐花照酒开。留欢情不极，落日更登台。

其　二

骚坛金石奏，仙珮蕙兰熏。共醉清淮月，闲看黄浦云。
乾坤浑浪迹，江海惜离群。解赠腰间剑，龙光焕斗文。

次韵送刘一轩北上

春风吹楚树，送子木兰舟。沙鸟当杯语，江云卷幔浮。
销魂黯南浦，击楫共中流。回首风烟迥，能无忆旧游。

冬夕喜明厓见访积翠亭小集次韵

寂寞扬雄宅，能劳上客寻。霜华严袭座，月色澹穿林。
促膝茶烟歇，论心玉漏沉。世途君莫问，怀古一伤今。

饮积翠亭送张明厓北上次元冈韵

直北清光近，淮南芳草多。只缘交谊重，其奈别情何。
莺燕遥随舫，菰蒲绿满河。天涯忆同调，一寄郢中歌。

送马元冈赴南都

宿雨净炎氛，江亭此送君。风尘怜抱病，霄汉惜离群。
淮海孤帆月，钟山五色云。何时袂重把，披豁共论文。

积翠亭奉饯冯南淮尹德清

炎海怜孤愤，德清喜量移。才非黄绶吏，望重白云司。
桂楫渺然去，春江空所思。云霄飞舄近，遮莫叹分离。

一鉴亭奉饯吴芝山归吴门

倾盖情能洽，临岐酒易醺。冥鸿元万里，神剑忽双分。
手弄中泠月，槎浮震泽云。还山有高调，早晚及相闻。

送韩次冈赴南都

黄浦溪头新水生，清淮渡口片帆明。百年意气我何有，万里云霄君且行。
紫气暂分星斗剑，青溪遥带凤凰城。悬知后夜同明月，早遣双鱼涴别情。

黄　绮

黄绮，明高邮州(今属江苏)人。

珠 湖

家住珠湖上,生涯拟种田。麟经消暇日,蛙鼓卜丰年。
篱有水黄犊,囊无子母钱。一犁春雨足,便是养生篇。

张如兰

张如兰,字德馨,明南京羽林卫人。中武举第一人。

淮阴祠二首

其 一
剑锷模糊洗血痕,颓垣如见旧精魂。谁知寥廓无双士,犹自徘徊一饭恩。
咳唾山河归赤帝,解推衣食误王孙。吁嗟此意空千古,淮水凄凉白日昏。
其 二
天心草草困英雄,把钓应难比梦熊。宰肉有谋偏蹑足,分羹何忍况藏弓。
谋臣无计留高鸟,猛士空劳咏大风。蒯彻佯狂栾布少,何人哭向未央宫!

尹 耕

尹耕(1513~?),字子莘,号朔焚山人,明蔚州卫(今属河北张家口)人。嘉靖十一年(1532)进士,官至河南按察司兵备佥事。诗文有时名。有《朔野集》。

韩信庙

背水仍留阵,良弓早见收。无心来附耳,有面竟封侯。
落日荒祠道,西风涧水秋。君臣终始义,为尔泪长流。

漂母庙二首

其 一
鹿指秦庭四走,蛇横楚泽中分。何事老妪具眼,一瓢独饭将军。
其 二
负剑岂无国士,行吟何处长安。惆怅淮阴古庙,风吹淮水弥漫。

吴子玉

吴子玉，字瑞毂，明徽州府休宁人。嘉靖贡生，授应天府训导。有《大鄣山人集》。

过淮阴故里

来过淮阴市，遥怜云梦游。王孙当日去，芳草至今愁。
白屋悲新里，青门忆故侯。黄河仍似带，茅土竟谁留。

吴维岳

吴维岳（1514～1569），字峻伯，号霁寰，明孝丰（今浙江安吉）人。嘉靖十七年（1538）进士，历官至河南按察使。工诗文，与王世贞等倡诗社，为“嘉靖广五子”之一。有《天目山斋岁编》《海岱集》等。

宝应湖即事

远水映空浮，星分芦荻洲。鱼虾湖上饭，箫鼓雨中舟。
击楫成孤咏，扬帆出乱流。春还信可乐，前路是扬州。

周天球

周天球（1514～1595），字公瑕，号幼海，明太仓人。诸生。少随父迁吴（今苏州），从文徵明游，习书画，善画兰草，尤喜大小篆、古隶、行楷，晚能自辟蹊径。

七夕过宝应湖

远水浮空入绛河，悠然自泛野航过。烟中鹭下翩翩雪，天际云生渺渺波。
欲采芙蓉秋尚早，且看牛女夜如何。诸君不浅乘槎兴，莫问风涛往日多。

李攀龙

李攀龙（1514～1570），字于鳞，号沧溟，明山东济南府历城人。“后七子”领袖人物，主盟文坛二十余年，其影响及于清初。

送赵户部出守淮阳

仙郎起草汉明光，几载军储事朔方。五马新为淮海郡，三台旧署度支章。
行车麦秀随春雨，卧阁花深对夕阳。时忆上林词赋客，鸿书遥下楚云长。

按：赵大纲于嘉靖二十八年(1549)由户部郎调任淮安知府。诗题称淮阳，误。

蔡汝楠

蔡汝楠(1516～1565)，字子木，号白石，明湖州德清(今属浙江)人。嘉靖十一年(1532)进士，授行人，升刑部外郎，官至兵部侍郎，改南京工部右侍郎。著有《说经札记》《自知堂集》等。

过淮阴庙

王孙旧游处，祠庙树苍苍。尚讶歼名将，终疑乞假王。
世方逢战罢，人岂惜弓藏？唯是歌风日，空伤猛士亡！

欧大任

欧大任(1516～1595)，字祯伯，号仑山，明广东顺德人。嘉靖四十二年(1563)状元，历官至虞衡郎中。博涉经史，工古文辞诗赋，并擅长击剑。

客盱眙院中雪后游眺

馆开石壁雪泠泠，下马蓝田是此亭。大圣塔留开士颂，玻璃泉勒使君铭。
河西一水城头白，淮曲诸山枕上青。一笑莫论逢醉尉，部中谁更望双星。

盱眙渡河访张泗州

府中曾识范功曹，皂盖专程此郡劳。河兼淮泗增波急，山自荆涂拥雪高。
远客征衣怜薜荔，使君斗酒惜葡萄。谁携宾从登楼上，笑倚胡床拂彩毫。

江良贵

江良贵，明江西贵溪人。弘治十八年(1505)进士，曾任巡按御史。

第一山

闲来乘兴上层峰，石壁巉岩有路通。落落襟怀虚万壑，区区心事托孤松。
南山气爽秋初入，北阙天高日正中。禾黍如云轻四望，官闲民乐藉神功。

吴世良

吴世良，明遂安人。进士，国子监博士。

访岱先过瑞岩观和韵

其　一

寻春丰沛里，神界五天奇。金阙依山壁，云璈出水漪。
蜂房环铁瓮，龙井涌玻璃。恍拟陟壶峤，悟真服紫芝。

其　二

化城环弱水，玉殿倚蓬山。凤饮岩泉醴，桃含芝字丹。
叱羊知石起，阅岁觉棋残。那羡云门胜，结茅傍笏坛。

吴百朋

吴百朋(1519～1578)，又作吴伯朋，字惟锡，号尧山，明义乌(今属浙江)人。嘉靖二十六年(1547)进士，巡抚南赣、汀、漳，擢兵部右侍郎，累官至刑部尚书。抗倭名将。

上元日登山有感(节选)

主人抱一丘，樽酒长相留。旅思宵无寐，郊行春减愁。
瑞泉通水细，绣谷闻鸟幽。身世唯疏鬓，江淮有醉眸。

崔侍御北上用前韵赠别

会合浮生水上萍，风烟明日各长亭。群空冀北看千里，辔并淮南愧二星。
清泗孤槎山月小，瑞岩双节野云冥。若还白简多封事，范蠡春思在洞庭。

按：此诗盱眙第一山题刻落款为“丁巳(1557)尧山吴伯朋书”。

第一山次壁间韵

吏情更有江湖兴，但得闲来上此亭。万事苦心宁一日，百年蓬鬓已双星。
春归堤柳莺声切，望入征帆雨色冥。惆怅北山盟未遂，白云回首绕空庭。

朱曰藩

朱曰藩(?~1561),字子价,号射陂,明宝应人。嘉靖二十三年(1544)进士,历官乌程知县、南京刑部主事、礼部郎中,出为九江知府,是吴承恩三密友之一。有《山带阁集》。

泛湖西荷花荡

兰桡画楫下前川,谁道江南可采莲。江南莲子清如水,江北莲花香满烟。爱杀江都夏日良,芙蓉高彩溢金塘。筵前不见司花女,千古偷传水殿妆。塔前水殿尚钩帘,花月留人不放船。姹女数钱红烛下,蛮童沽酒白云边。

泛白马湖

万象肃玄夜,两湖粘碧霄。鱼龙海藏伏,星月玉壶摇。
俊味飞霜刃,清歌倚玉箫。只疑天路近,河汉转双桡。

白马湖

绿水平如镜,芙蓉媚远天。时闻采莲曲,唱近使君船。
经游非偶尔,飘泊正依然。极目东南道,孤村起暮烟。

仲泰安招游湖西荷花荡

杂佩摇湖月,明妆隔镜心。轻桡随鹭转,别墅入花深。
翠盖水中宝,丹霞酒畔吟。非君能泛舟,讵得独开襟。

赠吴汝忠

眼前时态日纷纷,物外心期独有君。最喜相思无远道,即从欣赏得奇文。
春归学圃寻芳草,雪压淮涛滚暮云。珍重天才行瑞世,少年人漫比终军。

刘 悫

刘悫,字致卿,号唐岩,明江西万安人。嘉靖二十三年(1544)进士,历任嘉兴知府、右佥都御史、巡抚湖广、南京大理寺卿等职,系抗倭英雄、诗人、书法家。有《唐岩文集》。

淮水春澜

桃浪来何急,奔湍涨晓清。烟迷垂柳弱,雁渡远河轻。

鸥鹭乘春兴,渔蓑趁晚晴。岸云堆垒障,曾傍碧岑生。

何思赞

何思赞,字绍襄,明岭南顺德人。嘉靖二十九年(1550)进士,以户部主事出任淮关监督。

秋日登台

春霁危亭晓,登临兴倍清。波光明四野,帆影动双城。
正喜长流旧,还忻尽亩青。日长公事静,北望可胜情。

成子学

成子学,字怀远,号井居,明潮州府海阳人。嘉靖二十三年(1544)进士,曾任巡抚直隶监察御史,主持建泗州城香华门渡口石堤。后官至苑马寺卿。

玻璃泉亭成惜别

天地有正气,一水钟灵杰。涓涓出山下,分自瑶池汍。风恬波不兴,露浥味还洌。崛起淮泗滨,影漾崆峒月。春和玄鸟鸣,夏吞黄河咽。霜雪零秋冬,玉佩环金阙。代谢成古今,清浣被朱越。静涵空谷音,造化理应泄。撼石震寒蛩,穿树惊啼鴂。流澌涤肝胃,奸回骨已裂。光泽洒杏林,佳人日采撷。掬之荐明堂,岂为涧沚啜。芬芳通鬼神,洗心得真诀。一笑扫沉疴,寿世消白发。亦有流离子,探取疗饥渴。顿令尘世人,登览羡奇绝。倬彼玻璃泉,萃美镌水碣。对饮甘醇醪,惜别诗弥切。

按:此系草书石刻于盱眙第一山,嘉靖三十二年三月作者自书。

李得阳

李得阳,字伯英,明广德人。嘉靖乙丑(1565)进士,隆庆年间以户部主事任淮关监督。

早　秋

江天才一雨,水国易为秋。高柳新飔动,空檐宿暑收。
望乡频入梦,经国暗生愁。独纵闲亭眺,苍苍兰杜洲。

雪　霁

寥廓空天霁,寒江出楚城。酒随风力歇,诗入雪华清。

病与民艰共，慵添吏隐成。一官栖息在，空复草堂情。

津 楼

津楼一以眺，阡陌半为河。宿水村烟少，秋风乡思多。
江声初落木，池色欲凋荷。澹泊虚屏里，唯余楚客歌。

有所思

金天方秉肃，玉露自凋垂。草色连朝减，砧声傍晚移。
孤臣心变铁，久客鬓成丝。好制淮南赋，秋风有所思。

浴心台

江干寥廓耸平台，极目中天万象开。云入斗牛浮海去，水从星宿霹空来。
高低烟树依吟几，远近风樯集酒杯。每得公余舒一啸，顿令心地洗尘埃。

余 寅

余寅（1519～1595），字君房，晚字僧杲，明浙江鄞县人。万历八年（1580）进士，官至太常寺少卿。著有《农丈人诗集》8卷、《文集》20卷。

淮上阻风

大艑激流湍，长淮五月寒。客情无处住，折取楝花看。

张祥鸢

张祥鸢（1520～?），字道卿，别号虚斋，明镇江府金坛人。嘉靖三十八年（1559）进士，官至云南知府。有《华阳洞稿》。

渡淮春晓

朝辞桐柏水，时序又殊方。河抱中原转，天围远树苍。
绪风鸣鸟变，红雨落花忙。坐惜春芳晏，高歌西日黄。

袁 淮

袁淮（1520～1602），字子沂，一字伯昭，号相溪，明睢州（今河南商丘）人。正德年间任泗州知州。《泗虹合志》有传。

同侯判登南楼作

日落大风起，同登泗上楼。云边轻去雁，天外羡归舟。
磴俯山川抱，轩凭河汉流。淮南有新月，笛送故乡愁。

陪曹漫山公登泗城南楼

登楼望北极，开酒对南山。抱日清淮转，流烟叠嶂环。
追随谢公兴，摇落楚臣颜。移席当牛斗，豁襟出宇寰。
地灵四象合，天霁五云斑。熊驾高秋过，鹢舟薄暮还。
旌旗临泗水，膏泽遍徐关。词赋建安最，循良渤海班。
壮心增感慨，多病惬跻攀。上客提携谊，捐身报两间。

张惟恕

张惟恕，明上蔡（今属河南）人。正德六年（1511）进士，嘉靖中任巡按御史。巡按泗州时，建甃山书院，修淮河浮桥。

过高邮湖

雨霁湖天晓，云光一镜开。鸾凰栖瑞阁，豺虎净霜台。
绿采风前笋，青看塔下槐。麦香占岁熟，野老莫深猜。

嘉靖甲午别瑞岩

云树相攀若有情，经年几度驻霜旌。登崖顾帐春晖返，隔水闻钟夜雨清。
风景别时怜翠竹，物华留处听黄莺。仙槎天上重回首，五塔双泉月正明。

徐　渭

徐渭（1521～1593），初字文清，后改字文长，号天池，明山阴（今浙江绍兴）人。科场失意，曾被浙闽军务总督胡宗宪聘为幕僚。晚年靠卖字画甚至卖书卖衣度日。有《四声猿》《南词叙录》《徐文长文集》。

淮阴侯祠

荒祠几树垂枯枣，黄泥落尽朱旗纛。花桐漆粉缀须眉，犹是登坛人未老。半生作计在鱼边，才得河堤老妇怜。谁知一卷长竿去，唾取真王只五年。暗中朱碧知谁是，浊水浑鱼每相似。当时密语向陈豨，更谁传向他人耳。丈夫勋业何足有，为虏为王如反手。提取山河与别人，到头一镬悲烹狗。

漂母非能知人

其 一

男儿偃饿淮阴上，老婆一饭来相饷。自言只是哀王孙，谁云便识逢亭长。

其 二

秦项山河一手提，付将隆准作汤池。称孤南面魂无主，万古争夸漂母祠。

曾 宸

曾宸，明扬州府博士。

过宝应湖

我来湖上三日游，荷筒吸露忆同俦。长风万里破巨浪，小舸一叶浮中流。水光如练净不扫，苔色侵衣寒更幽。安得仙人下黄鹄，与之烂漫寻舟丘。

潘季驯

潘季驯(1521～1595)，字时良，号印川，明乌程(今浙江湖州)人。嘉靖二十九年(1550)进士，官至太子太保、工部尚书兼右都御史，曾任总督河漕。著有《宸断大工录》《两河管见》《河防一览》《留余堂集》。

题复通济闸

遥遥玉带碧天浮，一水深分两岸秋。万艘东南开故道，百年淮泗割清流。
经营岂俟人为力，穿凿应疑鬼运筹。好绘河图报天子，老臣今已效谋猷。

张水部阅神河志喜

枕上泠泠新水声，朝来门外一沟盈。凭谁淮浦开三里，恐有河神遣六丁。
千顷桑田还古岸，一溪鹇鹭浴初晴。回天自是张公力，愧指功名许后生。

张敦仁

张敦仁，明丽水（今属浙江）人。嘉靖十七年（1538）进士，嘉靖二十九年至三十三年（1550～1554）任淮安知府。

昭恤院落成奉次潘熙翁韵

僧院柴门白昼开，中丞太守共村罍。惭无甘雨车前足，喜有清风湖上来。
山斗才名今宇宙，神仙踪迹旧蓬莱。瓣香还向英灵奠，道上双碑并伟哉！

郭谏臣

郭谏臣（1524～1580），字子忠，号方泉，更号鲲溟，明长洲（今江苏苏州）人。嘉靖四十一年（1562）进士。有《鲲溟诗集》4卷。

经韩信旧城

淮阴城久废，千载忆王孙。古木愁云起，荒原落日昏。
路埋荆棘底，碑杂藓苔痕。一饭曾图报，能忘返哺恩。

渡黄河遇风

河上东风吹客袍，中流浊浪拍天高。平生不识风波态，今日方知涉险劳。

黄克晦

黄克晦（1524～1590），字孔昭，号吾野，明泉州惠安人。著名布衣诗人。有《北平稿》《楚游集》《匡庐唱和集》等。

淮阴行

王孙莫入淮阴市，钓鱼只钓城下水。英雄未遇世所嗤，何物老妪能哀之。时至分明蛇有角，灭赵下齐如破竹。刘项兴亡势未分，权在将军左右足。一饭区区怀报恩，推食忍能负此腹。功高自古动主疑，鸟尽弓藏良可悲。当时万事今何有，寂寞寒流对哀柳。游子飘零何所之，自采江蓠荐漂母。

王世贞

王世贞(1526~1590),字元美,号凤洲,又号弇州山人,明太仓(今属江苏)人。官至南京刑部尚书。著名文学家、史学家,同时也是当时极具影响力的文坛领袖。

行淮扬境泛甓社即事有作

湖波二百里,元气何茫茫。天随一线尽,日起万鬣张。无论南北风,但见来往樯。炯若青铜镜,掩映美人妆。惊鸥散明玉,唼藕夺冰霜。纤鳞一入手,大嚼无余觞。冥见渔火微,静闻稻禾香。榜人前后歌,语语子夜长。人生剧可乐,何如近故乡。

淮阴侯祠

咸阳倾城葬祖龙,嫔嫱掩泣千花红。十二金人销不尽,揭竿斩木飘于风。是时韩生业钓者,其志固已无山东。辕门执戟重瞳子,巴蜀登坛隆准公。白帝雄图久成灭,乌江独马非为功。归来故乡高筑宫,黄金如山一日空。齐赵诸侯在指掌,俯仰宇内无英雄。三夺军权再被缚,束手不待如发蒙。乃知天授岂人力,代相之约何匆匆,当时幸不烹蒯通。呜呼余子焉足数?往往铁券埋膏斧。骊山刑客布乎王,长安彻侯哙等伍。微时犹营万家墓,贵日翻悭一抔土。尚令黄河羞汉带,日夜崩涛夺钲鼓。乍可吾徒设瓣香,莫令儿童陈牲酤。荒阶突兀见老桧,乾坤荧荧日渐吐。五陵王气横亘天,亦复寂寞成今古。

渡小淮口大风和子与

千里清淮匹练同,飞沙忽掩夕阳红。云君鼓吹冥蒙外,河伯旌旗杳霭中。
扶病自惊枚叔壮,放歌谁夺楚王雄。维梢坐对宜城酒,回首人间万虑空。

临淮彻侯李君知六军事赋此寄贺

将星今旦耀中阶,轧轧推轮出禁槐。银管细书穿月窟,金吾婗队拥天街。
异军偏号苍头子,别校多骑白鼻騧。见说朔方新气色,只今还是李临淮。

按:李君,即李景隆,小字九江,号临淮,李文忠之子,袭父爵封曹国公。

李临淮竹园

李侯高馆逼云孤,翠竹弥空赤日无。一自六师烦受脤,不妨三径久从芜。
清商似逗黄金缕,上客曾夸碧玉壶。唤作长矛三十万,紫微诗调似官粗。

宝应湖

波摇匹练界长空，天阔千帆处处风。入雾楼台先暝黑，隔林枫叶后霜红。

张凤翼

张凤翼（1527～1613），字伯起，号灵墟，又号冷然居士，明苏州府长洲人。嘉靖四十三年（1564）举人。有戏曲《红拂记》《虎符记》及《处实堂集》《海内名家工画能事》等。

赋得甓社湖珠光投赠

何处异光浮，泠泠射斗牛。蚌涵沧海月，湖薄大江流。
价拟连城重，名因照乘收。为君还合浦，不向暗中投。

张九一

张九一（1533～1598），字助甫，号周田，明河南新蔡人。嘉靖三十二年（1553）进士，官至巡抚宁夏。嘉靖中曾结诗社于京师。有《绿波楼诗集》等。

甓社湖

江蒙长锁海门烟，潮起维扬欲蹴天。醉里不知舟迅远，淮山无数落尊前。

陈文烛

陈文烛（1535～？），字玉叔，号五岳山人，明湖广沔阳（今湖北仙桃）人。嘉靖四十四年（1565）进士，隆庆四年（1570）至万历二年（1574）任淮安知府。有《二酉园诗文集》。

饮韩侯祠

荒城古祠暮相投，霜清满地寒飕飕。遗碑剔藓读复周，酒酣起舞歌悠悠。如侯心事明千秋，蒯生之言良足羞。饥时一饭尚欲酬，况乃大将成炎刘。弓藏鸟尽何所尤，钟室宁甘儿女谋。猛士一去四方忧，大风之歌思故侯。于今土宇谁鸿沟，于今母冢高敞头。眼前若有汉家丘，淮水亦应西北流。

偷乐园

故人此良晤，稚子共山殽。雨后惊鱼跃，风来落鹳巢。

花容浮槛砌，春色满林梢。更忆耆英会，天涯向系匏。

按：偷乐园，在淮安府署内，后更名余乐园。

淮阴侯庙

落日孤城涌暮潮，千秋灯火共萧萧。英雄未遇何须问，门外烟波似圯桥。

王家屏

王家屏（1536～1604），字忠伯，号对南，明大同山阴人。隆庆二年（1568）进士，万历年间以吏部左侍郎兼东阁大学士参予机务。有《王文端集》。

过拜将台怀古

落日驱车四望遥，塞原风景倍萧条。将台百尺雄图在，汉业千年战气销。

衰草寒烟迷旧堞，断碑遗字识前朝。我来指顾登坛处，瑟瑟荆榛起暮飙。

陈经邦

陈经邦（1537～1615），字公望，号肃庵，明福建莆田人。嘉靖四十四年（1565）进士，累官至礼部尚书兼学士。有《群玉山房诗集》等。

吊淮阴

其　一

淮阴城下秋水奔，淮阴祠前秋日昏。萋萋极目尽芳草，可怜何处怀王孙。王孙宿昔贫未遇，一钓飘雪逐烟雾。时来拜将不受呼，登坛慷慨开雄图。羽檄星驰下万垒，金戈电扫空四海。归来报德挥千金，少年肉袒辕门深。

其　二

当年蹑足藏危机，天下已安将安归？龙颜未必非鸟喙，齐客蒯生曾相背。竟缘形似生疑猜，含冤钟室真堪哀。未央君臣转相贺，百战元功同一唾。至今壮士悲良弓，不应早致高鸟空。高鸟空兮弓已矣，呜咽千年寄淮水。

李　爵

李爵，字子修，明湖广长阳（今属湖北）人。隆庆元年（1567）举人，以户部主事出任淮关监督。在任时，重修《淮安关志》并自作序。

初夏望淮亭怀友

坐爱清和景，流光荡日来。亭虚容眺览，地远纵徘徊。
鸡黍人千里，莺花酒百杯。此情如可约，宴笑不知回。

秋日漫兴

长淮入望兴偏赊，落雁平原带晚霞。帆挂客樯秋水阔，钓归渔艇夕阳斜。
湖涵一色天光碧，月浸三洲海气华。极目长安应有路，问津何处泛星槎。

淮渎庙和柳地官韵

青山遥路不知遥，俯瞰河流仰碧霄。云出洞来时做雨，泉从地起暗通潮。
古碑剥落前朝字，老桧支撑晚岁标。千载灵祠隆祀典，一方民物赖丰饶。

孙化龙

孙化龙，明获鹿（今河北鹿泉）人。隆庆二年（1568）进士，累迁太原知府、按察副使、布政司右参政、山西兵备道。善诗文。

题淮阴侯十绝

其　一

庙貌千秋枕鹿泉，乡关瞻拜自髫年。今朝偶把遗编玩，往事伤神语黯然。

其　二

秦人失鹿楚猴争，列国干戈四野横。屈指扶刘成帝者，将军勋业冠西京。

其　三

带砺山河控楚城，淮阴故里锦衣行。当年胯下堪成笑，千载英名宇宙轰。

其　四

楚歌方罢汉军移，鸟尽弓藏事足悲。云梦一游人杰缚，功臣从此志多疑。

其　五

南郑登坛骇万兵，未央钟室犬成烹。兴亡尽出萧何手，青史空留国士名。

其　六

漂母河边一饭恩，千金终报自王孙。谁知盖世功劳将，三族同为地下魂。

其　七

将军两拒涉通语，心事昭昭万古明。只为功高能震主，身亡犹被不臣名。

其　八

蓖山背水土门湾，破赵擒余指顾间。遗庙苍苔人寂寂，一轮明月水潺潺。

其　九

冠盖周游感慨情，千年碑碣日多倾。不缘忠义孚天地，安得春秋庙祀闳。

其　十

莫怪元勋灾祸从，古来富贵定吉凶。浮名浮利休迷恋，一壑一丘任所逢。

周汝德

周汝德，明丰城(今属江西)人。隆庆时来盱眙。

同韩石坪寅丈集瑞岩观

岧峣石磴碧岩开，谁扫莓苔迓客来。指点笑疑函谷路，登临误作雨花台。
盱眙云渡堪飞舄，淮泗风清欲泛杯。何处天香吹不断，氤氲满眼瑞烟回。

夏日复同石坪寅丈移酌玻璃泉述景

劈破祥峦石窍开，飞泉百丈自天来。寒香细吐珠玑碎，幽响频闻玉漏催。
劳我十年婴俗累，共君一歃浣尘埃。尤怜殊异千金味，可为夷齐愧不才。

饶与龄

饶与龄(1543～1595)，明大埔(今属广东)人。万历十七年(1589)进士，任中书舍人。

二十一日泗州道中

维扬竟日马蹄忙，又向盱城渡淼茫。且喜晴空云敛尽，更忻暖日晷初长。
犁锄接陇歌声沸，粉黛行厨色笑扬。游子揽春生意满，停鞭拉友夜倾觞。

杨起元

杨起元(1547～1599)，字贞复，号复所，明归善(今广东惠阳)人。晚明理学宗师。隆庆元年(1567)会试第一，万历五年(1577)进士，历官至礼部右侍郎。

别盱眙丁令

草创无城郭，崎岖万壑中。人民移旧县，鸡犬识新丰。

小试牛刀割，长驱虎穴空。知君意高远，不向眼前慵。

别泗州学正王乡丈

与子平分粤，词场属两雄。撤皋真子厚，讲易愧纯公。
泗水淮原会，江流汉亦宗。他乡正春色，不厌夜深从。

别泗州王守

不见黄州鹤，今从帝里飞。古来称悃愊，何可论黄骊。
会见文翁化，宁专子产慈。请看移俗日，全在簿书期。

别泗州盱眙两庠师友

圣贤道术千年在，丰芑人文二雅存。无说敢当花雨赞，何能不愧雪深门。
辰居北望真无极，泗水东流亦不言。珍重诸贤还久立，莫离当处觅乾坤。

胡应麟

胡应麟(1551～1602)，字元瑞，号石羊生，又号少室山人，明浙江兰溪人。万历年间中举。有《诗薮》《少室山房类稿》《少室山房继稿》及《少室山房笔丛》等。

甓社湖作

行行南服近，望望北辰孤。巨浸浮三峡，惊涛入五湖。
蛟龙晴自斗，鹳鹤夜相呼。明日江东客，相逢鲙玉鲈。

区大相

区大相(?～1614)，字用孺，号海目，明广东佛山人。诗人，对岭南诗坛影响很大。

晓渡临淮河

县城临渡口，晓涉是春冰。日月开淮甸，山川入汉陵。
临渊徒有羡，履薄得无兢。立望龙兴地，风云时自腾。

庄起元

庄起元(1559～1633)，字中孺，一字鹤坡，明常州府武进人。万历三十八年(1610)进士,入为户曹,以忤魏忠贤戍山海关,后擢太仆寺卿。著有《漆园卮言》。

春日有感次望淮亭韵

其 一

翠霭云间合,黄河天上来。鱼龙惊出没,风月足徘徊。
草色侵台砌,湖光入酒杯。登临有余兴,日夕未言回。

其 二

小阁何年起,乘闲此一来。芳菲曾啸傲,牢落独徘徊。
骚客多遗咏,劳臣怯举杯。寄言同调者,否极泰旋回。

望淮亭和韵

散步淮亭畔,苍茫注远眸。桅樯云外见,凫雁水中浮。
皓月吹胡笛,清风送庾楼。古今一相接,谁与续清游。

秋日登台

登台凝远眺,景物满江关。飞棹凌清浦,悬河入草湾。
月笼丛桂树,风振八公山。吏隐惭何补,唯便尽日闲。

喻 冲

喻冲,明麻城(今属湖北)人。嘉靖年间户部分司,驻节清江浦,主管常盈仓。

望淮亭

良会从天假,高台几去来。望淮应缱绻,赓韵愧徘徊。
宦辙辉家谱,蒲香泛客杯。斜阳新酿尽,豪兴不知回。

何 白

何白(?~1628),字无咎,号丹丘,明浙江永嘉人。明末布衣诗人,十六七岁即操笔为诗歌。钱谦益《列朝诗集》录其诗十一首,"为延誉于海内,遂有盛名"。

淮上归兴

淮泗秋风动地来,月明如水雁声哀。南经伍员吹篪市,北眺曹公较弩台。
归路渐香菰米饭,佳期已负菊花杯。愁闻烽火连东北,极目浮云黯未开。

朱谋㙔

朱谋㙔(1564～1624)，字明父，一字郁仪，私谥贞静先生，明南昌县(今属江西)人。宁献王朱权七世孙，封镇国中尉，摄石城王府事。有《六书贯玉》等。

甲寅春日江村即事

晚晴闲出薜萝门，江涨新添野水浑。山映春旗沽酒市，沙埋破舫打鱼村。
楝花开后过风信，竹箨飘时带雨痕。漂母相逢应见问，淮阴城下旧王孙。

黄日敬

黄日敬，字时简，号淙壶，明福建莆田人。淮关监督黄相子。明正德十一年(1516)乡贡，嘉靖二十三年(1544)出任淮关监督。廉洁自持，百废俱举，上下称道，为淮关名宦。

望淮亭

小阁凭高起，长淮入望来。际天遥映带，绕廓自迂回。
津树低吟席，帆风送酒杯。先猷应未远，落日首重徊。

苏茂相

苏茂相(1566～1630)，字宏家，号石水，明泉州晋江人。万历二十年(1592)进士，历官漕运总督、刑部尚书、督抚都御史等。著有《读史韵言》《读史咏言》《宝善类编》等。

清口灵运咏

其　一

河必行千古，沙宁淤二朝。将无淮浪弱，更值旱旸骄。
水府灵谁测，瓣香叩匪遥。淇园饶楗竹，犹自奠浆椒。

其　二

河灵果不欺，风马载云旗。川涨连朝雨，信符五日期。
漕艘浮浩荡，国庾裕京坻。捍患应崇报，封章奏玉墀。

徐节孝先生祠

曾诵先生忠烈诗，楚州今复拜遗祠。辞金尚尔留清节，触石依然动孝思。

经术苏湖传旧业，文章淮海得新师。紫芝眉宇千秋在，甘露长垂连理枝。

陆枢密祠

浮海南奔拥六飞，孤臣血泪洒朝衣。石填精卫心犹壮，鼎抱龙髯愿岂违。
粤屿草荒枢密冢，崖门花满侍郎矶。可怜旧国还祠庙，正笏忠魂归未归？

漂母祠

独钓河堧国士心，可怜漂母识淮阴。封仍故里恩非浅，德不求酬意自深。
一饭王孙兴一代，千秋庙祀胜千金。悠悠施报寻常事，断送英雄泪满襟。

淮阴侯祠

蹙项兴刘百战身，功成只合返垂纶。何来汉国逢真主，翻请齐封作假臣。
鼎足三分犹谢蒯，庭前数匝岂谋陈。可怜钟室弓藏后，猛士风歌感沛人。

谢肇淛

谢肇淛(1567~1624)，字在杭，明福建长乐人。万历三十年(1602)进士。著有《五杂组》《滇略》《方广岩志》《小草斋稿》等。

淮上重送永奉

轻黄柳色绿烟含，欲折行人自不堪。两岸梨花寒食雨，孤舟今夜泊淮安。
按：淮安，一作淮南。

袁宏道

袁宏道(1568~1610)，字中郎，号石公，明荆州府公安(今属湖北)人。万历二十年(1592)进士，历官至国子监博士、吏部郎中。与族兄宗道、弟中道合称“三袁”，为“公安派”代表人物之一。著有《袁中郎集》。

淮阴侯祠

秋郊兔尽韩卢窘，三尺青蛇卷锋颖。到手山河掷与人，却向雌鸡纳腰领。英雄桎足归罗网，辩士舌端空来往。本将衣食畜王孙，未许肝肠敌亭长。一局残棋了项秦，五湖西子白纶巾。贪他一颗真王印，卖却淮阴胯下人。

漂母祠

刘宗火冷寒灰灭，浣衣墩上蘋花热。一饭王孙直许钱，消得鸾刀几回血。荒街日夜走黄尘，西风酸断石麒麟。笑他白手女天子，不及沙头愚妇人。

宋统殷

宋统殷(1582～1634)，明即墨(今属山东)人。万历三十八年(1610)进士，曾任淮安府知府。

长淮行吊韩公

其　一

纡折长淮几百里，王孙特地排云起。生来不与少年俦，埋迹韬光淮阴侧。偭偭区区一丈夫，英雄未许俗人识。胯下之辱徒尔为，肉食不鄙何足齿。有时负剑市中游，有时出钓西湖沚。

其　二

烟爨无资直恁贫，吁嗟阿母识通神。蓦然一见机相凑，不是寻常图报人。盘餐杯羹甘如饴，感会风云未若真。归来尚恐交遍谪，缘底谁知风概新。陈吴首逐秦家鹿，刘项连衡兄弟亲。

其　三

一官执戟夫何为，叱咤威声那可久？暗投空自损明珠，行行且向关中走。委吏依然日郁陶，多情萧相劳于守。几回月下转山东，又道登坛在吾手。一朝推毂三军惊，肘后黄金大如斗。

其　四

三秦席卷承蜩易，重瞳空负拔山力。囊沙传帜亦何奇，拉朽摧枯等如戏。彭城一战决雌雄，手挈金瓯还赤帝。开国勋名炳日月，共道山河同带砺。丹心不惑蒯通谈，何期鸟尽良弓去。

其　五

杀气弥漫长乐宫，青磷碧血雨蒙蒙。舍儿呓语成供案，铁马金戈势尽空。冤成莫须有三字，前有将军后岳公。皎然功罪两眉别，汉皇何殊宋高宗。怪杀史臣多附会，含糊千载暗悲风。

其　六

我来淮守已三载，国忾君仇深如海。皇图万里正河清，叵耐天骄吴乞买。堕城杀将气横飞，文武如林没布摆。安得将军驱世人，旌旗壁垒焕精采。为侯勒石祠门东，戈戟森森天地窄。

潘 纬

潘纬,字仲文,一字象安,明歙县(今属安徽)人。幼即能诗,工隶书,万历中入赀为武英殿中书舍人。有《潘象安诗集》4卷。

漂母祠

曾谓千金意,能酬一饭恩。往来人下拜,犹是为王孙。

袁 亮

袁亮,字执夫,号近沙,明麻城(今属湖北)人。嘉靖三十一年(1552)举人,万历三年(1575)以户部员外郎出任淮关监督。时淮地苦水患,商民交困,积极惠民通商,并筑新街堤堰以济行人,任满,商民遮道拥送。

暮春望淮亭写怀

春暮喜登台,风和特地来。乾坤开睥睨,江海望徘徊。
柳色青分座,芹香绿泛杯。十年思献赋,极目意迟回。

张步云

张步云,字子龙,明广济(今湖北武穴)人。嘉靖四十年(1561)举人,万历二年(1574)以户部主事出任淮关监督。

过淮关感旧兼谢李贵吾丈

其 一

他年曾寄迹,此日复停舟。缱绻逢知己,登临忆旧游。
山光仍积翠,河水亦迁流。惆怅长吟罢,苍茫云正愁。

其 二

潘郎丝入鬓,故老雪盈头。过眼流光迅,伤心往事休。
亭园如识主,花木几经秋。今古同成梦,风前漫结愁。

别 署

使节分来远帝城，精庐别结午风清。莲抽澄沼香无染，竹拂幽窗静有声。
欹枕伏时乡梦绕，沧浪濯处宦情轻。悠悠吏隐惭何补，满院葵心镇日倾。

马之骏

马之骏(1588～1625)，字仲良，明新野(今属河南)人。万历三十八年(1610)进士，官户部主事。有《妙远堂集》。

泛高邮湖

河水湖水一线隔，未到湖中湖为客。南风吹船船不行，却与此湖生此情。沿堤小艇深深去，菱叶秧针绿无数。划波葭苇纵复横，岂辨前溪是初路。渔家乘暮载网行，渐看忽没空明处。兴残舣棹河之滨，林声飒飒如有人。酒杯炙枕尽无色，但觉烟水来相亲。我将卜居向烟水，所食话语有如此。露零霜结萧条尽，槁没根藏水荡平。

霍 鹏

霍鹏，字博南，明井陉(今属河北)人。万历五年(1577)进士，授山西潞城县知县，官至右副都御史。

汉家江山谁造就

韩信之志不可无，漂母之志人常有。背水设阵少胜多，打遍天下无敌手。
成事败事论萧何，金坛拜得常称首。汉家江山谁造就，功高盖世淮阴侯。

于若瀛

于若瀛，字子步，明济宁卫(今山东济宁)人。万历十一年(1583)进士，除户部主事，历官右佥都御史巡抚陕西，赠右副都御史。有《弗告堂集》。

高邮湖

高邮初挂席，波起荡湖村。远水浮天白，孤城过雨昏。
柳条依岸断，鸥鸟向人翻。破屋稀烟火，滔滔销客魂。

刘大文

刘大文，明博平（今属山东）人。万历十四年（1586）进士，曾任淮徐道；二十五年（1597）任淮安知府。

题湖心寺

宝刹偏宜湖面开，重游胜地喜徘徊。河流曲抱长城近，柳色低回落日来。
界向红尘连净土，人从白发拂香台。萍踪此际浑无赖，脉脉闲心空自悲。

刘　炼

刘炼，明永清人。崇祯初年任官工部员外郎，驻节清江浦工部分司署，主持漕船修造事宜。

重九钵池雅会

九日登高兴遄飞，衔杯不觉日斜晖。龙山落帽欢无极，凤驾升仙愿有违。
菊采东篱身似隐，文成孤鹜宴生辉。钵池原上频回首，未胜堂前舞彩衣。

徐　熥

徐熥，字惟和，明闽县（今福建福州）人。万历十六年（1588）举人。著有《幔亭集》。

晚渡淮水

孤帆涉淮水，天气苦寒冱。积雪明长崖，斜阳横古渡。渔灯隔浦来，人烟数家聚。前途多风尘，故山隔云树。栖栖问去津，悠悠叹行路。远涉犹未穷，徘徊日将暮。

漂母庙

淮水流无尽，荒城古庙存。何人怜国士，老妪识王孙。
虽有千金报，宁酬一饭恩。平生知己意，难与世人言。

漂母祠

落落千金报，悠悠国士心。从今惭漂母，不敢过淮阴。

淮阴夜泊

淮阴城下暂停舟,明月无情水自流。汉代王孙今不见,唯余春草满汀洲。

徐应元

徐应元,明沧州(今属河北)人。赣榆县令。

饮能仁寺

良宵何幸接高欢,四海才名足二难。塔影横窗催漏急,风声入户逼人寒。
客逢知己情愈密,话到论心量倍宽。尽醉归来浑是梦,零零清露透雕鞍。

陈　烇

陈烇,明万历十七年至二十年(1589~1592)任宝应知县,疏浚境内河道通海口。

过白马湖

湖光百里接长天,白马遥看清水连。斜照红收归鸟外,远山青抹断鸥前。
渔翁鼓枻空中去,贾客推篷镜里眠。三岛蓬莱疑咫尺,乘流便欲访群仙。

许令典

许令典,字稚则,号同生,明浙江海宁人。万历三十五年(1607)进士,曾在南直隶无锡等地为官。

三槐台咏

谁架高台眺望平,三槐无树只空名。藩篱不限千家月,睥睨遥临百雉城。
行踏莓苔唯鸟迹,坐筹钱谷念民生。移壶且欲持螯酌,恐负重阳一日晴。
原注:台在淮安府署余乐园前,有两铜柱。

铜柱咏

双立金茎岁月多,标云插汉自嵯峨。即非承露檠仙掌,岂是分茅继伏波。
日暇盘桓聊寄兴,酒阑徙倚亦高歌。昔人应为冯夷镇,永奠坤灵控大河。

徐一皋

徐一皋，明威远（今属四川）人。万历三十七年（1609）任淮安府清河县令，核减因黄河废弃地亩，民咸感戴。

题显节侯祠步徐韵

萧萧显节庙，飒飒松桐秋。飞栋荒烟冷，空墙宿雾愁。
才知借剑勇，不愧龙逢游。天地此道直，长淮万古流。

朱国盛

朱国盛，字敬韬，一作叔韬，号云来，明松江府华亭（今属上海）人。万历三十八年（1610）进士，曾任南河郎中，终官工部尚书。有《画禅室随笔》《南河志》《松风余韵》。

壬戌秋末黄淮大涨阻漕为启通济闸月坝感而即事

无端屏翳号白昼，怒涛秋合黄淮斗。督漕使者忧形色，防河小臣面如垢。堤心露宿胆不寒，身世顿欲随奔湍。昔人抚龙若蝘蜓，临难肯令强御干。输粟舳舻四千舫，畏浪砰訇不能上。促召众夫发月坝，逾河舟楫平如掌。漕无滞舰心始舒，咫尺更虑三城鱼。何当尽地作保障，集泽归鸿皆燕如。

按：通济闸，在今淮安市淮阴区马头镇。

珠湖望月

谁云苹老后无珠，天际灵光夜夜殊。万顷琉璃连碧落，一轮冰玉见虚无。
分辉到树惊乌起，堕响当秋捣药孤。但使金波长在目，便从汀蓼结屠苏。

淮上石堤志感

长川缭绕一堤成，使者非鲂尾亦赪。敛衽截流河伯去，握香盈市郡人迎。
九重敢谓涓埃答，三载常随畚锸生。天子倘于都水问，为鱼无复旧淮城。

曹守勋

曹守勋，明新蔡（今属河南）人。万历四十四年（1616）进士，历浙江道御史、山西按察司副使分巡淮海道，终陕西副使。

淮阴钓台

城阴片石俯淮流，想像王孙此钓游。芳草如茵随地满，雪花飞絮接天浮。
一餐意重千金报，百战功轻五鼎谋。若问将坛何处所，未央宫殿已荒丘。

蔡维宁

蔡维宁，约生活于明万历年间。有《蔡山人诗集》(即《炀坞山人诗集》)。

渡　河

积雪不可渡，黄河天上头。风帆互向背，地天合一流。寒目走当中，浊冰据上游。鱼龙决波起，众力争片舟。冷沙注如雨，狐狸灯外谋。大野何淡淡，月色令人愁。

淮阴谣

王孙重一饭，贱卖淮阴鱼。无故大泽竭，此身亦为渔。
且分乃翁羹，其刎以而菹。至今牙齿冷，不过屠儿间。

王　允

王允，明后期人。

淮安南浦月华

向晚城南霁景开，波心涌出玉盘来。一天秋色摇书舫，满地寒光晃钓台。
神女弄珠无定影，湘灵鼓瑟有余哀。绝胜赤壁吹箫处，愧乏东坡作赋才。

温　新

温新，字大谷，约生活于明嘉靖年间。

积翠亭

积水明于镜，新篁翠欲流。使君中结宇，客子爱从游。
烟雨双桥映，琅玕四座幽。定看齐万丈，移向凤池头。

按：积翠亭，在清江浦工部分司署内。

吴 铎

吴铎,明山东登州人。隆庆间任宝应县儒学教谕。

黎 城

黎城依旧说,王业总丘墟。独惜遗民在,空余故主居。
农桑春事了,风雨麦秋初。问俗政惭无,逢人懒下车。

吴 兆

吴兆,字非熊,明徽州府休宁(今属安徽)人。著名布衣诗人、戏曲作家。万历中游金陵,与郑应尼合作《白练裙》杂剧,讥嘲马湘兰,有轻薄名,改为诗歌。著有《金陵》《广陵》《姑苏》《豫章》诸稿。

过宝应湖

湖月忽来照,萧然水树明。棹沿堤影直,星过浦光横。
家远秋多梦,年丰夜可行。前程何处泊,鸡唱是盂城。

顾大典

顾大典(?~约1596),字道行,号衡寓,明苏州府吴江(今属江苏)人。隆庆二年(1568)进士,历任会稽教谕、处州推官、福建提学副使。著有《清音阁集》《闽游草》等。

渡黄河

疲马日投北,间关意若何。星霜催短鬓,风雨渡长河。
远道逢人少,归心入梦多。未能逃世网,微尚竟蹉跎。

史 简

史简,明代人。

瑞岩庵

为问瑞岩因,泉流不记春。云归石径滑,雨过翠微新。

登殿瞻玄圣，扪碑见古人。归来兴未已，落日照苍筠。

高　昇

高昇，明代人。

瑞　岩

东南有岩谷，一径曲相通。壁引渊泉静，林悬秋果红。
煮茶汲山月，借榻听松风。拂石观嘉句，幽怀千载中。

綦公才

綦公才，巡鹾。

题泗水

两度长淮万井烟，蒹葭水国实堪怜。舟人指点波湍处，父老词称膏腴田。
猿唳三声悲楚岫，蝉鸣一叶暗江天。夷犹不管春潮急，夜半钟闻愧杜鹃。

王应乾

王应乾，明睢宁(今属江苏)人。诗人。

漂母祠

天将俊眼寄坤柔，曾识文公返国谋。列士忍诟期雪仇，浣纱分饭沉中洲。人人有目光如电，每逊深闺妇从盻。英雄落魄羞颜面，失足吞声泪如霰。老媪识力符苍穹，偶寄沙头蓬屋中。心厌毒虐如丰隆，要扫嬴威向碧空。特将冷眼掇王孙，肯使国士踬篱樊。殷勤为荐贫家餐，岂冀他年报母恩。悬知豪杰佐炎基，长乐钟室吕雉诒。故作男儿慷慨辞，宛似圯桥黄石期。黄石训良母训信，信违母训撄锋刃。可怜绝世真霜骏，孤冢荒魂飞野磷。漂母祠堂隘复低，当年英鉴鄙侯齐。独愧西楚项王迷，不似淮阴老妇笄。

淮阴侯祠

淮水潺潺昼夜漩，蘋花瑟瑟起愁烟。寒汀古道雄雉堞，却忆当日卯金天。石马嘶风龟背裂，中有英魂含深冤。含深冤者为谁子，奠鼎开基韩王孙。王孙贫贱不可论，计诎生产苦朝餐。手持钓竿向淮水,运气蹇剥鱼不吞。饿来寄食南亭长,晨炊蓐食欲闭门。市中恶少更轻薄,拔剑欲杀猛相凌。神龙失势敛头角,肯与幺幺较伎能。蒲伏胯下市人笑,英奇能屈始能伸。千金之子不死市,随珠弹雀何足称。陈涉首难蹴风尘,狐鸣鱼帛乱吕秦。彤云素灵似逐鹿,淮阴异人寄钓缗。还观天下如指掌,谋画夙定待真人。款逢知己女丈夫,英识远迈重瞳君。策于项羽羽不用,来从赤帝立功勋。萧何朗鉴契漂母,设坛拜将惊众军。隆准君王置上坐,筹策抒略排风云。国士无双今始见,破代虏豹如有神。奇兵拔帜师广武,却教下檄招四邻。龙泉太阿抟犀兕,锋摧劲折悉隐沦。木罂囊沙真奇绝,曾句吕望亲受诀。三秦席卷如秋草,坐令拔山胆力竭。垓下悲歌泣美人,乌江气尽西楚灭。为楚楚重为汉兴,畴道武涉计谋拙。齐王慷慨不倍汉,忠言力杜蒯生舌。解衣推食念炎刘,肯负君恩壮士羞。一朝萋斐成贝锦,机辟遂伏云梦游。南山兔死犬欲烹,只为功高蹑足萌。只手擎刘定四百,三尺除氛开八纮。冤生宫掖牝司晨,绝代英殂女妇人。功成只合似张良,去向赤松老此身。谁挈金瓯还汉帝,空令杀气横秋旻。雄猜多忌汉君王,业就三族泣酸辛。至今钟室生丹草,何须日日生懊恼。试看咸阳汉宫阙,灰飞烟灭已如扫。

释性楞

释性楞,字广莫,明代僧人。

钓台怀古

王孙垂钓时,贫贱未有遇。淮市曾逢恶少年,横逆侵凌不敢怒。踽踽饥寒那自支,市里谁为一饭顾?鱼水他时隆准公,天下诸侯咸震惧。必报千金见母恩,亭长百钱不忘故。旧日王孙安在哉?寥落寒矶剩此台,台边古道朝还暮,野马饥乌藉草莱。

戴　任

戴任,明万历《帝里盱眙县志》主纂。

淮阴市吟

淮阴市上月如练,淮河水色浮葱茜。淮上风尘来往人,客子悲歌独不见。明月皎皎云未收,哀风凄凄吟角楼。谁云豪士不堕泪?耐取荧酒陶清愁。淮阴恶少岂壮士,受恩不徇韩王死。地下真惭北郭骚,截首国门鸣晏子。

三齐王

亭长当时德不终，君侯遗恨剧无穷。功勋早已催齐印，间谍何由潜汉宫。
一饭千金诚自报，孤身百战为谁雄？英风生死余名节，底事龙颜怒蒯通。

漂母千金亭

阿母热心岂望报，王孙行径比途泥。报施万古传高谊，尚愧当时亭长妻。

度霍岭谒韩侯祠墓

一墓犹名逐鹿功，忠勋遗憾未央宫。瞰刘诸吕当时歼，韩岭千秋庙祀崇。

朱　绂

朱绂，字方来。明代人。

钓台怀古

垒垒荒台枕水滨，王孙昔日此垂纶。千秋勋业名空在，三尺残碑草自春。
杀气尚凝淮海雾，淮风仍肃楚江尘。到来伫望休停久，日落乌啼更怆神。

方承训

方承训，号郊邺，明徽州人。家世业商，不乐仕进。有《方郊邺复初集》。

冒风缆舟过高邮湖

湖河塘筑美仍坚，四月储竣舰不前。夹口齐堤防水圮，表湖随浪逐风颠。
缆舟冒险悬帆半，鼓棹趋程荷载全。簇簇堤栏锋矢铦，滨沿屈曲畏摧舷。

宋祖舜

宋祖舜，明山东东平人。进士，天启三年(1623)任淮安知府，升陕西兵备副使。

夏发淮上入盱眙道中和王侍御韵

火暑南征渡江渚，烟波十里漾如绮。登楼城上望陵谒，隆隆佳气四围起。千峰突屼昆仑石，万派朝宗淮泗水。裴回帝乡念榆关，皓月孤松独徙倚。征兵征饷无了时，东南财力已竭矣。谁将此语对高皇，九回寸结肝肠里。请缨拯溺两无术，伴鹤乘轩丈夫耻。

韩侯祠

江淮多侠士，上将数韩侯。子弟八千散，炎刘四百秋。
勋名天地老，神化古今流。谁是后身者，登坛早破酋。

方尚祖

方尚祖，明福建莆田人。天启二年(1622)任东河船政同知，崇祯元年(1628)升任应天知府。

清　河

平沙环绕郭，漭荡瓴趋壑。叱驭临淮隅，旷然何寥廓。井廛宋旧墟，遗俗还淳噩。昏垫骇天吴，疏排维地络。湖风薮富陵，老子山回薄。原隰散轻烟，帆影随青雀。九曲问黄流，浑浑宁如昨。

淮郡城西新筑石堤歌

百雉雄城挟水开，河淮遥合泗沂来。陡然石埒环天堑，沉璧负薪安用哉。昆吾斜切碧琅玕，芳草沿堤如砥看。叠浪那愁风拍岸，安流无恙日回澜。筑宫瓠子汉时艰，谁似经营指顾间。曲奏宣房追盛事，上功赢得一开颜。云封坤垸日笼沙，稳奠楼台百万家。东海谩传秦帝事，神鞭驱山似非赊。轻飙鼓荡趣浮槎，夹涘盘纡磴石斜。龙首渠穿仍故道，金堤春水涨桃花。绝壁高悬襟带雄，排山保障见神功。蜿蜒欲亘全淮水，明德千秋禹迹同。缥缈樵楼杰阁崇，凭栏西望隐垂虹。轧咿缓度芦汀月，邪许遥赓柳岸风。滔天闻说产蛙愁，此日熙恬晏堵秋。想是玄夷金简授，陆沉宁复叹神州。淮水泠泠溆鸿呼，波光远接射阳湖。建瓴近讶河身束，鼍社夸功精卫无。河伯由来感格奇，使君明信及冯夷。先时若个筹桑土，白马奚须向水湄。流峙金汤鼎焕新，平成永赖属仁人。子来试问几何日，不朽淮阴好勒珉。泽国萋萋长绿苹，一朝地利几通津。但知到处堪行乐，可识忧勤渤海臣。

咏安东

平野原无际，东来现碧岑。灌湖标石濩，涟水奏清音。
艖舫丛烟袅，风墩逸韵沉。浮回人答沓，遥隔羽潭浔。

涟水夜归

残水留寒月，宵征路正长。人迷黄叶渡，马缩白桥霜。
野衲随钟起，田夫唤犊忙。河流声不远，夜半更苍茫。

咏山阳

万派朝宗抱郭纡，平山兀突献奇孤。春融烟火熙城市，浦阔鱼龙避舳舻。
汉代藩封联北地，永嘉文物溯东吴。海邦直控江淮胜，襟带分明一奥区。

清江浦

高台纵目思悠悠，排注当年胜迹留。树绕淮阴堤外路，风连清口驿前舟。
晴烟暖簇人家集，刍挽均输上国筹。最是襟喉南北处，关梁日夜驶洪流。

淮浦大观楼

鳌簪擎出此巍楼，万里平芜一望收。爽籁每从云外入，明霞时傍日边浮。
窗虚雨霁山如黛，幔卷风清月欲钩。恰喜自公多得暇，频将吟啸傲沧州。

按：淮浦大观楼，在涟水西。

淮浦咏怀

其　一

破浪时况彩鹢，骋怀每寄青虹。遵渚歌闻鸿雁，委蛇咏叶素𦃃。

其　二

云布晓峦断续，烟团晚树淡浓。世情谁超象外，物态自得个中。

其　三

玉麈麾饶玄理，满浦坐稳跏趺。采胜携芒腊屐，放歌击破唾壶。

清　河

白马王昌清口间，风蒲历乱柳堤湾。河流漭漭知何极，催尽年光去不还。

洪　垣

洪垣，字峻之，号觉山，明徽州府婺源（今属江西）人。以巡盐御史守盱眙，官至知府。

第一亭

宿雾轻收雨意阑,晴晖故放入华观。千家城郭临淮动,几叠楼台倚石攒。
仙阁路疑云外出,玉池泉似月中看。官家鲁主兹山约,第一亭扁尚未残。

自注:婺之洪氏唐德宁时自盱眙迁居,今之官婺源。

玻璃泉

青云缥缈透轻茵,一注真同碧汉论。松韵消消和露下,香痕袅袅上蒲新。
道人千汲还深取,仙子频尝更啜真。对取月华端未远,乘槎原误是天津。

凌梦阳

凌梦阳,明盐城人。崇祯间官虹县训导,曾撰释迦大寺新藏碑。有才名,尤长于诗文。

隋堤柳

骄主流行迹自留,绿阴曾此达扬州。东风不识兴亡事,吹送飞花满案头。

郑二阳

郑二阳,号潜庵,明河南鄢陵人。崇祯年间任淮扬道参议。

同周敏山游玻璃泉

不意风尘吏,相逢山水间。披蓁寻胜地,俯槛看烟鬟。
壁峭连天碧,波澄带石湾。茗酣深夜语,抱膝故闲闲。

原跋:作于崇祯丙子(1636)仲秋。

高名衡

高名衡(?~1643),字仲平,号鹭矶,明沂州(今山东临沂)人。崇祯进士,历任如皋、兴化知县,征授御史,巡抚河南,后加兵部侍郎。

玻璃泉(节选)

泉冽清同酒,玻璃名亦佳。近林通远市,短槛倚长淮。

满月凉宜夜，喷珠泠渐阶。茶铛还自汲，侭足畅游怀。

曹胤昌

曹胤昌，字石癖、石霞，明湖广麻城人。崇祯十六年(1643)进士，清军南下后解职归。洪承畴入湖广，召胤昌入幕，其佯狂谩语，又写诗讥诮，被遣归。

过盐河同王驭六年兄赋

城河北枕万家烟，绿草湾回古阜连。日气苍凉青邃远，山光崒嵂晚鸦巅。
土山人语僧窥渡，荒祠钟鸣豕下田。一线分明葭露水，汰秋共趁海盐船。

钱谦益

钱谦益(1582～1664)，字受之，号牧斋，明末清初常熟人。万历三十八年(1610)进士，官至礼部尚书。降清后，授官礼部侍郎、管秘书院事。有《初学集》《有学集》《投笔集》等。

淮　屋

淮人作芦屋，缚芦为桷椽。砖坚省涂塈，欂栌无刻镌。结构朴而雅，庀治廉且便。许君守淮阴，但饮淮上泉。归来结淮屋，亭午犹醉眠。人言芦为屋，尝恐火误延。建章三月火，岂亦芦使然。又云不耐久，风雨易漏穿。此屋如传舍，次公岂非贤。竹楼安在哉，其名至今传。

寄淮上阎再彭眷西草堂

其　一

西向依风笑，南枝择木谋。艰难仍有步，顾眷岂无头！
策赐金天醉，盘辞渭水愁。美人纡万舞，山隰思悠悠。

其　二

长淮南纪水，滔荡汨穷尘。故绛真吾土，陶唐自古民。
周诗太原什，晋问柳州文。他日论都赋，东西定主宾。

过清江浦遥寄故人

胯下桥边又此行，赭衣白发可怜生。班荆却喜无人问，刻木只愁有吏迎。
惜别飞花憎岸草，相留语燕笑林莺。多情依旧长淮水，流入清江伴橹声。

黄　河

都将银汉变黄流，也是天公错一筹。鹊驾但为终夕计，鼍梁宁是济川谋。
灾来何用沉圭璧，时至那须辨马牛。飞昴出图君莫诧，清河白马又谁尤。

清河道中(节选)

惨淡郊原似雾矮，洪河啮岸马嘶空。粘天黑浪非章相，刮地黄尘是庾公。
柳树病犹希夏雨，荠花开亦向春风。人间荣落关何事，野店残阳一闪红。

淮上舟中

好在长淮问渡时，秋风今日是归期。雨中灯火扬州近，梦里箫笳楚戍移。
去国惯如秋燕急，还家慵比暮鸦迟。可怜胯下桥边水，淮口东流不尽悲。

题淮阴侯庙

淮水城南寄食徒，真王大将在斯须。岂知隆准如长颈，终见鹰扬死雉姁。
落日井陉旗尚赤，春风钟室草先朱。东西冢墓今安在，好为英雄奠一盂。

过淮上二绝句

其　一

漂母祠堂落照边，城南垂钓故依然。君看市上纷纷者，何限淮阴旧少年？

其　二

鸟尽弓藏事惘然，英雄终不受人怜。生平胯下能蒲伏，只是羞随哙等肩。

胡沾恩

胡沾恩，明河北永年人。万历四十一年(1613)进士，历任河内知县、兵部郎中、兵备道、都御史、大同巡抚。

范侍御构玻璃泉亭成纪事

阆宫缥缈凌神壑，千尺巉岩巨灵凿。银潢煜爚不可近，仰面恍惚虚崖落。崖边古树悬槎丫，开遍玄都几度花。玉洞玲珑吐雷雨，珠潭皛漾惊龙蛇。雪槛冰檐倚绿林，仙家白昼长阴阴。寒虹烟断支祁泣，丹烟深锁松鼠吟。石鼎瑶梯在何处，威纡愿借渔樵路。鹤背乘来缑岭风，作赋不愁山易暮。

袁崇焕

袁崇焕(1584~1630),字元素,号自如,祖籍广东东莞,落籍广西藤县。任兵部尚书兼右副都御史,在抗击清军入关中屡建奇功,后中反间计被杀。

韩淮阴侯庙

一饭君知报,高风振俗耳。如何解报恩,祸为受恩始。丈夫亦何为,功成身可死。陵谷有变易,遑问赤松子。所贵清白心,背面早熟揣。若听蒯通言,身名已为累。一死成君名,不必怨吕雉。

吴屯侯

吴屯侯,字元奇,明末清初嘉定(今属上海)人。明季武举,入清为诸生。有《西亭诗》。

漂母祠遇冯明思

寒云黯黯塞天阴,尊酒相逢见寸心。买得吴钩枉闲却,报恩原只用黄金。

送陆天祐之大梁

长淮秋冷叶纷纷,贳尽征衣酒未醺。多少梁园旧宾客,西风独上信陵坟。

范景文

范景文(1587~1644),字梦章,号思仁,明河间府吴桥人。万历四十一年(1613)进士,累官工部尚书兼东阁大学士,明亡投井自杀,谥文贞(文忠)。有《大臣谱》等。

漂母祠

世间谁谓男子智,胯下侯王眼不识。尘埃物色有英雄,众人所难妇人易。一饭博换千金来,千金不受名乃至。衿鞶者流如是奇,言下寻绎有深致。进食吾以哀王孙,岂以壶餐因为利。功臣事业纯臣心,望报不可皆此类。圯上黄石教子房,子房用之赤松避。吾悔不用蒯生言,惜哉未达漂母意。

谈 迁

谈迁(1594~1657),原名以训,字仲木,号射父,明海宁人。诸生,明亡后改名迁,字孺木,号观若,以佣书、做幕僚为生。有《国榷》《枣林集》《枣林杂俎》《北游录》等。

漂母祠

嗟哉漂母去,淮阴竟空土。但有悍少年,拔剑争相侮。贫贱亦何常,非真如罪罟。男儿七尺躯,见用即为虎。韩侯往苦饥,一竿俟亭午。道旁诸行人,去去不少睹。绿波横浮萍,岂足登我釜。母老发丝丝,惊叹拔俦伍。淮人数十万,仅可充负弩。粝饭饱英雄,勉旃毋自苦。遗我千黄金,封楚十万户。望报非母心,其行同商贾。三族报功臣,乌江报项羽。总争尺寸间,报报相踵武。母盖悟王孙,恩即仇之府。负母一片心,终日婴天斧。我来叩荒祠,伤怀徒千古。

河上行

淮安城西俱苫屋,偶一问之泪如沐。男耕女织粗自全,曾为陶瓦几孥僇。彭彭挝鼓经官舫,飞挽征夫互奔逐。近年织造又苏杭,黄袱盘龙奏进速。大兵南北出淮安,舟车驱逼家家哭。邮符一纸惊入门,牵衣泣送各销魂。累人陶瓦全家破,聊尔诛茅喘息存。

甘罗城

楚地存秦相,遗城自昔空。少年名似祖,古道贯长虹。
淮水南来薄,函关西望雄。当时版筑地,何必尽英童。

韩侯钓台

试问垂纶地,韩侯岂贱贫。英雄如老朽,天地亦悲辛。
才大甘枵腹,功高转杀身。谁将城下水,洗血汉宫频。

清河县

河滨繁虆汲,即此问弦歌。同泊少邻舫,斜阳减怒波。
征夫徭频累,使客驿常多。疲邑天为闵,年年稔麦禾。

清口金龙神庙

金龙山下恨龙潜,水府沉沉殆百年。罗杀狂奔伍员马,吕梁终效祖生鞭。
神鸦晚噪飞帆外,瑞鸭群焚宝楮前。布褐微诚未敢达,宋家德佑代相怜。

渡　淮

万楫千樯刻未停，分帆南北各推棂。征漕拟续河渠志，吊古尝闻岳渎经。
桐柏有山来自远，草茅无地独为醒。逾淮枳橘形相变，白发何时又转青。

枚乘故里

平台宾客倦游梁，淮水汤汤入故乡。词赋西京容易老，一时父子汉家郎。

雨　阻

咫尺淮阴一望前，萧萧风雨压林烟。孤踪千里漂零甚，不畏屠中恶少年。

茅元仪

茅元仪（1594～1640），字止生，号石民，又署东海波臣等，明末归安（今浙江湖州）人。崇祯二年（1629）因战功升任副总兵。有《武备志》。

漂母祠

汉遇涂高亦自摧，重瞳名姓岂成灰。止供悍后谗人快，何似当时饿死来。

于奕正

于奕正（1597～1636），原名继鲁，字司直，明宛平（今北京）人。崇祯诸生。好山水金石。著有《天下金石志》，与刘侗合撰《帝京景物略》。

甘罗城

是否甘罗宅，淮流万古经。说行因赵地，拜赐自秦庭。
断碣磨新翠，余钱带旧青。维舟上荒阜，岸草昼冥冥。

徐振芳

徐振芳（1597～1657），字太拙，明末清初乐安（今山东广饶）人。天启七年（1627）贡生，崇祯十六年荐为都督府都事，于清江浦监税，后入邱磊幕。明亡隐居并终老涟水。有《徐太拙诗稿》。

鼓吹入朝曲

张挞伐,昭神武,荡云麾,摇霜斧。驱祝融,纵虓虎;赭其庐,彗其亩。陆断人,水绝舻;向无前,师其所。飞捷书,上幕府;饮玉回,奏笳鼓。策殊勋,爵惟五;子貂蝉,妾翟茀;尚书郎,酬奴仆。拜稽首,蹈以舞;勒旂裳,炤终古。酒为渑,花为女;烧兰炬,擘麟脯;燕巨公,不知曙。血髑髅,睛犹睹。是耶非,不能语。万孤儿,忆寡母。涕凄风,泣凉雨。

按:实揭露刘泽清在淮恶行也。

舞阳歌挽潘若稚大夫

江湖起立嵩华走,日潜月匿魑魍吼。地坼天崩奈若何?浇以英雄血数斗。潘大夫,伟男子,来自星辰降淮水。自负龙逢捧日心,天与常山骂贼齿。三尺青萍七尺身,敢为舞阳守孤垒。舞阳之人人而豕,不为官使为贼使。令长初来民未亲,缚以迎贼贼色喜。贼欲勿杀公逾怒,数以大义詈不已:“岂有降贼潘若稚,生不徒生死不死。有颈自足当汝刀,有胸自足当汝矢。剖取赤心还九庙,白骨长留撑地纪。谁知肠肾是风霆?化作青虹照青史!”大夫死忠子死孝,信有人间好乔梓。黄河之水流汤汤,前有睢阳后舞阳。父老传其事,闻者共嗟伤。尸祝陈歌舞,俎豆有辉光。忠魂义魄塞天地,天地有尽神洋洋。

原注:此崇祯癸未九月事也,巡方上其事,赠佥宪,故称大夫,名宦、乡贤两事之。

按:潘弘,字若稚,淮安山阳人。崇祯十三年为舞阳知县。事迹见《明史》列传181。

丁耀亢

丁耀亢(1599~1669),字西生,号野鹤,明末清初山东诸诚人。顺治间贡生。曾任直隶容城教谕,擢福建惠安知县,以母老,不赴。有《丁野鹤集》《逍遥游》。

高邮湖

淮水清清送客帆,邗关垂柳拂春衫。长河一路多鱼藕,不使诗人动酒馋。

阎尔梅

阎尔梅(1603~1679),字用卿,又字调鼎,号古古,明末清初沛县(今属江苏)人。生而耳长大,白过于面,故又号白耷山人。明崇祯举人,复社巨子,明亡后,避祸隐居。有《白耷山人集》。

安东道上

秋雨黄河岸，盐沙涨菽渠。来方冰雪始，归已芰茭疏。
周道殊艰步，劳人敢定居。室家何处问，身外早无余。

题万年少隰西草堂

素壁承蒹瓦，朱栏纽石藤。求羊三径客，诗酒六朝僧。
泽阔难窥圻，山遥不辨层。旅堂春绿晓，饼食看鱼罾。

郭家池

眉画秋空月一痕，楚城烟罨似湖村。夜光沉藻游鱼唼，林响疑风宿鸟奔。
缘市灯摇千屋影，隔溪香静百花樊。归来分与同仁赋，大雅音稀孰与论。

高邮湖遇雪与姚老师姚文初诸词客同赋

万顷蒹葭玉蕊纴，篷窗淅沥响涔涔。湖山不寐悬明月，天地经寒表素心。
苏武穷途瓯脱里，袁安高卧洛城阴。寻常词赋占才品，抹却当年小谢吟。

秋夜题张鞠存新园

其　一

水色经秋未染尘，篔筜疏落不曾匀。归来万里谁相识，竹巷南头此故人。

其　二

处处芙蓉夹白莲，随风上下小渔船。缘溪歌舞还歌舞，不是当年旧管弦。

其　三

荒园深夜一灯青，犬吠阴阴透竹棂。架上牙签无旧史，参同新本附黄庭。
原注：时淮安多丹客。

王　英

王英，明代人。

淮安别回御史

远别悠悠乡梦频，逢君况是异乡春。可怜河畔青青柳，又折长条别故人。

许承钦

许承钦,明湖广汉阳(今湖北武汉)人。崇祯十年(1637)进士,官至兵部郎中。入清未仕。有《粘影词》等。

鹅儿湖

垂杨袅袅放游丝,少妇花钿步屧迟。正是淮南樱笋日,相邀同赛女郎祠。

按:鹅儿湖,即鹅儿白湖,在高邮湖西10公里(今金湖境内),东连七里湖。

程 邃

程邃(1605~1691),字穆倩,一字朽民,号垢区,明歙县人,生于松江华亭(今属上海)。诸生,书画家。为人正直,崇尚气节。有《会心吟》《萧然吟》。

从龚孝升先生联船淮阴

元礼陈宾盛,谁方雪夜舟。相思千里驾,吟弄五湖流。
分食通心醉,飏帆疗客愁。景移云日好,动息一江鸥。

过万年少隰西草堂

值得渔夫棹,江梅隐雪津。黄河冰腹厚,白草马蹄春。
既释隆中业,还为川上人。友生难解事,往行不须论。

傅 山

傅山(1607~1684),字青主,山西太原人。明清之际道教思想家、书法家、医学家,明遗民诗人。博通经史诸子,长于书画、医学,时有"医圣"之名,被梁启超称为"清初六大师"之一。著有《霜红龛集》及医书多种。

草湾河

草湾三百里,浊浪去朝宗。智勇终形势,威仪自肃恭。
危樯看子裾(疑误),特达抚臣衷。多少沧洲句,吟情转不工。

河边二首

其　一

河边不算是幽栖，一杖林峦日夕携。甚悔去人难得远，此心笃信未尝迷。
月从微雨来烟外，云逐春风过雁西。寄兴深微原有在，缘情吟咏不堪提。

其　二

吟咏凄凉愧壮夫，诗书酸楚合吾徒。盾头磨墨才当见，笔上生花气莫粗。
殊慕穆之裁裤褶，何妨司隶混襜褕。人间隐逸无多少，山泽如何肯纳污？

高细水携具河之干（仇犹）

河干秋树紫成阴，愁眼看如红雨霪。浪迹无家随主醉，布衣惯冷不经砧。
文章合作山中韵，弧矢同羞帙里蟫。东向欲掀增气盖，滹沱胡马压云涔。

原注：时传有义兵至，实非也。

仇犹秋兴

仇犹霜降雨凄凄，野客愁无酒一犁。国破敢尤童仆散，身存有待友朋提。
蝉音守死悲莱毕，马足衡文惜楚黎。松老著寒青始觉，满园红叶作秋泥。

按：仇犹即厹犹，古国、古县名，其地望当古淮、泗水交汇地域。以上5首，均为甲申、乙酉间在淮安作。

梁以樟

梁以樟（1608~1665），字公狄，号鷦林，明直隶清苑（今属河北）人。与兄梁以楠、弟梁以桂皆知名，时称“三梁”。崇祯进士，授太康知县，调商丘，所至有政绩。曾随史可法抗清，在淮安、宝应一带活动。

盱眙道中

都梁西下路，云草望中繁。积石甃山郭，孤城抱水村。
江峰屋半赭，野火树同髡。汤沐余残邑，难从耆旧论。

入安东城有感

海安岁杪忽驱车，犹记当年此建旗。剑脱延津龙去远，兵销秦塞马鸣虚。
风尘失计依刘表，凤鸟怜衰愧接舆。城郭萧条淮日暮，寒温空把故人书。

纪映钟

纪映钟(1609～1671),字伯紫,一字檗子,号憨叟,明上元(今属南京)人。诸生,复社名士,崇祯时曾主金陵复社事。明亡后,曾入天台山为僧。有《真冷堂诗稿》《憨叟诗钞》。

盱眙访黄岸园寓五塔寺志别诗

仲冬木叶尽,峰形亦峭绝。都梁第一山,白石露魁杰。淮流一道过,汇泗映漭坶。合沓州邑雄,万室炊烟凸。宝塔穿晴云,浮渡缆古铁。晓市罗鱼盐,舟车错挽掣。我游岁当晏,僦居爰岩穴。嘘翕环中风,雷声辊夜辙。邑宰神仙姿,琴台俯嵽嵲。英年抱经济,岂第歌婴耋。醇酒时见招,抗言入冰雪。更读岸园著,高气入行列。钟鼓明堂音,贝珠华黼缀。亦负林壑情,烟霞在咀啮。君诚颍川霸,抑为道州结。治民风雅中,群情同奔悦。客裘未厌霜,仰盼天上玦。遂我泉石心,不问官俸缺。感君重意气,握手难为别。回首云山横,中怀徒惙惙。

泗州道中

野风吹白草,霜鬓久相侵。楚汉争王血,英雄过客心。
长淮通水舶,中土变乡音。闻戒纡前路,斜阳照短镡。

甓社湖送郑秀才

甓社湖边野荻香,西风如箭送归航。十年垂钓双蓬鬓,千里看山一裹粮。
雁影斜分秋水白,客心初老菊花黄。荒城古闸无端泪,犹卷篷窗数夕阳。

张文光

张文光,字谯明,明末清初河南祥符(今属开封)人。崇祯元年(1628)进士。仕清,官至按察副使。有《斗斋诗》。

清淮晓发

老鬓萧条逐客程,秋风瑟瑟唤愁生。五更月照他乡影,万里河流故国声。
落拓人当疑慢世,浮沉吾亦厌虚名。何时归去衡门下,竹杖芒鞋傍鹤行。

吴伟业

吴伟业(1609~1671),字骏公,号梅村,明末清初太仓人。崇祯四年(1631)进士,官左庶子。弘光朝任少詹事,入清后官至祭酒。其诗现实性很强,多寓身世之感。有《梅村集》。

清江闸

岸束穿流怒,帆迟几日程。石高三板浸,鼓急万夫争。
善事监河吏,愁逢横海兵。我非名利客,岁晚肃宵征。

过淮阴有感

落木淮南雁影高,孤城几日乱蓬蒿。天边故国愁闻笛,市上儿童笑带刀。
世事真成反招隐,吾徒何处续离骚。昔人一饭犹思报,廿载恩深感二毛。

淮上赠嵇叔子

湖海相逢一俊英,风流中散旧家声。琴因调古须防怨,诗为才多莫近名。
浊酒如淮歌慷慨,苍髯似戟论纵横。惭余亦与山公札,抱病推迁累养生。

淮阴舟中忆龚圣予遗事书赠张伯玉

幕府遗民尽古丘,长淮南北恨悠悠。龙媒画得神应取,鱼腹诗成鬼亦愁。
青史高文留劫火,绿林微赞寄阳秋。对君桑海翻余录,老泪平添楚水流。

黄周星

黄周星(1611~1680),字景虞,号九烟,明末清初江南上元(今南京)人。崇祯十三年(1640)进士,明亡不仕。自称黄人,字略似,号半非,别号圃庵。著有《夏为堂集》等。

楚州酒人歌

酒人酒人,尔从何处来?我欲与尔一饮三百杯,寰区斗大不能容我两人醉,直须上叩阊阖寻蓬莱。我思酒人昔在青天上,气吐长虹光万丈。手援北斗瓣天浆,天厨络绎供奇酿。两轮化作琥珀光,日榆历历皆杯盎。吸尽银河乌鹊愁,黄姑渴死哀清秋。咄,咄,酒人浑无赖,乘风且访昆仑邱。绿娥深坐槐眉下,万树桃花覆樽罍。穆满高歌刘彻吟,一见酒人皆大诧。双成长跽进三觞,大嚼绛雪吞玄霜。桃花如雨八骏叫,春风浩浩心飞扬。

瑶池虽乐崦嵫促，阿母绮窗不堪宿。愿假青鸟探瀛洲，列真酣饮多如簇。天上无不读书之神仙，亦无读书不饮酒之神仙。神仙酒人化为一，相逢一笑皆陶然。陶然此醉堪千古，平原河朔何足数。瑶羞琼糜贱如韭，苍龙可鳢麟可脯。兴酣嗔目叫怪哉，海波清浅不盈杯。排云忽复千帝座，撞钟伐鼓轰如雷。金茎玉液沆瀣竭，披发大笑还归来。是时酒人独身横有四天下，上天下天如龙马。百灵奔蹶海岳翻，所向无不披靡者。真宰上诉天帝惊，冠剑庭议集公卿。今者酒人有罪罪不赦，不杀不可杀之反成酒人名。急敕酒人令断酒，酒人惶恐顿首奏陛下。臣有醉死无醒生，帝顾巫阳笑扶酒人去。风驰雨骤仓皇谪堕楚州城，酒人堕地颇狡狯，读书学剑皆雄快，白皙鬑鬑三十时。戏掇青紫如拾芥，生平一饮富春渚，再饮鹦鹉湖，手版腰章束缚苦，半醒半醉聊支吾。谁知一朝乾坤忽反覆，酒人发狂大叫还痛哭。胸中五岳自峨峨，眼底九州何蹙蹙。头颅顿改瓮生尘，酒非酒兮人非人。椎庐破觚吾事毕，那计金陵十斛春。还顾此时天醉地醉人皆醉，丈夫独醒空憔悴。从来酒国少顽民，颂德称功等游戏。不如大诏天下酒徒，牛饮鳖饮兼囚饮，终日酩酊淋漓嬉笑怒骂聊快意。请与酒人构一凌云烁日之高堂，以尧舜为酒帝，羲农为酒皇，淳于为酒霸，仲尼为酒王，陶潜李白坐两庑，糟坛余子蹲其旁。门外醉乡风拂拂，门内酒泉流汤汤。幕天席地不知黄虞与晋魏，裸裎科跣日飞觞。一斗五斗至百斗，延年益寿乐未央。请为尔更召西施歌，虞姬舞，荆卿击剑，祢生挝鼓，玉环飞燕传觥筹，周史秦宫奉罍瓶，与尔痛饮三万六千场。下视王侯将相皆粪土，但愿酒人一世二世传无穷，令千秋万岁酒氏之子孙人人号称酒盘古。酒人闻此耳热复颜酡，我更仰天呜呜感慨多。即今万事不得意，神仙富贵两蹉跎，酒人酒人当奈何?噫吁嚱，酒人酒人当奈何?尔且楚舞吾楚歌。

按:此为遗民诗人黄周星代表作之一。“楚州酒人”，即山阳陈台孙，与黄周星同龄生。

塔庵醉月

月出浮屠腹，云收大泽魂。酒人迷白昼，诗客战黄昏。
觞政元无律，卮言笑不根。狂飙吁可怪，谁召百灵奔。

归 庄

归庄(1613~1673)，字尔礼，又字玄恭，号恒轩，明昆山(今属江苏)人。归有光曾孙，明末诸生，与顾炎武友善，有“归奇顾怪”之称。顺治二年在昆山起兵抗清，事败亡命。曾设馆于万寿祺隰西草堂。善草书、画竹，文章胎息深厚，诗多奇气。有《归玄恭文钞》《归玄恭遗著》。

楚州酒人歌

纷纷秦楚时，桃源商山若弗知；扰扰汉之季，赵北燕南可避世。当今四海无宁宇，择地潜身何处所？达人不用远翱翔，逃入醉乡皆乐土。淮水汤汤流不竭，黄河南汇仍东折。川渎之气所钟聚，其地古来产人杰。只今有酒人，邈然古风流。毕卓何足比，阮籍不能俦。时就狗屠饮，或从卖浆游。朝鬻紫骝马，暮典骕骦裘。不必临邛垆。长安市，天津楼，但有酒如长淮水，淮南千里与尔作糟丘。漂母墓前倾一壶，南昌亭下酌百觚。古贤遗迹刘伶台，一石五斗相啸呼。雄风逸气满天地，不数当日高阳徒。日月无光氛气恶，酒人何心日作乐。一身踽踏高原中，喷发无聊意有托。天帝沉醉人独醒，逆天理必遭天刑，餔糟啜醨幸免祸，何必深山藏尔形。生淮南，长淮浦，不就小山招，犹望宣王旅。中怀复何限，欲言不敢语。酒人对酒索我歌，听我歌罢朱颜酡。楚州酒人何姓名？前朝进士陈先生。

按：此诗与黄周星同题诗作于同时，赠予同一人，堪与黄诗相媲美。

浦上晚步

如带清江淮水通，帆樯无数待天风。语言听去知南北，消息传来有异同。
千里黄埃迷眼底，一轮明月入怀中。荒原无处供娱赏，漫向天边数落鸿。

万年少稿葬南村挽词一首次唐祖命韵

希踪陶令卜南村，蔬圃茅堂蓬筚门。千里吴侬初托迹，一朝楚客不归魂。
西风古陌飘灵旐，白日空庭照佛幡。不负重泉孤子在，未容占毕间朝昏。

顾炎武

顾炎武（1613～1682），字宁人，号亭林，明末清初昆山人。明季诸生，参加抗清义军，失败后漫游南北。学问渊博，诗多伤时感事之作。有《日知录》《天下郡国利病书》《肇域志》《顾炎武诗文集》等。

王家营

荒垌据淮津，弥望遍秋草。行人日夜驰，此是长安道。鸡鸣客车出，四野星光照。征马乏青刍，山川色枯槁。燕中旧日都，风景犹自好。衣残茗上缯，米烂东吴稻。公卿不难致，所患无金宝。还顾旅舍中，空囊故相恼。回头问行人，路十如何老。

赠张力臣

张君二徐流，篆分特精妙。独坐淮水滨，临池伴鱼钓。京口蹑寒芜，彭城搴荒藋。扁舟浮汉江，一揽关山要。西上定军山，咨嗟武侯庙。旋车下秦栈，绝谷随奔峭。昭陵图骏骨，汉阙悲残照。石鼓在燕山，望诸可凭吊。还登尼父堂，礼器存遗诏。囊中金石文，一室供长啸。诸子并多材，笔划皆克肖。削柎追宜官，俗书嗤逸少。尤工仓雅学，深鄙庸儒剽。却思旧游国，转瞬分疆徼。古堠出夕烽，平林延野烧。唯此数卷书，鸣琴对言笑。持以勖儿曹，四海有同调。莫浪逐王孙，但从诸母漂。

淮上别王生略

子高徒抗手，君独泪沾衣。送我山东去，春空一雁飞。
沂山朝霭合，淮水夜灯微。去去怀知己，愁来不可挥。

寄张文学诏时淮上有筑堤之役

冬来寒更剧，淮堰此何如？遥忆张平子，孤灯正勘书。
江山双鬓老，文字六朝余。愁绝无同调，蓬飘久索居。

清江浦

此地接邳徐，平江故迹余。开天成祖代，转漕北京初。
闸下三春尽，湖存数尺潴。舳舻通国命，仓廪峙军储。
陵谷天行变，山川物态疏。黄流侵内地，清口失新渠。
米麦江淮贵，金钱帑藏虚。苍生稀土著，赤地少耰锄。
庙食思封券，河防重玺书。路旁看父老，指点问舟车。

送归高士之淮上

送君孤棹上长淮，千里谈经意不乖。卜宅已安王考兆，携书还就故人斋。
檐前映雪吟偏苦，窗下听鸡舞亦佳。此日郈原能断酒，不烦良友数萦怀。

董　润

董润，清赣榆（今属连云港）人。顺治三年（1646）进士、翰林。

登能仁寺塔

盘云秋望迴，城郭等浮槎。河水黄三面，人烟碧万家。
南分吴地脉，东尽楚天涯。纵眺登高处，乘虚兴正奢。

盱山吊故陵

曾孙昔有道，天作颂神荒。玉碣攲寒草，金鱼裂绣章。
熊罴余暑冷，风雨暗魂藏。地下悲龙祖，乾坤战血黄。

宋 琬

宋琬(1614~1674),字玉叔,号荔裳,明末清初莱阳人。顺治四年(1647)进士,授户部主事,官至四川按察使。有《安雅堂集》及未刻稿《入蜀集》等。

舟中见猎犬有感而作

黄耳传书事不讹,松江高冢尚嵯峨。韩卢烹后功臣死,莫向淮阴祠下过。

彭孙贻

彭孙贻(1615~1673),字羿仁,号茗斋,明末清初浙江海盐人。学者,工诗善画,其七言律诗仿效陆游。著有《茗斋集》《五言妙境》等。

平河桥舟宿

天寒楚客喜同舟,冻合平河水不流。夜卧推篷看残月,横西北斗在船头。

陶 澂

陶澂(1615~1703),字季深,号昭万,晚号括庵。其先吴人,父徙淮安,再徙宝应,遂定居。康熙十八年(1679)以博学鸿辞荐,辞不就,苦吟终老。有《湖边草堂集》《舟车集》。

淮水溢

康熙己未(1679)十月泗州水入城。

川流浩无极,汤汤日东之。排决必就下,庶鲜溺与饥。后人河曲防,变迁成渺㳽。积久势亦壮,中流漾蛟螭。还闻渊漩底,潜伏无支祁。昨者忽冯怒,惊波荡寒飔。稽天正未已,仿佛尧初时。城郭苦卑湿,周遭况如箕。涌地及三版,民命争毫厘。弭患谨未然,是诚在有司。浸淫入睥睨,仓猝乌能治。人事既缺失,烝民尽颠隮。

白马湖

城外湖水落天镜,渔庄蟹舍湖之阴。落日未尽明月上,举酒属客我开心。扁舟独系夕阳岸,明月正照随升沉。城中捣练不停手,谁家寄远催寒砧。凫鹭拍拍起河渚,葭菼几处摇空林。岸边举网鱼一尺,烹鲜斫鲂陪孤斟。须臾我倦客既醉,寒月欲随惟遥岑。

甫里钟

君不闻丰山昔时有大镈，九耳异制声则同。又不闻灵觉寺钟近江海，一夕飞去为蛟龙。当知神物善迁变，五声类应铜山铜。吾乡旧寺当湖中，始唐天祐称最雄。千年之间竟圮废，湖波荡潏余霜风。寺钟独存弃草莽，苔花半蚀斑斑红。每闻渔人意难测，扁舟欲载湖之东。此钟灵怪实稀有，重大一似华与嵩。忽然倾覆舟破碎，群小错愕瞽与聋。至今观音率叹诧，直与雷电神鬼通。有志清秋最深夜，无人叩击声铗铗。

忆白马湖

吾乡最有南湖乐，每到春来系所思。十亩晏闲尘事少，一天空阔鸟飞迟。
尝凭舟楫村村遍，及种菱鱼处处宜。归去若寻投老计，背林依水结茅茨。

盛符升

盛符升（1615～1690后），字珍示，明末清初江南昆山（今属江苏）人。康熙三年（1664）进士，官都察院监察御史。有《诚斋诗文集》。

河　上

久矣悲鸿燕，谁堪问麦秋。飘零随远道，涕泪入孤舟。
璧马年年事，河淮处处忧。却怜长算少，民命倚阳侯。

郁　植

郁植（？～1679），字大本，号东堂，清太仓人。诸生。

韩侯钓台

王孙昔钓长淮流，钓竿一掷重瞳愁。赤龙得水上天去，钟室酬功付刀锯。汉家青史两钓台，千秋独为韩侯哀。何如客星早归钓，一别东都更不来。

龚鼎孳

龚鼎孳（1615～1673），字孝升，号芝麓，明末清初安徽合肥人。与吴伟业、钱谦益并称为“江左三大家”。崇祯七年（1634）进士，为谏官多年。明亡后，气节沦丧，且夜夜狂欢。死后百年，被清廷划为贰臣。著有《定山堂文集》《定山堂诗集》和《诗余》等。

舟至淮阴与家弟孝积小饮

残星明晓阁，语笑卜更阑。蒿酒输淮苦，梅花近北寒。
沙驼门外路，水鲙客中盘。萧瑟怜兄嫂，长歌行路难。

方孝标

方孝标(1617～?)，明末清初安徽桐城人。顺治六年(1649年)进士，累官至内弘文院侍读学士。著有《滇黔纪闻》。同邑戴名世著《南山集》，多采其言。

晚泊平河桥

过雁疏林响落霞，茅檐次第接平沙。淮流寒至波方束，野艇村遥日易斜。
经岁何缘三辍棹，入冬犹未易还家。五更又挂孤帆去，卧听邮签报水涯。

毛重倬

毛重倬(1617～1685)，明末清初常州人。“阳湖派”古文家。为坊刻制艺所写序文不书“顺治”年号，被大学士刚林认为是“目无本朝”，“毛重倬等坊刻制艺序案”成为著名文字狱案。

天妃闸

月殿浮银汉，烟空集画桡。晴看风雨至，夜听鬼神朝。
色界流空碧，波澜动远宵。隔船歌舞罢，秋影倍萧条。

李继白

李继白，字梦沙，明末清初河南临漳人。顺治十二年(1655)进士，由知县历官户部员外郎。有《望古斋集》。

仲家浅感清河事

峨峨獬廌冠，正色贰台端。请室无盘水，通家有药丸。
远年残客尽，秘事告人难。岂特灌夫鬼，床头守武安。

按：仲家浅，在今淮阴区码头镇仲庄村境内。

宋徵舆

宋徵舆(1618～1667),字辕文,一字直方,明末清初华亭(今上海松江)人。明末诸生,清顺治四年(1647)进士,官至副都御史。著有《林屋诗文稿》。

赠督漕侍御吴公

汉主临轩擢绣衣,护漕使者出皇畿。乍看淮泗楼船动,已见黄河春水归。
万里量沙玄玉版,千帆转岸碧云旗。从教发卒穿龙首,庙算应知海运非。

李 敬

李敬(1661年前后在世),字圣一,号退庵,明末清初江苏六合(一说江宁)人。顺治四年(1647)进士,官至监察御史,巡抚湖南。有《退庵集》。

高邮湖

日落南湖远水明,秋风五两片帆轻。渔家晚火堪投宿,借问客因何事行。

董以宁

董以宁(约1666年前后在世),字文友,明末清初武进人。诸生,清初诗人。有古文诗歌数十万言,尤工填词,声誉蔚然。

渡 淮

黄河经北徙,千里背淮流。远树烟中暝,荒城天际浮。
人归二三月,南去一孤舟。何处王孙钓,伤心古渡头。

吴嘉纪

吴嘉纪(1618～1684),字宾贤,号野人,明末清初泰州(今属江苏)人。晚居东陶(今江苏东台),不交权贵。有《陋轩诗》《诗续》。

寄所知

君曾与我约,共卜盱眙居。桑榆禾菽麦,其地颇有余。其人不慢老,况复能崇儒。不见闻中叟,栖迟若故墟。有友可以偕,有田可以锄。人生获如此,此外更何须。邈矣牧羊山,杖藜去徐徐。倘遇柳先生,应授养生书。

施闰章

施闰章(1618~1683),字尚白,一字屺云,号愚山、蠖斋,晚号矩斋,明末清初江南宣城(今属安徽)人。顺治六年(1649)进士,授刑部主事。十八年举博学鸿儒,授侍讲,预修《明史》,进侍读。文章淳雅,尤工于诗。著有《学余堂文集》《试院冰渊》等。

天妃闸歌

黄河怒流动地轴,十舟九舟愁翻覆。临矶作闸为通舟,水急还忧石相触。挽舟溯浪似升天,千夫力尽舟不前。巫师跳叫作神语,舟人胆落输金钱。梨园唱尽迎神曲,犹杀牛羊啖水族。

按:天妃闸,亦称头闸,在淮阴区马头镇,旧时处于黄、淮、运河交汇处,往来最为艰险。

淮口舟夜

风便不能发,柝声连夜长。关河迷去住,鸥鹭得行藏。
烟尽初冬月,天寒未晚霜。莼鲈乡路近,客思倍难忘。

次淮上

夜泊孤帆津吏喧,高城明月浪中翻。天浮吴楚连江甸,地拥鱼盐压海门。
枚叔里前寒草绿,王孙台畔暮云昏。苍茫极目干戈后,丛桂萧条不可论。

书清河县客舍

疏烟寒照一荒村,小邑无城野色昏。久废驿庭稀马迹,新营官舍总蓬门。
地连河岸渔家少,草满田园井税存。谁信江南此风景,舟车络绎不堪论。

按:此清河县,指旧县城,在今淮阴区马头镇境内,遗址距今地表5~6米深。

宋　曹

宋曹(1620~1701),字彬臣,号射陵,明末清初盐城人。崇祯时官中书,后辞官隐居。善书法,工诗文。有《书法约言》《会秋堂诗集》等。

题万年少隰西草堂

草堂高卧葛为巾，江浦荒烟蔽石茵。歌傍素帘开楚月，道穷秋水避秦人。
谁知东海还余梦，何处深山别有榛。尝把朱栏留浩骨，竹门疑对古渔津。

按：遗址在清江浦区，位于今淮阴烟厂附近。

怀涟水王予鹄秀才

襄贲一水论交地，隔岁音书叹亦稀。笛里怀人思不尽，春深作客梦先归。
生平谊重留云子，江海愁分老布衣。为念幽居高士在，衡门咫尺共相依。

宗元鼎

宗元鼎（1620～1698），字定九，一字鼎几，号梅岑，又号香斋，别号东原居士、小香居士，明末清初江都人。康熙间贡生。有《芙蓉集》《新柳堂集》。

珠湖舟中与仙裳交三桥梓坐月

水气一何肃，秋生夜静中。风驱萤作阵，波射月如虹。
凉觉絺衣薄，贫愁酒气空。幸同亲串好，相对话孤蓬。

郭　棻

郭棻（1622～1690），字芝仙，号快庵，一号快圃，明末清初直隶清苑（今属河北）人。顺治九年（1652）进士，官至内阁学士，兼礼部侍郎，谥文清。工诗文，擅书法。有《学源堂集》。

甓社湖

天光水色白悠悠，露薄帆樯六月秋。万顷珠湖澄似镜，菱花一半照眠鸥。

毛奇龄

毛奇龄（1623～1716），本名甡，字大可，号秋晴，一作初晴，称西河先生，明末清初浙江萧山人。明末廪生。清兵入关后曾参与南明鲁王军事，后化名王彦，亡命江湖十余年，其间在淮安避居甚久。康熙十八年（1679）举博学鸿儒，授翰林院检讨，参与修《明史》，后引疾归里，专事著述。以经学傲睨一世,亦好诗,工词,并擅骈文、散文。著有《西河合集》400余卷。

九月十九日登淮阴城东程将军冢

层云荡晴空,凉风薄枯草。我登淮阴城,秋衣振缥缈。淮阴城东有高阜,九日初过又重九。阎君父子好探奇,邀我登高共饮酒。篱头黄菊堆酒卮,风前重把茱萸枝。双携银榼坠鹦鹉,频开镂碗烧虫蠵。飘飖千里试一望,射泽盐陂减秋涨。烟浮苍霭到海平,日涌黄河向天上。紫霄高阙凌贝宫,霓裳羽节吹长风。圯桥再见赤松下,淮王自坐丹霞中。前临巨冢近千尺,半倚城根半苇陌。水落难知王氏坟,道傍犹睹滕公宅。阎君本属唐相余,称言此是将军墟。神尧定鼎画麟阁,程氏高勋析珪爵。曾留淮海镇徐方,因释金龟葬繁弱。千秋甲胄掩黄土,犹抱旌旗走风雨。介马尝随龙虎号,衔花近见牛羊舞。秋风酬酒泻玉瓶,幽思还视飞鸿翎。昭陵西望久寂寞,鼎湖南去愁青冥。铜笙一曲倚鞦竹,戏马台空散黄鹄。把酒频看琥珀红,拂尽残碑不忍读。

按:此古墓相传为程咬金墓,土人称咬金坟。

明河篇

《山阳志遗》:萧山毛检讨奇龄微时,避难来淮阴,改姓名为王彦,字士方,匿迹天宁寺。刘勃安先生闲过寺中,与语,奇之,因与订交。渐引所知相往还,遂遍与淮安诸名宿相友善。张吏部鞠存公有曲江园在东湖之滨,八月十五夜,遍集诸名士之寓淮者,张灯水亭,设伎作诸色,爨弄而爇,星盘火树于洲渚间。酒再巡,清歌间作,丝竹幼眇,西河先生为赋《明河篇》。诗成,争相传写。适宣城施愚山过淮,吏部公同年友也,出此诗示之。惊曰:何物王士方?此非吾友江东小毛生,谁辨此者?急物色之,果然。后西河与吏部子岸斋公同登康熙己未博学鸿儒。其集中与淮人相酬和诗最多。且与友人札曰"韩王孙,一漂母耳,而予之为漂母者无数",皆指避难时淮阴故人也。

明河洁洁秋夜长,草头露白生微霜。淮阴客子感秋节,愁坐各言衣带凉。东山钓史卧淮浦,私喜凉秋及三五。蹈海谁牵八月查,临淮须伐三洲鼓。三洲钟鼓淮水滨,八月乘查好问津。邀得江南流浪子,迎将河朔冶游人。江南河朔两相望,河水星光两摇漾。西园冠盖翔渌池,东第笙箫启华帐。张家旧院倚水陂,珠湖千顷漾琉璃。红桥绿柳通油幕,丛台覆树萦金罥。绯纱笼蜡安花里,彩幔悬球似霞举。汉代明王久爱山,曲江吏部今开墅。初开湖墅接湖蓼,重起烟楼布烟燎。将立星竿火树枝,将贮三硝五花爆。悬竿贮爆俟斜日,列艇分灯昼如漆。但留幻舞到庭看,待驾明河泛查出。斯时濯燕称最轻,此际投竿旧有名。绁悬傀儡戏东郭,钩藏神秘来西京。谁翻竹策弄渔史,谁听皮靴拂弦子。巾角弹棋四座惊,花门踏踘三郎喜。别有秦筝老朔客,曼节长吟变促拍。何事哀蝉塞上声,使予翻动江南情?江南一望欲起舞,亭前又打阊门鼓。吏部新分刺史家,明童尽出诸王府。晚风乍起烟满湖,月轮推涌湖中珠。明云薄雾绕河汉,兰桡画桨环菰芦。灯前紧幔开杯斝，水面红妆照绮疏。红妆紫幔远相映，水面灯前看不定。明河将月荡为烟，皓月连湖泻成镜。明河皓月乍流没，仿佛天星堕天末。吹得星篇燎花生，看到烟楼火光发。烟楼星篇绕查转，甲烛鳞缸散珠远。只因画舫隔烟多，翻使红龙踏波缓。香燔银叶炭迸添，箭下铜盆滴将满。别浦还营曼衍场，重城已下葳蕤管。大舸小艇归不归，霜寒月白烟霏霏。吴讴越唱本超绝，静对流波一声彻。绕屋惊飞桂树乌，满船凉浸冰壶月。只有伤心小樊素，看系榴裙坐花露。不识初从何处来，幡然忽入烟中去。明河垂垂露华涩，良会何时能再得。赋就明河夜未阑，瞰瞰东方又将白。

原注：山东钓史，指海宁查伊璜。

淮阴李贞女诗

春城狭巷种乌漆，秦氏楼头闭朝日。碧叶垂丝断未连，红襟小燕飞难匹。长淮娇女年甫笄，当窗便咏共姜诗。行庐掩帐早相失，单帨复衿谁与施。淮流活活向东去，三十春风等闲度。若问城南陌上桑，但指山前女贞树。

晚发甓社湖

终年住城郭，今夕在菰芦。淮水浑无际，秋天半入湖。
见人浮雁起，逆浪去船孤。明月真如昼，何须剖蚌珠。

元日登淮阴城楼眺望

首旦招同契，乘城眺远空。淮流千里逝，楚服八州雄。
曲磴摇星阁，层台控帝宫。烟花明灭里，形胜去来中。
万瓦飞鳞脊，诸圻错绣丛。横栏虚隐雾，高铎响迎风。
隔岸烽墩合，前楼戍鼓通。天连平楚白，日射远波红。
绕郭回樯橹，翻云翳雁鸿。丹床怜斗粟，食邑重良弓。
鲁地原迤北，吴关宛在东。升垣谁属耳，划界笑重瞳。
柏酒留时令，椒盘验岁丰。登临能赋咏，端的藉群公。

杨氏澹园雅集联句

客淮者与淮之君子腊月游澹园，亭台雅胜，友朋融好，遂共联长律以纪。命甡限韵。大可，初名甡。

策杖寻幽壑，携樽渡野塘。（张仍炜云子）堤开杨柳幕，径转薜萝墙。（周龘乔岳）
良会追金涧，名园是辟疆。（毛甡大可）步方通草阁，香已拆梅房。（刘汉中勃安）
合屐回山磴，抽琴到石床。（童衍蕃征）悬崖飞坠雪，古木落寒霜。（戴金龙质）
濑浅鱼全伏，天空雁自翔。（黄世贵剡知）平台虚掩幔，曲阁静飞觞。（施有光尔宾）

对酒耽思僻,看山引兴长。(蔡尔趾子构)遐心通埤堄,高韵起苍筤。(刘知)
饮胜杯浮羽,歌豪曲绕梁。(龙质)开栏调野鹤,汲水煮河鲂。(蕃征)
峰转流云碧,亭衔落日黄。(云子)归人争晚渡,夕鸟下斜阳。(子构)
客藉应刘美,词凌鲍谢香。(尔宾)闲堂分履舄,瞑吹动笙簧。(乔岳)
一水横烟锁,千村带雾藏。(勃安)骊驹方待驾,明月早相望。(大可)

山阳县署岁饮

古署青云绕岁幡,屠苏宴罢不知还。莫辞漉酒当筵尽,尚有悬鱼在壁间。

楚州除夕三首

其　一

羁客天涯值岁除,楚州城下旧精庐。薪盘烧罢红灯暗,翻尽频年箧里书。

其　二

客岁将除夜漏长,屠苏酒暖赞公房。只怜故苑椒花颂,不共天涯一漫郎。

其　三

爆竹明朝岁复新,桃符又换一年春。淮流不断东归夜,犹有淮阴度岁人。

李　寄

李寄(约1624~约1695,一作约1641~约1712),字介立,号由里山人,明末清初江阴人。隐士,著名地理学家、旅行家徐霞客之子。

怀　古

盱眙山腰,隐隐状城郭。同骑者适盱眙人也,云古盱眙城在山上,永乐南下,三攻之不克,后夷平,使居民散居其下。甲午夏,余舟过盱眙,见县无城,郭又在山下,不类古书所载,心甚讶之。今南来始悉其故。乙酉,豫王渡淮,抵扬州实道此云。

畴昔读南史,实壮盱眙城。佛狸百万师,饮马长江滨。两淮无立草,何况兖与青。玄谟弃军走,义恭议南奔。盱眙弹丸地,气足吞虏人。臧质固勇悍,沈璞何英英。封溲怒致敌,杀尸与城平。三旬锐尽退,中国威始伸。夕阳登南岭,山腰垒星星。如环连复断,心疑城郭形。鞭视询父老,果云古城根。人和固第一,地利亦非轻。如此据高险,兵士有所凭。所以虏势众,仰攻势不能。土山既难栖,冲车颓数升。不然虏百万,肉薄何难登。忠如常山守,竟遭禄山烹。思政守长社,终于城溃奔。人地两相济,负隅虎敢撄。我昔长淮来,县在山之阴。惊讶卑散甚,今始豁心情。于兹知古人,形胜咫尺争。奈何无远谋,自撤金陵屏。有险不肯踞,坐令寇纵横。

盱眙道上

皇皇同贾客，百里倦人征。乱水妨人渡，荒田便马行。
柳争春日态，雁去北方声。遥问山前垒，今知第一城。

汪 琬

汪琬(1624～1691)，字苕文，号钝翁，又号玉遮山樵，晚居尧峰，因以自号，明末清初长洲(今江苏苏州)人。顺治十二年(1655)进士，历官户部主事，刑部郎中，后辞疾归。有《钝翁前后类稿》。

高邮湖

藕叶未生菰未长，鱼鹰飞飞来复往。桃华水至游鳞多，乌向中游荡双桨。朝来捕得数斗鲜，付与估客不论钱。但祈新啸鱼苗大，便是湖村小有年。

魏 禧

魏禧(1624～1680)，字冰叔，一字叔子，号裕斋，明末清初宁都(今属江西)人。明诸生。康熙十八年(1679)举博学鸿辞，辞不就试。有《魏叔子集》。

淮阴寄门人赖韦兼酬诸生

闻说淮东形势地，三城万瓦夹江滨。小山赋后谁招隐，漂母祠前早闭门。
日月苦消行路客，篮舆长忆执经人。深秋木叶知多少，扫径相迟薜荔村。

陈维崧

陈维崧(1625～1682)，字其年，号迦陵，明末清初宜兴(今属江苏)人。清初诸生，康熙十八年(1679)举博学鸿辞，授翰林院检讨。工骈文及词，与朱彝尊合刊《朱陈村词》，有《湖海楼诗文词全集》。所填词有1600余首，又能诗与骈文。

赠泗州戚缓耳

畸人黄九烟，称许未常苟。介性最崚嶒，豪气极抖擞。道逢罄折辈，挥弃等唾溲。当其脱略时，酣叫无不有。生平爱热饮，冷呷便哕呕。奈何吴下俗，偏提不幕首。裂眼询童奴,大声砉雷吼。坐成一世狂,横失几场酒。酒间一值余,意独兴与厚。为余说贤豪,落落只谁某。第一泗戚生,才气压侪偶。余也闻是言,藏于中心久。连年客梁宋,十遍厹犹走。厹犹古迹多,崖门赭而黝。孤城漫一洼,老树僵千亩。何年五色瓦,杂用覆酱瓿。番然秃翁仲,石老亦粗丑。铜驼脱辔缰,支祈掣械扭。竟令淮泗间,水怪满林薮。临风一摩挲,泪学蠙珠浏。频思一诣君,愁悰仗君剖。野鸭响苇花,难认门前柳。含情卒未伸,咫尺限川阜。两年大左计,蹩若鱼在笱。腼颜号官人,袍裤总泥垢。残冬接家信,室有病死妇。所愧未忘情,安能击庄缶。朝来乾鹊噪,剥啄到门牖。颀然欻见君,急起握君手。思君亦已多,今始不相负。更喜把君诗,卯读直到酉。郁律骋蛟螭,飒沓蟠蝌蚪。一语戏问君,万事本刍狗。恒闻盗跖言,童稚迄老寿。屈指一月中,几朝开笑口。今君日莞尔,于义定奚取。讵多笑疾耶,或者陆云后。君益大哈台,冠缨绝八九。独怜黄公墓,宰木拱如斗。香醪偏长安,美者葡萄醲。沽以酹黄公,颇复赏此否。风毋吹酒寒,仍恐忤此叟。

按:戚玾,号缓耳。厹犹,泗阳县古称。

盱　眙

晓发盱眙县,烟岚极望遥。东风吹泗水,残雪未全消。
乱岭藏山驿,微波拍板桥。昔贤高咏处,遗迹自迢迢。

王闰生

王闰生,字铁名,明末清初扬州府宝应人。国子监生。本诗录自《白田风雅》卷19。

甓社湖棹歌

渔舟逐水爱东风,绿笠青蓑朝暮逢。一声欸乃不知处,三十六湖烟雨中。

张　氏

张氏,明末清初德州(今属山东)人。张祯女,顺治壬辰(1652)进士、丽水知县田绪宗室,户部侍郎田雯母。有《茹荼吟》。

渡黄河有感

一曲中流《瓠子歌》,淮南落日渡黄河。不知底绩司空日,销尽金钱尔许多。

成明义

成明义,明末清初扬州府宝应人。入清后隐居汜水镇。

西湖泛舟

平湖一望夕阳收,菱叶蒲芽一钓钩。梦断蓟燕骑匹马,情垂吴越泛虚舟。
江山锦绣同云幻,都邑繁华任水流。散发烟波无著处,征书未许换闲鸥。

释大汕

释大汕,字石濂、石莲,俗姓徐,明末清初苏州人。康熙初主持广州长寿庵,经营海外贸易。有《离云堂集》《海外纪事》等。

甓社湖

遥遥望不见江东,一雁呼群过碧空。断岸浮云秋草白,乱流落日晚潮红。
地连吴楚三山外,天入淮阳半水中。故国苍茫何处是,片帆飞下海门风。

高邮湖舟中对月

夹岸危楼浪拍天,苍茫月上远山川。寒花几点飘残雨,水鸟一声飞破烟。
水落江风来野哭,沙明渔火聚归船。怀人此夜多惆怅,坐对孤村黄叶边。

严允肇

严允肇,字修人,明末清初浙江归安人。顺治十五年(1658)进士,官寿光知县。有《石樵诗稿》。

哀淮人

驱车适海岱,日暮行人愁。饿夫相枕藉,老弱罗道周。挥涕前致词,淮楚是吾州。渠穿广陵道,水纳黄河流。舳舻来吴会,东北通咽喉。一朝河岸决,漫衍东南陬。百万为鱼鳖,何论田与畴。窜身来此方,苟活同蜉蝣。此方又荒旱,赤地谁锄耰。官吏责富户,浚削如仇雠。财赋一以空,猗顿皆黔娄。两地总困厄,一死夫何尤。听此肠寸结,泪下不可收。寄语当路子,闭籴非良谋。嗷嗷累千万,生理真可忧。昔闻富郑公,劝民贮干糇。所在发廪给,去住俱自由。公私虽两困,危急庶有瘳。万邦苦饥溺,安饱亦足羞。何时灾沴息,躬耕乐行休。

李佳郁

李佳郁，明末清初福建人，盱眙知县黄若庸同乡。

卜筑泗上西洲

卜筑西洲上，菰蒲隐一方。地卑支板屋，水隔赁鱼舣。
独树人家古，丛蒿佛寺荒。萧萧沙竹暮，疑是浣花庄。

王猷定

王猷定，字于一，明末清初南昌人。

听杨太常弹琴诗

其　一

七十僧行脚，居然老太常。自称杨业后，醉卧几沙场。
百战防山海，三餐侍帝王。闻声不敢赞，天语过师襄。

其　二

谁令韩王地，萧萧易水风。一声作变徵，双泪到深宫。
眼看黄河北，心随大海东。叩阍无片语，冥寄在丝桐。

其　三

佩解何时印，音传旧鼓鼙。孤城悬落日，万里见巴西。
触手川云乱，回头楚水低。蚕丛休入奏，墓草更萋萋。

按：杨太常，指明末宫廷乐师、川人杨正经。李自成攻破北京城时，乘乱携古琴南逃，至淮安定居。每对遗民琴友弹奏自度曲《风木思》《西方思》等，以抒发其故国、故乡之思。

沩山道人

沩山道人，明末清初人。

第一山

楼台一簇枕盱山，真境翛然隔市寰。春日莺啼烟雨外，仙家犬吠翠微间。
留题自愧无佳句，辟榖从谁问大还。公暇登临天欲暝，偶惊苔色上衣斑。

吴兆英

吴兆英，字孟生，号蒿庐，明末清初归安(今浙江湖州)人。顺治间国子监生。著有《行路吟》。

淮阴吊韩王孙

惜哉韩王孙，毕竟负漂母。一饭徒尔怀，至教不知守。同时张子房，刚锐气犹狃。黄石命纳履，一忍状如妇。功成从赤松，黄石方肯首。母也知王孙，特将心血呕。进食岂望报，一语病根剖。王孙竟不知，宁是留侯友。汤汤万古淮，不平长似吼。我来吊王孙，泪落盈一斗。能淡望报心，进退绰何有。

侯　昌

侯昌，明末清初宛平人，淮北盐运幕。

过安东视司篆值卜孝廉编邑志成捐助以襄其役

倦游难择一枝安，风动黄河白昼寒。涟水石舟惊世界，柴湖蛟窟起仙丹。

著书幸有青云客，煮海惭多五日官。相视而今谁莫逆，乘时休待菊花残。

按：时淮北盐运分司署设于安东县城。邑人卜永升修县志初成，因有此举也。

黄士旦

黄士旦，明末清初平川(今浙江嘉善)人，约清康熙年间在世。

运河天妃闸歌

自从幽蓟开明堂，万国梯航皆北向。运河蜿蜒络地中，百千漕艘攀援上。或经黄淮或济泗，其为闸者七十二。就中天妃势最高，危崖欺薄堆红涛。忽然平地出天险，真令人命轻秋毫。南河水斗西河急，两河怒夺闸门入。淮流偃蹇不敢争，一关独障狂澜立。大声嘈嘈杂缸鼓，细流溅沫如飞弩。六月人过欺雪霜，千夫缆急疑风雨。我行正值藕花天，篷窗窈窕开云烟。二仪清浊忽异态，蛟龙鱼鳖纷周旋。河伯夜卷鲛绡逋，神女昼现珠光圆。水势低昂船势怯，并力牵船船不前。金龙烈士神力巨，应声脱过如飞鸢。

毛星兆

毛星兆,明末清初淮安府沭阳人,与张力臣友善。

同清江张力臣游招隐寺

联袂香林日正晴,喜从君步踏秋清。寻幽移席花边坐,览胜邀僧竹里行。
一色烟笼红寺静,数声钟落白云横。恰当来日逢重九,好共登楼咏性情。

按:招隐寺,在淮安河下湖嘴大运河西岸,明知府陈文烛建招隐亭,邀著名山人福建郭次甫入住,大名士王世贞兄弟等雅集唱酬。后发展为庵寺。至清乾隆间已圮废。

吴　函

吴函,字犀年,号西岩,明末清初江苏如皋人。廪生。有《嫁书堂诗》《听松楼诗》。

甓社珠光行

君不见,百顷银涛夜有色,一轮初涌如圆月。又不见,波光直射读书台,虚窗映彻疑寒雪。鲛人突现水晶宫,洪涛乍卷蛟龙宅。此是秦邮甓社湖,老蚌含珠时出没。昔年莘老湖上居,文光常共珠光发。文光万丈吐苍茫,珠光十里争明灭。文游台畔星斗寒,书声谁继先贤辙。长湖不改向年波,珠光徒听前人说。风云雾雨指顾兴,灵珠岂是湖中物。

高启晋

高启晋,字廉侯,明末清初解州(今山西运城)人。

淮上旅叹

长淮水落叶声干,到处悲深行路难。丞相祠前霜草瘦,王孙台畔雨花寒。
伤心不忍闻天宝,诵古何堪续建安。为卜吾生归去事,只须樵斧共渔竿。

汪　楫

汪楫(1626~1689),字舟次,号悔斋,明末清初休宁人。官至福建布政使。有《悔斋集》《崇祯长编》《中州沿革志》《使琉球杂录》《观海集》等。

甓社湖

昔人传此地,老蚌有明珠。今夜瑶台月,都来甓社湖。
荻花何处白,渔火一时无。天水明明合,凭谁入画图。

晚发甓社湖

筑堤劳岁月,进艇尚菰芦。崩石秋如马,危樯夜绕乌。
水喧凫雁醒,沙涌芰荷枯。神禹真难再,苍生大可虞。

过甓社湖

天地荡湖水,扁舟直指西。秋晴微见岸,日午不闻鸡。
此处宜蓑笠,中原正鼓鼙。轻鸥偏自适,双眼看栖栖。

沙张白

沙张白(1626～?),字介臣,号定峰,明末清初江阴人。诸生,有《定峰乐府》《定峰诗钞》。

胯下桥

韩王孙,昔何懦,恶少年,能死我?勇拔山,新裂土,归来报功赐漂母。季布不诛雍齿侯,君臣器识同千古。霸陵醉尉尔何苦,陇西将军工射虎。台尔军前衅军鼓。

淮阴市

报辱犹官尉,酬恩忍见疑。区区酬报意,或冀汉王知。

韩信城

项氏犹全族,韩侯竟灭门。可怜带砺誓,不及属镂恩。

邹祗谟

邹祗谟(1627～1670),字讦士,号程村,明末清初武进人。顺治十五年(1658)进士。有《远志斋集》。其《丽农词》2卷,与王士禛《衍波词》、彭孙遹《延露词》并称“三名家词”。

清河县

客久归程近,乡思益不禁。春波高泗水,暝色下淮阴。

漠漠寒林树，萧萧枉渚禽。黄河流不到，禹德叹弥深。

蒋 楷

蒋楷（1628～1694后），字荆名，明末清初苏州府长洲人。长期客居淮安，与杜首昌等友善，唱酬甚多。有《天涯诗余钞》。

新城怀古

沧桑递变谁与期，蟪蛄朝菌夫何如。我来淮阴逾二纪，乡殊物换星屡移。小居新城类村野，垝垣旷土连洿池。东邻父老向余道，此城全盛非今时。粉堞初新起百雉，人烟辐辏如布棋。翚飞鳞次阳翟贾，轻裘肥马邯郸儿。岂无城南韦与杜，锵金鸣玉声华垂。一朝大帅立藩镇，飞扬跋扈生疮痍。革命迄今遂瓦解，蜃楼海市安可追？更闻黄河咆哮西北郭，于今迁去涟水湄。废兴消长各有数，旷观身世归希夷。登陴翘首一长啸，吾欲乘风飞上扶桑枝。

按：明万历四年（1576）黄河于草湾决口改道，新城至此远离河畔。

朱彝尊

朱彝尊（1629～1709），字锡鬯，号竹垞，晚号小长芦钓鱼师，又号金风亭长，明末清初秀水（今浙江嘉兴）人。清代诗人、词人、学者、藏书家。康熙十八年（1679）举博学鸿词科，除翰林院检讨。二十二年（1683）入直南书房。曾参加纂修《明史》。博通经史，诗与王士祯称南、北两大宗。作词风格清丽，为浙西词派的创始者，与陈维崧并称朱、陈。精于金石文史，为清初著名藏书家之一。著有《曝书亭集》。

淮南感事

城楼高见碧湖悬，淮堰将倾近百年。比岁凶荒耕未得，向来修筑计谁先。
预愁四渎江河合，直恐三吴财赋捐。开济何人输上策，升虚急诵楚宫篇。

陆 舜

陆舜，字玄升、元升，号吴州，明末清初江苏苏州人，泰州籍。康熙三年（1664）进士，授刑部主事，官至浙江提学道。以疾乞休，家居20年。有《双虹堂集》。

甓社湖

天入秋冬际，萧萧木叶波。帆随飞鸟尽，岸倚白云多。
水气生空雨，晴天乱点蓑。神珠犹在否，一棹夜经过。

屈大均

屈大均(1630～1696)，字骚馀，号菜圃，明末清初广东番禺(今属广州)人。学者、诗人。辑有《翁山诗外》《翁山文外》《翁山易外》《广东新语》及《四朝成仁录》，合称"屈沱五书"。

堤决谣

黄河汇淮、泗入湖，堤不能拒，口决数百里，水头高数十丈。

黄河口决数百里，会泗会淮势不止。鱼鳖为人得几时，复为鱼鳖大湖里。筑堤不用费金钱，天欲神州成大川。陆沉但得蛟龙喜，不惜波涛百丈悬。

朱克生

朱克生(1631～1679)，字国桢，一字念义，号秋崖，明末清初扬州府宝应人。出生世代书香之家。有《秋崖集》。

咏怀古迹

其　一

吴生不见徐君老，谁复穷愁再作诗。汉腊犹修臧守庙，棠阴无复耿侯碑。
鸬鹚夕照随渔榜，鹈鹕秋风叫竹篱。可惜关西李大令，当年潦倒度安宜。

其　二

白马湖头暮霭青，夕阳烟水乱帆停。月明李白闻莺地，草没真如献宝亭。
紫蟹红菱秋渐老，芦生柴秸夜堪听。百年风物无人管，自属淮南处士星。

莲　塘

日暮莲塘里，浴水两鸳鸯。低飞不去远，只在荷花傍。

珠　湖

珠去湖空烟水流，行人来往泊秦邮。千年风物消磨尽，只有渔翁一钓舟。

孙 蕙

孙蕙(1632~1686),字树百,明末清初山东淄川人。顺治十八年(1661)进士,初为宝应知县,署高邮知州,官至户部掌印给事中。有《笠山诗选》。

卷埽行

欧阳公《论修河第三状》云:“自河决横垄以来,大名金堤埽岁岁增治。”又云“今欲塞商胡口,使水归故道,治堤修埽,功料浩大”之名自昔已然矣。秦邮清水潭屡溃,上廑宸忧。壬子(1672)秋,督河尚书疏予董修,目睹一成需柳枕芦草,动费千金。作《卷埽行》。

黄河蜿蜒绵楚泽,三十六湖映天碧。年来甓社走支祁,七郡洪波劳力役。督河尚书岁上书,持筹意逐潭千尺。一日潭边虎帐开,从官犒罢云昭回。欻忽冯夷闻击鼓,龙母腾跳鲛人哀。牛酒须臾悬异格,短衣席帽埽师来。埽师一埽金千数,匠心惨淡营朝暮。十围枯尽叹金城,蘼芜几断王孙路。湖洄中流白露寒,芦叶空江飒秋雨。赑屃湖干等建标,令寒昼寂风刁刁。金铁一声蜃气静,黄头舟子无喧嚣。穹然水面高十丈,群灵遁迹波光摇。埽师此际多纪律,撒手直捣天吴窟。千夫万夫任高低,矫如倒挂猿猴疾。又如春水涨江湖,风前细雨鱼儿出。西汉侯王亲负薪,鱼沸中原河不仁。珠光已灭风色苦,荒湖入夜悲青怜。安得眼前突兀见平陆,免使岁岁愁吾人。

李因笃

李因笃(1632~1692),字子德,一字孔德,号天生,明末清初陕西富平人。康熙十八年(1679)举博学鸿辞,授翰林院检讨。陈情供养获准。语经学要旨,精音韵,长诗词,尚实学,为明清之际思想家、教育家、音韵学家、诗人。著《古今韵考》《受祺堂诗文集》等。

韩侯岭

古屋荒林落照催,高歌酹酒独徘徊。苔尝印虎秋还肃,柳只啼鸦晚更哀。
敢谓萧曹皆有命,愁同召吕一论才。翻留血食村翁社,不爽明禋过客杯。

毛际可

毛际可(1633~1708),字会侯,号鹤舫,明末清初遂安人。顺治十五年(1658)进士,康熙十八年(1679)举博学鸿辞。有《松皋文集》《安序堂文钞》等。

渡黄河

晨兴理轻策，咫尺阻长河。是时当伏秋，激浪涌嵯峨。中流风怒号，嘘吸愁鲸鼍。同侣皆动色，将伯欲如何。舟子谈笑余，顾视颜愈和。扬帆复理楫，枕席恬然过。始知镇定力，可以靖风波。谋事苟若是，经营岂在多。

黄德骏

黄德骏，明末清初福建闽县人。顺治十七年(1660)举人。

蝗不伤稼

岁壬子初夏，北上过盱眙，见飞蝗蔽野而不害稼。又田陇间有父老十余人，相聚甚欢。问其故，持瑞麦数茎相示，始知古中牟三异不足异也。漫赋二诗以志其盛云。

螟灾古有书，厥类甚蕃息。飞聚如云屯，其害在稼穑。所以诗人篇，辛勤去蟊贼。异哉都梁长，光炯照往昔。是时夏正初，平畴翠蒙密。蝗来自邻封，近田齐敛翼。相依只草根，独不及黍稷。始知德化功，可以感动植。我行指盱山，此事父老述。载观太史篇，声名留竹帛。

按：历史上淮河中下游地区乃蝗灾重灾区，黄河夺淮数百年间尤甚，故几乎各府州县均建有供奉蝗神之八蜡庙(亦称蚂蚱庙)。此壬子年，当为清康熙十一年(1672)。

孙　华

孙华(1634～1723)，字君实，清太仓人。康熙二十七年(1688)进士，三十五年被诬降职，遂告归。著有《东江诗钞》。

过淮阴城下

过淮阴见数百人舁土置城下，问之云：河堤欲溃，将以土塞城门，怒焉心悸，作诗告哀，为淮民危之也。

淮阴城下声汹汹，蚁聚千夫担土笼。往来恰似营巢燕，累重宁殊蝜蝂虫。共说河堤行溃决，数阖便欲丸泥封。吾闻此语重叹息，人谋如许何匆匆。昔日河边集万舰，摊钱白昼安流中。自从淮黄势合并，奔腾激怒争为雄。精卫衔石心已尽，孟津捧土谁能壅。柳条不长隋堤秃，竹条频剪淇园空。金钱糜耗不知数，咄嗟仰屋烦司农。寻丈旁穿蝼蚁穴，咫尺下瞰蛟龙宫。高田极望浩烟水，十年不种黍与穬。居人栖息杂凫鸭，浮楂寄顿编茅蓬。黄母为鼋恐不免，羽渊化熊将毋同。城内城外皆赤子，何忍村落填长䃺。传闻官长能备豫,衣袽夙戒修艨艟。当今谁似王尊勇,屹然身捍金堤冲。安得黄淮仍酾析,驱归海若长朝宗。刍粟年年便飞挽,直沽转盼云帆通。篷窗拊枕方寤叹,发船打鼓声逢逢。

过淮阴学舍省徐霆发病

千里辞家襆被轻,谁知漳浦卧刘桢。讲堂寂寞生苔藓,射圃荒凉长蔓菁。
屋角一床支败壁,河流三版浸危城。故乡二顷溪田在,悔不当年早退耕。

王士祯

王士祯(1634～1711),原名士禛,字子真,号阮亭,晚号渔洋山人,明末清初新城(今属山东)人。顺治十五年(1658)进士,授扬州推官,官至刑部尚书。有《带经堂集》《池北偶谈》《香祖笔记》《居易录》《渔洋文略》等。

甓湖夜读《渭南集》偶题长句

少陵不作昌黎死,大峨仙人落儋耳。渭南老子来堂堂,郁律蛟龙蟠笔底。半世功名梁益间,拓弦横矟剑门关。白头镜水江湖梦,夜夜山南射虎还。

南将军庙行

范阳战鼓如轰雷,东都已破潼关开。山东大半为贼守,常山平原安在哉。睢阳独遏江淮势,义激诸军动天地。时危战苦阵云深,裂眦不见官军至。谁欤健者南将军,包胥一哭通风云。抽矢誓仇气慷慨,拔剑堕指忠轮囷。贺兰未灭将军死,呜呼南八真男子。中丞侍郎同日亡,碧血斓斑照青史。淮山峨峨淮水深,庙门遥对青枫林。行人下马拜秋色,一曲淋铃万古心。

按:南将军庙在泗州,唐将南霁云乞师处。中丞侍郎,即姚公訚也。又,拔剑堕指忠轮囷,一作"拔剑堕指何嶙峋"。

韩侯钓台歌

西风吹淮水倒流,落帆一吊淮阴侯。棘丛藤蔓断碑蚀,三尺钓台成古丘。嗟昔英雄悲蓐食,垂竿憔悴无颜色。壮怀不屑典连敖,形容安用时人识。一朝腾踔起风云,登坛突兀惊三军。帝子晚能知大将,漂母早解哀王孙。云蒸龙变陈仓道,京索荥阳疾于扫。已闻传檄定三秦,拔帜还惊下全赵。丈夫生即为真王,蒯通岂必谋非臧。食人之食死人事,不知鸟尽良弓藏。左右早能分楚汉,云梦之游可三叹。全身惜不如文成,意气殊羞伍绛灌。千秋钟室泪滂沱,乃公感激《大风歌》。夷黥醢越事已矣,纵有猛士当如何?雉雊宫中恨终古,白日苍茫照淮浦。有酒但酬韩侯台,不洒长陵一抔土。

舟夜有感

移舟葭菼边，风水夜萧然。津鼓安宜市，渔歌太衬船。
长淮三岁路，小雪欲寒天。鱼稻珠湖好，何时乞数椽。

过盱眙怀常建

昔贤矜拄笏，偶尔寄微官。小邑如山坞，高名薄建安。
夕阳孤树秀，春雪远峰寒。一勺玻璃泉，怀人向夜阑。

晓次盱眙用韦韵

宵征望烟火，际晓投山驿。渔市连浦桥，风帆竞朝夕。
山从淮楚青，水下荆扬白。谁识越乡心，栖栖广陵客。

渡淮作

凌风下淮口，舟子莫相催。杳杳水天合，苍苍葭菼来。
帆飞公路浦，鸟下淮阴台。亦是乘槎客，中流思转哀。

韩信岭题壁

乌喙哪堪共，良弓久自藏。一军惊大将，千古痛真王。
势已归诸吕，何劳守四方。世家谁载笔，读史泪沾裳。

七夕后一日舟中作

昨夜银河吹玉笙，玩珠亭上月微明。人逢七夕思千里，雁去三湘第一声。
莲叶香残过甓社，竹枝歌断望芜城。西风斜日粼粼水，楚塞新秋倍怆情。

东阳怀古

何来父老说陈婴，传是东阳旧日城。白水一塘看燕掠，春泥三寸叱牛耕。
事成竟有通侯贵，运往空留竖子名。回首淮陵多战垒，闲思楚汉一沾缨。

淮阴雪夜

昨岁钓台大风雪，今来风雪又维舟。枚皋里畔树不辨，淮阴祠前水乱流。
俯仰古今可太息，侧身天地多烦忧。苦闻渤海金笳动，故国何因得散愁。

雪泊韩侯台下

漂母祠前云欲垂，淮阴城外暮钟时。寒林萧瑟炊烟静，野水苍茫鹳鹤饥。
亭长功名终古尽，假王事业几人背。荒台雪下寒流急，国士伤心酹一卮。

淮阴作

二月五日春已半，淮南风物剧骎骎。麦苗乱茁垂杨岸，蝴蝶交飞花树林。
白羽征兵吴会远，黄巾掠地海堧深。何时戍罢狼烟净，击壤常从田父吟。

淮安新城有感

其　一

泽国阴多暑气微，一城烟霭昼霏霏。春风远岸江蓠长，暮雨空堤燕子飞。
四镇沙虫成底事，五王龙种竟无归。行人泪堕官桥柳，披拂长条已十围。

其　二

开府当年据上游，建牙赐爵冠通侯。即看别院连云起，更引长淮作带流。
荒径人稀鼪鼬啸，野塘风急荻芦秋。永嘉南渡须臾事，忍向新亭问楚囚。

莲塘薄暮怀石步黄子

薄暮莲塘驿，山家正夕炊。忆君残雪外，匹马向钟离。

至淮阴即次有作

其　一

前程畏说是淮阴，无那风帆去不禁。今夜柁楼闻玉笛，清淮真假泪痕深。

其　二

共赋寒山寺里诗，故园兄弟轸离思。那堪握手淮阴驿，却忆寒山夜雨时。

高宝道中再别追送诸故人

白蘋洲长鸟倦飞，烟中鸦轧橹声稀。暂时并舸珠湖水，却恐船头逆浪归。

题张力臣小照

其　一

瘗鹤铭边携屐日，羊侯祠下卸帆时。吴山楚水探奇遍，不觉秋霜点鬓丝。

其　二

金石遗文太放纷，摩挲千卷对炉薰。白头更访鸿都学，手拓陈仓石鼓文。

王 摅

王摅(1634~1697),字虹友,号汲园,清初太仓(今属江苏)人。吴伟业以王揆、王撰、王忭、王摅并入《太仓十子诗选》。一身抗节不仕,穷愁没世。有《芦中集》。

至淮上

两渡黄河北,劳劳今未休。城临淮水暮,树入楚天秋。
彳亍缘何事,衰迟已倦游。宵来有归梦,泪尽海东头。

宿平河桥

清樽消旅夜,白发向京华。身老犹为客,途穷转忆家。
孤灯悬壁暗,落叶打窗斜。惆怅黄河岸,明朝扑面沙。

按:《芦中集》卷6(民国五年钱耀伊抄本)。

由清江浦至出口

烟树微茫离楚城,漕渠一线怒流争。人行江北花看少,天过淮南月厌明。
渡口孤篷芳草色,舟前古庙浊河声。山长水远三千里,无限乡思望国情。

东阳晓发

百丈牵江几日程,篮舆逐伴又晨征。远山将破湿云出,残月尚悬孤树明。
田父相呼时问路,野花含笑不知名。崎岖更入千峰去,愁听催归杜宇声。

宋 荦

宋荦(1635~1714),字牧仲,号漫堂,晚号西陂老人,明末清初归德府(今河南商丘)人。诗人、画家。累擢江苏巡抚,加太子少师。康熙皇帝三次南巡,皆由宋荦负责接待。

张鞠存曲江楼雨后赏牡丹

空林雨过送春寒,别墅追随访谢安。待月杯从芳径设,撩人花似故园看。
渔歌乍逐清风起,鹤梦闲思碧海宽。向夕振衣高阁上,珠湖烟水正漫漫。

田 雯

田雯(1635~1704),字纶霞,晚号蒙斋,清初德州人。诗人。清顺治九年(1652)举礼部中试一百名,曾官江苏巡抚。

咏安东

斗大安东县,荒城数尺高。是田皆斥卤,有地但蓬蒿。
夜雨连盐渎,秋风泣石壕。缕堤幸不溃,十日水归槽。

淮上咏清河

白浪奔清口,红霞接海天。哀伤孤雁叫,安稳老蛟眠。
沟洫垂功日,宣劳下诏年。不知穿蚁穴,何以算缗钱!

淮上人物杂咏

甘 罗

满地斜阳瑟瑟波,人传此地是甘罗。土墙留得空城在,十里寒芦宿雁多。

漂 母

野日荒祠迹已陈,棠梨泾口水粼粼。哀鸿亦洒王孙泪,洴澼何曾遇妇人。

枚 乘

淮泗天连衰草秋,射陂云上楚山头。欲寻枚叔家何处,鸦黑枫红水怒流。

赵 嘏

捉鼻狂吟湖上游,经春花鸟已深愁。残星长笛秋风老,交付诗人赵倚楼。

陈廷敬

陈廷敬(1639~1712),字子端,号说岩,清山西泽州人。顺治十五年(1658)进士,康熙帝师,《康熙字典》总纂。

平河桥二首

其 一

芒鞋踏透利名关,一叶轻舟只是闲。独立斜阳心万里,四天云卷更无山。

其 二

千枝万枝岸边柳,三家五家川上村。剪茅盖屋荻编壁,县吏来时轻打门。

按:引自《午亭文编》卷19(清文渊阁四库全书本)。

劳之辨

劳之辨(1639~1714),字书升,号介岩,清浙江石门人。康熙三年(1664)进士,改庶吉士,授户部主事,迁礼部郎中,官至左副都御史。有《静观堂诗集》。

淮阴道中

东南财赋区,江淮实渊薮。挽粟输神京,贡琛会九有。河伯效厥灵,恪如奉官守。如何神尧世,降割灾畎亩。我来经兹土,不忍重回首。四望尽洪流,莫分培与塿。鹳鹤失低巢,鼋鼍窟高阜。狼藉纷鱼虾,颠连殃鸡狗。萧萧芦荻花,其下唯井臼。茅屋或露尖,稻垄多悬罶。舟行改故道,蒲帆任风走。行旅但张目,长年亦袖手。嗟此一方民,几得耕千耦。筑塞兴大役,愁夫复愁柳。蠲赈荷皇恩,严纶戒箕斗。勖哉奉行者,人事思引咎。

董讷

董讷(1639~1701),字默庵,号俟翁,又号兹重,清山东平原人。康熙六年(1667)进士,二十八年任漕运总督,所至有政声。著有《柳村诗集》《督漕疏草》。

移居清河茅舍

邑小无城郭,零星二百家。可怜同燕雀,何处种桑麻。
借火聊分照,荒檐任自斜。往来工所近,缓步踏平沙。

盛乐

盛乐,字水宾,清武宁(今属江西)人。有《剑山诗钞》。

上韩侯钓台以诗投淮水吊之

平台风散晚烟痕,往事悲凉落日昏。意气已随飞鸟尽,功名但有钓鱼存。
汉家草草夷人族,淮水沄沄荡古魂。浪迹若非逢漂母,今来何处吊王孙。

刘沁区

刘沁区,字水心,清淮安府盐城人。诗人。有《西渚诗存》2卷(康熙四十三年刻本)。

丁卯感事杂言

淮水赴沧溟,终古惟一途。以其皆清流,故与黄河殊。河流靡不浊,经过即淀淤。南徙势使然,挽回鲜良图。禹绩永莫复,随时聊补苴。全河合于淮,始自有明初。两渎并朝宗,历年三百余。虽苦岸善崩,竟无迁徙虞。因至南清河,清浊遂同渠。涤浊赖有清,能将泥沙驱。汤汤孰御之?东注挟与俱。河性最猛悍,从来淮弗如。清口不豁达,洪泽焉能潴?周桥翟坝间,所向成尾闾。冲刷力须专,可使分泄欤。淮弱旁避河,河强倒灌湖。淮溃河亦壅,奚怪交相愈!水不行地中,平陆龙蛇居。漕堤告决频,斯人抑何辜?下河粳稌乡,处处悲沦胥。佥谋开捍堰,积害谓顿除。程功易且速,河淮于焉疏。利弊矢口言,条陈何纷拿?故道若罔闻,为计亦已疏。明者审全局,暗者见一隅。安澜在上流,下河患自无。乘轺者伊谁?曷不勤咨茹!横塘久开坝,曰减洪泽涨。悬流遂直下,建瓴高屋上。弥漫入诸湖,漕堤莫能抗。暴溃更堪忧,减水坝亦创。从堤视下河,其卑又倍丈。水若下瞿塘,出峡益奔放。迤东阡陌连,厥土非闲旷。沃衍宜树艺,积渐起涛浪。往者苦堤决,犹有不决望。即今堤屹如,亦复哀沦丧。滔滔来未绝,江河讵可量?议使积水消,但恐扼其吭。遂掘范公堤,理势俱无当。穿场渠路狭,毋论土高亢。利导因自然,兹已违所向。归海有巨派,况难容浩荡。路舍云梯关,别议开者妄。

按:沿海居人皆称范公堤曰捍海堰。此丁卯年应为康熙二十六年(1687)。

晚泊射阳

空陂临积水,去此泊应难。寺带荒村小,湖吞落日宽。
归渔炊傍岸,旅雁宿依滩。何事川途暝,篷孤枕未安。

按:此射阳指射阳湖,在今淮安区东南。

淮阴侯钓台

避秦密网暂泥蟠,豪杰潜身一钓竿。志岂在鱼无远略,谋将逐鹿且旁观。
报人德怨俱能厚,震主功名未易安。怅望王孙空伫立,萋萋台草晚风寒。

秋日登郡城西楼

危旌猎猎动斜晖,城上风高木叶飞。薄暮帆樯西望密,深秋驼马北来肥。
登楼似昔怀难遣,泛宅于今愿尚违。数载决河劳筑塞,寒流又浸故园扉。

淮上秋思

射陂东去湖波阔,高望谁云可当归?沙塞新鸿秋历历,烟汀远树晚微微。
风残客最先闻笛,月闰人应早授衣。还忆西溪重九近,蟹螯初壮鳜鱼肥。

谒宋丞相陆公祠

其 一

事已难为始用公，二王推戴几人同？南迁宫府波涛上，北望山河涕泪中。
犹藉运筹延国步，频繁进讲启宸衷。两年特纪祥兴朔，正统相承自建隆。

其 二

海上楼船四绝援，肯修降表出压门。捐躯岂惜孤臣殉，屈膝唯忧少主存。
势迫驱孥先就义，时平养士特酬恩。登科不愧同文谢，宋有三仁一榜抡。

自注：公与叠山（谢枋得号叠山）俱登文信国榜。

过淮阴市

莫云胯下辱无因，佩剑应生恶少嗔。若使往来携钓具，谁将勇怯问渔人？

蒲松龄

蒲松龄（1630或1640～1715），字留仙，号剑臣，别号柳泉居士，清山东淄川人。著名文学家。著有《聊斋志异》等。

渡 河

归途过黄河，一叶大如掌。飕飗西南风，饱帆荡双桨。船小堕帆侧，高低任俯仰。舟如瓢水盈，闪闪浮瓮盎。激水雪崩腾，珠花迸衣上。驶急穿横流，汹汹作怒响。回首过来处，低云接沆漭。

平河桥贻孙树百

平河桥上会通津，桥下黄流注海滣。秋树半笼游子屐，夕阳一簇唤船人。
弦歌原子推廉吏，庐舍何曾问水滨？百尺楼头湖海气，年年屈膝向风尘。

颜光敏

颜光敏（1640～1686），字逊甫，号乐圃，清山东曲阜人。康熙六年（1667）进士，官至吏部考功郎中。有《乐圃集》《旧雨堂集》等。

甓社湖

天云吹荡会粼粼，万里秋涛接汉津。泽国曾无乘鹤客，甓湖独见采珠人。

汪懋麟

汪懋麟(1640～1688),字季角,号蛟门、觉堂,清扬州府江都人。康熙六年(1667)进士,授内阁中书,入史馆充纂修官。有《百尺梧桐阁集》等。

河水决

黄河冲决淮河荡,白马湖中千尺浪。淮阴城郭云气中,远近田庐水光上。人行九陌皆流水,螺蚌纷纷满城市。筑岸防堤急索夫,里中徭役齐追呼。富家出钱贫出力,触热忍饥不得食。十日筑成五尺土,明日崩开十丈五。

甓社湖晓望

甓湖烟浪晓来宜,况复疏凉六月时。贪看白莲香不断,好风吹过女郎祠。

陈玉璂

陈玉璂(1640～?),字赓明,号椒峰,清常州府武进人。康熙六年(1667) 进士。有《学文堂集》等。

再渡高邮湖

残月衔虚岸,新荷罥画船。珠湖凝望处,景物记当年。

甓社湖

万顷平湖夜不流,湖光皛皛入清秋。当年闻有求珠客,倘得明珠莫暗投。

陈　寅

陈寅,清凤阳府知府。康熙六年(1667)岁次丁未游玻璃泉题诗。

游玻璃泉

玻璃亭下波光白,三春处处莺花陌。烟云万顷视茫然,沙滨薄暮渔舟舶。翠微飘渺凌云阁,巨灵劈破千寻壑。巑岏嶙峋不能攀,银河一线从天落。时而怒涌风雷吼,珠飞玉喷蛟龙走。秦汉由来润不干,长歌短调漫山有。雨苔风藓不难看,断碣依稀好句残。山灵未肯全呵护,空留名姓照江寒。三韩李牧俸余钱,一时重整旧明泉。七载都梁多辛苦,此事将来亦可传。归云洞口白云隈,我对白云捧酒杯。烟霞笑傲吾侪事,薜萝倒挂松花开。松花开兮我欲醉,移榻亭前就枕睡。梦魂游尽最高峰,生成图画天然备。

按:《游玻璃泉》题刻在盱眙第一山秀岩。

五日同人游玻璃泉望竞渡

三年徙倚淮泗浦,盱眙郡中逢端午。野人角黍纷相贻,家家门前悬艾虎。萱花绰约扬薰风,石榴似火烧晴空。香罗细葛如云侣,相携纨扇游湖东。湖东画舫张水戏,竞渡飞凫习轻利。油彩为衣水不濡,临水人观共称异。画鼓朱旗雷电轰,锦标齐夺欢逢迎。歌声舞袖水风乱,笑脸蛾眉波月盈。广陵桥畔西湖曲,尽日风光看不足。鱼龙嘈杂笙歌繁,岁岁人人去复续。天中令节时序迁,五丝续命空相沿。芳华且沐兰汤洁,二三知己怀清泉。玻璃泉上山岌嶪,远眺湖舟如一叶。同人欢笑逐群来,少长连翩意气惬。曹娥江水碧沉沉,屈子潇湘哀怨深。醉酣蒲酒千秋泪,天地茫茫一片心。

盱眙署偶成

乾坤如许大,萍迹忽盱城。岭树无风响,湖云接水生。
素心居自静,青眼望谁明。第一山头立,吟豪空复情。

清风阁

高阁望朝气,湖烟接岭云。波横吴地断,山向楚天分。
塞雁催寒色,林梅动早芬。故乡魂梦绕,空对日斜曛。

楚姑祠

姑义帝女也。帝为项羽所弑,姑年十四,闻之遂自杀。楚人怜之,立祠以祀,在盱眙县署后山,相传即姑葬处。

古林深处望寒峰,祠料孤云第几重。断壁残碑存孝迹,明妆翠羽俨贞容。
江山旧恨题黄绢,风雨新愁绕碧封。回首汉家宫寝地,已无人识五陵松。

清风山

清风岩上独登临,岁暮偏伤客子心。一雁披霜千树冷,片云移日半山阴。
春生野径无南北,水接长天自古今。屈指家乡花信近,幽香欲动早梅林。

辛巳上元盱山观灯

官斋高下倚崆峒,沸耳笙歌客思中。近水楼台先得月,远山灯火半摇风。
每逢佳节乡心切,却忆良宵景物同。萍迹年来浑似梦,懒随骢马踏尘红。

重游玻璃泉

偶然携履上危巅，又听幽林响石泉。山外闲云随处鸟，槛前秋水接遥天。
衔杯欲拟新诗句，对壁还摹古字镌。胜迹于今惆怅在，米公苏老想前贤。

玻璃泉观雪

雪后清游喜客俱，半岩石径倍崎岖。装成琼树疑仙界，点缀青山入画图。
千里湖光开玉鉴，万家烟火在冰壶。萍踪景物浑如梦，不及孤舟一钓徒。

夏日偕友人游玻璃泉遇雨

高峰陡立大湖滨，避暑同来醉绿茵。千里风云杯底合，半山烟树坐中新。
萍踪晤聚逢今雨，胜迹登临忆古人。徙倚斜阳归路晚，清泉滴沥响修筠。

盱眙怀古

其　一

嬴秦戾气倒阴阳，龙虎纷争启战场。三户可怜成牧竖，重瞳何忍弑孱皇。
都城草创基全没，江水流澌夜未央。帝女贞魂千古在，至今祠庙显灵光。
原注：盱眙县署后有王姑祠，相传义帝女也。帝为羽所弑，姑年十四，自投于江。

其　二

十万雄师压建康，佛狸锐气丧都梁。将军已决封渡便，拓跋徒劳铸铁床。
敌骑沿江空踯躅，王孙拥甲自彷徨。三旬固守功无敌，失足千秋愧沈臧。

题秦斗庵《瑞崖清晓图》即送入关

梦到都梁第一山，郁葱佳气翠微间。青松犹挂延陵剑，白玉谁贻王母环。
泉忆玻璃明月冷，峰怀岵屺晓云闲。何堪四十年前别，对景逢君入汉关。

晴山仲兄以清明游玻璃泉诗见寄即次原韵

其　一

千层雪浪涌湖边，畚挶纷纭动客怜。闻道江南行乐地，满街红锦上秋千。

其　二

良辰胜迹兴应饶，万壑云烟一纸飘。日暮东风杨柳岸，数声玉笛最魂销。

立春前一日盱山道中

雪晴山路马行迟，一缕春阳动柳枝。好是江南旧风景，前门高挂酒家旗。

盱山十咏

其 一

山窗昼日闭遥天，小阁春深绿草绵。深院黄昏人静后，潇潇风雨夜如年。

其 二

庭外夭桃一树妍，花开花谢总堪怜。夕阳多少江湖梦，不遣渔郎入洞天。

其 三

白鹤乌鸦岂是群，春林鸣噪自纷纷。清声别有凌霄意，却望红尘隔暮云。

其 四

生死交情最可哀，徐君季子不尘埃。极天云雨多翻复，千古松青挂剑台。

其 五

千里祛衣旧有思，鼓琴吹笛亦同时。依然淮浦三更月，独望明湖咏昔诗。

其 六

当年遗事忆荒芜，山外寒云一片湖。欲问泗州城郭旧，舟人指点有浮图。

其 七

花落春深泪已殷，夕阳楼阁万重山。天涯海角无人到，只恐临风自往还。

其 八

义帝行宫泗水滨，春来唯见野花新。山头矗立皇姑庙，遗恨当年举鼎人。

其 九

秀崖眺望四山低，林屋参差境欲迷。可惜广陵人杂沓，不移烟月到淮西。

其 十

尘迹如飞未暂停，相知何处可忘形。沉吟尽日怀佳句，却望天涯眼倦青。

张玉书

张玉书（1642—1711），清江苏丹徒（今镇江市）人，字素存，号润甫。顺治十八年（1661）进士，官至文华殿大学士兼吏部尚书，为圣祖所信任，历官50年，为相20载，卒谥文贞。有《张文贞集》。

送邱曙戒前辈之武昌

猿声夹岸听斜阳，江树苍茫接故乡。却较长沙归路近，行吟何事怨潇湘。

按：邱象升，字曙戒，清初淮安卫人。

乔莱

乔莱(1642～1694),字子静,号石林、可聘子,清江苏宝应人。康熙六年(1667)进士,举博学鸿辞科,充日讲起居注官,后迁侍讲,转侍读,不久罢归。

白马湖

白马湖中菱叶稀,采菱风雨湿人衣。红妆荡桨因何往,贪看鸳鸯比翼飞。

倪长犀

倪长犀,清赣榆(今属连云港)人。康熙十二年(1673)进士。

过安东

涟水经过地,陂塘二月秋。荒城斜倚岸,旧市浅通舟。
络索行人少,联拳宿鹭稠。衔泥新燕入,红翠失飞楼。

渡黄河

倚棹发狂歌,萧萧春渡河。绿杨垂地少,白膀坐人多。
水势奔如此,天风吹奈何。乾坤萦一带,民力困沧波。

李鸣盛

李鸣盛,清康熙年间新淦县教谕。

万岁湖

湖上三呼祝祖龙,湖存龙去几春冬。自从天命坑焚尽,万岁声归火德翁。

按:万岁湖,乾隆《盱眙县志》记载:“万岁湖在县西二里,方圆三十里,昔周世宗战南唐驻跸于此,民呼万岁,因名之。”

王顼龄

王顼龄(1642～1725),字颛士,一字容士,号瑁湖,晚号松乔老人,清江苏松江(今属上海)人。康熙十五年(1676)进士,初授太常博士,官至武英殿大学士、太子太傅。有《书经传说汇纂》。

经山西灵石县韩侯岭上韩侯墓题诗

曾从淮市瞻遗庙，又向汾山拜古丘。伏胯不妨容恶少，比肩偏是耻樊侯。
藏弓烹狗诚何恨，食鄼封留亦已休。唯有墓前三尺碣，冷风凄雨自千秋。

侯执缥

侯执缥，祖籍河内（今属河南）。清康熙十七年（1678）进士，曾任安徽五河县令。

长淮夜月

万里清光冷素秋，乘槎便拟溯中流。金轮荡漾澄潭底，玉镜高悬碧树头。
幽涧微风吹荇藻，横空孤鹤过汀洲。良宵有尽情无极，水满长淮月满舟。

洪 昇

洪昇（1645～1704），字昉思，号稗畦，又号稗村、南屏樵者，清钱塘（今浙江杭州）人。康熙七年（1668）国子监肄业，布衣终身。有《稗畦集》《四婵娟》《长生殿》等。

送人游淮又之粤东

尉陀将漂母，传说到如今。孰进王孙饭，谁投陆贾金？
淮流千里远，粤岭万重深。厚意时人少，天涯莫浪寻。

莫大勋

莫大勋，字鲁岩，清宜兴（今属江苏）人。康熙十八（1679）年任嘉善县令，后任给事中。

望高邮湖

水阔欲低天，凭栏思渺然。村烟远近合，树影有无连。
岸断涛声急，帆轻风力坚。闲鸥惊起处，几点捕鱼船。

王式丹

王式丹（1645～1718），字方若，号楼村，清宝应人。康熙四十二年（1703）进士第一

(状元)。官翰林院修撰,参与编修《明史》《大清一统志》,分校二十一史诸书。有《楼村诗集》等。

珠湖夜泛

玉露初堕晚惊秋,湖头月出芦花洲。水光荡荡一千顷,微风帖水平如油。我来乘兴狎烟景,雅轧夜半浮螺舟。佳客两三传酒盏,清童十六司茶瓯。泼刺近识行鱼喜,凄切远听寒蛩愁。荇藻丝丝裹蛮棹,沙屿点点栖银鸥。却疑骊珠光欲吐,半明半灭孤城头。当年奇迹似可见,放棹一一穷探搜。兴来但有爱永夜,市远不复闻灵虬。商歌变征忽不乐,耳热突发生民忧。泽国水深灾敝久,万井无一良田畴。况值今年雨不绝,屋东日日啼斑鸠。可怜城郭剩三版,风潮浃旬民命休。天子蠲租诏屡下,仁声洋溢蒙噢咻。常平社仓便可发,赈贷深藉贤臣筹。儒生稽古志道济,此事要非出外谋。欷歔归来不能寐,仰看天汉回西流。

自高黎王城行大雪中四十里过云山访友人山庄

冒雪寻友山之陲,吾家徽之颇似之。笑杀当年兴便尽,沿溪定未穷幽奇。我向都梁四十里,云山细路何逶迤。篮舆绕出霰微集,耳根飒飒阴风吹。俄顷雪花大于手,漫空塞野纷篵篵。万玉妃骑鹤万只,羽旄披拂飘襹襹。匝地青萌顿改色,千畦县圃靡琼枝。远树忽如堕浓雾,迷蒙几簇乌云垂。何意兹游特奇绝,放眼四望寒襜帷。仆夫骑骡破一路,银杯缟带遥追随。山尖峭寒人迹断,荒钟古寺方晚炊。仙山洞口玉堕树,饮马池边冰铺池。山僧倚门讶客至,前却不敢询何谁。那有凡骨贪此景,无乃神仙停云旗。小憩登舆复前去,拥途正忆蓝关时。此时豪家好风味,貂褕密坐行金卮。洞心骇目在旷野,说与渠侬知不知。我欲招邀龙门客,行厨歌吹相酣嬉。不然云中呼铁脚,啐嚼梅花凭厜㕒。到门雪止见夕照,瑶林璇宇明参差。且当亟觅戴安道,与之快读纪行诗。

李苍存后圃讲堂歌

呆君手持纸一幅,属余为写讲堂诗。朝昏鹿鹿苦未暇,已过两月遭君嗤。讲堂迢遥在何许,依约结构洪湖湄。君言此地足幽胜,琅玕环舍花围篱。园中揽撷安仁赋,池上布置香山词。余方漫浪困羁旅,未得一至相攀追。譬如目不睹山水,丹青欲绘无由施。嗟哉呆君与余踪迹略相似,青衫破帽非时宜。搘颐西山自飞动,骑驴东道空倭迟。买酒三斗濯两足,囊琴市上将何为。不如归卧讲堂里,坐招烟景浮芳卮。过眼久已让一辈,结念必讵为人知。帝城十月气凛冽,敝裘不敌霜风欺。地炉著火展襆被,梦绕淮南丛桂枝。吾庐与君带水隔,菰芦日月同襟期。何时打桨渡湖来相访,登斯堂也更为君赋之。

按:呆君,李苍存自号呆君。

与李苍存话旧

打桨渡湖去，去去都梁山。山上何所有？白云拥华鬘。山下何所有？清淮流潺湲。我有素心人，结宇居其间。昔者游京洛，跋马同追扳。相逢大道揖，荆高哄市阛。造物忌才名，一第为君悭。颖末虽少见，睥睨凌九关。天池戛扶摇，倦翼暂一还。故园松谡谡，小茎花斑斑。重翻读过书，芜秽随手删。春寒二月半，我来自泾湾。东阳万顷雪，乘兴忘路艰。入门笑相视，喜君犹昔颜。秋风溯往事，衮衮又一班。君才必有遇，我老成坚顽。且当入座把君酒，烛花一颗开红殷。高林晚晴鹊新喜，缺月西堕弓初弯。披箧读君出都句，快若以指循佩环。诗能穷人穷益工，乃知此语非欺谩。屋角参旗过夜半，荒鸡情话犹能攀。天涯依旧南州客，须涛一榻聊耽闲。

原注：下榻处颜曰须涛书屋。

李苍存招集圣安寺纳凉

燕京古刹如洛阳，伽蓝千所都就荒。天显之初迄至正，琳宫绀宇关兴亡。舍利塔中香泥灭，昊天百万余吊墙。芙蓉姝媚记曲调，珊瑚碧甸嗟渺茫。犹有金源圣安寺，柳湖西去连纸坊。优填瑞像访遗迹，狮子宝座闻妙香。制出刘銮庄严相，画传商喜神圣光。吾友盛夏大招客，于此选胜为诗场。是时火云蒸蜗舍，坐卧白汗同翻浆。亟膏车轮越阡陌，顿脱汤镬乘清凉。入门振衣一揖罢，不巾不袜群徜徉。双楸郁葱带垂碧，老槐蓊匼花攒黄。微风南来万梢动，快意相与披襟当。分曹命酒各就席，马缨树下开西堂。但坐佛地莫谈佛，四尘何处安禅床。只应浊醪有妙理，便同证果无何乡。白头老僧颇解悟，闲论往事经沧桑。两朝画像及木主，生灭去住安可常。布金自古竞华侈，邀福大抵由貂珰。缘尘影事果何得，残碑荒址徒相望。不如付与诗酒客，纪述胜集流传长。他年续入日下记，后世应知吾辈狂。

七月八日刘北顾李苍存招集怡园

其　一

才是星逾次，旋看月上弦。佳期无处所，良宴此中偏。
翠滴山间雨，青浮树杪烟。正逢清朗日，觞咏集群贤。

其　二

度夜瓜筵冷，凌晨槎客还。新凉移屐齿，旧路觅花关。
散绮秋云薄，投林暮鸟闲。肯教容易别，留月照银湾。

白马湖

泱莽浑无际，长堤望欲迷。碧垂天影合，红衬夕阳低。

踏水轻舠急，排空野马齐。东风吹不断，只见柳条西。

潘耒

潘耒(1646～1708)，字次耕，又字稼堂、南村，藏书室名遂初堂、大雅堂，清吴江(今属江苏苏州)人。官翰林院检讨。有《遂初堂集》。

赠淮阴张力臣

六艺一曰书，于学不为小。洪纤括名物，深浅该理道。三苍废至今，文人骋词藻。问以六书义，稪口莫能晓。至夫书家流，体势骛工巧。识字苦不多，落笔愁颠倒。张君产淮阴，朴学天下少。枕藉许氏书，精微析毫秒。渊源溯虫篆，波澜涉隶藁。金石及笺麻，有迹靡不讨。斟古酌时宜，自立一家表。流俗不惊骇，先民可缵绍。在汉立石经，千秋作鸿宝。当时蔡崔伦，执笔非草草。世远经术芜，此道弃如扫。安得登鸿生，三体共研考。勒石置桥门，垂象日星皎。君今齿虽尊，精力未衰槁。翘车尚可招，无为掩关老。

河堤

其一

良医视病人，察脉审其证。悉病所从来，治之药乃应。浊河本北流，清淮自南亘。河徙忽夺淮，淮弱而河盛。一石八斗泥，壅碍入海径。倒灌淮上流，湖淤可涉胫。埂堰始冲决，淮南受其病。塞决固治标，要须遂其性。下流无路行，东遏必西迸。疮平毒未消，堡闭盗犹横。旁观方忧危，当局莫予圣。

其二

治河近称善，吾宗老司空。河徙时未久，淮流尚争雄。海口虽停沙，可以水力冲。淮主河乃客，主壮客不攻。用清以刷浊，当年策诚工。淮今仅一线，河涨犹难容。淤沙积成土，不浚焉得通？古方治今病，和缓技亦穷。疏瀹费虽多，尺寸皆有功。堤成倘蚁漏，金钱掷波中。

盱眙遇暴风雨水涨停舟登眺

长风驱涛涛起立，雨点如箭穿篷入。水没街衢欲吞邑，丈夫仓皇儿女泣。舟人移船藏港急，长绳重碇犹岌岌。连朝风怒不得开，扶筇遣闷登高台。四望茫洋白无际，长山欲尽横山来。盱眙傍山犹自可，泗州无山愁杀我。残民满载渡河来，空城无人浪掀簸。客行见此叹不休，淮民无辜罹百忧。普天无地容淮流，下方不攻攻上游。田庐漂没未是愁，官符昨下催租收。

过洪泽湖

万里中条水，奔腾汇此湖。淮吞千派入，颍夹众流趋。
浩荡包原隰，微茫浸邑都。涵天得分野，幕地占舆图。
昔倚高邱望，今乘旅舶徂。初循塘屈曲，渐出浦萦纡。
啸引中流棹，风开十幅蒲。白浮涛似屋，碧缀屿如凫。
浴日归墟接，蒸霞少海铺。微云山影在，一发岸痕无。
波静鱼龙伏，沙寒鸹鹳呼。槎边星象小，萍际客身孤。
此水称奇险，长征实畏途。黑风吹飓母，白昼舞天吴。
数报冲堤岸，时闻坏舳舻。吾生何庆幸，利涉只须臾。
放舸林初曙，停帆日正晡。躯轻思击楫，神王想乘桴。
只慨洪流壅，长令沃野芜。何时臻底定，闾井出泥涂。

龟　山

龟山一柱截淮流，崖畔荒祠水际浮。不是禹王乘檋至，支祈肯为锁千秋。

泗　州

城郭平沉不露痕，休论万井与千村。僧伽何事无慈愍，只可波心一塔存。

孔尚任

孔尚任(1648~1718)，字聘之，又字季重，号东塘、岸塘，清山东曲阜人。孔子六十四代孙。累迁户部主事、员外郎等职。《桃花扇》作者，著名戏曲家。

清江妇

清江妇，委蔓草。邻人谁咨嗟，但骂死不早。妇门对寺门，妇夫与僧好。夫僧来往频，僧妇若叔嫂。南浦鸳鸯雏，西海迦陵鸟。暮宿朝不离，稍稍人皆晓。其夫乃出之，母家暗懊恼。一日妇不食，二日起何早。三日膏沐完，房栊出悄悄。母家索向夫，夫家向寺祷。宛转寺门深，夺归抉其脑。蔓草不掩尸，血渍无人扫。行路问不休，忙煞邻家媪。

淮上有感

皇华亭下使臣舟，冠盖欣逢羡壮游。箫鼓欲沉淮市月，帆樯直蔽海门秋。
九重图画筹难定，七邑耕桑户未收。为问琼筵诸水部，金尊倒尽可消愁？

渡黄河

踌躇何计救桑麻，立马堤头唤渡槎。八月荒蒲飞白鸟，孤城落日照黄沙。
南开清口分淮少，东阻云梯去海赊。此处源流谁探取，秋风初动使臣嗟。

戴　梓

戴梓（1648～1725），字文开，号耕烟，清钱塘（今浙江杭州）人。通兵法，懂天文演算法，擅长诗书绘画。曾制造“连珠火铳”和“子母炮”，火器制造家。

随家严赴淮阴钓台得寒字

尝笑淮阴拙，生涯守钓竿。有能匡社稷，无计退饥寒。
存楚心难定，封齐祸已安。可怜台畔水，千古响哀湍。

经漂母祠

漂母祠犹在，凄然日欲西。义惟轻一饭，名已重三齐。
白马垂纶岸，清江浣苎溪。望中人不见，荒草雉还飞。

漂母祠

一饭原无重，千秋独有君。三齐如不显，空自饱王孙。

张鹏翮

张鹏翮（1649～1725），字运青，号宽宇，清四川遂宁人。康熙九年（1670）进士，历官至河道总督、两江总督、吏部尚书兼文华殿大学士等。曾主持治黄十年。有《张文端公全集》。

渡黄河

漫说乘槎犯斗牛，几人击楫向中流？鱼龙秋夜沧波冷，风雨中原王气收。
一自汉皇沉璧马，几回明月照沙头？安澜谁使淮黄合？去入沧溟到十洲。

第一山

元章自汴还，一叶向吴关。为爱清风地，因名第一山。

观河图

五十余年一老翁，不辞风雨在河工。思亲五夜心徒切，回首家园梦想中。

玻璃泉

停车一憩白云深，为爱清泉似我心。到晚只宜观皓月，傍岩淮水绿沉沉。

曾华盖

曾华盖，字乃人，号喟莪，清广东海阳人。康熙九年(1670)进士，由知县历官吏部员外郎。有《鸿迹》《猿声》《楚游》《征车》诸集。

河口晚望

渡口堪晴望，闲行踏软莎。夕阳鸦背满，秋意雁声多。
野树燃红叶，村篱蔓碧萝。晚来清吹发，渔笛起沧波。

查慎行

查慎行(1650～1728)，字悔余，号初白，清浙江海宁人。康熙四十二年(1703)进士，入直内廷。著有《敬业堂诗集》《补注东坡编年诗》等。

涧　桥

风色转河堧，春光满淮甸。阪被菜花黄，篱窥野桃茜。朝阳出疏树，芦屋烟中见。馔无登盘鱼，户有衔泥燕。从人问前路，已近清河县。

黄河待渡

远行疲长途，春昼赴急景。柅车柳阴下，稍觉白日永。黄埃渡河来，风气变凄冷。奔湍怒流浊，拍岸高过顶。千樯万樯兴，倒视无一影。沙崩人迹散，月上波乡静。众涉卬敢争，及兹放孤艇。

自盱眙北界沿洪泽湖西北行晚至高家堰

淮泗方合流，洪湖际溟漠。水所从来高，其势建瓴若。长堤亘首尾，力敌万锁钥。近传泗州城，三板没郛郭。澄波见井灶，了了鱼虾跃。淮阳地尤卑，东岸狂澜剧。十年费国计，万杵鸣橐橐。排桩内甃石，陡起堵墙削。禹功纪告成，注海有疏瀹。不闻当横流，扼吭恣喷薄。决口既须塞,减水孰开凿。九道湮成河,沙田梗流恶。放之使行地,汗漫无归着。天下本一家,扬州忍为壑。移亡及身事,丘墓伤淹泊。可怜水乡民,不及蛙鼍乐。九重亟轸念,南幸求民莫。河岳尽怀柔,淮神敢行虐。天功即帝力,愚贱矧可度。我来爱涟漪,正值沙水涸。一程涤烦懑,清旷迥逾昨。夕阳射湖东,欲落尚未落。忽然得新句,放眼向寥廓。

按:淮阳,误,应为淮阴。

淮上晓发

纨如五鼓催船发,轮仄高城下弦月。已闻两岸过铃声,烛烛晓星光未没。依稀枕上续归梦,尚隔江湖浩难越。起来照影向清淮,愁见尘颜映华发。往还胯下桥边路,万事回头总飘忽。只有年光不负人,鮆鱼絮暖莼丝滑。

闸口观罾鱼者

闸河一线才如沟,戢戢鱼聚针千头。其中巨者长二寸,领队已足称豪酋。尔生亦觉太局促,漂沤散沫沉复浮。不知世有海江阔,长养何异蒙拘囚。居民活计乃在此,劳不撒网逸不钩。竹竿绷罾密作眼,驾以一叶无篷舟。朝来暮去寻丈内,细细粘取银花稠。庖厨却缘琐碎弃,曝向风日干初收。微腥但供饲狸用,性命肯为纤毫留。吾闻王政虽无泽梁禁,鲲鲕尚有洿池游。人穷微物必尽取,此事隐系苍生忧。一钱亦征入市税,末世往往多穷搜。

漂母祠

惭愧恩叨一饭深,当时果否识淮阴。后来不却千金赐,难说初无望报心。生来供作帚,容易待成阴。

淮浦冬渔行

长淮冬涸成沟渠,风雪夜折荒洲芦。小船冲冲凿冰去,冰面跃出黄河鱼。冲寒捕鱼作渔户,手足皲痕无完肤。三时转徙一冬复,渊薮偶寄蜗牛庐。无田不得事农业,有水尚欲输官租。自从十年淮泗满,平地下受滔天湖。谁驱鳞介食人肉,漏网幸脱鸾刀诛。得时鼋鼍聚窟宅,失势鲂鲤充庖厨。眼前竭泽有余憾,取快报复聊须臾。但看明年春水上,鱼鳖又占居民居。

渡黄河

地势豁中州,黄河掌上流。岸低沙易涸,天远树全浮。
梁宋回头失,徐淮极目收。身轻往来便,自叹不如鸥。

五更渡黄河食顷抵天妃闸

淮强黄势弱，掰箭出盘涡。水碧见樯影，月明来棹歌。
蛟龙三舍避，鸥鹭两涯多。不用占风色，闻鸡已渡河。

入新河见粮艘覆败者

黄水奔腾入，新渠变浊流。谁云无大患，依旧有沉舟。
已凿终难塞，将淤在急筹。治河兼治运，何策两绸缪。

淮上留别族弟信斯

怡荆好兄弟，五世义门如。每下南州榻，长停中道车。
贫来初析箸，老去各移居。尚尔敦宗谊，殷勤一慰予。

淮阴侯庙下作

灭楚还封楚，破齐曾王齐。英雄归驾驭，股掌若孩提。
失国嗟烹狗，縻身付牝鸡。土人怜至骨，庙像俨公圭。

客舍喜晴

茅舍欣初霁，征途闷久淹。河声秋易壮，日气午仍炎。
异俗全家骇，空囊十口嫌。儿孙频问事，绕膝挽吟髯。

雨泊淮关

锁钥严关闭，装囊独客轻。市楼传柝暗，邻舫吐灯明。
酒罢人初静，风高浪不惊。淮南今夜雨，好片滴篷声。

王家营晓发

十年息辙忽行行，理策羸粮事事生。晓雾报知风信剧，初阳照见酒帘明。
时清本鲜登车志，梦续偏闻唤渡声。废寺老僧犹识我，道旁一笑与将迎。

王家营旅店

已过江淮半月期，一行雁羽尚参差。劳人相傍负同伴，熟路频经渐少诗。
急景欲回西日笑，轻装那免北风欺。鲤鱼信断河冰合，闷极寒灯照影时。

秋杪重至王家营

十日征程滞故乡，大河西北又严装。千家转徙留三户，万柳荣枯在一霜。
断岸无桥频待渡，涸沙有犊尚犁荒。惊心八月归舟路，夜下萑苻百里黄。

黄河中流见月出口占一绝

谁谓河流浊，吾疑彻底清。一眉残月影，镜里看初生。

大风渡黄河舟中与长源侄对局

柳絮春狂剪渡风，片帆飞下激流中。船头已达长淮岸，一局残棋却未终。

渔沟看桃

一村桃间一村柳，日气射花红扑鞍。此事今年真过分，江南江北两回看。

为泗州李苍存题秋获图

筑屋不羡萧贯之，种松莫学杜子师。西风吹熟半黄稻，又是牛健鸦娇时。

按：李苍存，即李嶟瑞，字苍存，泗州籍，盱眙人。

官　柳

种柳河干比《伐檀》，黄流今已报安澜。可怜一路青青色，直到淮南总属官！

发清江浦二首

其　一

南来步步远风霾，川路晨征一倍赊。竹落蒲帆浑不用，橹声如雁下长淮。

其　二

编芦缚荻策成堆，大舸多从江外来。试问老堤堤畔柳，年年辛苦为谁栽？

题王家营旅壁

潦退河堧与岸平，旧题诗壁半欹倾。北装莫笑今年早，头白羞偕计吏行。

淮安上船

厌听铃声爱入舟，只应洗耳向清流。瓣香夜蔼淮神庙，梦稳江南第一州。

查嗣瑮

查嗣瑮(1652～1733,一作1653～1734),字德尹,号查浦,清浙江海宁人,查慎行之弟。康熙三十九年(1700)进士,官至翰林院侍讲。有《查浦诗钞》。

野　泊

敝裘已换当垆酒,二月余寒未见花。津柳摇烟侵改火,船灯听雨独思家。
人依埽岸芦编屋,路入黄河饭煮沙。远客莫随回雁宿,尔今归路我天涯。

淮阴有感二首

其　一

市上空余恶少年,已无漂母惜王孙。百钱蓐食千金饭,始信穷途有报恩。

其　二

破赵亡齐气吐吞,当时侧足转乾坤。如何烹狗藏弓后,始与陈豨有赘言。

王家营寄家信

柳酿烟时水啮沙,草成泥处路分鸦。谁知一月离家客,才上初程觳觫车。

王家营

五年三到三移渡,心折惊涛打岸声。莫笑客行无定向,主人身世亦浮萍。

爱新觉罗·玄烨

爱新觉罗·玄烨(1654～1722),清朝第四位、入关后第二位皇帝,即康熙皇帝,在位61年(1668年亲政),是中国历史上在位时间最长的皇帝,开创"康乾盛世"。自康熙二十三年至康熙四十六年,曾先后六次南巡,系河漕要政之淮安,乃其南巡之重点地域。

高邮湖见居民田庐多在水中因询其故恻然念之

淮扬罹水灾,流波常浩浩。龙舰偶经过,一望类洲岛。田亩尽沉沦,舍户半倾倒。茕茕赤子民,栖栖卧深潦。对之心惕然,无策施襁褓。夹岸罗黔黎,跽陈尽耆老。谘诹不厌频,利弊细探讨。饥寒或有由,良惭奉苍颢。古人念一夫,何况睹枯槁。凛凛夜不寐,忧勤惄如捣。亟图浚治功,拯救须及早。会当复故业,咸令乐怀保。

念淮扬居民特留漕粮二十万以济之回銮之日复谆谕所司使布实惠

广厦岂不乐，何事驾飞舻？意为悉民隐，遑问历道途。淮扬皆巨郡，地本号饶腴。居人百万家，土狭滨众湖。禾麦苟不登，老幼日待哺。恩意宜渥沛，拯救留天储。实惠布州邑，远迩均有无。谆谕严再三，毋徒饱吏胥。茅屋有起色，比户充黍秣。愿兹瘠壤农，鲜鲜跻唐虞。

阅河堤赠河道总督靳辅

防河纡旰食，六御出深宫。缓辔求民稳，临流叹俗穷。

何年乐稼穑，此日是疏通。已著勋劳意，安澜早奏功。

按：康熙二十三年(1684)九月二十八日至十一月三十日，第一次南巡时作。立碑在清江闸南岸。

览淮黄成

殷勤久矣理淮黄，几度风尘授治方。九曲素称天下险，四来实为兆民伤。

使清引浊须勤慎，分势开流在不荒。虽奏安澜宽旰食，诫前善后奠金汤。

按：康熙四十二年(1703)第四次南巡。作《览淮黄成》赐张鹏翮。

阅　河

淮黄疏浚贵经营，跋涉三来不惮行。几处堤防亲指画，伫期耕凿乐功成。

按：康熙三十八年(1699)，康熙帝第三次南巡。诗示河臣。

杨家庄新开中河得顺风观民居漫咏二首

其　一

瞬息风帆百里余，往来数次过淮徐。光阴犹似当年景，自觉频催点鬓疏。

其　二

春雨初开弄柳丝，渔舟唱晚寸阴移。庙堂时注黄淮事，今日安澜天下知。

按：这两首诗被勒石成碑，立于杨家庄三坝。

晚经淮阴

淮水笼烟夜色横，栖鸦不定树头鸣。红灯十里帆樯满，风送前舟奏乐声。

泛洪泽湖偶咏

积水空明浸太虚,轻舸闲泛进徐徐。菰芦绝岸柴门小,终岁生涯业捕鱼。

顾图和

顾图和(1655~1706),字书宣,一字花田,号花翁,清江都人。康熙三十三年(1694)进士,参与修《一统志》。有《雄雉斋集》。

珠湖夜泛

开帆捩舵行珠湖,湖波拍天帆影孤。是时月出天水白,一坊散作千明珠。涛吼雷声恐魂魄,风吹霜气寒肌肤。北连淮泗东际海,四顾一抹烟模糊。阴沙鬼火互明灭,恍惚灵怪游天吴。中流往往闻夜哭,两三舴艋飘如凫。昨夜水高一丈五,咫尺不救生妻孥。饥蛟吐涎馋鱼贺,汝曹饱死民何辜。可怜鸡狗随汩没,但有鹅鸭欢相呼。千村万落沉舟底,树梢青出疑菰蒲。忆昔此乡秋稼熟,黄云万顷皆平铺。篝车折轴仓囷溢,滞穗不拾资田乌。亦有汗邪接浅渚,不种粳稻收雕胡。鱼梁蟹椵散如织,菱歌莲唱无时无。奈何天心纵河伯,不仁忍使操神符。黄河捧土那可塞,黄熊为厉行当诛。鱼游民舍民为鱼,九年澒洞尧嗟吁。纵有赤蚌吐明月,饥不得食寒无襦。夜深光怪胡为乎,扣舷悲肃震寥阔,嗷嗷群雁叫秋芦。

曹 寅

曹寅(1658~1712),字子清,号荔轩,又号楝亭,清奉天辽阳(今属辽宁)人。曹雪芹的祖父。初为皇室侍卫,后袭任江宁织造,并巡视两淮盐漕监察御史。善骑射,能诗及词曲。有《楝亭诗钞》《楝亭词钞》《续琵琶记》等。

赴淮舟行杂诗

其 一

忆昔长淮水,乘流直上天。估船歌得宝,鱼市聚摊钱。
近郭吟黄叶,寒烟漫白田。西风三屈指,无恙托残编。

其 二

云帆初破浪,画楫更传餐。骤裹来方物,车螯上食单。
簿书惭素饱,风水幸平安。欲上淮阴庙,逍遥凝睇寒。

其　三

数拒群公饯，微吟许剑诗。积香漂母庙，霜涸露筋祠。
递马连堤站，枯鱼挂树枝。颇闻勤职贡，文物胜前时。

郑　基

郑基（？～1776），字筑平，清广东香山人。以诸生入资铨选授凤台知县，治水成效显著，调定远，举卓异，擢寿州知州，迁泗州直隶州知州。乾隆三十九年（1774）擢淮安知府，浚涧、市河，开渔滨、山字河、护城河，民便之。乾隆四十一年，擢江南守巡道，命甫下而卒。

夏日访乐斋于程氏寓园漫赋

我家山水窟，乐事渺莫追。廿年太辜负，梅花同荔支。昨岁投淮上，寒风吹鬓丝。尘鞅迫朝暮，遑问亭与池。今夏喜事简，一酬达人期。达人曲江老，翩跹海鹤姿。本抱栋梁志，而萦岩谷思。选地寄芳躅，名园借一枝。主人有丘壑，相见胸中奇。十亩开罨画，天趣忘人为。垒石窄通径，栽花繁蔽墀。古藤纵盘郁，乔木森纷披。阶砌滴苍翠，溪塘漾涟漪。结构甫完美，王事劳奔驰。胜地访佳客，风月相追随。幽赏集群彦，对景赋新诗。一唱更百和，光怪炫陆离。我适来游此，谈笑熏兰芝。趣得形骸略，拜石同米痴。长歌复长啸，盘礴帽从欹。元何日易夕，归鸟飞参差。致语山中客，良足惜佳时。富贵定相逼，宁得久栖迟。江天正炎暑，急待霖雨施。古来称大隐，原不处茅茨。

徐　相

徐相，清南昌人。康熙年间曾任盐城教谕。

题显节侯祠

孤祠峥宇宙，香火自春秋。世主听难启，奸臣骨尚愁。
肝怀增感慨，壮士忆追游。莫为忠贞苦，芳名千古流。

杜　琳

杜琳，字九迁，直隶密云人。由乡贡进士，筮仕中翰，使浙著绩，晋户部郎中。康熙二十四年（1685）任淮关监督。通商惠民，著于声名，主持编《淮关统志》。

望淮亭纳凉唱和

炎景尘如雾，亭高得暂凉。半檐疏雨疾，一榻晚风长。
画舫云边出，新荷槛外香。唱酬多好友，忘却宦途忙。

韩侯钓台

淮阴古道绝尘埃，留得王孙旧钓台。柳外残堤潆野涨，沙边废垒入莓苔。
功高空恋诸侯贵，身死长余万古哀。犹幸多情遗片石，令人凭吊几徘徊。

漂母遗迹

一饭情高亘古今，珊珊巾帼倍难寻。投竿早识无双士，进食宁存望报心。
轶事已忘秦岁月，遗客犹佩汉衣襟。只怜冷落荒祠旧，还与诗人属细吟。

袁浦千帆

洪波湍急溯遥天，江北江南万里船。鹢首输将过廪粟，鲛人入贡载蛮烟。
云开沙外樯乌绕，风转林梢翠羽悬。极目浦边多胜概，不须公路问当年。

钵池丹井

山老泉枯石甃痕，丹台犹傍绿芜存。烟开楚市连城远，沙撼秦淮隔浦喧。
鹤驭多年归洞府，辘轳终古冷荒村。恩波曾少涓埃报，汗漫云霞未敢论。

山字渔艇

纬萧瑟瑟水纹凉，几处渔蓑挂夕阳。芦荻傍山飞宿鹭，樯桅隔岸笑鸣榔。
霏微雾色迎秋淡，隐约菱歌入夜长。官舍消闲频眺望，起予幽思在沧浪。

花巷晓市

曲巷深深一径斜，画楼高馆亦堪夸。溪头白舫添鲛客，门外青帘是酒家。
人语雾边寻晓店，屐声雨后乱春沙。淮阴自古多遗市，不省年来只卖花。

新街夜月

野旷堤平兴自饶，最宜凉月此逍遥。凄迷古寺离城树，寂寞荒村唤客桡。
吟处几番携蜡屐，醉时不觉过溪桥。天涯秋思常盈抱，又听飞鸿度泬寥。

景会禅灯

山寺幽闲屿色横，一灯长共暮淮清。云深细路依仙井，烟咽寒流听梵声。
木榻月来僧入定，石莎雨后鹤常耕。尘劳未得频过从，署阁遥看佛火明。

七 律

其 一

玺书飞下古江洲，楚尾还移楚水头。诹吉牵车行已戒，饯筵遮道尚板留。
五年好伴匡峰别，千里平波江上秋。使节星驰初莅止，一湾新月映淮流。

其 二

淮河分界水潺潺，锁钥咽喉第一关。漂母祠高谁卓识，淮阴城古乐投闲。
常看岁燕秋南北，漫学江鸥日往还。盈绌睿思时廑虑，榷输刘晏莫辞艰。

黄 对

黄对，字书思，号雪田，清仪征籍、歙县人。仪征岁贡生，官当涂县训导，后居扬州。有《雪田集》。

甓社湖

湖势兼天阔，风声四面闻。小舟天上落，远树浪头分。
照夜珠难见，随波鸥可群。长安在何处，日暮有浮云。

查 昇

查昇(1662～1707)，字仲韦，号声山，清浙江海宁人。康熙二十七年(1688)进士，官至少詹事。著有《淡远堂集》。

过浦前和清字

公路浦口浦水清，甘罗城外征人行。大河直下千万里，哀雁差池三两声。
南国浮云天际满，异乡秋草梦中生。侧身四望浑无尽，新月江关一片明。

八里庄

断井冰胶汲水痕，炊烟三两不成村。客嫌南语呼难应，门对西风火不温。
白月荒途深夜柝，黄沙野菜杂蔬盆。耳边俄觉秋涛卷。卧听驽骀龁草根。

周起渭

周起渭(1662～1714),字渔璜,又字桐野,清贵州贵阳人。康熙三十三年(1694)进士。官至詹事府詹事。清初学者、诗人。参与编修《康熙字典》,任纂修官。有《桐野诗集》。

甓社湖作

傍湖分官河,筑堤兼捍湖。堤成亦农利,泄闸为沟渠。玉粒三百万,岁岁供天储。地形洼东南,势不西北俱。哪得高下船,坦坦若夷途。欲使河身高,不及河底淤。河高堤益增,堤高免下趋。遂令千鱼龙,占人屋上居。北帆下吴越,南樯通直沽。漕官倚楼船,下瞰千室庐。高庳各遂性,人终不为鱼。乃知大圣人,智出神禹余。能令润下水,上天供挽输。小臣食太仓,哪解吁天谟。奉使涉江淮,所见特其粗。源流虽辨析,分合还模糊。快作凌云游,烟波邻钓徒。湖光绿涨天,湖柳翠牵裾。还须日昏黑,坐弄明月珠。

曹燕怀

曹燕怀,清康熙年间人,约与淮安府清河县令管钜生活于同时代。

出清河口为管邑侯作

漂母墩前一棹回,甘罗城畔几人来?菱歌渔唱秋风晚,巷答街吟落照开。共道临江来茂宰,须知仲父号奇才。高阳赤子思荀令,清邑苍生遇寇莱。请命立苏田政酷,清粮顿教井疆裁。稼禾遍野农功起,灯火虚窗学校培。风拂藻芹浮泮绿,花飞桃李夹桥栽。村无严檄惊眠犬,署有清琴引落梅。雨足东皋清积雪,春嘘大地不闻雷。口碑载道芬生齿,祝鼓登堂酒满罍。受者情不能已矣,行人爱亦何殊哉。无缘得识荆州面,有意还登单父台。今日民皆歌五楟,他年吏自擢三台。采风淮甸成心契,义取燕京应首推。

按:管钜于清康熙二十六年至三十七年知淮安府清河县,多惠政,《清河县志》有传。

朱 玉

朱玉,字少白,号复园,原名复,字潜斋,清乌程(今浙江湖州)人。康熙二十四年(1685)诸生。有《牧海堂诗集》。

胯下桥得之字

途婴恶少更何之,千古同嗟胯下时。国士从来偏受侮,狂奴到处总无知。

桥临灌木群乌乱,市背荒城落照迟。我亦怀惭孤愤客,聊寻旧迹一题诗。

陆　观

陆观,字孚若。清康熙间附贡生。

山子湖望隰西草堂

水满平湖秋日清,小桥三板入村平。芦中士去留鸿爪,槎上人归听鸟声。
楚国遗黎三户在,萧田废土十年耕。弥天衰草残蒲外,别有临风望远情。

洪人英

洪人英,字千士。清康熙二十八年(1689)诸生,岁贡。

清淮月夜

浩浩清淮水,皎皎青天月。淡淡涵空明,互映两奇绝。
鼓棹入中流,波光共明灭。月窟如可探,乘风自兹发。

刘振远

刘振远,清康熙年间宿迁县令。

次韵余光祖《洗墨池立碑》

更披鞠草辟荒池,仙令心期海岳知。一代风流传旧迹,千年盛事看新碑。
即今吟唱科头日,忆昔狂书濡发时。安得与君同眺赏,开怀细读髯公辞。

邵锡光

邵锡光,清仁和(今浙江杭州)人。康熙丙戌(1706)进士。雍正元年(1723)曾任溧阳知县。

悯河夫

彳亍上淮安,窜名入编伍。凿筑限严程,稽迟罹罪苦。催工下文书,翘翘插双羽。主将心彷徨,上官亲按部。晓夜趱畚锸,□□□□□。冬衣麻布桑,尖风注强弩。夏日面目焦，蛆虫生两股。言念同役人，半作河傍土。一日迟给粮，饥焰灼肺腑。一日折给银，十分短四五。朘削任爪牙，何途吁宪府。长跪诉长官，祁念贫役苦。一惭长官惭，再诉长官怒。差役督工程，鞭棰倍严楚。天高呼不闻，忍悲泪如雨。

王汝骧

王汝骧，字云衢，一字云劬，又字耘渠，清江苏金坛人。主要活动于康熙中期。由贡生官通江县知县。有《墙东杂著》。

寄淮上曲江楼文会诸子

美人不可见，频梦亦奚为？落日华阳道，长风漂母祠。
相思寻旧简，投报渴新诗。剩有论文意，竿头进昔时。

揆　叙

揆叙（？~1717），字恺功，又号惟实居士，纳喇氏，清满洲正黄旗人。大学士明珠子，纳兰性德之弟。历任翰林院学士、经筵讲官、礼部侍郎、左都御史。有《益戒堂诗集》。

漂母祠有感

遗庙枕淮阴，经过感慨深。母原轻一饭，人自重千金。
泯没怜才意，称量望报心。纷纷凭吊者，未许托知音。

近淮阴侯故里

钟室谋成上将亡，分明授意出高皇。勋臣不免夷三族，猛士虚求守四方。
战马放归金勒弃，飞禽弋尽宝弓藏。钓台寥落无人识，千古春流映夕阳。

陈鹏年

陈鹏年（1663~1723），字北溟，又字沧州，清湖广湘潭（今属湖南）人。康熙三十年（1691）进士。曾官山阳知县、河道总督。著有《道荣堂文集》《喝月集》《历仕政略》《河工条约》。

冬日感怀

河淮重寄宠旌旄，方略频传霄汉高。中夜扁舟偕畚锸，经年匹马狎波涛。

庙堂正切宣防计，簿领仍悬抚字劳。渐看海疆今沃壤，桑田儿女献春醪。

朱　经

朱经，字叙九，号恭亭，清江苏宝应人。少以诗文名诸生间，然屡困南闱。有《燕堂诗钞》《究东集》《清史列传》。

南唐护国寺残石

白马湖西旧荒寺，人云创建本唐赐。残碑断碣如云烟，无从更识南唐字。

李必恒

李必恒（1666～?），字百药，一作北岳，晚号樗巢，清江苏高邮人。廪生。宋荦见其诗，招入幕，列为"江左十五子"之一。有《三十六湖草堂集》。

乙丑纪灾诗（并序）

邮自鼎革后，水患之大，淮为最。考淮水发源于桐柏，释名曰：淮，韦也，韦绕扬州北界，东至于海。《水经注》曰：淮水经义阳，东过钟离县北、夏丘县南，又东至余县，又东盱眙县，东至广陵淮浦县，会黄河而入海，此其故道也。前明废海运，复会通河以漕东南之粟，乃修归仁堤，大茸高堰，障全淮使出清口，与河流会，借淮刷黄，从云梯关入海。以故运道不梗而淮水亦不至为害。鼎革以来，堤防废坏不修，顺治十六年己亥，归仁堤决，康熙元年壬寅，又决。洎自周桥开而淮水尽东注矣。淮水既东，清口之力遂弱，不足汰黄流之淤。久之，云梯关故道为积沙壅阻，于是黄水逆入清口，奔注洪泽湖，淮复挟黄为害，合二水，悉停蓄汇萃于高、宝诸湖。而下流范公堤诸闸久废，其入海诸港口又皆湮塞，其受无涯，其归无所，二十年来，七邑乃为之壑矣。乙丑（1685）夏，淮、黄交涨，邮城不没者三版，予宅在城外，水深丈余，坐卧小楼者匝月，洫洫乎抱为鱼之恐。愁苦中辄赋一诗，得八首，非只纪事，实以告哀。夫治其源，宜修归仁、固高堰；杀其流，宜开支河、浚海口。今河臣于沿堤一带，设立减水诸坝，又令每岁增堤土三尺，噫！于保堤则得矣，如水患何？留心民瘼者，宜思所变计焉。

何年湮息壤，千里发胎簪。洪泽陂难障，淮南害独深。尾闾原地势，降割岂天心。十万生人命，经旬突不黔。报道归仁决，须臾涌浪高。羊头何滚滚，釜底自滔滔。草木先秋萎，鱼龙竟日号。不堪容膝地，霪雨又萧骚。即以城为岸，惊涛直撼城。长湖无鸟过，六月已凉生。野哭何人急，讹言半夜惊。全家风浪里，秉烛坐深更。泛宅知无计，危楼且共存。半间连榻灶，八口杂鸡豚。呕泄情怀恶，燔烧泪眼昏。皇天吾不怨，幸免作鱼鼋。藻荇牵高树,荒村八九墟。人情争网罟,劫运到诗书。大厦何当庇,他乡好卜居。可怜空际雁,无处觅沮洳。眼见污邪尽,高原卷亦空。疗饥思圣米,御湿觅山芎。不没城三版,难租地一弓。奇灾经几见,骇绝白头翁。司空奉帝命,曷以拯灾黎。上策惟通漕,奇勋在护堤。归墟迷海口,沙路塞云梯。财赋维扬地,何堪竟作溪。五行多错迕,谁与问京房?谷洛将无斗,淮黄久失常。禹功真不再,天变故难详。激荡悲风起,哀音彻大荒。

自注:唐宣宗大中六年(852),高邮大旱,民于官河中漉得异米,号"圣米"。

三　阿

东海大鱼化,阿法真雄姿。晚弃景略言,气吞司马儿。盱眙既已陷,广陵往告危。桓桓谢将军,受命如风驰。奋勇却俱彭,三败敌已靡。壮犹媲方召,先声兆淮淝。缅思古人意,成算百不亏。举亲岂咈众,屐履任亦宜。儿辈能办贼,大言亮非欺。战场今何在,蔓草留荒基。召埭近在望,十载同讴思。

按:《通鉴》,晋孝武太元四年,秦将俱难、彭超陷盱眙,进围三阿,去广陵百里,朝廷大震。监军谢玄连战却走之。《一统志》云:三阿即北阿镇,在高邮城外九十里。今镇名尚存。

下阿溪

金轮奸天位,龙种肆蚕食。罗织大杀伤,普天怨气积。英公起扬州,军容颇烜赫。声罪而致讨,狐媚亦动色。豪杰争回应,师直战必克。如何取润州,恋栈出下策。遂令堂堂阵,军气顿萧索。仓卒遘孝逸,一败遂狼藉。匡复徒虚名,屠戮复谁惜。我来吊遗踪,惆怅想所历。不见葭苇红,但见溪水碧。智哉骆丞超,神龙竟无迹。

按:下阿溪,即晋三阿地。今溪名仍旧。

珠　湖

好风从东来,杨柳大堤绿。菰蒲芽短短,凫鹭晴出浴。扁舟郭外去,波光淡和旭。俯仰怀幽人,结庐傍隈隩。潜姿媚孤影,奇光亘天烛。地灵斯人杰,崛起振芒躅。岂徒科名显,直节着谏牍。五湖波浩荡,望古引遐瞩。渔烟青苇丛,飞起双属玉。

黄之隽

黄之隽(1668~1748),初名兆森,字石牧,清华亭(今上海松江)人。康熙六十年(1721)进士,授编修,迁中允,乾隆丙辰举博学鸿辞。有《𢈪堂集》。

漂母祠

少年欺带剑,老母念垂竿。恩怨一时有,波涛千古寒。

封侯金自易，乞食饭应难。最是穷途感，英雄泪不干。

沈绍姬

沈绍姬，字香岩，清浙江钱塘人。羁迹淮右，垂老不归。

淮阴侯

鼎足才堪角两雄，当年应悔灭重瞳。分羹父子恩犹薄，推食君臣谊岂终。独有千金酬漂母，曾无一语感滕公。名成自古身当退，没齿休论战伐功。

咏 古

为报韩仇奋一椎，副车虽误亦雄哉！淮阴也是韩王后，何用当时蹑足来。

叶 本

叶本，清青浦人。贡生，乾隆元年(1736)任盱眙知县，四年调办水利石工，后擢泗州知州。

龟山寺晚钟

残霞一抹夕阳楼，催动钟声吼石牛。风送数声淮水上，渔舟多向岸前休。

沈德潜

沈德潜(1673～1769)，字确士，号归愚，清苏州府长洲人。乾隆四年(1739)进士，曾任内阁学士兼礼部侍郎。著有《沈归愚诗文全集》，又选有《古诗源》《唐诗别裁》《明诗别裁》《清诗别裁》等。

咏 古

淮阴贫贱时，甘受少年侮。如何既封侯，羞与哙等伍。能忍功有成，满假祸斯取。欹器贵挹损，此事鉴诸古。

周 京

周京(1677～1749)，字西穆，一字少穆，号穆门，晚号东双桥居士，清钱塘(今浙江杭州)人。廪贡生,考授州同知。有《无悔斋集》。

韩侯祠

未央凄断草痕荒,一剑横飞六月霜。吕雉计先锄壮士,汉廷谁复悟高皇。
悲歌不尽淮流碧,英气常存楚树苍。古庙有人崇伏腊,松杉清泛白蘋香。

翁 照

翁照(1677~1755),初名玉行,字朗夫,一字霁堂,号子静,清江阴人。国子生,乾隆元年(1736)举博学鸿辞,以疾未与试。十四年(1750),再以经学荐,不遇。往来江、淮、燕、豫间,大吏争延幕下。工诗,有《赐书堂诗文集》。

漂母祠题壁

漂母祠前野树枯,重寻遗迹半荒芜。士甘穷饿今常有,女识英雄古所无。
老屋三间风掩冉,残碑一片雨模糊。剧怜韩信功成后,不更归来作钓徒。

方世泰

方世泰(1679~1747),字贞观,以字行,一字履安,号南堂,一号洞佛子,清安徽桐城人。荐博学鸿辞不就。工书,有小行楷唐诗十二秩,江鹤亭刻于石。有《南堂诗钞》。

过淮阴

韩侯祠畔水流长,枚乘坟边野草芳。国士可怜终横死,词人休怨止为郎。
升沉自昔如生段,少壮能销几夕阳?容易辞家春又老,不堪倚棹向苍茫。

徐昂发

徐昂发,字大临,清江南昆山人,长洲籍。康熙三十九年(1700)进士,官翰林院编修。有《畏垒山人诗集》。

淮阴侯钓台

木落荒原水气昏,英雄渔钓迹犹存。蒯通不售三分策,漂母长留一饭恩。
人叹老臣知国士,天哀女子杀王孙。藏弓烹狗由来事,只合终身淮上村。

秦文超

秦文超，字伟士，号涵村，清湖南长沙人。康熙四十一年(1702)举人，官至浦江、龙游知县。有《涵村诗集》。

过漂母祠

清淮水涨岸添痕，望畏长堤古庙存。一饭偶然怜饿者，千金何必重王孙。
母能忘报真高谊，汉不酬功实寡恩。我亦江湖垂钓客，经过聊为荐芳荪。

白衣保

白衣保，完颜氏，清满洲旗人。康熙四十四年(1705)科副榜，官一等侍卫，兼郎中、佐领，御书房总管。

渡黄河

击楫金堤下，中流望眼开。水从天上落，人自日边来。
废垒寒烟白，荒墩画角哀。夷门知不远，吊古独徘徊。

刘廷玑

刘廷玑，字玉衡，号在园，清汉军镶红旗人。康熙间，由荫生累官江西按察使，康熙四十五年(1706)降补分巡淮扬道。有《葛庄诗集》《在园杂志》等。

题韩王故里

钓鱼城下饿王孙，一旦登坛九命尊。进饭不忘犹报德，解衣常念肯孤恩?
仰天若挈陈豨臂，相背应听蒯彻言。隆准也同乌喙忌，功臣千古共衔冤。

淮阴道

逝水朝东落日西，天涯回顾暮云低。淮阴道上王孙草，不断年年送马蹄。

王敛福

王敛福，字畴五，号永斋，清昆明人。康熙四十五年(1706)进士，改庶吉士，授编修，历官侍读。有《见山楼集》。

由桃源返淮上

过眼云烟迹已陈，东西南北一闲身。堤边桃李随春梦，水际凫鸥狎渡津。
自分江湖筹国事，谁从风雨问行人！淮阴可有莼鲈在，也自归思满绿茵。

许王猷

许王猷，字宾穆，号竹君，清浙江嘉善人。康熙五十二年(1713)进士，雍正时长期担任翰林、詹官职。

安东县

闻说安东县，鱼盐利最饶。河流通碧落，海气接青霄。
古寺留仙迹，钟声带晚潮。公余闲揽胜，尽写入诗瓢。

徐廷槐

徐廷槐，字立三，号笠山，清会稽人。雍正八年(1730)进士。有《南华简钞》《南华经直解批注》4卷。

渡黄河

浊浪高西北，南来怒未阑。何年疏凿易？此日挽输难！衮衮官成队，萧萧荻满滩。江流隔几许，过客一回看。野田无数鸣，随意自飞集。借问此何处？当年阵营立。桓桓陆将军，振策挥吴卒。零落小金牌，留与耕人拾。阴风天四垂，盘郁昏雾涩。坟起隐荒堆，凝聚鬼神密。一带绕河流，水声亦萧瑟。

唐　英

唐英(1682～1756)，字俊公，号蜗寄居士，清沈阳人，隶汉军正白旗。清雍正六年至江西景德镇御窑厂协理窑务，至乾隆元年(1736)调淮安关，兼理窑务。有《陶成纪事碑》《陶冶图说》《陶人心语》等。

己未首春

将去淮阴，过韩侯钓台、漂母祠有作。

残碣荒祠在，春风吊古深。垂纶原钓楚，饭客早挥金。
巾帼尘中眼，英雄胯下心。三年何处问，长啸去淮阴。

陈　章

陈章(1682～1759)，字授衣，又号竹町，清钱塘人。乾隆元年(1736)荐博学鸿辞科。有《梦晋斋集》24卷、《竹香词》1卷。

哀饥民

哀饥民，哀饥民。夏秋淫雨连朝昏，稻花不实烂稻根。淮流泛溢鱼龙奔，尺椽片瓦荡如焚。流连四散投城门，门卒呵止还乡村。道遇一老妪，泣告声已吞。一家十三口，只有两老存。寒风急雪又作横，肩背不掩无完裙。残喘不知更几日，乞得薄粥犹相分。东家卖儿女，价钱同鸡豚。西家死父母，随地埋荆榛。哀哀此赤子，谁非圣代民。九重恩诏昨日下，绘图不必烦监门。

高　斌

高斌(1683～1755)，字右文，号东轩，清满洲镶黄旗人。清乾隆年间外戚大臣，慧贤皇贵妃之父，著名水利专家。曾任江宁织造、江南河道总督等职。

春日黄河阅工书所见

河干缓辔踏平沙，雨润轻尘风物嘉。清磬数声闻野寺，炊烟几缕望田家。
淡黄嫩绿三眠柳，姹紫嫣红四照花。到眼春光行处好，却令使客惜年华。

朱元隆

朱元隆，清梧溪人。乾隆间，为淮上幕僚。

甘城晚渡

秦代遗封旧土疆，潆回一片水云障。橹声泪里渔歌和，樯影波中日色苍。
渡散落霞余野鹤，谁留明月吊甘郎。当年雉堞今何在，芦叶萧萧古岸旁。

朱元鼎

朱元鼎,清梧溪人。乾隆间,在淮上做幕僚。

漂母渔灯

晚烟漂岸系渔舟,薄暮苍茫灯影浮。雁落平沙窥月出,鲸游碧浪逐星流。
疏蓬漏焰穿茅舍,隔网余光照古邱。闲步淮滨增怅望,波霞明灭景悠悠。

伊龄阿

伊龄阿,姓佟氏,字精一,清满洲人,一作汉军旗人。乾隆三十七年(1772)、四十一年(1776)两任淮关关督,官至侍郎。工诗书画,梅兰称一品,山水法吴镇,书宗孙过庭。

板闸被水歌

黄河东走扼清吭,处处长堤固平壤。一宵风雨怒鸣号,汛滥高于堤十丈。时当甲午秋八月,老坝口传水漭漭。朝来雨急风转颠,汩汩银涛声震荡。河伯翱翔策马来,阳侯骄舞盘涡上。山子湖周四十里,灌之顷刻满盆盎。摧坚破厚如枯朽,剩壁颓垣犹倔强。板闸万烟乱飞蓬,榷署高楼平如掌。天心降灾欲何之,况是多金储国帑。挥手从人各奔避,余命死职非为枉。结筏甘与波沉浮,孑然宛在水泱泱。库藏四十余万缗,坚持旬日得依仗。环顾群黎最可怜,呼号仓猝莫知往。寻爷觅子乱窜逐,手携白发背负襁。或起升屋熊鸱蹲,或见缘木猿猱象。抱柱岂真待符女,济川哪得棹兰桨?不及接淅虚烟炊,空有终宵勤绩纺。吁嗟生理付鱼鳖,何处随狙拾栗橡。河下惊闻鼠窃多,山左又传潢池党。圣朝功令明且严,尔辈何敢触文网!业经流离甚颠沛,哪堪仓惶复扰攘。水中草奏不及筹,初达民情未明朗。清问频颁天语来,发赈宽租帝德广。此时补苴赖相臣,飞骑巡行切痛痒。老幼计口沽升斗,远集安定全熙攘。月余始得龙口合,喜看波平愁淤长。明湖千顷成陆地,大厦积土深肮脏。家人相见道余生,只庆生全莫怏怏。荡然所有非一人,千门万户愁殊曩。但幸民生无失业,小臣家倾何足想!

按:此诗写乾隆三十九年(1774)黄河老坝口决口,板闸等地受灾情况甚详实。

重建榷署

其　一

为慎稽征地,营成数月工。湖平新势阔,水去旧基崇。
藉手君王德,宁夸堂构工。翚飞欣有觉,不敢陋公宫。

其　二

望影良非易，营营心力殚。才栽花烂漫，渐报竹平安。

台望沧波远，心筹管榷难。落成燕饮者，相与颂斯干。

乾隆卅九年督榷淮关追维先君旧任此地

忆昔深冬塞外驰，朔风凛冽向人吹。而今北顾离乡久，相习南来与俗宜。

村近朱陈欣合志，暮罗温石共敲诗。星霜使节瓜期候，又奉纶音许再期。

按：朱陈，古村名，村中只有朱陈二姓，世代友好。温、石，指唐代诗人温庭筠、宋代诗人石曼卿。

乾隆卅九年在甲午八月十五日河溢老坝

甲午秋八月十九日，老坝口黄水漫溢，板闸被淹，榷署水深丈余，猝不及防，家人妇子仓惶奔避。闾阎老弱，道路彷徨，情形甚为凄恻。念库贮所在，当以身徇，结筏以守，于风雨巨浪中草章入告。越旬日，水退，而署没于淤泥中八九尺矣。署后有山子湖，周围四十余里，水退悉成陆地。爰鸠工庀材，因高筑堵，数月始还旧规，聊志以诗。

其　一

雨骤风颠鼓浪高，黄河奔迅疾于涛。一声漫溢连天至，万户流离动地号。

官舍沧桑宁暇惜，死生气数复何逃。只缘长府身为系，未敢轻离独夜舠。

其　二

幕下仓惶散莫留，亲书奏草达宸旒。初陈未悉闾阎象，清问频殷帷幄筹。

鸿雁不堪真目击，橐囊奚忍为家谋。相将结筏聊栖止，却是乘槎海上俦。

其　三

闻道沿河扰攘多，又传山左动妖魔。巡行镇静聊为策，夹路彷徨可奈何？

幸喜匪徒旋就网，欣看龙口合平波！相逢尽诉生全事，赈诏初颁亿兆歌。

其　四

水到高檐可泛舟，水平积土已成丘。剪除未是标新计，畚插难为作旧谋。

千顷明湖堪濯足，一宵精卫已填流。且欣帑贮安无恙，又报从宽纶绋稠。

原注：是岁额课报缺，特恩准销。

其　五

朝倚晴云暮拥霞，结茅小筑似僧家。漫云广厦千间庇，差胜洪涛八月槎。

惊到定时转自畏，心从难后不生奢。还怜黎庶多飘泊，暑雨祈寒仰屋嗟。

其　六

草草经营旧地宽，因高筑堵不须删。怜无荷芰千波叠，喜得桑田十亩闲。

重集朋侪归聚首，移栽新竹未成斑。而今榷署期完固，时复追思一动颜。

和乐斋主人寓园(四首元韵)

其 一

闻道豪情胜庾楼,眼前风物任遨游。传来佳句清芬远,谱出名园乐事幽。
绕屋奇花争吐艳,隔林好鸟镇相求。漫夸扫径频延客,兴到何须问去留。

其 二

棐几湘帘夏簟清,高斋不让俗尘侵。朝看树色消烦署,夜听泉声动好吟。
流水弯环通九曲,小山重叠拟千寻。人生最是闲难得,珍重题诗继竹林。

其 三

为爱林泉更卜居,天机飞跃信鸢鱼。诗豪到处堪留句,学富于今好著书。
风雨对床佳客醉,烟霞满眼逸情舒。自惭未与山阴会,着意追摹境尚虚。

其 四

不将荣悴问行藏,消尽尘襟万虑忘。壮志肯随青鬓改,闲心应笑白云忙。
樽邀皓月千觞满,曲奏薰风一院凉。如此逍遥缘底事,苍生霖雨望偏长。

重修榷署落成得楼字(有序)

署修于雍正二年,已失旧址,近复连年水溢,地狭材朽,露积堪虞。拟捐廉俸修整,请于天子,得旨。计值雇民夫,众咸乐从,计日而成。诗以落成用纪圣明昭鉴,俾垂永久之至意也。

其 一

江天形胜接芳州,建置于今已卅秋。钜敢怀安图逸豫,只缘典守重咨诹。
钦承圣主容经始,且喜斯民乐与谋。真是恩光悬照远,从今风月水明楼。

其 二

近水凭山百尺楼,自来岚翠不须谋。江分九派流终古,剑插双峰锷暂收。
俸有可捐因集事,名无从市谨持筹。遥看圣世农功溥,秋稼如云满近洲。

张 增

张增,字子晋,清宛平(今北京)人。举人,官宝应知县。有《抑庵诗选》。

高堰立秋

皛皛秋光水上过,微茫树影下陂陀。地连吴楚湍澜阔,天入淮扬风雨多。
沙际渐看飞鹳鹭,湖心犹自走鼋鼍。清霜白露沾衰草,萧瑟应回万里波。

宋鸿儒

宋鸿儒，字惺中，号椒园，清高邮人。约生活于清康、乾间，诸生，与贾田祖等在高邮湖西成立甓湖诗社。有《东村集》。

风雨渡湖歌

蓼虫食辛不知甘，春愁黯渡春月三。莺啼紫陌花咤娅，闭关那复携双柑。凌晨解缆出湖畔，推篷放眼浮烟岚。初阳睒睬闪空际，浪花轻吐如排蚕。饱挂蒲帆向晴昊，澄波万顷堕参谭。忽然西南垂暝翳，聒耳策策风声酣。横风吹雨雨脚到，疾若猛士驱飞骖。敲篷作陈势拉杂，西天一色湖光涵。涌流触舵浩汹汹，怪云压水阴暗暗。水禽散乱水荇漩，篙师渔父斋诂喃。灵逢喊呀破鬼胆，迷离烟雨情所耽。探奇要穷溟海北，御风会涉湘江南。洞庭震泽不曾到，瞿塘滟滪未曾谙。枯坐一廛老牖下，有辜名胜心怀惭。此湖泛碧才百里，水云讵足相伍参。偶逢阴霾变常态，气象转觉成浑含。烟挥雾霍大奇绝，长天欲堕扁舟担。狂歌激越扣舷叫，斩蛟兴剧按剑镡。蜃楼恨不攫身入，骊珠直欲伸手探。须臾风平浪亦定，龙归窟宅气冉冉。渐看柳色摇毵毵。低村罨画涂水墨，草沾湿地拖轻蓝。蛤田蟹舍好篱落，拟寻隙地为茅庵。

王德徽

王德徽，清平舆（今属河南）人。

读史感言

蒯通相淮阴，相面亦相背。相面犹可言，相背难置喙。教之叛汉良非忠，计不相全智安在。奈何骑虎势不下，决机存亡在进退。不然不如勿下齐城七十二，犹或君臣相保无相废。

韩国瓒

韩国瓒，字器成，清山西广灵人。雍正十一年（1733）知获鹿县事。

淮阴侯祠

淮阴将兵真奇绝，背水成功阵势别。置之死地而能生，将军机神心血竭。可怜敌国一朝已，遂使谋臣随时灭。假如乌骓尚蹀躞，谅不望溅未央血。逢迎岂测萧相心，辟谷应让留侯哲。只今汉祚安在哉，士人拜侯景人杰。西山古庙鹿水流，耿耿忠魂危石咽。

龙式熙

龙式熙，字寅谷，清雍、乾间高邮人。生员。有《咏沙草堂诗》。

晚渡甓社湖

三十六湖水，何年汇一湖。长淮偏假道，老蚌不腾珠。
业并荒渔父，波唯占野凫。安澜宜有庆，凋瘵始能苏。

常 安

常安（？～1747），纳喇氏，字履坦，清满洲镶红旗人。以诸生授笔帖式，历官至布政使，迁江西巡抚。

伤淮民家贫

我闻古人语，瘠土民不淫。淮南本泽国，平衍无山林。厥田惟下下，半为波浪侵。男不务耕作，女不勤织纴。贸迁不服贾，何以致多金？我来一问俗，四壁闻呻吟。愧乏致富术，时时增忧心。

金 农

金农（1687～1764），字寿门，号冬心先生等，清仁和（今属浙江杭州）人。书画家，扬州八怪之一，嗜奇好学，工于诗文书法，晚寓扬州，卖书画自给。有《冬心诗钞》《冬心随笔》等。

咏淮堤柳

绿柳一株红板桥，东风用力媚春朝。可怜种向淮堤上，不是低头便折腰。

泛萧家湖

回汀曲渚暖生烟，风柳风蒲绿涨天。我是钓师人识否？白鸥前导在春船。
按：萧家湖，亦称萧湖，在淮安河下镇，为一方胜迹。

吴廷桢

吴廷桢,字山抡,清长洲人。康熙皇帝南巡,廷桢以举人召试,御书古剑篇以赐。康熙四十二年(1703)进士,官至左春坊左谕德。有《南村集》《古剑书屋文钞》。

天妃闸

断堰锁崔嵬,奔流下石隈。势吞淮甸尽,声撼海门开。
水气晴吹雨,天风夕送雷。扣舷惊险绝,谁是济川才?

淮浦夏日杂感

浊浪南方万马雄,清淮各线失春容。天连碧海盘霜鹘,水泊金堤转雪龙。
四载禹功今未远,一丸蚁穴古难封。杞忧却怕天饶笑,且与治平磊块胸。

淮阴钓台

惆怅王孙去不归,功成无复理蓑衣。汉家只有桐江叟,长保秋风旧钓矶。

释元璟

释元璟,字借山,清浙江平湖籍。曾为天童寺僧、淮安化成庵僧。康、乾间人。工于诗,居杭州时,曾结西溪吟社,所与酬倡者皆一代胜流。有《完玉堂诗集》10卷。

漂母祠

漂母祠堂古尚存,萋萋衰草带城根。汉家斗大黄金印,争及当时一饭恩。

束南薰

束南薰,字虞琴,号景韶,清丹阳人。附贡生,生活于乾、嘉年间。有《近月楼诗钞》。

河兵谣

我行至河滨,一望惊渊潾。河兵悉河务,缕缕为我陈。黄河道常改,迁徙无定在。今始南入淮,云梯关注海。浊强黄势骄,清弱淮流涣。力筑高家堰,障之使东汇。借淮以制黄,厥功自百倍。运道积沙淤,势难通尾闾。黄逆入清口,奔流洪泽湖。湖淮复挟黄,涌灌高宝途。民抱为壑忧,何以通挽输。治源先葺归仁堤,杀流急宜浚海口。坐使水由地中行，衽席之安可长久？

按：此诗一作徐恕作。

释超源

释超源（1691～1745），字莲峰，洪氏，清仁和人。善诗。主持苏州怡贤禅寺十余年，郑板桥好友。

梦故友程风衣

春雨何淅淅，春云更沉沉。程君已隔世，宵梦来相寻。自言身朽心不朽，象外风月皆吾友。从前胶扰海天空，只是泉台无美酒。斜阳烟柳门前溪，欲别不别重牵衣。寄语淮阴小儿女，我今野鹤同翻飞。

按：程风衣，名嗣立，安东人，世居淮安河下，家素封，诗书画皆工。

厉　鹗

厉鹗（1692～1752），字太鸿，又字雄飞，号樊榭、南湖花隐等，清钱塘（今浙江杭州）人。康熙五十九（1720）年举人，屡试进士不第。清代文学家，浙西词派中坚人物。著有《宋诗纪事》《樊榭山房集》等。

午日淮阴城北观竞渡

其　一

此日家家唤艇行，一湾野水是新城。无人更说防淮事，烟柳风蒲到处生。

其　二

惊飞沙鸟两相呼，铙鼓缘流引客娱。不分午风凉似水，为他儿女飐钗符。

其　三

谁家林际小园亭，过尽豪华物态零。几折虚廊通浅渚，坏桥无柱上浮萍。

其　四

吟朋应是忆天涯，旧曲樽前小字斜。犹有浴兰遗俗在，晚来间过卖浆家。

郑 燮

郑燮(1693～1765),字克柔,号板桥,清江苏兴化人。书画家、文学家,“扬州八怪”之一。乾隆元年(1736)进士,历官河南范县、山东潍县知县,有惠政。以请赈饥民忤大吏,乞疾归。有《郑板桥全集》。

淮阴边寿民苇间书屋

边生结屋类蜗壳,忽开一窗洞寥廓。数枝芦荻撑烟霜,一水明霞静楼阁。夜寒星斗垂微茫,西风入帐摇烛光。隔岸微闻寒犬吠,几拈吟髭更漏长。

薛 慎

薛慎,字敬伯,清淮安府桃源县人,世居山阳,岁贡生,边寿民外甥。工诗词,著有《波余草》。与弟薛怀,埙篪唱和,并称清流。

过舅氏苇间书屋感旧

宋玉去留临江宅,别墅追陪犹昨日。树木迁改门径非,瞥眼看是何人人。十笏烟霞传九州,当年酬唱尽应刘。声华一歇万事掷,菟裘无复为挽留。吁嗟乎!笔墨之灵郁奇愤,化为檐头怨鸟声啾啾。

尹继善

尹继善(1695～1771),章佳氏,字元长,号望山,清满洲镶黄旗人。东阁大学士兼兵部尚书尹泰之子。雍正元年(1723)进士,曾官两江总督,文华殿大学士兼翰林院掌院学士,协理河务。有《尹文端公诗集》等,曾参修《江南通志》。

和袁枚留别荷芳书院韵

其 一

敢云景物似平泉,聊趁公余坐晚烟。千里人过袁浦畔,一声歌到绿杨边。
青灯夜雨添新梦,画舫秦淮感昔年。莫谓迩来清兴减,偷闲同醉落花前。

其 二

曾记山房字几行,重游旧地感荷芳。花残岂尽因春雨,树老仍多傍短墙。

把酒却逢新涨满，开窗共纳北风凉。林园宾主知谁是，一片蛙声送夕阳。

其 三

半窗斜月透疏林，草满阶除竹满庭。老去一身随去好，年来两眼为谁青。
琴弹古调原难赏，诗带离声转怕听。怪底野心留不住，小桃源内有山亭。

其 四

临歧拳折路边枝，手迹遗留去后思。黄鸟鸣余添别恨，牡丹开罢计归期。
孤帆短棹随风远，落日闲云出岫迟。羡煞村居耽啸咏，可能频寄见怀诗。

李继圣

李继圣(1696～?)，字希天，号振南，清常宁人。雍正二年(1724)举人，曾官江西万年、广丰知县。后辞官，专事著述与讲学，足迹半中国。晚年掌石鼓书院。有《春秋经传合解》《寻古斋诗文集》《振南诗集》等。

高邮湖

豁然包络大，天地一浮萍。动挟江淮怒，静含风雨灵。
岸容沉远黑，云气荡空青。尚有珠来否，湖边野色暝。

胡天游

胡天游(1696～1758)，一名骙，字稚威，号云持，又号松竹主人，又号傚轩，清浙江山阴(今绍兴)人。雍正七年(1729)副贡生，乾隆元年(1736)举博学鸿辞，补试，以病罢。有《石笥山房集》。

珠 湖

为国江海间，重湖势多积。实潴英灵富，奇生谅不测。堕月抟冰胎，方诸秋泪滴。一朝成葆抱，万古清辉逼。巨壳帆张扬，掣影动飞侧。光曳风雨黑，厚水照洞赤。蜃龙不敢夺，沉使纬萧得。珠来湖自媚，珠去陂但碧。不记皇宋年，人物两无迹。唯欣渺空阔，望撼天四壁。浩浩盘云涛，到海但一息。向晚波亦平，放舵如贴席。

刘统勋

刘统勋(1699～1773)，字延清，号尔钝，清山东诸城人。雍正二年(1724)进士，历任刑部尚书、工部尚书、吏部尚书、内阁大学士、翰林院掌院学士及军机大臣等要职。为政四十余载，政绩显著。追授太傅，谥号文正。

题淮安郡城普济堂壁

其　一

鱼鳞屋瓦照清淮，鸿雁安居得意皆。拂却苍苔看细字，翻因诊缕见襟怀。

其　二

香烟一缕奉金仙，护念人人种福田。鸠鹄入门携手笑，阿侬施与善因缘。

姚　钲

姚钲，字敬甫，清海宁人。康熙间诸生。

流民叹

少妇走千里，有家不能归。负儿复扶媪，涕泣沾麻衣。驻马问少妇，少妇增嘘唏。前年淮大水，夫死身无依。姑也年八十，形影难相离。薄田伤秋旱，无以供甘肥。远行可乞食，宁惮筋力疲。妾亦良家女，何以远行为。妾死姑亦死，妾生姑不饥。忍辱非苟活，此意无人知。

李宗渭

李宗渭，字秦川，号稔乡，清嘉兴人。康熙五十二年(1713)举人，官永昌知府。有《瓦缶集》。

淮阴侯

饭信谁？淮阴母。杀信谁？汉宫后。饭惜英雄杀忌才，千古具眼此两妇。有贤不用斯亡身，重瞳区区真妇人。

纪迈宜

纪迈宜，字偲亭，清文安(今属河北廊坊)人。康熙五十三年(1714)举人，官泰安知州。有《俭重堂集》。

渡黄河用渔洋先生韵

其 一

淼淼洪涛络地长，迢迢帆影挂斜阳。堤回曲岸虹千仞，雁起圆沙字几行。
久矣鸿沟迷楚汉，漫从碣石问沧桑。平芜苍莽浮云合，知是当年百战场。

其 二

天汉浮槎讵可登，双丸跳荡此中腾。千帆疾下真如鸟，十月初寒未试冰。
觅渡声传樵径月，鸣镳目断猎围鹰。明朝更访夷门道，独向荒烟酹信陵。

鲁克恭

鲁克恭，字伯敬，清丰润（今属河北唐山）人。雍正七年（1729）举人，官秀水知县。有《野鹤山人诗钞》。

韩信钓台

垂钓自严濑，高风属后来。假王空自大，真主岂无猜。
走狗论功业，藏弓失将才。涕零滩上土，匪直为君哀。

倪国琏

倪国琏（？～1743），字子珍，一字西昆，号毯畴，清浙江仁和人。画家。雍正八年（1730）进士，官给事中。有《春及堂集》。

舟过甓社湖太鸿忆旧句成诗因和其韵

曾闻归棹逐春凫，病里诗成句绝殊。过客于今冲朔雪，居人依旧枕平湖。
书传胥浦囊犹涩，酒近清淮盏不枯。只有别情嗟更远，寸肠消得九回无。

赵青藜

赵青藜，字然乙，号星阁，清安徽泾县人。乾隆元年（1736）进士，改庶吉士，授编修，历官御史。著有《漱芳居士集》。

舟次淮阴用东坡淮韵

混混河水黄，清清淮水碧。二水会山阳，蒸作城霞赤。城下远游子，暝烟趋水驿。家山日以远，雁字云中隔。朝来风力柔，未可发洪泽。人生秉素志，所贵能自适。有河恣长饮，满腹愿已毕。不见贪者劳，那知静者佚。王孙出胯下，名亦垂金石。学道胡不为，功成徒见疾。

包　彬

包彬，字文在，号朴庄，又号惕斋，清江苏江阴人。乾隆三年(1738)举人。有《朴庄诗稿》。

淮阴侯庙

鸟尽良弓势必藏，千秋青史费评章。区区一饭犹图报，争肯为臣负汉王。

郭　浚

郭浚，字昆甫，清善化(今属湖南)人。乾隆九年(1744)举人，官国子监助教。有《罗洋诗草》。

漂母祠

淮阴不侯母不祀，一饭王孙千万世。施不望报良独难，能哀王孙讵云易。英雄落魄何代无，往者子胥亡入吴。濑上之女还捐躯，邈然望古精魂俱。我来把棹凌珠湖，天风渺渺吹菇蒲，呜呼！英雄落魄何代无。

郭鹏举

郭鹏举，字翔九，清闽县人。系乾隆初年盱眙知县、泗州知州郭起元之子，曾任虹县知县。

洪泽湖

北条水势夺南条，淮堰坚时白浪骄。为浦为渠沉大泽，不风不雨覆征桡。
混茫元气空中转，淡滟浮光天际摇。借问鱼龙安宅否，泗滨鸿羽日翛翛。

题楚姑祠

中原逐鹿叹瓜分，楚国遗墟劫火焚。帝子有魂依北渚，碧桃无语傍孤坟。
贞先殉父缇萦女，烈感同仇缟素军。欲采藻蘋将远意，九歌哀怨不堪闻。

盱署春日忆东江桐村

山斋一夜敲窗雨，晓起阶前众鸷鸣。杨柳绿摇风更急，桃花红堕水初生。
梦依野草春烟湿，愁入高楼暮笛横。却忆桐村吟兴好，闭门应已赋诗成。

盱眙春游

轻车宝勒碾晴沙，细腻风光好岁华。何处暖云红似火，十分春上杜鹃花。

吴茗华

吴茗华，清乾隆年间南河总督吴嗣爵（字树屏）之女。该诗增补注：此诗作于乾隆四十一年（1776）其父离任南河总督之时。

留别淮阴官署

三载依依玉镜前，旧梳妆处最相怜。不知今后红窗里，又是何人点翠钿。

金　逸

金逸，清长洲（今苏州）人。庠生。

泗上浮桥新成

千尺苍龙水上看，西风吹破浪声寒。君谟书牒闽无海，广德当车汉有官。
移作灞桥诗思阔，借来溱洧相恩宽。而今不用争归渡，落日从教下远峦。

王　彬

王彬，字秩云，清震泽（今江苏吴江）人。乾隆诸生，历官平远知州。有《白云草》。

天妃闸

清晨登闸望，闸流如箭激。未至目已眩，少近舌频咋。下流如镜平，上流如立壁。以指遥度之，相去岂咫尺。跳珠溅沫不暂停，五里以内闻其声。以闸束水水愈怒，狂呼大吼相争衡。我身在闸意已惊，一船早向闸口撑。船腰牢系百条缆，辘轳四面皆纵横。一声爆火船头鸣，千夫著力牵长绳。欲上未上船直立，船前船后传呼急。摇旗鸣鼓何鼕鼕，宛共蛟龙争窟宅。官趋吏走齐倥偬，一船努力如升空。后船衔尾复继进，安能预定吉与凶。我船亦须从此入，目眩心摇神恍惚。敢夸忠信涉风涛，此中不少生人骨。

孙一致

孙一致，字惟一，清盐城人。生活于康、乾年间。

夏大水

田家力尽苦乘春，入夏无端水患频。河上六年悲瓠子，淮南七邑赴波臣。
绘图纵抗监门疏，发粟谁怜矫诏人。此后不唯农业弃，渔樵何地更容身！

自注：时总督麻公去位，时论惜之。

丙辰大水

不尽洪涛八月初，流民满地哭无居。室庐野日空归燕，禾黍秋风只饭鱼。
蠲恤几曾亏国计，转输犹自急军储。战余哪得谋生聚？大有频登太史书。

按：应为乾隆丙辰(1736)年。

沈廷芳

沈廷芳(1702～1772)，本姓徐，字畹叔，一字椒园，清浙江仁和人。乾隆元年(1736)考取博学鸿辞科，官至山东按察使。有《隐拙斋集》《隐拙斋续集》。

过甓社湖追怀郭于宫舍人

临流望无际，奕奕苇芦滨。树密帆樯暗，田低碛岸侵。
烟波经岁梦，沙月故交心。欲吊双村老，遗踪不可寻。

杨锡绂

杨锡绂(1703～1769)，字方来，号兰畹，清清江(今江西樟树)人。雍正五年(1727)进士，曾任漕运总督。著有《漕运全书》《四书讲义》《四知堂全集》等。

漂母祠

楚人悲苦汉人歌，中有国士持太阿。夜追亡者丞相何，王孙乞食何坎坷。千金一饭宁云过，惜哉沐猴冠峨峨，有眼不及妇人多。

陈 珮

陈珮(1707～1728),女,字怀玉,清安徽天长人。康熙二十七年(1688)进士、兖州知府陈于豫之女,江都江昱之妻。死后葬于天长县北雁落堆。有《闺房集》。

珠湖道中杂诗

其 一

滑汸春波绿似烟,东风时拍浪连天。渔娘见惯浑闲事,取次船头撒网圆。

其 二

蒲帆十幅射晴晖,天际悠悠任鸟飞。正值珠湖好风景,桃花三月水痕肥。

其 三

尖过黄家与白家,桃源深处足桑麻。轻帆更转无人境,春满汀洲草自花。

其 四

湖西日脚渐沉暝,野鸟嘤嘤水气腥。打桨艋船轻似叶,卖鱼沽酒出芦汀。

英 廉

英廉(1714～1783),冯氏,字计六,号梦堂,一号竹井老人,清汉军镶黄旗人。雍正十年(1732)举人,累官至直隶总督、东阁大学士,仍兼户部侍郎、正黄旗满洲都统。谥文肃,入祀贤良祠。工诗文,善山水及墨竹,有《梦堂诗稿》。

韩侯垂钓处

淮水东岸三尺上,旧是韩侯垂钓处。千载愁魂无处归,阴雨啾啾鬼夜语。刘季机深侯独强,侯虽不反身亦亡。侯身已亡侯心苦,一饭未忘河边姆。

陈黄中

陈黄中,字和叔,号东庄,清吴县人。诸生,乾隆元年(1736)应博学鸿辞不遇。有《东庄遗集》。

夜泊黄河口

永夜河声壮,扁舟客思孤。山川雄两戒,漕粟拥千舻。
明月中流涌,归鸿隔岸呼。一生江海意,对此独踟蹰。

乔大鸿

乔大鸿,字仪上,号容浦,清宝应人。贡生。有《槐阴楼集》。

舟次淮阴感旧

荒城木落雁声迟,傍水人家短竹篱。渡古尚余垂钓客,时平无复佩刀儿。
长堤晓露新栽柳,野店斜阳旧酒旗。回首故交凋谢尽,一声横笛使人悲。

德　保

德保(?~1789),索绰络氏,字仲容,一字润亭,号定圃,清满洲正白旗人。乾隆二年(1737)进士,官至礼部尚书。有《督运草》《乐贤堂诗钞》。

淮阴侯祠

曾于古岭奠公坟,故里初来访旧闻。胯下有人驱壮士,冢旁何处葬将军。
假王生死权萧相,震主功勋失后君。飒爽英姿遗恨在,灵祠日暮吊寒云。
原注:山西灵石县有岭曰韩侯,上有侯墓,余于乾隆戊辰经过,尝有诗句。

观　保

观保(?~1776),索绰络氏,字伯容,号补亭,清满洲正白旗人。乾隆二年(1737)进士,改庶吉士,授编修,累官礼部尚书,罢再起,授左都御史。谥文恭。

第一山怀古

平原千里长安道,三月春风净如扫。汴口东南始见山,淮流滉漾波环绕。米颠大笔何淋漓,烟云纠涌淮水湄。造物结构有深意,此峰终古青逶迤。跃龙岗接香花涧,五尺红罗浮水面。后傅凤泗前新丰,大风歌罢开芳宴。幽州燕子忽飞来,坚壁层城付劫灰。地险由来不足恃,至今台榭生苍苔。东皇那管兴亡迹,绣谷花繁杂雁鹳。北望茫茫天地浮,僧伽塔影春潮碧。

陈兆兰

陈兆兰,清江苏高邮人。乾隆三年(1738)举人,"甓湖七子"之一。有《陈兆兰诗选》

145首,收入《甓湖联吟集》。

过惠济祠二首

其 一

咽襟南北镇支祁,敕建天书下紫泥。遂有隆名更铁鼓,快瞻崇宇压金堤。
灵风拂处花幡动,香霭飘时绛节齐。日暮清河城畔望,明蓝轻碧五云迷。

其 二

碧霞仙子驻河滨,绣佛修幢簇绛裙。万里黄流天际转,一条淮水槛前分。
风掀鲸浪横吞日,波浸珠宫倒入云。利涉从来功不朽,扬舲击汰去纷纷。

按:惠济祠在淮阴区码头镇,旧黄淮运河交汇处。

李 贡

李贡,字翮飞,一字格非,号荆门,清高邮人。监生,曾在三阿(今金湖县塔集镇境内)设馆教书。有《默存斋集》。

三阿道中二首

其 一

斜阳一带冷秋风,画稿监门恐未工。第壁飘零新粉字,惊涛汩没旧鱼丛。
涨添窄岸居频徙,浪打荒塍墓亦空。生死一般逢幻劫,男啼女哭水声中。

按:时核饥籍,门首皆粉书"饥民"两字。

其 二

日落帆收棹不前,孤村隐隐净无烟。未知沧海何时变,只记青帘几处悬。
上树鸡来惊鸟处,寻滩人至占牛眠。到涯景物摧残甚,白月一河风满天。

初夏雨后三阿村外即目

满月清和候,云开嫩日妍。新禾青出水,深树绿藏烟。
一鸟下茅屋,群飞起麦田。讨春情已负,兴在野桥边。

过寿佛寺

秋光多在野,行药到禅房。水曲皆环室,梦深丰覆墙。
小桥通暗径,古木卧斜阳。坐觉尘心净,微茫接妙香。

按:寿佛寺,在今金湖县塔儿集。

朱绶

朱绶，清贵州贵阳人。乾隆十六年(1751)进士，官浙江龙泉知县。

悲流民

一帮十数船，一船十余人。面目黧且瘠，百结衣悬鹑。有翁背痀瘺，坐起转侧频。有妇发不栉，乳儿自吟呻。问渠何方来，云是淮南民。淮南患湖涨，庐舍波浑浑。浮死蔽江下，我属幸苟存。苟存亦须臾，东西安所奔。同船相托命，谓如骨肉亲。昨有抱病者，呼号惨难闻。病亦未即死，委弃荒江滨。岂不共悲叹，急难先顾身。官府大仁慈，送我资我反。去本何定适，皇皇益烦冤。生当永飘泊，死为异乡魂。

全魁

全魁，姓尼奇里氏，字斗南，号穆斋，清满洲镶白旗人。乾隆二十年(1755)出使琉球，册封其国王，历任内阁学士、翰林侍读学士等。

盱山试毕虚斋明府邀游玻璃泉小集

其　一

蹑足盱山路折旋，清和恰称夏初天。悬崖碧破一奁水，俯槛青浮万井烟。
目极长淮新涨外，波明远岸夕阳边。回澜尚有僧伽塔，隐约中流送客船。

按：时泗州城久沦没，然僧伽塔犹立水中。

其　二

绝顶高轩四面开，新翻小部出帘来。清歌雅合山林趣，胜地欣同笑语陪。
晴擘絮云烘远树，香浓花醴泛深杯。消炎预结明年约，快对凉风藉翠苔。

沈锜

沈锜，字虞襄，一字于湘，号铁崖，清江苏高邮人。乾隆三十四年(1769)贡生。有《无能子集》。

珠　湖

云水苍茫风浪粗，滔滔满目如具区。三十六湖汇而一，烛天乃有明月珠。十里清光林木影，神物迥非耳目娱。湖光隐耀珠光现，蜃楼海市讵能逾。或言珠出不偶然，屡为文士作前驱。此说荒唐腾众口，珠若有手应揶揄。岂有天生灵异质，肯趋富贵如人奴。麒麟可获龙可攀，此珠千载守泥涂。魏王之乘隋侯宝，何似逍遥甓社湖。

白马湖村居

晓望神居近，平湖水气浮。横云穿古树，隔岸系孤舟。
夜雾惊离网，游鱼悔上钩。平生厌机事，闭户复何求。

过菱塘桥至斗姥宫小憩

老屋三间好，寻春信步临。湖光迷远树，山意噪幽禽。
草绿余生气，天青惬素心。何当避廛市，抱膝任长吟。

爱新觉罗·弘历

爱新觉罗·弘历(1711～1799)，即清乾隆皇帝，自1736年至1795年在位，在位60年。嘉庆元年(1796)传位第十五子，自称太上皇，是中国历史上掌权时间最长的皇帝。其间，自乾隆十六年至四十九年(1751～1784)，效法其祖父先后6次南巡，淮安乃其巡察之重点地域。

阅高堰坝示河臣

建堤以为民，民安则堤利。设仍民受灾，堤存亦可济。洪湖实巨浸，高堰为障蔽。犹虞盛涨时，莫御汪洋势。三坝建尾间，节宣原有制。何人倡邪说，强与安名字。云开天然坝，每岁成故事。吸川所不恤，涝田所不计。唯保石堤固，河臣能事毕。以此云称职，夫谁不能逮。高斌觉此非，力排向浮议。戒以邻为壑，下河实受惠。但尚虞意外，添坝请予示。予谓三已多，况五可轻试。是与开天然，实同名略异。因与定恒规，率视昨岁例。仍旧贯者三，更新为者二。三犹涨不减，许可及次第。下河数县民，庶免饥溺累。昨过清江浦，名宦堤旁祀。皆昔保堤人，对民能弗愧。

按：该诗系乾隆辛未春(1751)第一次南巡时题。碑原在洪泽县蒋坝镇五里牌，1967年修堤时被磨平改刻毛泽东“一定要把淮河修好”题词，移立于今周桥船坞。1977年防汛检查时，在原址地下又出一碑，尺寸、字迹与原碑相同。此碑现存三河闸管理处。

阅老坝合龙

甲午秋涨盛，老坝黄河决。滔天势莫遏，万姓遭杌陧。赈救不遗力，督催速堵缺。廿口奏功成，明神佑诚别。兹来视堤工，出水高凸凸。瓣香致敬宜，安澜吁以切。老幼纷随舆，温饱多欢悦。元气似已复，闾阎亦填列。而我一回思，往事不忍说。

按:甲午,乾隆三十九年(1774)黄河决于淮安老坝。

命接筑高堰砖工诗以纪事

武家墩迤南,湖水已到岸。皇考修高堰,卫民帑弗竿。迤北岸离湖,筑土仍旧贯。癸酉畿致危,易砖筹御捍。其长千余丈,运口将及半。今来一再现,予防慎思患。一律属运口,缓急庶几逭。拮劬事下策,忸怩怀永奠。

免除宿迁县等地部分正赋

忆我三番曾过此,满目民艰恫瘝视。蠲租加赈不少靳,究亦无能疮痏起。壬午之岁博咨访,略觉其中悉源委。因为疏剔六塘河,果然潦尽堪耕耜。人事尽而天贶随,连岁秋收皆获美。兹来殊觉大改观,凭舆历览心生喜。户有盖藏育鸡豚,衣鲜褛裂赡妇子。不灾不赈奚所加,究欲加思念无已。因思时巡免正供,十分之三常例耳。数县瘠土应倍怜,益二至五斯可矣。国有余用苏茅檐,减一半唯投悬匜。伫看元气复闾阎,庶协以休以助理。

按:六塘河,旧名北盐河,明清之际,凿断马陵支麓,引骆马湖东注,曰拦马河。康熙十七年(1678),靳辅于拦马河递建六坝,六塘之名始著。六塘河分为总六塘河、南六塘河、北六塘河,东出合为灌河,至灌河口入海。清乾隆时曾设六塘同知,专司河事。

命疏浚六塘下游诗以志事

大河迤北注,宿桃清沭海。六塘为之经,其纬诸河者。岁久或淤滞,暴涨屡致殆。所以三度临,民瘼曾未改。是宜事饕剔,地广艰乘载。诸臣命往勘,详酌期无悔。具图如指掌,进止期有待。展宽及去淤,增低补薄倍。其盐河滚堤,启闭定准楷。商利蓄固否,民利消每乃。仍责成监司,相机理莫怠。集思广忠益,所期民乐恺。伫望起疮痍,慰予此风采。

按:此诗是乾隆二十七年(1762)第三次南巡所作。

渡黄河一律

雨霁物熙春,风恬波静沦。彩棚叩灵渎,画舫发通津。
惠济瞻前见,慈宁奉四巡。安澜一川喜,彼岸片时臻。
天意昭恩佑,人情惬爱亲。自维何以答,勤政与仁民。

春日阅河堤

巡法重华典,欢承长乐宫。河防唯阻述,民瘼更研穷。
石闸万年固,清江千里通。神尧复神禹,矢笔载鸿功。

按:阅河堤,乾隆十六年(1751),作者阅清江河堤后作,镌碑于清江闸南。

惠济祠诗

崇祠依石偃，像设谒金堂。云壁瞻初度，曦轮届小阳。
河防慎有自，神祐赖无疆。疏凿非经禹，惟廑永定方。

惠济祠叠癸酉旧作韵

寺碑建雍正，皇考辟神堂。清晏资垂佑，实枚佃向阳。
不愆秩宗祀，恒奠冀州疆。蒿目一劳计，难言永逸方。

阅高堰河工作

皇考重河防，神谟定庙堂。帑金颁太府，高堰卫维扬。
济运南输北，安流清汇黄。申咨唯善守，千载固苞桑。

阅河堤再依皇祖诗韵

重檣力沟洫，还淳卑宫室。几曾图已逸，惟是廑民穷。
继述一心切，精神百祀通。即今存御坝，清晏永歌功。

清江浦

其 一

春江凤舸驻沙滨，南国风情领略新。白鹤紫霄皆福地，枚皋赵嘏两词人。
韶光喜不藏堤树，绿意看将漾襘萍。迩日写怀多韵语，得无民事闲咨询。

其 二

清江流是导淮清，禹迹而今久变更。萑戟建牙期底绩，衡阁比栉愿咸亨。
漕艘北上斯千庾，水驿南来第一程。路转川回宜望远，树头瞥见片帆轻。

其 三

清黄汇后清常弱，比号清江意寓深。咨尔建牙督河者，体予保障恤民心。
春巡问俗欣犹昔，水驿行程数自今。安福舻中梅一朵，江南消息递侵寻。

其 四

渡河今日莅清江，沙岸边旁舣凤艭。便觉景光非北地，行看佳丽到南邦。
建牙近守金堤固，置闸永期玉柱杠。向晚澄波印新月，谧人神思果无双。

按：《清江浦》四首，分别作于四次南巡时。

洪泽铁水牛

怪石嵯峨傍铁牛，古今屹立几千秋。风吹遍体无毛动，雨洒浑身有汗流。

嫩草满前难下口，金鞭任打不回头。而今鼻上无绳索，天地为栏夜不收。

按：洪泽湖铁水牛（亦称铁犀），现存五头，洪泽县境内四头，淮阴区高堰一头。

谒惠济祠

瑞气扶舆凤阁峨，金堤千载镇洪河。黄流清汇安澜庆，楚舫吴艘利涉歌。
百越乡宁拓地远，六宗功著济人多。彩舟稳渡慈颜豫，神贶欣叨默护呵。

按：乾隆二十二年(1757)春二月，第二次南巡时作。碑在马头镇惠济祠内。

过淮安府

漂母祠边暂据鞍，射阳城里彻鸣銮。竟成减从还轻骑，都为民亲与俗安。
从喜市头平米价，那无檐底叹衣单。孳生庶更谋生窘，不见其熙只见难。

谒惠济祠

河畔崇祠金碧煌，蓬莱只在水中央。载瞻风所还龙户，未奠内清与外黄。
切在民生宜祀典，德惟坎济受天康。祷之久矣宁因已，惠我黔黎识不忘。

谒惠济祠一律

惠济千秋蒙庇佑，崇祠枚实见河干。十余年别今朝谒，一片诚同昔日殚。
不动微风刹竿静，畅流清水巨川宽。大河北徙陶庄后，益赖神庥永奠安。

惠济祠一首

河宗稳渡紫霞舟，巍焕灵祠见举头。五载一巡瞻庙貌，民安物阜仰前猷。
清南黄北居中奠，平地成天永世庥。曰感曰钦念何已，穹碑七字又教留。

阅接筑高堰堤工

一律砖工运口连，崇墉凭阅实牢坚。蕆功即在回巡后，防患要于未事前。
平日原常见诸出，汛时云每到堤边。虽然清口筹疏瀹，南望夏秋心总悬。

阅接筑高堰堤工成

砖工不如石工坚，改筑曾教庚子年。培厚加高一律固，卫民代赈两谋全。
亦云救弊补偏耳，恒念有孚勿问焉。固堰可重堤不可，当年圣训实昭然。

渡黄河一律

地天中气象明昭，翠舸中流荡画桡。竹箭桃花观浩势，风恬浪静渡春朝。

盱宵未得平成术，游豫常怀角征招。敬守鸿模慎多事，六巡疏瀹仰神尧。

清河道中杂咏

迎銮黎庶聚犹多，雨里那曾笠与蓑。爱敬真如子于父，可无惠保计如何。

漂母祠

寄食淮阴未遇时，无端一饭获崇施。至今漂母犹歆报，钟室凄凉欲恨谁。

堤　上

其　一

淮北由来本瘠土，六塘疏治起耕余。迎銮万姓休称颂，为汝霄衣尚慼如。

其　二

大堤内外麦青葱，食接青黄跂望中。趋觐万民略尘块，恰欣细雨润蒙蒙。

倪承宽

倪承宽(1712～1783)，字余疆，号敬堂，清仁和人。乾隆十九年(1754)探花，累迁官至太常寺卿。以诗文、书法著于时。有《春及堂集》等。

盱眙县怀古

盱眙南山湄，泗城浸如臼。雉堞宛然围，流波荡缺口。城心矗浮屠，晃朗存户牖。想当水未潴，山城大于斗。洪涛倾天吴，巫支祁骇走。遂使妇子居，竟作蛟鼍薮。导川顺水性，神禹功不朽。水由地中行，妙用传希有。后乃违厥度，湮水水失守。宣防英哲能，法鉴千载后。长空松风回，凭轩惆怅久。掘地伊何人，注海重搔首。

杜　纲

杜纲，号草亭，清江苏昆山人。主要生活于乾隆年间。著有《南史演义》《北史演义》《娱目醒心编》。

浮山堰吊古

梁王盛气吞全魏，虎攫龙拿奋神智。欲将淮水灌寿阳，千寻长堰中流峙。康绚威行淮上军，二十万众如云屯。南起浮山北巉石，银涛雪浪排昆仑。将成复败皆天意，浪说蛟龙风雨致。东西运铁沉水底，人工欲夺天工智。铁沉亿万功难成，植木填石如列城。荷担肩穿脚肿折,君王筑堰心如铁。疲劳残疾疫疠兴,死者如麻相枕藉。勤劳三载功初完,上尖下阔波中山。把柳环边作屏障,兵营土堡如严关。俯视洪流应痛哭,水清下见居民屋。市廛冢墓朗列眉,尽是前番溃流毒。八公山右高城墙,魏人堵筑防寿阳。涛势掀天宇宙黑,风狂倒日鼋鼍翔。天地节宣顿四渎,天心哪得随人欲。淮波瀑涨人尽鱼,天柱倾颓折坤轴。三百里外声若雷,城垣庐舍皆摧陨。横冲直卷赴沧海,数十万口真哀哉。李平议论诚奇特,危堰无烦兵士力。一朝溃败势莫支,多智尚书传魏北。我今吊古增余悲,轻视民命知为谁?台城荷荷何足惜,淮流千古常如斯。

曹雪芹

曹雪芹(1715～约1763或1764),名霑,字梦阮,号雪芹、芹圃、芹溪,清正白旗“包衣”人。《红楼梦》作者。

淮阴怀古

壮士须防恶犬欺,三齐位定盖棺时。寄言世俗休轻鄙,一饭之恩死也知。

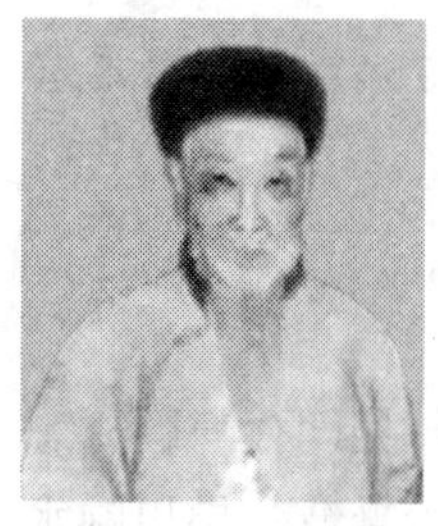

袁　枚

袁枚(1716～1797),字子才,号简斋,晚号随园老人,清钱塘人。“乾隆三大家”之首。乾隆四年(1739)进士,曾任沭阳知县,乾隆十三年(1748)辞官隐居。有《小仓山房集》《随园诗话》等。

到淮感故人寥落归舟口号

当时丁令威,千年化鹤归。山川城郭今犹昔,鸡犬人民都已非。我离长淮十一载,重来绝少晨星在。西州马过屋尤存,金谷花开春不再。晚甘园中水色新,当时主者营为坟。桂宦堂中万卷书,于今寂寂他人居。程家诸郎俱长大,纷罗酒浆邀我过。各惊容貌类先人,不忍杯盘当旧座。山阳玉笛听不休,铜狄摩挲我欲愁。那知浮世光阴改,只说前生梦里游。淮风萧萧催我行,淮水悠悠伤我情。我亦不知再来否,将欲登舟又回首。

按:晚甘园,一名南园,初为清代盐商程茂别业,在淮安河下萧湖中,后衰微荒废。袁子才曾在河下逗留,与淮上文士诗酒唱酬。

沭阳移知江宁别吏民于黄河岸上

五步一杯酒,十步一折柳。使君乘车行,吏民攀车走。父老泣且言:“使君无他奇,虎不渡河蝗亦飞,只有大小狱,十日无留遗。”胥吏泣且言:“使君无他好,不察渊鱼矜苛廉,不容抱牍施奸巧。每日放衙归，无事关门早。”我闻此言感知己，两年自负如斯耳。斜阳策马一回头，哭声渐远河声流。

南漕叹

握粟锄粟十月征，大车小车轧轧鸣。云连万弦两递运，李斯如鼠仓中行。仓氏庾氏声嘈嘈，搜粟都尉意气豪。利之所在天亦忌，大官防县如防妖。牵驴磨麦飏其目，憎鸟窃脂系其足。黄纸朝来刮升斗，朱符夕下封官斛。待暴日击重门柝，不管粪黄与鲁卓。水流汾浍其道壅，万弊杂出仍无穷。或需精凿强扬播，两三鬴作十回舂。或借一哄分先后，富者收早贫磨砻。或者官符讹多寡，涂鸦难辨斗检封。慊人别奏来重重，伍符尺籍生蠛蠓。共饮仓中一勺水，顷刻白粲成青铜。可怜乡氓半朴鲁，小人容易为沙虫。明征法钱人所见，暗教折帛何所终。物不揣本齐其末，事方在北求诸东。我欲大声呼大吏，胡不早辨贤与忠。古人信人不信法，将欲治彼先治躬。捐除文网道以德，如水沃雪草偃风。持其大体去已甚，官和民乐声雍雍。吁嗟乎，君不见，人肝代米古所记，察察为明安得刘宏十女婿。

留别荷芳书院四首

其　一

尚书官舍即平泉，手辟清江十亩烟。池水绿添春雨后，门生来在百花前。
吟诗白傅贪风月，问字侯芭感岁年。三日勾留千度醉，争教赋别不潸然。

其　二

骊歌一曲柳千行，荷叶离离尚未芳。四面莺声啼暮雨，半竿帆影过低墙。
篱笆门小花能护，歌舞台高水自凉。看取君恩最深处，碑亭无数卧斜阳。

其　三

拓开粉壁换窗棂，收得春光入户庭。古树独当人面立，远山遥隔竹帘青。
箭抽金仆穿杨试，曲按银铮带水听。莫道夜深风转紧，要吹斜月上孤亭。

其　四

诸郎个个似琼枝，握手风前有所思。折柳自浇临去酒，攀花难问再来期。
鸟缘恋树啼偏苦，云是还山见更迟。记取高阳池馆地，江风江雨一题诗。

除夕泊淮上

谁家爆竹响霜蓬，似为行人报岁终。万种春归灯影外，一年事尽水声中。
分开新旧鸡先唱，独对关山烛不红。此夕光阴倍珍重，长堤亲数漏丁东。

黄河秋决闻陕督尹公移节清江寄赠四首(选二)

其　一

孤凤身高易惹风，年年旌节类飘蓬。时高清晏谁听策，事到艰难始借公。
瓢子三秋歌向北，元圭一锡水朝东。相传赢得司空马，流出桃花已不同。

其　二

帝把公当砥柱看，故教赤手障狂澜。尘谈立止黄流浊，犀照应愁水府寒。
上策汉庭推贾让，遗编唐代重韦丹。华山使者嗟河伯，使我军中少一韩。

到清江再呈四首(并序)

枚遁迹随园，尘思久断。公手书招之，令沈凡民苦加规戒，类慈母之投杼，误闻蜚语，如良医之下药未切脉，情恐爱之过深而知之转浅。率尔言志，请学仲由。

其　一

自爱青溪水最清，忽闻老凤唤流萤。商量江上新行李，检点人间旧姓名。
殷浩何妨束高阁，庞公久已事躬耕。夔龙箫管巢由唱，请自分途庆太平。

其　二

一笛斜阳万木飞，中年哀乐雪飘衣。水旁花淡春将暮，山里梁空燕独归。
卓氏酒垆三月断，鄂君翠被十年违。如何野草鸳鸯梦，尚有襄王说是非。

其　三

每望旌旗洒泪痕，当初荐表苦推袁。想传衣钵终无分，赖有文章好报恩。
书卷一编常按日，梅花三百自成村。他年李泌金銮殿，莫说阳城尚在门。

其　四

接得郇公五色笺，敢辞双桨木兰船。苍生望浅人难起，绛帐情深月再园。
白下孤云芳草渡，龙门高浪夕阳天。可怜桃李青青树，虚领春风十六年。

漂母祠

其　一

千金一饭寻常事，不肯模糊是此心。我受人恩曾报否，荒祠一过一沾襟。

其　二

莫说英雄解报恩，也须早贵似王孙。倘教漂母身先死，谁挈千金到九原。

曹烇年

曹烇年，号霁岑，清星子县(今属江西)人。曾担任两淮盐司差事。

清河慈云寺

一曲清流漾落晖，湿云浓护讲经扉。闲花堕地僧慵扫，惹得游人香满衣。

张九钺

张九钺(1721～1803)，字度西，号陶园，又号紫岘，晚号罗浮花农，清湘潭人。乾隆二十七年(1762)举人，历官知县，归主昭潭书院。有《陶园全集》《历代诗话》。

甓社湖晴望

一雨变淮海，高空渐有霜。新霞拖樞紫，初日涌芦黄。
泽国鱼虾饭，秋风雁鹜场。一从莘老去，谁与玩珠光。

夏晓春

夏晓春(1723～1799)，字南指，一作南芷，号鹤泉，清江苏高邮人。乾隆十五年举人，曾官曹州同知。有《鹤泉诗选钞》，嘉庆二十年遂园刻。

北　阿

北阿名所传，本自战伐余。稍记太元岁，复叹光宅初。义旗非无名，危祚切所扶。云何营窟穴，恋栈失远图。永幸山东望，饭麦兵伸锄。回军七千级，于此血满渠。马腹夸往智，乌噪悲亡符。蒜山一潜遁，海上传囚俘。同时杨初成，秉节毅且孤。房州纵未还，精诚谅难渝。风生草檄处，零落悲须臾。煌煌紫阳笔，起兵仍大书。

原注：晋太元中，谢玄败秦兵于三阿。唐光宅中，李敬业取润州，屯兵下阿溪，即今北阿镇也。

按：该诗一作胡天游作。

谭尚忠

谭尚忠(1724～1798)，字因夏，一字古愚，号荟亭，清江西南丰人。清代廉吏，文学家。乾隆十六年(1751)进士，历官至巡抚。

早至盱城

秋风瀑布吼飞泉，高下归帆趁早天。望断浔阳飞不到，北风偏入下江船。

孙同郊

孙同郊，清江苏高邮人。孙宗彝之裔孙。

游爱日园旧址

往迹依稀一望中，疏林犹带落霞红。几株杨柳桥边老，四面芙蕖涧外通。
瘗鹤至今留片土，啼乌仍旧傍高桐。遗编剩有归田录，读罢遥思绿野风。

按：爱日园，孙宗彝私家园林，在今金湖县闵桥镇境内凤凰墩。后毁于水。

孙同庶

孙同庶，字一鹤，号培庄，清江苏高邮人。廪生，孙同郊之弟。有《飞桂轩诗文集》《瓶室诗余》。

楼　庄

日落湖光潋滟明，家家社鼓到三更。既知岐路亡羊泣，好傍先畴卖犊耕。
盍去新粱夫媚妇，沽来浊酒弟酬兄。莫言五世泽常斩，努力还期保令名。

原注：去西湖六十里，曰太阳沟。沟西二里许，曰楼庄。先铨部公（指孙宗彝）筑也。沟之南北皆田，庄居其中，土人呼为孙家楼庄是也。癸未八月，与四兄信宿其上，低徊不能去云。

李雨村

李雨村，名苞，盐城县学生，馆于山阳最久。其人有朴茂之美德，文辞不甚著，而善于挥洒，时亦畅达。此篇记乾隆乙巳年（1785）冬记其景象，伤心惨目。

乙巳志荒

旱魃肆其虐，斯民惟厥辜。几年田号石，一饭米如珠。枈籴惟舟济，江湖乏水须。高门藏廪秘，陆地贩途迂。艰得稻粱美，翔嗟秫豆俱。畸零收菜茹，珍重买糠麸。计析贫家费，远过乐岁需。渔梁封网罟，樵径绝薪刍。寂寂腰缠贯，哀哀抱膝儒。入房闻鼠泣，出市见牛屠。水涸船全拆，街居屋碎沽。朝谋宁有夕，精竭并无粗。灶减烟凄冷，村逃户剩孤。提携兼老稚，固苦愿佣奴。妻失夫形悴，儿亡母泪枯。圈笮眠在壳，营窟跳归壶。恶少哄争夺，尪羸偃路衢。光天幽隐介，平世乱离夫。传宿身奚暖，残羹口讵糊。可怜充脏腹，只少唉泥涂。稗实争如宝，榆皮剥见肤。惨生活命计，烹及见人躯。赤脚蓬头垢，鸠形鹄面癯。人乎知旦暮，鬼也尚须臾。痛此余民孑，徯为我后苏。膏流恩且遍，隅泣泽谁敷。竟阻九重告，难通万里呼。春回人已逝，麦熟户皆无。岁有丰凶转，伤惟父母扶。哀吟中泽起，用代监门图。

纪 昀

纪昀(1724~1805)，字晓岚，号春帆、石云，清献县(今属河北)人。乾隆十九年(1754)进士，改庶吉士，官至礼部尚书，协办大学士，加太子少保。有《纪文达公遗集》。

渡黄河

冯夷排浪东南流，偃蹇不受神禹囚。雷车百万坼北走，平吞气欲无徐州。千里一泻只瞬息，盘涡十丈谁敢投。颠风横簸浪三尺，篙师欲渡时还休。清河渡口势颇敛，往来南北通咽喉。我来又值十月后，清霜已降洪涛收。官舫推篷望两岸，寒波犹拍长天浮。微风才觉掠旗脚，高浪已骇冲船头。龙骧万斛如一叶，欹侧掀舞不自由。众手捩舵呼邪许，樯乌一转回万牛。屈伸臂顷已十里，瞥然何止鹰离韝。桃花想见三月涨，澒洞万顷风烟浮。回帆脱手傥一失，咫尺便入鲛宫游。区区忠信宁敢仗，所凭王命轻阳侯。回头却顾真险绝，微茫淮济非其俦。九折东泻自太古，荡潏为患从商周。汉唐而下日聚讼，捍御至今无良筹。书生每喜谈水利，尸祝欲代庖人谋。世间万事须阅历，百不一效空贻羞。我今鼓枻既得涉，且呼舟子趋邗沟。挑灯夜读河渠志，咄哉纸上谈戈矛。

甓社湖

寒云压积水，西望甓社湖。澄渟涵净绿，云有千岁珠。清涟濯素月，光映十里余。早年披典籍，颇忆沈氏书。兹来不待暮，未审终有无。得见固自佳，不见当何须。纵令入我掌，寒讵堪为襦。且看米家画，烟树青模糊。

王 昶

王昶(1725~1806)，字德甫，号兰泉，清青浦(今属上海)人。乾隆十九年(1754)进士，因坐两淮盐运使卢见曾案罢职。辑有《湖海文传》《湖海诗传》《国朝词综》等。沈德潜选《吴中七子诗选》，名列其中。

晚泊淮关

雨雾黄梅节，长堤扑柳绵。潮生鱼网动，风急酒旗偏。
钟板溪边寺，鱼盐郭外船。竹西行渐远，回首更凄然。

蒋士铨

蒋士铨(1725～1784)，字心余、苕生，号清容居士，清铅山(今属江西)人。乾隆二十二年(1757)进士，与袁枚、赵翼并称“乾隆三大家”。有《忠雅堂诗集》。

漂母祠

妇人之仁偶然尔，不遇韩侯何足齿？鬼神默相饭王孙，齐王不死楚王死。
千金之报直一钱，老母庙食今犹传。丈夫箪豆形诸色，饿殍纷纷亦可怜。

赵　翼

赵翼(1727～1814)，字耘松、云崧，号瓯北，晚号三半老人，清常州府阳湖(今属江苏武进)人。“乾隆三大家”之一。乾隆二十六年(1761)进士，授编修，官至贵西兵备道，未几以母老辞归。晚年主讲扬州安定书院。有《瓯北集》《廿二史札记》《陔余丛考》。

漂母祠

淮阴生平一知己，相国酂侯而已矣。用之则必尽其才，防之则必致其死。何物老妪偏深沉，能于未遇相赏深。吾哀王孙岂望报，此语早激英雄心。布衣仗剑试军职，宁但重瞳不相识。将坛未筑官连敖，刘季亦无此眼力。何况区区亭长妻，固宜蓐食私盐饴。客来轹釜似邱嫂，饭后打钟如阇黎。独悲淮阴奇才古无偶，始终不脱妇人手。时来漂母怜钓鱼，运去娥姁解烹狗。

淮　游

湖干小筑久栖迟，忽向江头雇柁师。乡里儿童窃相笑，菊花时节别东篱。栏桡如被晚钟催，十幅蒲帆近夜开。翻似少年豪气在，大江月黑一灯来。竹西歌吹荡回波，杜牧重来奈老何。正是扬州无月夜，免教无赖二分多。一曲清歌歌一斛，消他画烛跋长檠。白头闲呢红裙醉，纵得相怜亦假情。沿淮民舍缚柴荆，屋脊无高与岸平。釜底岂堪高枕卧，往来客尚代担惊。阻风还上浪花堆，闲写兰亭拨闷开。天惊吾家修故事，河声如吼过淮来。

漂母祠和韵

神祠因一饭，千载尚铭恩。月旦归巾帼，烝尝抵子孙。
士穷来欲哭，女侠此长存。亭长妻何陋，盘餐太较论。

甓社湖堤守风

秦邮方挂席，甓社忽停舟。郁怒风成块，狂翻浪出头。
不图险有此，自笑老何求。渐觉寒威重，呼童捡敝裘。

自袁浦归途作

忆昔来袁浦，旌麾迭送迎。一堤三十里，八座两门生。
聚散踪无定，暄凉景倏更。江程独归处，尚有月随行。

淮阴钓台

其　一

遗迹长淮一钓台，常令过客此徘徊。萧曹内本无君坐，云梦间还谒帝来。
与哙伍怜鱼服困，假齐王伏狗烹灾。千秋此狱难翻案，留作人间吊古哀。

其　二

胯下谁怜早不群，布衣忽漫得风云。登坛何减隆中对，背水宁同灞上军。
贱日流离艰一饭，时来功业陋三分。英雄也自论遭际，敢叹寒酸尚卖文。

漕帅鄂公延主淮阳讲席赋呈

不曾瞻谒早心钦，扬历封疆望最深。九折险经山削铁，四知清到夜投金。
高怀常与云俱淡，短鬓还欣雪未侵。粤峤铃辕艰一拜，何期得侍在淮阴。

舟宿河堤

听晰江南乌夜啼，挑灯相对宿河堤。波翻寒月中流闪，露压垂杨两岸齐。
短策干谁虚席左，长安乐且出门西。偏余乡思难成梦，数到遥村报晓鸡。

淮　堤

十里长堤柳影斜，湖河交汇水无涯。涛边万户楼加蜃，井底孤城龛有蛙。
难向鱼盐招隐士，空闻鸡犬到仙家。是间何处堪垂钓，市上方多恶少哗。

经高宝诸湖

淮浦秋风感浪淘，金堤无恙已滔滔。水犹只作寻常长，地不能增尺寸高。
土价论钱修筑苦，河流沉璧祷祠劳。障川终古无长策，祇望阳侯戢怒涛。

淮　游

又溯长淮一道斜，沿堤垂柳尚飞花。河通估舶仍交路，麦熟流民渐返家。
沙鸟爪深书篆籀，水牛腹饱状琵琶。依然四野恢台象，今岁秋成定满车。

程吾庐司马招饮观剧赋谢

淮水秋风暂泊船，敢劳置酒枉名笺。翻因误入桃源洞，又荷相招菊部筵。
一树一行新按队，霓裳三叠小游仙。殷勤最是留髡意，别后犹应梦寐悬。

再过淮上晴岚留饮荻庄即事

潦后重来访荻庄，西风踏叶遍篱墙。行厨酒屡斟重碧，留壁诗犹挂硬黄。
家幸未沉河伯妇，人传已作水仙王。衰年何意频相见，把臂宁辞放老狂。

自袁浦归途作

访旧清淮数日留，橹声如雁下扬州。湖中村似浮波面，潦后船犹出岸头。
天降丰年无德色，人间新政有欢讴。江南满眼熙恬象，不枉衰迟作近游。

自　嘲

久谢时荣养病身，却因知己上淮滨。黠奴窃笑幽栖客，又出山来谒贵人。

徐　恕

徐恕（？～1779），字心如，号补桐、芳圃，清青浦人。乾隆十六年（1751）进士，历官至浙江布政使等。有《补桐小草》。

重修韩侯祠诗

淮阴城头日欲沉，淮阴城下波千寻。韩侯遗迹知何许，榛莹如束狐兔语。当年置冢营万家，此日荒祠更无主。刘项中原争逐鹿，大将登坛如破竹。收魏举赵包青齐，龙且授首重瞳蹙。智勇坐困荥阳城，假王真操天下衡。震主身危游说切，背德不祥大义明。楚歌四起功独冠，鸟尽弓藏动悲怨。钟室含冤吕后惨，《大风》制曲高皇憾。噫吁嘻！圯桥遗履黄石公，漂母一怒机缄同。解人会意得终始，区区望报非深衷。少年胯下曾不怒，封侯却羞哙等伍。英雄虽然未学道，俎豆馨香亘今古。淮堧草绿忆王孙，鼎新祠宇伤我神。世间多少安荣者，何似千秋庙食人。

清河慈云寺

一曲清流漾落晖，湿云浓护讲经扉。闲花堕地僧慵扫，惹得游人香满衣。

按：慈云寺，在清江闸南岸，为清初玉琳国师圆寂处。

方体浴

方体浴，清满洲正白旗人。内务府郎中，乾隆三十二年至三十七年(1767～1772)任淮关监督。

雨中过爱莲亭

日落荫浓湖上寒，蒙蒙细雨暗遥峦。荒村岸外云初合，野寺岩边钟已残。
鹭宿蒲丛沙印浅，鱼游荇藻水波宽。扁舟携客寻幽处，风起花飞觉袂单。

波若庵晚眺

云峰掩映亚峨嵋，湖上清幽处处奇。落日衔山凝暮霭，轻风拂槛曳游丝。
澄波荡漾新荷动，远树苍茫归鸟迟。乘兴招提闲眺晚，窗前明月照花枝。

任承恩

任承恩，字伯卿，清山西大同人。乾隆三十八年(1773)在淮任城守营参将，后升漕运军门中营副将、福建提督。系武将而好文墨者，在淮安有多处题咏。

胯下桥

惆怅王孙感遇情，当年落魄此经行。输他市井儿童笑，博得龙且项羽轻。
地故淮南余楚俗，事殊圯上有桥名。旧闻哪复游人问，斜日苍凉下古城。

孙　畊

孙畊，清人。

鹤江刘丈招游爱莲亭

招提开水阁，翠幕漾清溪。日落窗犹敞，花飞鸟乱啼。
晚风依岸起，野雾入林迷。不惜今宵醉，诗成即席题。

陈时宜

陈时宜，清人。

渔艇返棹

夕阳人影乱，薄暮觅归舟。杯泛青溪里，歌传古渡头。
波光和月涌，渔火杂星流。用订同人约，他时续胜游。

王步浚

王步浚，清人。

钵山晚眺

咫尺佳山近，来游第几重。残霞飞隔浦，落日照回峰。
苔滑溪边路，云深寺里钟。会须多蜡屐，踏处便支筇。

高履谦

高履谦，清人。

赠景会寺上人

信步来精舍，终年得几闲。片时茶熟候，半榻竹阴闲。
清浅溪头水，高低屋角山。出门尘扑面，回首忆禅关。

按：高履谦及孙畊、陈时宜、王步浚、朱嶷、张国英、张永贵7人均活动于清乾隆年间，应多为淮安府山阳县人，以出入淮关，所咏主题相近，故集中置于此。

朱　嶷

朱嶷，清人。

爱莲亭即事

浩渺平湖水，环中旧有亭。波光摇月牖，莲影动风屏。
鸟狎知亲客，鱼潜听讲经。纳凉依曲槛，乘兴驾游舲。
岸火疏林透，行云古调停。晚来谁佐读，灼灼照窗萤。

张国英

张国英，清人。

钵池山

一溪云抱半藩松，仙子何年许再逢。丹剩药苗残月护，泉余沙液落霞封。
遥天不断飞归鹤，古寺时闻日午钟。着意寻山山隐约，远帆错认是前峰。

张永贵

张永贵，清人。

乙未夏五暂憩程吾庐副使寓园作

其　一

枚皋旧里起高楼，景物依稀记夙游。明月光添清涧满，好云晴护小亭幽。
少陵佳句同赓和，摩诘真图独许求。看竹漫嫌偕野客，主人情重且勾留。

原注：时杨虎臣、宫霜桥、林玉珂同用少陵游何将军山林诗韵。属王雨亭补图。

其　二

当门峭壁隔尘市，揽秀浑忘暑气侵。月榭花台联旧雨，松涛竹韵和新吟。
始疑仙窟人难到，今喜名园路可寻。劳攘半生聊借憩，宦情稍淡即山林。

其　三

高轩恰似野人居，鹄立苍苔池跃鱼。半壁斜阳堪入画，一林修竹好藏书。
狂歌不惜金樽满，幽意长从永簟舒。暮卷朝飞帘影静，此心哪得不凌虚。

其　四

江上山间无尽藏，一丘一壑亦相忘。天将夜雨催诗猛，人爱新晴涤砚忙。
心远自知鱼鸟乐，地偏还觉水云凉。欲携琴鹤摅堆抱，登眺消磨夏日长。

按：此乙未夏，指乾隆四十年（岁在乙未，1775年）。

释实宗

释实宗,字幻如,又字振一,清乾隆间人。著有《剩语小草》。

淮阴晚泊

舟泊淮阴渡,风微雨乍晴。夕阳云外树,片月水边城。
木落含秋韵,鸥眠狎旅情。廿年南北路,白发几茎生。

淮阴泛舟

淮阴渡口夕阳天,五两风轻偶泛船。烧断野云霞烂漫,冲开细浪水沦涟。
榜人利涉东西路,衲子心空南北禅。笑指归鸦迷晚树,一钩新月挂晴烟。

沈　汉

沈汉,字天河,清盐城人,主要活动于清乾隆前期。

晚泊韩侯钓台

柳余金线月沉钩,四百炎精一钓丘。古碣断文苔藓卧,沙明夜夜泊渔舟。

汪启淑

汪启淑(1728～1799),字秀峰,一字慎仪,号讱庵、悔堂,别号退庵居士,清安徽歙县人。藏书家、金石学家、篆刻家。家以经商致富,捐官为工部都水司郎中,迁兵部郎中。有《讱庵诗存》《飞鸿堂印谱》《讱庵集古印存》。

珠湖小泛

肃舲过珠湖,春阴殊暗暖。堤柳灿于金,湖光绿如黛。候鸟时弄声,轻云尽含态。浏浏渚风清,离离花影碎。遍历诸名园,亭午兴未艾。烟霞高吾侪,闲摇性情在。

韩梦周

韩梦周(1729～1798),字公复,号理堂,清潍县(今山东淄博)人。乾隆二十二年(1757)进士,官来安知县。著有《周易解》《中庸解》《大学解》《理堂文集》《理堂诗集》等。

河决谣

淮阴城，十丈高。黄水入，不可逃。借问城高水何来，浪打北门半夜开。东家老翁病卧床，西家新妇拜姑嫜。仓皇不及声出口，老翁新妇牵连走。可怜城头风萧萧，家家流涕望波涛。

漂母祠

一湾流水碧，荒雪下祠门。不见王孙钓，空传漂母恩。
蒯通亦徒耳，相国更何言。未爽千金约，黥彭莫并论。

淮堤行

人在淮堤上，船在淮堤下。堤下人张帆，堤上人骑马。
独歌不成欢，翻然忆潍水。谁知囊沙人，近在淮阴市。

伊朝栋

伊朝栋（1729～1807），原名桓瓒，字用侯，号云林，清福建宁化人。乾隆三十四年（1769）年进士，授刑部主事，官至光禄寺卿。有《南窗丛记》《赐砚斋诗钞》。

南行道中杂咏

三十六湖碧涨天，碧云笼树水生烟。江淮春暖无农事，半长鱼苗半种莲。

王文治

王文治（1730～1802），字禹卿，号梦楼，清江苏丹徒人。书法家。乾隆二十五年（1760）进士，授翰林院编修，擢翰林院侍读，出为云南临安府知府，罢归。有《梦楼诗集》。

甓湖晓望

甓社春林晓，秦邮辍棹时。高台才子地，残月女郎祠。
湖水连云气，渔歌和竹枝。却看无尽处，沙影泛鸬鹚。

周永年

周永年（1730～1791），字书昌，别号林汲山人，清山东历城（今属济南）人。乾隆三十六年(1771)进士,入四库馆,任校勘《永乐大典》纂修兼分校官,辑录佚书甚夥。

经漂母祠吊淮阴侯

一市人皆笑,三军众尽惊。始知真国士,元不论群情。
楚汉关轻重,英雄出战争。何能避菹醢,垂钓足平生。

吴兰亭

吴兰亭(1730~1801),一作吴兰庭,字胥石,清归安(今属浙江湖州)人。乾隆三十九年(1774)举人。壮游燕、赵,多苍深清健之作。有《南雪草堂集》等。

韩信岭

一径走峻阪,崖壁若环卫。行行渐幽黯,如入永巷内。日御历线天,见午不见未。乱山鲜木石,矗矗惟积块。堆阜忽俯瞰,突兀压我背。脉疏质已离,砉然恐其坠。势险比岩墙,疾驱思纵辔。却怪绕马首,抗行断复缀。保无或偶然,适与祸机会。颇闻汉韩侯,奋迹致高位。一蹶中危法,乃为儿女卖。讵伊非英豪,良由昧进退。即今吊荒冢,行客发深慨。懔懔抱微躯,羁孤弥自贵。

姚　鼐

姚鼐(1731~1815),字姬传,一字梦穀,清安徽桐城人。乾隆二十八年(1763)进士,任礼部主事、四库全书纂修官等,后辞官南归,先后主讲于扬州梅花、江南紫阳、南京钟山等地书院四十多年。有《惜抱轩全集》等。

淮上有怀

吴钩结客佩秋霜,临别燕郊各尽觞。草色独随孤棹远,淮阴春尽水茫茫。

何希范

何希范,约生活于清乾隆嘉庆年间。

韩侯钓台

去楚宁无识,登坛信有才。道旁一片石,何似子陵台!

李 绎

李绎，清太湖人。撰有《甫漫录》。

游都梁山

其 一

湖为襟带石为垣，号召居然奉一尊。岂为龙颜成帝业，翻教鱼腹葬王孙。
沮封六国谋同诡，旧罪重瞳事亦冤。千载长淮呜咽水，不应遗恨到彭门。

其 二

忆昔银刀倡乱秋，突围独解使君忧。东南名士推辛谠，淮海坚城说泗州。
一介乞援殷许国，片帆飞渡急同仇。不因韦布称知己，患难何人借箸筹。

其 三

玉局高吟未可攀，襄阳遗迹涴苔斑。孤鸿游戏烟波外，二老风流水石间。
半世江湖淹白发，一船书画对青山。前贤芳躅凭谁继，小酌清泉踏月还。

其 四

复岭重冈万象罗，丰碑钜制渐销磨。郁葱佳气楼桑里，寂历残春麦秀歌。
濠泗风云龙驭远，王侯羽翼狗屠多。登临漫发兴亡感，碧水黄尘一刹那。

管幹贞

管幹贞（1734～1798），字阳复，号松崖，清阳湖（今江苏武进）人。乾隆三十一年（1766）进士，曾任漕运总督。有《五经一隅》《明史志》《松崖诗钞》等。

六塘河尾

一水通沂沭，清秋浪自粗。随潮青入海，过雨白连湖。
草色临河断，帆痕出口无。节宣成法在，千里足回枯。

盐河风帆

长风吹急浪，短艇一帆悬。已逐云浮水，还随雁落川。
人喧灯接岸，犬吠夜归船。健马愁泥滑，兼程此独先。

王嵩高

王嵩高(1735~1800),字少林,号海山,晚号慕堂,清江苏宝应人。乾隆二十八年(1763)进士,官平乐知府。有《小楼诗集》。

龙山寺别念昔二叔

荦确行陂陀,苍然四山暮。淡月生前峰,照见招提路。远水送孤舟,长天隐春树。渔灯波外悬,僧磬烟中度。怊怅竹林人,来朝峭帆去。

泗州塔吊南将军

朔方铁骑东南驰,中丞奋起勤王师。江淮半壁作保障,睢阳困守城孤危。三旬大小百余战,筑台募士皆疮痍。谁欤万死一生者,魏州南八真男儿。猛气已吞河北贼,神勇先摧尹子奇。寇深粮尽救援绝,拥兵观望夫何为。将军乘夜溃围出,左射右射无敢追。临淮幕府大开宴,烹牛行酒弹龟兹。踌躇不发亦已矣,饮食宴乐非其时。将军却立怒冲发,拔剑断指血淋漓。声情慷慨涕泗面,四座惕息瞻雄姿。翻身跨马出城去,抽矢仰天留誓辞。浮屠顶着半砖箭,铃声替戾颠风吹。贺兰未灭有遗恨,中丞开府名俱垂。至今双庙拜公像,阶前铁铸群奸尸。峨峨塔影照淮水,毅魄英魂无尽期。

洪泽湖

我行蒋家坝,下瞰洪泽湖。洋洋浩浩不知其所极,但见青天白浪四面无边隅。长淮之水发源桐柏过汝颍,东汇汴泗屈注龟山跗。中贯此湖出清口,朝宗于海北与黄河俱。导淮刷黄利漕运,岁挽豫章楚浙连江苏。河强淮弱那能敌,横流渐向南方趋。黄水一担泥六斗,乃使故道堙塞河身淤。我闻江淮河济独出少兼并,奈何浊河全溜清淮输。况逢伏汛积霖潦,山泉七十二派皆停潴。旁引白马氾光暨甓社,昼夜浸灌声汹呼。噫吁嘻!高堰横亘数十里,下有淮扬二郡人民城郭坟田庐。盐池财赋甲天下,粳稻上供神仓储。沿堤一线若建瓴,濒湖州县凹者釜底凸者盂。西风乍起浪最猛,安危性命争须臾。家家户户不安枕,私忧荡析将离居。茅檐蔀屋廑宸虑,翠华巡幸来三吴。六龙亲莅审形便,阳侯效顺波恬愉。天心仁爱恤民隐,丕承丕显遵前谟。申命河臣善防筑,速修楗石增茭刍。务令金堤巩固鲜剥蚀,桃花竹箭自今以往常晏如。水衡钱费几千亿,尽蠲所过积欠新征租。安澜从此奠永久,昏垫既出沉灾除。九年之尧八年禹,功德孰若吾皇殊。黄童白叟拜且舞,虽在泽国奚啻游康衢。吁嗟尔民若非幸际圣人出,生灵百万其鱼乎?呜乎,生灵百万其鱼乎!

盱眙怀常尉建

昔人耽吏隐，曾此驻高轩。白日无公事，青山满县门。
调琴寄幽兴，拄笏欲忘言。不见神仙尉，诗成谁与论。

盱眙山中

小邑苍山坞，人家竹树丛。鸟鸣春涧碧，花发露桃红。
霸业悲三户，都梁失旧宫。回看盘马路，高下草蒙龙。

范来宗

范来宗(1737～1817)，字翰尊，清吴县(今江苏苏州)人。乾隆四十年(1775)进士，改庶吉士，授编修。有《洽园诗稿》。

逃荒民

朝出平江路，路逢逃荒民。出自淮扬来，河伯降虐频。老少结为队，男妇杂作群。或集日中市，或叩富儿门。应之肆贪索，却之动怒嗔。其初穷无告，其继凶莫驯。似有道引者，当前骇见闻。居人畏如虎，掩关日未曛。孰无矜恻意，变作防御殷。宪府大张示，赈恤蒙皇仁。为尔具舟楫，传送归榆枌。榆枌在何所，微茫辨荒村。虽无生还乐，犹胜客死魂。

李怀民

李怀民(1738～1793)，名宪噩，以字行，号石桐，清山东高密人。高密诗派的开派者。乾隆间诸生，后屡试不售，遂绝意仕途，居家奉亲教弟，专心于写诗论诗。有《石桐诗抄》《十桐草堂集》。

淮上往清江浦

舍水寻乡路，长堤放霁晖。海天淮上望，齐客岭南归。
野店驴鸣过，烟村燕掠飞。故园知渐近，方语半依稀。

刘应陛

刘应陛，字觐宸，号胎簪，清信阳人。乾隆三十年(1765)举人。有《胎簪山房诗稿》。

次淮上寄乐寅

朝发朗陵途，羁心杪秋积。北风吹五两，淮流淡将夕。
明霞上远水，寒树带行客。故人望何处，西南几峰碧。

倪存谟

倪存谟，清四川人。乾隆三十六年(1771)来盱眙。

都梁十景和米南宫韵

第一山怀古

捧檄查饥未遽还，使君邀我翠屏间。磨挲石壁寻珠玉，风满征袍月满山。

八仙台招隐

仙去人稀隐碧苔，径荒几度未曾开。休明到处皆蓬岛，肯向群仙招隐来。

清风山闻笛

笛声吹散古今哀，咏遏清风最上台。夜静月澄人伫立，疑从黄鹤度将来。

龟山寺晚钟

响彻山巅百尺楼，室罗宫殿映牵牛。洪钟撞醒恒河梦，未许劳人片刻休。

瑞岩观清晓

岩头俯视白云低，紫雾祥烟接翠微。最爱晨光半吐影，可曾潮湿羽人衣。

杏花园春昼

红霞灿烂映三春，安得呼童挈酒樽。爱杀艳阳无热冷，游人那识有前村。

五塔寺归云

塔云遥映远峰低，来去无心各自飞。此日应知成澍雨，淮南洒遍始云归。

玻璃泉浸月

涓涓一脉大如钱，清洁高标异众泉。自有源头活水在，玻璃影内映长天。

宝积山落照

自昔捐金应作堆，几成宝积任低徊。光含夕影垂天际，倦鸟忘机载月回。

会景亭陈迹

淮夷胜概几经秋，景谢亭空迹未休。漫把古人来缱绻，松楸寂寂使人愁。

汪端光

汪端光，初名龙光，字剑潭，号睦丛，清江苏仪征人。乾隆三十六年(1771)举人，官至广西镇安府。

题阮梅叔明经《珠湖渔隐图》

其 一

秋水伊人未可逢，湖天高隐但从容。买鱼沽酒寻常有，醉倒黄垆阮嗣宗。

其 二

赤水丹渊事太豪，何如蓑笠淡相遭。月明疑见孙莘老，小隔菰蒲说汉皋。

吴 栻

吴栻(1740～1803)，字敬亭，号对山、怡云道人、洗心道人，清碾伯(今属青海海东)城东关人。被称为“甘肃三吴”之一。

宿三桥吊淮阴侯

客馆衔杯说未央，淮阴往事正堪伤。推心已得逢真主，蹑足何须立假王。
即肯千金酬一饭，不难百战宥三章。可怜酒后狂歌日，猛士谁人守四方。

鲍之锺

鲍之锺(?～1802)，字雅堂，一字礼凫，号论山，清江苏丹徒人。乾隆下江南，献诗赋，召试第一，授内阁中书。乾隆三十四年(1769)进士，历充广东乡试副考官，累官户部郎中。有《论山诗钞》。

甓湖渔

上麻湖西举网回，鸡鸣墩口棹船开。有鱼只向扬州卖，带得扬州明月来。

按：鸡鸣墩，据清《高邮州志》：“鸡鸣墩在城西三十五里，为湖西诸集要道，康熙元年义民杨文实、吴自洪、吴起鲲等建息浪庵接待往来，风雨夜暮，得以栖止。”其地在今金湖县夹荡陈家圩口外。

祝德麟

祝德麟(1742～1798)，字止堂，一字芷塘，清海宁人。乾隆二十八年(1763)进士，改庶吉士，授编修，历官御史。有《悦亲楼诗钞》。

漂母祠

淮水汤汤拂柳丝，韩侯遗迹至今垂。平生未报人恩处，不敢轻过漂母祠。

马　璞

马璞，字授畴，号卮园，清长洲（今江苏苏州）人。乾隆间寓居山阳，馆于杨稼轩家。著有《卮园诗草》。

淮阴旅怀

寒灰寒灰，欲燃不燃。海风喷雪，河冰腾峦。白首为客，短褐不完。饥拥败絮，峭骨珊珊。楚水荒祠，王孙不还。交游翻覆，岂徒弃捐。暮夜有金，不顾人天。呜呼已矣，其曷能言。天之丧斯，彼何尤焉。兄兮弟兮，远隔关山。姊兼孤寡，顿仆无援。迢迢孔怀，不救急难。铲决毛里，焚我肺肝。死生哭泣，会莫闻旃。心目悁悁，涕泗涟涟。坳枯井谷，鲋代三山。

淮阴侯

藏器不为人，从猎乃烹狗。逐鹿角豺狼，呜呼当谁有。麟凤已尘埃，萤光遂星斗。王侯何时真，云容互苍狗。不登大将坛，一饭宁不朽。功业为身谋，衣食良难负。时乎徒区区，天地自高厚。

吴定璋

吴定璋，字友篁，清江南吴县（今江苏苏州）人。太学生。采历代文士之生于太湖七十二峰间者，录其所作，为《七十二峰足征集》。

漂母祠

乞食亦偶然，一饭何足道。针砭英雄人，为德不望报。王孙师其意，矜伐祸宁召。我来淮阴里，怀古一凭吊。贤母风渺然，荒祠叹欹倒。唯见淮水清，东风长浩浩。

毓　奇

毓奇（?～1791），字锺山，号竹溪，清满洲镶黄旗人。袭子爵，乾隆四十八年至五十一年（1783～1786）任漕运总督。有《静怡轩诗集》。

淮阴怀古

重城虎踞镇淮流，绕郭帆樯日夜浮。漂母荒祠花草艳，枚皋旧宅燕莺留。
五王戈甲争南渡，六代英雄据上游。往事销沉形胜在，空教极目海天秋。

吉　纶

吉纶（？~1826），姓赫舍里，号止斋，清满洲镶蓝旗人。嘉庆七年至十二年（1802~1807）任漕运总督，后历任山东巡抚、河东河道总督、工部尚书等职。

梅雨吟

孤城筑向水，四月披羊裘。北人喜晴苦阴雨，那堪日日闻斑鸠。鸠声行喜仍复愁，江云漏日雨如旒。开卷当突莓苔浮，蜗游床脚人眠湫。熏风洋洋日杲杲，何时解此客抱恼。琵琶如金樱如枣，梅子不黄青亦好，陇麦屯云获宜早。

次和梅庵制府防汛感怀之作

军储计独滞今年，日日云帆望楚天。自以勋名愧刘晏，敢将辛苦让韦坚。
艰难刍粟飞千里，浩渺江淮列六川。恤济有条宜三复，勉从矜式藉公传。
原注：制府持漕节时，立调剂二十二条，余为跋，而嵌诸堂壁。

程虞卿

程虞卿，字禹山，清安徽天长人，嘉庆十二年（1807）举人，长期寓居淮安府山阳县版闸，主文津书院讲席。与淮关监督李如枚等友善。有《水西间馆诗》及《淮雨剩编》《雪鸿集》各1卷。

淮上春日竹枝词

运河引溜引黄河，打纤粮艘日日过。祷祝杨庄三尺水，天妃庙里爇香多。

竹枝词四首

其　一

山子湖边落照低，爱莲亭畔晚烟齐。关心欲问姜桥月，人在姜桥西又西。

其　二

十丈长桥跨彩虹，扁舟两两系荷风。后湖亭子分明在，除却渔郎路不通。

其　三

萧萧荻港作秋声，水面萍开让鸭行。侬只韩侯台下住，棹歌归去月华明。

其　四

篆香楼枕小盐河，小艇如梭往复多。记得去年楼下见，芙蓉秋水隔帘波。

张　晋

张晋（?～1807），字隽三，清山西阳城人。一生淡泊名利，傲岸不羁，颇有诗名。有《艳雪堂诗集》4卷。

酬漂母

王孙落魄无知者，手把长竿钓城下。城边漂母哀王孙，每日相逢进一餐。丈夫得食母意毕，岂望将来更报恩。钓竿一掷仗剑走，龙变云蒸骇九有。锦衣此日归故乡，独奉千金酬漂母。贫贱英雄最可怜，肯因富贵忘当年。区区一饭尚如此，推食解衣何待言。

出胯下

信能死，请刺我，不能死，出胯下。出胯下，何足道，粲然一市人皆笑。剖符向故里，危矣屠中儿，用作楚中尉，报复亦大奇。当年熟视良有以，忍耻故能就于此。君不见，英雄失志辱泥途，纵出胯下何伤乎？君不见，英雄得志空千古，谁能生与哙等伍。

相君背

武涉已去，蒯通乃前，相君之背，贵不可言。君不见，种蠡张陈事可哀，时乎时乎不再来。勇略震主身必危，足下持此将安归。策士逞雄辩，那论汉与楚。谁识王孙不背恩，蒯通竟以佯狂去。高鸟尽，良弓藏，猛士何劳守四方。钟室奇冤亦天意，此时悔不用通计。

归途杂述

漂母哀王孙，一饭感何深。及其既富贵，报之以千金。千金何足道，聊用表厥忱。巾帼胜须眉，由来匪自今。我遭颇类此，涕下沾衣襟。报否未敢必，此意常钦钦。

韩侯岭

一代无双士，荒祠落木空。死犹剩抔土，生已陷重瞳。
遗恨留钟室，悲歌有《大风》。斜阳闪旌旆，飒爽认英雄。

赵澍良

赵澍良(1744~1817),字肃征,号肖岩,清安徽泾县人。乾隆六十年(1795)进士,授内阁中书,嘉庆三年典广东乡试。有《肖岩诗钞》等。

甓社湖

向晚停舟甓社湖,湖中月黑少明珠。科名讵乏孙莘老,也有光临草木无。

洪亮吉

洪亮吉(1746~1809),又名礼吉,字君直,号北江,晚号更生居士,清阳湖(今江苏常州)人。乾隆五十五年(1790)进士,授编修。嘉庆四年(1799)上书言事,极论时弊,免死戍伊犁,次年诏还。居家十年而卒。著有《卷施阁诗文集》《北江诗话》等。

题《散赈图》

河流东来不可当,忆昨鱼鳖升君堂。官卑方摄丞簿尉,天险欲合江淮黄。河流决城已旬日,散赈遂呼尉官出。尉官耳聋年六十,验票呼人百无失。大者屋角狂狐奔,小者树底饥鹰蹲。头颠颈缩三日饿,共闻赈粟来空村。持瓢举釜复携斗,已见千人立沙阜。黄衫小吏足不停,村后村前更招手。深泥没髁无肩舆,尉来村北跨一驴。行筹散尽整鞭去,不遣索米来豪胥。淮阴太守知君绩,早晚台端奏贤迹。君今所补非寸尺,不见遗黎活千百。

吴锡麒

吴锡麒(1746~1818),字圣征,号榖人,清浙江钱塘人。乾隆四十年(1775)进士,官翰林院庶吉士、编修、国子监祭酒。有《有正味斋集》。

漂母饭信

谁识垂竿子,英雄志未降。分餐逢漂母,落日此韩江。
剑有干霄气,箫余乞食腔。天心思混一,国士待无双。
事过怜炊黍,功成骇急泷。酬金情款款,擘絮水淙淙。
春雨王孙草,秋风大将幢。钓台千古在,晚饭泊渔榔。

黄景仁

黄景仁(1749~1783),字汉镛,一字仲则,清江苏武进人。乾隆诸生,浪游四方,工诗画,后授县丞,未补官而卒。有《两当轩文集》《竹眠词》。

夜过黑山宿涧溪

其 一

雨秷易阴晦,不料夜已果。极望无人烟,凄惶落途左。有山当我前,黝黑夕霾裹。稍入意已迷,甫涉路无妥。扑额崖奔崩,仇足石碎琐。怪光睛屡凝,寂响魄虚堕。一水忽界空,远现白瑳瑳。波声渐砰訇,山径更坎坷。何因喜忽狂,嵌天见村火。逝为褰裳行,扪石少危坐。

其 二

不识水深浅,连山落长堤。堤水互出没,径涉忘东西。游鱼触我足,溜急风凄凄。中望渺涯涘,四索鲜据携。行行偶出水,一线浮沙泥。恐极失躯命,悲泪翻澌澌。烟中忽人语,境幻虑百迷。行近觉渔舍,伊轧巨网提。叩言岸将及,霍然心坦夷。经过得此险,世路无高低。投村贾余勇,已有晨鸡啼。

泗州喜洪大从姑孰来

眙山枕洪泽,淮滨势汇滉。压山十万户,枕席波声上。水气裹灶烟,居民杂象罔。推窗纳扬徐,披图验坟壤。诡秘信莫穷,临览斯云广。俯仰云涛闲,太息成孤赏。所思苦未遂,所苦忽复申。轻装犯腥雨,长揖来故人。故人青霞侣,嗜好昔所亲。崖中易成别,游驾每同骋。去岁江淮间,辗转如浮梗。看山尽黟鄣,论水达汝颍。各吐胸中奇,分扬出才境。酣采君怒张,清气余薄领。相乐傲行路,依依似形影。濠州仲冬雪,置酒行别君。参差归雁行,前后依斜曛。梅开故园早,时复同酒樽。相顾忽不乐,前路云将分。余攀小山桂,尔访天门云。从兹一失去,方嗟别离始。何意马牛风,忽会东西水。前日得君书,知君隔江住。对酒歌青山,当筵舞白纻。旧日同欢场,怜君独行处。来时江北道,应落千棠梨。春水久漶漫,将毋顿涂泥。高骢为君秣,斗酒为君携。洒扫湖上阁,放尔为雄词。百怪待弹压,首者无支祈。

偕洪稚存望洪泽湖有感

涛声入耳心所响,与君同家楚江上。比年渴走尘埃间,风此洪流亦神王。湖宽一面青嶂开,立久万仞高寒来。水风吹衣日落去,石气荡魄云飘回。远天暗惨湖变色,雁飞不度鸣何哀。沉沦九鼎自太古,苍茫那见蠙珠吐。浪静似响鲛人机,风便欲递冯夷鼓。此时倒影动楼阁，咫尺已畏风雷作。前驱青兕淮神过，长江冰岩大鱼跃。得观如此将毋归，回头半湖森雨脚。大陆浮沉且未休，吾侪身世将安托。歌声如哭何处歌，沿山半州纯浸波。庚辰奚仲不在世，呜呼奈汝歌者何！

望泗州旧城

泗淮合处流汤汤，作此巨浸如天长。长天垂幕滉欲动，区区城郭何能当。城雉鹾牙出波尺，高谷深陵感畴昔。十万楼台象罔居，千年生聚蛟龙宅。号声未绝波压头，人身鱼首随波流。当冲水伯择人啖，余者到海流方休。可怜生气今未昔，水上绿烟时荡浮。有山滨湖州已徙，草草依山作廛市。我来正值春水生，下者依然在中沚。屋角帆开几尺风，墙头钓下三竿水。若遇海上王方平，即此又是蓬莱清。嗟嗟横目一何惨，令人慷慨思平成。我念徐扬一隅地，下流稍富鱼盐利。防河堰筑连云高，此间讵免回澜沸。伊谁绘此生灵愁，独立苍茫一垂涕。

登泗上城楼

竟夜轰涛似鼓鼙，登楼水势与天齐。百灵自掣龟山锁，万怪须然牛渚犀。
对此茫茫空禹迹，笑人寂寂有隋堤。故乡东望扬州近，说到风波梦已迷。

徐　端

徐端（1751～1812），字肇之，清德清人。父振甲，官江苏清河知县。端少随任，习于河事，入资为通判。乾隆中，河决青龙冈。振甲知涉县，分挑引河，端佐役，大学士阿桂督工，见而器之，留东河任用，授兰仪通判。寻升缺为同知，调睢宁，又调开封下南河。官至江南河道总督，在任积劳成疾，病卒。

和止斋漕帅梅雨吟原韵

泽国多天寒，夏日常披裘。雨淫淫兮苦未止，只恐雁户民无鸠。我行淮堧心更愁，丝丝雨脚随旗旒。波光浩渺云根浮，其下大小藏龙湫。凄风吹练白杲杲，须为众生拔忧恼。此中扪之赤应枣，老晴日望天公好，万口传君诗句早。

于慎仪

于慎仪，清金坛人。

甘罗城

荒城索寞枕平原，指点甘罗故址存。流水一湾春草岸，斜阳半壁稻花村。
相秦雅自抒长策，折赵由来借片言。年少名成谁得似，烟芜满目冷沙墩。

枚皋宅

当年记得赵山阳，曾说枚皋傍故乡。路古庭虚花漫落，苔斑藓驳院生凉。
汉京钜制文章艳，梁苑遗风姓字香。谁倚楼头闲弄笛，一声清韵钵山苍。

李如枚

李如枚，字怡莽，清汉军旗人。嘉庆九年至十一年(1804～1806)任淮关监督。有《怡莽诗草》《续纂淮关统志》。

洪湖篇

去冬榷淮奉命初，皇恩许令观南湖。戴星策马上高堰，计程三舍日未晡。居民犹说神禹绩，对岸并指神仙炉。维时汛期尚未届，渔舟叶叶波平铺。据我所见证所闻，几欲不信河渠书。舆前试向老兵问，从头一一说向余。湖长湎涎百廿里，东西宽距八十余。容水之泽亦云大，细流会合为通衢。年年三四五六月，淮挟众水湖水潴。溪凡七十有二道，五十二湖亦与俱。无风汤汤泛鹅鸭，有怒往往掀龙鱼。外侵若更自天落，事在呼吸堪惊吁。山阳广陵居釜底，湖高百尺遥临郛。拦黄之坝为外捍，高良之涧从中疏。高家筑堰防其溢，仁义各坝分其途。岁縻水衡费钜万，抢险塞罅无时无。一事论功功最伟，势蓄能刷黄河淤。黄河浊泥坚似铁，刀铲斧斫皆无如。河水一落湖水出，湖水灌处疑醍醐。性下径向泥底入，戴泥而走泥乘桴。顺流一直令东注，潜行千里真须臾。此中自天假神力，排决岂借官民夫。我闻斯语三叹息，自古利害相乘除。安得河水让淮水，与湖不争向海趋。

碎石坦坡行

湖堤九千九丈零，里长半百蜿蜒形。累石叠砌丈六七，捍御江淮如列屏。护堤古柳桪比植，盘根互结秋尚青。输天高浪湖面阔，水石相激殊骇听。居民仰视在天际，七十二源自此经。风吹层叠银山驾，冯夷镇静每效灵。圣主修防仿海塘，诏筑坦坡期永宁。载石不计凡几个，随手投掷工方乍。叶舟如梭来往频，讵比取土居奇货。似磴无级坡坦坦，择要而治如筑坝。唇齿依附巧弥缝，拒水却为避三舍。磷磷水底如集腋，落落阶梯自相亚。弭威息怒波不兴，平趋而上顺缩下。沿堤一望驻足难，为平之功险立化。堤根利赖真巩固，此工远胜连城价。吾闻攻玉借他山，老子仙迹在人间。不烦攻玉用止水，能为保障石非顽。岂等土坡不经久，卫堤之力莫与班。次第布遍洪湖岸，就直而筑兼取弯。临流舞蹈为此吟，足纾九重宵旰艰。工成永庇江南地，宁独淮郡资重关？制水不抗水势弱，撞卸无虞风浪还。伫看厥功成不日，封章奏绩慰天颜。

过漂母祠

事比壶飧小，宁存望报心。方惭施惠薄，何意感恩深。
佳话传从昔，遗徽缅自今。可怜高鸟尽，不复更相寻。

夏 儼

夏儼，字守白，清秀水（今浙江嘉兴）人。能诗，善仿制古砚。有《清琅室诗钞》《续钞》。

甓社湖泛月有感

甓社湖光似镜圆，布帆无恙挂秋烟。才过翠荚苍葭外，忽傍鱼村蟹舍边。
趁市人归风瑟瑟，纬萧门掩月娟娟。停船买得罾鱼活，张翰乡思更惘然。

李 镇

李镇，清代人。

洪泽湖

淮水汇洪泽，苍波涌素秋。三洲何地著，万顷拍天浮。
河漕资轮灌，堤防讲蓄留。支祈尔俯首，神禹重怀尤。

赵仁山

赵仁山，清代人。

雪夜冻阻洪泽湖

造化有可测，阴晴无定凭。天寒万山雪，风静一湖冰。
众鸟飞将尽，扁舟渡莫能。此时尘世界，玉宇望层层。

梁绘章

梁绘章，字子云，清霍州灵石(今山西灵石)人。乾隆年间候选卫守备，曾任安徽宣城知县，赠文林郎。工诗，著有《慵岩集》。

吊淮阴侯墓

登坛拔帜树奇功，扛鼎重瞳霸业空。秦鹿当年归汉帝，将星从此落王宫。
山陵不老英雄恨，恩遇难忘国士风。闻说岭头遗冢在，行人感叹夕阳中。

张应云

张应云，清淮阳(今属河南)人。泗州知州。道光十八年(1838)四月二十二日，奉陪南河总督麟庆祭祀龟山淮渎庙，并撰此诗。

泗州大圣示梦之异因纪五古一百韵

戊戌四月二十二日，奉陪麟见亭河帅夫子，致祭淮渎庙，得闻治河诸策，并商修复无梁殿。先是夫子有泗州大圣示梦之异，因纪五古一百韵。知泗州直隶州事淮阳张应云初稿并书。大清道光十有八年立秋后一日。

洪钧爱物心，冥漠有所寄。间代产伟人，将开万世利。水土奠文明，于铄唐虞际。四载淡殄灾，八年历蕉萃。象鼎铸神奸，庚辰伏魑魅。苍璧礼黄能，灵鼍负金匮。一册禹贡书，千古河渠志。当时垂简编，未闻炫神智。但言随刊功，悉汰隐怪志。可见疏厥流，不越行无事。河源代屡探，江汉流不易。四渎淮水狂，五湖洪泽肆。薛平能藉田，冠瑊弥奔溃。浚耙彦博嗤，滚坝季驯议。束清以御黄，湖平而何济。运艘达正供，减放资启闭。贾鲁识草泥，邱浚辨险隘。挺身王尊雄，塞口贾让忌。顺轨固非难，纾策不求异。碑则辉卿留，龙且以贞避。成宪古宜遵，禹功今可继。吾师天人姿，长白簪缨第。甲编讨源流，辰告慕稷契。薇省列仙曹，木天窥清閟。诗篇长吉襄，经卫孝先笥。五马出卢沟，卢坦宣歙莅。置鼓效李崇，悬榻待徐稚。移颍虎渡河，借冠民遮骑。豸绣拜君恩，周畅河南至。欧宽与包严，兼长而广被。耐官向敏中，处安刘奉世。薛宣为长官，名不夺令吏。陶侃涖封圻，正色参佐悸。谋略古范韩，风概今房魏。北阙奉丝纶，南河膺简畀。罗胸五岳形，指掌九曲势。王景水门开，陈尧木龙乂。譬若涉巨川，尝维舟楫义。转漕便裴休，桥仓充陆贽。秉节莅三年，持筹兴百废。栉沐冒雨风，吐握求利弊。论必采其精，物肯遗厥细。不作砥柱铭，乃绘河工器。木煞肖厥形，笮杙表厥制。大者及舟车，微者及硪樏。或以专用详，或以兼用备。或以佐茨防，或以资保卫。胜算揽纪纲，埤雅续琐碎。人定胜天工，臣忠惬帝意。操券报安澜,数年如一岁。天子嘉乃勋,公曰非我慧。抚膺贪天功,觍面滋臣愧。畚集人或能,丰穰神之赐。河岳有常禋,馨香拜帝惠。窃闻淮渎神,湖滨有遗寺。尝缚巫支祁,琅琅铁锁击。默为当代祥,永镇洪湖祟。圣主傥封褒,神庥当荫庇。螭陛览嘉谟,龙书颁御制。赍以天竺香,锡以星渎谥。戊戌月清和,公乃亲致祭。击楫览全湖,临流非游戏。一发见龟山,夕阳峙葱翠。祠宇口恢宏,水木恣清丽。残碑拂苔封,乔木瞻霞蔚。斋沐告牺牲,黎明荐飨食。礼成诸神享,散福群僚醉。于此见淳诚,岂知有妙谛。神道无释儒,古刹就颓弊。累累铁佛昭,曾不风雨蔽。趺坐水奔泷,侧卧草蒙翳。寒宵月满身,春涨螺作髻。爰乃铸像初,编年当宋季。尊者百五十,上下龟山置。是或昔所遗,沧桑足感涕。今作晴湖游,却用祇园例。公先布镶金,琳宫重建砌。推此慈悲心,原同菩萨施。人悉感公言,我独解公思。在唐有圣僧,住锡泗滨地。退之与太白,长歌著孤诣。亦越苏髯翁,塔前祷辄遂。南来遇顺风,作赞天花坠。公尝梦见之,殷殷求百字。我佛尚因缘,斯以元妙示。明月是前身,不必为公讳。在佛为释迦,在儒为星使。恺弟物同春,冲和自忘贵。似我钝根姿,葑菲犹不弃。江汉纳行潦,泰山容沙砺。檄许毛义求,节每张纲励。是谓佛家缘,始把入林臂。狮岭愿同修,鹤俸莫辞费。捐以香火田,愿为悠久计。神人大欢喜,湖山郁佳气。计日报河清,荣光报休瑞。献颂草衣争,送喜枫宸慰。惜无欧阳圭,令作河防记。窃幸马帐宽,竟许戴崇侍。观海列门墙,精心探深邃。

按:此诗几用尽关乎河、漕之典矣!

沈荆漳

沈荆漳,字廷璞,号少岑,一号东田,清高邮人。清乾隆、嘉庆年间庠生,家有田园可供觞咏。有《东田诗钞》。

甓湖渔唱

其 一

甓社湖中港汊通,甓社湖边葭菼丛。舴艋几家湖上住,生小打鱼今作翁。

其 二

茅塘港接烧香港,姜望湖连七里湖。不种桑麻不栽稻,不知徭役不知租。

其 三

露筋祠畔藕花田,吹得香风上钓船。落日几人收罩去,一声长笛破溪烟。

其 四

池面唫喁鱼食早,有时戢戢过沙汀。午余系艇柳阴下,山雨欲来溪水腥。

其 五

散发逍遥曳短衫,耿侯祠外数归帆。官堤来往无相识,自署烟波钓叟衔。

李 超

李超，清江苏高邮人。

晓渡甓社湖

侵晓渡珠湖，孤篷下烟水。惊起水中鸥，飞入苍烟里。

祁韵士

祁韵士(1751～1815)，字鹤皋，一字谐庭，清山西寿阳人。西北史地学奠基人之一。乾隆四十三年(1778)进士，官至户部郎中、宝泉局监督。嘉庆九年(1804)因局库亏损，遣戍伊犁。赦还后一意著述讲学。有《藩部要略》《西陲要略》《万里行程记》等。

韩信岭怀古长句

淮阴死汉近未央，无端槁葬霍山旁。云昔传首欲送代，高帝还师驻此冈。头虽可砍魂不灭，启笋隐隐须眉张。遽命掩以一抔土，英风万古悲白杨。后人增筑作马鬣，留镇巨岭摩天扬。重垣缭绕起祠宇，题诗壁上遥相望。我来吊古三叹息，莫须有事殊难详。侯果欲反奚不早，解推义重非忍忘。垓下功成经百战，伪游云梦何太忙！自言羞与哙等伍，老将失意语倔强。前此请作假王时，蹑足已伏祸机张。不学无术终无悟，鞅鞅觖望徒慨慷。积此已成缚虎势，一旦就擒若驱羊。君不见，高鸟尽，良弓藏，越王灭吴范蠡亡。一叶扁舟五湖去，网罗脱却随翱翔。又不见，买宅自污萧相国，学仙辟谷张子房。胯下能辱无赖子，老死何必诸侯王！噫嘻乎！山苍苍，土茫茫，至今过客犹感伤。千金漂母真知己，哀尔王孙空断肠！

铁 保

铁保(1752～1824)，字治亭，号梅庵，一号铁卿，清满洲正黄旗人。乾隆三十七年(1772)进士，历镶红旗蒙古副都统、吏部尚书、漕运总督、山东巡抚、两江总督等。有《惟清斋集》。

乙丑五月河口防汛感怀二首

其 一

河湖异涨胜当年，愁绝东南半壁天。淮水怒排沙堰险，海潮倒拥铁门坚。

奇功毕竟输先达，赤手谁能障百川。欲访耆英筹至策，嘉谟端借老人传。

其 二

河腹如山去路屯，淮扬咫尺浪花掀。欲垂远计培高堰，首建新猷论海门。
稍喜盐河初引溜，那堪苦雨又倾盆。无聊且备川江米，留济穷黎感圣心。

唐仲冕

唐仲冕(1753~1827)，字六枳，号陶山，清善化(今湖南长沙)人。乾隆五十八年(1793)进士，由知县历官陕西布政使。有《陶山诗录》。

漂母祠

淮阴一生误在报，谓我报人人报我。解衣推食当酬恩，鸟尽弓藏竟罹祸。王孙一饭母先哀，望报分明指祸胎。可怜觖望夷钟室，何似全身返钓台。张韩以外功皆狗，张也辟谷韩授首。奇才感动两神人，一黄石公一漂母。

阿克当阿

阿克当阿(1755~1822)，字厚菴，清满州正白旗人。曾任两淮盐政、内务府护军统领等要职。嘉庆十九年(1814)奉旨刊刻《全唐文》，逾年书成；又主持编纂《重修扬州府志》等。

留别文津书院诸生

其 一

为届瓜期返帝京，临岐骊曲致丁宁。葵迎旭日心原赤，坐对春风眼自青。
偶倒讲堂叨问字，久亲案牍愧穷经。鹏程莫道云泥隔，看取芳名上玉屏。

其 二

未尽人才珊网收，时平岂必士封侯。廉如李勉思前辈，歌比汪伦感去舟。
小别生徒成缱绻，急趋君命敢迟留？恩伦叠沛原同沐，报我明年鹗荐秋。

凌廷堪

凌廷堪(1755~1809)，字次仲，一字仲子，清歙县(今属安徽)人。乾隆癸丑(1793)赐进士，授宁国府教授。有《校礼堂文集》。

河　溢

甲午八月十九日，铁牛岸崩河水溢。黄流浩汗訇如雷，淮堧尽作蛟龙室。黑风吹水相斗争，涛声撼天天为惊。可怜黔夭走无路，咄嗟人命鸿毛轻。传说濒淮百余里，居民皆逐洪波徙。号呼望救声入云，富强登舟贫弱死。死者骨肉为尘泥，生者俱上长淮堤。淮堤无米不得食，唯见日暮风凄凄。垂头枵腹但枯坐，编苇栖身忍寒饿。湿薪爇釜冷不烟，妇于无声泪交堕。作诗寄语淮之民，九重恫瘝同一身。指日恩纶下天府，河堤使者加拊循。补偏救弊圣王政，坐令蔀屋生阳春。

按：此甲午年为清乾隆三十九年，即1774年，时作者20岁。

曾　燠

曾燠（1759～1830），字宾谷，清江西南城人。乾隆四十六年（1781）进士，官贵州巡抚、两淮盐运使、广东布政使等。

淮阴市口占

能忍少年辱，偏憎哙等伍。人生得意时，谁记从前苦。

杨　铸

杨铸，字子坚，清镇江人。布衣诗人。性好山水，足迹遍历金华、天台、四明、牛首、采石、庐山、九华等地，所到之处皆有诗作流传。两淮盐运使曾燠慕其文采，邀请参与选订《淮海英灵集》《正声集》。有《自春塘诗集》。

流民叹

黄河倒灌淮河流，下河千里无平畴。子负母兮父曳女，呼号震动青云愁。回头顾同伴，飘荡如轻鸥。登高望乡里，水压邻家楼。瘦犊肥豚水中走，屋上炊烟袅堤柳。怀藏麦饼聊忍饥，父分女兮子分母。昼夜无他求，唯恐水相逐。耕田不识路，枵腹仰天哭。道旁借问何处行，行人但指扬州城。扬州富盐筴，酒肉朱门盈。邗沟一夕万人聚，大吏议赈多经营。沿河捉船户，再点巡河兵。给钱逐一列名册，迫之使进江南程。昔闻江南好，大江茫茫风色早。江南顷刻居人忧，视汝流亡似秋草。县官捐俸施困穷，给钱差与扬州同。晓发丹阳暮无锡，浒关不许流民通。吞声回向江头泣，天灾尔民亦何极。十人逃难几人存，家园犹报洪涛溢。

钱 泳

钱泳(1759～1844),字立群,号梅溪,清江苏金匮(今属无锡)人。曾入南河总督张井幕。工诗词,精碑版,善书画印。著有《履园丛话》《履园谭诗》《梅花溪诗草、续草》等。

泊天妃闸

淮水并黄势不敌,怒走清江乱喷激。江头锁钥重重封,淮水愈怒流汹汹。惊湍奔雷响霹雳,激溜滚雪翻鸿濛。蛟龙夜吼深渊里,行舟到此谁敢舣。鸣钲击鼓相叫号,健卒如云挽不起。我昔南归数度过,摇橹一掷舟如梭。而今欲上不得上,空立船头唤奈何!

渡淮水见漂没民田数万顷感赋

淮渎滔滔控数州,东驰千里未能休。屡看祷庙寻三井,谁复探源导上流。
秋潦涨时成窜鼠,阪田没处有浮鸥。几回问渡斜阳晚,白草黄沙漫野愁。

道光庚寅四月河帅张芥航先生招同齐梅麓太守俞履初孝廉与余共饮澹园牡丹花下即席赋诗太守诗先成即和原韵

仙春馆下数经过,几叠屏窗隐碧罗。名冠西京千佛上,香分东洛五云多。
金牋更唱超群玉,琼岛前横有大河。最爱进贤能好客,花间还奏《洞仙歌》。

爱新觉罗·颙琰

爱新觉罗·颙琰(1760～1820),清高宗乾隆帝第十五子,即嘉庆皇帝,自1796年至1820年,在位25年。

过高邮湖

清和天气半阴晴,野望波心岛屿明。远水溶溶微见影,平流荡荡静无声。
帆樯隐现天边接,草树迷蒙画里呈。陂泽相连三十六,坐观应有泛湖情。

赵 曾

赵曾(1760～1816),字庆孙,亦字庆之,号北岚,清山东莱阳人。乾隆五十四年(1789)举人,历摄江苏嘉定、青浦、荆溪、宝山知县。有《画鹤轩诗》等。

宿高邮湖西安寺听雨有感

雨来梦初觉，昨夜满湖云。淮海势将合，水风声不分。
斯民何所托，哀雁自成群。坐起还惆怅，挑灯未忍闻。

刘嗣绾

刘嗣绾(1762～1820)，字简之、柬之，号芙初、樱宁子，清江苏阳湖(今常州武进)人。嘉庆十三年(1808)进士，改翰林院庶吉士，授编修。归主无锡东林书院。有《尚䌹堂集》。

雨夜望甓社湖

明月将珠去，推篷雨一湖。人家分浦溆，蟹火落菰蒲。
浪急鱼争立，风高雁乱呼。筑堤民力尽，况乃吏催租。

刘大观

刘大观(1763～1831后)，字松岚，号正乳，清直隶丘县(今属河北)人。乾隆四十二年(1777)拔贡，出任知县，官至山西河东道兼署布政使，有政声。有《玉磬山房集》。

韩侯庙怀古

侯功初立侯则死，万叠青山墓前起。称冤责过剧纷纭，至竟何说为真是。以杀无罪罪汉高，借口跋扈之臣子。以诛心例例君侯，侯有斯心早叛矣。真王假王徒区区，鄛侯留侯但尔尔。书生泥古发迂论，聚讼筑室应寒齿。耿耿千秋一疑狱，谁略其迹究其理？井陉白骨化青磷，垓下红颜沉碧水。诛戮过多古所戒，自来名将多如此。责侯而侯未必怒，称侯而侯未必喜。平生饮酒读汉书，抑扬赞叹多微旨。太史公笔自沉痛，萧何曰信是国士。安刘者勃尚赎背，隆准儿孙亦萎靡。云梦烟霞属魏晋，未央宫阙埋沙滓。今向秋风拜侯墓，斜阳欲堕岚光紫。

张问陶

张问陶(1764～1814)，字仲冶，一字柳门，号船山，清四川遂宁人。乾隆五十五年(1790)进士，历翰林院检讨、都察院御史、吏部郎中，官至山东莱州知府。有《船山集》。

王家营渡河

观河方信水无情，卷土囊沙太不平。天为中原留患难，人劳终古费经营。
回澜倒涌金银气，急溜横冲甲马声。谁放奔流归巨海，长堤空与毒龙争。

高宝道中即目

淮流一线尽弯环，湖水迷茫际九寰。波影略分堤内外，生涯都在浪中间。
渔歌隔岸闲酬唱，帆势随风互往还。白鸟朱霞凭点缀，寥空谁为补青山。

壬申四月初一日抵王家营别车马

河干长揖辞车马，与汝周旋廿九年。从此烟波挥手去，便教登岸亦牵船。

阮　元

阮元(1764～1849)，字伯元，号芸台，清江苏仪征人。乾隆五十四年(1789)进士。历任湖广、两广、云贵总督，体仁殿大学士等职。于经史、小学、天文、历算、地理、文学、金石均深有造诣。有《揅经室集》。

珠湖草堂

将军旧游地，草堂成小筑。甓社走明珠，三面绕林屋。开窗弄夕霏，光辉生草木。

乐　钧

乐钧(1766～1814)，初名宫谱，字元淑，号莲裳，清江西临川人。嘉庆六年(1801)举人。历游楚粤，侨江淮间，受聘主扬州梅花书院。有《青芝山馆集》。

甓社湖遇风系船柳树下书示莲舫

湖水无情决岸流，湖风随意打扁舟。钓人家在奔涛里，行客心惊古渡头。
垂柳相依如旧识，横云不断是新愁。作书待报龙宫使，莫放鼋鼍汗漫游。

郭麐

郭麐(1767~1831),字祥伯,号频迦、复庵,吴江人。工词章,善篆刻,间画竹石,别有天趣,书法山谷,著有《灵芬馆诗》《蘅梦词》《浮眉楼词》等。

忆柳衣园荻庄三首

其一

难得天涯见古欢,登堂握手笑相看。试寻旧日悲歌地,老树婆娑芦荻残。

其二

回头岁月去堂堂,四十须眉各老苍。不分淮壖有人柳,曾同惨绿少年场。

其三

大阮论交十载迟,阿咸别后剧相思。为言近事差强意,了却延之十卷诗。

胡敬

胡敬(1769~1845),字以庄,号书农,清仁和(今杭州)人。嘉庆十年(1805)进士,官翰林院编修。有《崇雅堂诗文集》。

漕船牵夫行

长河东注波滔滔,下游直上千粮艘。湍深波急不受篙,趱行个个长绳操。高岸跃上如飞猱,高钓首戴重六鳌。欲进不得声嗷嗷,十百俯仰同桔槔。我不见首唯见尻,首俯益下尻益高。天寒雨湿风膪醒,入夜尚尔闻呼号。手龟足茧肤无毛,中途求息哀其曹。受代不啻鹰脱绦,畴助尔力分尔劳。辘轳船唇安置牢,旋转有若缫车缫。船中官人兽锦袍,临风外被秦复陶。指顾叱吒何粗豪,三申五令鼓伐鼛。鞭笞横加难幸逃,岂不念尔徒自蒿。天庾郑重法敢挠,性命似此真秋毫。吁嗟粒粟皆脂膏,仓中鼠慎毋贪饕。

盱邑晓行

其一

鹿场含露滑,鱼市散风腥。湖晓开妆镜,山春列画屏。
叫邑程无几,来时路再经。忘机相对好,鸥鸟满沙汀。

其二

冒雨花仍发,披风草不芟。栖崖高下屋,浮浦去来帆。
鲜径红藤杖,疏畦白木橝。何时双蜡屐,郊外试春衫。

抵盱眙

露桃灼灼柳丝丝，又近清明改火时。不少云烟过眼底，每因风雨惜花枝。
老来倍觉春堪恋，病后初惊酒不支。一霎钲旗炫崖谷，晚仍孤馆自扶持。

盱眙春望

其　一

篮舆一径上崔巍，乐事看山愿不违。豁眼湖光千顷活，关心春色二分归。
几家结网临清涨，万灶缘崖对落晖。东望姑溪时极目，登高容易念庭闱。

其　二

陡觉蓬流入望中，碧天如画展长空。山腰山脚千花裹，淮北淮南一苇通。
地险不劳城郭壮，时清还藉稻粱丰。来安东去程非远，几有林泉便不同。

陈文述

陈文述（1771～1843），初名文杰，字云伯，又字雋甫、退庵，清钱塘（今浙江杭州）人。嘉庆时举人，官江都、常熟等知县。著有《碧城仙馆诗钞》《颐道堂集》等。

治水篇

治水如治病，症必探其源。治水如治兵，局必筹其全。虑患在事后，决策在事前。扶危与定倾，但令平不偏。今之治水者，所见殊不然。不与地理准，不与天时权。但恃势与位，未许他人贤。虚怀与和衷，二者无一焉。高宝为欹器，沧海邻桑田。洪湖为漏卮，巨浸成滔天。见水不见地，灾民殊可怜。

周际华

周际华（1772～1846），字石藩，清贵筑（今贵州贵阳）人。嘉庆六年（1801）进士，授内阁中书，改遵义府教授，历知辉县、陕州、高淳、兴化、江都、泰州。著有《省心录》《家荫堂诗稿》等。

送族弟听松赴南河工次

相马不嫌瘦，相士不嫌狂。深知此意唯孙阳，得邀一顾终腾骧。天生我才必有耦，牝牡骊黄恣众口。两人白眼一时青，为惜别离重执手。广陵风雨海门波，问君何事趋南河。南河通天入云汉，年年槎客此经过，君驹千里我如何？

天妃闸

六十三番闸，危哉寤客魂。河开风雨窟，人过死生门。
水立虹初下，波横石暗吞。不堪停足望，日色正昏昏。

童　槐

童槐（1773～1857），字晋三，一字树眉，号萼君，清鄞县（今浙江宁波）人。嘉庆十年（1805）进士，官至通政使司副使。有《今白华堂集》。

题《珠湖渔隐图》

湖中有明月，白云与俱上。明月何徘徊，白云何惆怅。波图见心迹，彼我皆依稀。季鹰亦诳耳，岂为鲈鱼归。用世须经纶，济人须舟楫。吏隐不如渔，渔具便取给。珠湖珠似月，月湖月似珠。清辉共千里，努力争须臾。

陆耀遹

陆耀遹（1774～1836），字绍闻，清阳湖（今常州）人。著有《双白燕堂诗文集》等。

宿盱眙作

朝辞天长城，夕宿盱眙郭。茅屋半间灯一粟，缥衾不温村酒薄，拥枕孤吟意萧索。山城十月霜风高，万木叶脱千林凋。恍闻飞雨洒虚牖，不识皓月流荒郊。荒郊月照思乡者，辗转中宵泪盈把。更声未断鸡声催，挑灯著衣重上马。

归次盱眙感赋

昔年羸马经过地，摇落能将别绪催。暝色数峰随客到，秋声一夜渡淮来。
冠裳异代余松槚，龙虎英风没草莱。两载倦游重吊古，不堪携醉步层台。

齐彦槐

齐彦槐（1774～1841），字梦树，号梅麓，清徽州婺源人。科学家、书法家。嘉庆十四年（1809）进士，官至苏州知府。著有《梅麓诗文集》《海运南漕丛议》《天球浅说》《中星仪说》等。

淮上舟行

乳燕樯乌结阵飞，芦芽茭笋一时肥。家乡正作黄梅雨，客子初更白葛衣。
欹枕梦随流水远，过江山似故人稀。篷窗日夕浑无事，卷起湘帘看落晖。

梁章钜

梁章钜(1775～1849)，字闳中，又字茝林，清福州人。曾任江苏布政使、甘肃布政使、广西巡抚、江苏巡抚等职。积极配合林则徐严禁鸦片，是坚定的抗英禁烟派人物。一生著诗文近70种，为楹联学开山之祖。

河上杂诗

其　一

我初习外吏，一麾来水乡。专城江汉间，长年事堤障。量移到东土，乃复专修防。河流本浩浩，淮海弥汤汤。袁江如釜底，高堰如岩墙。既需黄济运，又须淮敌黄。或资擎托势，旋虞倒灌强。理河兼理漕，所系非寻常。捍患复因利，何由两无妨。

其　二

河堤经费繁，袁浦冠盖萃。往者风侈靡，挥金每如芥。安危县利蔺，悖出寻亦败。比来风气上，去奢复去泰。岁支有常经，仕宦非往概。庶无扑满虞，且免漏卮匮。我本淡泊人，喜值清明会。古心先自鞭，冗费要共汰。幸毋扬其波，官谤吁可畏。

金学莲

金学莲，字子青，又字青侪，号手山，清吴县(今江苏苏州)人。诸生。有《三李堂集》。

清河晓发

城墙侵晓噪乌鸦，芦荻连天屋外斜。水落黄河全改岸，风晴白野半飞沙。
车声绕路二三辆，酒店垂旗四五家。咫尺浊流犹待渡，褰裳依约上星槎。

王　凝

王凝，原名宁凝，字大柱，清高密(今属山东)人。乾隆六十年(1795)举人，官聊城教谕。有《彀广吾集》。

大清河舟行

一棹无行李，容与旷渺间。水平赴堤阔，天远引帆闲。
小憩篷栖燕，孤明沙立鹇。却看车马客，尘土满征颜。

唐　鉴

唐鉴(1778～1861)，字镜海，清善化(今属湖南)人。嘉庆十四年(1809)进士，改庶吉士，授检讨，历官江宁布政使、太常寺卿。有诗文集。

过黄河

万里安澜日，频来唤渡时。风驱征应急，云逐片帆迟。
捧土原无术，乘槎会有期。中流思砥柱，激浊更伊谁。

陶　澍

陶澍(1778～1839)，字子霖，一字子云，号云汀、髯樵，清湖南安化人。嘉庆七年(1802)进士，历官江苏巡抚、两江总督、总理两江粮储，操江南河务，兼理两淮盐政。著有《印心石屋诗文集》《蜀輶日记》《陶渊明集辑注》等。

周历洪泽湖往返三日慨然有作

一堡二里半，三堡七里余。高堰十八堡，其南即山盱。山盱堡十六，周桥为之枢。洪湖未堰时，淮水此东趋。至今风雨来，奇险防疏虞。桥南接黄堈，二坝别以区。二坝曰智信，泄水东归墟。稍西林家坝，又西称拦湖。是为盱眙境，宅土有市衢。其民数百家，且贾且耕渔。有闸曰卧虎，地与三河俱。三河仁义礼，僻处山之隅。是在堡以外，蓄泄全淮于。往来三日间，长堤行纡徐。太息此湖水，混茫涵太虚。作堰始陈登，于传或有诸。历代相祖述，畚筑盛规模。既使北刷黄，更南通漕储。虹堤亘一线，淮乃化为渠。太息古淮水，一渎归为闾。奈何截其流，南北不得舒。沉浸没日月，涯岸成渚圩。僧伽塔已倒，支祁锁已淤。蛟龙与虾鳖，混杂同一潴。遏阻思铤险，郁积气必嘘。常恐欺薄余，浩浩民为鱼。性命托老兵，奔走疲吏胥。金钱岁百万，抛掷沙泥如。事体洵重大，跋疐多挛拘。太息天地间，得失相乘除。七窍凿混沌，成毁在须臾。盗笑圣人死，智欺河叟愚。谁能纵天发，相与还其初。凉飙堤上来，飒爽吹衣裾。却望老子山，中有神人居。

原注：高堰一二三堡为清江浦最险之区。周桥南即八堡地，名黄堈寺尤险。

雨后发盱眙夜泛洪泽湖翌晨抵南坝次兰卿韵

是日晨起犹有雨，濒行共劝公无渡。午后雨息日衔山，更起踏山杳霭间。布帆一张三十里，风力微微行欲止。舟行每喜顺风多，谁识风微亦可喜。青山爱客不能留，我与青山且东迤。峰回影倒船去山，水净沙明清见底。少焉月出山之巅，暗浪粼粼风又起。非关香火祷僧伽，时止时行任舟子。是时万籁四山空，林鸟无声栖馆熊。蟾蜍吐光照一切，人影俯视冰夷宫。颇闻群仙宴广利，金翅翠羽交冲融。灵妃鼓瑟玉女舞，短笛遥应芦花中。溶溶万顷琉璃界，无复千条与殊派。七十二河同一潴，浊汴清淮总澎湃。微茫沙草出汀洲，青嶂白波俨图画。中流合有柱能支，下水真令船更快。蜃涎已敛老蛟馋，猕腥尚锁支祁怪。

登盱眙远眺作歌示兰卿

南人不识盩厔，北人不识盱眙。两山实居两戒内，首尾中干网四维。我曾西行遥望山曲与水曲，今又持节按部来淮湄。淮之山巘巘，淮之水浨浨。浨浨巘巘山水间，忽有城去天外如虹垂。其城不栅不甓不版筑，以山为体而翘四角雄且奇。清淮自南、汴泗自北同来包绕之，一山、二山、三山、四山以次相追随。米老昔从众香国，泛汴至此呀然曰："嘻!"遂以"第一山"，大书特书镌之碑。至今过者莫不仰首而窃窥。我来渡洪湖，舣舟泊山麓。始知山之奇，尤在山之腹。两股舒且嶟，中空窈然谷。其顶窍石出天关，其旁开广架岩屋。有亭有堂有楼台，皆就石级为之左环而右复。更有玻璃泉水出岩间，潺流直下成飞瀑。我行见此欲踏赤鲩骑白鹿。升高望远兮，千里百里，一曲复一曲。回思天地间，屈伸相倚伏。小山霍以大山宫，渟者曰湖流者渎。奚为淮水西来千数百里，忽为湖所触？堤之坎之俾之受约束。云浪浪兮风簌簌，耳底微闻啼雁鹜。此行讵只为登临，顿去俗尘二十斛。盱衡时事费安排，请君张目还举目。

原刻：道光十三年孟冬月十四日，偕李兰卿观察渡洪泽湖至盱眙作，偶书于此，以纪鸿迹焉。长沙陶澍。

龟山览古

芦灰填尽溺莫拯，羽渊空戮黄能婞。齸坼天生薏苡仁，以蹑神奸归九鼎。从来地气山泽通，淮流出山行地中。南江北河两澎湃，水母独锁支祁宫。支祁有力逾九象，金爪雪牙身五丈。帝命庚辰锁此山，然后淮流平似掌。岁岁乌龙望母回，无复青猿惊铁网。此事流传未或非，要知神力非人为。怪孽往往护巢穴，深山大泽生龙蛇。君不见钦鸡号刑天，舞穷奇嗥梼杌语。三身十尾种类多，伯益夷坚笔难数。一从烈火付朱熊，长使魑魈慑雷雨。鸱脾桓胡曷足云，远矣临流叹微禹。元圭告功四千年，谁知此地成变迁。深谷为陵岸为谷，虹堤一亘真茫然。黑波沄沄云欲压，势卷荆涂控巫峡。废址难寻南五台，洪涛乱滚东三闸。沿淮从此化沧波，无麦无禾口空呷。可怜一千五百铁头僧，欲渡无梁同入劫。嗟哉禹法在厮渠，载高能使東归墟。即论转运迫晷刻，旁泄何如穿左肋。水底支祁冷笑人，此过非吾定谁责？行行我是问津来，隙听木鱼正呼客。

游龟山访禹迹

十月十一日，由蒋坝渡洪泽湖，遂老子山相度移设水师营地，翌日，复偕同事游龟山，访禹迹。兰卿观察诗先成，即次其韵四首。又龟山览古诗。

其　一

湖堤巡历堤工成，又趁晨暄破浪行。秋水方平宜放棹，好山如画况知名。
临流有侣偕酬唱，设险何人此屏营。幸际承平不忘武，敢云帷幄坐谈兵。

其　二

寥空指点白云隈，层叠看山曲磴开。铁锁尚传神禹迹，丹炉先访老君台。
三洲钟鼓声原震，万顷波澜力孰回。曾向榑桑观浴日，闲情仍策六鳌来。

其　三

一勺天光洗眼新，野谋同载为观民。山中猿鹤情如识，水底鱼龙气已驯。
瓜浦远浮前渡雨，桃源疑接故乡人。淮南草木清湘色，丛桂秋来映旧津。

其　四

聚米军屯拣习流，山川能说更探幽。径余枫叶深通屐，信报梅花稳插头。
济世怀原期彼岸，登仙缘欲证同舟。此行合补何镗记，努力湖河借上游。

盱眙览古

其　一

乱山高下浸淮洪，北究东梁一望中。欲向楚都询往事，牧儿祠外久西风。

其　二

张目为盱举目眙，孤城四面尽厜㕒。汤池半绕淮如酒，莫笑当年渴佛狸。

其　三

绕甸云飞汴泗长，高山天作古都梁。红罗幛冷无丰沛，却向临淮认故乡。

其　四

鱼龙出没雁浮汀，波底支祁沫尚腥。七十二河流不尽，可能余力挽沧溟。

按：牧儿祠，楚义帝祠堂。因楚义帝在牧羊山放过羊，故祠称“牧儿祠”。

杨文荪

杨文荪(1782～1853)，字秀实，一字芸士，清浙江海宁人。道光七年(1827)贡生。著有《述郑斋诗》等。

河　堤

河流雄万马，河堤险一篑。筑堤岂无防，原为不虞备。下流苟勿壅，胡由致崩溃。治河无贾让，争以下策试。清淮弱如线，浊河日奔恣。淤沙积百丈，海门塞弗治。河身高于堤，帆樯迥云际。蚁穴倘一决，惊涛注平地。治病不察脉，横裂适为累。嗟哉神禹功，疏凿岂小智？

斌　良

斌良（1784～1847），字备卿，又字笠耕，号梅舫、雪渔，瓜尔佳氏，清满洲正红旗人。嘉庆七年（1802）由荫生授太仆主事，累官至驻藏大臣。作诗八千首，有《抱冲斋诗集》。

舟中望高邮湖

一白渺无际，苍穹似盖衔。渗金明夕照，点墨指归帆。
芦短容穷目，风凉欲透衫。滨湖渔者众，晚饭饱羹鳒。

漂母祠

情殷聊一饭，报岂望千金。特识荆钗具，高踪竹杖寻。
草香通径古，波碧俯桥深。十万封齐户，何如箪食心。

程恩泽

程恩泽（1785～1837），字云芬，号春海，清歙县人。近代宋诗运动提倡者。嘉庆十六年（1811）进士，官至户部侍郎。著有《国策地名考》《程侍郎遗集》。

渡淮即事

汝颍沙涡竞短长，还收濉浍五文章。遂磨洪泽而东境，似筑深江以外墙。
天际数峰眉妩翠，中流一画墨痕苍。即看歌舞雄都会，何处风云故战场？

钱宝琛

钱宝琛（1785～1859），字楚玉，一字伯瑜，晚号颐叟，清江苏太仓人。嘉庆二十四（1819）进士，官至江西巡抚。有《存素堂诗集》。

淮阴钓台

汉家机智驭英才，国士遭逢绝可哀。一剑孤依真主去，双符虚拥假王来。
庭中握手诬谁辨，卧内牧兵气早灰。他日歌风空太息，清淮古沛两荒台。

沈兆沄

沈兆沄(1786～1877)，字云巢，清天津人。嘉庆二十三年(1818)进士，改庶吉士，授编修，出知松江府，官至浙江布政使。有《织帘书屋诗文钞》。

惠济闸

声殷巨雷光喷雪，一径划然苍崖裂。悬溜陡落船溯流，倒吹更兼朔风烈。三闸险如十八滩，惠济尤比上滩难。百夫绞挽凭长缆，辘轳失转心胆寒。我行到闸值薄暮，狂飙愈助奔涛怒。石燕高飞雨欲来，榜人齐唱公无渡。亟欲过此翻游移，粮艘亦复行迟迟。未柔变刚由搏激，凶猛如虎与委蛇。闸畔维舟永今夕，人静无声依峭壁。伏枕俨闻过千军，急湍不知添几尺。忽喜浪息朝暾晴，下游版闭自在行。入坎出坎只俄顷，化险有术唯持平。

陆费瑔

陆费瑔(1787～1857)，原名恩洪，字玉泉，号春帆，清浙江桐乡人。嘉庆十三年(1808)副贡，官至湖南巡抚。有《真息斋诗钞》。

捉船行

淮阳泽国多风沙，居民生计船为家。百舍起船不起屋，船成官帖纷搜拏。但使全家得半食，寸纸斜封敢论直。今日受雇明日行，贫船被驱富船匿。千艘组接黄河曲，折撞败桨须修筑。天妃庙前津鼓喧，驿吏持鞭上船逐。侵晨叩官分官钱，十人赴功五人粥。乘船达官方醉眠，船头欢呼船尾哭。

麟　庆

麟庆(1791～1846)，字见亭，完颜氏，清满洲长白人。嘉庆间进士，授中书，道光十三年底至二十三年春(1833～1843)任南河总督。著有《黄运河口古今图说》《河工器具图说》《鸿雪因缘图记》及诗集《凝香室集》等。

湖山纪胜

戊戌孟夏，将有事于龟山淮渎庙，廿有二日，渡洪泽湖。

仗节竟扬舲，遥山入望青。风声疑虎吼，水气作龙腥。
工险愈彭蠡，澜狂过洞庭。富陵成巨泽，谁与证郦经。

遇风泊灰沟

咫尺龟山路，偏教阻石尤。黑云压舵顶，黄气作风头。
浪软知无底，盘旋不自由。长年幸习惯，小泊认灰沟。

按：灰沟，地名，在盱眙县东北15公里。

阅船坞

风浪浩无垠，行舟何处存。好凭沙作障，直藉石为门。
月黑孤灯引，帆来万马奔。水衡钱不惜，永载圣人恩。

按：道光十四年(1834)奏建于洪泽湖老子山，委守备黄佩监修，并立天灯于坞上，以示夜行各船，商民便之。

袁浦留帆

十载袁江久宦游，惭无政术奠黄流。北行实对斯民愧，南顾难纾圣主忧。
红树春深人卧辙，绿波新涨我归舟。画图诗卷频投赠，无限深情哪得酬!

按：道光癸卯(1843)三月十一日，作者去职离开清江浦，过清江大闸，出十里长街，市民列队欢送，书院师生设席相饯，馈“袁浦留帆”诗文1卷，图250幅。当地官绅赠诗184首、画38帧，为6册。麟庆为答谢作此诗。

竹舫息影

为辞传舍拜花神，又向西园步一巡。清宴有图仍属我，韶华随运自成春。
诗吟红豆今多暇，梦醒黄粱莫当真。圣主恩深容置教，还乡好作太平民。

按：竹舫，即竹雨舫，在清江浦仓门口。此诗为辞别府署时所作。

阅老子山水师

旌旗森列水犀军，掩映弧光绝俗氛。波底鱼龙齐听令，帐前虎豹渐成群。
青连老子山前草，红指僧伽踏上云。最喜吾民占利涉，布帆来往织斜曛。

二十四日谒庙致祭并阅龟山

道光十七年，奏请御书匾额“星渎昭灵”四字，而拜之，赋诗一首。

天藻辉煌下紫宸，小臣亲捧拜恩新。元圭早仰当年绩，白璧期盟此水神。

罗汉梁空忘甲子，支祁井冷重庚辰。临流又动庄严愿，土蚀波烟丈六身。

按：支祁井，在龟山无梁殿前。

二十三日致齐朝庭古栝下和张文端公韵

其　一

崔巍宝殿镇名山，多少留题寄壁间。识得文端忠爱意，后尘愿步慰天颜。

其　二

庭前古栝势修然，翠幄成阴阴四边。今日致斋容小坐，山门洞启水连天。

翁心存

翁心存(1791~1862)，字二铭，号邃庵，清江苏常熟人。道光二年(1822)进士，历官充上书房总师傅、体仁阁大学士，谥文端。著有《知止斋诗集》。

晓　发

残月带陂塘，平桥印早霜。河声天上落，海气日边凉。

鱼眼翻波赤，云头罩雾黄。冲寒行更早，今日路弥长。

按：见《知止斋诗集》卷一(清光绪三年常熟毛文彬刻本)。

徐　荣

徐荣(1792~1855)，原名鉴，字铁生，清汉军正黄旗人。道光十六年(1836)进士，历官至福建汀漳龙道。与太平军作战，被刺死。有《怀古田舍诗钞》。

甓社渔歌

岂不能披羊裘钓大泽中，衮衣绣裳谢诸公。岂不愿绿蓑衣住烟波里，扁舟飘然载西子。名心未死功未成，短策长帆歌北征。甓社湖头一长啸，惭愧渔翁问姓名。君不见湖上翁，湖上宿，湖苇编墙草苫屋，湖蟹湖鱼岁常熟。何须问舍与求田，一个钓船家具足。湖风常清湖月明，鸥鸟飞来寻旧盟。片帆直溯天际去，长歌小海孤云生。人生何如风过箫,有酒宜饮欢今宵。磻磎老叟不知足,与人家国形神雕。归来乎,吴中从事胡不归,眼前酒满鲈鱼肥。身后功名不足道,世上风波多事非。

十九日甓社湖作

淼淼秋湖水,西来望眼宽。极天微有树,浸日欲生寒。
闻有明珠在,常同满月看。何须买山隐,借与钓鱼竿。

戏赠放鸭翁

鸭群千百翠毛衣,汤沐淮流百顷肥。彳亍自操莲叶艇,合围长近蓼花矶。
朝烟乙乙呼名竭,斜日堂堂列队归。醉叩瓦盆歌一曲,不知人世有金绯。

龚自珍

龚自珍(1792~1841),一名巩祚,字璱人,号定盦,清仁和人。著名文学家。道光九年(1829)进士,官礼部主事。有《定盦全集》。

己亥杂诗

其八十三

只筹一缆十夫多,细算千艘渡此河。我亦曾糜太仓粟,夜闻邪许泪滂沱。

自注:"五月十二日抵淮浦作。"

其九十五

大宇东南久寂寥,甄陀罗出一枝箫。箫声容与渡淮去,怀上魂须七日招。

其九十七

少年击剑更吹箫,剑气箫心一例消。谁分苍凉归棹后,万千哀乐聚今朝。

其九十七

天花拂袂著难销,始愧声闻力未超。青史他年烦点染:定公四纪遇灵箫。

张心渊

张心渊,字达泉,清嘉善人。嘉庆十五年(1810)举人,历官清河县知县、邳州知州。有《脉望斋诗稿》。

王营早发

才上公车对早晖,淡晴天气晓光微。客中愁思真如病,梦里乡关不当归。

络绎轮蹄蹂岸雪，飘零星月掩林霏。山程水驿终朝历，望望村庄叩板扉。

沈涛

沈涛，原名尔政，字西雍，一字季寿，号匏庐，清嘉兴人。嘉庆十五年(1810)举人，历官福建兴泉永道。有《柴辟亭集》。

淮阴钓台

古今落落三钓台，钓名钓国台上来。韩侯尔亦何为者，可怜王孙穷饿谁相哀。羊裘不著，鹰扬复开。竹竿臬臬扬旗起，赤帜一立邯郸摧。台边学得背水阵，孙吴死法宁中裁。哙等碌碌非吾侪，贩缯屠狗兼椎埋。渭滨淮水两千古，英风令我长徘徊。刘季鼻大多雄猜，单父野鸡构祸胎。假王为饵死不悟，何如一星长客江之涯。萧相非怜国士才，却附吕后成其灾。当时大将坛何在，但见荒台突兀起草莱。

顾翰

顾翰，字木天，号蒹塘，清江苏无锡人。嘉庆十五年(1810)举人，官宣城知县。有《拜石山房集》。

晓发王家营

郎当郎当听铃驮，前者唱于后者和。出门晓月白涨天，片片霜华如雪大。敝裘一领薄于纸，有似窗楞风刮破。已恨无丝自缠缚，还愁作米供颠簸。戍楼宿火明瓦镫，饼肆湿烟生土锉。却忆向时真懒惰，花影半床人尚卧。醒来欹枕睡昵书，妇子晨炊煮香糯。我家虽无田负郭，草草离家计真左。傥云奔走为饥驱，逆旅何尝少寒饿。

陆坦

陆坦，字周行，清江苏松江(今属上海)人。工画山水。有《图绘宝鉴续纂》。

甘罗城晓渡

日气开天地，秋风散大河。人烟栖古岸，萑蓼出渔歌。
乱水鸥边去，孤城帆外过。前朝湖市见，未卜岁如何。

谢元淮

谢元淮(1792～1874),字钧绪,号默卿,清荆南松磁(今属湖北)人。曾任淮南监掣同知。著有《铸银钱以抑洋价论》《钞贯说》《碎金词谱》《云台新志》等。

官粥谣(节录)

东舍挈男西携女,齐领官粥向官府。日高十丈官未来,粥香扑鼻肠鸣苦。忽闻笼街呵殿高,万目睽睽万口嚣。一吏执旗厂前招,男东女西分其曹。授以粥签挥之去,去向官棚施粥处。投签受粥行勿迟,迟迟便遭官长怒。虬髯老吏拦门前,手秉长勺色如嗔。……官厂已收催还家。片席为庐蔽霜雪,严寒只有风难遮。道逢老叟吞声哭,穷老病足行不速。口不能言唯指腹,三日未得食官粥。

李彦章

李彦章(1794～1836),字兰卿,清福建侯官人。嘉庆十六年(1811)进士。翁方纲门人,工诗善书。有《榕园诗集》。

登第一山次云汀宫保原韵

汴泗西来昨见山,南宫题品始开颜。翠微尽有人家住,消受清风五百间。
偶写心声许献酬,相从叨附济川舟。只因第一山中客,认得元章副墨留。

晚发盱眙望玻璃亭和云汀宫保原韵

云为图画石为龛,百尺楼台百尺岚。多载新泉同品著,竹炉秋雨话江南。

盱眙览古和云汀宫保韵

其 一

长波如泻石梁洪,万顷湖淮在眼中。此是乾坤浮水地,直须来往有樵风。

其 二

东南形势起盱眙,如障如珠各险巇。莫唱楚歌怀义帝,夜深山鬼啸文狸。

其 三

石屋归云一线长,新河空说坐虹梁。江东鲁肃无人识,谁问南山射猎乡。

其 四

湖山极目接云汀,终日蛟龙水气腥。注海注江多不定,七分何日入东溟。

李振钧

李振钧(1794～1839),字仲衡,号海初,清安徽太湖人。道光九年(1829)状元,授翰林院修撰,终顺天乡试同考官。有《味镫听叶庐诗草》。

漂母祠

儒坑兵销长城筑,天下苦秦几上肉。纷纷攘臂争一呼,淮阴壮士甘穷途。布衣仗剑来都市,亭长晨炊少年訾。谁知慷慨哀王孙,不在须眉在女子。斩蛇道中老妪哀,垂钓城下漂母来。君臣遭遇皆奇绝,一知气数一怜才。澼絖终日依淮浦,壶飧解劳风尘苦。物色已居滕公先,意气终羞绛灌伍。一饭殷勤讵望酬,千秋庙貌临清流。我来吊古重惆怅,双双翠羽鸣啾啾。君不见,鸟尽弓藏良将死,皓首功名同白起。长乐受缚谁为怜,吕后何如漂母贤。

释宏度

释宏度,字渊如,清道光间山阳篆香楼僧。有《昙香精合诗草》。

登韩侯钓台

野草寒犹碧,荒台落照情。我来一登眺,黄叶下孤城。
何处晚炊熟,西风淮水腥。前贤不可见,渔火隔沙明。

沈学渊

沈学渊,字涵若,清宝山(今属上海)人。嘉庆十五年(1810)举人,道光十三年(1833)入江苏巡抚林则徐幕。未几卒,林则徐为其撰写墓志铭。

大风晚泊平河桥

淮堧无坚堤,溃裂不可障。水来风挠之,一激飞过颡。外湖仰若盂,奔流强一丈。闸门兢收束,阻隘益悍犷。篙师识畏途,鸣钲卸帆桨。联船舣荒涯,柝杙聚遥响。是时值下弦,月云帆苍莽。芦屋沿堤根,残灯漏三两。忽闻断缅声,邻舟各呼抢。一哄列炬明,樯楫互震荡。披衣夜不眠,忡忡及昧爽。事定我转惊,易地讵可想。安枕雅谈人,不如慕容皝。

按:见《桂留山房诗集》卷四(清道光二十四年郁松年刻本)。

慕昌湝

慕昌湝,女,字寿荃,清蓬莱人。翰林院侍读慕荣榦(1868年进士)之女,南皮举人张元来聘室。有《古余芗阁遗诗》。

拟古诗

群雄逐秦鹿,楚汉久相持。矫矫淮阴侯,右汉心不移。下赵威名振,定齐先声驰。嗟哉赤帝子,推食复解衣。固陵期会战,如饥望黍醃。讵意重瞳灭,伪游忽相欺。野鸡任肆毒,钟室遭诛夷。靡靡单葛衣,鲜白如凝脂。夏著何疏爽,秋著何凄其。物性岂异昔,著之非其时。器败虫乃生,恩寡才间疑。密谋钜鹿守,此语复谁知。

姚承望

姚承望,清代中期人。

袁 浦

畚锸经营苦,帆樯日夜过。水争尘市绕,官比士民多。
南北舟车界,淮黄里外河。年年资巨帑,保障竟如何?

曹楙坚

曹楙坚(?~1853),一作茂坚,字良甫,清苏州吴县人。道光十二年(1832)进士,官湖北按察使。

开坝行

今年稻好尚未收,洪湖水长日夜流。治河使者计无奈,五坝不开堤要坏。车逻开尚可,昭关坝开淹杀我。昨日文书来,六月三十申时开。一尺二尺水头缩,千家万家父老哭。

原注:道光甲申(1824)冬,高堰十三堡决后,以次缮完。御黄坝堵闭两年。丙戌夏,洪泽湖水长,当事惧堤工不保,遂启五坝过水。扬郡七州县当下游者,田庐尽没,较嘉庆丙寅决荷花塘尤剧。余客海陵,人烟萧寥,万室波荡。加之盲风怪雨无节,触凄惨之怀,写流离之状,因事而歌焉。

卖牛行

牧童面色如死灰,十牛五牛觳觫来。今宵牵向城外宿,城里明朝吃牛肉。牛兮食我草,牛兮耕我田。无田无草那养汝,养汝那得到春天。夜半喂牛对牛哭,牵牛进城牛有犊。牛乎尔勿怨,听我语与汝。卖汝得钱能几许,有男卖男女卖女。

拆屋行

水连床,床连屋。大儿小儿尽匍匐。床前浙米床上炊,那有干薪一两束。黑夜沉沉儿堕水,夫叫妻号救儿起。不闻儿啼儿已死。邻家有小船,儿女安稳眠。我家无船屋里住,水来更向何处去。不如拆屋取屋材,粗桌细椭并一堆。两头用绳缚作筏,漂东漂西波汩汩。未定一家谁死活。

许凌云

许凌云,清泗州人。

泗水患

多半支祁锁未坚,茫茫浩浩又滔天。大风陡起三篙浪,小屋如浮一叶船。
夹岸芦汀花是壁,依沙舫子水为田。劝君莫把清贫厌,菱角鸡头也度年。

陶誉相

陶誉相,字觐尧,清丰润人。诸生。主要活动于嘉庆年间,在安徽某地任照磨。著有《芗圃诗草》二十卷。

古城道中

小径蚕丛赵八岗,又驱羸马出来阳。山围石崮驺虞沓,池近洪流泽雁伤。
满眼仳离怜壑殍,惊心风雨锁团仓。微劳何济苍生事,搔首穷途鬓欲霜。

按:即古考城。盱眙县西南有阳城及考城二县,俱晋末侨置县,属盱眙郡,隋初废。

陈　獬

陈獬,字去恶,晚年改字冷髯,号二峰,清怀远城关人。生于1810年左右。贡生,官至建德训导。著有《冷髯诗草》。

浮山阻风

从来舟楫用，每进阻风湍。木末斜阳晚，人间行路难。
荒村髡椤暗，极浦野芦干。旱涝穷檐苦，凄凉倚醉看。

苏宗经

苏宗经，字是程，号文庵，清郁林（今广西玉林）人。道光元年（1821）举人，官新宁学正。有《酾江诗草》。

漂母祠

世俗薄寒士，那如一漂母。异眼看王孙，一饭亦不朽。太息淮阴子，才高数不偶。既报饮食恩，难事司农后。有力同逐鹿，无智免烹狗。生死事太奇，都在妇人手。毕竟爱才者，食报自长久。祠庙小如拳，千金能买否？

姚 燮

姚燮（1805～1864），字梅伯，号复庄，又号大梅山民，清浙江镇海人。道光十四年（1834）举人。有《大梅山馆集》《复庄诗问》《疏影楼词》《今乐考证》《今乐府选》等。

甓社湖二章

其 一

不知是水是天光，三十六陂云水乡。乱柳分枝明藕泛，饥凫垂翮隐渔梁。
崩堤草长深泥黑，古庙枫烟大纛黄。四岸如奁环浩浩，一舟一叶水中央。

其 二

北湾树色散霏霏，南溆平山动翠微。下水上天云日满，万青一白鹭鸶飞。
密防下泄资江闸，饱看行帆让石矶。安得明珠如月大，来从草木布光辉。

三十六湖

春水王郎曲，谁横玉笛歌。湖陂三十六，烟雨至今多。

宝应至高邮舟中六绝句(选四)

其 一

持螯漉酒共船家,醉立当风葛帽斜。次第吾乡秋稻熟,贺公湖上看黄花。

其 二

蛎壳船窗下上开,水风狎昼梦初回。分明到枕香如雾,吹入残荷片片来。

其 三

茭芦为岸柳为门,蟹舍鱼庄自一村。笛渚无人鹇梦静,水烟低擭过黄昏。

其 四

甓社湖平浪远烟,晚来一路送鸣蝉。不随西处斜阳尽,唱到天东月满船。

邹在衡

邹在衡(1806~?),字蓉阁,清钱塘人。诸生,历任金山、长洲典史,工诗,尝与黄爵滋、戴熙等结红亭诗社。有《问桃花馆诗钞》。

渡江湖淮途中所见

捆起来!捆起来!论贯青蚨赁女孩。雏莺年尽十三四,大艑载自盐城回。盐城女到清江浦,更换衫裙学梳裹。好将夜合博缠头,堕入青楼尔何苦!爷娘爱钱不惜小,忍使娇娃堕涂潦。岂无双泪背人弹,若个淤泥拔根早?

柏 葰

柏葰(1806~1859),巴鲁特氏,原名松葰,榜名松庆,字静涛,清蒙古正蓝旗人。道光六年(1826)进士,官至户部尚书、文渊阁大学士。有《薜箖吟馆诗存》《奉使朝鲜日记》等。

甓社湖

行尽维扬数十程,瓜皮小艇去纵横。等闲回首东南望,一片湖光双眼明。

耿徵雨

耿徵雨(?~1861),字澍屏,清沭阳人。岁贡,与鲁一同友善。有《听雨轩诗草》。

黄 河

十丈洪涛一望惊，长河滚滚绕孤城。南连淮水天无色，东走云梯夜有声。
入海尚含千里势，到今能得几回清。从来星宿源流远，莫共人间浊水争。

淮 堰

百里惊涛动地来，洪流高过楚王台。丁夫十万防河溢，甲士三千射不回。
砥柱谁为纾国计，狂澜端赖济川才。群公束手无良策，何处长河一道开。

鲍 康

鲍康(1810～?)，字子年，晚号臆园，清歙县人。道光己亥(1839)举人，历官夔州知府。有《观古阁诗钞》。

淮阴钓台

欲搜遗址但蒿莱，屠钓中多大将才。千载兴亡君莫恨，歌风戏马尽荒台。

曾国藩

曾国藩(1811～1872)，初名子城，字伯涵，号涤生，清湘乡人。晚清重臣。道光十八年(1838)进士，官至两江总督、直隶总督、武英殿大学士，封一等毅勇侯。有《求阙斋文集》《求阙斋诗集》《曾文正公全集》等。

失 题

金堤旧溃高家堰，复道今年盛昔年。自古尘沙同浩劫，斯民涂炭岂前缘?
沉江欲祷王尊璧，击楫谁挥祖逖鞭? 大厦正须梁栋拄，先生何事赋归田?

孙衣言

孙衣言(1814～1894)，字劭闻，号琴西，清浙江瑞安人。道光三十年(1850)进士，官至太仆寺卿，寻以疾乞归。生平努力搜辑乡邦文献，刻《永嘉丛书》，筑玉海楼以藏书。有《逊学斋诗文钞》。

十六日盱眙度山趋河上桥

昨朝湖外望，远黛一眉弯。今日山边度，重冈百折间。
修篁纷碧绿，浅水细回环。处处门前犊，为农羡汝闲。

张崇型

张崇型，清松江府松江(今属上海)人。

韩侯庙怀古

君侯节概如岭高，论功岂直萧与曹。侯死岭存传不朽，至今过客思英豪。忆从落拓淮阴路，仗剑胸中森武库。一饭且教漂母怜，片言旋启滕公悟。无双国士得时难，委任权专上将坛。北平代兵不释甲，东拔赵帜方传餐。身历疆场数十战，谋出全师惊奇变。垓下名骓看独雄，关中失鹿知谁擅？齐军易取心难收，书传蹑足嗤留侯。假王信治临淄众，真王疑成云梦游。佐得新朝一疆界，走狗将随狐兔败。献策何曾怨蒯通，雄心未免羞樊哙。时乎一去不再还，仓猝祸生长乐间。剩有衣冠营旧冢，长留祠宇伴空山。停车瞻仰惭形秽，慨息灵旗摇影碎。侯不见，鸱夷载月逃海滨，自古成功宜引退。

张应宸

张应宸，清汝州(今河南汝州)人。

淮阴侯祠

垓下谁收逐鹿功，将军旗鼓失重瞳。但看徙楚酬漂母，岂忍乘危听蒯通。
百战河山秋草外，千年祠庙夕阳中。可怜国士成弓狗，底用登台唱大风！

陈吟伯

陈吟伯，字崇礼，清浙江人。

臧家码头

水程九十夜三更，月白霜寒沙渚明。一枕梦回篷背晓，卖鱼声里到淮城。

查恂叔

查恂叔，清中叶人，寓居淮关。

自清江浦肩舆到板闸

嫩黄柳色水边含，清浦人家聚一湾。十里长堤平似掌，暖风斜日到淮关。

朱 檑

朱檑，字莨林。盱眙第一山留有清道光二十四年(1844)题刻。

清心亭观淮

群贤雅会继兰亭，惭愧无缘奉德馨。孤馆独吟秋月白，高朋极目晚峰青。
诗成珠玉空千载，觞泛玻璃泻百瓶。昨夜斗奎光倍烂，可知淮浦聚文星。

程鸿诏

程鸿诏(?～1874)，字伯敷，清顺天大兴人。道光二十九年(1849)举人，历官山东补用道。有《有恒心斋诗文集》。

淮阴钓台歌

汉家垂钓两男子，鸿飞冥冥功狗死。同有高台凌清沚，咄咄狂奴呼不起。漂母一饭酬金千，解推之恩宁轻捐。钟室覆盆难见天，泗上亭长喜且怜。冢前万人早矜诩，晚余斯台峙淮浦。不幸乃与哙等伍，胡弗一竿自终古。

李鸿章

李鸿章(1823～1901)，字少荃，晚号仪叟，清安徽合肥人。晚清重臣，洋务运动的主要倡导者之一。官至直隶总督兼北洋通商大臣，授文华殿大学士。著有《李文忠公全集》。

题高良涧青龙庵壁

其　一

楼船直下五湖东，一片旌旗闪日红。驻旅湖干屯细柳，策勋江上趁长风。
亲朋雅擅孙吴略，将士相期竹帛功。偶憩尼庵衡世事，闲题诗句付纱笼。

其　二

弟兄先后尽登坛，策马南征胆不寒。航海休言波浪恶，渡江唯虑甲兵单。
拚将一剑酬君国，愿有千秋说范韩。誓灭匈奴诗作券，嘱尼珍护待回看。

丙辰夏明光旅店题壁呈吴仲宣观察

其　一

四年牛马走风尘，浩劫茫茫剩此身。杯酒藉浇胸磊块，枕戈试放胆轮囷。
愁弹短铗成何事，力挽狂澜定有人。绿鬓渐凋旄节落，关河徙倚独伤神。

其　二

巢湖看尽又洪湖，乐土东南此一隅。我是无家失群雁，谁能有屋稳栖乌。
袖携淮海新诗卷，归访烟波旧钓徒。遍地槁苗待霖雨，闲云欲去又踟蹰。

按：吴仲宣，即吴棠，字仲宣。

李长霞

李长霞（1825～1879），字德霄，清掖县（今山东莱州）人。胶州诸生柯蘅室。有《锜斋诗集》。

和佩韦夫子题淮阴侯祠壁

淮阴山水清且闲，古祠老树生寒烟。汉家宫阙不知处，韩侯庙貌犹人间。渚蘋无复行客荐，西风卷水秋潺湲。当时逐鹿中原起，国士由来重知己。登坛既遇隆准公，入宫胡怨儿女子。追亡相国无始终，如何不救钟室死。故乡虽好不能归，自古功臣多如此。

阮　充

阮充（1826～1892），字实斋，号云庄，清江苏仪征人。阮元从弟。有《北湖竹枝词》。

湖棹歌

其 一

刺水秧针拂剪齐，垂杨深处鹧鸪啼。山农不信天公道，屈指前宵雨一犁。

其 二

爱他鸥鹭自萧闲，飞宿溪流湾复湾。何处渔人自吹笛，烟波三十六湖间。

胡志章

胡志章，清湖北钟祥人，自号沧浪旧居士。光绪元年(1875)仲冬赴泗州经过盱眙。

过盱眙题留

都梁胜境曾游处，五马重经岁序更。湖水半湮沙作岸，人家多踞岭为城。
欲消伏莽谈何易，待辟污莱政自平。我本沧浪旧居士，也来泉上濯尘缨。

沈永令

沈永令，清代人。

再次淮上对月

半年沙塞月，今夜映长淮。砧杵深闺梦，关山旅客怀。
遥知灯下卜，敲断鬓边钗。何日花前影，清光共玉阶。

李 桓

李桓，清代人。

游玻璃泉

层峦小阁耸青霄，岩壑千峰一望遥。日落孤舟将泊岸，风来老树欲摧条。
云光断续浮天远，石液潺湲带雨飘。坐破碧苔繁露冷，漫随清磬渡山桥。

查有新

查有新，字铭三，号春园，清浙江海宁人。诸生，议叙州同。有《春园吟稿》《次宪斋笔记》。

淮阴道中咏芦花和韵

其　一

会忆西溪秋雪铺，冷风苇岸怅羁孤。遥看旅雁过仍宿，近讶闲鸥堕忽无。
鹢首和云飞作絮，龙眠带月写成图。高歌独立苍茫里，一片光延万顷湖。

其　二

细雨斜风放钓船，有人闲傍荻丛眠。万芽犹忆初成笋，三袅俄看尽作鞭。
白鹭茫茫迷极浦，银蟾淡淡映前川。残秋枫叶江边路，此景频经不记年。

其　三

客到江湖万绪纷，无端秋令又中分。蒙蒙港畔疑浓雾，滚滚舟边似冷云。
红蓼丹枫原是伴，苍葭白露定需君。衔杯竞欲呼穷士，风起寒漪易夕曛。

其　四

渔翁再到景应非，围绕藤萝荫钓矶。是雪是花群目想，和烟和雨一帆飞。
萧萧故垒秋多感，鸭鸭言禽暖惯依。凌水有人搴作絮，哀鸿遍野正无衣。

黄贻楫

黄贻楫(1832～1895)，字远伯，号霁川，清福建泉州人。同治十三年(1874)探花，官至广东学政。后退隐泉州，任清源书院山长。

淮阴怀古

儿女烹功狗，四方猛士危。酬勋钟室地，余恨钓台湄。
三楚阵云灭，千年淮水悲。英雄知己感，漂母尚荒祠。

王闿运

王闿运(1833～1916)字壬秋，号湘绮，湖南长沙人。晚清经学家、文学家。咸丰二年(1852)举人，曾入曾国藩幕。先后主讲成都尊经、长沙思贤、衡州船山书院及南昌高等学堂，授翰林院检讨，加侍读衔。入民国任清史馆馆长。有《湘绮楼诗集》等。

淮浦夜饮歌

(同治十年)九月望夜从督府还，泊平桥，欧阳总兵利见招同刘淮扬咸、袁都转保庆、吴总兵家榜、李大名兴锐、曹郎中耀湘、田副将恩来夜集，观饮甚豪，乘兴为歌。

纤云吐月淮浦歌，鸣笳吹作清夜游。楼船衔尾组练静，岸草樯灯共清景。上相观兵戎政闲，联翩剑舄来英贤。时平高会各称意，未饮先论通夕醉。三豪一举三百钟，欲醉不醉神从容。刘侯伉爽贤地主，席前飞觥作花舞。主人金罍相为倾，曹生半醒田、王醒。不酒能醒酒能醉，四坐欢笑风泠泠。白露如珠玉盘昃，船头鼍更莫催客。自从吴楚翻江波，岂料今日同安枳。旧游新知乐莫乐，良宴重坚后夜约。金山、焦山在眼前，试持长瓢扰江烟。

忆江淮旧游送薛福保还无锡

锦水绿未波，摩诃柳初碧。东风昨更寒，为送将归客。兰陵归客感年新，不待莺啼早惜春。二月云山三峡树，五湖烟水一家人。枫树青青洞庭路，桂楫夷犹复容与。一片江南江北春，君行远到花开处。戍鼓楼船且未休，石城淮浦忆前游。谢公棋罢东山冷，陆弟诗成洛水秋。旧苑垂杨不堪折，海边芳草催鶗鴂。览古空怜瓜步潮，相思吟向苏台月。莫道崎岖入蜀非，君平避世久忘机。借问南阳一龙卧，何似临邛驷马归？

淮 关

财赋总吴越，关征属内差。何曾益府库，竟欲竭江淮。
索索经兵乱，摇摇动客怀。传闻罢杭税，贪吏莫厓柴。

过王家营感旧

道口临荒堞，黄埃散暮烟。斜阳不移影，客鬓已销年。
得鹿真如梦，悲麟敢问天。谁能老尘土，吾意且林泉。

桃源县寄嘲尹杏农

御史贤声久，才多困一官。上书忧国易，持笏看山难。
汴泗波澜小，江淮桂树寒。桃园津要地，休作避秦看。

邗 沟

邗沟遥接汴堤濒，掷尽金钱是此津。平准未均盐贾富，转输无利漕渠贫。
张秋近挟黄河浪，泗水徒祠白老人。终古垂杨闲点缀，万株能作几年春？

清江浦

当年河漕并豪雄，水路津途扰扰中。黄蜡计成廉相死，惊涛舞罢戟门空。
于今池馆临寒水，千里江淮独转篷。此地盛衰关国政，莫言倚伏有盈冲。

淮安平桥

淮浦分明记宴游，飞舭横槊斗风流。珠盘凉露当年月，桂棹西风独夜秋。
事过只如花去镜，情多但觉草偎舟。应怜怀旧胜怀古，步步堪寻处处愁。

许 珏

许珏(1843~1916)，字静山，晚号复庵，清江苏无锡人。光绪举人，光绪二十八年(1902)以候补道四品卿衔出任驻意大利出使大臣。有《复庵遗集》。

北过旧黄河

大河北徙忽廿年，昔日北徙今平田。膏腴千里等瓯脱，黄尘莽莽无炊烟。我思神禹共行水，浚川距海浍巨川。蓄泄既为旱潦备，灌输亦令洪流宣。东周一徙汉再徙，黄流之患自此始。历唐宋明千余载，补苴苟且徒为尔。仁皇中叶屡告灾，翠华一幸江南来。口讲手画示方略，宣防既筑民忘危。黄淮合流岁五百，河身日高流日塞。物穷则变变则通，天为圣清道使北。颇闻吏议尚纷纷，欲复南流息民力。书生所见定可哂，如瞽论棋昧黑白。况今北流方顺轨，济能变黄疾趋海。长淮南北幸晏然，及时稼穑利斯在。古沟洫法难猝行，但得其意足灌溉。北引汶泗南引淮，洪泽微山皆水匮。奈何当事懵不图，坐令沃壤成瘠区。鸠形鹄面亦赤子，忍使乞食卧路衢。车中观此长吁嗟，中夕数起心踟蹰。作诗敢告良有司，胡不乘时宏远谟。

宝 鋆

宝鋆，清道光年间人。

烟波画船题句

烟波看浩渺，于役感栖栖。岸静随帆动，天高入户低。
榜人师瑮蛣，野鸟伴凫鹥。雅咏谁临汝，斜阳又树西。

原注：晚小泊平桥，路距宝应尚四十里。

孙 韶

孙韶，字莲水，清江宁人。诸生。有《春雨楼诗略》。

同阮梅叔小云游木兰院

其　一

秋草寒烟响暗蛩，昔时人去渺无踪。一株银杏千年物，听过阇黎饭后钟。

其　二

谁识英雄未遇前，淮阴往事有渔竿。汉唐去古风犹近，已觉人间乞食难。

其　三

不因名字得风云，肯信文章绝等伦。坏壁留题三十载，阿师还是解诗人。

颜　峤

颜峤，清江苏宝应人。著有《湖干草堂集》。

黎城别赵栗园

十年同住君之里，十年唯有君知己。异乡风景何凄其，知己那堪别离此。欲别未别共延伫，碎琐论心语无数。临溪握手送我行，斜阳正在村西树。君不见，秋云淡荡冷清晖，西风萧瑟雁南归。此去相期渺何处，一路满林黄叶飞。

贺绪蕃

贺绪蕃，字幼臣，晚号息庐，清贵州黄平人。廪生，同治年间知泗州。同治四年(1865)游第一山，并作诗题刻。

盱眙览古

其　一

形胜当年苦战争，肯教壮虏下坚城。而今但有长淮绕，亭障全荒野草生。

其　二

层峦虎踞势巍峨，胜国功勋旧迹多。欲访从龙旧家世，南阳丰沛已樵歌。

其　三

乾坤浮水暮云收，淮泗苍茫入望愁。波底支祁无恙在，龟山明灭俯东流。

其　四

米老奇书第一山，龙蛇盘蹙足开颜。千秋名迹神呵护，一碣偏留劫火间。

萧培元

萧培元，字钟之，号质斋，清昆明人。咸丰二年(1852)进士，历官山东济东泰武临道。有《思过斋诗钞》。

王家营

危岸高千尺，人家岸下多。楼头平赤堰，屋脊走黄河。
露冷菘盈圃，霜高豆满坡。晓来车马骤，去去听骊歌。

陈三立

陈三立(1853～1937)，字伯严，号散原，江西义宁(今修水)人。近代同光体诗派重要代表人物，有“中国最后一位传统诗人”之誉。曾任吏部主事，与父陈宝箴一起被革职。卢沟桥事变后，日军欲招致，绝食五日而死。有《散原精舍诗》等。

题吴温叟《青溪泛月图》

自我落江南，万撼不措意。时时泛酒舫，但饮山川气。频岁牵乡役，腾驰江海澨。游侣更凋残，每夺眺赏地。顷还侵病魔，斗室等《颂》《系》。散襟蛛网前，数砖供侘傺。药裹厕新卷，揩眼虚明际。青溪一片月，模糊烛梦寐。水面榆柳风，桥头鸿雁字。倒影六朝山，窈窕弄篷背。想见独夜人，肺腑留残醉。人生老缩手，物外成滋味。探幽契夙游，诗魂一魑魅。

韩国钧

韩国钧(1857～1942)，字紫石，清泰州东乡(今属江苏海安)人。光绪五年(1879)举人，历官广东劝业道、奉天交涉使、吉林民政使。民国成立后，历任江苏省民政长，安徽巡按使，江苏巡按使、省长、督军等职。

慧之上人以湖上留题录见示并索题句赋此应之

其　一

唐代湖心寺，兴亡阅岁年。桑田惊万劫，花雨散诸天。
淮海名流集，贞元旧梦牵。传灯诗一卷，付与慧之禅。

其　二

感此亦文献，风尘两鬓霜。一波随去住，三宿悟行藏。
梵宇元音近，虚堂宝镜光。何当参玉版，许供佛炉香。

陆又深

陆又深，晚清人。

高家堰

积水千秋险，金堤十道悬。陵园居重地，泽国接长天。
九派攒银浪，双丸岔紫烟。神巫乘蜃气，匽窟润蛟涎。
瓠子崩闻变，宣防筑记年。马沉苍泗外，龙蜕古淮边。
伏弩潮应退，飞梁锁独坚。月珠探象罔，风笛起渔船。
保障全漕系，朝宗百谷联。江淮鲸不鼓，垂钓选清川。

曹若曾

曹若曾，晚清人。

洪泽湖

大泽界淮涡，奔流顷刻过。混茫涵碧落，浩瀚敌黄河。
有日云皆雨，无风水亦波。谁堪支砥柱，淮浦免蛟鼍。

沈菊庄

沈菊庄，字天渔，晚清浙江山阴(今绍兴)人。

韩淮阴钓竿歌

人谓钓竿三尺细，我谓淮阴生死系。淮阴淮阴未虎啸，落寞王孙只垂钓。茹鱼不饱体得全，况逢阿母相周旋。鱼不易求诛羽易，且掷钓竿事沛季。剑在手，印佩肘，哙等何人敢匹偶？千金之重酬漂母，一竿之微还忆否？淮阴江上鱼嬉游，未央宫中烹走狗。吁嗟乎！汉王嗜杀功高臣，不闻嗜杀钓鱼人。

陈　钰

陈钰,晚清江苏宝应人。

白马湖

不雨自霏微,湖烟晕落晖。荇花随棹动,鸥鸟近船飞。
曲港青千折,遥天碧四围。前村何处是?渔火隔林稀。

孙应嘉

孙应嘉,晚清江苏宝应人。

过新集

十里新皋路,前朝三角村。兵戈今已静,耕凿古犹存。
地溥桑麻利,人知礼义尊。湖波休问讯,丰乐且开樽。

车成熙

车成熙,清末民初高邮人。光绪二十五年(1899)举人。辛亥革命后曾任高邮县临泽(县辖市)议长。

三十六湖棹歌

其　一

杏花时节雨疏疏,湖里生涯早趁虚。泊到晓堤人乍起,开门争买水鲜鱼。

其　二

木瓜名酒倒葫芦,身在烟波作钓徒。自有水田足衣食,胜他禾黍负官租。

其　三

轻暖轻寒三月天,打渔爱趁浪沦涟。晒干水草初能火,呼妇新烹缩颈鳊。

其　四

家人从未习铅华,昨日城中过富家。儿女也知妆饰好,蓬蓬髻插白蘋花。

其　五

端午游人簇簇多,一年一度水边过。堤间拾得钗头凤,昨日龙舟初下河。

其 六

湖边小住水为乡，侬自开门对绿杨。吩咐渔郎轻打桨，芙蕖花下宿鸳鸯。

吉亮工

吉亮工（1857～1915），字柱臣，一字住岑，别署莽书生，原籍高邮，旅居江都。光绪举人，是清末民初扬州文化史的巨匠，最具八怪遗风。

题《勺湖款春图》

生不识勺湖，梦不到勺湖，梁生为我谈勺湖。茫茫野水森菰蒲，几株烟柳秋疏疏，残荷败叶皆凋枯，瓢舟兀坐诗魂孤。我亦烟波旧钓徒，安得与旁结一庐。二三同志结与俱，叩舷随意歌吴歈。长吟笑入荷花途，柳荫暮色成荒墟，任头弄水拾月珠。我耳闻勺湖，我心识勺湖，从此远梦常萦迂。飞魂跳入勺湖图，恍惚有人温叟呼。何必名山与具区，心君空阔皆神都。长江大河胡为乎？即此可葬七尺躯，勺湖之水天下无。

按：勺湖，位于淮安旧城西北隅，向为文人雅集胜境。清光绪十六年（1890）五月某日，淮阴诗人吴温叟与扬州画家梁公约携友人吴绍溪、周孝楷、周棣等泛舟湖上，作《勺湖款春图册》。画作之外，先后得苏、皖、浙、沪、冀、赣6省52位文人雅士墨迹。图册今藏淮安市博物馆。温叟（1869～1920），姓吴，名涑，号季实，淮阴人，吴昆田稚子，淮阴崇实书院掌院，清末为南京国学研究会成员，民国初为省议员。著有《抑抑堂集》。

梁公约

梁公约（1864～1927），原名葵，又名梁英，字公约、慕韩，号饮真、苍立、吉城学友，别署袖海。光绪间江都诸生。清末民初扬州著名书画家、诗人。

题《勺湖款春图》

少小写淮阴，爱此风景好。嬉戏湖水滨，游赏惜草草。回首三十年，梦魂为颠倒。梁子妙笔墨，逸趣追董赵。精诚满勺湖，腕底波浩浩。我恍坐其间，烟水相萦绕。吾宗缱绻人，清游恣幽讨。佳境与良朋，往复中怀抱。清文出至性，愈觉情绵藐。旧游忽在眼，展图忘昏晓。细缅康雍间，邱阮诸耆老。讲学此湖中，壶奥必精造。继起潘鲁贤，实邦之师表。低徊云水间，流风今已杳。满地愁荆榛，谁复尚文藻。沧海腾蛟螭，扬帆任所饱。征调遍天下，一载空扰扰。安得彭左英，一鼓腥膻扫。我侪且安居，忧怀郁难了。愿结图中人，湖上亲鱼鸟。

张相文

张相文(1866～1933),字蔚西,号沌谷,泗阳南园人。我国著名的地理学家、历史学家,有《南园丛稿》。

淮阴寓舍

一湾流水几人家,秋草茫茫带晚霞。白板桥通街十字,红墙寺压路三叉。
醉中诗句常题壁,客里灯檠尚放花。为想故园农事近,昨宵枕上数寒笳。

龟山望明陵

华表消沉水一方,汉家陵阙又沧桑。鹃啼滇缅空残魄,狐啸秋梧罢晚香。
吴会军储通汴洛,周余民气见徐常。淮壖旧是雄飞地,万里风云接凤阳。

按:明陵,即明祖陵,在龟山西南方淮河对岸。

胡璧城

胡璧城(1868～1925),字夔文,安徽泾县人。光绪二十三年(1897)举人,京师大学师范馆毕业,授中书科中书。

淮上怀古

带刀入市久成风,裤褶儿曹气不同。左顾声援通海上,北来形势壮山东。
骄兵淠水鏖行密,惰将符离败魏公。南宋晚唐多少事,离离都在暮烟中。

闵　真

闵真(1872～1948),又名尔昌,字葆之,号黄山,晚号复翁,江苏江都人。秀才出身。清末民初的风云人物,袁世凯的幕僚和诗侣。著有《雷塘词》《雪海楼诗词存》等。

题《勺湖款春图》

季重风流世少俦,诗名传播到扬州。酒边烟月销春梦,画里云山怅远游。
芳草夕阳如有意,枯荷败柳不成秋。勺湖湖水深三尺,载得相思尔许愁。

冒广生

冒广生(1873～1959),字鹤亭,号疚斋,如皋人。光绪二十年(1894)举人。任淮关监督期间,刊刻《楚州丛书》,编纂《钵池山志》《淮关小志》。

慧之上人招同杨玉农李伯延周衡圃朱笠人秦少文王研荪邵子楞集湖心寺

笋舆东下赞公房,十里淮流绕岸长。裙屐相将皆老宿,湖山闲话已沧桑。
我惭招隐陈文烛,客有能诗杜首昌。今夜河干望星象,定应光射倚舟堂。

杨 圻

杨圻(1875~1941),字云史,江苏常熟人,李鸿章孙婿。举人,任至邮传部郎中、驻英属新加坡总领事。民国时任吴佩孚秘书长,亦曾经商。抗战中病卒于香港。有《江山万里楼诗词钞》等。

徐淮道中

一雁下连营,长淮鼓角清。乱山横古道,落日坠孤城。
此地盖天险,何人知用兵?明朝见乡国,路近转心惊。

胡朝梁

胡朝梁(1879～1921),字子方,一字梓方,号诗庐,江西铅山人。早年肄业于震旦、复旦二校,曾助林纾翻译西方小说。陈三立弟子。晚年潜心学佛,著有《诗庐诗存》。

题《勺湖款春图》

吴子坐我室东隅,殷勤示我款春图。人闻何处春可款,门外已报花无余。东风吹絮作雪舞,铺阶入砚纷模糊。岂知春意忽然画,恨不秉烛恣游娱。梁生笔墨入神化,涂得勺湖似西湖。有山隐隐不可见,平沙如掌森菰蒲。湖上亭台谁为主?湖中绿净不受污。康雍耆老数邱阮,讲学斯湖道不孤。文采百处谁继者,鲁潘亦是兹邦儒。后起今有吴季重,风雅不与前人殊。惜春去欲挽春住,一船载得高阳徒。中流放歌逞一快,纸上犹闻声喧呼。廿年我别西湖水,勺湖之乐当何如?湖光岁岁只如此,春色年年不可摹。君今买棹重携酒,图中之人都在无。但使十人不失一,湖波已非前眉须。剧怜世事纷万变,悲惧离合殊须臾。吾人往往昧当境,事后追忆多嗟吁。劝君莫更思勺湖,蹄涔一勺徒区区。江南亦自饶山水,一竿一笠足樵渔。何时卜筑春江上,风雨一庐与子俱。

徐公美

徐公美(1881~?),名慕杜,字公美,扬州人。清末秀才,官费留学日本,在日本弘文学院师范科攻读数理化。学成归国,先后任江苏省淮安中学监督、江苏省立第六师范学校校长(淮阴中学前身)。

韩德勤失败诗

其　一

久仰先生善遁逃,腼颜谎报战功高。军需政费千人血,美酒珍肴百姓膏。
一炮未鸣身先逸,九城连弃兴犹豪。军家自古多名将,何故苍苍降尔曹!

其　二

置身四面楚歌中,雅量犹然与昔同。报捷枢廷犀管见,求财阿里马群空。
漫夸白水惊天险,终恐乌江泣路穷。妙策奇谋号足算,但看何处走青骢。

李建勋

李建勋(1884~1976),江苏泗阳人。曾任大学校长,教育家。曾避乱客居淮城,与张丽南、皮田峰创立飞鸿诗社,时相唱和。有《飞鸿诗社吟草》《半痴生诗集》。

秋日登淮安西城晚眺

翠荷红蓼满沙汀,斜日晴霞似画屏。泗水乡关迷绿霭,楚天之树入青冥。
钓鱼人去余台址,倚马才高剩驿亭。独上西城动秋思,残蝉呜咽不堪听。

王　预

王预(1886~1943),原名增久,字立三,江苏泗阳人。考取清华官费留学生,去美国7年,在康纳尔和哥伦比亚等大学读书,获博士学位,1917年回国。发明家,后因病回乡。

洪泽湖畔杂咏

其　一

懒登高阁望青天,愧我英雄误大千。万里澄湖堪入画,一犁新雨可耘田。

沙边宿鹭春犹睡，谷口飞霞晚更妍。最喜老渔闲事业，一竿明月伴蓑烟。

其　二

枫叶秋高万树霞，烽烟曾否到长沙。山深曲径霞藏峡，水湍迂回浪作花。
翠壁泉声穿乱石，碧潭月影透笼纱。群黎漂泊原无定，诚恐兵锋尚滥加。

释太虚

释太虚（1889～1947），近代著名高僧。法名唯心，字太虚，号昧庵，俗姓吕，名沛林，原籍浙江崇德（今桐乡），曾任世界佛学苑苑长、中国佛教学会会长、中国佛教整理委员会主任。

钓鱼台访古

空闻钓鱼台，湮没不可见。寒江呜咽中，独立深缱绻。

漂母祠怀古

淮阴落魄孤穷日，胯下归来黯断魂。漂母一双千古眼，独从寒苦识王孙。

陶行知

陶行知（1891～1946），安徽歙县人。现代著名教育家。早年留学美国，曾任东南大学教授、教务主任等职。为淮安新安小学创建者。

赞新安儿童游行团

一群小光棍，点点有七根。小的十二岁，大的未结婚。
没有先生带，父母也不在。谁说小孩小，划分新时代。

易君左

易君左（1899～1972），字家钺，湖南汉寿县人。北京大学文学士、日本早稻田大学硕士，曾任多所大学教授。家学渊源，才高资绝，文、诗、书、画俱精，被称为“三湘才子”。著书60余部，题材广泛，艺术上多精美之作。

江苏省淮阴农校校歌

黄河故道，淮河沃野，自古气象雄。民情刚毅，士气纯朴，泱泱大国风。莘莘学子居其中，吾校光荣世所崇。君不闻劳动神圣在做工，又不闻国家根本在从农。怎样去生产，勤和俭，不忧穷。怎样去做人，公和诚，要由衷。吾侪师生，万众一心同，要为中华民族努力建奇功。

按：此为20世纪30年代初，易君左应邀为淮阴农校所作校歌，迄今仍沿用。

俞平伯

俞平伯（1900～1990），原名俞铭衡，字平伯，浙江湖州德清人，朴学大师俞樾曾孙。与胡适并称"新红学派"的创始人。1958年曾到涟水参观。

涟水留念

流水平沙网脉通，排洪灌溉乐年丰。行看茅舍成华屋，花果桑林绿映红。

陈　毅

陈毅（1901～1972），四川乐至人。中国共产党员，久经考验的无产阶级革命家、政治家、军事家、外交家、诗人，中国人民解放军的创建者和领导者之一，曾任新四军代军长。著有《陈毅诗词选集》等。

过洪泽湖

扁舟飞跃趁晴空，斜抹湖天夕照红。夜渡浅沙惊宿鸟，晓行柳岸雪花骢。

淮河晚眺

柳岸沙明对夕晖，长天淮水鹜争飞。云山入眼碧空尽，我欲骑鲸踧浪归。

武海楼

武海楼（1901～1987），灌云县南城人。早年毕业于国立东南大学数学系，1933至1938年任石湖乡村师范学校校长，为国家培养众多英才。中华人民共和国成立后任西北电讯工程学院教授。

石湖乡师校歌

莽莽原野，浩浩长淮，巍然吾校，黉舍宏开。数行榆柳，一径桑槐，佳木葱茏各自栽。读书求智，服务为怀，期成有用之英才。自强自治，自尊自爱，更毋忘国家之兴衰。斩荆棘，辟草莱，将农村，重安排。启农人智，除农人灾，化育农村，责任在吾侪。

本校植树示诸生

其 一

道路初平半截无，佳苗新植几千株。遥知待到十年后，绿树阴浓满石湖。

其 二

无限生机夹道旁，些须荫蘖冀寻常。殷勤灌溉吾侪事，莫问他年谁纳凉。

其 三

凿池担泥百日期，培根浇水各孜孜。待看绿树长千尺，应忆当年手植时。

其 四

移到夭桃隔月开，老农指点费疑猜。新民亭畔花如锦，昨岁东风拂草莱。

建校3周年勉诸生

民国念二年，吾校始定名。忽焉已三载，三载岂有成？忆昔辟草莱，高下地不平。掘沟起泥土，乃筑路纵横。奠基良不易，建造费经营。今兹居大厦，黉舍数十楹。游息各有处，读书傍窗明。庭园植佳卉，春夏有奇英。所望诸生贤，敦品能力行。立身首励志，唯勤业乃精。农村正凋敝，困苦被编氓。出门有蛇蝎，蔽路棘与荆。国事更危急，有敌如长鲸。何以兴民族，何以济农耕？匹夫皆有责，吾侪宁自轻？努力服公务，庶几不虚生！

李一氓

李一氓（1903～1990），四川彭州人。1925年加入中国共产党，曾任国民革命军总政治部宣传部科长、南昌起义参谋团秘书长，后在中央特科工作。参加过长征，先后任陕甘宁省委宣传部长、新四军秘书长，淮海行署主任。抗战胜利后，任苏皖边区政府主席、华中分局宣传部长等职。系老一辈无产阶级的革命家、理论家，同时也是诗人、书法家。

赠阿英

久迟春信到清明，沂水沂山踯躅行。野冢石塘初哭子，党碑无右旧镌名。

伫看泰岱阵云起，自有文章意气横。挥手桃花潭上别，淮南柳色草青青。

按：石塘，即原淮安县石塘区；子，指钱毅烈士。钱毅任新华社暨《盐阜日报》特派记者，1947年2月25日，参加淮安石塘、平桥区干部扩大会议后，采访中深入敌占区被敌人包围，在3月1日突围中不幸被捕。敌人迫其“自新”，钱毅义正词严地回答：“宁可枪毙，决不自新！”翌日，敌人将其杀害在石塘镇附近的涧河畔，年仅22岁。

“七七”感怀

其 一

漫说四郊添敌垒,半年游击出张圩。琴书已共诗人老,慷慨平生付马蹄。

其 二

七月战云仍黯黯,六塘堤柳自青青。新亭风景无须泣,泗上峰屯子弟兵。

其 三

北渡三年多战绩,南征残腊有冤魂。徐扬淮海空余子,青史难湮新四军。

其 四

敌后坚持命一条,江淮千里雨潇潇。六年瞬息成诗史,当日何人不动摇。

其 五

万里乡关戍海陬,巴渝歌舞正悠悠。艰危六载等闲度,笑煞秦淮一沐猴。

彭雪枫

彭雪枫(1907~1944),河南镇平人。无产阶级革命家,中国工农红军和新四军杰出指挥员、军事家。1941年任新四军第四师师长兼政委,是抗日战争中新四军牺牲的最高将领之一。他投身革命20年,出生入死,南征北战,智勇双全,战功卓著,被毛泽东、朱德誉为“共产党人的好榜样”。

夜渡淮河

鏖兵喋血勇挥戈,千里长淮驱恶魔。披甲立鞍继日夜,冰天雪地度关河。
家如皓月圆时少,人似流云散处多。痛饮黄龙期可指,报民先唱《大风歌》。

谒分金亭

五略贯诸侯,英名万古留。分金遗址在,精神足千秋。

张爱萍

张爱萍(1910~2003),四川达县人。中国人民解放军高级将领。中国共产党的优秀党员,久经考验的忠诚的共产主义战士,无产阶级革命家、军事家,现代国防科技建设的领导人之一。中华人民共和国成立后,曾任华东军区参谋长、国务院副总理等要职,还曾任全国人大常委会委员,中共中央委员等职。

平定洪泽湖

洪泽水怪乱水天，奋举龙泉捣龙潭。红旗漫卷万众勇，白帆云扬千樯舷。
翻江倒海斩妖孽，长风劈浪扫敌顽。旸乌红天炀红泊，渔歌满湖鱼满船。

郑日仁

郑日仁，抗战胜利后，苏皖边区政府在今淮安市清江浦区成立，任政府秘书科长。临时参议会成立时，为该会重要成员。

庆祝苏皖边区临参会时事感怀

其 一

携雏挈妇大江隅，迢递鸿鱼一纸书。欸乃声中归去也，躬逢盛会乐何如?

其 二

漫游海上喜归来，木叶萧萧两鬓衰。乐与诸贤商国事，江淮屏障巧安排。

其 三

昔日群魔乱舞场，而今冠盖满清江。毋忘饮水思源语，同祝三军酒一觞。

其 四

群魔敛迹江城靖，万姓欢腾处处同。淮上飘扬民主帜，我来喜听凯歌声。

其 五

四万万人齐额手，欣看国土已重光。江山如画人联袂，少长雍雍聚一堂。

其 六

鹊因醒世常堵口，石却成顽不点头。救国救民资擘划，风云龙虎会中州。

其 七

群鸦已乱江南树，班马犹嘶塞北风。回首不堪家国事，满腔热血照君红。

其 八

江淮已唱和平曲，华夏遍讴民主歌。偏有独夫施暴政，秦皇结局问如何?

江渭清

江渭清(1910～2000)，湖南平江人。1928年参加革命，次年加入中国共产党，曾任新四军第六师十旅政委等职。中华人民共和国成立后，曾任中共江苏省委第一书记、华东局书记处书记、南京军区政委等职。

过涟赋

渡江战役五十周岁纪念毕，心潮当年，冷眼世界，跨江看南北，凭吊旧战场。于五月十二日，丽日气爽，过涟作赋，慰先烈，励后来也！

涟水古邑，海隅荒凉；黄泛漫淮，水旱风蝗。盐河烽火，铁壁铜墙；兵燹迭起，剑影刀光。独轮小车，推向辉煌；腥风血雨，支前打蒋。五十年前，当年战场；出鞘小试，王牌敌伤。故地重游，寻觅徜徉。

而今临高，城南四望；南濒淮河，运河长江。西靠两淮，接铁路网；东毗盐阜，连云海港。北近陇海，欧亚通畅；宁连贯境，高速川长。周边起飞，何不翱翔；仁智见之，众归所望。机不可失，不许彷徨。

旧城改造，新城北向；环城四路，城区大框。长街十里，街道宽广；鳞排栉比，高大楼房。西绣景区，绿化东塘；生态优美，来鹭栖凰。小中大学，教育名乡；稻海绿涟，金菜麦浪。今世缘酒，到处飘香。

涟水战斗，高塔雄壮；告慰战友，葬敌孟良。红日高照，后来者强；负重开拓，旗帜方向。改革测力，人炼开放，憩园听评，口碑朗朗。湖明似镜，鉴客过往；五岛天砣，重轻衡量。留赋谁与，策马尘扬。

徐速之

徐速之(1916～1993)，原名徐显祖，安徽天长人。1938年8月加入中国共产党。曾任中共天长县、天高县县长。中华人民共和国成立后曾任安徽省教育厅副厅长等。

芦柴滩上

漫天星月布长空，赤日还留芦荡中。宝应湖中风瑟瑟，青纱帐里火熊熊。
频频蛙噪声如鼓，阵阵蚊雷嘴似蜂。可笑老天空捉弄，朦胧一觉倍轻松。

李代耕

李代耕(1918～1985)，河南林州人。抗日战争时期在洪泽湖地区坚持敌后抗战。曾任国家水利部副部长。

集中民兵迎反“扫荡”

驿马追蹄急，柳营军令传。连天烽火起，沸地角声喧。
鸟铳弹丸足，梭镖锋刃寒。儿童盘过客，何去复何还？

夜渡洪泽湖遇大风

扁舟一叶别湖东，月黑风高浪万重。风浪何愁来更猛，从容对敌笑谈中。

曾 真

曾真，曾在苏北淮海区参加敌后抗日斗争。中华人民共和国成立后在北京工作。《重返老根据地》诗，按歌行体排版。

重返老根据地

四十年新旧战场，扬鞭走马过六塘。不怕遍野碉堡立，顽强杀敌斗志昂。
减租减息为群众，拥军爱民固金汤。旧地重游难觅旧，淮涟大地换新装。

按：淮涟，指淮阴、涟水一带。

荀万里

荀万里(1919～？)，安徽固镇人。《江南诗词》学术顾问，江南诗书画文艺研究特约研究员，香港中国国际交流出版社特约编委，台湾凤邑诗书画文艺研究学院名誉教授。

祝贺盱眙县诗词学会成立

盱眙二月好风微，第一山间映早辉。春到梁园红杏艳，船惊淮水白鱼肥。
燕居堂上书声朗，安乐桥边笛韵飞。今日诗坛吟长筑，江东我亦仰芳徽。

陈 衡

陈衡(1924～)，江苏泗洪人。在南京从教，高级教师。曾任江南诗词学会理事。

别盱眙

远上都梁喜欲颠，长淮正值雁来天。此行最是欢心处，能与春华抵足眠。

盱眙八咏

第一山

郁郁葱葱第一山，巍然独立泗淮间。而今慷慨多佳士，击节长吟笑逐颜。

电视台

忽开忽合总轻柔，转播神州处处优。园有香花山有致，人人看后可无愁。

淮河桥

一道飞鸿跨两州，湖光山色望中收。隔河千里当年事，今日驱车任漫游。

宝积山

宝积山光孰与妍，难忘血泪换新天。提携曾是遨游处，无限风光到面前。

甘泉山

平生最慕是甘泉，飞水流光上接天。遥见吴刚捧出酒，酿成仙露到唇边。

明祖陵

牧儿膺福此陵中，湖水清波映日红。往昔煌煌龙降处，何如今日郁葱葱。

东阳城

揭竿而起忆东阳，三户亡秦事可伤。莫羡万方尊一帝，陈侯义举永流芳。

雨山茶

山腰喜见艳阳天，不尽清香送满园。饮罢雨山茶一碗，何须七盏始成仙。

丁 芒

丁芒（1925～ ），江苏南通人，中共党员。当代著名诗人、作家、文艺评论家、散文家。现居南京，为中华诗学研究会名誉会长。

赞水利枢纽工程

洪泽湖边铁锁开，波涛汹涌扑天来。长江跳跃登高去，洪水循规向海排。
勇辟黄沙播大地，喜铺绿野绣长淮。欢呼时代擒龙手，瑰若新虹声若雷。

题吴承恩故居塑像

生死纷争魔怪事，穿心入骨世人情。射阳篴里诗初醉，古楚巷中笛正听。
千载文章皆有泪，几多直道不蒙尘？落梅愁绝惊回首，窗外淮堤杨柳青。

诗赠淮安市平桥镇

未到平桥梦已到，今朝乘梦到平桥。农民街里赏新厦，得月楼中品美肴。
澎湃市声惊水响，芬芳乐曲奏秋高。文明乡镇美如画，万片云霞着意飘。

欧阳鹤

欧阳鹤(1927～2019),字子皋,湖南长沙人。清华大学毕业,长期从事电力生产建设和政策研究工作,教授级高级工程师,享受国务院特殊津贴。中华诗词学会顾问。

洪泽望湖楼即兴

长堤笼翠玉湖秋,人上高楼月上钩。十万鱼龙潜水底,一群鸥鹭宿洲头。
渔舟唱晚帆归急,诗客抒怀韵自稠。无限风光看不尽,此身疑已在杭州。

洪泽夕阳红大院

年迈不龙钟,欣逢国运隆。诗词娱晚景,高唱夕阳红。

洪泽湖长堤

洪水频来祸未成,长堤此处是长城。长城御敌今为史,独有长堤护众生。

周道中

周道中(1931～),江苏扬州人,曾任江苏省诗词协会副会长,于诗教工作贡献很大。

老子山颂

湖畔丘山贵有仙,炼丹妙境避村烟。三才道贯传今古,留得真经照大千。

洪泽二中诗词吟唱会喜赋

诗风吹绿校园春,欣赏翩翩雏凤吟。细雨滋花舒嫩蕾,传承国粹喜新人。

梁 东

梁东(1932～),安徽安庆人。曾任煤炭部办公厅主任、中国书法家协会三届理事、中国煤矿书法家协会主席、中国煤矿文联主席、中华诗词学会常务副会长等职。获国务院特殊津贴。

咏盱眙诗教

烟树蓬瀛海日融，岚光水色醉霜红。山中尽揽城寰趣，城里轻吹山外风。石板云程灿桃李，弦歌雅韵动穹窿。龙吟虎啸都梁路，十万新芽细雨中。

城市深处社区诗社感怀

芳草迷离远客来，秋光红透旧岩隈。庭中经典控幽趣，岭上摩崖蘸绿苔。汩汩清泉波潋滟，深深闾巷我徘徊。一声平仄乘风去，再把家山细剪裁。

盱眙城南诗社有赠

旧事城南逸兴栽，诗声浸透绿窗台。新醅呼请邻翁日，我欲轻车结伴来。

状元桥

盱眙第一山下有状元桥，主人谓走过此桥可保子孙高考得中。

寒窗梦醒路迢遥，今日寒窗似火烧。救得孙儿中夜苦，白头争过状元桥。

周笃文

周笃文（1934～ ），湖南汨罗人。中国新闻学院教授，中外文化研究所所长，国务院表彰的特殊贡献专家。曾任中国韵文学会常务理事、中华诗词学会副会长兼秘书长、中华诗词编著中心总编辑。

金湖荷花节赞

其　一

百辈词流来八面，水晶宫里赏新荷。红酣绿酽凉风起，香透重霄发浩歌。

其　二

苏秦山谷行吟他，千古风流未比多。莲叶田田花艳艳，如云仙子醉颜酡。

其　三

甓社明珠夜有光，淮南草木借辉煌。阎闾万户笙歌起，知是仙乡是梦乡。

清江浦怀龚定庵

清江浦口万艨艟，唐宋威仪在眼中。最是龚郎忘不得，灵箫尺八舞裙红。

清江杂咏麟兄博笑

拂面莺花色色新，诗家杯盏结殷勤。枚郎妙赋高千古，又见吟坛起异军。

郑伯农

郑伯农（1937～ ），福建长乐人，中共党员。1962年毕业于中央音乐学院。曾任《文艺报》《中华诗词》主编，《诗词之友》名誉主编，中华诗词学会驻会名誉会长。

怀念尚云同志

噩耗传千里，凭轩泪暗流。潜心培嫩蕾，奋笔绘金秋。
人去诗魂在，天高星影悠。九泉思故土，后辈正加油。

金湖访荷遇鹅

踏茵涉水访莲荷，列队迎宾满地鹅。禽鸟不知分贵贱，逢人一律叫哥哥。

陈百楼

陈百楼（1939～2016），江苏省诗协常务理事，《江海诗词》副主编。著有《焦尾集》等。

柳树湾湿地

当年妙手夺天工，古木奇花今始逢。雁阵长耽金镇北，莺歌远胜大江东。
烟横碧草柳湾静，雨锁湿林秋浦红。拾句偶从桥上过，群鸦声噪白蘋风。

荷盛莲业基地

亭亭万亩孕蓝天，擎雨摇风醉欲眠。待放冰魂三百朵，笑迎词客织云笺。

陈永昌

陈永昌（1939～ ），笔名常咏，江苏泗阳人。《江海诗词》常务副主编。已出版诗集5部、散文集4部。《诗刊》2015年6月号曾将其重点推介。

乘快艇游白马湖

白艇飞驰犹白马，浪花扬起即尘沙。碧波万顷疆场阔，暮看云空数点鸦。

白马湖桃花岛

桃花岛上伏无花，绿树丛中四五家。蛙鼓迎宾敲不息，归舟载得一天霞。

周恩来童年读书处“一品梅”前

周公故宅一株梅，岁岁凌寒傲雪开。伫立花前多感慨，斯人何日再归来！

周恩来纪念馆“西花厅”外

西花厅外望云天，恍若周公立眼前。谈笑依然关国是，人民苦乐挂心间。

赞淮安诗教

淮安自古重诗教，雅韵清音绕杏坛。更喜今朝超曩昔，街头场院亦吟酣。

川流子

川流子(1939～?)，本名刘钟，笔名川流子，江苏泗阳人。国家二级编剧，中国戏剧家协会会员，宿迁市戏剧家协会原主席，泗阳文化馆原副馆长。有诗集《浮阳集》。

访周恩来总理旧居

楚城胜地慕繁华，曲巷来看总理家。斑驳朱门常上锁，清凉小院未栽花。
双榆径自冲天立，丛竹随它贴地斜。指示三条何磊落，赢来四海颂声夸。

按：周总理曾给淮安县委三条指示，对他的故居：一、不准开放参观；二、不准赶走居民；三、不准拨款修建。此诗作于1975年。

射阳簃

灯光黯淡月光寒，握管沉吟独倚栏。冷暖人间呼不得，西游一记起波澜。

王海清

王海清(1942～)，《剧影月报》原总编辑，江苏省昆剧院原副院长，江苏省诗词协会原秘书长。

咏水上森林公园

水上茂林浮,繁阴豁醉眸。虫鸣闻鸟语,野趣鹭良俦。

周兴俊

周兴俊(1945~),笔名易行,北京人。中共党员,编审。曾任线装书局总经理兼总编辑、中华诗词学会顾问。先后主编《中国名胜古迹大观》《中国名胜诗文墨迹大观》《苏轼诗文选》《大江东去》《千古绝唱》《千古风流》等。

湖畔观鹅

一湖自有一湖鲜,金稻银荷伴月眠。林网重重织绿意,鹅群阵阵像兵团。

登望湖楼

登高远眺绿无边,紫燕翻飞入碧烟。正像东坡惊世句:望湖楼下水如天!

张桂兴

张桂兴(1945~),河北隆尧人,中共党员,北京市民政局原副局长,北京诗词学会原会长、中华诗词学会顾问,《北京诗苑》主编。著有诗集《鸟巢集》、《路石集》(张桂兴卷)等。

参观淮安漕运博物馆

一河牵五水,京蓟到苏杭。数代通衢史,千年禄米仓。
新城扬瑞气,古镇沐昭光。两岸丹青影,归舟载夕阳。

过淮河入洪泽湖口

轻舟穿画卷,白鹭任飞旋。重舸排龙阵,蓑翁垂钓竿。
灯标时隐现,水面豁然宽。风起河湖口,心随浊浪翻。

金湖水上森林

密林三万顷,不复见骄阳。双鹭腾空起,群鹅戏水忙。
参天杉滴翠,带露草生凉。人往浓阴处,恍然在梦乡。

李树喜

李树喜(1945～),河北安平人。高级记者、作家、诗人、学者。中华诗词学会副会长,中国毛泽东诗词研究会副会长。退休前任光明日报出版社社长兼总编辑。

涟水五岛湖公园

涟漪随鹤起,菡萏向秋开。景物天然好,无须多剪裁。
官权慕功利,百姓计钱财。日暮能仁寺,如来说泰来。

清江浦夜游

荷花过后蓼花开,次第亭桥入眼来。百代风流沉水底,千家灯火上楼台。
乡愁客路难消解,新句中宵费剪裁。幸有秋风相伴我,宜诗宜酒莫徘徊!

淮阴侯故居

秋光艳艳走淮阴,楚汉风流说道今。儿负母恩君负我,人间难葆是初心。

题天平诗社

缘何诗社唤天平?只为世间多不平。公心法眼青锋剑,扫尽不平方太平!
按:淮安清江浦法院天平诗社,诗词活跃。

清江浦古码头

南船北马忆沧桑,感慨清江云水长。贯古通今真国脉,人间至重是粮仓。

白马湖

绿苇青荷漾水痕,路人指点到迷津。几只小艇出还没,始信湖心尚有村。

单殿元

单殿元(1945～),江苏沭阳人。四川大学中文系文学硕士,扬州大学文学院教授,江苏省中学语文教材编委、省政协第九届委员。参与编纂《汉语大词典》《中华大典·文学典》,著有《王念孙王引之著作析论》等,发表学术论文数十篇。

咏淮安

一从开发便知名，人杰物丰吴楚争。淮水汤汤归浩海，运河活活达神京。
韩侯仗剑弭兵燹，枚氏属文颂太平。一品梅香遍寰宇，珍馐逗引五洲英。

冯敏刚

冯敏刚（1946～ ），河北大城人。中国共产党党员，中央党校研究生学历，农艺师。曾任江苏省委常委、省纪委书记，现为江苏省诗词协会顾问。

为涟水县廉池文化景观题诗

洗去笔墨染池水，留得清气满乾坤。米令事迹传千古，今犹激励后来人。

邓世广

邓世广（1946～ ），辽宁阜新人。曾任新疆中医学院图书馆馆长、教授，执教中医诊断学及医古文。中华诗词学会理事、新疆诗词学会副会长、《昆仑诗词》主编、《当代西域诗词选》（戊子版）主编、《中华诗词论坛》特聘导师。

金湖荷花荡雨中漫步

骋目一何碧，波平深未知。长怀尧帝老，复解茂叔痴。
鹅白三堤岸，莲香万顷池。清风携细雨，淋我满身诗。

金湖观荷杂咏

敢凭花草做文章，已御东风奔小康。待写荷乡诗百首，清廉正气共弘扬。

赵京战

赵京战（1947～ ），笔名苇可，河北安平人，大校军衔。中华诗词学会顾问，著有《苇可诗选》《苇航集》《中华新韵（十四韵）》《诗词韵律合编》《网上诗话》《新韵三百首》《居庸诗钞》等。

淮安漕运总督府

南船北马尽龙旗，养得官家个个肥。大好风光留不住，落花声里雨霏霏。

李青葆

李青葆（1947～ ），浙江青田人，一级作家、民盟成员。中国作家协会会员。

咏金湖

水上荷花笔下仙，清风喜读爱莲篇。留诗千首赞尧里，回赠蓝云碧水天。

杨逸明

杨逸明（1948～ ），生于上海，祖籍江苏无锡。中国作家协会会员、中华诗词学会顾问、上海诗词学会顾问。已出版诗词选集有《飞瀑集》《新风集》《古韵新风》《路石集》等。

游金湖荷乡

翡翠新雕润且鲜，金湖铺满叶田田。小荷争说清纯梦，吐罢红莲吐白莲。

水上森林

氧吧常向梦中寻，空气清新足抵金。堪羡翩翩野生鸟，筑巢犹得入森林。

金湖赏荷戏作

藕花深处久徘徊，恍见仙姝列队来。楚楚堪怜荷叶动，撒娇争欲扑人怀。

李文朝

李文朝（1948～ ），山东梁山人。中国作家协会诗歌委员会副主任，中华诗词学会第三、四届常务副会长，中华诗词研究院顾问。解放军电视宣传中心原主任，少将军衔，高级记者，硕士研究生导师。

瞻仰周恩来故居

东瀛蹈海仰诗碑，故里寻根一品梅。破壁雄才终济世，开邦总理盛名垂。

雨中游荷花荡

万亩荷花细雨中,丰姿倩影醉朦胧。无缘映日添光彩,丽质天生照样红。

周 秦

周秦(1949~),江苏苏州人。苏州大学教授,中国昆剧古琴研究会副会长,江苏省文史馆馆员。著有《寸心书屋曲谱》《苏州昆曲》《昆戏集存》《蓬瀛五弄》等。

镇淮楼

长淮落日动天光,一水中分南北乡。达海通江形胜地,由来富庶敌苏杭。

漂母祠

百金报尔尚嫌轻,一饭乃安天下兵。惜不当初更相劝,五湖速退可全生。

古求能

古求能(1949~),广东五华人。中共党员。中华诗词学会会员,广东作家协会、广东省中华诗词学会理事,广东省文联委员。《当代诗词》主编。

游洪泽老子山感怀

四顾苍茫水一湾,淮河东注此回环。怡神悟道仙人洞,问路求方老子山。
长恨俗尘迷净眼,欲教智慧启愚顽。乾坤久待涤污垢,愿剪狂涛十丈还。

洪泽湖长堤漫步

风景好时常喻画,画图美处总如诗。千秋佳作雄奇处,逸兴遄飞赏大堤。

锺振振

锺振振(1950~),江苏南京人。南京师范大学文学院教授,博士生导师。中国韵文学会会长,中华诗词学会顾问。

荷乡金湖

田田翡翠云，荡荡胭脂雪。清气水乡多，金湖好六月！

金湖荷花节

其　一

节日荷花此届殊，四方诗客会金湖。要将掷地有声句，比价莺吭一斛珠。

其　二

风光亦与四时殊，六月西湖似此湖。不待初阳干宿雨，翠盘十万走明珠。

其　三

春花一县说河阳，未抵金湖五月凉。水珮风裳看不尽，满城人醉芰荷香。

其　四

豪放黄开金灿烂，清纯白掩玉玲珑。人生风采莲花似，莫止矜持一色红。

陈仁德

陈仁德（1952～　），笔名虞廷。中华诗词学会理事，重庆诗词学会副会长。

洪泽望湖楼夜宴

是谁夹道种垂杨？百里长堤接大荒。逐浪舟飘天尽处，采菱人在水中央。
红莲摇落增秋气，白鹭归飞近夕阳。酒罢凭栏风乍起，望湖楼上夜凉凉。

洪泽望湖楼又一首用前韵

桥畔残荷点点红，楼台向晚起微风。烟波渺处天如水，酒兴浓时气若虹。
秋雨满湖声断续，夜灯一火影朦胧。凭栏无限江山好，都入诗人醉眼中。

淮河泛舟至洪泽湖

隐隐渔村野渡前，清风送我上楼船。烟波浩渺来天外，云树苍茫到日边。
笑语欢声当此际，名山古刹想先贤。凭栏处处皆图画，赋得新诗又一篇。

淮安河下古镇夜宴

小桥流水晚风凉，河下筵开满座香。茶馓蒲根滋味好，教人能不忆淮扬。

李葆国

李葆国(1952～),字塬村,山东武城人。中华诗词学会常务理事,中华诗词学会学术部副主任。著有《石桥轩吟稿》。

谒老子山仙人洞

阶上苔痕几度霜,炉中星月印天光。紫浮远浦青牛渡,绿点新荷白鹭翔。
山可疏云任冷暖,硐能遮雨自沧桑。何时悟得真虚静,便觉此间滋味长。

过三河闸

谁滞汤汤扼海门,长堤如练截流云。镇湖何费九牛力,排涝全凭一闸分。
天外阴晴赖疏导,人间冷暖待均匀。三河牵制洪鳌去,漫拂长淮柳色新。

淮上人家

楼船泊岸静如序,弦月随波摇梦乡。莲藕经风花沁露,苇芦着雨水增凉。
不思鸡犬喧村舍,但恐星云误远航。淮上东风报春早,长纲一甩网晨光。

金湖拾趣

渔家乐

平湖笼翠微,荷蕾秀成堆。舟抚小楼影,人家半掩扉。

夜无眠

深夜键盘响,工棚传语轻。遥知渔市好,短信有鼾声。

远郎归

荷映芙蓉面,波分一棹风。远航今日返,人约小桥东。

过洪泽湖怀陈老总

高家堰上柳烟轻,漫抚星云波不惊。风雨当年洪泽渡,绕碑犹有马蹄声。

王　琳

王琳(1953～　),女,北京人。解放军红叶诗社副秘书长兼编辑部主任,中华诗词学会常务理事。出版有诗集《女兵词草》。

赠洪泽县二中小拾诗社

小拾童年梦几痕,诗囊轻纳酿春深。十年且放风霜浴,一饮自当一斛醇。

范诗银

范诗银(1953～　),齐齐哈尔人。大校军衔,中华诗词学会常务副会长,曾任《军旅诗词》主编,有诗词著作多部。

12月26日至金湖考察诗乡有记

年年此日读华章,水远山高叹路长。今日三湖寻秀句,无边新韵醉荷裳。

冬日荷塘

可负蒹葭与鹭鸶,垂垂枯伞满荷池。前生云锦簪花谱,一桨莲歌呼健儿。

瞻尧帝像

踱云盘浪到人间,悲苦甘欣一抱旋。休问何时盈两袖,清风不语五千年。

周文彰

周文彰(1953～　),江苏宝应县人。哲学博士、博士生导师,中国书法家协会理事。曾任中共海南省委宣传部部长、国家行政学院原副院长等职。创立"主体认识图式"理论和经济特区理论,有专著、译著多部。

淮　安

南船北马汇淮安,漕运之都顶桂冠。督府遥观千里远,闸群缓解万夫难。
平流枢纽驱黄祸,拦水湖堤治急湍。曾忆河边年少事,缘何一去不回看。

沈华维

沈华维(1954～),宁夏永宁人。大校警衔。中华诗词学会副秘书长兼学术部副主任,解放军红叶诗社副社长,《红叶》诗刊原主编。著有《自然醒来》《问心斋诗词集》《沈华维诗文选》等。

洪泽湖大堤漫步

纵目浮云淡,鸥声落草庐。三春花耀眼,百里绿围湖。
霞影红犹湿,渔帆梦不孤。欣游多感慨,变化叹今殊。

重访洪泽湖大堤周桥大塘

题留碑不语,经阅几星霜。松影遮林道,蓬蒿隐坝墙。
缺遗谁补救,危难见担当。鸥鹭曾相识,我来迎送忙。

次韵德麟兄《游白马湖至桃花岛午餐二律》

其 一

壶天清静兴犹添,久困喧嚣实可怜。野水鸭知深与浅,风尘谁识苦和甜。
瓜畦竹树花开碧,菜垄鱼虾味自鲜。莫谓形容俱老矣,诗中豪气尚依然。

其 二

拭眼苍茫万里晴,湖山有梦泛舟行。高楼百座依堤靓,茅舍三间筑岛兴。
水阔鱼肥迎曙色,荷丰苇瘦映霞明。桃花深处寻真乐,把酒谈诗足慰情。

陈廷佑

陈廷佑(1954～),中国作家协会会员、中华诗词学会常务理事,国务院参事室、中央文史研究馆办公室副主任。

洪泽湖感怀

此湖不与别湖同,悬起千年治水功。百代修堤彰禹绩,三流入海导淮洪。
终能塘坝金汤固,始见城乡庶境通。万顷波涛谁作主,一湾诗酒笑秋风。

曹克考

曹克考(1955～),安徽明光人。明光市诗词学会常务副会长兼主编。

游盱眙明祖陵

八月天高碧水澄,驱车明祖故园陵。当年旧制欣呈现,昔日皇威又复兴。
百亩方圆祥瑞集,三重殿阙伏龙腾。布衣发迹光宗祖,遗泽都梁叹不胜。

访问全国诗教典型盱眙县明祖陵镇希望小学

金桂流丹斗艳芳,淮风楚韵溢诗香。诗心启梦祖陵镇,诗教开花帝子乡。
国粹弘扬声震远,鳌头独占誉昭彰。取经幸入蓬莱境,满载而归夙愿偿。

观盱眙第一山秀岩石刻

第一山头笔迹遗,秀岩镌刻铸神奇。五书隶篆真行草,巨石平崖处处诗。

盱眙县奥体中心

蜗牛盘踞引潜蛟,仰看王冠俯鸟巢。奥体中心连四海,英豪广聚论前茅。

盱眙龙虾博物馆

迷离恍入水晶宫,细刻精雕气势雄。光电生辉形毕肖,龙虾尽态夺天工。

游盱眙县铁山寺四绝句

其　一

因山名寺铁为魂,绿荫遮天掩佛门。莫道参禅无去处,都梁城外觅灵根。

其　二

三伏交逢暑气蒸,一山老树绕青藤。索桥悠荡惊闲客,知了喧鸣扰俗僧。

其　三

铁山古寺汉家尊,石径通幽印履痕。未老衰翁羞汗喘,欢欣雀跃笑顽孙。

其　四

歇足青山翠竹村,登攀疲敝已无存。回车作客农家乐,皆是曹门众后昆。

赵 钲

赵钲(1955~),江苏兴化人。画家、诗人。江苏省诗词协会理事,全球汉诗学会理事,中华诗词学会会员,中国楹联学会会员。著有《诗书画缘》《百花词画》等。

游金湖水上森林

饱看白云浮碧田,临风鸥鹭舞翩跹。如诗生态舒青眼,水上森林水底天。

洪泽诗友雅集

古堰驰车瞩上游,洪涛指点忆鸡牛。神工禹迹辉千古,俊杰风流傲一秋。

周学锋

周学锋(1957~),河北唐山人,大校军衔,中华诗词学会办公室主任,诗词作品散见于《诗刊》《中华诗词》等报刊。

参观高沟今世缘酒厂

一踏秋风满苑丹,香熏酒气蔽云天。潜流淮楚八千尺,赐予高沟九万坛。

欣品先贤吟赋句,且吟将士洗刀篇。有缘再请高沟酒,醉卧青山听暮蝉。

按:洗刀篇,1944年4月高杨战役中,新四军名将钟伟用高沟大曲为大刀队壮行,将士们高举铡刀,砍断日伪铁丝网封锁线,一举获胜。

游淮安河下古镇

撩撩酒幌掩红楼,旖旎香溪自忘忧。独步石街极目远,小桥联上紫云头。

潘 泓

潘泓(1957~),湖北红安人,中华诗词学会理事,《中华诗词》编辑部主任。著有《复言诗词集》等。

淮河入湖口

老子山下洞幽深,道德文章何所有。入洞一揖欲离去,此处谁能安身久。老子山前淮水平，青青苇杂青青柳。渔家住在水云间，鸬鹚日与鸥凫友。乐山乐水甚难哉，吾人常是马牛走。不若放棹此山前，网了鲈鱼还挖藕。竟向林丘一揖手，登船去听蛟龙吼。

壬辰秋游洪泽湖金陵赵钲老师以指画梅花图见赠咏此以谢

未遂孤山访，诗颜我愧贫。何期双眼浊，得赏一枝春。
纸聚红螺蕊，心存白鹿巾。忽思霜干上，朵朵是艰辛。

大湖写意

菱荷国里此悠游，四望何曾有尽头。翠叶一湾迎客袂，银帆万点打鱼舟。
心能洗处天连水，史欲听时苇语秋。便是洪恩安大泽，难忘沧海屡横流。

高家堰大堤

石头堤内浪能耕，太守河漕读有名。未必安澜都说海，眠湖缚水见长城。

陈毅渡湖抗日碑前

秋风去住岂能缰，转似鲸鳌逐浪狂。遥想驱倭陈老总，扁舟此去入苍茫。

老子山

此是神州第几山，崖丘散淡草花闲。名声或可论高矮，道德为峰岂易攀。

宋彩霞

宋彩霞(1957～)，女，山东威海人。中共党员。中国作家协会会员、中华诗词学会常务理事、《中华诗词》杂志副主编，诗词中国“最具公众影响力诗人”奖获得者。著有《白雨庐词》《宋彩霞作品选·诗词卷、评论卷》《当代诗词鉴赏》等。

洪泽湖中赏荷

环环绿一丛，远望粉涵红。秀色迷人眼，清香托鲤风。
双双花草子，簇簇水莲蓬。愿得勤来看，诗随角角丰。

呈德麟启明会长及诸诗友

久有清波约，来寻水上奇。方嫌灵韵少，岂信彩云迟？
借得玲珑笔，催开浩荡诗。青莲歌又起，难改一襟痴。

飞舟湖上

白浪冲天远，云高曙色催。舟飞新柳岸，网扣小鱼鳃。
浩荡波中合，光辉足下来。胸中涵万汇，襟抱此时开。

船上人家

世代宿河滩，涛声枕上弹。声为清夜细，志逐大湖宽。
一网捞春色，千钩钓月丸。心头存万象，不变是长竿。

过洪泽老子山

千亩荷花荡，帆扬万里舟。碧波弹白鹤，长岸掩青牛。
洞小香犹雪，心宽意自柔。我来寻古迹，一步一清幽。

金湖荷花广场观鹅

洁白鹅毛凤羽高，声声引吭起风骚。我来柳岸襟怀阔，笔落雷霆万顷涛。

寄荀德麟会长

且喜麟君唱我诗，数番犹得浩然辞。明朝江海笙歌起，恰是春潮滚滚时。

初到长堤

烟柳长堤惹梦思，连天一色水乡奇。机缘引我来洪泽，万顷波涛万顷诗。

杨文才

杨文才（1958～ ），广东惠来人。广东省政协书画艺术交流促进会副秘书长、中华诗词学会会员、中国诗书画研究会研究员、深圳市诗词学会常务副会长。

金湖新农民

莫嘲世代老耕农，收起犁耙做股东。思昔承包心跳急，感今选举语由衷。
舞台亮相寻常事，电视谈经别样风。夏至又添新奥迪，向阳豪宅五门通。

题水上森林公园

好个天然大氧吧，青杉白鹭绿桑麻。今朝终做离尘客，千里来听野鸟喳。

恋　荷

画舫轻摇绿水前，问谁诱我老痴癫。从今情陷荷花荡，甘许身心五百年。

布凤华

布凤华（1960～　），女，山东阳谷人。中华诗词学会理事、山东诗词学会副会长、中华诗词研修班导师、中华诗词论坛高级顾问。著有诗词集《岁月如歌》等。

依韵邓世广老师金湖荷花荡雨中漫步

波平舒望眼，红绿正相宜。雨织千秋梦，莲怀一夏痴。
长堤生蒲草，野渡起鸬鹚。珠玉唯亲我，沾衣都是诗。

白马湖桃花岛

青萍环抱水中眠，三五人家笼翠烟。桃带玉珠迎白日，鹅翻雪浪戏红莲。
望中风急云帆远，陌上苇深孤月悬。欲与陶翁同一醉，闲观鸥鹭不耕田。

金湖印象

其　一

一入金湖望眼迷，花香水渺碧云低。洪波卷起冲天浪，欲上重霄舟作梯。

其　二

彩云作伴至尧家，初酿香醪醉晚霞。四面莺飞三面水，金风带雨点荷花。

舒贵生

舒贵生（1962～　），湖北黄冈人。中华诗词学会理事、中国楹联学会理事、江苏省诗词协会常务理事，《江海诗词》编委兼编辑部主任，首届“江苏十佳青年诗人”之一。出版个人作品专集多部。

荷乡金湖采风

其　一

金湖生态绿宜人，百里荷香夏胜春。意共红莲闲照水，我心浴罢净无尘。

其 二

荷叶临风铺稿纸，金湖作砚绿盈池。尧天共写清廉赋，妙笔高擎十万支。

柳树湾湿地公园

雾锁烟笼柳树湾，几人湖畔正垂竿。溪云染绿千丝雨，钓出莲池一画船。

李静凤

李静凤（1964～ ），女，字羽闲，别署青风、散花精舍主人，江苏南京人。金融经济师。中华诗词学会理事、江苏省诗词协会副会长、江苏省昆曲研究会理事、南京市浦口区文联副主席。著有《散花集》《中国硬笔书法家书羽闲诗词联作品集》等。

钵池山

泽被千年事，渊波静不争。云迷丁令鹤，鸟答子乔笙。
问道嘘大块，怀幽扪斗枰。神仙安可睹，历历十三城。

张富英

张富英（1966～ ），笔名常青、张戈。中国作家协会会员。任中国作家出版集团北京中作影视副总经理、世界华人联合总会诗书画研究院北京分院执行院长、《作家报》总编辑。

洪泽采风偶感

绿缘沙屏漫泊洲，白鹭盘旋疑海鸥。恶浪由天无意设，蓝图福祉尽心留。

高 昌

高昌（1967～ ），河北辛集人。《中华诗词》主编、中华诗词学会副会长。著有《公木传》《玩转律诗》《玩转词牌》《百年中国的感情气候》《儒林漫笔》等。

洪泽湖泛舟

小艇随风发，澄波舷外流。云飞山插翅，海去浪回眸。

万亩红荷挺，一群苍鹭游。蒹葭连岸起，送绿上心头。

高家堰漫步

滔滔洪泽浪，都在臂弯中。聚得一方土，来迎万里风。
堰裁疑鬼斧，水截叹人工。百转牵情远，蜿蜒接碧空。

题老子山呈谢公启明吟丈并洪泽诸师友

其　一

山低云水流，大道总无由。滚滚归沧海，悠悠到白头。
长风心共远，明月梦相留。聃老千秋仰，洪波鼓未休。

其　二

不共铜钿臭，能因斗米羞？石边千叠浪，云外一声鸥。
寂寞韩侯钓，逍遥范蠡舟。乾坤真逆旅，萧瑟满山秋。

其　三

久叹丹炉废，仙人洞幸留。我来相借问，聃去可容投？
千里难穷目，一层还上楼。阿谁寻石径，踽踽伴青牛？

其　四

胜境豁吟眸，谢公偕壮游。泉温花梦暖，林茂鸟啼幽。
聚短缘长忆，情深念永留。滔滔洪泽水，澎湃总心头。

林　峰

林峰(1967～)，浙江龙游人。中华诗词学会副会长，《中华诗词》副主编。

白马湖

好水明如镜，连天暮色空。停舟呼白马，对酒唤艄翁。
绮散滩声外，花催波影东。淮扬秋一点，落在此湖中。

洪泽湖

长堤百里镜中开，浩荡天风湖上来。樯挂荷田千载雪，浪奔柳岸一声雷。
混茫云自心头过，高下鸥从眼底回。最爱斜阳红尽处，青山几点似蓬莱。

荷花荡

其 一

满湖风自青钱舞,一夜冰姿出水新。此物原非凡俗种,散花仙子是前身。

其 二

嫩绿摇波软似烟,轻绡顾影亦堪怜。谁人会得花心里,早有清芬涨满天。

洪泽科技园

洪泽楼头百感新,凭栏不复旧时尘。高精一朵花先放,竟使园中万木春。

王子江

王子江(1967~),号界翁,辽宁阜蒙人。中共党员,中国预算会计师,原沈阳军区装备部装备财务处处长。中华诗词学会常务理事、宣教部副主任,《中华诗词》编委,《红叶》诗刊副主编。

考察淮安区周恩来红军小学

一组学楼周字形,时传破壁大潮声。娃娃心染红军色,会使诗词攒个峰。

瞻仰周恩来纪念馆

桃花垠上水中央,一馆方方近太阳。想你人民不夸富,却说心里闹饥荒。

谒周总理故居

驸马巷中一座房,青砖灰瓦老服装。蜡梅初绽香迎我,握手门前话沈阳。

涟水县今世缘品酒吟

好酒一杯今世缘,水晶灯下品昨天。冰浆入口千年味,红色基因里面甜。

谒妙通塔有忆

重修宝塔暮披烟,剑立湖边裹片寒。想起两回涟水战,如线黄河未拐弯。

与荀会长等过河网地

采风路上看河川,一片茫茫水网连。拾起田菁摇旧绿,稻花梦里唱昔年。

老子山上

相搀傍晚望山巅，湖水苍苍似草原。人驾扁舟如策马，飞来应是取仙丹。

何　鹤

何鹤（1967～　），吉林农安人。《文化月刊·诗词版》《中华诗词年鉴》责任编辑。著有《诗词点评笔记》《何鹤诗词选》等。

淮安府署

黛瓦青砖大殿深，淮安往事费追寻。当年那块惊堂木，不再威风睡梦沉。

周恩来故居

默然回首事封尘，小院原无富贵根。入相门庭微雨后，石阶残处覆苔痕。

楚州农村所见

其　一

蛙声鸟语稻花香，老汉弯腰拔草忙。勤护心中一方绿，唯期春梦泛金黄。

其　二

溪绕村头前路平，牧鹅少女岸边行。洋楼一片繁华甚，城市农村分不清。

江　岚

江岚（1968～　），本名昌军，笔名听雨庐主，河南信阳人。中国人民大学文学硕士，《诗刊》杂志旧体诗页主编，著有《听雨庐诗稿》。

参观夕阳红大院

人世多风雨，飘摇如转蓬。回眸成一笑，怜取夕阳红。
歌绕行云上，春归舞扇中。闲愁更何有？尽逐大河东！

过盱眙县老子山

小山不过一抔土，气压岱宗千丈高。石洞老君留圣迹，铜炉宝焰射重霄。
村头鹅鸭秋眠稳，淮上帆樯目送遥。闻道青牛蹄印在，年年犹为镇波涛。

过洪泽湖湾

浮萍不动柳丝垂，水远天高白鹭飞。三两渔家夕阳下，炊烟袅袅唤人归。

奚晓琳

奚晓琳（1969～ ），女，满族，吉林市人。中华诗词学会会员，吉林市诗词学会副会长。作品被收录于《中华诗词文库·吉林卷》《二十世纪诗词文献汇编》等专辑。著有诗词选集《林中小溪》等。

夜色荷花荡

圩青柳隐寺，舟小月横桥。亭榭千年影，蛙声十里潮。
茶烹苏子句，尘拂藕花绡。风动人何处，荡深星色遥。

别金湖荷花

其　一

蛙鼓声中人寂寞，藕花风里月徘徊。湖天有梦谁能解，荷近清涟我近埃。

其　二

零雨小风眉上抟，尘踪依旧路三千。来生许我贿青帝，点做金湖一朵莲。

过周恩来故居

青砖黛瓦叠深园，旧榻犹思故主还。井口问询年少事，观音柳老静如禅。

李　璐

李璐（1971～），女，河南开封人，开封市中级人民法院法官，书法家，中华诗词学会会员。

游金湖荷花荡

其　一

田田一片碧湖栽，水珮风裳蕊面开。莫道塘深无访客，爱莲自有数人来。

其　二

藕花一荡熨回肠，叶扇舒开滴露床。诗到深怜才可作，且凭吟笔系菱香。

其　三

淡烟漠漠起芳汀，湖上蒹葭隔市声。今日小舟漫容与，风来荷气入心清。

刘如姬

刘如姬，女，笔名如果，福建永安人。供职于永安市文体广电出版局。中国作家协会会员、中国楹联学会会员、中华诗词学会理事、《中华诗词》第十届青春诗会成员。著有《如果集》。

与高昌老师用其赠诗韵（折腰体）

我从闽越下，来作片云游。青眼蒙君向，红莲与鹭俦。
长忆石桥月，方乘洪泽舟。相交能有几？挥别在清秋。

游老子山次古求能老师韵

十里长淮到碧湾，青牛何处白云环。风亭犹在空余梦，丹鼎难寻已化山。
拂袂天风吹浩荡，洗心寺磬醒痴顽。我来大有出尘想，乐此逍遥不欲还。

渠芳慧

渠芳慧（1988～　），江苏丰县人。《江海诗词》编辑部副主任、中华诗词学会会员、江苏省楹联研究会常务理事、中央社会主义学院中华文化传承班首届学员、徐州市首届十佳青年诗人。

淮安览古

一自龙光贯斗开，东南跨巽扫氛埃。天迷烟水遥三楚，汉试文心及二枚。
堪笑饭恩徒重报，不知漂母有吾哀。梅屏恐老行春诀，盍趁新蟾夜陟台。

洪　泽

烟苍破釜晚将凄，阁上风秋闻铸犀。绕渚寒芦归野鹜，流天渔火起新霓。
灵鳞药中老聃道，古泗泽兼诚意堤。万顷正涵虚象倒，欲翻谧牖下星梯。